U0939985

凤鸣丛书

杨立平 徐剑东◎主编
张邦卫 吴利民◎执行主编

茅盾研究年鉴（2014—2015）

赵思运 蔺春华 张邦卫◎编著

中国社会科学出版社

图书在版编目(CIP)数据

茅盾研究年鉴.2014－2015/赵思运,蔺春华,张邦卫编著.—北京:中国社会科学出版社,2017.10
(凤鸣丛书)
ISBN 978－7－5161－9738－7

Ⅰ.①茅…　Ⅱ.①赵…②蔺…③张…　Ⅲ.①茅盾(1896－1981)—文学研究—2014－2015—年鉴②茅盾(1896－1981)—人物研究—2014－2015—年鉴　Ⅳ.①I206.7－54②K825.6－54

中国版本图书馆CIP数据核字(2016)第322261号

出 版 人　赵剑英
责任编辑　熊　瑞
责任校对　王佳玉
责任印制　戴　宽

出　　版　中国社会科学出版社
社　　址　北京鼓楼西大街甲158号
邮　　编　100720
网　　址　http://www.csspw.cn
发 行 部　010－84083685
门 市 部　010－84029450
经　　销　新华书店及其他书店

印刷装订　北京君升印刷有限公司
版　　次　2017年10月第1版
印　　次　2017年10月第1次印刷

开　　本　710×1000　1/16
印　　张　31.75
插　　页　2
字　　数　486千字
定　　价　138.00元

凡购买中国社会科学出版社图书,如有质量问题请与本社营销中心联系调换
电话:010－84083683

茅盾研究年鉴编委会

谱博雅诗篇　迎凤凰涅槃

——凤鸣丛书总序

大雅今朝，凤鸣桐乡。我们的灵魂在倾听：文化创造的源泉在充分涌流，民族文化创造的活力在持续迸发，中华民族文化复兴的脚步，近了！

2016年5月17日，习近平总书记在哲学社会科学工作座谈会上的讲话中指出："坚持和发展中国特色社会主义，统筹推进'五位一体'总体布局和协调推进'四个全面'战略布局，实现'两个一百年'奋斗目标、实现中华民族伟大复兴的中国梦，我国哲学社会科学可以也应该大有作为。"为了迎接中华民族新一轮凤凰涅槃，浙江传媒学院文学院、桐乡市文化广电新闻出版局联袂奉献"凤鸣丛书"，作为我们的献礼！

"凤鸣丛书"作为浙江传媒学院文学院的最新学术成果和创作成果，是浙江传媒学院博雅学术在人文积淀厚实的桐乡文化土壤中绽放的文明之花。风雅桐乡，人杰地灵，曾经涌现了一大批文化名人，如朱子学家张履祥、学者吕留良、廉吏严辰、太虚大师、文学巨匠茅盾、艺术巨匠丰子恺、艺术大师木心、摄影大师徐肖冰、篆刻大师钱君匋、漫画大师沈伯尘、编辑家沈苇窗、出版家陆费逵、著名画家吴蓬、著名新闻工作者金仲华、著名女将军张琴秋等。这些文化名人，构成了桐乡的"城市符号"，凝聚成桐乡文化的"魂"。桐乡的优秀文化传统，理所当然地成为浙江传媒学院丰富的学术资源和教育资源，同时，也滋养了浙江传媒学院学子的精神文化肌理。

文学院是浙江传媒学院设立最早、办学历史最久的院部之一，拥有戏剧影视文学、汉语言文学、汉语国际教育、秘书学4个本科专业及戏剧影视文学（编剧与策划）、汉语言文学（涉外文秘）2个本科专业方向。现有浙江省“十一五”重点学科戏剧戏曲学，“十二五”省重点学科戏剧与影视学（戏剧戏曲学方向），“十三五”省一流学科戏剧与影视学（影视艺术理论与批评方向、影视编剧与创作方向）；“十二五”校级重点学科中国语言文学（文化与传播），“十三五”校级一流培育学科中国语言文学和艺术学理论。戏剧影视文学是浙江省重点专业和浙江省新兴特色专业。中国语言文学大类是校级重点专业。文学院现拥有省级研究基地“浙江省非物质文化遗产研究基地”。学院学术实力强，科研成果丰富，近年来承担了国家级项目10余项、省部级项目50余项、厅局级项目60余项，各级教改项目近20余项；出版学术专著40余部、文学作品10余部。学院教学水平高，育人业绩好。文学院学生近年在柏林华语电影节、威尼斯电影节“青年电影人培养计划”、全球华语大学生短诗大赛等国际赛事以及北京大学生电影节、环保部剧本征集、全国大学生征文大赛等国家级、省部级大赛中获奖30多项。

浙江传媒学院非常重视政产学研合作。近年来，由文学院自主创作的影视剧《明月前身》、《盖世武生》、《孝女曹娥》、《长生殿》、《梦寻》、《七把枪》等已在中央电视台播出。为了促进政产学研全方位深度合作，文学院成功申报了两个校级研究机构：茅盾研究中心和网络文学研究与创作中心，凝练了茅盾研究团队、木心研究团队、网络文学研究与创作团队、张元济影视剧创作团队等，展开了大量务实工作。“凤鸣丛书”即是文学院在桐乡文化土壤深耕细作收获的第一批文化作物。第一辑包括《茅盾研究年鉴（2014—2015）》、《媒体化语境下新世纪文学的转型研究》、《艺术现代性与当代审美话语转型》、《百年汉诗史案研究》、《汉语饮食词汇研究》、《图像、文字文本与灵视诗学》、《唐代园林与文学之关系研究》。茅盾是我国现代文学史上杰出的作家、文艺理论家、文学翻译家，是我国现代进步文化的先驱者、中国革命文艺的奠基人，茅盾研究已经成为中国现当代文学的显学。浙江传媒学院茅盾研究中心作为茅盾研究的重要阵地，编撰的《茅盾研究年鉴》已经连续出版4年，今后还会持续下去。木心作为中国当代文学大师、诗人、画家，在台湾和纽约华人圈被视为深解中国传统文化的精英和传奇人物，一直是浙江传媒学院和桐乡市学者的用心之处，木心研究成果理所当然将是“凤鸣丛书”持续关注的对象。

2014 年 5 月 4 日，习近平总书记在同北京大学师生座谈时指出：“人类社会发展的历史表明，对一个民族、一个国家来说，最持久、最深层的力量是全社会共同认可的核心价值观。核心价值观，承载着一个民族、一个国家的精神追求，体现着一个社会评判是非曲直的价值标准。”习近平总书记还指出：“中华文明绵延数千年，有其独特的价值体系。中华优秀传统文化已经成为中华民族的基因，植根在中国人内心，潜移默化影响着中国人的思想方式和行为方式。今天，我们提倡和弘扬社会主义核心价值观，必须从中汲取丰富营养，否则就不会有生命力和影响力。”培育和弘扬社会主义核心价值观，必须立足中华优秀传统文化。“凤鸣丛书”将致力于优秀传统文化的挖掘以及文艺精品的创作，为“中国梦”的实现提供文化自信力。我们将关注昆曲剧本、动画片剧本、张元济影视剧本、杭嘉湖文艺精品等，策划更多创作活动，去讴歌桐乡、讴歌杭嘉湖、讴歌浙江省 21 世纪的新面貌，坚守我们的核心价值体系和核心价值观，利用好中华优秀传统文化蕴含的丰富的思想道德资源，使其成为涵养社会主义核心价值观的重要源泉。

正如木心在《诗经演》里写道：“遵彼乌镇。迴其条肄。既见旧里。不我遐弃。”桐乡文化是常新的，游子木心把她视为自己的精神归宿。同时，桐乡又是中华文明的一个美丽缩影，博大精深的中华文明乃是中国人的安身立命之所。置身于桐乡大地上，我们感同身受，瞩目着中华文明孕育的新一轮凤凰涅槃。黎明正喷薄而出，我们正跨步在金光大道上！

凤鸣丛书编委会

2017 年春

目　录

第一编　茅盾研究大事记

第二编　重要论文

第三编　论著评价

第四编　茅盾文学奖研究

第五编　论文索引

第 一 编

茅盾研究大事记

2014年茅盾研究大事记

2014年1月

商昌宝著《茅盾先生晚年》由河北人民出版社出版。本书系河北人民出版社名人晚年书系之一种。本书共分五章，分别为“今昔对比的反差”、“思想改造的轨迹”、“置身于政治风浪中”、“难以为继的写作”、“留声机的喧嚣与嘶哑”。《茅盾先生晚年》在一个更广阔的大历史情境中，选择茅盾作为20世纪中国的公众人物作为切入点，并以现代意识为思想的武器和视角，在大量历史事实中进行一种追加的思想史意义上的评说。

据光明日报2014年1月9日第009版文化新闻，在刚刚结束的南京经典秋拍中国书画专场上，茅盾手稿《谈最近的短篇小说》成交价为1207.5万元，创下了中国文人手稿的拍卖纪录。此前，中国文人手稿的拍卖纪录由鲁迅手稿《古小说钩沉》所保持，该手稿的一页残页曾拍出690万元。《谈最近的短篇小说》是茅盾在1958年写下的一篇近9000字的评论文章，载于当年《人民文学》第6期。手稿共30页，全部用毛笔写成，每页纸长22厘米、宽15厘米。除了纸质微微泛黄外，品相甚好，还附有当时刊发该文的《人民文学》发稿签。

2014年2月

李敬泽《致理想读者》由中国人民大学出版社出版，平装大16开，254页。书中为读者详解茅盾文学奖、鲁迅文学奖等各大评奖过程。

2014 年 3 月

中国茅盾研究会副会长钟桂松主编《茅盾全集》由黄山书社出版。新版《茅盾全集》由茅盾之子韦韬先生授权、钟桂松主编。新版《茅盾全集》由韦韬先生新增多幅珍贵照片，在原版《茅盾全集》（人民文学出版社出版）的基础上加以充实、补订而成的，目的是使《茅盾全集》更全、更完美。新版全集共 41 卷，再加一卷附集。1 至 9 卷为小说；10 卷为剧本、诗词、童话；11 至 17 卷为散文，其中 13 卷为“游苏见闻”专集；18 至 27 卷为中国文论；28 卷为中外神话研究专集；29 至 33 卷为外国文论；34 卷为“古诗文注解”；35 至 36 卷为回忆录；37 至 39 卷为书信；40 至 41 卷为日记；附集卷收有关资料。这是规模最大、收集最全的总集，是研究茅盾著作的十分完备的参考材料。

王科著，傅璇琮、彭定安、刘继才等编《名家解读中外文学名著书系：子夜全新解读》由东北大学出版社出版，平装 16 开，158 页，13 万字。《名家解读中外文学名著书系：子夜全新解读》共分 3 部分，分别是“引言：造访《子夜》的神秘城堡”、“导论：永恒的茅盾和永远的《子夜》”、“精彩片段解读”。全书评价了《子夜》在左翼文坛的辉煌实绩，深刻分析了《子夜》这部扛鼎之作的写作历史背景，并对文学大家茅盾先生的生平事迹作了恰切的介绍。1930 年春夏之交，国民党各派系之间的内战打得不可开交，世界经济危机迫使英、美、日等国家对中国进行经济侵略，中国民族工业深受池鱼之苦，工人罢工不断兴起，农村经济濒临破产。“子夜”是这个动荡、黑暗时代的象征。

2014 年 4 月

4 月，中国茅盾研究会成立微信公众平台。该平台旨在宣传茅盾研究最新成果，分享与茅盾相关的文学知识、文坛掌故。

2014 年 7 月

钱振纲和钟桂松主编《茅盾研究八十年书系》由台湾花木兰文化出版社出版，收录 1931 年以来已版和新版茅盾研究单行本著作 49 种，分

60 册。包括：

1. 伏志英编：《茅盾评传》，上海现代书局 1931 年版。

2. 黄人影编：《茅盾论》，上海光华书局 1933 年版。

3. 吴奔星：《茅盾小说讲话》，上海泥土社 1954 年初版（8 月再版），附四川人民出版社 1982 年版。

4. 邵伯周：《茅盾的文学道路》，长江文艺出版社 1959 年版，附 1979 年修订版。

5. 叶子铭：《论茅盾四十年的文学道路》，上海文艺出版社 1959 年版，附上海文艺出版社 1978 年版。

6. 高利克：《茅盾与中国现代文学批评》，杨玉英译，1969 年出版英文版，2013 年新译。

7. 庄钟庆：《茅盾的创作历程》，人民文学出版社 1982 年版。

8. 叶子铭：《茅盾漫评》，百花文艺出版社 1983 年版。

9. 朱德发、阿岩、翟德耀：《茅盾前期文学思想散论》，山东大学出版社 1983 年版。

10. 庄钟庆：《茅盾史实发微》，湖南人民出版社 1985 年版。

11. 孔海珠、王尔龄：《茅盾的早年生活》，湖南人民出版社 1986 年版。

12. 万树玉：《茅盾年谱》，浙江文艺出版社 1986 年版。

13. 邵伯周：《茅盾评传》，四川人民出版社 1987 年版。

14. 李广德：《一代文豪：茅盾的一生》，上海文艺出版社 1988 年版。

15. 李岫：《茅盾比较研究论稿》，北岳文艺出版社 1988 年版。

16. 王嘉良：《茅盾小说论》，上海文艺出版社 1989 年版。

17. 丁亚平：《一个批评家的心路历程》，上海文艺出版社 1990 年版。

18. 孙中田：《〈子夜〉的艺术世界》，上海文艺出版社 1990 年版。

19. 史瑶、王嘉良、钱诚一、骆寒超：《茅盾文艺美学思想论稿》，杭州大学出版社 1991 年版。

20. 叶子铭：《梦回星移——茅盾晚年的生活见闻》，南京大学出版社 1991 年版。

21. 罗宗义：《茅盾文学批评论》，厦门大学出版社 1991 年版。

22. 李广德：《茅盾学论稿》，香港正之出版社有限公司 1991 年版。

23. 黎舟、阙国虬：《茅盾与外国文学》，厦门大学出版社 1991 年版。

24. 金韵琴：《茅盾（晚年）谈话录》，上海书店 1993 年版。

25. 丁尔纲：《茅盾的艺术世界》，青岛出版社 1993 年版。

26. 李庶长：《茅盾对外国文学的借鉴与创新》，山东大学出版社 1993 年版。

27. 唐纪如：《茅盾的创作个性》，厦门大学出版社 1993 年版。

28. 丁柏铨：《茅盾早期思想新探》，南京大学出版社 1993 年版。

29. 丁尔纲：《茅盾孔德沚》，中国青年出版社 1995 年版。

30. 黄侯兴：《茅盾：人生派的大师》，山东人民出版社 1996 年版。

31. 唐金海、刘长鼎主编：《茅盾年谱》（上、下），山西高校联合出版社 1996 年版。

32. 庄钟庆：《茅盾的文论历程》，上海文艺出版社 1996 年版。

33. 钟桂松：《茅盾传》，东方出版社 1996 年版。

34. 杨扬：《转折时期的文学思想——茅盾早期文艺思想研究》，华东师范大学出版社 1996 年版。

35. 欧家斤：《茅盾评说》，上海学林出版社 1997 年版。

36. 丁尔纲：《茅盾评传》，重庆出版社 1998 年版。

37. 宋炳辉：《茅盾：都市子夜的呼号》，上海教育出版社 2000 年版。

38. 丁尔纲：《茅盾：翰墨人生八十秋》，长江文艺出版社 2000 年版。

39. 钟桂松：《二十世纪茅盾研究史》，浙江人民出版社 2001 年版。

40. 翟德耀：《走近茅盾》，中国文联出版社 2001 年版。

41. 龚景兴编：《二十世纪茅盾研究目录汇编》，中国文联出版社 2001 年版。

42. 韦韬、陈小曼：《我的父亲茅盾》，辽宁人民出版社 2004 年版。

43. 周景雷：《茅盾与中国现代文学》，中国社会科学出版社 2004 年版。

44. 丁尔纲、李庶长：《茅盾人格》，河南人民出版社 2004 年版。

45. 韦韬、陈小曼：《父亲茅盾的晚年》，文化艺术出版社 2008 年版。

46. 王嘉良：《艺术范型与审美品性》，上海文艺出版社 2008 年版。

47. 李继凯：《“师者”茅盾先生》（新著）。

48. 李广德：《茅盾及茅盾研究论》（新著）。

49. 崔瑛祜：《左翼文学论争中的茅盾》（新著）。

7 月 12—14 日，茅盾研究回顾与前瞻学术讨论会暨中国茅盾研究会理事会在陕西师范大学召开。会议由中国茅盾研究会和西安陕西师范大学主办，黄山书社和台湾花木兰文化出版社承办。会议旨在回顾近年来茅盾研究学术成果，研讨茅盾研究前沿动态，规划未来研究方向。来自全国各地的 80 余位茅盾研究专家和学者出席，就茅盾研究的历史、现状、未来发展以及相关史料的整理发掘、茅盾的文学创作、文艺批评和研究、文学期刊编辑等问题分六场进行深入广泛的交流讨论。会议举行了黄山书社新版《茅盾全集》（42 卷）首发式和台湾花木兰出版社《茅盾研究八十年书系》（49 种 60 册）首发式。

7 月 5 日，华东师范大学教授杨扬在上海图书馆做关于茅盾与上海的讲演。其主要有三方面内容：一是茅盾怎么到上海来的，二是他到上海后做了什么，三是茅盾与上海的关系，应该引发我们对文学史哪些思考。从地域文学的角度对茅盾的文学创作进行梳理解读，可谓别出机杼。

金韵琴《茅盾晚年谈话录》由上海书店出版社出版。《茅盾晚年谈话录》是一本回忆录类图书，共收 80 余篇文章，是作者（茅盾的内弟媳）1975 年在茅盾先生家做客半年期间，与姐夫茅盾闲聊的私人记录，由作者据所记日记整理成文。作者“文字流利生动，笔锋常带感情。使叙述人神形俱现”（李何林语），是茅盾在此特定赋闲时期的生活起居和思想风貌的真实写照。《茅盾晚年谈话录》还收有 25 封茅盾先生在 1974 年 6 月至 1975 年 6 月间写给作者的私人通信，以及作者长女孔海珠撰写的《我的母亲和〈茅盾谈语录〉》。

《中华读书报》2014 年 7 月 16 日第 011 版发表吴心海的文章《茅盾小说中一个延续 78 年的错误》。文章指出，茅盾的小说《儿子去开会去了》（此小说原载 1936 年 6 月 10 日《光明》创刊号，题目后在收入《茅盾短篇小说集·下》时改为《儿子开会去了》，下同），有句话十分费解，即阿向的父亲所作的预言“恐怕要到阿向的儿子做了小学生，这才群众大会之类是没有危险的”。从最初版本到后来四五十本选本，均未对此病句提出质疑。

2014 年 8 月

中国茅盾研究会编《茅盾研究》第 13 辑由新加坡文艺协会出版。

2014 年 9 月

9 月 3 日，中国茅盾研究会秘书处发表《关于补选茅盾研究会理事表决结果的通报》："根据学会于 2014 年 7 月 12 日晚上在陕西师大召开的'茅盾研究会理事会'所提动议，我们于今年 8 月 8 日向学会全体会员发出了《关于补选理事人选表决通知》。截止到 8 月 31 日，以下 9 位理事候选人均获得通过：杨扬、张鸿声、赵思运、钟海波、刘传霞、商昌宝、郭国昌、吕周聚、李春燕。"

9 月 3 日，中国茅盾研究会秘书处发表《关于补选茅盾研究会副会长表决结果的通报》："根据学会于 2014 年 7 月 12 日晚上在陕西师大召开的'茅盾研究会理事会'所提出的副会长候选人的建议，我们于 8 月 8 日向学会理事发出了《关于副会长人选表决通知》。截止到 8 月 31 日，经我们统计，回信表示同意李继凯担任副会长职务的人数已超过参加表决人数的 2/3，根据学会章程，这次表决结果有效。"

2014 年 10 月

《MIDNIGHT—子夜》英文版由外文出版社出版，平装 16 开，532 页。

2014 年 12 月

12 月 12 日，现代文学家茅盾的《自传一章——我的小学时代》珍贵手稿和四通致著名出版人陶亢德的信札由陶亢德后人委托，亮相南京经典中国首场文学拍卖会。

茅盾小说《蚀》将搬上荧幕。据《京华时报》消息，2014 年 12 月 27 日，由作家出版社等单位主办的中国影视文学交易研讨会在中国现代文学馆举行。作家出版社旗下的百城映像将拍摄"中国现代文学经典改编电影系列"，其中就包括根据茅盾经典小说改编的电影《蚀》。为何选择《蚀》来改编？总编剧吴滨说："《蚀》三部曲讲述了那个时代青年人在大革命中的沉浮，一个世纪过去，当代青年人在成长中遇到的困惑与故事中的人物类似，能够引起当代年轻人的共鸣。”

为了更好地传承茅盾的文学遗产，浙江传媒学院茅盾研究中心和浙江省桐乡市文化广电新闻出版局联合编撰的“茅盾研究丛书”由现代出版社出版发行。丛书主任吴利民、张邦卫，执行主任赵思运、陈洪标，副主任蔺春华。丛书首批两部著作《茅盾研究年鉴（2012—2013）》和《新世纪语境下茅盾的多维透视》在论坛上首发。前者全面整理了2012年至2013年有关茅盾研究的大事记、关于茅盾的重要研究论文、论著等资料；后者从崭新的视角论述了茅盾的精神人格、艺术成就、学术贡献以及茅盾经典作品的影视改编等问题。

浙江传媒学院茅盾研究中心主持的“茅盾研究”栏目在《浙江传媒学院学报》2014年第6期创办，首期发表蔺春华《20世纪中国政治文化视野下的茅盾王蒙比较论纲》、谢群《论茅盾〈楚辞〉研究的神话学阐释》、张彩虹《从电影〈林家铺子〉看茅盾小说的诗意化表达》。

2015 年茅盾研究大事记

2015 年 1 月

1 月 20 日，浙江传媒学院下发《关于公布浙江传媒学院校级科研机构评审结果的通知》，浙江传媒学院茅盾研究中心被评为校级研究机构。浙江传媒学院茅盾研究中心主任为赵思运，副主任为蔺春华。

2015 年 3 月

3 月 13 日，中国作家协会书记处再度修订"茅盾文学奖评奖条例"，而上一次修订是在 2011 年 2 月 25 日。主要有三处不同：一是首次提出评委"年龄一般不超过 70 岁"；二是在评奖程序上，提名作品锐减一半，同时不再规定投票轮数；三是特别强调评奖纪律，"评奖委员会成员和评奖办公室工作人员，须自觉遵守本条例和评奖细则规定的评奖纪律，不得有任何可能影响评奖结果的不正当行为"。

2015 年 4 月

4 月 3 日，由浙江省桐乡市文化广电新闻出版局、浙江传媒学院茅盾研究中心主办，文学院承办的茅盾高端论坛暨茅盾研究丛书首发式在浙江传媒学院桐乡校区举行。钟桂松、王嘉良、张直心、吴秀明、余连祥、周兴华、商昌宝等 20 多位专家学者与会讨论。大家谈到，21 世纪以来，茅盾研究在持续推进，每年都有数百篇相关学术论文发表。茅盾的作品呈现出“社会现代性”和“审美现代性”交错、混杂的景观，依然存在巨大的阐释空间。特别是茅盾作品中所表现的现实主义品格，恰恰是当下文坛所缺乏的。他在小说中对历史事件和社会生活的真实再现、对人性复杂性的深刻揭示，都是留给中国文学的宝贵遗产。为了更好地传承茅盾的文学遗产，浙江传媒学院茅盾研究中心组织编撰“茅盾研究丛书”。丛书首批两部著作《茅盾研究年鉴（2012—2013）》和《新世纪语境下茅盾的多维透视》在论坛上首发。中国茅盾研究会会长、北京师范大学教授钱振纲在贺信中说：“由浙江传媒学院文学院师生共同主编的《新世纪语境下茅盾的多维透视》和《茅盾研究年鉴》（2012—2013）两部著作，站在新世纪的高度，关注了茅盾研究的历史和现状，涉及对茅盾研究史料的整理发掘和茅盾文艺思想、文艺批评等问题的纵深研究，体现了近年来茅盾研究领域的重要收获。这一活动的意义不仅在于为当下的茅盾研究做出了重要贡献，由于引导在校学生积极参与到茅盾研究的事业中，它必将对茅盾研究未来的发展产生重要的影响。我还想以学会的名义对即将成立的浙江传媒学院茅盾研究中心的同人提出一个希望。希望在今后的茅盾研究中，我们能够加强交流与合作。通过我们的共同努力，茅盾研究一定会人才辈出，蓬勃发展！”

2015 年 5 月

2015 年 5 月 14 日至 15 日，由桐乡市文化广电新闻出版局、中国社会科学院郭沫若纪念馆、茅盾故居（北京）主办，桐乡市茅盾纪念馆、乌镇旅游有限公司、植材小学承办的“笔剑无分同敌忾，胆肝相对共筹量——郭沫若与茅盾展”暨“抗战中的郭沫若与茅盾”学术研讨会，于浙江省桐乡市乌镇举行。桐乡市政协主席池晓明，全国政协委员、中国作家协会全国委员会委员、中国郭沫若研究会副会长艾克拜尔·米吉提出席了开幕式并致词。桐乡市文化广电新闻出版局副局长吴赟娇主持了开幕式。“笔剑无分同敌忾，胆肝相对共筹量——抗战中的郭沫若与茅盾展”有 40 幅展板，共分三个部分，以中国革命史，特别是抗战史为背景，以郭沫若与茅盾生平交融为主线，以他们的文学争论、战斗历程、文化成就、革命友谊为副线，全面追溯和展现了郭沫若与茅盾“笔剑无分同敌忾，胆肝相对共筹量”的豪迈气魄和伟大友谊。出席此次活动的还有中国郭沫若研究会执行会长、北京郭沫若纪念馆研究员蔡震，中国郭沫若研究会副会长、山东师范大学教授魏建，北京茅盾故居主任郭丽娜，桐乡市文化广电新闻出版局局长吴利民，桐乡市茅盾纪念馆馆长张丽敏，以及其他来自全国各地的专家学者和相关人士共计50余人。

茅盾《林家铺子》插图典藏本由中国画报出版社2015年5月出版。

茅盾《雾中偶记》插图典藏本由中国画报出版社2015年5月出版。

“第九届茅盾文学奖参评作品目录”中，有中文在线、晋江文学城、半壁江中文网等网站申报的曹异的《嗜血的皇冠》、张巍的《太太万岁》、却却的《战长沙》、欧阳乾的《江湖凶猛》和疯丢子的《战起1938》共5部网络长篇小说入围茅盾文学奖评审大名单。

2015年7月

7月5日，在国泰电影院召开《蚀》系列之《江枫渔火》座谈，参加人员：张建亚（上海电影家协会主席、导演）、朱枫（上海电影评论学会会长、导演）、毛尖（华东师范大学教授）、郑大圣（系列电影《蚀》总导演）、潘雨（系列电影《蚀》导演）、赵建中、齐青、鲍芝芳、沙扬、卢行、汤惟杰、陈云芳等。

2015年8月

新华网北京8月16日电第九届茅盾文学奖8月16日在北京揭晓，格非《江南三部曲》、王蒙《这边风景》、李佩甫《生命册》、金宇澄《繁花》、苏童《黄雀记》5部长篇小说获得该项殊荣。茅盾文学奖由中国作家协会主办，每四年评选一次。第九届茅盾文学奖的评奖范围为2011年至2014年出版的长篇小说，共有252部作品参评，比上届增加74部。中国作家协会书记处聘请了来自全国各地的62位作家、评论家和文学组织工作者组成评奖委员会。评委对作品进行了认真阅读、深入讨论，经过5轮投票，于8月12日产生了10部提名作品并进行3天公示。8月16日，经第六轮投票，产生了5部获奖作品并向社会公布了实名投票情况。中国作协专门设立纪律监察组全程监督，聘请国家公证机构对评奖进行公证。

原中国茅盾研究会副会长、顾问孙中田先生因病医治无效，于 2015 年 8 月 31 日 6 时 56 分在长春逝世，享年 88 岁。孙中田先生生于 1928 年，黑龙江安达人。1947 年入东北大学参加革命，1950 年毕业于东北大学文学院，留校任校刊编辑，1951 起执教于中文系，先后任助教、讲师、副教授，并担任中国现代文学教研室主任。1983 年任教授，同年加入中国共产党。1986 年后任中文系主任、校学术委员会委员、校务委员会委员。同年经国务院学位委员会批准为中国现当代文学博士生导师。1989 年任东北师范大学图书馆馆长。曾任吉林省政协委员。系中国作家协会会员，历任中国现代文学研究会名誉理事，中国茅盾研究会副会长、顾问，《茅盾全集》编辑委员会委员，《茅盾研究》主编，吉林省文学学会会长、名誉会长，英国牛津传记中心名誉理事。曾获吉林省长白山文艺奖终身成就奖。孙中田先生是中国现代文学界的著名学者，尤其是在茅盾研究领域，孙中田先生是屈指可数的奠基性学者之一。著有《茅盾小说与“红楼”情结》、《茅盾早期文艺思想脞谈》、《图本茅盾传》、《茅盾研究资料》、《论茅盾的生活与创作》、《茅盾书信集》、《色彩的诗学》等重要论著，为新时期茅盾研究做出重要贡献。

2015 年 9 月

9 月 29 日晚，第九届茅盾文学奖颁奖典礼在北京中国现代文学馆举行。中国作协主席、第九届茅盾文学奖评奖委员会主任铁凝，中国作协党组书记、副主席钱小芊出席颁奖典礼并分别致辞。中宣部副部长景俊海出席颁奖典礼。格非、王蒙、李佩甫、金宇澄、苏童 5 位获奖作家上台领奖并分别发表获奖感言。颁奖典礼由李敬泽主持，阎晶明、额尔敦哈达、水运宪、张莉、孟繁华宣读授奖辞，铁凝、钱小芊、翟泰丰、金炳华、李冰、景俊海、吉狄马加、何建明、陈崎嵘、白庚胜为获奖作家颁奖。第九届茅盾文学奖评委、纪监组成员、获奖作品责任编辑、中国作协各单位各部门负责人以及正在鲁迅文学院学习的中青年作家、全国网络文学重点园地工作联席会议成员单位、中国传媒大学学生代表等近 500 人参加了颁奖典礼。

2015 年 11 月

程光炜专著《文化的转轨——“鲁郭茅巴老曹”在中国（1949—1981)》由北京大学出版社出版。本书讲述的是 20 世纪中国革命大叙事中六位经典作家的小故事，这六位作家分别为鲁迅、郭沫若、茅盾、巴金、老舍、曹禺。从 1917 年到 1949 年到“文化大革命”结束，在巨大的历史转折中，他们经历了怎样的身世起伏心境曲折？他们的日常起居、读书写作是怎样的？又是如何被卷入纷繁的社会事务的？如果忘掉这些正史间隙的轶事，它们就可能变成一处寂寞的遗址，甚至一抔消失的黄土。作者以“历史导游”的方式，从一个个小的时间节点切入，避开学术论文的严正刻板，试图去触摸一个个不经意的细节，品味一缕缕沉香幽暗的气韵，钩沉作家们细微的生活世界。本书如同历史与当下间的喁喁私语。

2015 年 12 月

中国茅盾研究会理事、著名茅盾研究专家罗宗义先生因病医治无效，于 2015 年 12 月 8 日凌晨 5 时 10 分不幸逝世，享年 79 岁。罗宗义先生生于 1937 年，四川省双流县人。1953 年 10 月考入北京师范大学中文系，1957 年 10 月毕业后来内蒙古赤峰市第二中学任高中语言教师，语文教研组长。1982 年 2 月至 1982 年 9 月在赤峰市教育学院工作，任教研员。1982 年 10 月至 1983 年 10 月在赤峰市电视大学任教。1983 年 10 月来到赤峰师专中文系任教，从 1984 年 7 月任中文系主任，校学术委员会副主任，直到退休。1984 年 12 月加入中国共产党。1994 年 10 月起享受国务院政府特殊津贴。曾任中国现代文学研究会理事，中国茅盾研究会理事，中国丁玲研究会理事，赤峰作家协会副主席、赤峰文联理事，赤峰市教育学会。多次被评为先进教师、优秀教学成果一等奖；1994 年被推荐为曾宪梓教育基金会高等师范专科院校教师奖；1994 年收入《中国大百科专家人物传集》并获 20 世纪中国知名专家称号。其《茅盾文学批评论》产生了较大的社会影响，在“茅盾研究国际学术讨论会”上被列为大会赠书，并被评为最新研究成果。

钟桂松编《茅盾文集》（全十卷）由中华工商联合出版社 2015 年 12 月出版。16 开精装和平装两种，3136 页。

第 二 编

重要论文

理性审视：政治文化视阈中的茅盾

王嘉良

摘要　对中国现代文学大家茅盾的评价，长期以来因其创作中显露的政治化倾向而存在分歧，这意味着从政治文化视阈对茅盾作理性审视十分必要。茅盾形成“矛盾”人生和独特的作家角色定位，在文学和政治的交错中创作，并作出自己的相应建树。这些都需要将其置于20世纪中国文化语境中考量，作出准确估价。

关键词　政治文化；“矛盾”人生；作家角色；创作模式

对中国现代文学大家茅盾的评价，其文学活动和创作中显露的政治化倾向，向来被学界所关注且饱受争议。对作家只作单一政治判断，有可能造成对作家的“误读”：当政治文化高扬时有很高的地位，反之则一落千丈。这意味着理性审视茅盾处理政治与文学的关系十分必要。事实上，从政治文化视阈审视茅盾，牵涉到对茅盾独异文学路径的理解，也涉及对其“矛盾”人生与独特“作家角色”意义的认知。这里，重要的是要将其放置在中国20世纪复杂文化语境中作出科学分析，从而达到对作家本体固有价值的还原；更重要的是，借此可以厘清文学史上许多复杂的理论问题，尽可能实现文学史经验的有效总结。

一　“矛盾”人生：复杂文化语境中的艰难选择

通常对茅盾形象的描述，是革命家、政治家与文学家的三位一体，这是大致不错的，许多中国现代作家也可作出这样的描述（如鲁迅、郭沫若等），非独以茅盾为然。这是独特中国文化语境中“作家角色”的一种特殊构成。中国20世纪文化呈现出这样一种动态结构：文化在传统与现代的对立中转型，在中西文化激烈冲撞中变革，在空前的社会大变动中转化。在这错综复杂的情势面前，一切文化人都需要经受检验而决定其弃取，其人生道路的择定也无不受制于此，于是作家与革命、政治也会发生不同程度的关联。对复杂文化语境中茅盾真切面貌的认知，还应有对其“个体”特色的考量。诚如有研究者指出的，茅盾其人及其构筑的文本世界，“并不像有人说的是简而明的理性图式，它的整体艺术风貌是特异与复杂的。各种矛盾冲突错杂地交织在一起，不同的情绪和心态交混在一起，人生的复杂和人心的深度交融在一起”①。茅盾的“矛盾”人生集中显现了其文化思想、文化选择的矛盾性，从中映现的恰恰是这位作家在中国复杂文化语境中并不单一的文化选择路径。

这里可以茅盾的“矛盾”人生中的重要节点——体现中国社会文化大动荡、大变革的大革命失败，由“沈雁冰”转化成“茅盾”为标识略作评说。

1.“茅盾前”：“取精用宏”的文化选择姿态，显示其文化思想的开阔性。

这一时段大体上是中国新文学头十年时期。茅盾作为一位真正从“五四”走出的作家，顺应着五四新文化的基本走向，同“五四”的进步文化人保持整体上的一致，对其评价，也不会产生太大的分歧。“五四”是一个元气淋漓、改弦更张的时代，茅盾在五四新文化思潮中成长，深厚的“国学”根基和开阔的“西学”背景，使其在宏阔的文化视野中观照西方文化与传统文化，显示出新一代作家的特色：眼光向外，必造就知识结构的更新和意识观念的调整，特别是近代科学精神赋予其审视世界的全新眼光和穷根究底的运思习惯。其时的茅盾，广纳博取、兼容并蓄各种外来思潮，进化论、人道主义、个性解放以及文艺上的“为人生”文学观、

① 朱德发：《茅盾研究的思索》，载吴福辉、李频编《茅盾研究与我》，华夏出版社1997年版，第12页。

现实主义文学观，甚至现代主义文学观，等等，都曾为其所吸纳，显示出文化思想的开阔性和驳杂性。驳杂性，也许是“五四”一辈作家所共具，他们对各种思想、主义的理解，在今天看来都并不十分精确，但一体吸收、为我所用的态度，毕竟厚实了最初的新文化思想积累。特别需要指出的是，茅盾对于当时被称为“新派”的新浪漫主义（现代主义）文学思潮也持肯定、赞赏态度，还能力排众议，认为“文学上要有新派兴起”，实是“启蒙时代必不可避免的现象。我希望大家能够把公正的心去批评新派”①，这同他后来只持守现实主义全然不同，显示其时茅盾的文艺思想并不单一，也不封闭，甚至还有“超前”的一面。

当然，作为后起的“五四”作家，茅盾毕竟有着自己独特的文化选择视角。他步入文坛，已处在新文化运动热潮中，他最初的也是影响了他一生的文化/文学选择也会同前辈作家有所不同。如果说，在新文学启蒙与救亡的双重变奏中，鲁迅等前辈作家大抵有过探索启蒙思潮的浓厚兴趣，那么比鲁迅晚生十五年，在“五四”救亡热潮中走向文学的茅盾，显然会选择偏重“救亡”的一面。在“五四”以后的相当长时期里，茅盾同时担负着文学家和社会革命家的双重角色，他当时还不是创作家，但却是于新文坛有深重影响的文学理论家，其充当文学的“社会批评家”的角色在当时是无出其右的。如果说在双重主题交织中的“五四文学”也有一种“救亡”传统的话，那么茅盾无疑是体现这一传统的突出代表。而这并不妨碍从弘扬“新思潮”的意义上评说茅盾。有学者指出：“我不认为救国或救亡热忱必然会使新思潮、新文化改革运动流于偏失，早期知识分子原是选择以思想文化革新作为救国的途径，这些革新也因救国热忱而得以迅速开展。”② 此说甚是。关注现实、关注国家和民族的前途、命运，强化了知识分子对社会现实的参与意识，使他们的社会实践活动、文学观念总是显示出紧随时代潮流的趋向。就此而言，茅盾此时的文化/文学选择便显现出与时代主潮的契合性。

---

① 《茅盾全集》第18卷，人民文学出版社1989年版，第267页。

② 周策纵：《五四运动史》，岳麓书社1999年版，第13页。

2. “茅盾时”：陷入深刻的思想“矛盾”，显示出追随时势与自我选择的两难。

茅盾的思想突变，发生在 1927 年大革命失败的独特时代语境中，其思想情绪、身份角色亦产生了重大转换。“我经验了动乱的中国的最复杂的人生的一幕，终于感到了幻灭的悲哀，人生的矛盾。在消沉的心情下，孤寂的生活中，而尚受生活执着的支配，想以我的生命力的余烬从别方面在这迷乱灰色的人生内发一星微光，于是我就开始创作了。”[①] 这便是其自名“茅盾”的开始，其第一部小说集《蚀》三部曲亦由是问世。

在大时代的裂变中，茅盾痛切地感受到“人生的矛盾”，在此前的人生经历中，茅盾并非没有碰到过矛盾，但唯有这一次他才切切实实“理解到那时渐成为流行语的‘矛盾’一词的实际”：不但看到了严酷革命斗争中的矛盾，知识分子“在这大变动时代的矛盾”，还有“我自己生活上、思想中也有很大的矛盾”[②]，诸种矛盾集于一身，遂有切入其心灵深处又无法解脱的矛盾心态大展露。此种心态的突出表征是，此时的茅盾已陷入了不愿盲目追随时势又不肯轻易放弃自我追求的两难境地。时势要求革命继续前进，茅盾对理想与主义当然不会轻易放弃；但激进的革命者要求“革命的不断高涨”，他认为这无异于“像苍蝇那样向窗玻片盲撞”，如此这般高喊“出路”，“差不多成为‘绝路’”[③]。话说得很重，也颇为刺耳，透露出他对革命前景的迷茫，难怪不能被先前的同道者所理解了。茅盾后来回忆其踏入社会以来，逐渐养成了“遇事好寻根究底，好独立思考”的习惯，“但是这个习惯在我的身上也有副作用，这就是当形势突变时，我往往停下来思考，而不像有些人那样紧紧跟上”[④]。“停下来思考”，这无可厚非，但茅盾把大革命失败后的迷茫，仅仅说成是“停下来思考”，似乎有些轻描淡写，其实情况比这严重得多。他此时的“迷茫”程度的确不轻，还“主动”离开革命队伍，以至于就此“脱党”[⑤]。于

---

① 《茅盾全集》第 19 卷，人民文学出版社 1991 年版，第 177 页。
② 《茅盾全集》第 1 卷，人民文学出版社 1984 年版，第 424 页。
③ 《茅盾全集》第 19 卷，人民文学出版社 1991 年版，第 181 页。
④ 茅盾：《我走过的道路》（中），人民文学出版社 1984 年版，第 1 页。
⑤ 参见余连祥《逃墨馆主——茅盾传》，浙江人民出版社 2006 年版。

是，这“停下来思考”的结果，恰恰改变了茅盾既往的人生轨迹：职业革命家的经历由此终止，小说家的茅盾因时而生。对于茅盾角色的转换，是耶非耶，幸与不幸，很难遽然作出判断。丢掉党籍也许是茅盾一生的隐痛，但他并未放弃对革命的信仰，遂有其后多次向组织的申诉，直至临终前仍有恢复党籍的请求。但暂时搁下政治纷争，从此心无旁骛，专注于文学，中国多了一个卓有建树的作家，也未始不是一件幸事。

3. “茅盾后”：思想依然处在“矛盾运动”中，同样见出文化选择的艰难。

茅盾作为作家而非革命家的身份，受到的关注度大大超过之前。吴组缃当年就有此评价：“中国自有新文学运动以来，小说方面有两位杰出的作家：鲁迅在前，茅盾在后……有人这样说：‘中国之有茅盾，犹如美国之有辛克莱，世界之有俄国文学。’这话在《子夜》出版以后说，是没有什么毛病的。”① 但盛名之下的茅盾，并没有也不可能就此平复其“矛盾”心态。因为实际的情况是，如果没有大革命的失败，“沈雁冰”也许不会变成“茅盾”；但另一方面，“茅盾”终究是从“沈雁冰”变化而来，他的政治意识不可能突然转变，更与那些远离政治、远离现实社会的作家大不相同。这就造成了茅盾左右失据的两难，甚至陷于“赤者嫌其白，白者斥其仍赤”的尴尬境地。革命文学家根据茅盾《从牯岭到东京》里的一番言说，指斥其已经倒退、落伍，断言其“矛盾，冲突，挣扎的结果，他终于离开了无产阶级文艺的阵营”②；而有些文人却从另一个方向作出判断，认为“大事变”后的茅盾“勇敢”地说出自己的真切思想，“没有资格”说“作者的思想落了伍”，他们所不解的是茅盾经过短暂的“消极”后，又“重新‘向左转’”，写出了“由黑暗走向光明的《子夜》”③。这是使茅盾极为痛苦的：他并不认为不盲目追随时势便是“落伍”；他从来没有“向右转”过，也不可能“向右转”，何以会招致如此非难？“知我者谓我心忧，不知我者谓我何求”，这也许就是茅盾当时的心境。《幻

---

① 吴组缃：《〈子夜〉》，《文艺月报》1933 年第 1 卷。

② 钱杏邨：《从东京到武汉——读了茅盾〈从牯岭到东京〉以后》，载伏志英编《茅盾评传》，现代书局 1931 年版。

③ 郑学稼：《茅盾论》，《文艺青年》1941 年第 2 卷第 4、5 期合刊。

灭》出版单行本时，扉页上题了《离骚》中的诗句：“吾令羲和弭节兮，望崦嵫而勿迫；路漫漫其修远兮，吾将上下而求索”，就反映了此种苦苦思索的心情。

革命与文学交织中的茅盾，此后的创作一如既往地联系着现实政治反映时代社会，这与以往那个茅盾并没有实质性改变，反映出他并不张扬的从善如流的品性。然而，由于中国文化长期受“左派幼稚病”的困扰，茅盾也总是处于选择的两难中。一方面，对于逐渐滋长的“左”倾思潮，他并不完全赞同，但另一方面，毕竟由于已在“认准”的道路上行进，当时的“左”倾思潮对他也有“很大的影响”，使其“受害不浅”。① 不过需要指出的是，较之政治色彩浓厚的作家“文化人”，茅盾还算得上是努力避免和克服片面性的一个。他的“儒雅”风尚和并不激进的文学态度，显现了他为文不忘“救亡”的文人士大夫精神，但也不会扮演一个唱着革命高调的极“左”革命家的形象。茅盾左翼文学时期曾对激进的“革命文学家”的创作提出严厉批评，中华人民共和国成立以后因提倡“中间人物论”而获罪，便都是适例。就性格个性说，其自谓“秉承慈训，谨言慎行”，并非虚言。他有热情，但并不激进，参与各种论争，为文并不锋芒毕露。他经历了大波大澜，但似乎也没有太多的大喜大悲，始终保持着一种平和的心态，即使遇到挫折，也只是将自己置于痛苦、矛盾的心狱中，茅盾“文化大革命”中就保持了“十年沉默”②，以表示他的无声抗议，并不像有些文化人那样乱了方寸。凡此都足以说明，作为一个有一定政治主见的作家，茅盾的确有其独立不羁的文化品性。

二　作家角色：“文人从政”心态与独特展现方式

审视茅盾的心路历程，我们看到的是一个人文知识分子在复杂文化语境中的复杂心境。现在可以深入探究的是，处于此种文化语境中，茅盾是以何种角色、何种姿态介入中国特有的政治文化，并作出自己的相应建树。

---

① 茅盾：《我走过的道路》（中），人民文学出版社 1984 年版，第 58 页。

② 韦韬、陈小曼：《我的父亲茅盾》，辽宁人民出版社 2004 年版，第 57 页。

特殊的历史文化语境决定着人文知识者担当适合于自己的角色，也决定着作家“文人”的文学创作心态。中国20世纪文化的复杂样态，造就了知识“文人”多样的形态类型。有属于不问政治，纯粹“书斋”型的；也有以政治为职业，在政治舞台上擅长于作组织号令、亲冒矢石英勇搏击的“革命家”型的；自然也还有另一种“革命家”型的“文人”：他们有对主义与信仰的执着坚守，并为鼓吹自己的政治信仰而不遗余力，但他们不是那种只会冲锋陷阵的革命家，对于革命的方式有自己的独特理解，所以常常会显出“文人”气息特别浓厚的“革命家”特色。瞿秋白是一个典型例证。他在临终前写的《多余的话》中，剖明“从政”心迹，表示其对于马克思主义信仰始终“无从改变”，但自己终究是个“积习未改”的“文人”，自信搞文艺略可胜任，然而“自己的政治能力非常薄弱”却要担负几年“政治领袖”的职务，“确实是一个‘历史的误会’”①。这一番颇招致非议的“多余的话”，确乎道出了此一类革命“文人”在革命剧变时期的真实心态。就如熟知瞿秋白为人的丁玲所说：这是一位“多感的文人”的坦率自我解剖，作者在“用马克思主义的利刃，在平静中，理智地、细致地、深深地剖析着自己的灵魂，挖掘自己的矛盾”，而其“在文与政治上的矛盾”，本来就“不容易得到理解”，后人对其的误解必定在所难免。② 看来，面对特殊的历史文化语境，对于那些处身于文学与政治旋涡中的“文人”的复杂心理，的确需要细细领会。

值得注意的是，茅盾对这一类革命“文人”从政心态的理解。对于瞿秋白的《多余的话》，茅盾也发表过自己的意见。他始而有如此表述：“我对于多余的话中他所谓搞政治是‘历史的误会’，深有体会”，“感到他是诗人气质极为浓厚的人，对他以犬耕自喻，只能认为是冷静的自我解剖”③。继而又作出进一步阐说：瞿秋白对马克思主义信仰“坚定不移”，但又深感自己“搞政治”的“力不胜任”，于是就“向人们毫无保留地暴露了自己的弱点和内心的痛苦”，“他这自知之明、自我解剖的话，曾使

---

① 《瞿秋白文集》第7卷，人民出版社1991年版，第708、696页。

② 丁玲:《我对〈多余的话〉的理解》,《光明日报》1980年3月21日。

③ 茅盾:《关于重评〈多余的话〉的两封信》,《历史研究》1979年第9期。

我肃然起敬”[1]。读着这样的文句，总使人感到他与瞿秋白有那么一种惺惺相惜之感，发现这两位同样带有“诗人气质”的革命家在文学与政治纠缠上的心灵相通和某种精神上的共鸣。这里，笔者无意于将瞿秋白《多余的话》与茅盾的思想作简单类比，只想指出：茅盾对瞿秋白“从政”心迹的宽容理解，可以说明作为同为“革命家”型的“文人”，茅盾也有“文人”介入政治的独特感受与理解。他既有对“主义”的坚定持守，又有“文人”中的精英知识者对政治的独立思考精神；至于在激烈的阶级对抗中冲锋陷阵，甚至作出超越常规的极“左”行动，则既非其所长，也非其所愿，甚至还会使其产生一种极其痛苦的心理感受。他所希望的介入政治的方式，是以自己所长不断追随时代前进的步伐，坚持不懈地追寻社会进步与解放的真谛，以此心态“从政”，既保持了大多数中国“文人”勇于历史承担的品格，又有“文人”式的对于政治的独特参与方式。

就此而言，茅盾作为作家“文人”的角色定位就非常重要，其以“文人”参与政治的方式也更值得注意。诚然，茅盾有着政治家和革命家的身份，他是一位老资格的共产党人，这比同样称为“革命家”的鲁迅，其革命色彩显然要浓厚得多。或许正以此故，这位“革命家”文人游移于政治与文学之间的复杂、痛苦的心理体验少有人理解。事实上，茅盾“从政”的“文人”心态，不只表现在革命突变时期，即便在其他时候，他也常常表现出对政治、对革命力不从心的一面，而“文人”本色又使他较一般政治型作家有更多的对于文学的牵挂，这是由“革命家”的“沈雁冰”转变为“小说家”的“茅盾”的直接动因，其自名“茅盾”，实非一时之念，乃贯穿于其整个革命生涯和文学实践活动中。这既是革命情势的变化使然，也取决于茅盾个人的气质、禀赋、“职业习惯”与兴趣爱好。茅盾在《几句旧话》一文中曾就此作过追忆：他于青年时期离开学校以后，在书馆充当编辑的“职业”使他和“文学发生了关系”；大革命高潮到来后，从事职业革命活动，“简直的和文学暂时绝缘”，然而在紧张的革命活动期间，那和文学曾经有过的“职业关系”又使他经常产

---

① 茅盾：《我走过的道路》（中），人民文学出版社1984年版，第292页。

生写小说的“创作冲动”，以至于“思想常常为了意念中那小说的结构而烦忙”，“‘非职业’的再度和文学发生了来往”；终于在大革命失败“大矛盾”爆发之际，再也抑制不住汹涌的创作热情，于是就有了最初的创作：《幻灭》和《动摇》。[①] 这段自述清楚地表明：有着深厚文学积累的茅盾，文学对他的诱惑力实在太大了，即使将自己整个儿地许身于革命，也是一个“文人”气质极重的革命家，他对文学始终不能忘情，最后终于把自己牢牢地固定在了文学岗位上。正因如此，作为一个曾对中国的革命与政治作过深入探究且又介入甚深的人文知识者，茅盾对政治介入文学的方式便会有自己的独特理解与把握。

“从牯岭到东京”、从职业革命家到职业文学家的转变，这是茅盾对自己人生的一次全面和理智的估衡。他审度自己的性格、个性，深知自己并非“一个慷慨激昂之士”，“素来不善于痛哭流涕剑拔弩张的那一套志士气概”[②]，适合担当的还是作家“文人”的角色；然而，对革命曾经的深情投入，注定他不会只作一个纯粹“书斋”型的“文人”，小说创作便成了他沟通文学与政治的有效手段。沉迷于小说虚幻世界的建构，宣泄自我心灵的痛苦和创伤，他获得了前此未曾有过的艺术创作的快感；而置身事外又介入其中的对政治（革命）问题的探讨，透过文学形式表现出来，又确乎表达了他对政治的独特思考，其中包括与当时激进革命家判然有别的思考。正是因为这样独立不羁的摸索与探求，茅盾对大革命从兴起到失败的过程作了认真的反思，写出了不同于当时的主流意识形态但却浸透了自己深切心灵体验的《蚀》等作品，留下了真切反映这段历史的珍贵记录。从这个意义上说，他一度“停下来思考”，便是一种颇为难得的独立思考精神，的确会闪现出思想的光芒。

置身于激流中的政治抉择——既不乏介入革命激流的政治热情，同时又显出更阔大的政治文化视野，表现出对现实政治、社会现象的更深邃的思考，是茅盾成为左翼作家以后对文学介入政治的基本态度。此种态度使其文学创作中的政治含量有更宽泛的内涵，带有相当程度的对阶级文学的

① 《茅盾全集》第19卷，人民文学出版社1991年版，第438页。
② 同上书，第180页。

超越性。30年代的中国左翼文人，大抵和政党政治有着密不可分的联系，而政党政治“为的是要保证社会革命获得胜利和实现这一革命的最终目标——消灭阶级”①，由是，左翼作家趋向于政党政治、阶级政治的目标，亦无可厚非。但茅盾对左翼文学只表现单一政治的目标似乎并不满意。他对左联的态度即是一例。身为左联作家的他，却对左联的决议“多半是直觉的不赞成”，尤其对左联不重创作，热衷于搞“飞行集会”之类很不以为然。茅盾如此评价左联：“说它是个文学团体，不如说更像个政党。”② 这隐隐透露出茅盾的不满情绪。这不能说茅盾已经放弃了左翼文学的立场，而是他对政治介入文学有自己的理解。在他看来，文学（包括左翼文学）参与政治，应有更广泛程度的参与，那种以为“惟有描写第四阶级生活的文学才是革命文学”，必将使文学走进“一条极单调的仄狭的路”③。因之，就有了茅盾寻求拓宽文学表现政治路径的独特思考，其创作所蕴含的独特意义也由是明了。

三　文本呈现：政治与文学联姻的创作模式建构

基于文学与政治关系的独特认知，便有茅盾创作体现政治与文学联姻的独特创作模式建构。茅盾注目当代社会、注重社会分析的文学创作模式，具有显著的政治化倾向，故多为人们论及，且常被人诟病。笔者以为，论述茅盾的政治文化态度，不可不谈其文学创作，因为作家的文化选择、观照视角毕竟主要是在文学实践活动中显现出来的，而考量其创作意义也不可忽略整体的文化背景。倘若联系中国20世纪的文化语境，作家介入政治是一种普泛性的文化需求，同时也联系茅盾以“文人”心态“从政”的实际，他对于政治介入文学，常常显出作为一个人文知识者而不单纯是政治家对政治的思考，那么，对其创作模式也应有积极的评价。要而言之，下述三个方面是论其创作模式应予特别强调的。

其一是拓宽政治文化内涵，延展文学对政治的多向度渗透。观照茅盾创作显露的政治化倾向，最适宜的研究视角是阿尔蒙德的“政治文化学”

---

① 《马克思恩格斯选集》第2卷，人民出版社1975年版，第138页。

② 茅盾：《我走过的道路》（中），人民文学出版社1984年版，第52、56页。

③ 《茅盾全集》第19卷，人民文学出版社1991年版，第165页。

理论。“政治文化是一个民族在特定时期流行的一套政治态度、信仰和感情。政治文化是由本民族的历史和现在社会、经济、政治活动进程所形成。人们在过去的经历中形成的态度类型对未来的政治行为有着重要的强制作用。”① 按此理解，茅盾堪称典型的“特定时期”中国政治文化的文学表达者。这固然取决于特定政治文化需求对茅盾的召唤：他过去的革命经历及其面对的复杂文化环境，势必对其文学创作中的政治介入产生“重要的强制作用”。诚如美国学者安敏成所说，审视中国现代作家在“中国的两种革命——政治的与文学的”交织中进行，“必须考察新文学诞生其中的文化危机语境以及为中国知识分子所热衷的一种特殊的文学借鉴”②。同时，也要看到，茅盾的创作注目于当代社会的解剖，且将笔触延伸到社会活动的各个侧面，的确是一种特定时期政治文化的显著呈现。审度其创作的两个基本主题，无论是前期作品对大革命历史经验的总结（如《蚀》、《虹》、《野蔷薇》等），抑或是后期以《子夜》为代表的大规模描写和解剖当代社会的创作，无一例外都联系着“本民族的历史和现在社会、经济、政治活动进程”，这是其创作区别于其他作家的重要标识。茅盾似乎天生对文学的狭小格局不感兴趣，只是热衷于解剖“整体社会”的宏大叙事，于是就有了其创作对中国民族“当代史”的精彩演绎。从这个意义上说，茅盾并不是那种刻意寻求艺术独立性的作家，政治文化叙事使其在艺术创造性上或有所失，但其以一个作家的历史担当精神承负起民族政治表现者的角色却是独步文坛，这是其创作的独特历史价值所在。作为人文知识者的作家，面对变动不居的文化潮流，任何时候都不可或缺应有的历史担当精神，这应是茅盾创作给人们的重要启示。

其二是强化理性思维参与创作，显现人文知识者阐释政治的独立思辨精神。茅盾的创作素来以“理性化”著称，他甚至直言其创作总是“从一个社会科学命题开始的”③。这里面有属于个人经验乃至写作习惯之类

---

① ［美］阿尔蒙德：《比较政治学：体系、过程和政策》，曹沛霖等译，上海译文出版社 1987 年版，第 29 页。

② 安敏成：《现实主义的限制——革命时代的中国小说》，姜涛译，江苏人民出版社 2001 年版，第 2 页。

③ 《茅盾全集》第 23 卷，人民文学出版社 1996 年版，第 215 页。

的东西，但从更开阔的背景来看，却是茅盾作为人文知识者的作家思考政治问题的一种特有习惯与方式。茅盾在长期的革命实践中业已形成对政治的独特呈现方式，其用文学表现政治自然也会有自己的理性思索，不可能像一般政治家那样只是止于政治现象的表象分析。诚如其自述：一个作家“不但须有广博的生活经验，亦必须有一个训练过的头脑能够分析那复杂的社会现象；尤其是我们这转变中的社会，非得认真研究过社会科学的人每每不能把它分析得正确”[①]。科学分析加重了创作的理性色彩，使其作品中表达的政治文化理念愈益显露，也愈见其审视政治的独立思考精神。这突出地反映在茅盾透过社会经济结构的解剖来探索中国社会根本性问题的许多小说中（如《子夜》、《林家铺子》、《春蚕》等）。例如，“资本主义道路在中国走不通”是一个尖锐的政治命题，但茅盾通过对社会经济问题的切实思考与研究，从经济视角表现它，便使其有独到的发现。《子夜》中贯穿始终的是一条明晰的“经济”脉络，作品描写的公债市场、金贵银贱、银根吃紧等，便是与社会变动息息相关的一个个经济问题；而主人公吴荪甫办民族工业失败，破产出走，给他以毁灭性打击的，并不是工厂罢工、农村暴动，而是公债市场上的投机失败，这就把外资入侵、民族经济崩溃导致社会弊端丛生的根源揭露无遗。茅盾的理性分析，显然比单纯强调阶级斗争理论的政治家高明得多，以此把握创作，必使小说的政治批判达到应有的对“社会”的认识深度和批判力度。

其三是调动多种现实主义叙事技巧，实现文学对政治的艺术表达。论及茅盾的创作模式，也应指出：政治文化、理性思维作为非文学因素与“文学性”构成矛盾，其在创作中的参与应是有限度的，作家必须审慎对待政治理性在创作中的介入，尽力实现文学对政治的艺术表达。在这方面，茅盾所独具的现实主义表现功力，起到了重要作用。韦勒克就曾谈到现实主义的先天命运——政治性与文学性的冲突，但他也指出：“在现实主义中，存在着一种描绘和规范、真实与训谕之间的张力。”[②] 这说明，作家如果能够突破政治阐释“规范”和“训谕”的制约，就能获得真实

---

① 《茅盾全集》第 19 卷，人民文学出版社 1991 年版，第 406 页。

② R. 韦勒克：《批评的诸种概念》，丁泓、余徵译，四川文艺出版社 1988 年版，第 232 页。

艺术描绘的现实主义张力，从而有效克服理性思维给艺术带来的损害。基于其对本真现实主义精神的理解，茅盾在处理理性与艺术的关系时颇有值得称道之处。比如注重“观念”的形象化表达，理性在艺术形式中的介入是采取“渗透”而非直接表露的方式。他曾多次谈道：“‘人’——是我写小说时的第一目标”，应当“把‘人物’作为本位，尊为第一义”，这表明他对理性思维主要是寄寓在“人”（或者说是形象）身上完成这一点是有清楚认识的，因而尽管其小说常以主题制胜，但“观念”并不是被单独“复制”，而是透过人物的复杂命运逐步“透露”出来，作品给人印象最具体、最深刻的还是那些独具个性的人物形象（如吴荪甫、赵伯韬等）。茅盾还十分重视多种现实主义技巧的娴熟运用。就如普实克所说：茅盾“所用的是欧洲正宗的现实主义方法”，其创作特点是“隐去故事叙述者的一切痕迹”，“不带主观色彩的描写”，使用经过润饰的“文学词藻”等。[①] 这使其小说的政治叙事既不具有明显的“主观色彩”，又能有效运用规范的现实主义手法（包括精细的叙事、饱满的结构以及驾驭众多人物的能力），使作品理性的参与能自然地融会在整体的艺术表现中。这便是一个政治色彩浓厚的作家，能够在文学创作中准确处理政治与文学关系的独特价值所在。

原刊《天津社会科学》2014 年第 3 期

① 普实克：《论茅盾》，载李岫编《茅盾研究在国外》，湖南人民出版社 1984 年版，第 736、625 页。

“民族的文学”与“世界的文学”
——论茅盾现代文学观的前瞻性

朱德发

摘要　在中国文学向现代转型的激变期“五四”，茅盾的现代文学观极为丰富又具有前瞻性。近30年对其研究达到相当高的学术层次，但是对他提出的“民族的文学”与“世界的文学”两个范畴及其相互关系的探究却显不足。早在19世纪20年代歌德提出了“民族文学”与“世界文学”两个概念，随后马克思、恩格斯在《共产党宣言》中提出“世界的文学”设想；逮及20世纪中国五四文学革命勃发，首倡建构“民族的文学”（即国民文学）与“世界的文学”的茅盾，既对民族文学与世界文学及其相互关系作了精辟论述，又对先创造国民文学再联合各国建设世界文学的缘由给出充分阐明，也对现代中国民族文学必具的美学特征作出了科学的预测。茅盾的现代文学观不仅具有原创的理论价值，而且它的前瞻性也具有当下的现实意义，对于解决新世纪以来文学创作繁荣背后的“乱象”大有裨益。

关键词　茅盾；现代文学观；民族文学；世界文学

在一个民族或国家的文学整体转型的激变期，往往呼唤深谋远虑的、站在学术前沿的文学理论家所设计的现代文学创造方案，既有现实针对性又有超前的远见性。众所公认，五四文学革命是中国古代文学向现代文学转换的激变期，文学变革的先驱们争先恐后提出现代性的文学主张或创构

新文学的设计方案。胡适把"国语的文学，文学的国语"作为文学革命的根本方针，形成终生为之坚持不渝的白话文学观念；陈独秀提出了建设"国民文学"、"写实文学"、"社会文学"三位一体的文学主张；周作人提出了创建"人的文学"、"平民文学"的设想；李大钊"所要求的新文学，是为社会写实的文学，不是为个人造名的文学；是以博爱心为基础的文学，不是以好名心为基础的文学；是为文学而创作的文学，不是为文学本身以外的什么东西而创作的文学"①；郭沫若主张创造"生命文学"；茅盾提倡建设进化的平民的为人生的文学，等等。对于上述新文学主张或新文学观念的研究与阐释，发表过不胜枚举的论文，出版了难以统计的著作，将五四文学理论思想的探讨推上了一个相当高的学术层次。然而不可否认的是，将茅盾的文学思想置于文学研究会的社团背景予以研究较为充分，而把它放在中国文学整体向现代转型的五四文学革命激变期进行洞察则显得薄弱，特别是茅盾当时明确提出的"民族的文学"与"世界的文学"，以及他们之间相互关系的具有辩证性与前瞻性的文学思想至今罕见深入而系统的探究，现代中国文学研究"去政治化"以来更是少人问津了。

一

早在19世纪20年代，歌德读了中国言情小说《风月好逑传》，深切地感悟到这部小说与他写的"《赫尔曼与窦绿台》以及英国理查生写的小说有很多类似的地方"，从思想、感情和行为方面认识到德国人与中国人是"同类人"，致使"民族文学在现代算不了很大的一回事，世界文学的时代已快来临了"②。歌德这是站在全人类立场上首先发出了"世界文学"的呼唤，提出了"民族文学"与"世界文学"两个相对的美学范畴并对它们相互沟通的紧密关系作了解说。这给我们的理性启示是，《风月好逑传》在明代小说中算不上经典之作，也不是优秀的言情小说，却满足了歌德的审美期待，且从它身上发现了文学的人类性或世界性的特征，表明

① 李大钊：《什么是新文学》，《星期日》1919年12月8日"社会问题号"。

② ［德］艾克曼：《歌德谈话录》，王颖波译，时代文艺出版社2004年版，第137页。

中国文学在明代已参与“世界文学”的建设了。然而彼时的中国作家或学者，并没有自觉地意识到“民族文学”和“世界文学”这两个命题。到了19世纪40年代，马克思、恩格斯依据经济基础与上层建筑辩证关系的原理，深刻洞察了全球各民族之间关系，在市场经济推动下所发生的巨变而带来的世界文学的新趋向，明确指出：“民族的片面性和局限性日益成为不可能，于是由许多种民族的和地方的文学形成了一种世界的文学。”① 从此，文学世界化的自觉时代真正开始了。逮及20世纪初，从晚清至“五四”，连续发生两次文学变革运动，文化先驱们虽然大多以域外文学为参照并联系我国文学实情，提出大同小异的文学变革主张，形成了差异互见的现代文学观念；但是能够自觉地立足于人类文化的立场来洞见世界文学发展的总趋向，最早在五四文学革命中提出并确立“民族的文学”与“世界的文学”两个互通互动文学观念的却是茅盾！他说：“文学家所负荷的使命，就他本国而言，便是发展本国的国民文学，民族的文学；就世界而言，便是要联合促进世界的文学。在我们中国现在呢，文学家的大责任便是创造并确立中国的国民文学。”② “五四”前后中国的国情，尽管民国政府的大权旁落于军阀之手，为争权夺利军阀连年混战，政权的转换如车轮；然而中华民国的旗帜却未倒，共和国的性质并没根本改变，三民主义的宪政纲领以及民主、平等、博爱、人权等现代意识尚未推翻，现代民族国家想象日益深入人心。因此，陈独秀的文学革命“三大主义”首倡建设“国民文学”观念，超越了梁启超在晚清文学改良运动中提出的“新民文学”观念。这显见“国民文学”是与中华民国的现代国家意识同质同构的文学观念，欲建立既区别传统“臣民”文学又不同晚清“新民”文学的以“国民”为本位的现代文学。不过，陈独秀只是提出了“国民文学”的理念，对它内涵与外延并未给出明确的阐释，极为笼统；且与建设“写实文学”、“社会文学”并列提出，对三者之间的关系也没有解说。而茅盾提出的“发展本国的国民文学”则明确多了，辩证多了。所谓“发展本国”就是指发展中华民国的“国民文学”，是站

---

① ［德］马克思、恩格斯：《马克思恩格斯文集》第2卷，人民出版社2009年版，第35页。

② 茅盾：《文学和人的关系及中国古来对于文学者身分的误认》，《小说月报》1921年第12卷第1号。

在现代国家立场面向全体国民提出的文学主张，扩而大之这种“国民文学”也就是“民族的文学”；而这里的“民族”是建立于中华民国的现代国家意识之上的民族，并不是狭隘的民族主义即大汉族主义。故“民族的文学”就是中华民国版图上所有民族文学的集合体，民族不分大小也不计强弱，其文学艺术都是属于中华民国的，只要进入中华民国这个多民族组成的大家庭均是平等的，要一视同仁。这样的国民文学、民族文学，其“思想和情感一定确是属于民众的，属于全人类的，而不是作者个人的”①。这里所强调的国民文学或民族文学“不是作者个人的”，笔者认为茅盾不是要排除文学世界中个人的思想或感情，而是指作者不要把文学当成个人的私有物，当成自己为“圣贤”传道载道的“留声机”②；若抒写个人的思想或感情那应寄寓或融入民众或人类的思想或感情，也就是把个体主体意识与集体主体意识无缝隙地胶融一体。“这样的文学，不管它浪漫也好，写实也好，表象神秘都也好；一言以蔽之，这总是人的文学——真的文学。”③ 茅盾所提出的“人的文学”观与周作人倡导的“人的文学”观念，在宣扬人道主义精神上是相通的，强调“人的文学”就是“真的文学”也是一致的。不过周作人提倡“人的文学”着重突现的却是以个人主义为世间本位主义的“灵与肉完全一致”的人；茅盾倡导的“人的文学”尽管也注意人的“个性”，然而着重强调的则是文学与人生、社会、国家和民众的关系，而且这种“人的文学”既是国民文学、民族文学又是人类文学或世界文学。只有文学者在中国创造这样的国民文学、民族的文学、人的文学，方可联合全球其他国家或民族“促进世界的文学”。这是因为世界文学必须具有这样的功能特征：“无非欲使文学更能表现当代全体人类的生活，更能宣泄当代全体人类的情感，更能声诉当代全体人类的苦痛与期望，更能代替全体人类向不可知的运命作奋抗与呼吁。”④ 茅盾虽然没有对何谓“世界文学”的深广内涵给出具体的界说，

---

① 茅盾：《文学和人的关系及中国古来对于文学者身分的误认》，《小说月报》1921 年第 12 卷第 1 号。

② 同上。

③ 同上。

④ 茅盾：《新文学研究者的责任与努力》，《小说月报》1921 年第 12 卷第 2 号。

不过从四个“更”字修辞中却能体悟出他对“世界文学”的纲领式构想，而这个构想比当年歌德、马克思和恩格斯提出的“世界文学”概念具有了在创作实践中能够遵循的图谱。它是茅盾20世纪初叶置身于中国文学革命运动给“世界文学”这个历史命题所作的答案，充分显示出其文学观念的前瞻性，在中国文学向现代转换伊始便敏锐地认识到它必将与“世界文学”接轨，预测出中国现代文学的发展不能不同人类文学取同一步调。

在茅盾的预见中，作为“世界的文学”与“民族的文学”的美学功能相比，一是“更能表现当代全体人类的生活”。这就要求“世界文学”既应具有民族性更应具有人类性，它必须突破民族的局限、阶级的局限和国家的局限，直接面对“当代全体人类的生活”而不是局部人类或少数人类的生活，即使文学者观察到的是某个民族、阶级、国家的当代生活，也要洞见它们各自与全体人类生活的联系性与相同性，将它们视为全体人类生活的有机组成部分。因此只有文学者对全体人类生活有了独特而深刻的感受与体悟，并通过不同的艺术手段和审美形式将其表现出来，“至少还须含有永存的人性，和对于理想世界的憧憬”①，方可称之为“世界文学”。二是“更能宣泄当代全体人类的情感”。这是“世界文学”的重要功能之一。文学是人的情感结晶而不是思想的产物，即使文学含有思想因素也是蕴藏于情感之中，或者它与情感溶解在一起而成为富有哲理性的诗意情感，这种文学本质既是文本人物情感的铸造又有创造主体情感的注入。作为世界文学所宣泄的情感不是单纯的个人情感，也不是单纯的阶级或民族的情感，哪怕宣泄的情感含有个人的、阶级的、民族的情感因素，而这种情感因素也是与“全体人类的情感”相通，或者这种情感因素原本就包含在全体人类情感之中。因此，世界文学只有具备全人类的情感且能及时地宣泄出去，才能引起不同国度不同民族的人类的共鸣，历届获得诺贝尔文学奖的文学作品所宣泄的应是当代全体人类的情感，所以它们是地道的“世界文学”。三是“更能声诉当代全体人类的苦痛与期望”。这无疑是“世界文学”的重要功能之一。既然世界文学是全体人类情感的物化文本，而人类的情感并非无病呻吟的倾诉，而是发自创作主体与描写

① 茅盾：《介绍外国文学作品的目的》，《时事新报》附刊《文学旬刊》1922年第45期。

对象主体内心的喜怒哀乐，这就使世界文学所声诉的人类情感既有充满痛苦的悲歌又有充满期望的欢歌，不论是悲歌或者是欢歌只要是真情实感，那这样的世界文学就能感染人亦能打动人。悲哀的苦痛之情能给读者以力量，希望的欢歌之情能给人以憧憬，所以苦痛的情感或期望的情感皆是世界文学恒久审美魅力的源泉。茅盾当时特别推崇"血与泪"的文学："处中国现在这政局之下，这社会环境之内，我们有血的，但凡不曾闭了眼，聋了耳，怎能压住我们的血不沸腾？从自己热烈地憎恶现实的心境发出呼声，要求'血与泪'的文学，总该是正当而且是合于'自由'的事。各人的性情容或有点不同，我是十二分的憎恶'猪一般的互相吞噬，而又怯弱昏迷，把自己千千万万的聪明人赶入桌子底下去'的人类，所以我最喜欢诅咒那些人类的作品，所以我极力主张译现代的写实主义作品。"[①]这种充满了"血与泪"的文学所倾诉的是人类的苦痛情感，只有把这类世界文学翻译进中国来，才能唤醒当时"社会里充满了不象人样的人"，这是现代文学的"最大的急务"[②]。四是"更能代替全体人类向不可知的命运作奋抗与呼吁"，这亦是"世界文学"的不可或缺的重要功能之一。"天有不测风云，人有旦夕祸福"，这并不是宿命论，而是人类有生以来面对着变幻难测的自然界或人世间所发生的偶然事情，表现出的极大的无奈。尽管随着科学的发展，人类认识了不少自然界或社会界的客观规律，然而人类并没有完全掌握自己的生死祸福的命运；因此作为各民族文学或世界文学对于人类生死的关注，或命运抗争与呼吁的表现便成了永恒的主题。由于人类面对生与死以及难测的命运，有诸多生命或生存的密码破译不了，不可避免地生出难以排解的内心苦闷焦虑或产生了按捺不住的奋发抗争意识或与命运抗争不成则暴露出人性的弱点。这就使茅盾深刻地察觉到"文学的使命是声诉现代人的烦闷，帮助人们摆脱几千年来历史遗传的人类共有的偏心与弱点，使那无形中还受着历史束缚的现代人的情感能够互相沟通，使人与人中间的无形的界限渐渐泯灭；文学的背景是全人类的背景，所诉的情感自是全人类共通的情感"。所以"世界文学"必须具

---

① 茅盾：《介绍外国文学作品的目的》，《时事新报》附刊《文学旬刊》1922年第45期。

② 同上。

有为全人类声诉苦闷情感、抗争意识以及沟通情感、消除隔膜、友好相处的巨大美学功能。

二

茅盾对“世界文学”的构想并非主观臆测凭空杜撰的，它既建立在对我国古代文学的系统考察与人类文学进化轨迹的研究上，又是从中国“五四”前后文学现状出发，便提出先发展本国的民族文学后联合起来推进世界文学的重大使命。

通过对我国古来文学的作者主体与文本实质这两大维度的考察，茅盾发现正宗的贵族文学或庙堂文学若是以国民文学或世界文学为价值尺度衡之，至少有三大缺陷。第一，文学者是帝王的“弄臣”，美其名为“待诏金马之门”，所写的词赋“常被帝王视为粉饰太平的奢侈品”；“即如达官贵人富商土豪都可以用金钱雇买几个文学之士来装点门面，混充风雅”[①]。所以“在中华的历史里，文学者久矣失却独立的资格，被人认作附属装饰物了”[②]。在这种空气下，少数有骨气的文学者不肯“为王门筝人”，而大多数文学者居然自己辱没自己，不以为耻反以为荣，“自认是粉饰太平装点门面的附属品”，一个完全丧失独立性、缺乏主体意识的文学者只能写出宫廷文学或贵族文学，既无思想价值又乏文学价值。第二，文学者的集子里充满了“文以载道”的气味，登高而赋也一定要有“忠君爱国不忘天下的主意放在赋中”，触景作诗也一定要有“规世惩俗不忘圣言的大道理放在诗中”，作一部小说也一定要加上“劝善惩恶的头衔”，总而言之，“他们都认文章是有为而作，文章是替古哲圣贤宣传大道，文章是替圣君贤相歌功颂德，文章是替善男恶女认明果报不爽罢了”[③]。此外，还有文章只当做个人的消遣品，这“不是时代的文学，更说不上什么国民文学了”[④]。“所以综合地看来，我国古来的文学者只晓得有古哲圣贤的遗

① 茅盾：《文学和人的关系及中国古来对于文学者身分的误认》，《小说月报》1921 年第 12 卷第 1 号。

② 同上。

③ 同上。

④ 同上。

训，不晓得有人类的共同情感；只晓得有主观，不晓得有客观；所以他们的文学是和人类隔绝的，是和时代隔绝的，不知有人类，不知有时代！"①第三，我们中华的国民文学之所以至今尚未确立，我们中华的文学之所以不能像西洋诸国那样发达昌盛，根本原因在于"我们一向不知道文学和人的关系，一向不明白文学者在一国文化中的地位"②。茅盾对我国古代文学的考察不是在书写四平八稳的文学史，而是以现代的人类文化视野在探寻古代文学的缺陷，借以记取历史教训，将中国新文学建设纳入国民文学、民族文学乃至世界文学的轨道。因此在肯定茅盾现代文学观的前瞻性、深刻性的同时，也应该认识他对中国古代文学缺点的犀利批评，对于规范当下的文学建构仍有强烈的现实意义。

如果说茅盾对中国古代文学存在缺点的揭示与批评，是从反面证明五四文学运动革故更新以建设国民文学、民族文学的重要性和必要性，那么他对世界文学进化过程的探索，旨在寻找或选择中国新文学发展的路向，建设国民文学、民族文学直至世界文学的参照系和理论支柱。通过洞悉世界文学的进化过程，茅盾发现英国也经过"朝廷奖重文学后贵阀巨室奖重文学的时代"，这和我国古代文学的情形差不多；但是文学者自身对于文学的观念，英国与我国却大不相同，这就决定了两国文学的进化处于不同阶段。在茅盾看来，英国文学者不像中国古来文学者，"他们不曾把文学当做圣贤的留声机，不知道'文以载道''有为而作'，他们却发现了一件东西叫作'个性'，次第又发现了社会，国家，和民众，所以他们的文学，进化到了现在的阶段"③，也就是创造现代的民众文学，国民文学乃至世界文学阶段；而中国文学正处在古代（中世）向现代转换的过渡期。茅盾对世界文学进化过程的探察只是从文学观念单一维度来论述文学进化之因，虽然有点简单却也抓住了文学的关键。于是他对文学和人的关系给出直截了当的回答。

文学属于人（即著作家）的观念，现在是成过去的了；文学不是作

① 茅盾：《文学和人的关系及中国古来对于文学者身分的误认》，《小说月报》1921年第12卷第1号。

② 同上。

③ 同上。

者主观的东西，不是一个人的，不是高兴时的游戏或失意时的消遣。反过来，人是属于文学的了。文学的目的是综合地表现人生，不论是用写实的方法，是用象征比譬的方法，其目的总是表现人生，扩大人类的喜悦和同情，有时代的特色做它的背景。①

茅盾对文学与人关系的认识来自于世界文学进化进程的纵向考察，所获得的理性结论有它的片面深刻性。固然过去的“文学属于人（即著作家）的观念”有其偏颇，不应把文学仅仅看成是作者主观之物，也不属于作者一个人的私有，但是谁也不能排除文学的构成有作家的主体意识，更不能消解作者的主观感受或人生体验参与，否则文学就失去了个性意识。即使强调“人是属于文学的”那这个人也应具有独立意识，这样方能彰显作者主体在创作文学中的独特功能。即使“文学的目的是综合地表现人生”而这种人生也是个体与群体相联系的，单纯个体的人生是不存在的，它总是千丝万缕地或明或暗地与群体人生胶合在一起，所以人类中既没有完全脱离集体主体意识的个体主体意识，又没有完全摆脱群体人生的纯粹个体人生。这是因为在现实上人是社会关系的总和。不论人的意识或人的生活都不能出离社会关系的总和。正是从这个意义上来说，文学与人的关系既属于个体的人又属于群体的人，既是个体主体意识又是集体主体意识的产物，既具表现个体人生又具表现群体人生的职能。这种辩证的整体认识，才使“文学到现在也成了一种科学，有它研究的对象，便是人生——现代的人生；有它的研究工具，便是诗（Poetry）剧本（Drama）说部（Fiction）”②。文学到现代不仅成为可以纳入学术研究的人文科学，而且也成为可以创造的文学事业。因此文学者创造或研究文学应突破自身的文学范围，也不能仅凭自己的喜好来支配文学。文学者要表现的不只是个人的人生，更应该是“全人类的生活”；“文学作品中的人也有思想，也有情感，但这些思想和情感一定确是属于民众的，属于全人类的”③，而不仅仅是作者个人的。“这样的人的文学——真的文学，才是世

① 茅盾：《文学和人的关系及中国古来对于文学者身分的误认》，《小说月报》1921年第12卷第1号。

② 同上。

③ 同上。

界语言文字未能划一以前底一国文字的文学。"[1] 所以"我们现在的责任：一方是要把文学与人的关系认得清楚，自己努力去创造；一方是要校正一般社会对于文学者身分的识认。'装饰品'的时代已经过去，文学者现在是站在文化进程中的一个重要分子；文学作品不是消遣品了，是沟通人类感情代全人类呼吁的唯一工具，从此，世界上不同色的人种可以融化可以调和"[2]。因此各国务必联合起来创造"世界文学"，而中国的文学者"更有一个先决的重大责任"，那就是创造我们的国语文学、民族文学！

既然创造"世界文学"如此重要，是人类文学进化的必然趋向，那么我国五四文学革命何以不立即参与"世界文学"的建构而强调先创造民族文学呢？通过对我国文学现状的考析，茅盾认识到：

一是充斥当时文坛的现代旧派的章回体小说，虽然受到"五四"白话文学运动的影响，"大概是用白话做的，描写的也是现代的人事，只可惜他们的作者大都不是有思想的人，而且也不能观察人生入其堂奥；凭着肤浅的想象力，不过把那些可怜的胆怯的自私的中国人的盲动生活填满了他的书罢了，再加上作者誓死尽忠，牢不可破的两个观念，就把全书涂满了灰色。这两个观念是相反的，然而同样的有毒：一是'文以载道'的观念，一是'游戏'的观念。中了前一个毒的中国小说家，抛弃真正的人生不去观察不去描写，只知把圣经贤传上朽腐了的格言作为全书的'柱意'，凭空去想象出些人事，来附会他'因文以见道'的大作。中了后一个毒的小说家本着他们的'吟风弄月文人风流'的素志，游戏起笔墨来，结果也抛弃了真实的人生不察不写，只写了些佯啼假笑的不自然的恶礼；其甚者，竟空撰男女淫欲之事，创为'黑幕小说'，以自快其'文字上的手淫'。所以现代的章回体小说，在思想方面说来，毫无价值"[3]。至于在艺术方面，或"剿袭旧章回体小说的腔调和结构法"，或"剿袭西洋小说的腔调和结构法"；就布局而言"大关节尚不脱离合悲欢终至于大团圆的格式，仍局促于旧镣锁之下，没有什么创作的精神"；在描写上大

---

① 茅盾：《文学和人的关系及中国古来对于文学者身分的误认》，《小说月报》1921 年第 12 卷第 1 号。

② 同上。

③ 茅盾：《自然主义与中国现代小说》，《小说月报》1922 年第 13 卷第 7 号。

都采取“记帐式的叙述，只觉得眼前有的是个木人，不是活人，是一个无思想的木人，不是个有头脑能思想的活人”[①]。故而旧派的章回体小说在艺术上也没有什么创新的审美价值。在茅盾看来，欲克服新现代派小说的弊端必须借助自然主义的“实地观察”和“客观描写”这两个法宝，这不仅可以缩短中国文学进化与“世界文学”的时空差，而且方能创造出以“真”为最高目标的以现代人为本的国民文学或民族文学。这是中国文学革命的当务之急，否则中国的民族文学就难以发生现代性转换而参与“世界文学”创建。

二是由于各国或各民族文学的发展并不平衡，跨入文学现代化的步伐参差不齐。特别是茅盾清楚地指出“现时种界国界以及语言差别尚未消灭以前”，“世界文学”这个“最终的目的不能骤然达到，因此现时的新文学运动都不免带着强烈的民族色彩。例如爱尔兰的新文学运动，犹太的新文学运动都是向着这倾向，对全世界的人类要求公道的同情的。我们中国的新文学运动也不能不是这性质了”[②]。不过，在认同茅盾这些见解的同时笔者对有些提法并不赞成。其一说“种界国界以及语言差别尚未消灭以前”不能达到“世界文学”的总目标。在我看来，不论是种界或者是国界都不能“消灭”，即使在遥远的将来人类有可能消灭种界或国界，那语言的差别也不能消灭，这也许只是一种乌托邦的空想而已。如果种界国界和语言的差别永远消灭不了，那“世界文学”就永远建不成了吗？随着高科技的飞速发展，交通工具和通信工具、信息传递的越来越现代化以及人类的全球意识日益增强，种界、国界和语言差距会越来越小，这是可能的也是必然的，这样就能加快建成“世界的文学”；即使实现了“世界文学”的总目的也不一定意味着种界国界和语言差别的消失。若保持这三者的差异性，那才有民族文学存在的可能性；要是种界国界和语言差别完全消灭，那就意味着民族文学的消失而只有“世界文学”了，这是万万不可能做到的。其二说到“民族文学”，人们总认为文学艺术“越是民族亦越是世界的”。这个见解若是把“民族文学”与“世界文学”两个

---

① 茅盾：《自然主义与中国现代小说》，《小说月报》1922 年第 13 卷第 7 号。

② 茅盾：《新文学研究者的责任与努力》，《小说月报》1921 年第 12 卷第 2 号。

范畴之间的关系视为从属关系，即"民族文学"从属于"世界文学"，也就是"世界文学"包容着"民族文学"，那"民族文学"越发达越能使"世界文学"充盈，"民族文学"的特色越鲜明越能增强"世界文学"的个性化。如果把"民族文学"与"世界文学"视为两个并列的或对立的范畴，那"民族文学"越发展越会与"世界文学"拉开距离，"民族文学"越独特越会与"世界文学"分庭抗礼。茅盾所言的"民族文学"与"世界文学"的关系显然是指前者，所以中国新文学创建的为人生的国民文学或民族文学也能为"世界文学"增值添彩。

三是五四文学革命初期由胡适的"八不主义"或"国语的文学、文学的国语"八字方针的白话文学主张，所掀动的"新文学运动也带着一个国语文学运动的性质"并且这个国语文学运动并不是中国独创的，它与世界发达国家的国语运动接轨，从特定意义上说，中国的国语文学运动参与了"世界文学"的建构，当然也是"世界文学"不可分割的一部分。如同"西洋各国国语成立的历史，都是靠着一二位大文学家的著作做了根基，然后慢慢地修补写正，成了一国的国语文字"[①]；而中国的国语文学运动则遵循此路而行。不过，茅盾的睿智突出地表现在，他坚定地"相信新文学运动的最终的目的"不在此，虽然白语文学运动"最初的成功一定是文学的国语"，但是若误认为"文言的文学看厌了，所以欲改用白话"，那"新文学运动永无圆满成功的一日！遑论民族文学的发扬光大呢?"[②] 新文学运动的最终目的是先要建设以人为本的为人生服务的国民文学或民族文学，赶上"世界文学"进化的步伐。基于上述的认识和理由，茅盾提出在中国新文学运动成功地完成了文学的国语的同时，就国内来说务必创造国民文学、民族文学，而就世界而言则必须联合起来发展世界文学。20世纪的新文学实践证明，茅盾的现代文学观是开放的又是远见卓识的。

三

既然在联合促进"世界文学"的大格局中，我国新文学者的"先决

---

① 茅盾:《新文学研究者的责任与努力》,《小说月报》1921年第12卷第2号。

② 同上。

的重大责任”就是创造国民文学以发扬光大民族文学，那么这种现代型的民族文学应具有哪些美学特征，茅盾的现代文学观又是怎样设计的？从茅盾当时书写并发表的原创文论或文评来考察与透析，可以显见他对于国民文学或民族文学创构的美学特征。

其一，文学者主体所创造的国民文学或民族文学，必须是以人为本的“综合地表现人生”且为人生服务的文学，即“文学家所欲表现的人生，绝不是一人一家的人生，乃是一社会一民族的人生”[①]。所谓“综合地表现人生”，笔者理解乃是全方位地多维度地多层次地整体性地表现人生，这就给文学表现人生开拓了广度与深度，也为文学者表现人生的观察、体验和选择提供了更大的自由度。他说绝不表现“一人一家的人生”，我们不能误认茅盾拒斥文学表现个体人或个体家庭的人生，他是针对古来文学者只把文学当成私有物而论的，强调文学的社会化或民族化。其实他指出的文学要表现“一社会一民族的人生”就包含了“一人一家的人生”，试想在现代社会中或者在多民族共同体里哪个人哪个家庭能独立存在呢？况且茅盾紧接着言道：“不过描写全社会的病根而欲以文学小说或戏本的形式出之，便不得不请出几个人来做代表。他们描写的虽只是一二人、一二家，而他们在描写之前所研究的一定是全社会、全民族。”[②] 这就清楚地表明，综合表现人生的文学，不仅不排斥“一人一家的人生”，且要将“一人一家的人生”作为代表性的典型人物或典型家庭，在对其充分研究或体验的基础上描写好，典型描写得越成功就越能集中而强烈地表现全社会、全民族的人生。这是最早在中国现代文学史上以辩证思维来阐释文学的典型化问题。值得进一步分析的是，茅盾提出的文学家“综合地表现人生”，不论是个体人或一家一户或全社会或全民族的人生，都是以人为本，都要在为人生的文学中突出个体人或群体人的地位，彰显作家主体的独立姿态，全社会的人或全民族的人，不分阶层不分男女不分强弱也不分大小不分贫贱皆以平等相待的态度予以表现，而且要扫除文学写作上的“瞒”和“骗”的邪风毒雾，表现出赤裸裸的真实人生，这样才算得上为

① 茅盾：《现在文学家的责任是什么?》，《东方杂志》1920 年第 17 卷第 1 号。

② 同上。

人生的国民文学或民族文学。

其二，茅盾欲创立的国民文学或民族文学实质上是“人的文学”，而这种“人的文学”虽然同周作人提倡的“个人主义的人间本位主义”的“人的文学”[①] 相互通，但是茅盾的“人的文学”至少有互为联系的四个层次的内涵，除了创作以国民为本位或者以民族为本位或者以人类为本位这三个层次的“人的文学”外，最重要的层次是建构以平民为本位的“人的文学”。尽管茅盾当时没有以鲜明阶级观点对全社会、全民族、全人类的人进行区分，然而他也从人群中发现了特殊阶层的人并与之相对的平民阶层的人，或者贵族阶级的人和“第四阶级”的人，前者大多是压迫者、损人者，而后者大多是被压迫被奴役被损害的人。如要争取人的解放且唤醒觉悟，那首先应考虑平民阶层的人，这就把“个人主义”式的人的解放具体落实到平民阶层的人的解放。而要启示平民阶层的人（或平民知识分子或平民老百姓）的解放意识则必须有“新思想的发生”。这种“新思想”的启蒙功能的充分发挥，“一定先靠文学家做先锋队，借文学的描写手段和批评手段去‘发聋振聩’”[②]。对此域外现代文学已给我们提供了范例：18 世纪个人主义的新思潮，发源于卢梭的《Nouvelle Heioise》和《Emile》这两部小说；19 世纪家庭个性主义的新思潮，起于易卜生的《A Doll's House》这一篇剧本；尼采的超人哲学，结晶在《Thus skake zarathustra》这部小说中。再如人道主义劳动主义创于托尔斯泰，托尔斯泰便是个大文豪；萧伯纳、哈德曼等都是拿文豪的资格提倡社会主义。可见，“自来新思潮的宣传，没有不靠文学家做先锋呀!”[③] 但我们且不要误解，茅盾并非不懂文艺创作规律而要求文学成为直接宣传新思潮的传声筒，他强调文学必然借助“描写手段和批评手段”，即艺术法则与审美规律去创作文本以播扬新思想来启蒙；故而他指出“中国现在正是新思潮勃发的时候，中国文学家应当有传播新思潮的志愿，有表现正确的人生观在著作中的手段”，即遵循艺术规律创造以平民为本位的“德谟克拉

---

① 周作人：《人的文学》，《新青年》1918 年第 5 卷第 6 号。

② 茅盾：《现在文学家的责任是什么?》，《东方杂志》1920 年第 17 卷第 1 号。

③ 同上。

西的文学”，尽到平民文学思想启蒙的最大职能。[1] 茅盾曾严正指出：文学家的“积极的责任是欲把德谟克拉西充满在文学界，使文学成为社会化，扫除贵族文学的面目，放出平民文学的精神。下一个字是为人类呼吁的，不是供贵族阶级赏玩的！是‘血’和‘泪’写成的，不是‘浓情’和‘艳意’做成的，是人类中少不得的文章，不是茶余酒后消遣的东西！”[2] 这是多么意味深长的文学远见，亦是以平民为本位的国民文学或民族文学的质的美学特征。

其三，创作地地道道的“民族的文学，则于个性之外更须有国民性”[3]；将个性与国民性完美地统一于文本，这也是为人生的国民文学或民族文学必具的美学特征。所谓文学作品的个性既显现于它整体的审美风格上，即只要其艺术风格具有独特性那就是文学作品的个性化彰显；又体现在文学作品的人物塑造上，只要人物刻画能将其独一无二的人性或性格跃然于纸媒或电媒，那呈示出来的就是人物的鲜明个性。不论作品整体风貌显现出的个性或者人物形象呈示出的个性，都是作家主体“独立精神”与创造能力的体现。若是作者不亲身深入人生体验人生、没有对社会人生的各种人物的细致观察与独特把握，即使“天才”作家也创造不出个性化的文本或个性化的人物。因此茅盾反对“模仿的作品中的人物（characer）大都是借来，不是自己创造的”，既然是“关在一间小屋子里，日夜读小说，模仿着做”，“人物是借来的，便大都只能偷得一个样式，而作品的人物却不能只是一个。所以结果是一篇作品的许多人物都只是一个模型里的出产品，这还能有什么活气！”[4] 与民族文学的个性联为一体的则是国民性，在茅盾看来，“所谓国民性并非指一国的风土人情，乃是指这一国国民共有的美的特征。例如俄国国民美的特性是能忍苦地和黑暗反抗，能用彻底的精神做事，能爱他，能有四海同胞主义精神”[5]。只有“这样的国民性的文学才是有价值的文学！”[6] 如同民族文学

---

① 茅盾：《现在文学家的责任是什么?》，《东方杂志》1920 年第 17 卷第 1 号。
② 同上。
③ 茅盾：《新文学研究者的责任与努力》，《小说月报》1921 年第 12 卷第 2 号。
④ 茅盾：《现在文学家的责任是什么?》，《东方杂志》1920 年第 17 卷第 1 号。
⑤ 同上。
⑥ 茅盾：《新文学研究者的责任与努力》，《小说月报》1921 年第 12 卷第 2 号。

要具有共有的国民性一样，茅盾亦强调它必具民族性，即“一民族的文学是他民族性的表现”。因为“凡在地球上的民族都一样的是大地母亲的儿子；没有一个应该特别的强横些，没有一个配自称为‘骄子’！所以一切民族的精神的结晶都应该视同珍贵，视为人类全体共有的珍宝！而况在艺术的天地内是不分贵贱、不分尊卑的！”[①] 由此可知，平等公正乃是民族美的特性。我国是个多民族的共同体，对世界上一切平等待我之民族应持有这种民族美的特性，对内处理各兄弟民族之间关系更要体现出民族美的特性。茅盾充分相信：“一个民族既有了几千年的历史，他们民族性里一定藏着善美的特点；把他发挥光大起来，是该民族不容辞的神圣的责任。中华这么一个民族，其国民性岂无一些美点？”[②] 在古来的“国粹文学”没有表现出中华国民性的善美特点，而当时的新文学只关注国民劣根性的改造，于此背景下，独有茅盾自觉地倡导在民族文学里要全面表现国民性特别应弘扬国民性的善美特点，这种辩证的文学观是弥足珍贵的！不论为人生文学所表现的国民性或民族性都是其共有性，而这种共有性只有通过个性体现出来方能创造出特色鲜明的民族文学。至于如何创造能够“综合地表现人生”的民族文学，茅盾认为除了“观察的能力与想象的能力，两者偏一不可”外，还要辩证地理解出色地运用“分析与综合”这两个艺术手段。这是因为“世间万象，人类生活，莫不有善的一面与恶的一面；徒尚分析的表现法，不是偏在善的一面，一定偏在恶的一面。旧浪漫派文学与自然派文学就是各走一端的。丑恶的描写诚然有艺术的价值，但只代表人生的一边，到底算不得完满无缺，忠实表现。西洋写实派后新浪漫派作品便都是能兼观察与想象，而综合地表现人生”[③]。这种艺术手段或文学创作方法，对当下的文学创作也不乏借鉴价值。

其四，建构国民文学或民族文学既然是以“真”为最高目标的“人的文学”，那它无疑是以人道主义为灵魂，茅盾亦毫不讳言地宣布创作新文学“唯其是为平民的，所以要有人道主义的精神，光明活泼的

---

① 茅盾：《〈小说月报〉“被损害民族的文学号”引言》，《小说月报》1921 年第 12 卷第 10 号。
② 茅盾：《新文学研究者的责任与努力》，《小说月报》1921 年第 12 卷第 2 号。
③ 同上。

气象"[①]。欲使创造的人本文学以人道主义为灵魂，文学者首先应彻底摆脱古来为帝王将相歌功颂德粉饰太平的"弄臣"的奴性地位，或甘为达官富豪装点门面附庸风雅的"王门筝人"的奴才相，而获取具有主体意识、个性意识、自由意识、博爱意识的文学家"独立的资格"。不仅能够以博大的人文主义胸怀与"人类的共同情感"相沟通，并且能对现代国民的个体或群体甚至每个被侮辱被损害的知识者或普通百姓，摆脱悲苦命运争取自身解放而奋力抗争给以人道主义同情与关怀。其次，文学家应立足于人道主义立场，创造出"怨以怒"的文学，"在国内向自己的暴君争自由"，对国外的灭绝人性的入侵者给以同仇敌忾的抵抗。因此茅盾认为，"凡被压迫的民族的文学总是多表现残酷怨怒等等病理的思想"，例如"俄国文人自果戈里（Gogol）以至现代作家，没有一个人的作品不是描写黑暗专制，同情于被损害者的文学；波兰和犹太因为处境更不如俄国人，连祖国都没有了，天天受强民族的鱼肉，所以他的文学更有一种特别的色彩"[②]。而这种特殊色彩则是强烈的人道主义意识，即"凡被损害的民族的求正义求公道的呼声是真的正义真的公道。在榨床里榨过留下来的人性方是真正可宝贵的人性，不带强者色彩的人性。他们中被损害而向下的灵魂感动我们，因为我们自己亦悲伤我们同是不合理的传统思想与制度的牺牲者；他们中被损害而仍旧向上的灵魂更感动我们，因为由此我们更确信人性的砂砾里有精金，更确信前途的黑暗背后就是光明!"[③] 这种"怨以怒"的文学正是乱世文学的正宗，彼时中国社会背景内忧外患，兵荒马乱，民不聊生，饿殍遍野，"人人感着生活不安的苦痛，真可以说是'乱世'了，反映这时代的创作应该怎样的悲惨动人呵!"[④] 这就是乱世时代呼唤的洋溢着人道主义精神的"怨以怒"文学所产生的强烈的社会效应。再次，文学家面对当时社会上的"青年烦闷"，应以人文主义关怀来创造"救赎"文学，"应该把光明的路指给烦闷者，使新信仰与新理想重复在他们心中震荡起来"。因为彼时社会的"新旧思想的冲突，确是现在

---

① 茅盾：《新旧文学平议之评议》，《小说月报》1920 年第 11 卷第 1 号。
② 茅盾：《社会背景与创作》，《小说月报》1921 年第 12 卷第 7 号。
③ 茅盾：《〈小说月报〉"被损害民族的文学号"引言》，《小说月报》1921 年第 12 卷第 10 号。
④ 茅盾：《社会背景与创作》，《小说月报》1921 年第 12 卷第 7 号。

重大而耐人焦虑的问题"，致使不少平民知识青年面对社会时代的巨大焦虑而陷入极度思想烦闷、前途渺茫、精神迷乱、悲观绝望之中，所以茅盾呼吁文学者创作的"小说描写出在'水深火热'之中的青年，不惟不因受了挫折而致颓丧，反而把他的意志愈炼愈坚，信仰愈磨愈固，拿不求近功信仰真理的精神，去和黑暗奋斗"；因为"文学的使命是声诉现代人的烦闷，帮助人们摆脱几千年来历史遗传的人类共有的偏心与弱点，使那无形中还受着历史束缚的现代人的情感能够互相沟通，使人与人中间的无形的界线渐渐泯灭；文学的背景是全人类的背景，所诉的情感自是全人类共通的情感"①。像这种"救罪"文学所充溢的博大人道主义精神是启人向上的乐观的，无疑也是感人至深的。

总之，创造具有鲜明美学特征的以人为本的国民文学或民族文学，不仅直接或间接地纳入"世界文学"范畴，即与世界文学有千丝万缕的联系，而且所选用的创作方法既可以是写实的、浪漫的，又可以是象征的甚至可以综合用之。不过茅盾所倾情的乃是写实方法，这既因为只有成功地运用写实主义创作方法才能确保为人生的"人的文学"是"真的文学"，又因为"写实主义之真精神与写实主义之真杰作"② 乃是当时中国文学革命所急切需要的。

茅盾在20世纪20年代初提出的"民族的文学"与"世界的文学"两个互动的美学范畴及其所形成的现代文学观，不只具有重要的理论创新价值，而且它的前瞻性远见性至今仍有强烈的现实指导与批评意义。追溯近百年前，一代现代文化先驱们殚精竭虑所创造的"人的文学"，经过一段历史的曲折及至21世纪新文学创造出现繁荣的景观，仅长篇小说每年就能出版3000多部，至于电媒的影视文学、网络文学的问世则是不胜枚举；然而也必须清醒地看到在文学繁荣的背后隐伏着不少乱象，而这些乱象与茅盾在"五四"前后所批评的文学弊病何其相似！就作家本身来说，在"权与钱"本位思想的诱惑下，有些人迷失或误认了自己的身份，既乏独立思考能力又无独立创作资格，或成为替达官权贵歌功颂德树碑立传

① 茅盾：《创作的前途》，《小说月报》1921年第12卷第7号。

② 茅盾：《〈小说月报〉改革宣言》，《小说月报》1921年第12卷第1号。

的“弄臣”，或成为“文以载道”代“圣贤立言”的忠实工具，或被巨贾富豪的金钱收买而成了为其撑场附庸风雅的奴仆，这样的作家就很难以自己独特的人生感受和自主意识创造出当代的民族文学或公民文学了。从文学作品的思想倾向来看，不论纸媒或电媒的文学文本，有些皆宣扬拜金主义、享乐主义、纵欲主义、消遣主义、趣味主义甚至皇权主义、官僚主义、等级主义、强权主义、封建迷信等，与社会主义核心价值观相悖离，也有的文艺作品无原则地渲染仇杀，鼓荡血腥暴力，等等，不一而足。这些早已批判过的文学弊端的沉渣泛起，有不言而喻的原因。若认识到这些弊端不解决有碍于当下文学艺术的健全发展，那就应该求助于五四文学革命茅盾所确立的现代文学观，它也许能治好21世纪文学繁荣背后的“乱象”，又有利于创造与“世界文学”接轨的具有中国特色的以人为本的民族文学！

原刊《吉林大学社会科学学报》2015年第2期

作为国家意义的体现
——茅盾文学中的上海叙述*

张鸿声**

摘要 茅盾受现实主义理论的影响，使其创作具有中心性原则，并形成以上海转喻中国国家意义的想象性叙述。在西方中心/东方边缘的格局下，上海被当作半殖民地国家文本，以民族资本主义破产来表现中国在全球资本主义格局中的边缘地位；在城市中心/乡村边缘的格局下，又对上海在潜在层面上作了充分资本主义化的想象。其笔下的上海被排斥了非中心性的其他形态，不再是地方文本，而是国家文本。

关键词 国家意义；地方；想象；中心性

一 现实主义理论与中心性表现原则

茅盾笔下的上海，并不都来自于经验。他对上海的理论把握与全景式的表现方法，与他的现实主义文学理论对上海都市社会的认识有关，或者说，茅盾的上海知识更多地来自理论。

茅盾的现实主义文学理论有一点值得注意，即典型性。在其晚年谈及《子夜》时，茅盾认为他“是以当时所达到的马克思主义水平，尽力去理

* 本文为国家社科基金项目《中国当代城市题材文学研究》（项目批准号07bzw047）阶段性成果。

** 作者张鸿声，中国传媒大学文学院教授，博士生导师。

解、分析所观察到的事物”，因而特别强调文学表现的典型性。关于典型性，在茅盾的理解中，首先是“触及生活本质，突破表面现象”；其次是对社会发展的动向把握，因为“社会现象、世间事物、本人的世界观、外界现象，无一不在不断发展”[①]。当然，这二者是相辅相成、互为补充的，依照茅盾的话，就是：一为“横”的方向透视，一为“纵”的把握。只有这样，才能“在繁复的社会现象中”恰当地选取最有代表性、典型性的社会现象作为表现对象。显然，茅盾的“典型”理论，包含了对社会生活本质的把握，也即社会性要求；又包蕴了社会生活的动向性追踪，也即时代性要求。

现实主义经常被理解为一种创作方法，但其内核却是一种历史观念，即与资本主义的产生造成的世界格局有关。巴赫金认为：“典型环境中的典型人物”这一经典的现实主义原则，与对时间的理解有关：在现实主义之前，主人公在小说中的时间是常态的，只是环境有所改变；而现实主义出现之后，小说主人公的时间便是“历史时间”，主人公的“成长”与“历史”的发展构成必然关系，或者如杰姆逊所说：“‘现在’便已经是历史性的。巴尔扎克说，我现在是为18世纪40年代的你们写小说，但20年前的情景却不是这样的，我们毕竟从那时开始，这样现实主义小说中便糅进了一种以前从来没有过的历史发展过程。历史小说与现实主义密切地联系起来了。”[②] 资本主义的出现，造成了全球性的中心/边缘的总体世界格局，所有边缘都呈现出向中心的运动轨迹，这就构成了现代的时间观念，即发展史观，也造成了现实主义的基础。柯文在谈到中国现代史的情况时曾说：“城市中的激进知识分子受到历史进程只能单向发展的思想束缚，认为对待过去只能采取克服、摧毁和彻底决裂的态度。和马克思、恩格斯与列宁一样，中国的知识分子（不论是马克思主义者还是自由主义者）坚信一种近代化观念，认为‘革命的本质就是变化，而变化越大越好’。”[③] 因而，茅盾的现实主义理论之所以强调“本质”与“动态”，特

① 茅盾：《谈〈子夜〉》，《茅盾研究资料》（中卷），中国社会科学出版社1983年版，第90页。
② 杰姆逊：《后现代主义与文化理论》，陕西师范大学出版社1986年版，第205页。
③ 柯文：《在中国发现历史——中国中心观在美国的兴起》，林同奇译，中华书局2002年版，第79页。

别是“动态”，其核心来自于世界资本主义化以来的中心/边缘论，这使他的理论带有强烈的“中心性”，即叙写“中心”，排斥边缘，或者叙写边缘向中心的移动。

相当有趣的是，这种旨在表现中国社会外部变迁的现实主义原则，其典型性与时代性要求并没有与“左联”执委硬性规定的五种创作题材完全吻合，倒是执拗地与城市生活题材发生了相当程度的关系。请看茅盾的两段话。

> ……我还是以为《呐喊》所表现者，确是现代中国的人生，不过只是在暗陬里的难得变动的中国乡村的人生……
>
> ……
>
> 在《彷徨》中，有两篇都市人生的描写：《幸福的家庭》和《伤逝》。这两篇涂着恋爱色彩的作品，暗示的部分要比题面大得多。“五四”以后青年的苦闷，在这里有一个显明的告白。弹奏着“五四”的基调的都市的青年知识分子生活的描写，至少是找到了两个例子。[①]

可以看出，茅盾虽然肯定鲁迅小说反传统的思想意义，但同时不无偏颇地认为，鲁迅小说较少能体现“五四”以后中国社会的动态发展，也即时代性。隐含在茅盾语句中的潜在意义是：鲁迅并未表达出现代以城市为中心的新的中国历史格局，因为乡村人生，是“在暗陬里的难得变动”的中国社会，而都市与“都市青年的心的跳动”，才是体现时代推进的中国社会。换句话说，乡村题材是中国社会的静态写真，而城市题材才是对中国社会的动态把握——时代性把握。

那么，为什么茅盾偏执地认为城市社会更体现现代中国的中心性呢？这在茅盾著作中没有直接的表述。但显然，从茅盾对上海进行的近乎专业性的政治经济研究文章可以看出，这一结论来自于现实主义理论所包含的核心理念。按茅盾现实主义理论的要求，中国的城市与城市化的乡村，比

① 茅盾：《读〈倪焕之〉》，载《文学周报》1929 年第 8 卷第 20 期。

之停滞的内地，更能体现出半封建半殖民地社会的中国本质与动向，也即更能体现近代中国社会的典型性与时代性。由此不难理解，为什么茅盾坚执城市题材，而这城市，又常常是中国所有社会问题最为集中的上海。即使是写乡村，也常常描写那些率先承受上海政治、经济振荡的沿海江浙一带。除了茅盾个人居住的原因外，最主要的，是与其现实主义文学理论有关。其中所隐含的观念即是：城市问题，即是国家问题；乡村问题也是城市问题；上海问题既然是城市问题，因而上海问题就是国家问题。这样一来，他笔下的上海就呈现了强烈的国家文本特征，与作为实际地域的上海出现了较大差异。

从茅盾的文学理论与创作过程来看，他所确立的中心/边缘的框架为：西方（中心）/中国（边缘），城市（中心）/乡村（边缘），经济政治（中心）/文化伦理（边缘），并据此依次展开对上海的表述。也就是说，茅盾在中心/边缘结构中看取在共时性空间里，在西方（中心）/东方（边缘）结构中完成中国国家殖民地的叙事；在历时性时间里，在城市（中心）/乡村（边缘）结构中完成中国国家现代性叙事。这制造出茅盾（也包括左翼）上海题材的重要现象，即以国家叙述代替城市叙述或上海叙述。

二　半殖民地国家文本

茅盾将上海问题国家化。在他看来，上海是中国社会最复杂、最典型、最有现代性、最能体现中国社会本质与发展动向的城市。解开了上海之继结，无疑是开启了理解中国的大门。这奠定了茅盾的文学以上海转述国家问题的基础。

那么，这打开中国社会大门的钥匙又是什么呢？

茅盾另一个值得注意的理论要求也与马克思主义理论有关。怎样认识生活本质与社会时代性呢？茅盾仍然表现出强烈的中心性心态。茅盾认为，作家对“社会科学应有较为透彻的知识，并且真能够懂得，并且运用那社会科学的生命素——唯物辩证法；并且以这辩证法为工具，去从繁多的社会现象中分析出它的动律与动向”①。在马克思主义理论中，经济

① 茅盾：《〈地泉〉读后感》，《茅盾选集》第5卷，四川文艺出版社1985年版，第153页。

是社会发展的杠杆，而社会政治又是经济杠杆的直接体现。这就形成茅盾的文学思想：从经济入手剖析社会，并发现随经济变动后的社会整体变迁——诸如文化、道德、心理诸方面。所以，茅盾不但自己研读上海经济史料，写下大量此类文章，而且一再告诫其他作家注意从经济形式、生产组织去考察上海社会。表现时代性的另一要素则是政治。茅盾曾说：

> 一篇小说有无时代性，并不能仅仅以是否描写到时代空气为满足；连时代空气都表现不出的作品，即使写得再华丽，只不过成为资产阶级的玩意儿。所谓时代性，我认为，在表现了时代空气而外，还应该有两个要义：一是时代给与人们以怎样的影响，二是人们的集团的活力又怎样地将时代推进了新方向，换言之，即是怎样地催促历史进入必然的新时代，再换一句话说，即是怎样地由于人们的集团的活动而及早实现了历史的必然。在这样的意义下，方是现代的新写实派文学所要表现的时代性。①

此处，茅盾转换了几种说法，但仍很晦涩，其意义在于说明阶级、集团的社会政治对于时代的推进作用。由此，茅盾确立了表现中国城市社会的两大要素，一是经济的，二是政治的。经济与政治的动态构成了中国城市社会的方向，当然也就是中国社会的动向，并由此构成城市叙述中经济政治（中心）/文化伦理（边缘）的次级中心性原则，而与政治、经济不符的其他形态大都被视为边缘而悄悄被排除掉。

对于上海的政治与经济，茅盾在其现实主义理论的框架里，再一次表现出中心/边缘的格局观。在世界主义的视野之下，茅盾将上海城市的经济与政治纳入到世界经济、政治背景下去考察。我们看到，在茅盾30年代的作品中，其总体背景是1929年爆发的世界经济危机，确切地说，是西方经济危机。在此背景下，茅盾认为，在西方资本主义中心之下，处于边缘的中国社会总体上不仅不能进入中心，反而更加边缘化（即他所谓“更加半殖民地化”）。这种判断，虽与晚清民初小说同样具有世界主义背

① 茅盾：《读〈倪焕之〉》，载《文学周报》1929年第8卷第20期。

景，但与晚清民初政治小说中希望在新的资本主义格局中重塑中国霸权的“列强”想象完全不同，它表明了茅盾对世界主义本身所包含的殖民性认识，即中国进入世界不可能成为“列强”，而是被“殖民”。因此，茅盾把中国30年代的世界主义背景理解为被西方经济侵略的状况，作为中国问题的代表，上海显然表现出了这一点。在《上海》一文中，茅盾指出：全上海工厂资本中，华商只占不到30%，而日商却占了近50%，日本人在上海的经济势力超过了中国人的一半。为了“准确”分析上海的经济状况，茅盾不惜花大量时间去做经济学的研究。他写了一系列从社会学、经济学角度考察上海的文章，如《上海》、《交易所速写》、《“现代化”的话》、《上海大年夜》、《狂欢的解剖》、《上海——大都市之一》、《孤岛见闻》、《都市文学》、《机械的颂赞》等。其中，《上海——大都市之一》以祖孙三代的对话讲述上海近代都市发展的源流、现状与将来。可以看一下此文具体的标题：一、“六十年前的上海”；二、“上海的特殊地位如何造成”；三、“狂热的投机市场和不出烟的烟囱”；四、“鸽子笼”；五、“上海之将来”。他重点叙述了上海租界的形成、租界特权、上海工业的发展、银行的鼎盛与证券交易、住房状况等。其中准确的史实与数字统计使得他对上海研究达到了专业化深度，实是一部上海发展史话。这使得茅盾眼中的上海，是确凿的史实与数字的实物。同时，茅盾将由经济上得出的“上海在资本主义中心格局下更加边缘化”的结论，最终导向其有关民族国家的表述。在这一点上，茅盾既不同于晚清民初小说的民族主义“想象”传统，也不同于“五四”以来改造国民性的启蒙传统，虽然这两者都是世界主义背景下“边缘”对于“中心”挑战的“响应”。茅盾接受马克思主义阶级斗争学说，并转换为一种阶级的政治表述，即以阶级斗争完成民族国家，这一使命被赋予既能体现工业化现代性特质（世界主义背景），同时又体现了包含中国社会自身结构变动的新的国家力量——产业工人身上。

从创作上看，把上海当作中国社会聚焦点与时代方向，并且从经济、政治角度展示都市动态的倾向，贯穿了茅盾的所有作品。其长篇处女作《蚀》虽然带有个人对世界末情绪的感受，却是北伐失败的现实给予他创作灵感而写成的。在茅盾创作的动机之中，有极强的政治参与感。他说：

“国民革命军北伐的上二年，我在上海从事政治活动。大革命时我在汉口作为《民国日报》的总主笔，但其后，我不再作实际政治工作，而开始写小说了。”[①]《蚀》的背景，正是北伐的高潮与失败，“四一二”政变与武汉政府右转等连续不断的政治事件。30年代以后的作品，他没有如新感觉派与张爱玲等人，在一种相对平稳的上海生活中寻求都市特性，而是以极度的热忱追慕、解剖上海动荡的政治与经济，描写最能体现时代变化的上海。比如《蚀》的后半部，写了“五卅”高潮中的上海革命者，“为中国近十年之壮剧，留一印痕”[②]《子夜》展示的是处于世界经济危机与国内战争多重影响下的上海剧烈动荡的状况。《第一阶段的故事》、《锻炼》、《走上岗位》则把上海在中国现代史上最后一个唱主角的时期——抗战前期的社会呈现出来。作者也说，以《锻炼》为开头的未完成的五部长篇，意欲表现抗战八年中国社会的变动。从上海成为中国社会的主角，到上海退出主角地位，茅盾的作品简直是一部上海政治与经济的编年史。茅盾对上海题材的偏嗜，由此可见一斑。

《子夜》的创作动机，在于解剖整个中国。起初，茅盾对《子夜》的构思是全面反映上海经济的全貌，设计为三部曲，即《棉纱》、《证券》与《标金》，分别叙述上海纺织业、银行、交易所与买办金融业。三部曲在时间上有顺序性，从“一战”前后直到30年代。可以想见，茅盾打算将上海作为中国经济编年史去关注。茅盾《子夜》对上海经济的认识明显带有“半殖民地化”国家意义的逻辑，即殖民地经济对于宗主国的依附。照这一逻辑，上海的工业破产是一种资本主义世界格局的必然。而上海作为中国最大的工业中心，它的破产，就是中国工业的破产。

为了最大程度以上海转喻国家的经济破产，茅盾选择了丝业为表现题材。这不仅是由于丝业为“国脉所系”，也是因为丝业的国家地位，对外联结着国际经济危机问题，对内联结着国内特别是江南一带的农耕经济。茅盾在《〈子夜〉是怎样写成的》与《我怎样写〈春蚕〉》中多次指出，日本丝的外销受到本国政府扶持津赋，而中国工业不但无此惠遇，反受苛

---

① 茅盾：《从牯岭到东京》，载《小说月报》1928年第19卷第10期。
② 茅盾：《〈虹〉跋》，人民文学出版社1983年版，第243页。

捐杂税之累，于是，“中国‘厂丝’在纽约和里昂受了日本丝的压迫而陷于破产。”即使是缫丝，也遭到日本生丝特别是廉价人造丝的摧毁。这一情形完全符合茅盾所谓“典型性”要求。之后，茅盾以金融业作为工业的附属，其意图是将上海以工业为主导的经济领域悉数包括进去。原来极其轻视金融投机的吴荪甫凑集所有资金，甚至把府邸押上，投到公债投机之中，而茅盾为这一情形预设的结局是：“过剩的资金最终将集中在少数人的手里。”① 种种情况，恰好完成了茅盾的国家想象。在茅盾最初的设计中，《子夜》的结尾是吴荪甫失败之后与赵伯韬和解，这种设计遭到瞿秋白的反对。瞿秋白建议：“改变吴荪甫、赵伯韬两大集团最后握手言和的结尾，改为一胜一败，这样更能强烈地突出工业资本家斗不过金融买办资本家，中国民族资产阶级是没有出路的。”②

茅盾笔下的上海是一个充满国家逻辑的标本，相应地，他忽略了上海不完全等同于内陆中国的“飞地”特征。因为上海城市情形之复杂，有时是国家逻辑难以替代的。作为中国的“飞地”，上海城市的逻辑常常表现在与国家相反的一面，以致有人认为：“上海与中国是此消彼长的跷跷板关系，中国内地越凋敝，上海城市越浮华。”③ 在茅盾认定“更加半殖民地化”的中国工业非破产不可的时期，有研究者称之为“上海效应”的奇特现象：“上海近代经济的发展自有其独特的规律可循。其中有一点是世人都能感觉到的，即近代中国战乱频仍，而上海却往往由于其独特的政治条件（租界——引者）维持着相对的安定，就是全国大乱的年代里，上海经济也还能得到相应的发展；甚至出现内地战乱愈烈，上海经济发展反而愈快的局面。”④ 其主要原因就是战乱与动荡反而造成了内地与海外人员携资涌入上海，而继续保持着上海的畸形繁荣。从某种意义上说，上海的繁荣与国家整体的破败状况呈鲜明的反比态势。从现有史料看，在中国现代史上的每一个危机时期中，从太平天国、第一次世界大战前后、30

---

① 茅盾：《我怎样写〈春蚕〉》，载《青年知识》1945 年第 1 卷第 3 期。

② 茅盾：《〈子夜〉写作的前前后后》，《我走过的道路》（上），人民文学出版社 1997 年版，第 502 页。

③ 倪文尖：《再叙述：“上海”及其历史》，载《书城》2002 年第 6 期。

④ 上海研究中心、上海人民出版社编：《上海 700 年》，上海人民出版社 1991 年版，第 167 页。

年代、“孤岛”时期到三年内战，上海经济均获得巨大发展，概莫能外。以距茅盾创作《子夜》最近的时代看，1931 年上海江海关税务司 H. 劳斯福在《海关报导》中写道：“面临着世界经济危机，内战纷扰，工潮迭起等问题”，上海“仍能继续不断发展”，“这确是一件非同寻常的事”[①]。

由此看来，茅盾是以忽略上海地方的特殊性来强化上海的国家性的，而且仅就经济、政治一方面来说，上海城市的非国家逻辑也被忽略，其“飞地”的一面也不在表现之列，上海被完全等同于国家。换句话说，茅盾是在经济破产与政治上的劳资斗争这一点上，将多元、复杂的上海地方特性在国家意义上统一逻辑化、普遍化了。这便是茅盾的上海想象，即“半殖民地”中国的国家想象。茅盾笔下的上海，确如麻雀解剖图一般明晰，那就是一个由畸形经济连带混乱的政治杠杆转动起来的近代中国的公共文本。这使茅盾的都市小说，最具有历史学、社会学的清晰含义，这种清晰，来自他的国家知识。然而，明显的理性斫痕，有时妨碍了文学上的参悟。他笔下的是在国家意义上统一起来的，没有差异的，高度逻辑化的上海，但很难是个体的、经验的上海。我们无意以此诟病作者，而只是说，以上海无所不包的复杂性而言，任何作家的任何表现，都只是某个方面的，而绝非全部。

上海沦陷后，其作为全国政治、经济中心地位一落千丈。显然，按照茅盾的理论要求，上海已不足成为中国社会发展方向的代表。“淞沪抗战”是上海作为中国中心的最后一个兴奋期，因此茅盾在写完此题材的小说后，已很少再写上海。可以设想，即使茅盾不离开战时上海，恐怕也不会再将上海作为剖析中国社会的“麻雀”了。茅盾创作后期，曾雄心勃勃地“企图把从抗战开始到‘惨胜’前后的八年中的重大政治、经济、民主与反民主、特务活动与反特务活动斗争等等作一个全面的描写”[②]。这种《子夜》式的计划，或者会把武汉、重庆、香港、昆明等新的政治中心作为小说的背景。这系列性的五部长篇没有完成，是否与茅盾在抗战后离开上海，而置身于不太熟悉的汉口、桂林、香港等都市有关呢？恐怕

---

① 于醒民、唐继无：《从闭锁到开放》，学林出版社 1991 年版，第 308 页。

② 茅盾：《锻炼·小序》，《锻炼》，文化艺术出版社 1981 年版，第 1 页。

有一点。由此可以看出，茅盾的文学理论，固然给他带来了上海题材小说的丰收，同时又局限了他的创作，使他的小说只能表现像上海这样近代型大都市及受其影响的乡镇。由于这个计划没有实现，我们也无从进一步揣度其深层原因。但从抗战后期以重庆为背景写《腐蚀》这一点来看，上海题材的小说创作基本上画上了句号。

三 《子夜》中的另一个上海

我们有足够的理由说，《子夜》对上海社会政治、经济的描绘，完全表现了作者创作的国家想象特质——“我所要回答的，只是一个问题，即是回答了托派；中国并没有走向资本主义发展的道路，中国在帝国主义的压迫下，是更加殖民地化了”①，作为一个畸形的殖民城市——上海，在茅盾的笔下，呈现出一种失败的，并未走上资本主义化的国家混乱形态。然而，从深层角度来看，在《子夜》中，茅盾又是把上海当作典型的资本主义社会去理解的，甚至还有几分崇拜。当然，这种潜在心理并不表现于情节的结局与人物的命运上，而是体现于创作背后的情绪色调上。这是不是作家潜在的创作心理与理性的创作动机发生了偏离呢？

在这里，发生了一种明显的悖论。如前所述，按照现实主义的中心/边缘观念，茅盾完成了他对于上海在世界背景下的国家想象，即上海相对于西方的边缘性、殖民地性；而在进行上海国内背景的叙述的时候，他又以上海的都市性为中心，表现出工业经济现代性以及相伴随的社会组织对城市的主导。这种主导性包括城市经济、政治对于乡村中国的主导（比如双桥镇的农民暴动以及吴老太爷逃难到上海，四小姐阿蕙与七少爷阿萱的都市化过程，冯云卿由乡绅转成为城市投机商），人物经济中心属性对人物伦理属性的主导（利益关系超越血缘姻亲）等。这种极端中心性的编码只能使他把上海想象成为完全现代化的资本主义城市，否则，他无法完成关于中国国内城市（中心）/乡村（边缘）的现代性图景。这样一来，《子夜》中的上海便分裂为两个，一个是世界意义的，另一个是国内意义上的。两者虽统一于中心性原则，但对于上海城市身份的指向又是不

① 茅盾：《〈子夜〉是怎样写成的》，载《新疆日报·绿洲》1939年6月1日。

一样的。由于忽略上海城市多元性，茅盾基本上无法摆脱这一悖论。

依据茅盾城市（中心）乡村（边缘）的观念，他将中国城乡的空间结构归之于传统与现代的时间的结构，即：过去/现在的历时性构成，两者呈现出彼此代替的关系。既然上海已是现代化了的现代社会，那么相应地，在《子夜》中，古老中国的封建文化，已不再构成上海社会生活的重要部分。

在《子夜》开场中，吴老太爷这具古尸在上海现代生活刺激下迅速风化，其喻义格外明确。显然，作者认为，面对强大的都市文明，封建中国的种种僵化与保守，简直不堪与之对阵。在上海，封建文化不是迅速风化，便是如冯云卿一样，迅速被改造成资本主义人，而将其世代所传的诗书礼仪悉数丢弃。由吴老太爷精心培育的封建文化苗子——七少爷阿萱和四小姐蕙芳，甚至包括乡下恶绅曾家驹，一进上海，便纷纷向都市文明输诚认同。在《子夜》里，坚执封建文化，绝不向上海低头的只有吴老太爷，而他偏偏一进上海，便被击得粉碎。《子夜》中的人物，几乎都被割弃了乡土中国的那条封建尾巴，即使有，也特别短小。比如对吴荪甫，虽然茅盾理性地认为，作为中国资产阶级，他与封建地主有着血缘关系，吴老太爷为其父便是一种有意的安排。但吴荪甫所表现的行为与特征，除家庭专制一面外，很少有从封建阶级那里承续下来的历史积淀，倒是法兰西味十足。父子之间，只有冲突，而无共同的血脉。难怪在《子夜》出版之初，就有人认为吴荪甫完全是一个西化的人。种种情形表明，茅盾已不把乡土中国文化作为上海社会的重要组成部分了。由此不难理解，小说开头所描述的那一段上海风貌，不啻显示了作者对都市文明极强的信心。一方面封建文化好像是坐在“子不语”的新式汽车上的吴老太爷，被折磨得痛苦不堪，几乎昏死；另一方面，城市文明就如同吴荪甫的雪铁龙轿车一样，在平坦宽阔的南京路上，以“1930 年的新记录，每分钟十英里”的速度足力驰骋，勇往直前，仿佛一个关于现代化的寓言。

茅盾对上海社会更加殖民地化与上海城市现代性的两种认识，都是很明显的。前者来自于世界主义的西方（中心）/中国（边缘）格局观念，后者来自于城市（中心）/乡村（边缘）的国内格局观念。然而，应当特别指出的是，两者之中，后者虽也来自理念，但加入了某种感性。这让他激动，并引发了在潜意识中对上海现代生活的崇拜。这使茅盾这个理性极强的作家，一直对上海一往情深，表现出一种热烈的情绪与不可遏制的创作冲动。这也许是茅盾创作中唯一突破理性概念的。由于感情的投入，使得城市（中心）/乡村（边缘）的原则更显夸张。

在茅盾小说与散文中，我们可以读到其崇拜城市、认同城市的情绪色调与审美倾向，似乎并不亚于海派的某些作家。茅盾一再强调机械文明给社会带来的进步，言之凿凿地说："机械这东西是强的，创造的，美的……把机械本身当作吸血的魔鬼而加以诅咒或排斥，是一种义和团的思想。"① 机械，在茅盾的理论含义中，与城市和现代性同义。曾有论者把《虹》中梅女士走出封闭的四川内地时所乘的隆茂轮理解为中国传统社会走向新的城市文明的产物，还有在《春蚕》中出现的著名的小火轮，也是城市文明的产物。崇拜机械，实际上是崇拜现代、崇拜城市。因为机械代表的新文明表明"人类正开始了亘古未有的"大创造，因而茅盾期许"机械将以主角的身势闯上我们这文坛"②，由机械所带来的城市节奏，"紧张也必须成为现代文艺的重要色调"，即使是左翼的创作，"也叫做紧张"——也是"速"、是"力"③。《子夜》的创作潜在意图，便是"速"与"力"的城市美的形象化、具体化。

茅盾对于城市的态度，在中国作家中，尤其是在左翼作家中是不多见的。在茅盾的气质中，城市精神更多一些。当然这并不意味着他有着刘呐鸥、穆时英那样的出身与行为上的城市特征，城市气质是他经过理性审视而溶于情感层次的追求。他曾自剖说："生长在农村，但在都市里长大，并且在城市里饱尝了'人间味'，我自信我染着若干都市人的气质；我每每感到都市人的气质是一个弱点，总想摆脱，却怎么也摆脱不了。"④ 1936 年，鲁迅的日本友人增田涉前往鲁迅住处，探视病中的鲁迅。在那里，"一位不戴帽子，头发梳得整齐，乍看只有三十左右年纪青年走进屋来，蛋黄色裤子配着棕色上衣，打着蝴蝶结，一身轻装，这是上海一带常

---

① 茅盾：《机械的颂赞》，载《申报月刊》第 2 卷第 4 号。

② 同上。

③ 茅盾：《现代的》，载《东方杂志》第 3 卷第 3 号。

④ 茅盾：《乡村杂景》，载《申报月刊》第 2 卷第 8 号。

见的摩登青年形象”。这就是茅盾。对他，增田涉的第一印象就是“一见就给人一种潇洒、瘦弱、神经过敏，而又麻利爽快的现代青年的印象”，“初看倒像个银行职员”；深谈之下，才看出思想家深沉的内质，见出“他过去的经验，那人民的，时代的艰苦奋斗的痕迹”；但作为一个普通人，倒是位城市中的“理智的、克己的绅士”①。茅盾的气质与对城市的理解，使他在面对许多左翼作家出于对工人的同情而指斥机械的压迫时，说：“该诅咒的仇视的，不是机械本身，而是那操纵机械造成失业的制度。”② 换句话说，城市本身不是罪恶，罪恶的是造成城市畸形的制度，城市本身如同机械一样，是美的，应当赞颂的。

在这里，我们接触到了一个难题。从茅盾写作目的上看，上海是更加殖民地化了，而在其作品潜在结构中，又为什么包含有对上海巨大的激情成分呢？尽管茅盾是依照城市中心/乡村边缘的原则来写作的，但照理说，这一原则也可以用理念去传达，不足以使茅盾对之投入过量的感情。比如，上海作为东方城市的乡土特征是明显的事实，但从《子夜》开场一部分来看，茅盾却把封建势力写得没有任何还手能力，不堪一击，实在是有些漫画化。朱自清就曾指出：“书中以‘父与子’的冲突开始，便是封建道德与资本主义道德的冲突。但作者将吴荪甫的老太爷写得那么不经事，一到上海，便让上海给气死了，未免干脆得不近情理。”③ 显然，这种安排是有意显示上海的勃勃生机与铁流般的力量。这种城市崇拜是对中国现代化、工业化的憧憬。因此，《子夜》中的上海，不仅是现实主义理论中的上海，还是一个现代性理想中的上海。对此，日本学者是永骏指出：“他心里本来带有这样的憧憬，所以才写出来大都市工业化的宏伟情景。对于作家来说，不能吸引他的事物，他绝不会把它屡次写在作品里。按简明的看法来说，我们应该指出茅盾是把自己的憧憬化为了作品。”④ 茅盾一再以上海生活为题材，除了其现实主义理论要求外，还有对城市现

---

① 松井博光：《黎明的文学——中国现实主义作家茅盾》，高鹏译，浙江文艺出版社 1984 年版，第 170 页。

② 茅盾：《机械的颂赞》，载《申报月刊》第 2 卷第 4 号。

③ 朱自清：《子夜》，《朱自清序跋书评集》，生活·读书·新知三联书店 1983 年版，第 198 页。

④ ［日］是永骏：《茅盾小说文体与二十世纪现实主义》，载《文学评论》1989 年第 4 期。

代性怀着不可遏制的向往。这种憧憬与热情，使他有时竟然突破了左翼理论对人物与社会生活进行把握的理性框架。比如，按茅盾事先安排人物命运的理性框架，吴荪甫作为民族资产阶级，他的出路一是投降帝国主义势力，走向买办化，二是与封建势力妥协，但吴荪甫并没有走两条路中的任何一条。他宁可把家产与性命搭上，甚至想开枪自杀，也绝不屈服。这是软弱呢，还是坚强？是灭亡呢，还是再生？《子夜》结局并没有交代吴荪甫的此后行为，为什么不写呢？按照理论要求，他势必屈服于列强与封建势力，然而，茅盾实在不忍在情感上认可这一切。这里正隐含了茅盾对中国工业化的憧憬与梦想，一种强国梦，一种茅盾自幼从父亲那里承继下来的富国强兵的中国梦。吴荪甫的不屈服，就是中国民族工业的不屈服；吴荪甫的不死，就是中国民族工业的不死。茅盾对于吴荪甫，或者说对于中国民族资本家的偏爱，原因正在于此。

这里还涉及一个问题，即茅盾赋予吴荪甫什么特质？从背景来说，虽然吴荪甫出身乡绅家庭，但这在小说中几乎没有多少人格投射，倒是其留学欧洲的背景，在其性格与行为上不断得到印证。吴荪甫虽然是资本家，但并不唯利是图，他轻视金融投机，一心扩大其工业制造业。在兼并八个小工厂之后，把交通、纺织、电力等产业也掌握在手中。那些“没见识、没手段、没胆量的庸才”企业家被他“恨得什么似的”，然后一口吞并。对家人与友人，吴荪甫也没有任何温情，表现出斩钉截铁式的干脆。在这里，不仅吴荪甫本人身上的东方伦理缺陷被夸张的褒扬，就连吴荪甫对工潮的疯狂镇压，以及对军队“吃素”的咒骂这一被左翼目为“反动”的一面，也被极大地容忍了，甚至还具有了某种性格上的“现代性”美感。有人认为这源于茅盾在塑造人物时所希望展现的“人格魅力”，此话不错，但更重要的在于吴荪甫才干、野心、胆识背后的“国家现代性想象”。吴荪甫的一切宏伟蓝图都与国家现代化有关，其落脚点都在国家意义上：“只要国家像个国家，政府像个政府，中国工业一定有希望的。”在作品中，汪派政客唐云山跟大家谈论孙中山的《建国方略》，“只有吴荪甫的眼睛里却闪出了兴奋的光彩”。因此，当吴荪甫准备按兼并企业的草案实施对八个小厂的吞并时，小说出现这种描写：

> 吴荪甫拿着那“草案”，一面去看，一面就从那纸上耸起了伟大憧憬的机构来：高大的烟囱如林，在吐着黑烟；轮船在乘风破浪；汽车在驶过原野。他不由得微微笑了。

吴荪甫的产业原本与轮船汽车无干，他想象的不是个人事业，而是一幅国家工业的图景。当然，这也是茅盾的国家现代化想象的图景。正是在这个意义上，吴荪甫不是作为资产阶级被赋予了人格美感，而是被茅盾当作了中国城市工业化、现代化的人格体现。

朱自清在20世纪30年代谈到对《子夜》的感受时说：“吴、屠两人写得太英雄气概了，吴尤其如此，因此引起了一部分读者对于他的同情和偏爱，这怕是作者始料不及的罢。”[①]“始料不及”一语意味着一种潜在的感情成分越过了理性范围。夏济安也谈到这一点，说作者“对自己笔下的男主角的赞赏几乎不加掩饰，这个工业资本家吴荪甫即使倒台崩溃，也落得像个巨人”[②]。由此，我们可以理解：为什么在《子夜》初版的扉页上用英文赫然印着“一九三〇，现代中国的罗曼司”，吴荪甫其实“就是20世纪机械工业时代的英雄骑士和‘王子’”；为什么茅盾把吴荪甫这个在左翼文坛看来极为反动的资本家，写得如同巨人一般高大，甚至于他的失败也如同一座大山的倾颓，而那些屈从于赵伯韬势力的懦夫则显得那样灰暗，至于那个以城市文明批判者自居的浪漫诗人范博文更如一个小丑。吴荪甫的失败是现实的，而吴荪甫的野心、才干、胆略，与其说是现实的，毋宁说是理想的。因为他不再是老中国的儿女，而代表了中国工业化的顽强决心，代表了一种城市现代美。按照杰姆逊第三世界的文本总是以民族寓言的形式来投射一种政治的著名论断[③]，可以认为，吴荪甫“个人命运的故事”，实际上也是一部民族寓言。它不仅是关于中国国家半殖民地的，也是关于中国国家现代性的寓言。也许，正是这种激动，使《子

---

① 朱自清：《〈子夜〉》，《朱自清序跋书评集》，生活·读书·新知三联书店1983年版，第199页。

② 夏济安：《黑暗的闸门》，引自《茅盾研究在国外》，湖南人民出版社1984年版，第559页。

③ 詹明信：《处于跨国资本主义时代中的第三世界文学》，《晚期资本主义的文化逻辑》，陈清侨等译，生活·读书·新知三联书店1997年版，第523页。

夜》的国家想象，也有了一些感性成分。

四　结语

茅盾《子夜》对上海的想象性叙述，其基础是茅盾理论中关于动态与本质的现实主义理论产生出的中心性表现模式，其在其创作实践中与对上海的想象性叙述相关联，构成了茅盾以上海表述国家问题的基础。在中心性模式之下，茅盾分别从国际与国内两个方面以上海转喻国家意义：国际方面，在西方中心/东方边缘格局下，上海被当作殖民地国家文本，以民族资本主义工业的破产来表现其在全球资本主义格局中的边缘性；国内方面，在城市（中心）/乡村（边缘）的格局中，茅盾又从潜在层面上对上海作了充分资本主义化的想象描述，在以吴荪甫、吴老太爷为中心的表现中，对上海作了现代性的憧憬与非中国化的想象。按照中心性观念的要求，乡村也呈现出城市性的叙述（此问题可另文阐释）。在题材处理方面，为达到中心性的叙述要求，茅盾以不断缩小表现领域为代价，将中国缩小至沿海，将沿海缩小至城市，将城市缩小至经济领域，进而最终缩小至对资本主义经济形态进行意识形态图解。

在茅盾的文本中，上海本身具有的国家意义一次次被加以夸大的想象性表现，而与国家性不符的上海特性又一次次被排除或减弱。原本复杂、多元、不统一、有差异、非逻辑的上海性在国家意义上被统一化、普遍化了。由于“上海性”中包含了过多世界性、国家性因素，本地特性在茅盾笔下是极弱的。也许，这就是上海在中国的命运，或者说是“文学中的上海”的命运。如果连同新感觉派、20 世纪 50—60 年代与 90 年代的上海文学来看，可以认为，“文本的上海”，由于负载着过量的意义，其地位至高无上，而实际的城市（上海）却总被各种各样“非上海”的意义所表述着。

原刊《茅盾研究》2014 年第 13 辑

两种现代性下的“中国传奇”

——以茅盾的《子夜》与穆时英的《中国行进》为例

许祖华　杨　程

摘要　穆时英是20世纪30年代中国“新感觉派”的代表人物，是“洋场浪子”式的作家。但近几年发现的《中国行进》，从创作经过来看，其实是《子夜》的叫板之作，也呈现出穆时英文学创作的另一面向。两部小说虽然都是对20世纪30年代上海的传奇性书写，在情节架构与人物形象上，亦有承袭和相似，但更多的是有所突破和各有所长，体现出不同的文学面貌。这种不同，主要源于两位作家对当时中国社会、都市发展的不同认知，以及对于“启蒙现代性”和“审美现代性”的不同理解和把握。

关键词　茅盾；穆时英；《子夜》；《中国行进》

穆时英是20世纪30年代中国“新感觉派”的代表人物，被誉为“新感觉派的圣手”、“普罗小说之白眉”①。长期以来，学术界一直认定他是“洋场浪子”式的作家。不过，随着近几年穆时英佚文的大量发现，人们开始对其文学理想和创作才能有了新的认识。在文学创作方面，穆时英显然怀有更大的抱负，其15万字的长篇小说《中国行进》便是最佳说

① 《编辑的话》，《新文艺》1930年第2期。

明。小说总共包括五个部分[①]，全面描绘了“一九三一年大水灾和‘九一八’前夕中国农村的破落，以及城市里民族资本主义和国际资本主义的斗争”[②]；内容几乎涉及都市、农村、战争等方方面面。较之穆时英之前的其他小说，《中国行进》在题材方面表现出极大的跨越性；他试图将几种差异极大的题材整合起来，使之成为一个有机的整体。不过，要评价这种努力是否成功，以及更清晰地认知《中国行进》在艺术方面的价值与局限，尚须将其与同时期有代表性的同类题材小说进行横向比较。

茅盾的长篇小说《子夜》便是进行这种横向比较研究的绝佳范例。一是因为穆时英的《中国行进》与茅盾的《子夜》都是以 20 世纪 30 年代的上海为背景、力图全面展示当时社会生活全貌的长篇小说。穆时英的目标是，“希望让都会景观承载更多的意义，藉此成为民族寓言的一部分”[③]，而《子夜》的副标题恰是“一九三〇年的一个中国传奇”[④]。二是《中国行进》在创作上明显受到了《子夜》的影响。穆时英在创作《中国行进》的部分章节时，就已经读过《子夜》，并明确表示了对《子夜》的不满与不屑：“如果茅盾的《子夜》也值得我们花功夫去看的话，那么《死魂灵》就值得我们把它背熟了。”[⑤]“但有勇气读《子夜》的，却不妨把浪费在《子夜》上的时间来读一读这本《八月的乡村》——至少比《子夜》写的高明些。”[⑥]穆时英对《子夜》的批评显然并非是由于流派间的争斗，因为他曾赞扬过左翼文人胡风的《张天翼论》“是一篇生动的论文，写的很好”[⑦]，对萧军《八月的乡村》也不乏溢美之词。[⑧]那么，

---

① 这五部分是：《上海的季节梦》、《中国一九三一》、《田舍风景》、《我们这一代》、《上海的狐步舞》。

② 《中国行进》广告，严家炎、李今：《穆时英全集》第 3 卷，北京十月文艺出版社 2008 年版，第 436 页。

③ 李欧梵：《上海摩登》，上海三联书店 2006 年版，第 225 页。

④ 同上书，第 237 页。

⑤ 穆时英：《文学市场漫步》（二），严家炎、李今：《穆时英全集》第 3 卷，北京十月文艺出版社 2008 年版，第 91 页。

⑥ 同上书，第 93 页。

⑦ 穆时英：《文学市场漫步》（一），严家炎、李今：《穆时英全集》第 3 卷，北京十月文艺出版社 2008 年版，第 89 页。

⑧ 穆时英：《文学市场漫步》（三），严家炎、李今：《穆时英全集》第 3 卷，北京十月文艺出版社 2008 年版，第 93 页。

穆时英对《子夜》如此反感，恐怕还是基于创作理念的不同。作为“新感觉派”的穆时英，当然无法认同《子夜》这一类“社会分析派”的小说，只是《子夜》的横空出世，确实给穆时英带来很大的刺激。因此，《中国行进》从创作经过来看，其实就是《子夜》的叫板之作：一方面，两部小说是处于对立的作品，是两位分属不同流派、具有不同创作理念、审美风格迥异作家的精心架构；另一方面，却又在总体设计上惊人地相似——“用城市作为在关键岁月里的国家缩图”[①]，是同时对20世纪30年代上海的传奇性书写。本文拟将这两部同为描写“中国传奇”的长篇小说加以比较，一则在比较视野中正确认识《中国行进》的文学地位，以此考察穆时英文学创作的另一面向；二则再次深入理解《子夜》作为长篇小说的经典性。

一　情节架构上的模仿及其整体性缺陷

《子夜》一直以多线纷呈的情节设置受人称赞，成为20世纪30年代中国长篇小说创作的典范。主线是吴荪甫振兴实业的种种举措以及在公债市场上与赵伯韬的斗法过程，其中平行穿插了由范博文、张素素、林佩珊等人组成的“新儒林外史”，以及工厂中的工人运动和双桥镇的农民运动。与之相比，《中国行进》简直是亦步亦趋地模仿了《子夜》的情节架构。

首先，最明显的是，《中国行进》中李铁侯、刘有德等人为抗衡帝国主义资本而振兴实业的计划，对应了《子夜》中吴荪甫设立“益中公司”、收购八个小厂以及在公债市场上与赵伯韬斗法博弈的过程。[②]《中国行进》中，几乎有一半篇幅写到了经济斗争，而且从穆时英对这部分情节的浓墨重彩上来看，如果《中国行进》在当时得以出版，那么，民族

① 李欧梵：《上海摩登》，上海三联书店2006年版，第225页。

② 有趣的是，在发表于1932年11月到1933年1月的《中国一九三一》中（《子夜》的初版时间是1933年1月），穆时英并没有写到经济和金融方面的内容，他依然在描摹酒店、舞厅、球场中的摩登都市生活。而在发表于1935年到1936年的《上海的季节梦》中，穆时英却花了大篇幅描写徐祖霖构想金城集团与日本帝国主义纱厂角力的经济计划，可见这与《子夜》的影响不无关系。参见穆时英《中国行进》，选自严家炎、李今编《穆时英全集》第2卷，北京十月文艺出版社2008年版，第375—380页。

资产阶级与帝国主义的经济斗争必将成为全书的主线之一，甚至是核心内容。只不过，虽然穆时英坚信《中国行进》定将超越《子夜》，然而从写作的实际情况来看，穆时英对这部分内容的处理并不十分理想。茅盾为创作《子夜》，特意到身为资本家的卢学溥表叔家和金融交易所做了深入的调查和研究，还参观了丝厂和火柴厂，并跟一些同乡故旧晤谈，从而了解到中国工商业的发展状况。而穆时英并未有意了解过经济与金融方面的相关知识，也并未刻意结识实业和金融界人士。《中国行进》中关于经济斗争的内容大多出于作者的主观理解与想象，以致这部分内容真实度不高，且漏洞百出。①

其次，《中国行进》中许仕介、李玲仙、李小侯等都市青年男女的摩登生活，与《子夜》中范博文、林佩瑶、张素素等人的现代都市生活相对应。只不过，作为"新感觉派圣手"的穆时英，在描摹此类生活时，不似茅盾般生硬而显得捉襟见肘，反而驾轻就熟。小说中，摩登青年们在上海郊外丽娃栗妲村的尽情嬉游、在金城宴舞厅中的恣意狂欢，原本就是"摩登 boy"穆时英在舞厅、夜总会的现实翻版。而茅盾显然对此类生活较为隔膜，不擅此道。他不仅公开、直率地表达过对新兴娱乐文化的批判，认为"大多数的人物是有闲阶级的消费者，阔少爷、大学生，以至流浪的知识分子；大多数人物活动的场所是咖啡馆、电影院、公园；跳舞场的爵士音乐代替了工厂中机械的喧闹，霞飞路上的彳亍代替了码头上的忙碌"②，而且有意在小说中将范、林、张等人的活动空间主要集中在吴荪甫的会客厅中，而不是夜总会和舞厅。然而，新潮的娱乐场所正是都市摩登男女最心仪的消遣之地，舞厅和夜总会是他们可以彻夜狂欢、肆无忌惮追求都市中"性与爱"的理想场所。应该说，夜生活是都会男女生活

① 比如，小说中李铁侯的心腹徐祖霖曾提出一个庞大而复杂的金城集团振兴计划——收买日本纱厂的工会干部，鼓动工人罢工，借以破坏其生产能力，使自己的工厂坐收渔利；投靠英美帝国主义，吸收他们的资本来抗衡日本工厂；同时发动国货运动，让"中国人全变了爱国狂"；让资本家的太太、少爷、小姐们组织国际俱乐部，表面上开什么"假面舞会、化装舞会，去公演什么莎氏名剧"，实则成为这些资本家及其走狗的"间谍网"。这样的计划看似缜密，但在现实生活中基本不具备可行性。参见穆时英《中国行进》，选自严家炎、李今编《穆时英全集》第 2 卷，北京十月文艺出版社 2008 年版，第 380—382 页。

② 茅盾：《都市文学》，《茅盾全集》第 19 卷，人民文学出版社 1991 年版，第 421—422 页。

中极为重要的一部分，但茅盾恰恰由于个人因素而忽视了对这部分的描写与刻画。

最后，《中国行进》中麻皮张、李二领导的三岔口农民暴动可与《子夜》中双桥镇的农民运动相对应。《子夜》出版后，即被评论界讥讽为“半肢瘫痪”，即小说中农村题材所占篇幅过少，而导致生活的全景描绘不够到位。穆时英在创作《中国行进》时试图改变这一面貌，在涉及农村题材的《中国一九三一》、《田舍风景》中，特意突出三岔口十几个村子为反抗地主抢粮而进行了有组织的、可歌可泣的斗争场景。穆时英对这场斗争的兴起、发展、壮大、失败的全过程以及农民的日常生活都有全景式的描绘，而且摒弃了《南北极》中“流氓无产者”式的语汇，在语言上更干净，艺术手法也更为圆熟。值得注意的是，即便《子夜》中着力描写的工厂和工人运动在《中国行进》的章节中并没有得到正面体现，但《中国一九三一》中“都市生命线”一节浮光掠影地写到了码头工人和工厂工人的劳苦生活，这很可能是在为正面描写工人运动做准备。

《子夜》在情节架构上尽管框架宏大，多线索交织铺排，呈现出“史诗性”全景描绘的特点，但吴、赵的矛盾和交锋始终是全书的主线——“构成全书主要线索的是复杂的经济关系。《子夜》描写吴荪甫破产出走，给他以毁灭性打击的，并不是工厂罢工、农村暴动，而是公债市场上的投机失败”①。《子夜》除游离的第四章外，整体结构严整——“在纵向上，脉络贯通，从横向比照则烘托穿插，浓淡相济。张弛起落之间，形成多样统一的趋势”②。不管是工人运动还是“新儒林外史”，都服从于经济斗争这条主线。同时，林佩瑶、范博文、张素素等人物也都紧紧围绕在吴荪甫周围，从而使小说的主线和副线相互关联穿插，并形成一个有机的整体。这些线索不仅在横向上互有关联，交错发展，而且在纵向上也不断发展、依时变化。例如，小说中工人运动这条线索就有明显的变化发展过程，其中不仅涉及了工会内部的派系斗争，还关联到共产党内部的路线斗争。再

---

① 王嘉良：《茅盾小说论》，上海文艺出版社 1989 年版，第 23 页。

② 孙中田：《〈子夜〉的艺术世界》，上海文艺出版社 1990 年版，第 167 页。

如，寓公冯云卿的故事虽然自成一体，但又和吴、赵的斗法紧密交织，并从一个侧面展示了吴、赵斗法的细节。因此，《子夜》的结构既宏大开阔又细致绵密，宏观叙事和微观刻画并齐，历来为人所称道，“当可在世界长篇小说结构史上占据一席之地”。[①]

与《子夜》采用的“一树千枝”式的立体结构方法不同，《中国行进》则采取了平行结构法。《子夜》着重突出各条线索的变化发展，而《中国行进》则着力将社会生活的方方面面作了全景式的铺排展现。尽管穆时英的《中国行进》体现出“新感觉派”小说的艺术特色，也试图“把时代背景、人物故事、作家自己的见闻分别叙写”[②]，使小说“表面看来各成章节，实际上互有关联，组成一幅巨大的时代风云画卷”[③]，但从实际完成情况来看，“各成章节”是体现得游刃有余，“互有关联”则黯然收场。章节之间仅以个别人物相联系，关联性明显不足，从而使整部小说看起来更像是众多短篇小说的合集。这当中固然有《中国行进》的篇章皆零散发表于不同报刊、最终未能整合出版的原因，然而就集中发表的部分章节来看，情形也是不容乐观的。1932 年 11 月到 1933 年 1 月，《大陆杂志》集中刊载的《中国一九三一》，就包含了摩登的都市生活、农村的反抗斗争、工人的劳苦生活等各种场景，三部分内容不仅在情节上关联不多，甚至在语言风格、艺术手法上也都自成一体，显然缺乏统一的构思、统筹、规划与创作。这与《子夜》把故事浓缩在两个多月的时间里，围绕吴公馆、裕华丝厂和证券交易所三个地点展开相比，无论在时间、空间的集中性上，还是在小说情节发展的紧凑性、均衡性上，都略显不足，难免给人顾此失彼、东鳞西爪之感。

二　人物塑造上的承袭与突破

《中国行进》在情节架构上对《子夜》的亦步亦趋，同样体现在人物塑造方面。野心勃勃的金城实业集团老板李铁侯，不甘于吃日本纱厂的残

① 杨义：《杨义文存》第二卷，人民文学出版社 1998 年版，第 134 页。

② 黑婴：《我见到的穆时英》，严家炎、李今：《穆时英全集》第 3 卷，北京十月文艺出版社 2008 年版，第 536 页。

③ 同上。

羹，誓要与日本帝国主义的资本“角一下腕力”，不免让人联想到同样踌躇满志、试图振兴中国民族工业的吴荪甫。吴荪甫有“紫酱色的一张方脸，浓眉毛，圆眼睛，脸上有许多小疱”，“声音洪亮而清晰”，“身材魁梧，举止威严”[①]。李铁侯则“有一张四方形的大嘴，一对四方形的耳朵，一个狮子鼻，一对环眼，两条装在眉骨上的刷子似的浓眉毛和一张四方形的脸”[②]。外貌上的相似性，一方面说明两人在性格上都有坚毅、刚愎的特征，另一方面也说明了吴荪甫形象上的经典性，以及《中国行进》对《子夜》的模仿。只不过，茅盾在塑造吴荪甫这一形象时，尽管让其背负注定失败的命运，但依然难掩其赞美之情，将其塑造成“二十世纪机械工业时代的英雄骑士和‘王子’”，并“以他为中心照亮了整个上海的社会生活，照亮了在这里活动着的形形色色的人物”[③]。李铁侯则不同，他一方面是坚毅、刚愎的，他的脸在 47 年的岁月里只痛苦地扭歪过五次；但另一方面，他又对周围的人物缺乏吴荪甫那样的掌控力，不仅在家庭生活中对女儿百依百顺，更难以凭借自己的实力与日本帝国主义资本抗衡，甚至不得不依靠流氓头子林廷荪。在舞厅里，他被女儿李玲仙“扔在桌旁，独自个儿冲着黑啤酒打盹，梦到死了的妻子”[④]，其情其景，简直如同一个衰弱的老人。这很可能是因为在穆时英原来的构思中，李铁侯只不过是个平庸的资本家，与《夜总会里的五个人》中的“金子大王”胡均益类似。然而，在吴荪甫形象和小说情节发展的影响下，穆时英将李铁侯视作振兴民族工业的“希望”，因此，在《中国一九三一》中罕有出彩表现的李铁侯到了《上海的季节梦》中，便骤然而突兀地展现出了果敢、坚毅的一面。

相比于资本家形象，穆时英在小说中对都市青年男女的刻画则更为成功。茅盾对《子夜》中的摩登男女，如林佩珊、张素素、范博文等人，虽然时而夹杂着理解与同情，但基本采取讥讽的态度。他既讽刺了范博文

① 茅盾：《子夜》，人民文学出版社 2000 年版，第 4 页。

② 穆时英：《中国行进》，严家炎、李今：《穆时英全集》第 2 卷，北京十月文艺出版社 2008 年版，第 360 页。

③ 王富仁：《现代作家新论》，山西教育出版社 1998 年版，第 62 页。

④ 穆时英：《中国行进》，严家炎、李今：《穆时英全集》第 2 卷，北京十月文艺出版社 2008 年版，第 416 页。

因为失恋想自杀却又没有勇气的懦弱，又讥讽了张素素抱着凑热闹的心态去参加游行等幼稚的行为。可惜的是，小说中除对范博文、张素素的描写较为充实外，“其他的人物，思想面目自然是清晰的，但多在轮廓外缺乏深层的点化”①，且这些人物的地位在吴荪甫的映衬下，显得渺小而微不足道。人物的刻画更加没有出彩，或将范博文等三人的活动场景局限在吴荪甫的客厅、花园、公园、饭店等公共开放的空间内，或将他们与吴荪甫、游行队伍置于同一场域中，虽然能在对比中突出他们的社会与阶级属性，但对每个人的个性发掘与表现均不充分。穆时英在《中国行进》中对此类人物的态度虽然与茅盾类似——同情之中有批判，但塑造得更有个性的光彩。与茅盾在《子夜》中的处理方式不同，《中国行进》中的许仕介、李小侯、李玲仙等人多出现于郊外公园、夜晚的舞厅，明显私密得多。这种出场环境，主要服务于他们的身份和习惯——郊外公园主要是为了渲染人物之间细腻怅惋又有些故作忧伤的感情，常带有很强的抒情性；而舞厅则展现出都市青年男女纸醉金迷、追求刺激的生活，即“颓加荡”。此外，为了凸显出这些摩登男女的不同个性，穆时英还采用了一些新奇的表现手法。比如，在《上海的季节梦》的“插话”一节以“备忘录”的新颖形式，从“品”、“传”、“速写”、“测验”几个方面介绍了许仕介眼中的李玲仙、刘颜蓉珠和谭妮娜，让放纵的刘颜蓉珠、天真幼稚的李玲仙以及疲惫而现实的舞女谭妮娜的形象跃然纸上。这种对都市男女成功的刻画当然要归功于穆时英对上海摩登生活的熟悉。他自己便是舞厅的常客，还娶了舞女为妻。可以说，他本身就是小说中的摩登都市人，因此十分了解这类人的内心活动和隐秘的情感，且倾向于描写他们之间既浪漫又互为消遣品的感情和丰富的夜生活。

通过以上的对比分析，不难发现，《中国行进》与《子夜》在人物塑造上既有承袭，亦有突破，还表现出互补性，一般茅盾塑造得成功的形象，往往是穆时英塑造得失败的，反之亦然。这除了取决于两位作家不同的创作心理和生活态度外，也关联着二者各自不同的成长经历与生活环境，更因为“典型人物的塑造离不开典型环境”这一因素。吴荪甫的形

---

① 孙中田：《〈子夜〉的艺术世界》，上海文艺出版社 1990 年版，第 144 页。

象之所以能成为中国现代文学史上的经典，恰是因为茅盾将其放置在了交易中心、会客厅、工厂等符合资本家身份的典型环境中。《中国行进》中许仕介、李小侯、李玲仙等摩登青年形象的成功，也离不开穆时英对夜色中的公园、五光十色的夜总会绘声绘色的描摹。而茅盾让范博文、张素素、林佩珊等人频繁出现在客厅里，穆时英让李铁侯在舞厅里的打盹，显然是忽略了对典型环境的选择，也就导致了这些人物个性在一定程度上呈现了"扁平化"的缺陷。

三　艺术表现手法的差异

《子夜》与《中国行进》虽同为描写当时中国社会现实的小说，是对20世纪30年代上海的传奇性写作，但二者在艺术表现手法上有着极大的不同。

首先体现在叙述视角上。《子夜》属于外视点小说，叙述者离开所有的事件和人物，以"上帝"的姿态进行叙述，属于全知全能的视角；《中国行进》则是外部视角与内部视角的结合。尽管《子夜》中作者也偶有转为内视点来描写人物感受的情况①，但在总体上，茅盾是以高屋建瓴的姿态俯视小说中的世界，作者的意识与所描写的人物、事件维持一定的距离。这样的叙述视角可以摆脱个人感受和经验对写作的不自觉影响，可自由地铺陈叙事，或回溯历史，或刻画人物心理，特别适合运用在具有"史诗性"特征的长篇小说中。为了能够全面展示当时社会生活的方方面面，穆时英在《中国行进》中也运用了外视点的全知视角，但同时也大量运用了他最为擅长的限知视角叙事。作品中既有第三人称限知视角，也有第一人称限知视角。如《上海的季节梦》、《田舍风景》、《我们这一代》中出现的"扉语"和"小唱"，是直接以第一人称写作的。这些篇章或抒情状物，或交代社会环境，看似与小说中的核心情节并无太多联系，但却是作者对小说主要情节的补充和评介。这与"新感觉派"对小说创作的见解相吻合："抛弃了平面的表现和纯客观的写实，而要求立体的直

① 比如大都市在吴老太爷眼里简直像魔窟一般，窗子里的灯光像"怪眼睛"，马路上的汽车，是长蛇阵似的一串黑怪物。参见茅盾《子夜》，人民文学出版社2000年版，第9—10页。

接的表现和主观的写真。这一派所着笔的是直觉的印象。”[①] 只是在这个叙事过程中，作者有时会突然毫无过渡地另辟战场，单列一节描写环境、状物抒情，即便为创新之举，有时也难免会打断小说正常的叙事节奏，给人以突兀之感。

其次体现在创作手法上。《子夜》开篇便运用了典型的现实主义写法，从太阳、苏州河等自然景物，过渡到码头、船只等人造景观，再写到外滩公园、外白渡桥、电车、霓虹灯等具有强烈都市色彩的设施，整个描写理性客观、层次分明、秩序井然。如果说，茅盾的都市景观描写像是带有纪实色彩的长镜头的话；那么，穆时英的则是不断切换镜头的蒙太奇手法，都会中的各种物象透过作者的镜头一股脑儿地跃入读者的眼帘。穆时英很少遵循特定的观察顺序，屋顶、广告、行人、车辆、风筝、霓虹灯等景象或人物在他的笔下快速转换，“并不致力于从整体上感受世界，而是通过一个特殊的视网膜或色谱仪把洋场景观分解成七零八落、五光十色，在爵士乐一般喧腾活跃的节奏中摇落出种种烟酒味和脂粉气”[②]。而且，穆时英习惯把人“物化”，把物“人化”，在作品中，人的“利欲和卑鄙”与高楼、车辆、广告旗、金字招牌一样，都是可以被量化的。南京路可以像人一样扭歪了脸，太阳触摸着“三大怪物的屋尖”。在小说中，人和物的位置是倒错的，人的价值要靠物来体现，物的功能主控了人的能动。“极端的科层化和奢华化的夹攻，使洋场男女在灵性枯槁和肉欲扩张中产生严重的颠踬感和危机感。”[③] 穆时英“让他的一大群角色都受制于景观，而景观才是他最终的小说主人公”[④]，而这也正是现代都市的吊诡之处。穆时英通过精妙的比喻、拟人和通感再现了都市中人的“异化”，准确地扣住了都市的脉搏。《中国行进》中大量使用新奇手法，表现出了都市的光怪陆离，是《子夜》未能达到的高度。

最后，这种新奇的手法同样体现在《中国行进》的语言风格上。《子

---

① 杨之华：《穆时英论》，严家炎、李今：《穆时英全集》第 3 卷，北京十月文艺出版社 2008 年版，第 437 页。

② 杨义：《京派海派综论》，中国社会科学出版社 2003 年版，第 141 页。

③ 同上书，第 102 页。

④ 李欧梵：《上海摩登》，上海三联书店 2006 年版，第 224 页。

夜》的语言较为冷静客观，《中国行进》则带有更多的主观性、抒情性和作者的情感渗透。在《子夜》中，茅盾不仅相当专业地描写了交易所里空头与多头的互相博弈，而且还将蒋介石、阎锡山、冯玉祥中原大战的经过借人物之口，描述得清晰科学、理性客观。“举凡时代、军政、公债、工业以及资产阶级客厅中的特殊词汇、某些特别术语，都镶嵌在叙事文体中，成为再现生活的语码。”① 但正是由于涉及了太多的专业词汇和特别术语，《子夜》的语言风格有时也给人枯燥之感，形成微弱的阅读障碍。与《子夜》相比，《中国行进》中的感情更为丰沛。篇中的“扉语”和“小唱”部分就直接承载了作者的情感投射，带有很强的抒情性。穆时英在《上海的季节梦》中，几乎是以略带忧伤又极富诗意的笔调，把许仕介、李玲仙、李小侯、刘颜蓉珠等人在丽娃栗姐村的嬉游写成了一部“罗曼史”。

上述的区别一方面源于两位作家不同的生活积累、思维方式、艺术构思、创作理念与艺术手法；另一方面，源于中国当时的社会发展，尤其是都市发展。20 世纪二三十年代的上海，正步入资本主义发展的黄金时期，工业制造业的飞速发展为金融、贸易等行业提供了物质基础，而伴随着经济的腾飞，高楼大厦拔地而起，西方现代化的生活、娱乐方式也涌进了这座新兴的都市。上海借此机会，开启了现代化的进程，并在相当短的时间内一跃成为国际性的大都会。可是，面对同样的城市环境，茅盾与穆时英却描绘出了风格迥异的时代画卷，诞生于上海的《子夜》与《中国行进》也体现出了迥异的文学面貌，他们“在对时代的理解方面，在反映时代的哪一方面以及怎样反映方面常大异其趣”②。这种不同，主要源于两位作家对当时中国社会、都市发展的不同认知，以及对于“启蒙现代性”和“审美现代性”的不同理解和把握，而“左翼作家和现代派作家，也正是从这里开始分道扬镳”③。

① 孙中田：《〈子夜〉的艺术世界》，上海文艺出版社 1990 年版，第 206 页。

② 王爱松：《都市的五光十色——三十年代都市题材小说之比较》，《文学评论》1995 年第 4 期。

③ 同上。

四　两种现代性下的“中国传奇”

茅盾所代表的左翼文学秉承的是“启蒙现代性”：“它追求数学的精确、明晰和统一，追求形而上学和绝对，合理化和工具理性是其表现，它具体展现为社会生活的现代化。”[①]《子夜》正是其杰出的代表。在创作之初，茅盾对小说需要反映的思想内容就有明确的政治预设：通过民族资本家的代表吴荪甫的失败，说明中国仍然是半殖民地半封建社会，借以驳斥托洛茨基派所鼓吹的中国已经走上资本主义道路的观点和一部分资产阶级学者认为中国可以建立欧美式的资产阶级政权的看法。由于创作中的政治诉求，使他偏重于揭露资产阶级和小资产阶级的腐朽与没落，并以历史的优越感和“高瞻远瞩”的姿态，俯视都市中的芸芸众生。在创作过程中，茅盾偏重于理性，怀着强烈的社会责任感和使命感，坚持现实主义的创作方法和社会学的视角。不仅在创作前列出了详细的提纲，做了充分的准备和安排，并且将其过人的理性分析能力渗透在最初的艺术构思和创作过程中。茅盾自己也说：“一个做小说的人不但须有广博的生活经验，亦必须有一个训练过的头脑能够分析那复杂的社会现象；尤其是我们这转变中的社会，非得认真研究过社会科学的人每每不能把它分析得正确。”[②]尽管茅盾以理性为重的创作方法有时会使小说显得滞重，削弱了小说的审美特性；但不可否认，这种方法特别适合于创作以社会分析见长的具有“史诗性”的长篇小说。这也是《子夜》在当时能够取得巨大成功的原因之一，而《子夜》也成为最“能淋漓尽致地表现茅盾的艺术个性”[③]的作品。

与茅盾不同，穆时英代表的“新感觉派”作家所追求的却是“审美现代性”，虽然“它是从启蒙现代性中萌生出来的，受到启蒙精神的恩惠”[④]，但却站在了“启蒙现代性”的对立面。它并不追求功利化的理性和客观，而是对非功利的感性审美情有独钟。《中国行进》虽然意在全面反映当时社会生活，但在创作前，穆时英却毫无政治预设。如果说，《子

① 周宪：《现代性的张力》，首都师范大学出版社 2001 年版，第 29 页。

② 茅盾：《我的回顾》，《茅盾全集》第 19 卷，人民文学出版社 1991 年版，第 406 页。

③ 杨义：《杨义文存》第二卷，人民文学出版社 1998 年版，第 134 页。

④ 周宪：《现代性的张力》，首都师范大学出版社 2001 年版，第 29 页。

夜》旨在阐释、分析中国的社会现实，并为中国的发展指明方向；那么，《中国行进》只是想对当时的都市和乡村图景作一全面巡礼。至于从中能否揭示出历史的前进方向，想必作者自己也不甚了了。与茅盾的理性分析风格不同的是，穆时英的创作偏重于感性。在《电影批评底基础问题》中，穆时英认为，“总之艺术是人格对于客观存在的现实底情绪的认识，把这认识表现并传达出来，以求引起他人对于同一的客观存在的现实获得同一的情绪认识底手段”，并以《春蚕》、《黄金时代》为例，说“剥去了情绪，没有艺术作品能成立”①。由此可见，穆时英十分看重情绪的作用，“更重视小说内容与形式的个人化”②。因而，他的作品也大多都是自身情绪的反映。穆时英在《我的生活》一文中曾说自己“过着二重，甚至于三重，四重……无限重的生活”，“这许多复杂的人格是连自己也没有方法去分析，去理解的”③。穆时英不擅长分析，创作小说完全是从自己的生活感受和生活经历出发，忠实于自己的情感与欲望。也正因此，穆时英才能以都市人的姿态融入小说中的都市生活，用自己的眼睛见证都市的善与恶，绝无居高临下、指点江山的优越感，其小说的视角不是俯视而是平视的。他对小说技巧的关注远大于对小说主题思想的关注。如果说茅盾关注的是“写什么”的问题，那么，穆时英关注的就是“怎么写”的问题。而大量新奇表现手法的运用，也使穆时英笔下的都市比茅盾笔下的更摩登、更新潮，更能吸引读者的眼球。

对“启蒙现代性”和“审美现代性”的不同追求，是导致《中国行进》与《子夜》在叙述视角、创作手法和语言风格上有明显差异的根本原因，也是两部小说虽都意在表现“中国传奇”，却最终呈现出不同文学风貌的主要原因。左翼作家重视群体，推重宏大叙事，与现代派作家重视个人、喜欢微观叙事的取向在这两部作品中都得到了鲜明的体现。《子夜》多线纷呈、人物繁多，所描绘的社会图景十分广阔，是宏大叙事的

---

① 穆时英：《电影批评底基础问题》，严家炎、李今：《穆时英全集》第3卷，北京十月文艺出版社2008年版，第169页。

② 吴福辉：《都市漩流中的海派小说》，湖南教育出版社1995年版，第115页。

③ 穆时英：《我的生活》，严家炎、李今：《穆时英全集》第3卷，北京十月文艺出版社2008年版，第7页。

代表；《中国行进》则用“人物群像”的写法从微观的个人入手，用以点带面的方式散点化地展现了社会生活。所以，穆时英小说的长处在于，善于以新奇的主观感受描摹人物、刻画心理，在小说的技巧与形式上花样翻新，“比茅盾的《子夜》更加‘抓住了城市的灵魂’（白先勇语）”而“表现了一种深具革命性的‘未来主义’的现代观念”[①]。这些是《子夜》所不能及的。

但有经验的研究者告诉我们，“过分重视小说的形式，有时会鼓励形式变成饥饿的野兽，将内容当粮食吃掉”[②]。即便是《中国行进》这样志在全面描写当时社会生活的作品，也是在描写生活的广度上有余，在发掘生活的深度上不足。显然，穆时英的创作理念与艺术风格更适合于创作精巧别致的短篇小说，用“新感觉派”的创作手法支撑长篇小说，实属不易。正如黑婴和司马长风所言：“穆时英从事这样的小说创作（指《中国行进》，笔者注），毕竟是力不从心。”[③] 尽管穆时英“纤细、机敏，有涌流不尽的才情”，但毕竟“一个伟大的作家，必须胸襟广阔，对万事万物都怀有艺术的敏感。穆时英当然不是这个料”[④]。而这也正是《中国行进》在艺术成就方面对《子夜》虽偶有突破，却最终无法完全匹敌的主要原因，也是《子夜》经过数十年的文学历史冲刷，仍能在中国现代长篇小说史上占据一定地位的内在原因。

然而，无论如何，《中国行进》这部未完的长篇在穆时英的小说创作中具有里程碑式的意义，表现出了穆时英在文学创作上的另一面向，其在中国现代文学史上的价值同样不应该被人们遗忘。

原刊《天津师范大学学报》（社会科学版）2015 年第 2 期

---

① 韩毓海：《几度风雨海上花——新感觉派小说的败北与我们的今天》，杨炳华：《几度风雨海上花》（理论 · 评论卷），上海三联书店 1996 年版，第 69 页。

② 刘以鬯：《双重人格：矛盾的来源》，严家炎、李今：《穆时英全集》第 3 卷，北京十月文艺出版社 2008 年版，第 503 页。

③ 黑婴：《我见到的穆时英》，严家炎、李今：《穆时英全集》第 3 卷，北京十月文艺出版社 2008 年版，第 536 页。

④ 司马长风：《中国新文学史》，昭明出版社 1976 年版，第 86 页。

“律法者”的缺失与“象征界”的症候

——1928—1930年旅日时期茅盾创作心理探析

宋　宁

摘要　茅盾的创作心理变化，既是独特的个人的心理体验，又是典型的20世纪中国作家的心路历程。在大革命失败后，隐居上海的茅盾的心理变化尤其剧烈，他在一定程度上丧失了“象征秩序”，此时期他的作品也呈现某种“症候性”。他从1928年7月到1930年4月旅居日本，集中书写内心的苦闷，但从《虹》开始过渡到重新认可社会网络的重要性。他发现与另外一位女性交往同样无法建立两性间的“律法秩序”，于是回到上海，加入左联，进行全新面貌的创作，成功地重建了“象征界”。

关键词　茅盾；旅日时期；创作心理；“律法者”；“象征界”

在中国现当代文学史上，茅盾的文学创作成就巨大，但又异常复杂。作品呈现复杂面貌的背后，是茅盾创作心理的多次变化与艰难突围。这个过程涉及茅盾的成长背景、文学与政治的关系等多方面的因素。可以说，他的创作心理变化，既是独特的个人的心理体验，又是典型的20世纪中国作家的心路历程。其中，在大革命失败后，茅盾的创作心理的变化尤其剧烈，以往研究成果主要关注《蚀》三部曲时期的创作心理，而对茅盾从1928年7月到1930年4月流亡日本时期的创作心理的考察，则相对缺失。这是由于一方面涉及茅盾在这段时期与秦德君的婚外恋，过去有些研究者“为尊者讳”；另一方面，这个时期的创作成就似乎比不上之前的

《蚀》三部曲时期与之后的《子夜》时期，因此成了研究的灰暗地带。然而，对于旅日时期的茅盾创作心理研究十分重要，它有助于理解茅盾如何重获心理平衡，从而过渡到辉煌的《子夜》时期，也有助于理解这段时期的《野蔷薇》、《虹》等作品的某些特征，本文对此进行初步的探析。

一

茅盾在 1928 年的 7 月踏上东渡日本的轮船。茅盾此去日本，不是留学，而是“避难”。一是逃避国内政治与文坛的压力。大革命失败后，茅盾去南昌受阻，由于被南京政府通缉，他隐藏在上海，十个月足不出户，对外扬言“去了日本”。政治低气压，文坛也有压力。他不认同新兴的太阳社等革命派的言论，他的《蚀》三部曲也受到严厉的批评。二是茅盾对自己的婚姻有了新的认识，感受到来自妻子的无形压力。他与孔德沚的婚姻，主要是顺从母亲的意愿，但他也在一定程度上作了抗争，要求让孔德沚接受文化教育。一开始茅盾并不满意母亲对自己的婚姻所做的安排，他婚后并没有陪伴妻子度完蜜月即离开家乡，在婚后三年也未要孩子。只不过，茅盾为了母亲保持了自我克制，他调节了自己的心态，掩盖自己的情绪。有研究者认为，茅盾对婚姻持改良主义思想。从茅盾发表的有关婚姻问题的讨论中可以看出这一点，即认为婚姻可以不以恋爱为前提，同时也可以“创造”出新女性。“可以相信，青年茅盾最初走向自己的婚姻道路时是满怀信心的，并不怀疑其婚恋观的进步性和可行性。”① 所以，茅盾所持有的婚姻观念在此时遭受到毁灭性打击，并促使他离开家庭。

然而，更内在的原因应从茅盾的无意识层面来考察。茅盾的父亲早逝，在他的成长过程中，代表着拉康称为“律法者”的父亲是缺席的。拉康认为，自我的形成会经历一个“镜像阶段”，当儿童凝视镜子中自己的形象时开始会形成虚构的统一自我感，而在本质上，自我的形成不断地需要某一对象或个人向我们反射回来“我”。一开始，儿童本身之外的对象是母亲，但父亲的出场会让儿童认识到，还存在一个更宽广的家庭和社

① 翟耀：《错位：在两种婚恋观念的冲突中》，《山东社会科学》1997 年第 4 期。

会网络，而他只是其中一个部分。作为“律法者”的父亲会让儿童从“想象界”走入律法谨严的“象征界”。因此，“律法者”的缺席，对于茅盾而言，使他的心理成长转变存在一定的难度。而且，茅盾的母亲对他很严格，试图充当“律法者”，这样的母亲形象，对茅盾的心理也有着不可低估的影响，尤其影响他对女性的认识与欲望。之后，茅盾离开母亲，外出求学、工作，并积极从事政治活动，其中不无在社会中寻求“律法者”的心理动因，从而能够使自己顺利地揳入“象征秩序”。当茅盾接受母亲指定的婚姻时，他又力图在自己的家庭中建立“象征秩序”，由他充当“律法者”，这表现在他对孔德沚的“改造”上。但大革命失败后，隐居上海的茅盾在一定程度上丧失了他的“象征秩序”。社会层面上，发生政治上的“脱党”事件，从直接的政治斗争中退却了。在家庭层面上，也出现了危机。

当他从社会退却到家中，居家的茅盾却开始与孔德沚产生摩擦，两人加大了心理距离。尤其是孔德沚此时热衷于社会活动，对茅盾造成一定的精神压力。“接触到革命以后，她却完全变了样了”；“她干革命工作，胆子可大得很。”① 在茅盾后来的描述中，不难看出，孔德沚没有茅盾的犹豫不决，干练大胆，甚至喜欢冒险。因此，对于茅盾而言，家庭也失去了避风港的作用，他产生了不安和孤独之感。《创造》是茅盾的第一个短篇小说，写于《动摇》和《追求》之间，主要写一个小资知识青年君实受“五四”新思潮影响要追求理想的爱情婚姻。他的理想是，找一个纯洁的、没见过世面的小家碧玉，然后经过自己的亲手创造，把她创造成一个现代化的女性。而娴娴正是这样一个小家碧玉，经过丈夫的创造之后，她冲破了封建礼教的束缚，离开了自己的丈夫和家庭，毫无牵挂地“先走一步了”。表面上看，茅盾似乎在批判君实的女性观与婚姻观。实际上，君实的这些感受和茅盾有着相通之处，这部作品隐藏着茅盾的内心痛苦。茅盾作为家中“律法者”的地位岌岌可危，所谓“家”的温暖自然日益退缩，造成了他心理上的不安感和孤独感。茅盾把这种苦痛称为“理想的破灭”，一定程度上传达了心理上的真实感受。

---

① 金韵琴：《茅盾谈话录》，上海书店出版社1993年版，第170页。

茅盾于是离开上海，真正“去了日本”。在陌生的异国土地上，在装有不习惯隔扇和幛子的出租房屋里，他被那守夜不眠而像在偷听什么的黑狗发出的答答响声折磨着神经，对初次听到的卖豆腐的哨子声感到惆怅，阴郁的京都盆地的寒冷雾气不断地刺激着他的心情，他内心的苦闷没有得到缓解。“1928—1929 年间，茅盾在日本避居时期曾经写了许多抒情散文”，“这些散文的基本特点是，作者常借那迷茫的浓雾，泥人的细雨和一闪即逝的彩虹，来象征自己的苦闷、彷徨的心情和渺茫的希望，或是通过对那时髦的红叶，樱花和邻居孤寂的少妇、孩童的描写，来抒发自己的惆怅、寂寞的情绪”①。同时，在小说创作中他也集中书写内心的苦闷，甚至显现出在“律法者”缺失后对“想象界”的沉溺。1928 年前后写作的短篇小说集《野蔷薇》中的一些作品明显地显示了这一点，他自己说，“这里的五篇小说都穿了‘恋爱’的外衣”，但“背后是有一些重大的问题”。表面上，他聚焦于处于“恋爱”中的女性，比如娴娴（《创造》）、环小姐（《自杀》）、琼华（《一个女性》）、桂奶奶（《诗与散文》）、张女士（《昙》）等。她们一般是新旧交替社会环境中的女性，但她们的抗争与诉求却不仅仅是“五四”时期的女作家所张扬的个性解放与婚姻自主。茅盾更多地表达这些女性内心的焦虑与烦闷，她们为了“恋爱”而备受煎熬。可见，茅盾借女性个性解放时期的心理困苦，来传达自己所经历的心理抑郁期的感受。他无法看清未来的方向，在自身的经验里打转，感性淹没理性，作品中弥漫着孤独、焦虑的心理氛围。

从精神分析学角度来看，这说明，茅盾的“象征界”出现了克莉思特娃所说的“症候性”。症候性是前语言的，是前俄狄浦斯阶段的某种残余，它是跟儿童与母亲的身体接触连在一起的；而象征界，是与父亲的律法紧密联系的。所以，克莉思特娃推崇文学中的“症候性”，认为这与“女性性”密切联系，是对父权与象征秩序的破坏与抗争。然而，茅盾毕竟是一位男性作家，而且在特定历史条件下，他不可能放弃重建“象征秩序”的努力，这使得他的作品变得复杂而多义。

---

① 叶子铭：《谈谈茅盾散文的象征性问题》，唐金海、孔海珠：《茅盾专集》第二卷上，福建人民出版社 1985 年版，第 137 页。

二

1929年创作的长篇小说《虹》，标志着茅盾思想情绪上的主要变化，这是一部未完成的长篇，作者原计划以“五四”到“五卅”这段历史时期为背景，“欲为中国近十年之壮剧，留一印痕，八月中因移居搁笔，尔后人事倥偬，遂不能复矣”[①]，仅完成原计划的三分之一。有研究者认为，这部小说一改《蚀》中悲观消极的色彩，而塑造了一个在探索中前进，最终走上革命道路的进步女青年梅行素的形象，“它是标志着作者在思想上向新的方向过渡的重要作品”[②]。

不妨从《虹》的创作背景来看，不可否认，这部作品是茅盾一段特殊的生活经历的产物。茅盾决定东渡日本时，朋友介绍他认识了一位女性，并结伴而行，她就是秦德君。茅盾很快被秦德君的性格与传奇经历所吸引，两人产生感情并同居。茅盾被秦德君身上所具有的新女性气质所鼓舞，一扫长期的抑郁与颓废情绪，重新产生面对生活的希望。“希望以后能够振作，不再颓唐，我相信我是一定能的，我看见北欧命运女神中间的一个很庄严地在我面前，督促我引导我向前！”[③] 而且在创作上，秦德君也给茅盾带来了灵感。他被秦德君所讲述的故事所打动，运用艺术虚构，塑造了一位具有行动力，克服种种阻挠，不断进步的女性形象——梅行素。这样一位时代新女性，用勇往直前的精神，让软弱、失落无助的茅盾产生了钦佩之情，并深深地认同。“她是不平凡的女儿，她是虹一样的人物，然而她始愿何尝及此，又何尝乐于如此，她只是同时制变地用战士的精神往前冲！她的特性是‘往前冲！’她唯一的野心是征服环境，征服命运！几年来她惟一的目的是克服自己的浓郁的女性和更浓郁的母性！”“她是不停止的，她不徘徊，也没有矛盾。”

然而，一方面，茅盾描绘梅行素抗争的同时，也着重表现她在生活中

---

① 茅盾：《〈虹〉跋》，孙中田、查国华：《茅盾研究资料》（上），知识产权出版社2010年版，第413页。

② 黄侯兴：《茅盾——“人生派”的大师》，山东人民出版社1996年版，第82页。

③ 茅盾：《从牯岭到东京》，孙中田、查国华：《茅盾研究资料》（上），知识产权出版社2010年版，第408页。

的艰辛和无奈。她代表的并不是远大的理想，而是社会的日常哲学。困难接二连三地冲击着她。但是她没有像《蚀》中的静女士那样因幻灭而逃离。她“觉得一个全新的世界已经展开在面前，只待她跨进去，就有光明，就有幸福了。”于是，她拿定了主意，“现在有路，现在先走，将来有事，将来再说”。这是一种面对现实而奋进的态度，摒弃享乐主义，在遇到困难时，紧紧抓住现实不放。然而，梅行素却找不到一个志同道合的人，没有人能读懂她真实的内心，理解她纯真的渴望。梅行素的孤独感源于自身所处的环境中无人认同自我，寂寞无法排遣。她自白道：“不明白究竟如何从目前这圆锥形的顶点下来”，“不明白为什么再没有一个人能够像韦玉一样打动我的心了”，“不明白为什么我的心已经变硬，变麻木”，以致怨恨“没有一个人真正了解她”。一连串的“不明白”的质问，以及“没有人了解她”的哀叹，都透露出她渴望向人倾诉，与人交流的心理。梅行素的寂寞，不能以大家闺秀的女红来排遣，也不能用新思潮激荡下的女性的激烈抗争来消除。她对前途充满希望，但周遭的环境却如此庸俗，她在逃离中从希望走向失望，又对另一个环境充满期待。如此循环，梅行素的行踪与心理变化似乎说明了茅盾对世间真相的某种参悟。

另一方面，茅盾对于“革命”还是异常敏锐。梅女士最终留在了上海，置身于地下党的外围，在党的指引下，投身“五卅”运动，在与革命运动的结合中，她经受各种考验。然而，神秘和被排斥在外的感觉一直跟随着梅行素。梁刚夫起初对她的冷漠，象征着革命集体对她这样一个女性的隔绝，这使梅行素产生了深深的恐惧、疑虑和冰冷。以往研究者一般认为，在这样的环境下，梅女士经历个人与集体的矛盾，从而引发她内心世界公与私、个人英雄主义与集体主义的深刻冲突，借以克服其小资产阶级意识，这正是出身上层社会的知识分子的必经之路。然而从茅盾的创作心理来看，梅女士的感受也正是作者面对“革命”——这一秩序井然的“象征界”——所出现的心理体验。总之，在这一时期，面对“革命”秩序为主的“象征界”，茅盾的心理状态及其文本表达呈现出一定的“症候性”，但不可否认，无论如何犹疑与焦虑，他保持着进入这一“象征界”的愿望与努力。

这些方面说明《虹》仍然是一部“矛盾”的作品。表面上看，茅盾

因病搁笔，没有完成这部作品。实际上，茅盾在心理上无法完成这部作品，他并没有放弃对“律法者”的追寻。他发现秦德君的抗争精神与新女性的风采征服了自己，但这将导向自己再一次失去自我，丧失重建“律法者”身份的机会，正如他面对强于自己的母亲和妻子时的情形。茅盾为了克服两性交往的挫折，他必须从社会网络中寻找“律法秩序”。因此不久，茅盾便回到上海，回归家庭，并积极地参加左联的活动。

总之，成长经历中“律法者”的缺失与大革命之后的遭遇，让茅盾曾一度丧失“律法秩序”。这个时期，他的作品《蚀》、《野蔷薇》，包括《虹》，以及一些散文，都是“隐喻”的。他更像一个儿童，站在镜子面前，寻找统一自我感。并且，他的创作更多呈现“症候性”，这是前俄狄浦斯阶段的残留，是一定程度上出现“女性性”的写作。而在1928—1930年旅日时期，茅盾的创作心理开始过渡到重新认可社会网络的重要性，他发现与另外一位女性交往同样无法建立两性间的“律法秩序”，从而决定再次走入社会网络。他参加左联之后的创作，如《子夜》等作品更多呈现“换喻”的特征，显示他成功重建了“象征界”。

原刊《菏泽学院学报》2014年第3期

互文性视阈下的茅盾历史小说研究

田　丰

摘要　1930年茅盾运用马克思主义阶级分析和阶级斗争学说对《水浒》、《史记》等历史文本重新加以阐释，连续创作完成《豹子头林冲》、《石碣》、《大泽乡》3篇历史小说，开启了历史小说创作的一条新路径。将这3篇小说置于互文性视阈下进行打量，我们发现它们不仅与《水浒》、《史记》等中国古代文本有着互文关系，而且也与司各德、大仲马等人的历史小说以及鲁迅等中国作家的历史小说之间有着互文关系。事实上茅盾的历史小说正是在广泛吸收和借鉴中外优秀历史小说作品的基础上创作而成的。

关键词　茅盾；互文性；历史小说；阶级分析；阶级斗争

"互文性"概念的首创者克里斯蒂娃认为："任何文本都是引语的镶嵌品构成的，任何文本都是对另一文本的吸收和改编。"[①]"另一文本"也即互文本，既可以是历时层面上的前人或后人的文学作品，也可以是共时层面上的社会历史文本。简言之，所有的文本都不是孤立存在的，而是与其他文本间有着千丝万缕的联系。此在文本与他写文本、现在文本与过去文本共同组合成复杂的文本网络，每一个文本都汲取和包含着其他文本的因素，因而只有在与其他文本交互参照、彼此发明的基础上才能解释清楚

① 王瑾：《互文性》，广西师范大学出版社2005年版，第1—2页。

文本的复杂内涵及深层意义。茅盾自1930年夏加入左联后创作完成了《豹子头林冲》、《石碣》和《大泽乡》3篇历史小说，与他的其他作品如《子夜》等相比并非佳作，但却有着非常的意义和价值。置于互文性视阈下重新打量，我们会发现这3篇小说有着深广的内涵，它们不仅与《水浒》、《史记》等古代文本有着互文关系，而且与中外现代历史小说乃至茅盾创作的乡土小说“农村三部曲”等都构成一种互文关系。

一

互文性理论认为，作者在酝酿构思及具体的文本创作过程中会受到过去文本的影响，他写文本对他的创作动机、艺术思维等都会产生程度不等的形塑和限定作用；反过来作者也可以发挥主观能动作用，通过引用、转述、拼贴、借用等技法，重新改造和阐释他写文本，使之产生新的创意。茅盾在构思和创作《豹子头林冲》等作品的过程中吸收和借鉴了诸如《水浒》、《史记》等过去文本和他写文本，借助引用、拼贴、转换等技法对这些文本进行重新改造，使其服帖于现实的需要。茅盾曾经解释过创作历史小说的原因：“我写这三篇东西，当时也有些考虑：一是写惯了小资产阶级知识分子（因而也受尽非议），也想改换一下题材，探索一番新形式；二是正面抨击现实的作品受制太多，也想绕开去试试以古喻今的路。”① 他也明确说过《豹子头林冲》、《石碣》和《大泽乡》都是“取材于历史和传说”，“前两篇取材于《水浒》……《大泽乡》则叙陈胜、吴广起义的史实”②。“官逼民反”、“替天行道”、“均分土地”等成为现在文本与过去文本相互沟通的纽带，也正因如此，在作品发表后不久就有人评价说：“《豹子头林冲》、《石碣》和《大泽乡》，都充溢着反抗的意识。”③《豹子头林冲》通过林冲对“真命天子”的呼唤，暗示出只有在先进阶级、即在党的领导下，土地革命才能顺利开展和取得胜利；《石碣》则反映出革命队伍中阶级成分的复杂性和激烈的阶级分化，并由此提出革命领导权的问题；《大泽乡》则指出土地问题对于农民的重要意

① 茅盾：《我走过的道路》（中），人民文学出版社1984年版，第59页。

② 同上书，第58页。

③ 张平：《评几篇历史小说》，《现代文学评论》1931年第3期。

义，说明在农民被逼到绝境之际将会爆发出原始的反抗性，与反动阶级作殊死搏斗。

《豹子头林冲》截取的是《水浒》中林冲遭受朝廷奸佞迫害后逼上梁山却又受到王伦排挤的故事片断，茅盾对于这段故事进行了重构，以呼应当时革命民众武装反抗黑暗统治的现实情状。《水浒》中借鲁智深之口已经点明林冲的父亲是武官，而在茅盾的笔下却改为农民。身份的改写使得林冲与王伦的对立冲突由私人恩怨上升为阶级矛盾，从而映合阶级斗争异常尖锐的现实，富有强烈的意识形态内涵。茅盾对以王伦为代表的知识分子阶层的否定，说明此时的他已经开始接受党的意识形态规训，对于小资产阶级的革命性给予彻底否定。小说《豹子头林冲》中，林冲眼里的水泊梁山是一个“进可以攻，退可以守的根据地”①，这不免让人联想起井冈山等农村革命根据地。小说末尾，林冲所呼唤的“真命天子”则是党的化身，由此表明只有在党的领导下农民革命才能取得胜利。

在《水浒》原著中，石碣乃是上天所赐，上应天命、下顺民心；而《石碣》中对于石碣却点明这是军师吴用为了防止出身豪富和贫寒阶层的两派之间发生矛盾，遂假托天机，密令金大坚和萧让镌刻，以此达到维护内部团结的目的。实际上早在茅盾之前就已经有人指出石碣是人为制作的。明代学者叶昼曾明确指出“石碣”并非出自天命，而是精心设置的一场骗局。他在容本第 71 回《忠义堂石碣受天文梁山泊英雄排座次》回末总评中说道：

> 梁山泊如李逵、武松、鲁智深那一班都是莽男子汉，不以鬼神之事愚弄他，如何得他死心搭地。妙哉！吴用石碣天文之计，真是神出鬼没，不由他众人不同心一意也。或问：何以见得是吴用之计？曰：眼见得萧让任书，金大坚任刻，做成一碣，埋之地下，公孙胜作法，掘将起来，以愚他众人。②

① 茅盾：《豹子头林冲》，《茅盾全集》编辑委员会《茅盾全集》第 8 卷，人民文学出版社 1985 年版，第 200 页。

② 施耐庵、罗贯中：《容与堂本水浒传》，上海古籍出版社 1988 年版，第 1053 页。

茅盾在创作历史小说之前做了大量的准备工作，而且早在1926年以前为编选古籍他曾扎在故纸堆中做过整理“国故”的工作，对于此类史料应该是熟悉的。因此茅盾的《石碣》不仅与《水浒》，而且与《水浒》的评点文本之间也有着互文关系。不过，虽然同样是要阐明“石碣”本身的虚妄性，但其用意却并不相同。叶昼是为了说明“石碣”等所谓的天命不过是吴用等人借以愚弄他人，使之甘心听命的手段，而茅盾却将其视为既保证革命内部团结，又紧紧控制住革命领导权的斗争方式。

在这3篇历史小说中，茅盾对《大泽乡》下的功夫最大。他原本想依据陈胜、吴广起义这段史实写成长篇历史小说，并为此在1930年夏专门研究过相关的史料，对自“商鞅变法”以来秦国的经济、思想、典章文物等等都做过研读，两个月里，茅盾写下大量的札记。但随着研究的深入，他发现了一些问题，认为非两三年时间不能完成，最终只好知难而退，作成一篇短篇小说了事。因此，从某种意义上说，《大泽乡》是一个仍未完成的文本。然而依照茅盾的创作才能和速度而言，似乎又并非由于需要时间过长不得不放弃，而且就在1930年10月《大泽乡》刊发于《小说月报》的同时，茅盾即已开始写《子夜》的详细大纲，直至1932年12月5日方才完稿，历时长达3年。由此可见，长篇小说《子夜》耗费的时间和精力较之预想中的长篇历史小说来说并不为少。促成茅盾从历史题材转到现实题材的真实原因，应该跟他在阅读史料过程中发现的问题有关。但究竟是哪些问题，茅盾却并未明言。时隔30年后，他在《关于历史和历史剧》一文中才给出基本答案，他说：“有些历史题材的教育意义是完全可以一言而定的，例如阶级斗争和生产斗争的历史题材；然而农民起义的失败经验如何处理好像还不能取得一致的看法（严格说来，我国历史上的农民起义只有失败的经验，而教育意义亦即在此；不过，认为不能如实写出失败的结局的人们亦自有说，他们说今天人民的政治、思想水平还不太高，如实写出失败结局会起副作用）。”①

茅盾于20世纪20年代曾经被当成小资产阶级文艺的代表饱受太阳

① 茅盾：《关于历史和历史剧》，《茅盾全集》编辑委员会《茅盾全集》第26卷，人民文学出版社1996年版，第357页。

社、创造社的围攻和责难。实际上具体到其小说作品而言，并不仅仅因为其小说的主人公基本上都是小资产阶级知识分子，更主要的一点则是《幻灭》、《动摇》、《追求》中所描摹的小资产阶级知识分子实际上走出的是一条“追求”——“动摇”——“幻灭”的失败之路，无论是太阳社的钱杏邨还是创造社的傅克兴，都对小说中人物的无出路展开过激烈的批判。有此前车之鉴，茅盾对于人物的出路问题不能不再三掂量，大泽乡农民起义和水浒一样最终都走向失败，而这样的结局本身是铁一般的事实，无论如何是无法改动的。如果按此创作出长篇历史小说的话，势必会使党和左翼文界误认为是在影射土地革命的灰暗前景和必然失败的命运，最终难免会导致和《蚀》三部曲一样遭到批判的厄运。茅盾一旦意识到此，也就注定了长篇历史小说难产的命运，而只截取最富有反抗精神的片断来创作短篇小说，自然不失为明智之举。

二

总而观之，茅盾的这3篇历史小说不仅与《水浒》、《史记》等中国古代文本有着互文性，同时与司各德、大仲马等西方作家的历史小说，以及以鲁迅为代表的中国现代历史小说之间也有着互文关系。茅盾的历史小说实际上正是在广泛吸收和借鉴中外优秀历史小说作品的基础上创作而成的。

首先，茅盾的历史小说受到司各德、大仲马等西方历史小说家的影响。

司各德是西方历史小说的鼻祖级人物，早在1905年林纾就将他的《撒克逊劫后英雄略》译介到中国。如果说林纾首开译介西方历史小说先河的话，那么茅盾则是西方历史小说研究方面的开拓者。自1924年起，茅盾就对司各德、大仲马等作过长篇累牍的介绍和评论，特别是对司各德，茅盾先后作有《司各德评传》、《司各德重要著作解题》（该书共介绍司各德小说25部）、《司各德著作编年录》、《司各德著作的版本》及《大仲马评传》等研究论文。直到1970年，茅盾在谈论历史小说时还说：“写历史小说还可以从司各德和大仲马的历史小说中学到一些技巧，虽然这两位历史小说家不按照历史的真实而颇多虚构乃至臆造，是不足取的。”[①] 茅盾自己在创作历史小说时即从“司各特和大仲马的历史小说中受到启发，注重于艺术虚构来刻划典型形象”[②]，尤其是取材于《水浒》的两篇历史小说。

司各德认为：“一部历史小说，原不必、并且不能处处与正史吻合，处处有根据有出处，然而一部历史小说的主要点，或全书的空气，总须不悖于这个小说所描写的时代的真相。”[③] 对于司各德的这一观点，茅盾甚感服膺，他还曾借此为大仲马的作品进行辩护，认为“只要大仲马所描写的历史空气是真确的，——譬如《三个火枪手》内的历史空气是路易十三朝，就应该是正确的路易十三朝的空气，——则其中人物之是真是假，都没有关系。……因为历史小说本不定要真历史，只须没有‘时代错误’的描写，就是了”[④]。这对茅盾创作《豹子头林冲》和《石碣》不无启发意义，他对林冲身份的大胆改写及利用“空白点”对石碣源自人工制作的描写，都是在不违背历史空气的前提下的创造性改编。

此外，司各德历史小说最引人注目的地方在于人物描写和人物对话，而大仲马也“能够从对话里巧妙地写出动作的发展和人物的心理的变幻；他的人物描写，极少用直接叙述的方法，大都是从人物的声音笑貌言论举止上暗示读者”[⑤]。茅盾汲取了司各德和大仲马两人的长处，在《大泽乡》和《石碣》中都有精彩的对话，特别是《石碣》，从头至尾基本上全由萧让和金大坚的对话组成，且在对话过程中对萧让和金大坚的心理活动进行了细致入微的展现。《豹子头林冲》中的故事情节比较简单，基本上也是借助对林冲心理的描写来展现其性格特征，而且林冲的心理活动也是经由与杨志间的对话激起和引发的。有学者就曾指出，在1930年众多的历史小说中，“从心理分析和性格刻划的清晰细腻来说，自然是以茅盾的《豹

---

① 茅盾：《解放思想，发扬文艺民主》，《人民文学》1979年第11期。

② 王嘉良：《论茅盾的历史题材小说》，《茅盾研究》编辑部《茅盾研究》第2辑，文化艺术出版社1984年版，第140页。

③ 茅盾：《司各德评传》，《茅盾全集》编辑委员会《茅盾全集》第33卷，人民文学出版社2001年版，第21页。

④ 同上书，第147页。

⑤ 同上书，第132—133页。

子头林冲》和《石碣》较为成功"[①]。

其次，茅盾的历史小说也受到国内作家鲁迅等人的影响。

1922年，鲁迅的《不周山》（又名《补天》）在《晨报副刊》当年第12期上刊发，这是真正意义上的第一篇中国现代历史小说。此后，鲁迅又分别于1926年至1927年发表另外两篇历史小说《奔月》和《眉间尺》（又名《铸剑》）。郁达夫也于1923年发表历史小说《采石矶》，同时他还在《历史小说论》（1926年3月）文中呼吁："目下的中国，作历史小说的人，竟会这样的少，实在是一种不可解的现象。我很希望今后的青年作家，能向这一方面去努力，向现在这沉闷的中国创作界里，输入一点新鲜的空气来。"[②] 郭沫若在1923年也创作有《鹅妈》（又名《豕蹄》）、《宛雏》（又名《漆园吏游梁》）和《函谷关》（又名《柱下史入关》）等历史小说。在这些作家中，鲁迅对茅盾的影响是最大的。

鲁迅的三篇历史小说《不周山》、《奔月》、《眉间尺》均在1927年以前创作完成。1927年，茅盾为了写作《鲁迅论》，"买了他的已出版的全部著作来看"[③]，同时他还参阅了台静农编的《关于鲁迅及其著作》，更因其早在1923年就曾作过《读〈呐喊〉》，因而在他创作历史小说之前至少两次阅读过鲁迅的《不周山》等历史小说。在《读〈呐喊〉》一文中，茅盾作出了那段著名的评论："在中国新文坛上，鲁迅君常常是创造'新形式'的先锋；《呐喊》里的十多篇小说几乎一篇有一篇新形式，而这些新形式又莫不给青年作者以极大的影响，必然有多数人跟上去试验。"[④] 茅盾在《鲁迅论》还引用过成仿吾《〈呐喊〉的评论》中的文字，而成仿吾在该文中着意强调指出："《不周山》又是全集中极可注意的一篇作品。……这篇虽然也还有不能令人满足的地方，总是全集中第一篇杰作。"[⑤] 这是成仿吾在对鲁迅略嫌严苛的批评文字中难得一见的褒扬性部

---

① 林非：《论〈故事新编〉与中国现代文学中的历史题材小说》，《文学评论》1984年第2期。

② 郁达夫：《历史小说论》，吴秀明：《郁达夫全集》第10卷，浙江大学出版社2007年版，第179页。

③ 茅盾：《鲁迅论》，《茅盾全集》编辑委员会《茅盾全集》第19卷，人民文学出版社1991年版，第133页。

④ 雁冰（茅盾）：《读〈呐喊〉》，《文学周报》1921年第91期。

⑤ 成仿吾：《〈呐喊〉的评论》，《创造季刊》1924年第2期。

分，茅盾自然是不会错过。

茅盾认为鲁迅是中国现代历史小说的“伟大的开拓者和成功者”，他称道鲁迅“借古事的躯壳来激发现代人之所应憎与应爱，乃将古代和现代错综交融”[①]。茅盾在创作历史小说中也遵循着同样的原则，有人据此就曾指出他“无疑是继承了鲁迅为我国现代历史小说开创的这一优良传统”[②]，与鲁迅不同之处在于，茅盾历史小说的时代感和现实感要更强一些。《豹子头林冲》等三篇历史小说无一例外都受到鲁迅“用现代眼光去解释古事”[③]，也确实是“把历史和传说的人物赋予一种现代新的意识”[④]。

鲁迅的《不周山》、《奔月》、《眉间尺》这三篇历史小说都有着明确的现实指向，他是要借古代神话故事反映出当时的现实斗争情况，以此来批判执政者的黑暗统治。在抨击黑暗现实的同时，鲁迅也创造出富于斗争精神的英雄人物形象，这些特征在茅盾的历史小说中也都有所表现。当然，这并非是说茅盾完全接受了鲁迅等人的衣钵，茅盾的历史小说最大特点在于他明确地以马克思主义阶级斗争学说来解读古代农民起义。

三

茅盾的《豹子头林冲》等三篇历史小说不仅在当时对同时代作家的创作形成一定的推动作用，而且也对之后的革命历史小说创作产生了深远的影响，同时还对他本人之后创作农村题材小说有着很大的借鉴意义。反过来说，这些后续作家的历史小说和茅盾自己的农村题材小说，都与茅盾的这三篇历史小说有着互文关系。

在中国现代小说史上，书写和表现中国农民革命斗争的小说最早应当追溯到20世纪30年代左翼文学时期。一批左翼作家接受马克思主义的阶级分析和阶级斗争的理论，并以此观照古代农民起义这一历史题材，创作出一批革命历史小说。……1929年孟超即在中共机关刊物《引擎》创刊

① 茅盾：《玄武门之变·序》，宋云彬：《玄武门之变》，开明书店1937年版，第1页。

② 王嘉良：《论茅盾的历史题材小说》，《茅盾研究》编辑部《茅盾研究》第2辑，文化艺术出版社1984年版，第130页。

③ 茅盾：《玄武门之变·序》，宋云彬：《玄武门之变》，开明书店1937年版，第1页。

④ 张平：《评几篇历史小说》，《现代文学评论》1931年第3期。

号上发表《陈涉吴广》，而后又有茅盾的《豹子头林冲》、《石碣》、《大泽乡》，宋云彬的《夥涉为王》，廖沫沙的《陈胜起义》，靳以的《禁军教头王进》，刘圣旦的《新堰》、《白杨堡》等作品相继问世。以上这些作家的作品基本上都取材于《水浒》和《史记》，具有极强的家族相似性。

1929 年孟超发表《陈涉吴广》之时，茅盾尚在日本，此时已经脱党的他即便回国后也无阅读党内刊物的资格，况且刊发该作品的《引擎》只印行了一期便遭查禁，因而尚不能确定茅盾是否阅读过该文，而其他各篇均在茅盾作品发表之后。在这些作家的笔下，农民群众已经觉醒起来，他们要以武装斗争来争取自身的解放。1930 年农民起义题材的历史小说的批量化产生既是“当时空前尖锐的社会矛盾的产物”，也是“马克思主义的阶级斗争学说在中国知识分子中传播的结果，同时也是当时左翼作家对中国现代历史小说题材的新开拓”①。总体而言，这些取材于农民起义的历史小说虽然数量并不太多，但却有着重大的意义，因为它开启了历史小说创作的一条新路径，对于此后延伸至新中国成立后的革命历史小说的形成和发展，产生了重大而深远的影响。在这些作家中，茅盾是值得我们特别关注的，因为正是他“把农民起义题材的历史小说正式推向文坛”②。这既是由茅盾历史小说本身的成就使然，也与茅盾发表的媒介有着一定的关系。茅盾的《豹子头林冲》、《石碣》和《大泽乡》等小说接连刊发在《小说月报》1930 年第 8、9、10 期之上，借助于《小说月报》巨大的发行量和影响力引起更多读者的关注。

1931 年张平在《评几篇历史小说》中所评论的历史小说范围的选定即说明了这一点。他在文中明确地说：“小说月报从去年八月号以来，接连发表了几篇用历史人物和传说做题材的创作小说（指茅盾自八月号起刊发在《小说月报》上的《豹子头林冲》等文——笔者注），最近二卷一期的读书月刊，同样也有着一篇，据说其他的刊物上，也有所发表，虽然，这尚不能谓为一种时髦的风气，但从创作的题材上别开一条新的蹊径，总是使我们注意的。”他最终“只从小说月报上所发表的蒲牢的《豹

① 王富仁、柳凤九：《中国现代历史小说论》(3)，《鲁迅研究月刊》1998 年第 5 期。
② 同上。

子头林冲》、《石碣》、《大泽乡》，和施蛰存的《将军的头》、《石秀》这五篇表示一些意见"，在文末他进一步指出："这两位作者的努力，总算是有相当成就的；而且，在今后创作的题材上将会发生有力的影响。"[①]总的来说，无论对创作技巧还是思想内容方面，张平都更加赞同茅盾的作品，特别是对《豹子头林冲》，张平认为这篇历史小说既"写出了农民的原始的反抗性，又在这里写出了农民的实际的革命要求和行动"[②]。

茅盾虽然亲身参加过1927年的大革命，但对于真实的农村革命却没有直接经验，因而在写作的过程中往往不得不依凭耳食的材料和报刊上登载的新闻报道，《蚀》三部曲的农村部分就是这样写成的。然而时过境迁，土地革命时期的农村革命情形与大革命时期有着极大的不同，茅盾以往获取的间接经验已经跟不上时代的发展，因此他转而从历史题材著作和历史小说中寻求借镜。正因如此，茅盾取材于现实题材的农村小说与同样以农民为关注对象，剖析农民心理的《豹子头林冲》等三篇历史小说之间也有着明显的互文性。

《豹子头林冲》中的林冲本来并无野心，但看到"像老牛一般辛苦了一世的父亲把浑身血汗都浇在几亩稻田里，还不够供应官家的征发；道君皇帝建造什么万寿山的那一年，父亲是连一副老骨头都赔上；这样的庄稼人的生活在林冲是受够了，这他才投拜了张教头学习武"[③]。两相比照便不难发现，《春蚕》中老通宝和多多头父子俩的经历与林冲父子如出一辙。老通宝像小说中林冲的父亲一样辛苦一生，到头来却落得个贫困交加，最终撒手西去。多多头也早已看透了像父亲那样生活的无望，他最终也走上从自发到自觉的反抗道路。《豹子头林冲》中，林冲既"具有农民的忍耐安分的性格，然而也有农民所有的原始的反抗性"[④]，其忍耐安分的一面在老通宝身上体现得淋漓尽致，而多多头的性格则更多汲取了林冲身上原始反抗性的一面。"在豹子头林冲的记忆中，'秀才'这一类人始

---

① 张平：《评几篇历史小说》，《现代文学评论》1931年第3期。

② 同上。

③ 茅盾：《豹子头林冲》，《茅盾全集》编辑委员会《茅盾全集》第8卷，人民文学出版社1985年版，第196页。

④ 同上书，第197页。

终是农民的对头，他姓林的一家门从‘秀才’身上不知吃过多少亏”①；而老通宝眼中的敌人则是洋人，以至于他对所有带“洋”字的东西都有着发自本能的厌恶和反感。《豹子头林冲》中对于林冲农民“忍耐”和“期待”心理的剖析，与期盼革命又不敢革命的农民心态相对应，“期待着什么大智大勇的豪杰罢，这像‘真命天子’一样，终于有一天会要出现的罢”②，而茅盾在《秋收》中也设定了“真命天子”这一形象。此外，《残冬》中黄道士自制的“三个古怪草人”成为村民们顶礼膜拜的对象，这与《水浒》中“石碣”所起到的作用也有几分相像。

茅盾在创作完成三篇历史小说之后，其“历史癖”却并未完结。在《农村三部曲》中茅盾就有意地将农村从自发到自觉的革命运动与“长毛”相联系，颇具反抗精神的多多头在老通宝眼中也很像一个小长毛，通过这样的方式，茅盾将历史嵌入反映现实的故事文本当中。

茅盾等人的历史小说已经成为宣扬无产阶级革命思想和激发普通民众革命斗志的有力武器，由他们所开启的用马克思主义阶级分析的方法重新解释和建构农民起义的方式深深地影响了后续的一大批革命历史小说家。姚雪垠就是其中最为突出的一个。他的长篇巨著《李自成》与茅盾的《豹子头林冲》一样，都非常注重人物的阶级出身对于其思想的直线决定作用，出身底层的人物往往表现出更加坚决彻底的革命性，是革命的依靠力量和主要动力。而姚雪垠与茅盾的交流互动也是显而易见的，早已在文坛传为佳话。

此外，新时期以来涌现出的新历史小说创作潮流也与茅盾等人的历史小说有着不可分割的联系。陈思和先生在《略谈“新历史小说”》一文中就曾说过：“新历史小说早在茅盾和李劼人的历史题材小说中就已经有了萌芽。”③

原刊《扬州大学学报》（人文社会科学版）2014 年第 4 期

① 茅盾：《豹子头林冲》，《茅盾全集》编辑委员会《茅盾全集》第 8 卷，人民文学出版社 1985 年版，第 199 页。

② 同上书，第 201 页。

③ 陈思和：《略谈“新历史小说”》，《文汇报》1992 年第 6 期。

回到《讲话》接受史现场

——以茅盾为考察中心

商昌宝

摘要 作为权威意识形态话语，毛泽东的《在延安文艺座谈会上的讲话》深刻影响着当代文学的构建和发展。但在历史上，《讲话》发表后在延安与国统区的传播与接受并非如很多当事人、研究者所描述的那样广泛、热烈，其真正被文艺界接受和应用还是在1949年以后。茅盾是左翼文学的代表作家，建国后曾出任文化部长、作协主席，以茅盾为中心考察《讲话》的接受史现场，对于理解《讲话》的传播与接受具有重要的文学史和思想史意义。

关键词 《讲话》；接受史；现场；茅盾

作为1949年后中国文学的权威意识形态话语，毛泽东《在延安文艺座谈会上的讲话》（以下简称《讲话》）深刻影响着当代中国的几代作家。茅盾在新中国成立前是国统区左翼文学的代表作家，中华人民共和国成立后曾出任新中国文化部长、文联副主席、作协主席等重要职务，他的创作和文学活动与《讲话》的接受与传播密不可分。因此，以茅盾为中心考察《讲话》接受史的现场效应具有重要的文学史和学术史意义。

一

《讲话》产生于1942年5月延安文艺座谈会期间，正式发表于1943

年 10 月。这期间，重庆左翼文化界对延安的文艺座谈会和毛泽东的讲话没有任何公开反应。直到 1944 年元旦，重庆的《新华日报》才以“毛泽东同志对文艺问题的意见”为题择要发表了《讲话》的部分内容。1944 年 3 月中旬，中华全国文艺界抗敌协会负责人冯乃超在重庆乡下主持召开了一次小型座谈会，学习和讨论了毛泽东的《讲话》。何其芳、刘白羽作为参加了延安文艺座谈的文化专员抵达重庆后，郭沫若又召集举办了一次文化人座谈会，传达《讲话》精神，茅盾与会并作了简短发言。但在这两次会议上，人会者的发言并不限于《讲话》。在第一次座谈会上，胡风就“当时国统区的环境作了一些分析，说明当时当地的任务要从与民主斗争相配合的文化斗争的角度去看，不能从文化建设的角度去看”，因此，“应该从‘环境与任务的区别’去体会并运用《讲话》的精神”；在第二次讨论会上，胡风提到“当时的主要任务还不是培养工农作家”①。1944 年 11 月下旬，回到重庆的周恩来召集徐冰、乔冠华、陈家康和夏衍开会，传达了《讲话》精神和文艺整风后延安边区文艺工作的动向。1945 年初，在胡风、舒芜等抛出“主观主义”后，林默涵作为第二批延安文化专员莅临重庆。在 1 月 25 日的座谈会上，与会人员展开了对“主观主义”的批评，茅盾简短发言，批评舒芜是“卖野人头”②，随后离会。何其芳 1945 年 8 月再次抵达重庆后，组织了多次文化批评活动，主要展开对毛泽东文艺思想的学习和研讨。1945 年 10 月，回到重庆的周恩来先后两次召集文艺整风座谈会。这些贯彻落实《讲话》的座谈会，茅盾间或参加、发言，但重视程度明显不够，《茅盾全集》中对上述重庆文艺界与《讲话》相关的活动未见任何文字记载。

与延安文化界的争相表态和检讨相比，重庆文艺界对《讲话》的宣传学习效果差强人意。当然，重庆左翼文化界冷落《讲话》是可以理解的，在抗战形势不甚明了，中国革命前景还未见曙光之际，对于那些远离延安，并未参与延安整风运动的左翼文化界人士来说，作为政治家、军事家的毛泽东对延安文艺运动的意见，远不及作为文艺家的周扬、丁玲等对

---

① 《胡风全集》第 6 卷，湖北人民出版社 1999 年版，第 311 页。

② 《胡风全集》第 9 卷，湖北人民出版社 1999 年版，第 500 页。

延安文艺运动的意见更有影响。这一点，邵荃麟在1948年避居香港时曾检讨过："这个座谈会的成果，在后方没有得到应有的普遍和热烈的讨论，倒毋宁说是一般地被冷淡了……一直到1945年春，我们才提出了'面向农村'的口号，指出了人民文艺的方向，但是也仅是作为一种理论的宣传，没有把它和实践结合起来。"①

关于《讲话》在国统区的传播不畅，茅盾事后曾多次提示过。在1949年第一届文代会上，茅盾所做的《在反动派压迫下斗争和发展的革命文艺——十年来国统区革命文艺运动报告提纲》中指出："1943年公布的毛泽东的'文艺讲话'，本来也该是国统区的文艺理论思想上的指导原则……但是国统区的文艺界中，一般说来，对'文艺讲话'的深入研究是不够的，尤其缺乏根据'文艺讲话'中的精神进行具体的反省与检讨。"② 1962年，茅盾又交代说："当时在国民党统治区……就一般作家而言，对于写工农兵，就有点口是心非，他们以为解放区与国民党统治区情况不同，条件不同。在国民党统治区写工农兵是'无的放矢'、'不合时宜'。至于一个作家如果当真愿为工农兵服务，首先得改造自己的思想，这在那时的一般作家也是认识不足，或者全无认识的。至于理论家和批评家，对于此书一些根本问题的论断，真能透彻理解的，恐怕也不多，他们在实际工作中，还是照老一套的简便方法，摘取'讲话'的词句以装饰自己的内容单薄的文章，或者把'讲话'的一些词句作为批评作品的法宝，而不大愿意动脑先把'讲话'消化。"③

在晚年的回忆录中，茅盾再次回忆、证实说：与其他文艺思想论争一样，当时贯彻《讲话》精神，也夹杂着历史的积怨和宗派成分，甚至是个人义气："当时胡风是理论权威，而在他背后支持其态度观点的，还有另一位理论权威冯雪峰。因此，在延安的文艺理论家何其芳、林默涵来到重庆之前，重庆的文艺理论界是相当冷清的。"④ 茅盾这番话道出了一个

---

① 茅盾：《对于当前文艺运动的意见——检讨·批判·和今后的方向》，《大众文艺丛刊》1948年第一辑。

② 《茅盾全集》第24卷，人民文学出版社1996/1997年版，第46—47页。

③ 茅盾：《学然后知不足》，《人民文学》1962年第5期。

④ 茅盾：《走在民主运动的行列中》，《新文学史料》1986年第2期。

事实：《讲话》发表后在国统区不但没有受到热烈欢迎，反而遭遇到一定的阻力，也即冯雪峰、胡风等左翼文艺理论家们曾表现出不屑一顾甚至抵制的态度。对此，胡风在1954年撰写的“三十万言书”中进一步证实：“何其芳同志报告了延安的思想改造运动，用的是自己的例子‘现身说法’的……他的口气却使人只感到他是证明他自己已经改造成了真正的无产阶级。会后就有人说：好快，他已经改造好了，就跑来改造我们！连冯雪峰同志后来都气愤地说：他妈的！我们革命的时候他在哪里？”① 据舒芜讲，1945年冯雪峰还在与他和胡风的谈话中对周扬等在延安的举措讥讽道：“通俗化、大众化，叫他们用秧歌体翻译《资本论》，看他们能不能翻译得出来。”② 对此，黎之在《文坛风云录》中曾分析说：“毛泽东的《讲话》的伟大意义和巨大影响是人所共知的，也是深入人心的。但是，在当时左翼文艺运动内部（尤其是在大后方）对《讲话》的理解并不是，也不可能是完全一致的。”③ 即便是没有明显抵制《讲话》的郭沫若，当时自然也还没有看清未来形势，给予了“凡事有经有权”这样一种既有认同又有所保留的意见。

参照以上史实可以理解，新中国成立后一些文人对《讲话》在国统区的反响的回忆是不准确的。茅盾的回忆就与当时的情景有很大的出入。1949年5月，茅盾在《关于目前文艺写作的几个问题》一文中曾交代说：“到了北平以后，听过一两次报告，知道解放区有这个口号（指‘文艺为工农兵服务’）。”④ 可见，1949年以前，茅盾对《讲话》的主要内容并不了解。但到1962年，茅盾却在一篇纪念《讲话》的文章中这样写道：“第一次读到《在延安文艺座谈会上的讲话》，记得是在重庆；那时，抗日战争刚刚胜利……在这样的时候，读到了‘讲话’。大概那时印数不多，一本书传阅多人，传到我的手里，这本土纸印的小册子已经半烂，有些字句必须反复猜详，方能得其大意。但尽管有这样的困难，我还是在一天内把它读完。”接着，茅盾描述自己当年的阅读感受：“真像是在又疲

① 《胡风全集》第6卷，湖北人民出版社1999年版，第312页。

② 舒芜：《舒芜口述自传》，中国社会科学出版社2002年版，第152页。

③ 黎之：《文坛风云录》，河南人民出版社1998年版，第313页。

④ 茅盾：《关于目前文艺写作的几个问题》，《进步青年》1949年创刊号。

倦又热又渴的时候喝了甘洌的泉水一样，读完这本书后全身感到愉快，心情舒畅，精神陡然振发起来。”[①] 不难看出，茅盾在 1949 年前后对自己接受《讲话》的描述是不一致的，其在中华人民共和国成立后关于在重庆阅读《讲话》的回忆是值得怀疑的。

二

1949 年之前，茅盾对《讲话》的接受经历了一个渐进的过程，但总体上来说重视不够。根据相关史料，茅盾开始注意《讲话》是在 1946 年，但当时他所关注的不过是《讲话》中的形式主义问题。这一年，他先后做了《和平·民主·建设阶段的文艺工作》、《人民的文艺》、《民主与文艺》等几场演讲，也撰写了《关于〈吕梁英雄传〉》、《关于〈李有才板话〉》、《论赵树理的小说》、《歌颂〈白毛女〉》等评论文章，这些演讲和评论文章的主旨大体符合《讲话》精神，其中“改造自己”、“文章下乡”、“歌颂暴露”、“普及提高”、“站在人民立场”、“民族形式”、“向民众学习”等术语也渐渐多起来，但却没有直接援引《讲话》的章句。尤其涉及赵树理的几篇评论文章，反而引用了周扬《论赵树理的创作》中的论述。这一点，茅盾在 1962 年纪念《讲话》发表 20 周年的文章中曾说：“当时还写了短文为这批新作品鼓吹，现在想来，这实在是冒昧；对于作品中所反映的生活你还是完全陌生的时候，如何就敢信口雌黄？虽然是鼓吹，但未有此项生活知识而却赞美反映此项生活的作品，这也不是老实为学的态度。”[②]

1946 年 10 月，茅盾开始真正贯彻《讲话》。在《抗战文艺运动概略》中，茅盾这样写道：“在延安方面的，最初一二年内还在‘全国性’和‘正规化’的错误观念下努力想继续弄那弄惯的一套。直到‘整风运动’起来，这才完全改变到适合于广大的农村，以工农兵为对象”；“那时一般文艺工作者似乎还抱着这样的观念：‘城里带来那一套’是为了提高的，是‘全国性的’，而‘旧瓶装新酒’则是为了应急，为了通俗。这

① 茅盾：《学然后知不足》，《人民文学》1962 年第 5 期。

② 同上。

样的观念，当然不正确。到了后期，因为‘整风’，普及与提高不复视为两橛，而得到辩证统一了，于是新的作风，豁然开展，异彩焕发，不但为抗战文艺运动揭开了全新的灿烂的一页，而且为今后的民族文艺的健全的进展指出了正确的方向，树立了辉煌的典范了。”① 通过上述引文可以看出，虽然这时茅盾开始有意识地重视和贯彻《讲话》精神，但也不过是走走过场，不但显得粗枝大叶，而且除了这篇文章，茅盾1949年之前再无其他涉及《讲话》的文章。

1949年以后，茅盾开始重视《讲话》了。无论是文代会前写作的《关于目前文艺写作的几个问题》、《谈谈工人文艺》、《为工农兵——在新华广播电台播讲》，还是文代会上的长篇报告，茅盾都表现出积极学习、认真领会、努力贯彻的姿态。第一届文代会报告中，茅盾在作了批评或自我批评后强调说：“但是无论如何，因为有了毛泽东的‘文艺讲话’，有了解放区的文艺运动的范例，国统区内的文艺思想也就渐渐有了向前进行的正确的轨迹了。”② 文代会后不久，茅盾又撰文写道：“文代大会一致拥护毛主席的文艺方针，号召全国的文艺工作者全心全意为人民服务，首先是为工农兵服务；这一号召，相信已经得到普遍的响应。现在文艺工作者都在要求下工厂、进农村、参加部队，以求自我改造，并熟悉工农兵的生活：这样的热烈情绪，确乎是空前的。”③ 1952年，在纪念《讲话》10周年之际，茅盾撰写了题为《认真改造思想，坚决面向工农兵!》的长文。文章一方面总结了自己三年来学习《讲话》的心得，另一方面继续号召广大文艺工作者如何以《讲话》为指导切实解决文学创作、批评中遇到的问题。该文中，茅盾从马克思列宁主义理论高度肯定了《讲话》“是马克思列宁主义和中国革命实践高度结合的又一光辉的典范”④。自此，茅盾对《讲话》的认识和态度由泛泛而论转而为热烈响应了。

应该注意的是，茅盾对《讲话》认识的转变与提高主要是顺应时代的选择，而不是顺其自然的结果，其中难免有牵强附会之处。例如：1956

① 茅盾：《抗战文艺运动概略》，《中学生：增刊·战争与和平》1946年第10期。

② 《茅盾全集》第24卷，人民文学出版社1996/1997年版，第65页。

③ 茅盾：《一致的要求和期望》，《文艺报》1949年第一卷第一期。

④ 茅盾：《学然后知不足》，《人民文学》1962年第5期。

年，茅盾在新德里召开的“亚洲作家会议”上说：“赵树理是延安文艺座谈会以后最早出现的一位成功的作家。他的《小二黑结婚》、《李有才板话》等，是广大人民所喜欢的作品。”① 茅盾此说显然来自于周扬1946年发表的《论赵树理的创作》：“‘文艺座谈会’以后，艺术各部门都达到了重要的收获，开创了新的局面，赵树理同志的作品是文学创作上的一个重要收获，是毛泽东文艺思想在创作上实践的一个胜利。”② 这里需要澄清的是：周扬、茅盾都在以赵树理的作品为范例论证《讲话》的意义，但问题在于：赵树理创作《小二黑结婚》、《李有才板话》并不是接受了《讲话》的结果。从历史上看，《讲话》传达到赵树理所在的太行山区是在1944年，此前赵树理既没有参加延安文艺座谈会，更不知晓毛泽东的《讲话》。事实很清楚，赵树理在1943年创作完成的《小二黑结婚》和《李有才板话》与学习《讲话》没有直接关系。或者可以说赵树理的创作无形中切合了《讲话》精神，而如果说《讲话》影响、造就了赵树理则是有违事实的。

三

1956年，在“双百方针”的鼓舞下，文艺界对毛泽东《讲话》的理解和阐述也出现了不同的声音。面对这种情况，当时身为文化部长和作协主席的茅盾不得不在各种场合予以解释、维护和声辩。1957年3月，在题为《贯彻“百花齐放，百家争鸣”，反对教条主义和小资产阶级思想》一文中，茅盾承认，目前“‘放’和‘鸣’还未见大畅，而在反对教条主义的过程中，右倾思想也出现了……也出现过这样的怪论：文艺作品的公式化、概念化之根源，在于工农兵方向云云”。茅盾号召说：“我们不但要认真学习‘讲话’的关于‘百花齐放、百家争鸣’的部分，也应当好好地认真地学习‘讲话’的全部，这样，对于克服我们的教条主义、官僚主义和宗派主义的错误，才会有很大的帮助。”③ 在题为《在已有的基

① 《茅盾全集》第24卷，人民文学出版社1996/1997年版，第517页。

② 《周扬文集》第1卷，人民出版社1984年版，第498页。

③ 茅盾：《贯彻“百花齐放，百家争鸣”，反对教条主义和小资产阶级思想》，《人民日报》1957年3月18日。

础上继续努力》一文中，针对“今天文艺界的情况，和15年前，延安文艺座谈会的时候，有没有不同”的问题，茅盾回应说：“这都是延安文艺座谈会以后15年间丰盛灿烂的收获，是众所共睹的”；针对“今天文艺界所纷纷讨论的问题为什么看来还是《在延安文艺座谈会上的讲话》中间所提到的那些问题”，茅盾回应道：“今天已经很少有人把艺术性和政治性、或者把真实性和思想性等等，对立起来讨论，而是讨论它们之间的关系了。”最后他说：“我们学习《讲话》7年了，大家口头上都能说一套，《讲话》的全文几乎可以背诵，可是遇到实际问题，小资产阶级的思想意识不也屡屡顽强地要求表现出来么？我们对于思想改造的长期性和艰苦性，是认识不够的。”[①] 不难发现，文中，茅盾并没有从问题本身出发，而是刻意制造出《讲话》的原则和权威是绝对正确不容讨论的一个前提，因为在其话语逻辑中，所讨论的问题必须是承认这一前提才能进行下去的。而提问者想要探讨的恰恰是《讲话》本身正确与否、是否适用于现时的中国文学创作和批评等问题。韶华晚年曾反思道：“我们现在纪念《讲话》，不能只是歌颂‘伟大’、‘正确’，更不能用‘一句顶一万句，句句是真理’的态度。对待《讲话》，要用历史唯物主义的态度，用实践是检验真理的唯一标准的方法。对70年我们实践《讲话》的实际、经验、教训，要敢讲真话。检验《讲话》的唯一标准是：它是不是推动了文艺创作，是不是繁荣了我国的文化？”[②] 限于当时的政治形势，身为中国作协主席的茅盾显然还无法达到这样的认识。

“双百方针”时期，茅盾对关于《讲话》的不同意见还能够本着温文尔雅、治病救人的态度来展开对话，即如他所说：“这种探索精神是可贵的……既然是探索，免不了有开步开错的；既然是鼓励独立思考，鼓励争鸣，也就免不了议论庞杂。”[③] 但是，“反右”运动开始以后，情形就大不一样了。在“反右”高潮期，茅盾在一届人大四次会议上的发言《关于文化工作的几个问题》中罗列了各种存在的问题：“现在有些人把新中国

① 茅盾：《在已有的基础上继续努力》，《人民文学》1957年第5—6期。

② 韶华等：《实践检验〈在延安文艺座谈会上的讲话〉——三个过来人对话录》，《炎黄春秋》2012年第8期。

③ 茅盾：《在已有的基础上继续努力》，《人民文学》1957年第5—6期。

文化工作看得一团漆黑，甚至认为比国民党反动统治时期还不如”；“最近文化界出现了不少荒谬的论调……认为工农兵方向是错误的，以工农兵为题材的作品必然公式化、概念化，‘普及为主’的方针只适合于战争时期，现在已经过时了”。然后他态度强硬地回击道：“工农兵方向是我国文化工作的根本方向”，“我们的文化不走工农兵方向，难道还能走什么别的方向么?”① 之后，茅盾连续不断撰写文章，不断重申《讲话》的内容、意义和作用，特别是针对一些质疑《讲话》及理论的“右派”观点进行了驳斥。此后，茅盾还写了《公式化、概念化如何避免?——驳右派的一些谬误》、《社会主义现实主义永远胜利前进》等文章，坚决捍卫《讲话》精神，充当了文化界“反右”的旗手。

1962 年，在纪念《讲话》发表 20 周年之际，作为文化部长，茅盾照例要撰写纪念文章。与 10 周年纪念的宏文不同，这一次茅盾取了个《学然后知不足》的平民化标题，并以娓娓道来的方式回顾了自己学习《讲话》的经历、体会，《讲话》在当年国统区的传播情况，以及如何运用《讲话》联系实际以解决现实中的文艺问题。他特别强调学习《讲话》要联系实际，要注意克服形式主义的问题，要有好的学习方法，“否则，即使熟读‘讲话’，滚瓜烂熟，能够倒背，也未必真能得益的”。文章的最后，茅盾满怀信心地抒发道：“我预祝，并且深信，当我们纪念‘讲话’发表 30 周年的时候，我们的文艺工作将有比现在更大更多更高的成就。”② 但到了 1972 年，中国已进入“史无前例”的“文化大革命”时代，这时茅盾已被免去文化部长之职，失去了纪念和阐释《讲话》的资格，面对“八亿人民八个样板戏”的中国文坛，茅盾的预言成了一句空话。

“文化大革命”结束后，中国迎来了“拨乱反正”的新时期。茅盾重新获得了阐释《讲话》的发言权，他很快写出了《毛主席的文艺路线万古长青》一文。文中，茅盾满含激情地写道：“毛主席的光辉著作《在延安文艺座谈会上的讲话》就是教导我们如何为工农兵服务，为无产阶级政治服务的万宝全书。《讲话》是马克思主义文艺理论宝库中的新财富，

---

① 茅盾：《关于文化工作的几个问题》，《人民日报》1957 年 7 月 15 日。

② 茅盾：《学然后知不足》，《人民文学》1962 年第 5 期。

《讲话》创造性地提出文艺领域中普及与提高的辩证关系，概括为金光闪闪的两句话：‘我们的提高，是在普及基础上的提高；我们的普及，是在提高指导下的普及。’《讲话》给当时在解放区的文艺工作者指示了光明大道和行动指南。”[①] 稍后，在谈到翻译和介绍外国文学的问题时，茅盾一边号召大家向鲁迅学习，一边旧话重提：《讲话》“是马列主义文艺理论的总结和发展。掌握了这个强大的思想武器，才能使介绍世界文学的工作，真能为我国的社会主义革命和社会主义建设的宏伟事业尽其运输精神食粮的任务”[②]。在 1978 年的文联第三届全国委员会第三次会议的开幕词中，茅盾讲道：“正当文艺界以各种方式纪念毛主席《在延安文艺座谈会上的讲话》发表 36 周年的重要时刻，我们举行这次会议，心情特别激动。我们一定要高举毛主席的伟大旗帜，把这次会议开好，开成一个富于战斗性鼓舞性的会议，一个胜利的团结的会议。”[③] 之后，茅盾又先后写了《漫谈文艺创作》、《关于培养新生力量》、《驳斥“四人帮”在文艺创作上的谬论并揭露其罪恶阴谋》、《作家如何理解实践是检验真理的唯一标准》、《在中、长篇小说座谈会上的讲话》、《为介绍及研究外国文学进一解》、《沉痛哀悼邵荃麟同志》、《温故以知新》、《解放思想，发扬文艺民主》等一系列文章，在维护《讲话》权威性的同时，为中华人民共和国成立后“十七年”间的文艺路线正名。可以理解，在经历了“反右”运动和“文化大革命”以后，茅盾思想上已经确立了《讲话》的权威地位，在他看来，文艺界的“拨乱反正”意味着《讲话》精神的发扬光大。

综上所述，茅盾之于《讲话》的接受史，不仅显示着一个时代文学观念的变迁，也显示着一代文学家的思想轨迹。通过这样的学术梳理和考察，不但有助于学界总结和反思历史，也有助于当下文学的创作和发展。

原刊《齐鲁学刊》2014 年第 1 期

---

① 茅盾：《毛主席的文艺路线万古长青》，《人民文学》1977 年第 9 期。

② 茅盾：《向鲁迅学习》，《世界文学：复刊》1977 年第 1 期。

③ 茅盾：《在文联第三届全国委员会第三次会议的开幕词》，《文艺报：复刊》1978 年 7 月 15 日。

矛盾中的茅盾

陈徒手

一

1963、1964 年毛泽东有关文艺的两个批示逐级传达后，文化部党员副部长们在整风运动之中摇摇欲坠，一日不如一日，几近崩溃。反而当正部长十五年的党外人士、作家茅盾（沈雁冰）没有卷入斗争的旋涡中心，没有被迫参加表态或揭发性质的大会，似乎成了整个文化部机关中最悠闲之人。但其实他是在暗地里不时地被数落与敲打。

有意思的是，时间标志为“一九六四年八月二十八日”的《关于茅盾的材料》不是文化部党组整理的，而出自中国作家协会党组之手。这份材料中没有涉及文化部内的工作问题，大多谈的是茅盾在文学创作方面的各类“罪状”，关键之处在于全盘否定了茅盾十几年来呕心沥血所做出的评论成绩。

据作协党组内部统计，1949 年后茅盾仅在国内各报纸、刊物发表的有关谈创作问题和评论作品的文章就有 168 篇，先后合集出过 7 本评论小册子。作协党组做出这样的判定：“在这些文章中，中国当代著名、活跃的短篇小说作家，尤其是年青作家的作品，几乎全部受过他的‘检阅’和评价。从这种情况，可看出他通行无阻，广泛占领文学阵地，抓住创作评论，不但左右文学创作倾向，更严重的是与党争夺青年作家。”作协党组在文件中明确地给他扣上“反马克思主义的资产阶级文艺观点”的大帽子。

身为中国作协主席，茅盾陷于自身困境而无法写出作品，转而热心投入评论事务，当年很多刚冒尖的青年作家以获“茅公的赞誉”为荣，他及时而内行的跟踪点评成为新中国文坛的一大景观。但1964年骤变形势之下，老人这种辛苦的阅稿评述已经难获正面肯定，在本人并不知情的情况下，已在内部被批得体无完肤，权威颜面尽失。

《关于茅盾的材料》长达一万字，充满了上纲上线、不容置疑的火药味，全文用的多是贬义词，连一句肯定式的好话都不愿提及。开篇第一段就单刀直入地表示：

> 全国解放以来，文艺界把茅盾作为偶像崇拜，近年来，更成为评论作品的权威，影响极大。在学习主席批示后，在这次检查工作中，我们才发现，15年来，他所写的大量文章，一直在顽强系统地宣扬资产阶级的文艺思想。这些文章一篇篇孤立起来看，有时很容易受他的迷惑，但综合起来看，则问题十分严重，特别是近几年来，更露骨地暴露出他反动的资产阶级世界观。在文艺的许多根本问题上，与党的路线、方针、政策针锋相对。

最让批判者在意的是，“茅盾的全部文章，几乎没有从正面提倡或阐发过写先进人物、英雄人物的重要意义”。他与部分作家在1962年作协大连创作会议上的言论被严重抹黑，笼统称之为“中间人物论”，在1964年酿成政治事端之一。最遭人忌恨的是，茅盾在大连会议上用插话的方式攻击党在农村的政策，说“粗碗也不够”，“买个鸡毛掸子不容易，因为搞风箱去了”，这实际上表现了他对三面红旗的不满（《关于茅盾的材料》）。最后中央高层只能让主持大连会议的中国作协党组书记邵荃麟在1965年底代他受罪挨整，晚年茅盾对邵在“文化大革命”中被迫害致死一直心存内疚和愤怒。

二

1964年在清算茅盾文艺思想的同时，中国作协、文化部也在暗中不断收集他的政治思想表现，认为他的文艺观点与他政治上的右倾机会主义和思想上的极端个人主义是一致的。《关于茅盾的材料》就这么鲜明地表示茅盾的政治落后程度：“十五年来，每当国内阶级斗争尖锐化或遇到困难的时候，他就明目张胆地暴露出他的顽固的资产阶级立场。”

茅盾在 1957 年鸣放阶段的特异表现，最让高层诟病和恼怒，认为他当时是和右派分子一道向党猖狂进攻。在此期间，他因故曾给邵荃麟写一封信，说“一般党员”是“只有两只手，两条腿，两只耳朵，一张嘴巴，而没有脑子”。信中还写道：“个人崇拜，在文学批评工作上，也是很严重的。”“所有这一切都表示我们的坏作风是：浅薄、浮躁、一窝风起哄，盲目崇拜权威，只看是什么人说的话，不分析说话的内容有多少真理。”茅盾这种以往少见的评述被认定为“辱骂党及党的干部”。

当年 5 月中旬，茅盾以部长身份出席中国画院成立大会，本来是喜庆场合，不料他发表祝词时却带有几分不平的情绪，首先说中国画院的成立，“是和教条主义、宗派主义斗争的结果”。又转个弯表示：“中国画院的主体是画家，而不是少数的行政人员。如果将来也发生像大学里发生的系秘书指挥系主任，行政干涉艺术创作、研究、教学等等，我以作家的身份，愿奋秃笔，用杂文这武器，为各位后盾。”这些刺眼的话语刊登在 5 月 15 日《人民日报》，读者们难得见识到这位老作家、老部长的一时愤激之言。

5 月 15 日中央统战部召开了民主人士座谈会，席间最为著名的言论是张奚若批评性的四句经典：“好大喜功，急功近利，鄙视既往，迷信将来。”而茅盾的发言则带有文学家冷嘲热讽的描述功底，同样被视为“更激烈、更恶毒”的攻击性言论。譬如他说，领导干部“都是对于业务的生疏乃至外行。拿文学艺术来说吧，究竟是专门学问，没有这门学问的基础，专靠几本《十部必读》不能解决业务上具体的问题，不能解决可又等着你作主张，那么怎么办呢？捷径是教条主义、行政命令”。他还说，“我个人接到过不少作家和翻译家控诉出版社的教条主义和宗派主义的来信，这些信都转给有关社了，然而未见效果。大概是积重难返，阻碍重重呢？这次是中央要整风了，该可以整出个道理来了”。

这篇发言第二天以“我的看法”为题，被上海《文汇报》全文刊发在第二版，成了茅盾 1949 年后难脱罪责的政治言论之一。有趣的是，同一版还刊出两条文化部整风的消息，一条是文化部副部长陈克寒、张致祥、出版局长金灿然出席出版界座谈会，听取大家的批评，用的小标题是“外行人领导内行如何能叫人信服?”另一条是夏衍副部长主持文物专家座谈会时表示，要对文化部施加社会压力，才能保证把官僚主义、宗派主义和主观主义整掉。

这一版稿件源于北京专电，堪称独特的“文化部整风专版”，其间茅盾的发言最为引人瞩目，因为他没有常规的官话套话，心绪毕露，锋芒逼人。

1964 年改编自茅盾同名小说《林家铺子》的电影遭到公开批判，虽然官方有意忽略了原著作者的大名，采取了保护过关的策略，但这多少触动茅盾本人的慌乱心绪，他只能顺势隐而不发。随着整风运动的深入开展，他的早期作品被点名已是迟早的事情，“文化大革命”前夕，党内宣传部门高层对他的文学创作定评很低，多是负面性质。譬如 1966 年 4 月 7 日新任中宣部副部长林默涵在作协创作座谈会上，对各时段的文艺队伍做阶级成分的分析，茅盾屡次被排到资产阶级的落后一边：“……‘五四’以来有一种资产阶级自然主义（如左拉的作品），这是没有什么理想的，而且喜欢写点色情的东西。茅盾就是受这种自然主义的影响。”“大革命失败后，有两种人：一种人，在毛主席领导下，揩干身上的血迹，拿起武器上山打游击；另一种人，对实际斗争感到厌倦，退下来搞文化。《幻灭》、《动摇》……茅盾的三部曲就是在这种情况下产生的。”（见会议记录稿）

三

值得关注的是，茅盾在 1957 年 5 月《我的看法》发言稿中首次公开谈到在政府任职的苦恼，打了几个比喻，说得比较含蓄，归之起来就是平日忙于“三会”（指冗长的会议、宴会、晚会），不务正业，党员干部对所提的意见“不辨好歹”等。他在讲话中还带有几分自嘲的味道：“从前（我）也还有一个专业，现在呢？又是人民团体的挂名负责人，又是官，有时人家又仍然把我看作一个自由职业者（作家），我自己也不知道究竟算什么。在作家协会看来，我是挂名的，成天忙于别事，不务正业（写作）；在文化部看来，我也只挂个名，成天忙于别事，不务正业。”他还提出："像我这样不务正业的人，大概不少，统战部最好再安排一下。"

茅盾此次对职务安排的感慨，应对的是批判宗派主义、官僚主义和教条主义的鸣放整风背景。实际上"不务正业"是他一贯的牢骚话，此事的心结早在数年前就埋下，只不过在1957年新春得到了集中爆发。

1957年3—4月，中国作协秘书处要求会员汇报各自的长期创作规划，并召开相关座谈会了解情况。会后，身为主席的茅盾也提交一份《我的规划》，再三强调主客观方面的诸多困难。

来自主观方面的，大致不外乎个人精力日益衰颓，用脑不能持久，特别不习惯于一会儿须看公文，一会儿又要开冗长的会—这样的"疲劳轰炸"，并由此引起的神经的衰弱状态。

来自客观方面的，主要是无法控制时间。比如，很难做到每天抽三四小时来写作，也很难做到每天经常有两小时，或者每周能经常有三四个工作日可以用于写作。在这种情况下，构思是时断时续的，写也是时断时续的，这便引起了厌倦和苦闷，以致想促此搁笔。

他希望"摆脱政府行政工作，以及其他一些出国工作"，不要脚踏三只船（作家协会、文化部、和平大会）敷衍了事，而自己生平最恨这样的生活态度。他当下的目标是，争取每周有六分之五的时间，把10年前写了一小半的长篇《霜叶红似二月花》续完。

"今年我已六十二岁，假定能活到七十，亦不过八年而已。"文中的这几句话颇为打动作协党组书记邵荃麟，把它直接引述到他4月16日致周扬并转周恩来的信中。接到《我的规划》后，邵荃麟曾与茅盾交谈过一次，茅盾明确希望中央最好能考虑解除他文化部长的职务，其次能够不给他每年出国开会的任务。

邵荃麟对此予以完全的理解和体谅，他在致周扬的这封信中写道："茅盾自从一九四二年左右写了长篇小说《霜叶红似二月花》和一九四五年写了剧本《清明时节》以后，到现在十多年，一直没有发表过长的作品。对于像他这样有地位的老作家，这苦闷是很自然的。"邵荃麟建议周总理最好能和茅盾面谈一次，文化部和作协相互协调，尽量做到使他每周有六分之五时间或四个工作日来专心从事写作。

"鸣放"期间，周恩来确实找茅盾谈过话，但似乎没有深谈什么职务问题，着眼于如何帮助他在政治上解困，同时也对文化部领导层统战工作的不妥有所指正。茅盾在反右斗争后期，态度果然较为积极，在高层布置下涉险过关。

时任茅盾秘书的朱长翎对这一段波折过程留有很深的印象，茅盾担负部长一职的难处特别显明。

作为民主人士出任部长，茅盾没有实权，在“鸣放”时他提意见说“有职无权”。我想，这里原因很多，主要是在外事场合不适，比如新任大使拜见政府部长，文化部是一定要来的，虽然是礼节性的，但也会涉及文化部具体问题；又如参加使馆国庆活动，由外交部根据他国的态度和地位决定去与不去，去了以后外交官多，一问起文化部事情，沈部长不知所然，心里可以想过去很别扭。这个问题由来积深，部里的大小问题由党员副部长决定，茅盾该看或不该看的文件也由党员副部长定，国内机构知道这些情况一般不上门找茅盾。

周总理那时找茅盾谈过话，可能也指出他说话不慎，爱提意见发牢骚，但也给他一个定心丸，有推动促进作用。可能会说他跟罗隆基他们不一样，是为党好的，没有政治野心。

以后每一星期，党员副部长们到沈部长家汇报工作，比如明年工作计划安排、会演准备情况、什么团体要出国等（实际上，为这些事已经开了不少会，已决定下来），然后问沈部长有什么意见，沈部长很高兴，就说“行啊行啊，这样很好”，这就解决了有职也有权的问题。每年部里也开几次办公会议，由沈部长主持，议决的都是大事，走走形式。公平地说，如果让沈部长真正管起来，他没有那个行政能力，管不了的。夏衍副部长白天忙完了，还要抱一堆公文晚上回家干。（1989 年 11 月 22 日口述）

转眼到了 1958 年“大跃进”，各路作家情绪高涨地写了创作规划。3 月 18 日茅盾照例写来自己的创作规划，依旧充满抱怨的情绪，坚持要“帮助我解除文化部长，政协常委，《中国文学》、《译文》主编的兼职，帮助我今年没有出国的任务”。他在文中还藏着一些牢骚意味：“荒弃职守，挂名不办事，夜里一想到，就很难过，就睡不着觉。我几次请求解除，尚未蒙批准。而且，尽管挂名不办事，会议还总得出现，外交宴会也不能不去。”

他坦言自己所说的尽是废话、怪话，但不说便是欺骗。3 月 24 日作协党组将原信转给中宣部部长陆定一并转周恩来、陈毅，并附信介绍道：“茅盾最近病了几个月，身体确是不好，情绪也有点消沉。”信中说，茅盾所提的老问题，还是请中央考虑决定。

一边不愿担任部长一职，一边却屡屡被安抚，此种政治现象颇为“奇特”、“纠结”，一直时断时续，直到 1965 年初茅盾被免去部长一职，改任全国政协副主席为止。

四

反右斗争被保护过关之后，茅盾的公众形象较为中性甚至模糊。

1959 年开始，中共党内对茅盾的内部评价一直低调，所刊出的内部消息多是负面。从查阅新华社的《内部参考》来看，仅见的几则茅盾报道都带有贬义，后来作为典型事例一概收进 1964 年 8 月《关于茅盾的材料》中。

1959 年 7 月，国家经济情况开始发生困难，茅盾为了钢丝床垫没有修好，即从庐山专门写信给秘书，以极其恶劣的态度进行谩骂。

1961 年，他在百货大楼买暖水瓶，因售货员稍微“慢待”了他，就开口骂人混蛋。

同年 6 月某一天，他要机关事务管理局卖给他按月供应的苹果，经联系，水果卖完，他又大发脾气，骂人混蛋，并恶言攻击我们的供给制度，还不如日本的配给制度。

从报告行文来看，像买暖水瓶受怠慢、没及时买到月供苹果，都会引发过激反应，竟然采用这样的谩骂方式，态度这么不耐烦，言行如此失控，对于个人涵养一向较好的茅盾来说实属反常。这可能与相关单位过分的汇报、记者过度的阐释有关系，也多少与三年困难时期生活供应紧张所带来的焦虑有关。茅盾虽然已经享受优渥待遇，但市场上生活物资的大面积缺乏还是打乱了家中原有的日常安排，让他和家人多少增添一些烦躁不安。“骂人混蛋”应该是特殊困难时期的变形、失措之举。但高层认为这一切言行均属于“资产阶级反动世界观的大暴露”，归之于对社会主义制度不满。

1964 年文艺整风运动的关头，文化部党组派人重新核实茅盾“骂人混蛋”旧事，给本来一般日常冲突的事例加重了严重性。

五

在这一时期最让茅盾难堪的是，1962 年 7 月他以中国代表团团长的身份，出席莫斯科争取裁军与和平世界大会，回国后代表团被中央指责犯了投降主义的错误，追究犯错的思想根由。中央高层认为代表团参加这次会议前，在国内就把基调定低了，到会后我国代表在会上没有坚持原则，坚持斗争，迁就上当，以致会议通过的《告世界人民书》没有明确指出美帝国主义是和平的敌人，没有支持民族解放运动，对世界各国人民斗争不利。中央对代表团予以严厉批评，以这样斥责的语气通报党内：“应以最近的莫斯科裁军与和平大会为训，绝不能放弃无产阶级领导，降低马列主义原则，脱离左派，加强中间派的动摇。”（见 1964 年 8 月 22 日文化部党组致中宣部《关于沈雁冰一九六二年在莫斯科裁军会议期间的一些表现和其他一些表现》）

茅盾在此次外交事件中只是挂名团长，由老资格的金仲华、康永和任副团长，中共及各群众团体外事主要负责干部王力、唐明照、吴学谦、朱子奇、杨朔等充当团员。茅盾并无实际的授权，所做的大会发言都是代表团起草的，因而不承担主要的责任。但是内外夹击其间，他会前会后几处为难，反复遭受折腾，又理不清其间的道理，在这样微妙的国际政治斗争场合只能“装傻充愣”，曲折地应付北京交给的任务和意图。回国后照旧不获信赖而备受打击，让茅盾一度恍惚惶恐，把出国开会更视为噩梦般的苦差事，看作不可能完成的高难度任务。

中国作协党组抓住的把柄是，茅盾在会议期间擅自对苏联记者发表谈话，并主动拜会苏联作协书记苏尔科夫。从茅盾在作协担任虚职而言，按理说，这只能是两国作协领导人一般的礼节性会见，没想到却说到实际工作的具体事项。

据作协党组描述，在拜会中苏尔科夫表示对亚非作家会议科伦坡常设局的工作不满意，要求与中方共同推动，建议召开常设局会议。中方高层事后分析认为，苏方此举是为了攻击常设局，将常设局迁离锡兰，撤换常设局秘书长森纳那亚克，夺取亚非作家会议常设局领导权。

当苏尔科夫问及茅盾对此问题的看法，茅盾当即表示同意，并说愿共同推动常设局工作，提议最好在一两个月后首先在科伦坡开会，邀请各成员国参加。茅盾称，希望中苏先以通信方式协商，并请苏方先写信。苏尔科夫赞成中苏先协商，但要中方先写信。茅盾对此也表示同意，并答应回国后两周内即将信发出。茅盾回国后在致中国作协党组副书记严文井的信中具体谈及这个情景："此因常设局开会乃当然之事，拖延过久，则于锡（兰）方愈不利，且我方先函苏方协商，尽可只提一二方端，且看苏方如何答复，再入细节，如此我方不至被动。且我在莫斯科与苏尔科夫会谈时，苏曾请我方最好早些先提意见（即书面协商，我方先发第一函），并以两周时间够不够为询，我曾允之。"（见 1962 年 8 月 21 日原信）茅盾此时的述说还非常在理，他根本没察觉到中央外事部门的不满和恼怒。

中方高层注意到苏尔科夫的谈话中有批评中方之意，譬如他谈到，开罗作家会议期间，中苏双方没有协商，结果意见没有取得一致。而在斯德哥尔摩和平大会上，也由于事先缺乏商量而公开争吵，因此希望今后在国际会议上，尽量先协商。苏尔科夫说到此处不由得感叹几句："由于事先缺乏商量，结果在大会上面对'世界公众'公开争吵，很使人伤心。"茅盾知道两党问题的复杂性，只是淡淡地回应几句："这次裁军大会前，中苏双方已经进行了协商，相信今后中苏会合作得很好。"当时中苏关系稍有见缓的迹象，茅盾只是顺口说了应景的大套话。

回国后即面临如何根据承诺回复苏方的难题，茅盾对待此事表现出少有的焦虑和认真，"回国后，他积极主张快些写信，作协党组没有同意"（文化部党组 1964 年 8 月 22 日报告语）。

茅盾在 1962 年 8 月 21 日致严文井的信中用"似芒在背，常以为念"来形容自己的情绪，为迟迟不能回复而不安："延时将一个月，而我方尚未发第一函。曾与其事之我，个人觉得未能践两周发信协商之诺，殊觉歉然，而人家也将说我们凡事拖延，工作效率不高矣。但如外办之意，对常设局当故示冷淡，则另为一事，此则非我所敢置喙矣，否则，此事似仍以速办为安。”茅盾在意的是承诺和礼仪，而没有顾及国际政治斗争的无常、无理。正在病中休养的邵荃麟对茅盾此时的心结倒觉得容易解开，他在八月底给严文井、张光年的一封信中表示：“关于茅公的材料看了，我觉得要他不必给苏尔科夫写信，比较容易说通。目前情况下，茅不至于坚持。”

但是没想到的是，茅盾反而在此事上显出几分倔强，表面上应允党组的要求，但心中的不快还是压抑不住。八月底中国作协党组决定以茅盾的名义给苏尔科夫复信，多是虚饰之语，有意回避了中苏两国作协开展常设局工作的议题。茅盾见状情绪大坏，竟拒绝看复信稿，大发脾气说：“我不看了，你们要怎么答复就怎么答复吧。”又说：“我不是党员，我可不受约束。”

在风云变幻的外事舞台上，茅盾只是一个虚拟的摆设，一个应付的工具，周旋辛苦，其结果是得不到什么赞誉和好心情，还得背负高层的指责和批评。这与他在文化部、作协多年任职所感受到的心境相似，处事如此难堪能让他舒坦一笑？能不让他愤而失态一次？

原刊《读书》2015 年第 1 期

“五四”的不同想象与思想分野

——1948 年“五四”文艺节中的茅盾和沈从文

袁洪权

摘要 1948 年 5 月，茅盾和沈从文同时写文章表达对“五四”新文化运动的评价。仔细阅读中，我们发现：茅盾和沈从文这种评价是他们不同的“五四”想象。茅盾侧重文艺工作者的任务和五四的政治意义，显示出“毛文体”、“毛话语”对茅盾的潜在影响；沈从文侧重五四精神与文运的重建、五四学人与新北大人的思想探索，显示出作为思想者的沈从文的独特思考。两种不同的“五四”想象，导致他们的思想分野。1948 年，是他们这种“五四”想象的最后展现。

关键词 茅盾；沈从文；五四想象；思想分野；五四“文艺节”

中华全国文艺界抗敌协会第 6 届年会（1945 年）决定：每年 5 月 4 日为“文艺节”。1945 年 5 月 4 日，第 1 届文艺节在陪都重庆轰轰烈烈地展开活动，邵力子、郭沫若、茅盾、老舍、孙伏园等著名人士应邀出席，各分会按照《纪念文艺公启》的规定也展开文艺节纪念活动，庆祝中国的文艺节日。这样，新中国成立前大型的“文艺节”被确认下来，每年 5 月 4 日都有纪念活动。文人对这一活动留下了自己的文字。茅盾和沈从文，虽没有直接参与到 1919 年“五四”新文化运动中，但作为受影响的一代文艺家，他们在接受五四新文化传统的基础上，对中国新文学辛勤耕耘，使他们在 20 世纪 40 年代文坛上成为具有重要影响的文艺家。

伴随革命浪潮的冲击，茅盾先后担任过商务印书馆编译、编辑工作人员，20 年代曾参加早期共产党的政治活动，大革命失败后陷入苦闷，并用笔写作时代精神，30 年代成为左翼代表作家，抗战中成为中华全国文艺界抗敌协会机关刊物——《文艺阵地》主编，40 年代奔波于国统区和延安边区。1945 年 6 月 24 日，进步文化界为茅盾举行了具有象征意义的祝寿会，庆祝他为中国新文学耕耘了 25 年和 50 岁寿辰。祝寿会奠定了 20 世纪 40 年代以后的茅盾文学史书写。1948 年，茅盾进入人生的 52 岁。

沈从文 1923 年孤独一人到北平新文化中心，努力耕耘，想成为作家，1929 年后开始依傍学院，先后在中国公学、青岛大学、武汉大学、北京大学、西南联大断断续续教书，抗战中他终于在西南联大奠定了他坚实的大学教席，按着自己的生活方式对现代中国文学进程作理想化构想并身体力行。经历战争的洗礼，沈从文显得成熟与稳重，“我自己倒平凡之至，只是忠于事，从各方面去试用这支笔而已”，“兴趣也即在此”，“这才是能够使我永远写下去的原因”。[①] 他写作的热情高涨。1946 年，他随西南联大复员回到北平，继续在北京大学从事大学教育，并实质上主持着北方文坛大型刊物《大公报·文艺副刊》、《益世报·文学周刊》、《平明日报·文学副刊》、《经世报·文学副刊》等的编辑活动，成为自由主义作家群的代表人物之一。1948 年，沈从文进入人生的 46 岁。

52 岁的茅盾和 46 岁的沈从文，作为著名的文化人或者作家，1948 年 5 月 4 日到来之际，他们都不约而同地选择写文章评价“五四”文艺节，这一评价显然表达了他们的“五四”想象。本文就立足他们对五四文艺节的感想文章出发，探讨 1948 年的茅盾和沈从文的思想文化发展差异。

茅盾在五四文艺节中写了两篇文章：《文艺工作者目前的任务》（原载香港《华商报》，1948 年 5 月 4 日）、《反帝，反封建，大众化——为“五四”文艺节作》（原载香港《时代日报》，1948 年 5 月 4 日，同时刊载《文艺生活》外海版新四卷第三、四期合刊，1948 年 5 月 15 日）。前一篇文章是应中华全国文协香港分会举办的“五四”文艺节晚会所作的演讲，后一文显然是为庆祝“五四”文艺节而作。二文集中表达了茅盾

① 沈从文：《致彭子冈》，《沈从文全集》（18），北岳文艺出版社 2002 年版，第 443—444 页。

1948 年自己的“五四”想象。沈从文在五四文艺节中也写了两篇文章：《纪念五四》（天津《益世报·文学周刊》第 90 期，1948 年 5 月 4 日）、《五四和五四人》（《抗战文艺·文协成立七周年并庆祝第一届文艺界纪念特刊》，1945 年 5 月 4 日）。前一文显然是为庆祝五四文艺节而作，后一文则是为五四史料展览特刊而作。两文也表达了沈从文 1948 年的“五四”想象。

其实，茅盾在写这两文之前的 1945 年五四文艺节，曾写了《五十年代是“人民的世纪”——纪念文协七周年暨第一届“五四”文艺节》（原载《抗战文艺·文协成立七周年并庆祝第一届文艺界纪念特刊》，1945 年 5 月 4 日）、《文艺节的感想》（原载重庆《大公报》，1945 年 5 月 4 日）。这两篇文章是茅盾 1948 年之前关于五四文艺节感想的仅存文章，1946 年和 1947 年他对五四文艺节没有文字留下。尽管在这两篇文章中，他从文艺运动的反思上对五四新文化运动和抗战文学进行总结，但他的出发点仍然是对未来文艺的展望。茅盾试图纠正人们对五四文艺节的一般期待：“如果狭义的只把‘五四’看作一个文艺运动，或者甚至于当作一个‘白话文学’运动来看，那就是缩小了‘五四’的意义，同时也就会模糊了新文艺运动的精神和使命。”那么，五四文艺节到底具有什么样的意义呢？

要把茅盾关于五四文艺节的论说分析清楚，我们必须把茅盾关于五四运动和五四新文化运动的论述历史变迁进行总结分析。茅盾对“五四”的关注，时间比较早，《“五四”运动的检讨——马克思主义文艺理论研究会报告》和《关于“创作”》是最早体现茅盾的五四研究，前文从政治理论和文学理论的高度对“五四”的政治意义和文学史意义作总结，后文是从文学创作的得失对“五四”新文学运动作分析。他认为研究近代中国史的人们对于“五四”是不应该忽略的，“这并不是因为‘五四’是像一般人所说的‘新文化运动’，而是因为‘五四’是中国资产阶级争取政权时对于封建势力的一种意识形态的斗争”，“这个斗争的发展，在现在看来，是有很显明的阶段的：最初由白话文学运动作了前哨战，其次战线扩展而攻击到封建思想的本身（反对旧礼教等等），又其次扩展到实际政治斗争——‘五四’北京学生运动；然而这以后，无产阶级运动崛起，时代走上了新的机运，五四埋葬在历史的坟墓里了”。从茅盾的论述中，我们发现他关注的“五四”包含着从文学革命到思想革命，最后上升到政治革命的清晰线索。也就是说，文学革命与思想革命是政治革命的必然前提和准备。显然，茅盾依据的是马克思主义的哲学观和历史观，运用阶级分析法对“五四”前后的社会作分析，其文艺分析中的观点有瞿秋白关于“五四”的论述影子。茅盾写作此文的时间是1931年，此时左翼文艺界与新月派等的论争背景直接影响了此文的伸展，茅盾在文章的结论中认为“‘五四’在现今却只能发生了反革命的作用”，“‘五四’早已送进坟墓”①。关于五四新文学创作，茅盾认为，“‘五四’期的新兴资产阶级的‘新’文学则因为阶级本身没有发育得健全，且在发育时期即日益加剧地发展内部的矛盾而因以促成溃灭的速度，所以‘新文学’始终没有健全地发育”②。这样的结论与《“五四”运动的检讨》一样，对“五四”运动的历史作用，切合了历史的基本事实，但没有作充分的论述。

1934年，茅盾选编《近代中国文学史》一书，这里所谓的“近代”，其实是英文Modern一词，书名的英文翻译应该是：Literary History of Modern China。在中国语境中它是“现代”的意思，跟西方时间观念是有差别的。他认为“近代中国文学史”的选编，还得从“五四”说起，“因为不要把西洋文学作品当作‘闲书’来消遣而当作文学来研究学习，是始于‘五四’的！”③“五四”运动开启了中国文学观念的现代转型，具有重要的思想史意义，它是近代中国文学思想的真正分水岭。1935年，茅盾参与《中国新文学大系》的编撰工作，负责小说一集的选编。序言中他这样说道：“民国六七年的时候……从全体上看来，《新青年》到底是一个文化批判的刊物，而青年社的主要人物也大多数是文化批判者，或以文化批判者的立场发表他们对于文学的议论。他们的文学理论的出发点是‘新旧思想的冲突’，他们是站在反封建的自觉上去攻击封建制度的形象的产物——旧文艺。”④从文化批判的角度对五四新文学运动作评价，这

① 丙申：《“五四”运动的检讨》，《文学导报》1931年第1卷第5期。

② 朱璟：《关于“创作”》，《北斗》1931年创刊号。

③ 芬：《从“五四”说起》，《文学》1934年第2卷第4号。

④ 茅盾：《中国新文学大系·小说一集导言》，《中国新文学大系·小说一集》，良友图书出版公司1935年版。

也是客观的事实。1939 年，中国新文化运动 20 周年之际，茅盾对中国新文学运动作总结，认为中国新文学运动要完成两个任务："文学的反帝反封建的任务"和"大众化"的任务，"这个任务从'五四'至今二十年来是没有改变过的，并且还需要我们继续努力去完成它。"① 这是顺应抗战形势的一种文学应变。1939 年，茅盾写了《"五四"运动之检讨》一文，这是他在未读《新民主主义论》前关于"五四"论述的文章，有着重要的意义。此文中，茅盾认为："'五四'运动所以被称为'新文化运动'，因为它在思想上，对向来的传统的思想制度，完全立于反对的地位，它是反封建的，在中国历史上，它是空前的——所以是'新'的思想运动，'五四'运动的两面大旗是：拥护'德先生'和'赛先生'。二者是资本主义文化的主要内容。因此，'五四'新文化运动也可以说是资本主义文化运动。""一九二七年的历史的教训，也指出了'五四'新文化运动已经走完了它的历史的历程。"② 总体来看，没进入延安前、没对《新民主主义论》阅读前，茅盾对"五四"及"五四"运动的论述基本上是按 30 年代鲁迅和瞿秋白的定论而作的。1940 年进入延安作短暂停留后，茅盾关于"五四"的观点发生了戏剧性的"突变"。

我们还得对毛泽东的五四及五四运动论述作关照："二十年前的五四运动，表现中国反帝反封建的资产阶级民主革命已经发展到了一个新阶段。五四运动成为文化革新运动，不过是中国反帝反封建的资产阶级民主革命的一种表现形式。"③ "五四运动是反帝国主义的运动，又是反封建的运动。五四运动的杰出的历史意义，在于它带着为辛亥革命还不曾有的姿态，这就是彻底地不妥协地反帝国主义和彻底地不妥协地反封建主义。……五四运动所进行的文化革命则是彻底地反封建文化的运动，自有中国历史以来，还没有过这样伟大而彻底的文化革命。当时以反对旧道德提倡新道德、反对旧文学提倡新文学为文化革命的两大旗帜，立下了伟大的功劳。这个文化运动，当时还没有可能普及到工农群众中去。"④ 这些思想是

① 茅盾：《中国新文学运动》，《新疆日报·女声》1939 年第 12 期。

② 茅盾：《"五四"运动之检讨》，新疆学院校刊《新芒》1939 年第 1 卷第 1 期。

③ 毛泽东：《五四运动》，《毛泽东选集》第二卷，人民出版社 1991 年版，第 558 页。

④ 毛泽东：《新民主主义论》，《毛泽东选集》第二卷，人民出版社 1991 年版，第 699—700 页。

1939年、1940年之际形成的，毛泽东高屋建瓴，对五四新文化运动作出积极政治评价时，不忘“大众化”的问题，因为大众化是抗战以后中国文学思考的中心，特别是关于民族形式与文艺大众化的结合，曾引发国内文学界的广泛论争。随着1942年共产党内整风和延安文艺整风，毛的论述成为党内整风和文艺整风的必读内容。

1940年5月茅盾进入延安时，延安还没有展开轰轰烈烈的整风运动，但他主动拜望了毛泽东。毛泽东也拜望了茅盾，“并送给我一本刚出版的《新民主主义论》”，“交谈甚久，一起用了便饭”。从茅盾的记忆中我们看出，毛泽东对茅盾的延安行非常关注，尽管茅盾在延安仅仅4个月，毛与茅盾有4次的公开会面，甚至“大约在七月间，我已搬到鲁艺，毛泽东同志又把我接到杨家岭长谈了一次。那次他和我谈的是30年代上海文坛的斗争以及抗战以来文艺运动的发展”。[①]《新民主主义论》发表时名为《新民主主义的政治与新民主主义的文化》，刊载于《中国文化》第1卷第5期。它和《抗战以来中华民族的新文化运动与今后任务》，对抗战时期“民族形式”大讨论、新中国的文化运动方向等有独到的见解。茅盾作了仔细阅读，认为这两篇文章“给了精辟的透视与指针”，“是中国新文化史上一件大事”[②]。这是他第一次公开对《新民主主义论》“表示好感”。毛把此书送给他的时间是6月初，茅盾的演讲却是7月初。仅1个月，茅盾对毛的著作表示了强烈的青睐，并作了“准确”的判断。1943年10月19日，《解放日报》正式发表毛泽东的《在延安文艺座谈会上的讲话》，并于1944年4月派何其芳、刘白羽等到重庆国统区后方宣扬《讲话》精神，茅盾参与了这一活动，“发表文章或谈话，畅叙体会，表示共鸣”[③]。之后，茅盾对毛泽东思想开始运用和实践。1944年，陪都重庆关于“论主观”的讨论，其实就是“毛文体”在国统区的推广引发的“争论”。茅盾几年后关于国统区文艺运动的总结中，作了这样的表述：“关于文艺上的‘主观’问题的讨论，继续展开下去，就不得不归结到毛泽东的‘文

① 茅盾：《延安行——回忆录二十六》，《新文学史料》1985年第1期。

② 茅盾：《论如何学习文学的民族形式——在延安各文艺小组会上演说》，《中国文化》1940年第1卷第5期。

③ 胡乔木：《胡乔木回忆毛泽东》，人民出版社1994年版，第268页。

艺讲话’中所提出的关于作家的立场观点态度等问题。”[①] 1945 年，茅盾认为中国文艺运动“正站在十字路口”：“时势的要求，一天比一天急迫了，文艺必须配合整个的民主潮流，‘深入社会，面向人民’，表现人民的喜怒爱憎，说出人民心坎里的话语。”[②] “十字路口”是一种形象的表达，但1945 年确实是中国命运面临两种选择的时候。中华全国文艺界抗敌协会经历 7 年的风风雨雨，终于在第 7 年年会上确认 5 月 4 日为文艺节。茅盾为此写了《五十年代是“人民的世纪”》：“新文艺今天已进入了成年时期。……它的前程是无限的，只要能够坚持一贯的奋斗不屈的精神，发扬光辉的传统。五十年代是‘人民的世纪’!”[③] 此文中，“毛文体”得到了体现，其中有这样的论述语言：“面向民众，为民众，做民众的先生，同时又做民众的学生，认识民众的力量，表现民众的要求，——这便是现实主义文艺的民主精神。”关于先生和学生的“关系”，毛泽东是这样论述的：

一切革命的文学家艺术家只有联系群众，表现群众，把自己当作群众的忠实的代言人，他们的工作才有意义。只有代表群众才能教育群众，只有做群众的学生才能做群众的先生。如果把自己看作群众的主人，看作高踞于“下等人”头上的贵族，那么，不管他们有多大的才能，也是群众所不需要的，他们的工作是没有前途的。[④]

从这可以看出，在毛文体的运用中茅盾逐渐形成这样独特的风格。他关于“先生”和“学生”关系的话，其实就是毛话语的一种具体体现而已。这说明，茅盾对毛文体的运用是相当娴熟的。从 1940 年开始接触毛泽东的著作，茅盾逐渐适应了这种文体并把毛文体加以运用，体现在自己的行文中。

文艺评论中，茅盾把毛泽东喜欢对作家的称呼——文艺工作者，运用到之后的论述中。《谈歌颂光明》说到“文艺工作者的起码任务是反映现

---

① 茅盾：《在反动派压迫下斗争和发展的革命文艺——十年来国统区革命文艺运动报告提纲》，《中华全国文学艺术工作者代表大会纪念文集》，新华书店 1950 年版，第 64 页。

② 茅盾：《文艺节的感想》，重庆《大公报》1945 年 5 月 4 日。

③ 茅盾：《五十年代是“人民的世纪”》，《抗战文艺》（文协成立七周年并庆祝第一届文艺节纪念特刊）1945 年 5 月 4 日。

④ 毛泽东：《在延安文艺座谈会上的讲话》，《毛泽东选集》第三卷，人民出版社 1991 年版，第 864 页。

实”；《和平·民主·建设阶段的文艺工作》中，把贯彻文章下乡提到工作的重心上，而要做到“文章下乡”，“首先要求作家们改造自己，——生活和写作方式”[①]：

生活上要抛弃“洋气”，首先得下决心牺牲都市生活的舒服，然后能与老百姓接近，老百姓这才肯亲近你，肯对你说真话，这才不会怀疑你是与保长有关系的，然后你能真正生活在老百姓中间，然后能熟悉他们的生活，了解他们的思想情感，并进而把自己和他们打成一片；然后，便可以有把握地说：你不会按照自己的爱憎来写老百姓，不会按照自己的想象来写老百姓对世间大小各事的看法了。但还有一半功夫尚待我们学习。这一半就是改造我们的表现方式。我们要把写作上的一些知识分子气、洋气、绅士气、卖弄半生墨水的学究气，以及“语不惊人死不休”的才子气，都统统收起来，我们要从老百姓口里摄取生动活泼的字汇，要从他们的生活中学取朴质而刚劲的风格。

我们再看看毛泽东关于文艺工作者与工农兵结合的一段话：

我们的文艺工作者需要做自己的文艺工作，但是这个了解人熟悉人的工作却是第一位的工作。……什么是不懂？语言不懂，就是说，对于人民群众的丰富的生动的语言，缺乏充分的知识。许多文艺工作者由于自己脱离群众、生活空虚，当然也就不熟悉人民的语言，因此他们的作品不但显得语言无味，而且里面常常夹着一些生造出来的和人民的语言相对立的不三不四的词句。许多同志爱说“大众化”，但是什么叫作大众化呢？就是我们的文艺工作者的思想感情和工农兵大众的思想感情打成一片。而要打成一片，就应当认真学习群众的语言。如果连群众的语言都有许多不懂，还讲什么文艺创造呢？英雄无用武之地，就是说，你的一套大道理，群众不赏识。在群众面前把你的资格摆得越老，越像个“英雄”，越要出卖这一套，群众就越不买你的账。你要群众了解你，你要和群众打成一片，就得下决心，经过长期的甚至是痛苦的磨练。[②]

---

① 茅盾：《和平·民主·建设阶段的文艺工作——三月二十四日在广州三个文艺团体欢迎会上的讲演》，《文艺生活》1946年第4期。

② 毛泽东：《在延安文艺座谈会上的讲话》，《毛泽东选集》第三卷，人民出版社1991年版，第850—851页。

两段话的前后对比阅读，我们发现：其语调有一种是“似曾相识”的感觉。毛为了让文艺工作者与工农兵打成一片，要求文艺工作者首先在思想感情上与工农兵“打成一片”，这就是“大众化”，“打成一片”的具体表现形式就是“认真学习群众的语言”。茅盾遵照毛的这种思路，认为要实现“文章下乡”（也就是毛泽东所指的“文艺大众化”），必须改造作家的生活和写作方式：生活上就是要真正生活在老百姓中间（也就是毛泽东所说的“与群众打成一片”），写作方式就是要从老百姓口里摄取生动活泼的字汇（也就是毛泽东所说的“认真学习群众的语言”）。可见，到20世纪40年代中后期，茅盾严格按照毛话语塑造自己的文学话语，进而实现与毛话语一致。而毛说知识分子出身的文艺工作者“要使自己的作品为群众所欢迎，就得把自己的思想感情来一个变化，来一番改造”，所谓的这些“思想感情”，正是茅盾所说的“写作上的一些知识分子气、洋气、绅士气、卖弄半生墨水的学究气，以及‘语不惊人死不休’的才子气”，茅盾的想法与毛泽东是相通的。

1944年4月何其芳、刘白羽到国统区宣讲《讲话》，标志着国统区作家思想改造问题被提上日程。茅盾成为中国共产党需要争取的对象，他的延安之行给他增添了光彩。茅盾与毛的私人关系更加深了这一政治含义。当延安宣传思想改造的“使者”到重庆宣讲的时候，茅盾成为座上宾。茅盾很快心领神会延安的意思，极力宣扬作家思想改造，“作家大部分是小资产阶级出身，即使有一二工农出身者，小资产阶级意识却很浓厚”①，“故作家的思想改造首先要克服小资产阶级意识，如偏狭，个人主义，但求痛快而缺乏韧性等”，“清滤小资产阶级知识分子的意识情绪，而求与大众共呼吸，同喜憎哀乐”②。关于文艺批评的标准，毛泽东认为，“我们的要求则是政治和艺术的统一，内容和形式的统一，革命的政治内容和尽可能完美的艺术形式的统一”，同时强调，“但是任何阶级社会中的任何阶级，总是以政治标准放在第一位，以艺术标准放在第二位的”。茅盾接着毛泽东的《讲话》，作了这样的论述：

---

① 茅盾：《人民的艺术——四月八日在广州青年会讲演》，《新文艺》1946年创刊号。

② 茅盾：《为诗人们打气》，《中国诗坛》（光复版）1946年第3期。

又如注重政治性而忽视艺术性，或注重艺术性而忽视政治性，同样都有错误，但在目前，后者尤为严重。作品能够在政治方面正确，而艺术又完整，这是求之不得，可惜现在很少，因为新文艺还年青，历史不长久。如或不然，则政治性强更为需要。但在今日特别见得严重的是强调艺术性。[①]

顺着此思路，我们才发现茅盾1948年5月4日文艺节这天写作《文艺工作者目前的任务》和《反帝，反封建，大众化——为“五四”文艺节作》的时代意义。他完成了自己的角色转变，成为毛泽东文艺思想的宣传者，并以自己国统区的政治身份，对国统区文艺家起着榜样作用。他关于“五四”及五四新文学运动的看法，必然不会脱离毛《五四运动》、《新民主主义论》的基本框架。五四文艺节这样的公众场合中，茅盾演讲“文艺工作者”目前的任务：第一是贯彻大众化；第二是自我改造；第三是扩大文艺界的统一战线。[②] 关于五四运动的定论，茅盾认为，“‘五四’运动正确的解释应当是：反帝反封建的政治的社会的思想的运动”，“而‘五四’以来的新文艺（从文艺革命到革命文艺）就是反帝反封建的思想斗争的一翼”[③]。这与毛泽东对五四运动的分析“五四运动是反帝国主义的运动，又是反封建的运动”（毛泽东：《新民主主义论》）、“五四运动的成为文化革新运动，不过是中国反帝反封建的资产阶级民主革命的一种表现形式”（毛泽东：《五四运动》）毫无二致。1949年5月4日，茅盾为纪念五四30周年，写《还须准备长期而坚决的斗争》（《人民日报》1949年5月4日）一文，从题目看，这与毛泽东在西柏坡村会议所说的“夺取全国胜利，这只是万里长征走完了第一步……中国的革命是伟大的，但革命以后的路程更长，工作更伟大，更艰苦”[④] 的基本含义，有着异曲同工之妙。

尽管沈从文在1945年第一届文艺节庆祝活动中没有留下珍贵的文字，但他对“五四”的感情似乎很强烈。沈从文对“五四”这一事件有着清

---

① 茅盾：《人民的艺术——四月八日在广州青年会讲演》，《新文艺》1946年创刊号。

② 茅盾：《文艺工作者目前的任务》，《华商报》（香港）1948年5月4日。

③ 茅盾：《反帝，反封建，大众化——为“五四”文艺节作》，《时代日报》（香港）1948年5月4日。

④ 毛泽东：《在中共七届二中全会上的总结》，《毛泽东选集》第四卷，人民出版社1991年版，第1438页。

醒的看法，他认为“从民八起始，近二十年中国变化太大了”，追问原因，“我们必承认五四实在是中国大转变一个枢纽，有学术自由，知识分子中的理性方能抬头，理性抬了头，方能对社会一切不良现象怀疑与否定，以及改进或修正愿望”①。“五四”的思想启蒙意义远远大于它的革命意义。或许，沈从文这种看法与他北平交际圈子有很大关系。胡适对沈从文人生的影响非常突出，沈从文有关胡适的论述或许可以说明他的这种“五四”情结。胡适与沈从文的交往，是通过徐志摩介绍；与胡适交往直接导致沈从文进入现代学院体制，他成为中国公学的年青教师。现代大学教育与文学，从胡适的人格魅力上极大地影响着沈从文，引发了他深深的思考。这种思考，随着岁月的流逝反而增强。谈到“五四”运动的时候，沈从文常常会想到胡适，认为“五四运动”是“工具的改造运动”，也就是“文学改良运动”，“这个改良主张当时最引起社会注意的是胡适之先生那篇《文学改良刍议》”②。他的这一看法与毛泽东关于“五四”的看法形成强烈反差。这是两种不同文化观的人各自坚守的不同差异引起的。《“五四”二十一年》中，沈从文认为，“五四运动是中国知识分子领导的‘思想解放’与‘社会改造’运动”③。但工具的价值取向，会有不同的认同，不同的人会选择各自的价值取向作为参照点。

文运前行，导致文学运动发生了“变质”，沈从文一直坚守此观点。他认为文运的“变质”与两件事有关系：“第一是民国十五年后，这个运动同上海商业结了缘，作品成为大老板商品之一种。第二是民国十八年后，这个运动又与国内政治不可分，成为在朝在野政策工具之一部。”文学在商业和政治的运作下，必然对“五四”精神进行改写：“作家的‘天真’和‘勇气’完全消失了，代替它的是油滑与狡诈习气。信仰真理爱护真理的五四精神，一变而为发财升官的功利思想；与商人合作或合股，用一个‘听候调遣’的态度来活动，则可以发财。为某种政策帮忙凑趣，用一个阿谀逢迎态度活动，则可以做官。”④ 在他看来，“五四”文学精神

① 沈从文：《纪念五四》，天津《益世报·文学周刊》1948 年第 90 期。

② 沈从文：《白话文问题——过去当前和未来检视》，《战国策》1940 年第 2 期。

③ 沈从文：《“五四”二十一年》，《昆明中央日报》（五四青年节特刊）1940 年 5 月 5 日。

④ 沈从文：《新的文学运动与新的文学观》，《战国策》1940 年第 9 期。

的特点是“天真”和“勇敢”，“即大无畏地高谈革命之外，还用天真和勇敢的热情去尝试”①。观念的重新建构，意味着对文学充当“工具”观念的重新思考。沈从文从总结历史的角度出发，认为“北伐成功后国内因思想分歧引起的内战，壮丁大规模的死亡，优秀青年大规模的死亡，以及国富力强无可计量破坏耗损，就无一不与工具滥用、误用有关”②。如果真要恢复“五四”精神，发扬“五四”精神，文运重建的话题必须提上议事日程：“我们必需努力的第一件事，是重新建设一个观念，一种态度，使作者从‘商场’与‘官场’拘束中走出，依然由学校培养，学校奠基，学校着手。”③ 能够坚守住“五四”精神必然依托一种现代大学体制，胡适能够在“五四”时期的北大立住脚跟，“实得力于主持北京大学的蔡孑民老先生，在学校中标榜‘学术自由’”④。“五四”二字有着深刻象征意义，它象征着“一种年青人求国家重造的热烈愿望，和这愿望的坦白行为”⑤，这是纪念“五四”的深刻意义之所在。

1944 年 9 月的战争环境中，尽管局势很乱，“过的日子是挖土种菜，磨刀生火”的琐碎生活，沈从文给远在美国的新文学运动骁将胡适写了一封信。他有一些感想想同胡适交流。这年是五四新文化运动后的第 25 周年，西南联大 5 月 4 日在昆明校园内举行文学会作纪念，“有两千人到场”。战乱环境中能有二千人到场，这是战争中难得的盛大聚会。文学纪念会“谈及白话文问题时，大家都觉得当前文学运动与政治上官僚合流的趋势，以及凡事八股趋势时，已到文学运动末路，更加感到当年三五书呆子勇敢天真的企图，可敬可贵。算算时间，廿年中死的死去，变的变质，能守住本来立场的，老将中只剩下先生一人，还近于半放逐流落国外，真不免使人感慨！”⑥ 从书信中我们能够体会到沈从文写作此信的沉重心情。有时候，历史是无法假设的。二十多年的时间过去，世事显得如此沧桑！“真不免使人感慨”这寥寥七个字，其中包含了沈从文多么复杂

① 沈从文：《文运的重建》，昆明《中央日报》1940 年 5 月 5 日。
② 沈从文：《“五四”二十一年》，《昆明中央日报》（五四青年节特刊）1940 年 5 月 5 日。
③ 沈从文：《文运的重建》，昆明《中央日报》1940 年 5 月 5 日。
④ 沈从文：《“五四”二十一年》，《昆明中央日报》（五四青年节特刊）1940 年 5 月 5 日。
⑤ 沈从文：《五四》，天津《益世报·文学周刊》1947 年第 39 期。
⑥ 沈从文：《致胡适（19440916）》，《沈从文全集》（18），北岳文艺出版社 2002 年版，第 431 页。

的感情和难以言说的内心痛苦！

1946 年 9 月，沈从文随着北京大学复员，回到阔别数年的北平。进入北平的他，“保留着二十岁青年初入百万市民大城的孤独心情在记忆中”、“保留前一日南方的夏天光景在感觉中”。街头散步中的“沉思”，沈从文被“新的文学运动”所吸引：“文学运动将从一更新的观念起始，来着手，来展开。”[①] 只有以此为前提，北平的明日才能真正对人民教育。自 1940 年以来，他坚信一种观念：文学运动“对未来社会变动，无疑的还是一种巨大力量”[②]。他的“五四”想象显得有点强烈。五四运动的第 28 个年头，沈从文面对国家政局的变动，对“五四”寄托了另外一种深深的感情，那就是关于“国家重造”的问题。国家的“纷乱”或“解体”，是内战带来的直接后果，沈从文为了避免这样的后果，想从战争以外想办法，“用爱与合作来代替仇恨，才会有个转机”。他把这种办法当作一种“战争”，这个办法显然是“对战争的完全否定”，“一种充满宗教虔敬的信仰”[③]。这样的信仰需要“健康坚实的青年作家”掀起的文学诗歌运动中来证实。所以，沈从文所希望的“国家重造”实质上是新的“文学运动”的重造。

1948 年关于“文学运动”的重造，沈从文还是坚信 1940 年《文运的重建》所坚守的观点：一是“从新建设一个观念，一种态度，使作者从商场与官场拘束中走出，依然由学校培养，学校奠基，学校着手”；二是“应当把文运同‘教育’‘学术’联系在一处，不能分开，争取应有的真正的自由与合理的民主，希望它明日对国家有个更大的贡献”[④]。他对过去二十多年文运进行检讨中，始终坚持“文运的重造”与现代大学教育的关系是密切的：“文运支持者一离开了学校，便渐渐离开真诚，离开了热情，变成为世故，为阿谀”；“学校一与文运分离，也不免显得保守、退化、无生气，无朝气”。或许，沈从文看到了问题的实质。作为身处北京大学校园的知名教授的沈从文，在北大校园里的任何地方，都能体会到

① 沈从文：《北平的印象和感想》，《上海文化》1946 年第 9 期。

② 沈从文：《白话文问题——过去当前和未来检视》，《战国策》1940 年第 2 期。

③ 沈从文：《五四》，天津《益世报·文学周刊》1947 年第 39 期。

④ 沈从文：《纪念五四》，天津《益世报·文学周刊》1948 年第 90 期。

历史的沉重性，他把自己的人生已经熔铸在北大的历史中。他心目中的“五四人”，“始终守住本来信念，本来岗位，屹立不动，威武不屈，永不妥协”①。

沈从文对“五四”的想象，无法脱离胡适的影子，无法摆脱蔡元培先生的北大精神，无法摆脱北大校园那块培育精神的土壤，更无法忘怀那群曾经用“天真”和“勇敢”的精神为历史留下的一份动人的历史画卷。胡适在沈从文的心目中确实成为一个无法替代的对象，或许更像是一种精神领袖的力量。即使在困难的战争年代，以及在文运的重建时期，胡适对他而言仍是一种精神的动力和力量的源泉。作为乡下人的沈从文的视角，可能没有被时代宠爱，但历史的沉重却是由他的这种视角书写着。

行文至此，我们可以作一简短结论。

茅盾和沈从文 1948 年对“五四”的想象，由于各自参照的标准不同，形成了强烈的反差。茅盾 1940 年前后关于“五四”想象的差异，明确表现出茅盾思想发展历程中的一次“突变”，1940 年前的茅盾参照的是瞿秋白和鲁迅的“五四”思考，1940 年后的茅盾却转向毛泽东的“五四”论述，建构自己的“五四”想象，形成两种不同的“五四”想象格局。沈从文从关注“五四”开始，就把五四的北大精神、北大传统、胡适的个人魅力熔铸在其中，成为他思考“五四”的基本出发点。作为身在大学校园的教授型知识分子，沈从文更明白文学运动的重造与现代大学教育的关系，这是他对大学的一种寄托，他复员后本来有更好的出路，但他仍以大学校园作为自己思考的空间。具体观照过程中，茅盾侧重文艺工作者的任务和“五四”的政治意义，显示出“毛文体”、“毛话语”对他的潜在影响。沈从文侧重“五四”精神与文运的重建、五四学人与新北大人的思想探索，显示出作为思想者的他的独特思考。两种不同的“五四”想象，导致他们思想的“分野”。1948 年，是他们的这种“五四”想象的最后展现。随着时代的“冲击”，他们的思考必然与政治前途有着密切的相关。到 1949 年，茅盾的“五四”思考着意于中共关于文艺界的

---

① 沈从文：《五四和五四人》，《抗战文艺》（文协成立七周年并庆祝第一届文艺界纪念特刊）1945 年 5 月 4 日。

组织与体制建设，沈从文却因为文学理想的破灭陷入空前的心态绝境，导致他在1949年产生精神失常。伴随着茅盾的“五四”理想的胜利，沈从文的“五四”理想最终以破灭告终。他们的人生命运，在这种文学理想的现实环境中最终发生偏移：茅盾成为文艺的“台面人物”，沈从文则成为茅盾主导的共和国文坛的“统战对象”。

原刊《重庆师范大学学报》（哲学社会科学版）2015年第2期

重读茅盾《夜读偶记》

张慧敏

摘要 茅盾《夜读偶记》历来被认为是当代文学讨论现代主义的重要文献。但是根据1958年《偶记》文本产生的时代语境及立论者的话语策略和言说内容，现代主义只是一个替罪羊，是旁顾左右而言他的一种技巧方式。貌似随意“夜读”随意之“偶记”，其实是在一个复杂时代运用复杂的技巧凝聚之文本。故此，本文的细读意在厘析《夜读偶记》文本中多重论辩和驳议。

关键词 茅盾；《夜读偶记》；现代主义；现实主义

一

关于现实主义与现代主义的讨论，无论中外，先在地有一个“阶级”正反思想价值判断，1956年何直在《人民文学》上发表《现实主义——广阔的道路》，引发热烈的讨论。据茅盾《夜读偶记》中的统计：“截至本年（指一九五七年）八月，国内八种主要文艺刊物登载的讨论。这一问题的文章，就有三十二篇之多。极大多数是拥护社会主义现实主义的。”[①] 茅盾在《夜读偶记》中论述分析的现实主义与现代主义的区分，实则是呼应“32篇热议”，阶级立场自然明确。茅盾是一个善于运用二元

① 茅盾：《夜读偶记》，百花文艺出版社1958年版，1979年5月第4次印刷，第1页。

对立文体者，文艺作品的精神内容与形式对峙，是现实主义与现代主义向来对峙的惯用公式。茅盾认为强调形式，只不过是用“美丽的尸衣”掩盖“僵尸”的精神迷乱而已。不得不承认，完全无精神内容而只会套用搬弄形式格式者，自古以来，恰如茅盾否决和批判的。但是不是将文艺探索中对艺术形式的精益求精且努力促使文艺形式更透彻淋漓反映现实，也统统该遭谴责呢？是不是你只要使用了“形式”，就像政治争斗中站错了队而该受批判呢？

茅盾在《偶记》中论述“中国文学史上的现实主义与反现实主义的斗争”中，首要离析的是浪漫主义的影响。他将浪漫主义分为“积极”和“消极”两方对峙，文中说：“积极的浪漫主义，可以说是与现实主义异曲同工（当然这不能误为现实主义和浪漫主义可以混同）；消极的浪漫主义这才可以归到反现实主义的范畴。”① 于是茅盾自《诗经》开论，以“为谁服务”作为“原则”，在内容上以阶级划分优劣，在形式上，赞比兴，否赋铺陈。理由是，汉赋的“铺采摛文，体物写志”（《文心雕龙》）只体现了前面四个字的形式，而“写志”之实却落空了，多为“宣上德而尽忠孝”，少“抒下情而通讽谕”②。汉赋有附庸权贵之名，也有追求形式之实，但是以“赋”来否决现代派（主义）的形式追求，是否合理？赋，恰是一种外化的体式，而现代主义追求“内省”。也就是说，茅盾所引的扬雄的讽刺“雕虫篆刻，壮夫不为”，用在附庸风雅的御用文人身上有其合适之处，但是对于现代派（主义）的理想追求者，却在形式的追求中更有对精神心灵的执着。

二

茅盾基本将作为统治阶级附庸的文学与形式主义文学合并为一，统批为“反现实主义文学”。但奇怪的是对扬雄、王充却也认为反形式主义“影响不大”，原因是前者走向“复古”，后者“不在登高一呼的地位”，甚至对于民间采诗，也断定其“官”而只是统治者“勤求民稳”。然而，

① 茅盾：《夜读偶记》，百花文艺出版社 1958 年版，1979 年 5 月第 4 次印刷，第 5 页。

② 同上书，第 8 页。

茅盾却对曹氏父子赞颂为“摧枯拉朽地把汉朝的形式主义的宫廷文学一扫而空”。之所以将“建安风骨”的成就归于曹氏父子，乃因他们可以“凭借他们的文学才能和政治地位”①。茅盾说的有一定的现实意义，你光有文学才能还不行，还得靠政治地位，才能造成文学革命的影响力。只是茅盾在使用自家“矛”时，攻到了自己的“盾”。于茅盾，“旷达”，被指认为“逃避现实”；“风流”，被批为“颓废享乐”；还有“玄谈”、“绮丽纤巧”，皆判为“形式主义”靡风。于茅盾，知识与权力的关系存一必然主宰的外在之力，那就是言说者的政治地位很关键。一方面依照传统，反“绮靡”，即反封建反权贵；另一方面达到“反”的功效，又必须是身傍权贵之侧，据权力要位之席。其文在20世纪50年代中国当代语境要倾情歌颂的“人民群众”的创造或者“引车卖浆之徒”喜闻乐见之品，乏于实例。比如宋人的“平话”，唐人的“传奇”和“变文”，貌似茅盾乏于深入其文本的研究，只不过且充当了具有现实主义精神的民间文学而已。

20世纪50年代茅盾的话语处境可以他对拉辛的评述举证，笔者认为，茅盾是在以己论之：“古典主义诗学的窄狭的框子，拉辛能够对付得很巧妙；应当说，好像要要杂技的好手，正是在别人束手束脚无法施展的地方，他却创造性地使出无尽的解数，叫人不由自主地高声喝彩。”② 从精神面貌来说，茅盾倾向西方“十七世纪的古典主义”，对唯理论的布瓦洛有一定的研究，试图认同理性又避免其“消极”因素，使得话语论述闪烁其词。而众所周知的是，西方17世纪文学在世界文学史上，优秀者甚少，关键就在于古典主义鼓吹者对古希腊理论的误读，以“三一律”理论对文学艺术进行束缚。而以“三一律”为宗旨成立的“法兰西学院”，茅盾亦找到了其“积极的作用”，那就是对“浮夸绮靡的巴洛克”风格及“流行于巴黎上层社会的矫揉造作的‘纱栊’文风”的拟制。有趣的是，茅盾并不反感甚至忽略不计或者佯装不知，“法兰西学院”就是路易十三和他的首相主持成立的，也就是说，茅盾所言的“积极作用”

---

① 茅盾：《夜读偶记》，百花文艺出版社1958年版，1979年5月第4次印刷，第9—13页。

② 同上书，第44页。

其实离不开权贵的倡导。但茅盾却说："这个文学机构，随着法国的中央集权的君主专制政体的日益巩固和'兴旺'而也逐渐地变得顽固起来。"[①]自然话语权的争夺，体现了政治权力地位争夺及巩固。但是，"法兰西学院"是否拒绝莫里哀和批判否决高乃依的《熙德》就是因为从"积极"走向"顽固"的消极呢？无论是拒绝莫里哀还是否决高乃依，"法兰西学院"始终在坚守那个"三一律"的理性。院士布瓦洛就曾经劝告过莫里哀，让他放弃丑角，尽管莫里哀戏剧始终遵循"三一律"，且戴着镣铐跳舞，舞出了那个时代的最出色作品。而《熙德》是反"三一律"作品，自然遭否决。在思想观念上倾向理性的茅盾，并不反"三一律"，甚至以莎士比亚的《安东尼和克洛巴忒拉》与拉辛的《倍莱尼司》作比较，以遵守"三一律"的拉辛之剧来"借以说明古典主义悲剧在艺术上确有它自己的一套"。茅盾说，是"借古人的嘴巴，说作者自己想说的话，是古典主义悲剧的共同特点"[②]。本文的读解会同时看到20世纪50年代茅盾话语中的堪称"悲剧"的那些"共同特点"，即借17世纪的西方古典主义来说自己的语境。

不得不说明的是，"法兰西学院"并未因茅盾理解的"君主专制政体"而冥顽不化，事实上在莫里哀去世之后，"法兰西学院"大厅却立了一尊莫里哀雕像，题词是："就他的光荣而论，并没有缺少什么；就我们的光荣而论，倒是缺少了他。"从20世纪70年代，福柯在"法兰西学院"的演讲，也充分说明这个享有世界声誉的学术机构，并没有因权贵而僵化，而是不断创新，似福柯的研究，以质疑批判离析17世纪的理性主张，探讨的是知识权力的话语内部演变历史。反倒是茅盾在20世纪50年代特殊的中国政治环境中，特别是苏联政治对文学的影响语境，用李建立的话说是："他以社会主义现实主义视野下的'现实主义/反现实主义'构造作为引擎，赋予文学和文学史概念以充分的政治性，将空间上的地缘政治对立转换为不同文学方案在时间中的分裂与'斗争'。"李文分析《偶记》是"用二元对立的表述系统，对现实主义/反现实主义各自的特

① 茅盾：《夜读偶记》，百花文艺出版社1958年版，1979年5月第4次印刷，第43页。

② 同上书，第45页。

征进行预先区分，然后将其做本质化理解，使二者之间的差异根深蒂固。结果，现实主义则总是被赋予‘积极’的审美特征：清新活泼、音调和谐、色彩鲜艳、真实、深刻等。相反，反现实主义被标以五花八门的消极标签：佶屈聱牙、苍白干枯、装模作样、官气十足、非理性、形式主义等等”。也就是说现代派（主义）与现实主义的敌对关系，人为二元构设，“现代派”上的各种标签，诸如“非理性/历史规律、自我/群众、个人主义/集体主义、悲观/乐观、消极/积极、颓废/明朗、晦涩难懂/喜闻乐见，等等”是“被当作‘当代文学’进行文学规划时的重要‘他者’来使用的”。因此，“与其说非理性、自我、个人主义、悲观、消极、颓废、晦涩难懂等范畴来自于西方‘现代派’，不如说是‘当代文学’在建构社会主义现实主义文学时对‘现代派’的一种话语分配。可以说，对社会主义和资本主义之间关系的理解是造成社会主义和现实主义、资本主义和‘现代派’的这些组合及其相关范畴得以归并生成的重要原因”①。

但是，在《偶记》中，茅盾却有明确的文字对“二元”思维进行否决：比如他认为刘勰的《文心雕龙》就因为“二元论倾向”当“不应讳言它的局限性”②。更有甚者，茅盾指出“二元论者本质上也是唯心论”的，所以他否决“在哲学上，不是唯心论，就是唯物论”，茅盾不认同非“心”即“物”的世界观论。但是，《偶记》中有一强烈的转折，茅盾认为“世界观和创作方法的矛盾”，即“作家在作品中的表现，常常会是‘二元论’”③。《偶记》1958 年发表在《文艺报》1、2、8、9、10 期的版本标题即是《夜读偶记——关于社会主义现实主义及其他》，1979 年版去掉了副标题，是欲否决世界观的非此即彼？是否是经历“文化大革命”后对一棍子打死的“世界观”决定论的修正？茅盾强调，之所以要使用“二元论”是因为“世界观”决定了创作方法，被剥削阶级的世界观，即“人民大众”的世界观，就一定“产生了现实主义的创作方法”；而剥削阶级的“世界观”就只会“虚伪、粉饰、歪曲现实”，因为他们既要满足

① 李建立、王继军：《1950—1970 年代的“现代派”遗产——重读〈夜读偶记〉》，《山西大学学报》（哲学社会科学版）2013 年第 3 期。

② 茅盾：《夜读偶记》，百花文艺出版社 1958 年版，1979 年 5 月第 4 次印刷，第 26 页。

③ 同上书，第 31 页。

自己的娱乐，又要“麻醉和欺骗”被剥削者，于是就强调形式，“追求雕琢、崇拜绮丽，乃至刻意造作一种怪诞的使人看不懂的所谓内在美”。可见，茅盾不认同哲学意识的“二元”，但在强调“政治”性的思维下以“阶级斗争”界定了“二元”。文中强调其意义在于“阶级的对立和矛盾是产生现实主义的土壤”①。

德勒兹在论福柯时说：“必须留意二元论一般来说至少有三种意义：有时它涉及一种真正的二元论，它标志两种物质间（如在笛卡尔作品中）或两种能力间（如在康德作品中）不可化约之差异；有时它涉及一种朝一元论过渡的临时阶段，如在斯宾诺莎或柏格森作品中的；有时它涉及一种进行于多元论深处蓄势待发之分派，这正是福柯的情况。”② 前两种“二元论”意义都被茅盾批判为“主观唯心主义”自然否决了。最后一种，即福柯的“二元”乃为多元之“蓄势待发”是否契合茅盾所愿呢？茅盾的思想是复杂的，一如他读解的拉辛。以至于不少人在面对他的《偶记》时，会牵扯起他 20 世纪 20 年代提倡过的“新浪漫主义”。笔者不认同牵强附会地说茅盾曾经也是支持过现代派（主义）的，以“新浪漫主义”为证。“新浪漫主义”的概念被不少人定义为涵盖“现代主义”的思潮，是因为《偶记》开篇首论“对于一个公式的初步探讨”中，茅盾好似开仗了先放了一枚烟幕弹：“古典主义—浪漫主义—现实主义—新浪漫主义或现代派”。误导读者常常把这公式当作茅盾“进化”思想的文艺思潮运用。而事实上，茅盾开篇拉开辩论架势，举出的是“学者们的‘理论’”，自己却要先“说明”这“‘文艺思潮发展程序’的公式”，“然后再来讨论这个公式是否合乎事实”③。按道理，无论在写小说还是评论中，思路都极其清晰的茅盾，能拨开“子夜”之朦胧隐约的茅盾，没有可能允许文本让读者感到迷茫。而事实上，所有的误读，都因为深恶痛绝“读不懂”、反“朦胧”的茅盾使用了烟幕弹。

问题出在两方面：一是公式中“新浪漫主义或现代派”的复式并置，

---

① 茅盾：《夜读偶记》，百花文艺出版社 1958 年版，1979 年 5 月第 4 次印刷，第 37 页。

② ［法］吉勒·德勒兹：《德勒兹论福柯》，杨凯麟译，（台湾）麦田出版 2000 年版，第 154—155 页。

③ 茅盾：《夜读偶记》，百花文艺出版社 1958 年版，1979 年 5 月第 4 次印刷，第 3 页。

茅盾要否决这个并置，因为他赞同前者否决后者。从茅盾的文字中，他使用“新浪漫主义”概念时，推举的只是罗曼·罗兰和巴比塞。在外国文学史上被归为“现实主义”作家。只是法国革命风云席卷的作家，有着同一般只是客观现实反应的作家作品不同，多了某种战斗的激情，所以才与“新浪漫主义”相契。[①] 而在外国文学史中这“新浪漫主义”发生时期，正值“早期象征派”的形成，其共时的关联实质茅盾避而不析，是因为他的政治立场决定了赞“新浪漫主义”否“现代派”，而“象征主义”与“现代派”存必然血脉。二是具有“进化”社会理想的茅盾，对于唯物思想中的从低级到高级的进化思想不能怀疑，资本主义取缔封建主义，社会主义消灭资本主义，最后走向共产主义；但这社会“进化”进程是否同样建构“文艺思潮的发展程序”呢？批判现实主义之后的“新浪漫主义”是否存在“进化”关系？茅盾不置可否，甚至含含糊糊。理由也有两方面：一方面茅盾倾心外国文学史把“新浪漫主义”一阶段称为“红色三十年代”，可以说茅盾为“红色的激情”感染，像追随信仰一般。这与高尔基自身的文艺以及高对罗曼·罗兰的赞誉相通。但另一方面，要将“新浪漫主义”说成完全优越于“批判现实主义”，从成绩和影响来说都很勉强。可以说茅盾是在“进化”思维的现实中，勉强强调罗曼·罗兰算是可与诸如托尔斯泰、巴尔扎克等一比；本文认为是“批判现实主义”的成绩影响之理据太充分，使得茅盾行文思路曲绕，甚至改弦易张。于是，茅盾针对自然主义和写实主义的缺失而高赞“新理想主义”。他认为“自然主义”缺乏“主观见解”太重暴露现实的“丑恶”而造成失望痛苦的感受；而“写实主义”以“文学研究会”20 年代“文学为人生”的主张则“犹不能无理想做个骨子”；所以他高赞《约翰·克

---

① 不少论证以茅盾将“现代主义”中的诸多流派纳入“新浪漫主义”思潮为证据，举出《夜读偶记》，但是却多误解茅盾“新浪漫主义”与“现代派”的关系说明，且论证者还多“转引”，比如钱林森谈此论点转引的是王中忱《论茅盾与新浪漫主义文学思潮》，1985 年《浙江学刊》发表王中忱的茅盾研究，行文本身有内在矛盾。比较合理的解释是，在茅盾思想中，他认同的“浪漫主义”的同时一以贯之地警醒其“弊端”，而这“弊端”正是他对“现代主义”的否定。故此才有他在引介叶芝时，会在《致周作人信》中说“给现在烦闷而志气未定的青年看了，要发生大危险”。

利斯朵夫》“表现过去，表现现在，并开示将来给我们看”[①]。茅盾是在推介“表象主义”（Symbolism）时赞赏过“象征主义”。正值人们将鲁迅《狂人日记》定位为中国现代第一篇好小说，就在于其写实手法中蕴含了“淡淡的象征主义的色彩”[②]。当茅盾指出“表象主义”的“必要”时，正在于“象征主义”能克服“消沉”，给予“理想的力量”[③]。

《偶记》中茅盾依旧再三强调文学的未来追求，可以说茅盾始终如一赞赏的就是有着鲜明的政治倾向、积极参与政治性的社会活动；向往光明且充满革命激情。所以在20年代他引介罗曼·罗兰时，对其前期反战态度是否定的。但对取材法国大革命素材的作品，大加赞誉。特别是在罗曼·罗兰、巴比塞的接受传播中，更能凸显茅盾的思想主旨。在外国文学史中，关于迎战和反战，罗巴二位是有过激烈论争的，而茅盾引介他们的思想进入中国思想界时，更倾向巴比塞阶级论而不是罗曼·罗兰的人道主义；甚至将巴比塞的《火线下》称为蔚然独立的“奇书”。而到1929年茅盾作《西洋文学通论》时，巴比塞已被归于“新写实主义”从而表明茅盾有意将欧洲革命文艺与苏俄以高尔基为代表的文艺思想结合之意图。按思维和辩论逻辑来说，茅盾完全可以将公式去掉复合式改为“进化”式，即“古典主义—浪漫主义—现实主义—新浪漫主义—社会主义现实主义”。这既符合当时中国当代的形式，也顺应时代文艺潮流，甚至更可以将最后落实的“社会主义现实主义”定位在超越的“现实”与“浪漫”的结合中。可是茅盾一开篇就坚决否决“超”，宁可混淆论证逻辑也要坚持就到公式为止。批“超”是真，却又遮人眼目地与“逃避现实”牵扯一起，于是就敷衍地批判了现代派（主义）。而作为文艺思潮“进化”的社会主义现实主义在《偶记》书写之时，苏联已不断出现质疑之声。是故茅盾的处境困扰误导了《偶记》的接受。

三

中国研究界一直以自我的当下立场，尤其是根据当下自我的理论吸纳

---

① 茅盾：《为新文学研究者进一解》，《改造》1920年第3卷第1号。

② 雁冰：《读〈呐喊〉》，《时事新报·文学》1923年第91期。

③ 沈雁冰：《我们现在可以提倡表象主义文学吗?》，《小说月报》1920年第11卷第2号。

和理解来误读茅盾关于“现实主义与新浪漫主义”论点。王中忱的茅盾研究资料很翔实，但行文中却存内在矛盾。一方面立意要区分茅盾思想的衍化，故特别强调1920年与1921年茅盾思想之差异，特别是1929年的自我否定。由此误导性地给予其他关于茅盾“新浪漫主义”的读解中，硬是活生生地拽一个茅盾曾经是认同现代主义某些流派之论点。探王文理据，除了一句《偶记》中有言“现在我们总称为‘现代派’的半打多主义……”被王文读解为茅盾“新浪漫主义”概念内涵之外，更多的是在列举茅盾对罗曼·罗兰、巴比塞思想的推举。中国批评很容易立己立场裁割话语，即为我所用。王中忱的读解，往往被坚持现代主义话语学派作为了举证，甚至《偶记》引文亦是转载。而王文还存另一方面，在论述茅盾“新浪漫主义”内涵复杂性时，王中忱作了一个注释：“就严格意义来说，茅盾从未真正提倡过新浪漫主义文学。”[①] 这矛盾的行文在钱林森的文章中亦出现，一方面钱的论点与笔者前文所论茅盾思想中现实主义的一以贯之；另一方面钱文又必须转引王中忱关于《偶记》的读解。[②] 这就不能不引发笔者思考，自20世纪80年代以来，现代派（主义）在中国文艺界的话语地位，从隐蔽渐渐走向光明，乃至钱林森行文的新世纪，俨然已是主流话语，占据话语权的必然之位。而事实上王中忱的论述，同样存在隐在的1985年前后要为现代派（主义）立说之动机，故此王文首先引述茅盾晚年撰写的回忆录予以说明：“五四”时期，“我主张先要大力地介绍写实主义自然主义，但又坚决地反对提倡它们”；“我认为中国的新文学要提倡新浪漫主义”[③]。为什么不可以将茅盾老人的此回忆作为对理想主义的坚持呢？更有甚者是陆志国的《从写实主义到新浪漫主义：茅盾的译介话语分析》，陆文使用布迪厄话语理论，以谋取“资本利益”及“话语权”地位为动机，重新阐释茅盾20世纪初的翻译引介。[④] 本文承认在今天的话语权理论的剖析中，给予了重新阐释某种显在隐在叙事空间探

① 王中忱：《论茅盾与新浪漫主义文学思潮》，《浙江学刊》1985年第2期。

② 钱林森：《20世纪法国新浪漫主义与中国现代文学》，《外国文学研究》2001年第1期。此文多数论点转述自王中忱的茅盾研究。

③ 茅盾：《我走过的道路·商务印书馆编译所》，人民文学出版社1981年版。

④ 陆志国：《从写实主义到新浪漫主义：茅盾译介话语分析》，《洛阳师范学院学报》2013年第10期。

讨的可能；也承认翻译传播中，存在翻译者及出版机构的动机和立场。但是若仅仅偏执当下“资本利益”及实际权力地位的一方面而完全漠视或者根本不能理解上代人的理想精神，势必使得话语权理论走向本末倒置。茅盾思想堪称具有说服力的实例，与其说他的“资本利益”动机，还不如说他思想中“载道”入世情怀太重，从他《子夜》中的民族资本家吴荪甫身上，可见家庭影响且具有从商经历的茅盾始终贯穿的中国儒家传统之“载道”实用于世之情怀。《偶记》中更体现这份儒家情怀在不合时宜的时代政治中的尴尬。

中国现当代文学研究中，似茅盾这样试图打通中西贯穿古今的理论建构还是很匮乏，多半是取一方时兴理论中国化地时髦一阵，转而弃之不顾又趋其他。20 世纪 30 年代，在左翼蓬勃发展时代，我们有“左联”成立及与上海都市“新感觉派”文学一起被“京派文学”的创导者沈从文指责和否决的历史。左翼及现实主义文学由其本源历史意识，必然对商品化资本异化持否决，但“左翼”文学、特别是现实主义文学又不能漠视与都市的关系，特别是与资本发展的关系。正如杰姆逊指出的，若是针对“不存在的现实”的现实主义分析，即“对象”—“货币”的探讨，现代主义的作品几乎亲近现实主义作品；同时现实主义亦可能是一种创作手法的“技巧”运用。杰姆逊说：“市场经济中的货币在你身上起作用，改变控制你的生活，但你却是看不见它的。”并认为，在描绘这样一种现实的作品中，茅盾小说却具有独特的价值和意义。杰姆逊说：“茅盾便是现实主义的集中表现，《春蚕》、《林家铺子》以及《子夜》都集中地描写了这种现实，特别是《林家铺子》中，货币的作用更明显。这一切当然都能在巴尔扎克的著作中找到，他的所有人物，都成了货币这一新兴现实的牺牲品和猎物，一切人际间的关系都和市场、货币有关系。个人和社会经济的关系也许是现实主义的一个经典的模式。”① 杰姆逊关于茅盾的读解恰是一个非常好的例子证明茅盾的“载道”创作精神，茅盾似遵守信仰理念般始终强调光明积极的社会实践活动，由此而强调现实主义的创作

① ［美］弗·杰姆逊：《后现代主义与文化理论》，唐小兵译，北京大学出版社 1997 年版，第 236—244 页。

方法。

在中国，现实主义创作方法的运用，在乡土文学中，特别是批判封建礼教的话语运用中，歧义不大争执不多；但是运用入现代都市文学，尤其是中国资本主义发展仅仅萌芽即被消亡或者转化，那么茅盾关于“货币”的现实主义实践，在20世纪50年代社会主义经济中必然出现语境尴尬。作为政治意识极强的茅盾，一次次说明在“阶级社会”中的政治性，甚至将阶段性的阶级意识运用于创作方法讨论中，指出在这一阶段历程中，“现实主义”创作方法具有“一元”决定论。《偶记》中，他说明在阶级社会里，也不能将非现实主义的作品一概划为“反现实主义”，但他如同30年代的“第三种人”之论争，他认为在政治上，任何“脱离现实、逃避现实”的行动，都“实在起了剥削阶级的帮闲的作用”①。无论是关于资本市场的现实反应还是“载道”入世情怀，在20世纪50年代，茅盾自己实际上都遭遇了“不合时宜”的时代语境。按照中国传统文人的意识走向，必然是儒道二路选择。茅盾的特殊性在于，如他否决白居易的晚期一样，“入世”的茅盾始终不允许自己走向“无为”之论，而是尽力做似拉辛的游龙变色。

四

1958年的《偶记》，貌似随意“夜读”随意“偶记”，其实重负累累，处境犹危，故此茅盾行笔有论有辩还隐含驳。茅盾《夜读偶记》历来都被认为是当代文学讨论现代派（主义）的重要文献，本文也因此而细读。但是根据《偶记》文本产生的时代语境及立论者的话语策略和言说内容，现代派（主义）只是一个替罪羊，是旁顾左右而言他的一种技巧方式；通篇根本没有真的去探讨现代派（主义）的主张，比如都市化的直觉反应、现代多重意识，以及象征等言说，《偶记》其实批判得含含糊糊。除了如高尔基的“颓废”、“消极”之批判外（何况这批判直接放于“消极浪漫主义”），只有“读不懂”是茅盾特别清楚否决的。与高尔基相仿，茅盾对“象征手法”是肯定的，只是认为“象征主义”作为

---

① 茅盾：《夜读偶记》，百花文艺出版社1958年版，1979年5月第4次印刷，第34页。

“世纪末”的运动，该抵制其“消极”，以防为“没落中的资产阶级帮闲”。[①] 所以，笔者认为，茅盾《夜读偶记》是一篇针砭时政之文，与其说是“夜读”讨论而“偶记”，不如说是抒发话语权相争的情绪“离骚”！

原刊《中国现代文学研究丛刊》2015 年第 5 期

① 茅盾：《夜读偶记》，百花文艺出版社 1958 年版，1979 年 5 月第 4 次印刷，第 35 页。

20世纪中国政治文化视野下的茅盾王蒙比较论纲

蔺春华

摘要 作为20世纪中国文学史上两位极具影响力的作家，茅盾和王蒙在文学创作、文学翻译、文学评论等方面都取得了卓越的成就。他们的文学实践活动以及他们学者、社会活动家、文化官员的多重身份，都与20世纪中国独特的政治文化语境密切相关，从而使他们具有了较强的可比性。

关键词 政治文化；茅盾；王蒙；比较

美国政治学家阿尔蒙德认为，政治文化不同于明确的政治理念，也不同于现实的政治决策，它是作为一种心理的积淀，深藏在人们心中并潜移默化地支配着人们的政治行为。政治文化是一个民族在特定时期流行的一套政治态度、政治信仰和感情，它由本民族的历史和当代社会、经济和政治活动进程所促成。政治文化作为政治体系观念形态的东西，包含着广泛的内容。在日常生活中，政治文化一般以一定的政治认知或意识、政治价值观念、政治情感、政治态度等形式表现出来。以政治文化的视野考量20世纪的中国文学，不仅有助于我们深入理解这一特定时段文学的政治化特征和意识形态化倾向，还可以使我们清晰地看到政治文化对作家审美选择和文学态度的影响及其在他们文学创作中的投射，由此对20世纪中国文学的活力作较为贴合实际的认识和把握。

一 时代变革中的历史选择：20世纪中国文学的政治情缘

20世纪的中国，知识分子与政治的结缘，构成了十分独异而醒目的思想文化现象。“五四”初期，接受过欧风美雨洗礼的胡适与东渡日本留学归来的陈独秀曾经共同扛起“文学革命”的大旗，抨击封建文化，摧毁封建道德，倡议革除草莽军阀专制，呼吁民主自由，倡导科学，试图以科学与民主打开中国现代化的大门。但在文学与政治两者之间的历史抉择中，胡适还是牺牲了部分对文学的亢奋的兴趣，以自由知识分子身份追求政治理想。陈独秀、李大钊等知识分子更是直接投身政治活动，以革命先驱的姿态为自由和理想付出了代价。在五四精神的影响下，“左联”前后走入现代文坛的青年作家，都是抱着求学新知、启蒙思想的美好愿望，从青少年时代开始便纷纷走出家门，直接面对动荡不安又充满诱惑的社会。他们在求学的最佳年龄段放弃了正在进行的学业，在社会历史大潮的强烈冲击下，渴望成为中国社会政治的主体力量。从丁玲、殷夫到艾青、沙汀，都是在富于理想、天性好动、思想激进、情绪浮躁的青年时代，走上了无产阶级革命道路，从而以“诗人”和“战士”的双重身份融入了那个充满了浪漫主义诗意的火热斗争年代。

20世纪40年代末期，中国正面临着新旧交替的变化。中国共产党领导的新民主主义革命即将取得全面而彻底的胜利，国民党反动派的统治处在风雨飘摇、岌岌可危之中。共产主义风潮满足了人们尤其是年轻人对未来的朦胧理想。即使是以追求西方现代艺术而著称的中国新诗派诗人袁可嘉也在1947年宣称：“今日诗作者如果还有摆脱任何政治生活影响的意念，则无异于自陷于池鱼离水的虚幻祈求。”[①] 这就显示了新诗派诗人在社会矛盾激化、面临两大政治势力决战的特殊历史关头所具有的社会责任感和历史使命意识。新中国诞生之后的30年里，中国文学继续沿着20世纪40年代毛泽东《在延安文艺座谈会上的讲话》既定的方向前行，在文艺为政治服务、为工农兵服务的时代呼声中，曾经在20世纪30年代卓有建树的文坛大家如茅盾、巴金、曹禺等，基本上将主要精力投放于文艺界

① 袁可嘉：《新诗现代化——新传统的寻求》，《大公报·星期文艺》1947年3月30日。

的事务性活动或政治理论的阐释上面。一批农民型作家和战士型作家成为文坛的主力，他们满含时代政治热情和政治渴求，致力于建构革命战争的英雄形象谱系，进一步为执政党寻找历史主体创建革命政权的合理性与合法性：他们努力展现革命战争的壮丽图景与革命英雄的成长道路，力求在更深广的历史刻度上记录在共产党的领导下，中国革命所付出的巨大代价以及中国社会正在经历的急风暴雨般的变化。革命的神圣、伟大与崇高在作家们笔下不断被凸显和强化。

“十七年”文学充满了作家们对“民族”、“国家”、“阶级”、“革命”、“英雄”等现代问题的想象、理解和阐释，文学实际上已经成为当时主流意识形态话语的重要组成部分。新时期之初，刚刚从“文化大革命”阴影中挣脱出来的中国社会正处于百废待兴的历史时期，人们的思想观念在长久的禁锢与麻木下有了控诉和觉醒的渴望，需要有精神的引导，社会意识形态也迫切希望廓清“文化大革命”长期的政治影响而为新时代服务。文学的所有举措与行动，都是围绕着政治性的问题而展开，因而政治的浪潮就是这一时期文学理所当然的主旋律，正如白烨所说的：“文学与政治的纠结与冲突，构成了20世纪80年代文坛的基本矛盾与主要风景。”即使是在20世纪90年代以后，日常生活叙事快速发展并几乎成为文学主流的情势下，依然有紧扣主流政治走向的官场小说或反腐小说，它们占据了文坛的一席之地，显示出作家们参与时代政治变革的思考与行为方式。诚如某学者指出的，在20世纪中国文学的发展过程中，“政治正如一块巨大的磁铁，尽管每个人与它的距离并不一样，所感受到的影响力也不完全一致，但是政治的无形磁力始终是笼罩在作家们心头上的暗影，使作家们的每一个文学和人生选择都与之发生着或深或浅的关系”①。任何一个置身其中的中国作家，都以自己的方式记录和反映着时代政治文化的形态及其变迁。如果说茅盾以他对时代政治的严峻思考、对文学政治功能的重视和敏感精细的艺术感悟力，成为20世纪上半叶最具代表性的思想家兼文学家，那么，50年代以《组织部来了个年轻人》蜚声文坛的王蒙，则以他对个体人生

① 朱晓进等：《非文学的世纪：20世纪中国文学与政治文化关系史论》，南京师范大学出版社2004年版，第209页。

与政治革命关系的思考和书写，奠定了其文学生涯的辉煌业绩，也成为继茅盾之后又一位杰出的政治文化型作家。他们不可复制的文学实践活动，无疑为20世纪中国文学提供了十分独特而重要的审美经验。

二　政治文化型作家——茅盾和王蒙的“杂色”人生

茅盾和王蒙丰富的人生经历和多重的文化身份昭示出他们不是纯粹意义上的文学家，我们以政治文化型作家来称谓，也仅仅是想借此打开他们人生和文学世界的一个窗口，以便较为准确地认识和评价他们在现当代中国文学中的独特地位。茅盾和王蒙既是作家、翻译家（其中茅盾的翻译成就尤为突出）、文学评论家、学者、社会活动家，还曾经是文化部长、作协领导人，其中某些相似或相同的人生经历和轨迹无疑增强了他们之间的可比性。首先，茅盾和王蒙都是在“经验了动乱中国的最复杂的人生的一幕”（茅盾语）之后一开始文学创作。青少年时期的茅盾和王蒙虽然还不是严格意义上的革命者，但都以极大的热情投身社会，参加进步政治活动。早在1920年，茅盾就是上海共产党小组的成员之一，他着力于宣传和介绍共产党的理论和实践的活动，其译作《共产主义是什么意思》和时论《自治运动与社会革命》，都发表在上海共产党小组出版的秘密刊物《共产党》上面。此时的茅盾，不仅有“必须多读马克思主义的经典著作”[①] 的精神渴望，还具体参与党的筹备活动。茅盾回忆说：“我对母亲说明我已加入共产党，而每周一次的支部会议是非去不可的。……深夜回来时都是母亲在等门。”[②] 茅盾对政治的兴趣和热情在大革命失败后遭受到严重的挫折，面对惨痛的现实，他开始了《蚀》三部曲的创作，他自称是在“经验了动乱中国的最复杂的人生的一幕”之后开始写小说了。《蚀》三部曲试图展示“一个政治革命斗争的现实以及在这样一个现实背景下知识分子与政治革命的历史性‘遭遇’”[③]。

与茅盾相似，王蒙有一段广为人知的少年共产党员经历。新中国成立

---

① 茅盾：《我走过的道路》（上），人民文学出版社1981年版，第176页。

② 同上书，第179页。

③ 李继凯：《全人视镜中的观照——鲁迅与茅盾比较论》，中国社会科学出版社2003年版，第202页。

前夕，不满14岁的少年王蒙已是中共北平地下党的成员，亲历了北平的解放和新时代的来临。50年代初，共青团干部王蒙在工作之余创作了长篇处女作《青春万岁》，首次把革命激情融入小说中的人物身上，写出了那一代青年人特有的革命激情和理想主义的生活。在王蒙心里，“革命和文学是不可分割的。真、善、美是文学的追求，也是革命的目标”[①]。显然，以革命者身份步入文坛的王蒙，既要履行革命者的责任，又要以作家的心灵关注人类的生存状态和命运，他的创作势必直接或间接地涉及政治，并对特定政治现象作出自己的解释和评价。早年独特的生活和创作经历，直接影响、培养了茅盾和王蒙以文学关注社会、表现时代的创作倾向。其次，在新中国发展的不同历史阶段，茅盾和王蒙都曾以作家身份出任过国家文化部长一职，在当代中国的政治与文化风云中留下了各自的身影。茅盾是新中国第一任文化部长（从1949—1965年，他担任文化部长职务长达16年），王蒙则在新时期文学的繁荣时期（1986—1989年）成为继茅盾之后又一位作家出身的文化部长。他们都见证了中国当代文学的发展，参与了文艺政策、方针的制定和实施。这里需要强调的是两位作家在任文化部长期间，都直接关注、参与和促进了中国少数民族文学的发展。最后，他们都自觉追求政治热情与艺术趣味的结合，并成功地找到了文学与政治融通的方式和途径。茅盾始终强调文学的政治功能，坚持以文学表现时代和社会的要求。

在20世纪20年代文学研究会时期，茅盾就主张文学“表现人生”，“希望文学能够担当唤醒民众而给他们力量的重大责任”。20世纪20—30年代，茅盾更是以历史代言人的姿态投身文学创作。他的代表作《子夜》以其对30年代中国社会各阶级政治、经济、文化的全景式描写，被视为社会剖析小说的扛鼎之作，也成为当时文学史和出版史上的重要事件。新中国成立之后，茅盾基本上停止了创作，但他的文学批评却始终应和着社会发展的动向。这一时期，身为文化部长的茅盾提出了文艺创作与配合政治宣传、政治任务的关系问题，他认为，能够使自己的作品既完成政治任务，又具有高度的艺术性，当然最好。两者不能兼得，与其牺牲了政治任

① 王蒙：《王蒙文存》第21卷，人民文学出版社2003年版，第19页。

务，毋宁在艺术上差一些。对于政治热情与艺术创作规律之间的冲突，茅盾早就有清醒的认识和切身的体会，但针对中华人民共和国成立之初小资产阶级作家对政治的有意疏离，茅盾还是在他的论述中流露出明显的为政治而艺术的倾向，这一方面反映了茅盾追随时代潮流的急迫性，另一方面也是他的现实政治关怀的自然流露。在追求如何使文学的政治功能和审美品格达成共识方面，王蒙比他的前辈茅盾走得更远。王蒙的作品几乎是中国当代政治文化形态变迁的完整记录，从 20 世纪 50 年代针砭党内官僚主义作风的《组织部来了个年轻人》开始，到 90 年代的“季节系列”长篇小说、21 世纪之初出版的长篇《青狐》，王蒙笔下反映的人生形态基本上是社会政治文化层面上的人生形态。但王蒙又是中国当代文坛勇于创新、善于创新的“先锋派”，他在 80 年代以来借鉴西方现代派文学形式进行的实验性创作，如《布礼》、《蝴蝶》、《杂色》等，促使当代文学突破庸俗现实主义和虚假浪漫主义的圈囿，朝着现代主义文学不断迈进。王蒙多次强调“创新是文学发展的规律。……创新和继承、借鉴是分不开的……一切形式和技巧都应为我所用，……用得好的，可以达到小说写作的最高境界——无技巧的境界”[①]。他艺术上的先锋姿态，在各个不同的时间段上构成了当代文学变革进程中最关键的因素。但那种自少年时代由中国革命和中国政治铸成的包含浓厚政治色彩的文化心理结构，制约着王蒙的出发点和归宿，并形成了他文学观念和创作的变与不变的两面合一。所谓变，是指他在中国当代特定的文化语境下，以十分开放的姿态借鉴和汲取外来文化，并使它们在自身的创作中全面开花；所谓不变，是指他在创作中始终坚持以政治文化视角表达一种价值或者对某种价值的希冀和愿望，由此形成了一些评论家眼中王蒙作品“社会学意义大于文学的审美意义”的评价。

三　政治文化视角下的情与爱——茅盾和王蒙的女性书写

作为杰出的现实主义作家，茅盾和王蒙都用他们各自的方式表达文学与政治的结合和融通，以此深刻反映他们所属时代的情绪与精神文化心

---

① 王蒙：《王蒙文存》第 21 卷，人民文学出版社 2003 年版，第 22 页。

理。两位作家对不同时代女性形象的刻绘，突出反映了他们的政治文化立场和观念。众所周知，在现代中国作家中，茅盾是一个塑造女性形象的高手，他笔下的时代女性形象至今以无可替代的光彩闪耀在中国现代文学的天幕上。从《幻灭》中的章静、《动摇》中的孙舞阳、《追求》中的章秋柳到《虹》中的梅行素，她们都受过“五四”思想解放运动和大革命波澜的影响，内心向往民主自由，追求个人幸福。虽然在第一次国内革命战争时期错综复杂的社会环境中，徘徊于人生的十字街头，但她们都是敢于向封建礼教挑战，大胆追求个人幸福的新女性。与茅盾相比，以时代和政治为创作主旋律的王蒙，也塑造了一批性格饱满、具有现代意识的女性形象，如《布礼》中的凌雪、《高原的风》中的小李、“季节”系列中的叶冬菊、周碧云等，虽然在对女性心理的深层开掘方面逊于茅盾，但作为历经政治劫难之后的“归来者”，王蒙在 2004 年（这里指人民文学出版社单行本出版的时间）推出的创作结晶——“迄今为止自己最满意的作品”《青狐》，首次对女性生命本体的欲望、性欲望、性心理被政治的异化进行了挖掘，在对极“左”政治进行批判和反思的同时，也反映了时代女性身上“‘革命’与‘性’的光怪陆离的纠葛”[①]。这些异彩纷呈的女性形象身上，投射了作家不同的政治文化心理。早在 20 世纪 20 年代末，正当“革命 + 恋爱”的小说模式在文坛流行之际，茅盾就批评了前者的“脸谱主义”和“方程式”弊病，然而，作为一个对小资产阶级知识分子的心灵历程有深切把握和独到认识的作家，茅盾亲历了大革命的失败之后，也在《蚀》三部曲中描写了一群处于社会变动和政治革命中的时代女性，集中表现了革命的激情和性爱的冲动在她们身上的复杂纠结，真实地宣泄了自己的苦闷和迷茫，为“革命 + 恋爱”的故事模式蒙上了一层深深的幻灭感，也因此招致了革命文学阵营对他的批判。

到了 1930 年完成的长篇小说《虹》中，随着茅盾对当时中国政治革命认识的提高，他对小说人物革命与恋爱关系的处理不仅应和了时代政治革命的需求，也更为真切地反映了梅行素一类知识女性在社会政治潮流的影响下向革命者转化的心路历程：“一个是这些时代女性有一个从被选择

---

① 黄子平：《革命·性·长篇小说——以茅盾的创作为例》，《文艺理论研究》1996 年第 3 期。

者到选择者的身份变化：另一个是她们作为代码的所指逐渐由文化层面进入到政治层面。”① 在《虹》中，可以清晰地看出茅盾将政治与文学进行整合的努力，正是这种努力在某种程度上矫正了早期“革命+恋爱”小说的公式化倾向。梅行素从最初被动地嫁给小商人柳遇春，到离家出走后对男性的取舍好恶的变化，固然带有鲜明的政治取向，或者说隐含了作者的政治立场。但茅盾也对梅行素离家之后身体、欲望、情感的变化进行了细致描述，因此克服了人物从恋爱到革命的生硬“突变”，显得更有历史的真实感。比如梅行素离家出走之后遇到的两个男人，一个是坚定果敢带有几分神秘的革命者梁刚夫，另一个是反共反革命的国家主义者李无忌，梅行素被前者深深吸引不能自已，更多的是出自梁身上的革命者的信念和品质。虽然梅行素的爱情与她的政治热情纠缠在一起，但她仍然要做两性关系中那个强有力的主导者。

马克思说过，任何一种解放都是把人的世界和人的关系还给人自己。过去痛苦的情爱经历，使梅行素渴望开始一场新的真正的爱情，但梅追求的新的爱情绝对不以付出尊严和自由为代价。值得一提的是，从《蚀》三部曲开始，茅盾就特别注重揭示女性在两性情感上的主动地位，他笔下的女性不仅集美貌、才情、性感于一身，而且在性爱关系中始终牢牢占据着主导地位，使男性往往陷于软弱不敌的境地。静女士（《幻灭》）在和强连长经历了短暂而又疯狂的恋爱之后，强不得已要重上前线，静一度觉得“什么都完了”，但她却没有因短暂的情爱而要求强期许她一个未来，甚至“不忍使强的灵魂上留一些悲伤”。正因为如此，她赢得了强的（至少是当下的）最忠实坚固的爱情。“她不但自慰，且又自傲了。她天性中的利他主义的精神又活动起来。”这里的利他主义其实正体现了这些时代女性身上可贵的自我意识，她们宁愿是绝望中的救生者和自救者，也不愿是等待男人救赎的颓废者和死亡者。像“一堆银子似”的耀眼的孙舞阳（《动摇》）公然宣称：“我也是肉做的人，我也有本能的冲动，我时或不免——但是这些性欲的冲动拘束不了我，我所以没有一个被我爱过，只是

① 彭晓丰：《茅盾小说中时代女性形象的衍化及其功能分析》，《中国现代文学研究丛刊》1992年第3期。

我被玩过。”在《虹》中，梅行素有勇气冲破家庭和婚姻的牢笼，但是她深爱的姨表兄韦玉却不敢采取任何反抗的行动，甚至没有勇气接受梅的爱。离家后的梅行素面对形形色色的男人，更是主动接近革命者梁刚夫，希望追求自己的真爱。的确，在以鲁迅、茅盾为代表的“五四”那一代人心目中，“妇女的解放是与人性健全发展密切联系在一起的，在他们关于妇女问题的思考里，实际上是包含了整个人性发展的思考在内的”①。

与茅盾相比，王蒙的许多作品也套用了“革命+恋爱”的故事模板，但他更多地涉及政治制度的解放带给女性的变化。在20世纪80年代的《蝴蝶》、20世纪90年代的“季节系列”、2004年的《青狐》等作品中，王蒙都塑造了一批追求个性解放、恋爱自由的革命女性，虽然她们所处的时代，暴力革命已经终结，但“她们的爱情是发生、变化在、回想在中国的现实的土地上，与政治、与经济、与历史、与社会心理这样深、密地纠结在一起的，是食人间烟火者的爱情”②。其中，政治信仰和革命事业同样以其巨大的魅力直接影响并决定着女性对爱情的选择：革命名义下的爱情才是真正的爱情。与茅盾不同的是，王蒙笔下的女性常常在男性政治身份的优越感面前表现出弱者的姿态，甚至充当了男性的附庸。即便是描写她们在政治风浪中承受的情感和肉体的冲击，作者也往往是通过她们身边的男性表现出来的。如海云之于张思远（《蝴蝶》）、凌雪之于钟亦成（《布礼》）、束枚香之于祝正鸿（《恋爱的季节》）等。在王蒙笔下，女性以崇拜革命的虔诚崇拜身为革命者的男性，“当然是爱，然而爱的是党”，海云爱慕崇拜年轻的革命者张思远，他们的恋爱内容“主要的是政治课”，海云为此而着迷，她连中学都没有上完就嫁给了张思远。凌雪也是一个年轻热情的革命学生，她与革命者钟亦成相恋，并在钟被划为右派之后，义无反顾地嫁给了钟亦成，与丈夫共同承受了沉重的政治磨难。曾经对革命怀有极大热情的女青年束枚香，为投身革命不惜与初恋情人分手，多年后当她被革命者祝正鸿接纳并与他结婚后，束枚香觉得“祝束氏这个腐朽的称谓让她感到无比温暖”，她想退职回家做家庭主妇。尽管海云是一个在爱情面前

---

① 钱理群：《试论五四时期“人的觉醒”》，《文学评论》1989年第3期。

② 王蒙：《善良者的命运》，《王蒙选集》第四卷，天津百华文艺出版社1986年版，第357页。

没有彻底丧失自我意识的知识女性，但在张思远的回忆中，已经自杀的海云仍然是一个需要男性保护的弱者，海云的命运永远绑定在张思远身上，张思远认定“从她找到我的办公室的那一刻起，便注定了她的灭亡”。同理，束枚香与祝正鸿的婚姻，并不是建立在互相平等、互相尊重、互相爱慕的基础之上，而是建立在后者对前者居高临下的宽容和谅解之上。

如果说，茅盾笔下热情奔放、美丽性感、气势如虹的现代女性形象让我们看到了作为妇女解放倡导者的作家以现代意识对男女情爱的观照和审视，以及对女性怀有的深切同情和理解的话，那么王蒙笔下的女性形象则更多地流露出作家深层文化意识中的男权观念形态，这种男权意识直接导致了王蒙女性形象的“无性”状态。甚至在王蒙以革命为旨归的爱情故事中依稀可见传统文学“才子佳人”的故事模式。比如在叶冬菊与钱文、凌雪与钟亦成、海云与张思远甚至束枚香和祝正鸿的故事中，作家都自觉或不自觉地表现了女性容貌对男性的吸引以及女性对男性的精神依附。与茅盾笔下思想活跃、行为解放、勇敢追求情感自由的女性相比，王蒙笔下的女性在政治上和经济上都获得了与男性平等的权利，但她们并未完全获得解放自己的自我意识。女性仍然需要男性引领、指导甚至改造。不仅如此，这些将革命与爱情等同起来的女性，爱与性根本无法同日而语。不要说将爱情期许给革命的海云、凌雪们，即便是表面上看起来精神自由独立的闵秀梅、洪嘉（《恋爱的季节》）等，也把革命作为爱情和人生的选择方向。闵秀梅盲目崇拜以革命者身份出现的祝正鸿，最终只能成为后者性幻想的对象：洪嘉最初暗恋“五短身材的革命金嗓子”，后来又冲动地和战斗英雄订婚，并为这场没有成功的婚姻骄傲、自豪着。

诚然，王蒙笔下也触及一些充满生命激情和渴望的女性，但她们通常都以相貌奇异、心机颇深甚至放荡不羁的“狐狸精”形象出现，像青狐、紫罗兰（《青狐》）、张美兰（《蝴蝶》）等都属此列。

《青狐》中面容像玉面狐狸，并且最终被人称作“青狐”的女作家卢倩姑，有着肉体欲望，她渴望被爱、被占有，“她希望有一次机会抱住一个雄壮的男人，抱一次也行”，但每当欲念过后，充斥在青狐内心的是深深的罪恶感、羞耻感和无尽的自责。一方面，王蒙将 20 世纪后半叶全民族置身其中的政治化生活作为青狐经历成长以及爱情悲剧的时代背景，试图揭示青狐这一代知识分子被政治决定和异化了的人格特征、情感模式和行为方式；另一方面，潜藏在内心深处的男权意识，使王蒙就像他笔下的张思远："他模糊地感觉到自己的生活要听从美兰的安排，有时简直是被美兰牵着鼻子走，这使他有些不快。"这种"不快"源自美兰这样的女性违背了"男权社会对于女性的性别期望"，王蒙不自觉地要给予她们一些道德上的瑕疵，使她们陷于被谴责甚至被唾弃的境地。

从以上分析可以看出，茅盾与王蒙的女性形象生动地表现了五四新文化运动和新中国的诞生为妇女解放铺就的两条前进道路："一条标志着妇女们浮出历史地表，走向群体意识觉醒的精神性别自我之成长道路，一条则标志着妇女从奴隶到公民、从非人附属品到自食其力者的社会地位变迁。"[①] 两位作家的女性描写同样无可替代地证明了他们的文学与时代同在的文化品格。

四　"趋时"——茅盾和王蒙文学批评的关键词

茅盾的文学批评从20世纪20年代开始一直延续到70年代末，对整个现代中国文学批评的形成和发展都产生了极大的影响。有研究者统计，茅盾一生的著述中可纳入文学批评范畴的文章多达887篇[②]，已经形成了自己的理论体系和话语系统。王蒙的文学批评集中产生在80年代初至90年代中期，并在与新时期文学同步发展的过程中，建立起自己具有一致性和连贯性的文学观念，但在体系的完备性和批评文体的独立性等方面，也还有待于进一步建设和完善。作为创作实践与理论建树并重的作家，茅盾和王蒙的文学批评都以"趋时"的姿态出现在中国现当代文学的不同时期，既努力适应时代的要求，满足他们对社会运动和政治的热情，又及时发现和评析不断出现的文学现象，从而把握文学的发展方向。

"趋时"首先表现为他们对文学时代特征的高度关注。文学的时代特征，应该是一个时期社会文化心理的投射，是时代精神或者说时代性在文学中的一种绽放和体现。茅盾在"五四"时期曾经撰文详细介绍和评析过

① 孟悦、戴锦华：《浮出历史地表——现代妇女文学研究》，中国人民大学出版社2004年版，第250页。

② 参见周兴华《"我"与"我们"：茅盾作家论的意义标志》，《文学评论》2005年第4期。

挪威剧作家易卜生和他的作品，其中尤为看重易卜生话剧对当时社会问题的关注及其在中国产生的社会影响。1922 年 7 月，在与郭沫若展开的关于如何介绍欧美文学的讨论中，茅盾明确指出："我觉得一时代的文学是一时代缺陷与腐败的抗议或纠正。"在茅盾早期对鲁迅杂文集《热风》的评论、对丁玲的《莎菲女士的日记》的评论中，也都分外看重它们所彰显的时代特质。直到晚年茅盾依然认为，这种"跨上文学道路之后最早形成的文学艺术观……强烈地影响了我以后的文学活动"[①]。中华人民共和国成立后，茅盾以饱满的政治热情和敏锐的艺术眼光，创作了大量的理论和批评文章，先后出版了《鼓吹集》、《鼓吹续集》和《读书杂记》、《夜读偶记》、《关于历史和历史剧》等文艺论著。他在 50 年代曾经不遗余力推崇"两结合"（即现实主义结合着革命的浪漫主义）的创作方法，并具体研究了革命现实主义和革命浪漫主义"两结合"与社会主义现实主义以及历史上的现实主义与浪漫主义结合的区别和联系。同样，茅盾在进入新时期之后，又坦率宣告"两结合"创作方法的"破产"，这种与时俱进、实事求是的精神和"趋时"态度，尤能显示他作为一个文学大家的胸怀和品格。由此我们可以说，茅盾一生的文学评论，已经成为他投身时代变革大潮的一种主要方式。

王蒙的文学批评同样关注时代与文学的关系，关注政治对文学的影响，他对当代文艺现状保持着一贯清醒的认识。在对具体文学现象、文学观念还是某类创作体裁或某种文学思潮的分析中，王蒙都努力从政治的、经济的、时代的原因和文化背景、文化因素切入，指出其发生的必然性、合理性和发展趋势。80 年代，王蒙率先发出作家要"自觉地、积极主动地、多方面地为无产阶级的政治服务"的号召[②]，他认为文学艺术的社会性是一个客观的事实，文学"是对于生活的一个发言，它是历史的记录……它是生活、世道人心的见证和纪念"，文学的价值和力量"在远远比文学本身更广阔、丰富、严峻而又坚实的社会生活与大千世界里"[③]。王蒙的文学观念直接继承和坚守了茅盾开创的"为人生的文学"传统，即便在由他创作的意识流小说而引发的文坛对西方现代派文学的追

---

① 茅盾：《我走过的道路》（上），人民文学出版社 1981 年版，第 136 页。

② 王蒙：《王蒙文存》第 21 卷，人民文学出版社 2003 年版，第 11 页。

③ 王蒙：《王蒙文集》第六卷，华艺出版社 1993 年版，第 165 页。

逐热浪中，他仍然毫不含糊地强调："即使我写人的精神世界，所要反映的仍然是社会，仍然是生活。绝不是一个脱离社会环境、脱离时代，或者纯动物性的那种人的精神世界。"[①] 在王蒙的意识里，所有对我们的社会、我们的时代有益的创作方法、创作观念，都可以为我所用。王蒙的可贵之处，在于他能够及时对社会和文化现实的变化作出反应，并在文学观念中融进时代发展和社会进步的内涵。20 世纪 90 年代以后，中国社会的转型带来了文化的转型，市场经济体制的进一步确立，使文学边缘化。王蒙文学评论也在更为开阔的政治文化视角下去思考文学与时代、与政治的关系。他提出"文学的歧义"的命题，并对此进行了专门论述。特别是对文学的功利和非功利的问题进行了深入的思考和分析，不仅对文学在社会处于急剧变动时期承担的使命给予了充分的肯定，也肯定了文学的娱乐和游戏性质。

"趋时"还表现为他们的文学批评对 20 世纪中国文学不同阶段的文学思潮、特别是作家创作都作出了及时而有力的回应。众所周知，茅盾在开始小说创作之前，已是新文学阵营很有影响的批评家（沈雁冰），他对文学的理论思考先于创作实践。在新文学初期，很多文化人都热衷于泛泛地抨击旧文学、宣传新文学，而对当时出现的富有新气象的作家作品视而不见。但茅盾却以批评家的敏锐发现并捕捉到这些文学作品散发的现代气息，并进行了卓有洞见的评析。比如郭沫若的《女神之再生》甫一发表，茅盾便撰文介绍它"委实不是肤浅之作"，而是"空谷足音"；1923 年 8 月，鲁迅短篇小说集《呐喊》出版后，关注者寥寥无几。也是茅盾在 10 月以"雁冰"署名发表了《读〈呐喊〉》，他用专业眼光评价道："共计十五篇的作品之中，我以为前面的九篇与后面的六篇，不论内容与作风，都不是一样……前九篇是'再现'的，后六篇是'表现'的。"他认为，"作者描写的手腕高妙，然而文艺的标语到底是'表现'而不是'描写'，描写终不过是文学家的末技"[②]。这种批评家的职业素养和理论气质在茅盾不同阶段的文学批评中都熠熠闪光，对当时和日后的批评风气产生了积

---

① 王蒙：《王蒙文集》第七卷，华艺出版社 1993 年版，第 133 页。

② 雁冰：《读〈呐喊〉》，《时事新报·学灯》1923 年 10 月 8 日。

极的影响。尤其需要强调的是，中华人民共和国成立后，时任文化部部长的茅盾以非凡的政治智慧和文学家的敏锐，关怀和扶持了中国少数民族文学的发展，他对蒙古族作家玛拉沁夫作品的持续关注和评论，更是成为文坛佳话。他曾撰文称赞长篇小说《科尔沁草原的人们》“从生活出发，而不是从政策出发”。

尽管中华人民共和国成立之后的茅盾意识到描写工农兵、塑造工农兵英雄形象，将是每个艺术家创作必须严格遵循的文艺路线，但他从不讳言作家独特的生活积累在创作中的重要性，这也是茅盾现实主义文学观的重要立场。1962 年，茅盾评价玛拉沁夫短篇小说集《花的草原》说：“玛拉沁夫富有生活积累，同时他又富于诗人的气质，这就成就了他的作品的风格——自在而清丽。”这些切中肯綮的批评在少数民族作家主体精神和艺术风格走向成熟的过程中产生了极其重要的影响。40 多年后，年过花甲的玛拉沁夫对此仍记忆犹新：“使我感到敬佩的是茅盾先生以那样简洁的评语，准确地概括和认同了多年来我苦苦寻索的属于我的那种艺术感觉和艺术方位。”① 这也是茅盾对我国少数民族文学发展的独特贡献。

在新时期文坛，王蒙悄然继承了茅盾先生的优良传统，“与新时期复出文坛的大多数文人不同，他（王蒙，笔者注）是以‘官员’而不是以‘记者’、‘编辑’、‘学生’、‘专业作家’的文化身份重返文坛的。因此他的人生经历所酿造的相当鲜明的政治意识和革命情结不仅比这些人要自觉和自然，构成一个基本的‘创作视野’和‘文学关怀’，而且深刻地影响了他对人生、历史和文学的看法”②。基于这样一个特殊的文化身份，在王蒙的文论中，有对新时期 30 年来文学观念变化的探讨，有对市场经济体制下文学的命运和多样化选择的思考，也有对重写文学史的认识。他肯定通俗文学（包括大众文化）的价值，研究文学创作手法、文学语言、文学体裁在时代变迁中的变化和发展，探寻中国文学走向世界的路径，以及在 20 世纪末开始的古典文学和老子、庄子研究系列对“国学热”的回应。可以说，他的文论反映了新时期以来中国文学甚至文化发展中出现的

---

① 玛拉沁夫：《想念青春》，《文艺报》1996 年 1 月 26 日。

② 程光炜：《革命文学的“激活”——王蒙“自述”与小说〈布礼〉之间的复杂纠缠》，《海南师范学院学报》2006 年第 6 期。

众多话题，并以自己独特的视角解析和阐发了其中诸多重要的问题。王蒙先后为新时期活跃于文坛的年轻作家如王安忆、张承志、梁晓声、阿城、铁凝、毕淑敏、残雪等人的作品撰写过评论文章，为陈建功、张弦、戴晴、李杭育、刘索拉等不同作家的作品集作序。可以说，新时期知名青年作家在成长过程中，都曾经得到过王蒙的赞许与鼓励。王蒙的作家评论文字，总能发现别人未曾发现的闪光点，及时给予细致周到的品评。在名为《对当代新作的爱与知》的评论文章中，王蒙赞扬了青年评论家曾镇南的才情勃发，后者正是大陆第一部评述王蒙的专著《王蒙论》的作者。

以上分析可以看出，茅盾和王蒙的文学批评，始终没有脱离作家的历史使命和社会责任感，其中呈现的阶段性变化，更是让我们倾听到不同时代文学的潮声，从中获得了有益的启示。茅盾和王蒙堪称20世纪主流文学的代表作家，在他们身上还可以引发出许多具有生命力和学术生长点的话题。特别是在20世纪中国政治文化视野下对其进行全面的比较研究，远不是本文所能涵盖的。因此，笔者将本文定名为“论纲”，也是希望今后在此基础上对这个课题进行更为深入的研究。

原刊《浙江传媒学院学报》2014年第6期

论茅盾“文学生活”与书法文化的关联

李继凯

摘要 作家是文人，是文人中最擅长书写的群体，其中兼通书法的作家文人则将自己的文学生活与书法文化紧密结合起来，从而创造了弥足珍贵的具有复合价值的“第三文本”。本文对茅盾生活化的书写行为进行初步考察，尤其对茅盾“文学生活”与书法文化的关联进行了重点考察，以此确证茅盾的一种活法——活在勤奋的书写中，活在浩繁的墨迹中，活在自己的爱好中。他的“文学为人生”由此有了新的意味，即不仅是为了“社会人生”，而且是在书写“自我人生”；他的文化生活也由此有了更为丰富的含义，即他不仅是一位成功的文学家，而且也是一位将文学与书法或书法与文学紧密结合，创造出许多“第三文本”的杰出书写者，即使纯粹从书法角度看也是一位不可小觑的书法家。从书写行为的综合研究视角，我们可以从一个侧面更加贴近现代文化、文学大家及书法名家的茅盾先生。

关键词 茅盾；文学生活；书法文化；关联性；复合价值

过去我们习惯说文学源于生活、反映生活且应高于生活，如今我们提倡说文学就是生活、体现生活且应激活生活。这对作家文人本身来说更是如此。文人与文学生活关系密切是自古而然的，扩大些说，文人与文化生活关系密切也是自然而然的，且更具有日常性和普遍性。所谓文学生活、文艺生活、文化生活以及文学人生、文学生涯、文艺活动、文化体验等概念，都质朴无华、素为人知，并不是多么新颖的概念，但在学术界的文学研究、文人研究中却常常被忽视，或仅仅作为铺垫及背景而存在。研究者往往都紧紧盯着时代主题（如国家民族、民主自由、斗争解放、生产劳动等）和艺术成就（如形象塑造、个性风格、美学特点、历史地位等）之类的重要命题，对作家和读者日常化、多样化的文学生活则明显关注不够，相关研究更欠深入。尤其对“以书写为生”的作家书写行为缺乏综合考察与总体研究。显然，作家是文人，是文人中最擅长书写的群体，其中兼通书法的作家文人则将自己的文学生活与书法文化紧密结合起来，从而创造了弥足珍贵的具有复合价值的“第三文本”①。有鉴于此，本文拟就茅盾生活化的书写行为进行一些考察，尤其对茅盾“文学生活”与书法文化的关联进行重点考察，以此确证茅盾的一种活法——活在勤奋的书写中，活在浩繁的墨迹中，活在自己的爱好中……他的“文学为人生”由此有了新的意味，即不仅是为了“社会人生”，而且是在书写“自我人生”；他的文化生活也由此有了更为丰富的含义，即他不仅是一位成功的文学家，而且也是一位将文学与书法或书法与文学紧密结合，创造出许多“第三文本”的杰出书写者，即使纯粹从书法角度看也是一位不可小觑的书法家。从书写行为的综合研究视角，我们可以从一个侧面更加贴近现代文化、文学大家及书法名家的茅盾先生。

一

从20世纪30年代到21世纪初叶，茅盾研究业已取得相当可观的业绩，其中对茅盾生平思想、文学创作的研究都取得了一系列重要的成果，但其间对茅盾“文学生活”中最突出、最频繁的书写行为的细化研究、系统研究却非常欠缺。毋庸置疑，对茅盾书法书写及其创造的书法文化进行研究，是茅盾整体研究的一个组成部分，且与茅盾文学书写研究有明显的交叉关系。目前看来，无论是对茅盾书法文本的研究，还是对茅盾与书法文化的关联性研究，还都相当薄弱，较之于“文学文本”研究、茅盾思想研究等，尤其显得薄弱。在综观、综论中国现当代书法史时，专业化

① 李继凯：《书法文化与中国现代作家》，《中国社会科学》2010年第4期。

的书法圈内学者教授一般都不会顾及茅盾书法，但在综观、综论现代文人书法时，无论是谁的相关言说，通常都不会忽视茅盾书法，如斯舜威的《学者书法》（2002）、方建勋与杨谔的《书法赏析》（2009）、管继平的《纸上性情·民国文人书法》（2011）等，都会专列茅盾一节进行介绍和点评。与此类似，综观、综论现当代文人作家与书法的论文也经常会谈到茅盾书法，如笔者的《书法文化与中国现代作家》（《中国社会科学》2010年第4期）、《论书法文化与中国近现代作家的关联特征及功能意义》（《书法》2013年第12期）；薛帅杰的《试论民国文人书法的退变——以鲁迅、梁实秋为例》（《鲁迅研究月刊》2013年第5期）等，对茅盾书法或“茅盾与书法文化”这样的论题多少都会触及。但专论茅盾书法文本且有深度的文章迄今确实还不多见。其中，《茅盾书法小考》（盛羽、盛欣夫，《中国书法》2005年第10期）、《略论茅盾书法风格之形成》（盛欣夫、盛羽，《宁波大红鹰职业技术学院学报》2006年第2期）、《骨格清奇写天趣——茅盾的书法》（李建森，《小说评论》封三，2006年第5期）、《茅盾的题字》（李黎，《新民晚报》2011年11月30日）等较有分量，梳理史实较为充分和扎实，点评书法也比较审慎和准确。譬如盛羽、盛欣夫的《茅盾书法小考》，对茅盾一生与书法的结缘进行了比较系统的梳理，并借鉴传统书论，对茅盾的书法个性进行了初步的论述。又如李建森说：“茅盾书法的整体风格是这样的：瘦硬、清奇、峻峭、劲挺，在温润清和的书写中，有丰富的提按，点划舒扬，结撰险绝，婀娜摇曳，有雅致的书卷气息，见骨格和天趣。”所评亦堪称恰切、允当，是对茅盾大量书法真迹整体风格的一种相当准确的把握。此外，涉及茅盾书法的文章还有一些，但多以介绍相关史料为主。如韦韬《父亲茅盾的书法》（《出版史料》2011年第12期），是《茅盾墨迹》一书的序言，以客观求实的态度和笔调，介绍了茅盾与毛笔结缘一生的诸多情况。这里明显触及了茅盾的“书法生活”，主要介绍了以下几个方面内容。

其一，茅盾一生勤于著述，始终保持着使用毛笔书写的习惯。从20世纪20年代开始也根据实际需要使用钢笔，尤其是创造长篇小说多用钢笔。但抗战开始后，物资匮乏，洋纸很难见到，用的多是毛边纸或土纸，不适宜钢笔书写，于是茅盾多用毛笔书写，并从此保持到晚年，无论是办公室，还是家中书房，毛笔、砚台都是他的案头长物。

其二，茅盾一生用毛笔书写，但从来不认为自己是书法家。他写字是为实用，并不当作是艺术创作，对笔墨纸砚不考究。直到晚年，家人才为其选一些较好的宣纸和湖笔。

其三，“文化大革命”结束后，茅盾与许多老朋友开始书信往来，信札多为毛笔书写，朋友中也有不少人向茅盾求取“墨宝”，茅盾总是有求必应，一面谦虚，自称“字殊拙劣”，一面开始讲究书法形式，于是，求字的人愈来愈多。其中，要求题写刊名书名、校名，以及为名胜古迹书写楹联等内容的较多，后来甚至到了应接不暇的地步。

这样的回忆文字是很珍贵的，虽然过于简略，但作为第一手资料文献，可信度很高。为相关学术研究提供了重要的线索及思路。遗憾的是，从学术研究角度看，迄今能从书法文化视野深度阐释茅盾“书写人生”及“书法生活”的学术论文还几乎是个空白。至于专题研究茅盾书法，或深入研究茅盾与书法文化关系的专著则更是一个空白。倒是近年来出版了茅盾手迹及茅盾书法的专集，比如华宝斋 2001 年推出的《茅盾文课墨迹》，浙江大学出版社近几年陆续推出的系列的《茅盾珍档手迹》，以及由桐乡市政协与桐乡市档案局联合编纂，西泠印社出版社出版的《茅盾墨迹》等，都是相关文献整理的初步成果，非常难能可贵，为后续相关研究工作打下了较好的基础。

二

总体看，从书法文化视域探讨茅盾书写行为与书法文化的关联，还有不少课题值得深入探讨。比如，茅盾与书法文化的互动研究、茅盾文学与书法书写、茅盾手稿整理与研究、茅盾书法活动及其养生效应、茅盾书法的接受及传播、茅盾书法的应用性研究、茅盾书法年谱、茅盾书法人生论、茅盾书法个性及美学特征论等。这些论题也都与茅盾“文学生活”、书写人生有着密切的关联。限于篇幅，以下仅涉论以下三个方面。

1. 茅盾书写行为具有“三高”即高度自觉、高端品位、高产海量的特点。茅盾文学书写的自觉性显然很高，即使无意于成为书法家，茅盾也还是在实践层面成了一个著名的书法书写者。在这方面与鲁迅的情形非常相似。正所谓“无心插柳柳成荫”，茅盾作为现代著名作家、文化名人，他的一生，是将书写作为基本生活方式的一生。在书写行为的自觉追求方面，堪称是现代作家文人的一个杰出代表。笔者曾说：“由于中国现代作家是中国古今文学和文化之变的桥梁式人物，自小又受过书法文化的熏染和教育，之后又没有放弃毛笔书写，故而，他们并没有割断与书法文化的血脉关联，他们的书法手迹也是一笔相当宝贵的文化遗产。”① 其实，从宏观书法文化史角度看，即使采用西式硬笔书写中文乃至外文，也可以臻于书法的境界。验之于茅盾手稿，此言是成立的。譬如他的《子夜》（原名《夕阳》）初稿手迹第一页，就给人以清雅俊美、出手不凡的印象。他的《子夜》手稿，可谓是20世纪30年代文化艺术界收获的硕果，那清劲、博雅的硬笔行书，叙事长篇与书法长卷的复合似有一泻千里之势，足可以令人流连忘返（即使在初稿书名“夕阳”旁边书写的英文，也和他的其他英文手稿一样飘逸，具有美感）。著名书画大师刘海粟曾说：“1956年偶见茅盾先生所书《子夜》手稿，近乎工楷，一丝不苟，劲秀中见风采，堪称典范。”② 我们还看到，诗书画的相通往往成为诗人、书家和画家共同的追求，由此更可以臻于高品位、达至高境界。如茅盾曾为高莽为自己所画肖像题诗，云：“风雷岁月催人老，峻阪盐车未易攀。多谢高郎妙化笔，一泓水墨破衰颜。”③ 这一合作产生的视觉艺术，也可以令人期待这样的境界：诗中要有画的意境，最美的诗却要用最美的的书法形式来表达；画中也往往可以书上美妙的题画诗，这样，将诗书画在空间、时间及境界、韵味上有机地融为一体，便化合、交融出一种“中国创造”的复合性艺术。这在其行书自作诗《题白杨图》条幅中，也有很充分的体现，也是诗书画在艺术化境中的结合：白杨图原是茅盾名文的精神创化，此图如今成为茅盾歌咏的对象，而这诗歌又被茅盾挥笔书为精彩的条幅，这样的连环式的审美创造，确实具有很大的艺术魅力。

从书法文化范畴而言，作家书法可以说是“文人书法”的主体部分，能够充分体现“文人书法”的特征。这样说来，从书法文化研究角度，

---

① 李继凯：《书法文化与中国现代作家》，《中国社会科学》2010年第4期。

② 黄若舟：《硬笔书法》，上海人民美术出版社1990年版，“题词”。

③ 高莽：《文人剪影》，武汉出版社2001年版，第1页。

整理像茅盾这样的作家书信、传记或回忆录等与书法相关的文献，也将是非常繁重的工作，当予以高度重视。而个别出版社已经出版的茅盾手书古诗文集，毕竟只是其浩瀚书稿中的一个小小的部分。茅盾的手迹，历经劫难而保存下来的，尚有创作的手稿、笔记、摘抄、古诗文注释、书信、日记以及题签等，大约 300 余万字。其中广为人知的是他的作品手稿，这些手稿卷面整洁，字体隽秀、飘逸，如同一幅幅精美的书法，深受书刊编辑们的喜爱，也被文艺界人士视为艺术珍品。1996 年，为纪念茅盾 100 周年诞辰，中国青年出版社便出版了《子夜手迹本》的精印本，并作为出版社的“典藏”珍本。而后，华宝斋书社出版了一套更完整的精选线装本《茅盾手迹》，其“综合篇”包括茅盾各个时期的不同墨迹，一函五册；正版手工宣纸线装茅盾手迹“《子夜》篇”，一函三册。主编为茅盾儿子韦韬，足见货真价实，全为可信的真迹留影。这些手迹被出版界命名为“文学书法”，而笔者则名之为“第三文本”。真迹诚为宝贵，能够在颠沛流离的岁月里被保存下来，这里面又有多少故事和文史掌故呢？即使是这般精致的印刷品，在世人眼中也堪称是难得的“宝贝”了。即使仅就书法艺术而言，在文化界、文学界，茅盾的书法确以“端秀遒劲”、“骨骼清奇”、“清隽雅致”的书法而闻名。大致而言，茅盾书法是其“常态”书写行为的结晶，很少“刻意”为之，自然而又潇洒，顿挫而有力度，清爽却也飘逸，特别是他的手稿书法，堪称进入了墨香秀雅、斯文酣畅的艺术世界。众所周知，在中国现代文学史上，向来有“鲁、郭、茅、巴、老、曹”之说。这六大家中，固然书法技艺确有高下之分，但喜爱书法且有很多书法艺术形式的墨宝传世则是相似的。他们都与中国书法文化有着非常密切的关系，都将文学书写与书法书写进行了成功的结合，并且都将“在墨迹中永生”。这就是难以磨灭的墨迹的力量，使他们获得远远超过自然生命的文化生命。而这生命的获得，往往是文学与书法以及人格的“合力”使然。他们的“书写”行为可以终止，但他们的“墨迹”却流芳百世。而在中国现当代作家浩大的群体中，完全可以说，茅盾是非常杰出的一位，在中国书法文化传承创新方面，茅盾也为我们做出了示范，发挥了典范的“师者”的作用。茅盾通过传统文化教育，内得中国古代文化（文学）之滋养，外汲世界文化（文学）之精髓，且能够自觉地将二者融为一体，于温文尔雅的仪态和笔迹中，足可见其清雅不俗的风骨，于沉静舒徐中见其坚强不屈的锋芒。茅盾作为书法文化创造者，付出了极大的努力，为了文学和人生，也为了书法和文化，他的手迹便成了世间最为有力的证据。那些小觑茅盾的人士或有某种成见的文人，在意义丰富、技巧扎实、功夫了得的文稿手迹面前也往往会失语的。

《茅盾手迹》① 的问世，即为后人提供了范本。而他的存世手稿堪称海量，也堪称是文学与书法相结合的典范文本，美不胜收，无论是从量上看，还是从质上看，都达到了中国现代作家的顶级水平。用书品定格的话，当视为文学文本与书法文本合成的“第三文本”之极品。由此世人宝之，文化市场上偶见茅盾手迹，即以一字万金为人所重。而出版家则独具慧眼，继续搜集整理并出版茅盾手迹，如近期陆续问世的《茅盾珍档手迹》②，业已蔚为大观，令人叹为观止了。从《茅盾珍档手迹》中，我们依稀可以看见一位业已远行的文化名人的庄严而又唯美的背影。这些倾注了茅盾无数心血的墨迹，透出了强烈的时代气息，既有其内容层面的丰富性，也有字如其人的鲜明个性。虽不能说字字珠玑，笔笔精美，总的看却可以说美不胜收、美妙绝伦，在现代文化名人中仅仅依靠这幅笔墨，也足可以傲视群雄、独步文坛了。过去我们都以为作为作家、文化名人的茅盾，只有文学作品才是他留给人们的文化创造物，至少是其文学之名掩盖了他的书法之名。笔者在《鲁迅与茅盾比较论》、《20 世纪中国文学的文化创造》等著作中也是这样阐述的，而今看到这恢宏的《茅盾珍档手迹》系列出版物，不免心生感叹：这些手迹本身不仅具有文学价值，同时也具有文物价值，具有手迹学或书法文化学的价值，是由茅盾留下的一份宝贵的文化遗产。其中那些文学文本的手迹手稿，既具有文学文本的特征，也

---

① 茅盾：《茅盾手迹》，西泠印社 2003 年版。《茅盾手迹》收录其各时期不同类别的墨迹。《手迹》分上下两函，上函为《子夜篇》，共三册，下函为《综合篇》五册，即创作札记；诗词、题字、书信；古诗文注释；《红楼梦》杂抄；日记。杭州富阳华宝斋书社据此影印出版了一套二函全八册线装宣纸本《茅盾手迹》。

② 桐乡市档案馆编：《古诗文注释：茅盾珍档手迹》，浙江大学出版社 2010 年版；2011 年该社出版的《茅盾珍档手迹》含六册，包括《日记—1961 年》、《日记—1962 年》、《日记—1963 年》、《日记—1964 年》、《子夜》及《书信》，套装精印，美观大方，是“十二五”国家重点图书，全国重点档案编研出版项目；2012 年初，该社又推出了《茅盾珍档手迹》一共五册，包括《走上岗位》、《人民是不朽的》、《文论》（上、下）《诗词红学札记》。

具有书法文本的特征，堪称茅盾倾其生命创造的“第三文本”，其复合性的文本体现了多方面的文化价值，更值得后人加以珍视和研究。《茅盾珍档手迹》既是现代文献整理，也属于文化遗产保护，无论是从文学文化研究还是从书法文化研究方面看，都是很有参考价值的。对研究书写者茅盾特别是书法文化传承者或茅盾与书法文化的关系，无疑也具有很大的启示意义。

2. 茅盾是乐于书写、乐于交流且乐用书法的现代文化名人，因书写而活着、因书写而美好的特点相当突出。茅盾与文学和书法的关系确实很深。他从小读书作文且乐于习写书法，一辈子都与毛笔书法、硬笔书法有着难解的缘分。他乐于收藏碑拓及友人书法，仅仅有书法交往的朋友也多达数百人，而那些隐含在文字背后的故事和情意，借助墨迹或线条，可以一一浮现出来，且会令我们不时地欣羡和赞佩。特别是，作为提倡新文化、新文学、新文字的茅盾，却在看上去并不怎样刻意为之的书法书写中，与古为邻，书写古人或自创的旧体诗文，从其手迹中流露出了令人感到熟悉的古老诗意及惬意，从其书写行为也可以领略到文学文化与书法文化的互动、共存，别开生面，显示出了中国现代“革命文人”的精彩与雅致。

书写和交流能够彰显作家文人的活力。从茅盾和友人交往信札中，就可以看到信札书法之外的一些书法交往方面的信息。有人已经指出：“在茅盾与朋友的通信集中，可以发现有不少朋友在与茅盾的鱼雁往还过程中，在问候、请益、探讨之余，几乎无一例外都有一个请求，以获得茅公的一幅墨宝为幸。其中不乏像巴金、施蛰存、姚雪垠、周而复、戈宝权、赵清阁这样的大名家，由此可见，茅盾的文人书法在文人圈子中确实有其不俗的魅力。”① 正是这样的文人书法交往，珍藏和传扬了传统的书法文化，同时，这也是茅盾书法墨迹传播非常广泛的一个原因。用书法来进行交友，是现代文人之间特别风雅的事情，对现代文人作家来说，不是附庸风雅，而是文学交流、文化会通及书艺切磋。其友曹靖华就曾获得茅盾的书法作品，其内容是他访问海南岛时写的一首古体诗《椰园即兴》：“六

① 管继平：《民国文人书法性情》，汉语大词典出版社 2006 年版，第 164 页。

鳌钓罢海无波，斜雨乘风几度过。安不忘危常警觉，军歌声里跳秧歌。”形式上是严格意义上的中堂，结构相对宽博舒朗，墨迹显得粗壮有力，意象上与历史兴叹相契合，堪称是茅盾书法的代表作之一。曹靖华珍爱有加，精心装裱后悬挂于房中，两边配上著名画家陈半丁老人绘的梅、菊图。“来访的友人都会对这幅墨宝驻足观赏、赞叹。”同时也表现出曹靖华对茅盾诗文和书法的敬重、欣赏：“敬重茅公，也仰慕他清新、隽永的诗和他自谦‘约约乎’的飘逸、俊秀、自成一体的书法。不然，他生前为何独独将这帧墨宝悬于室中，时时作‘壁上观’。”① 为老朋友黄源所书的立轴，也为黄源亲友所爱，观赏者常为茅盾的书法美所折服。而他赠送女作家赵清阁的《清谷行》长卷，更是稀罕之物，茅盾逝世后，年龄也近 85 岁的赵清阁将此件珍宝题字说明，郑重捐赠给了茅盾故乡的纪念馆珍藏。他给赵清阁的信中说：“嘱为写小幅，敢不遵命。但书法恶劣，聊供一粲，并以存念。”② 他把自己的书法作品定位在交友层面，显示的确是一种清冽纯净的文人襟怀。

此外，茅盾作为现实主义作家文人，对书法的文化建设作用自然是重视的，也是身体力行的。比如，除了写稿、写信，茅盾在新中国成立后的题字题词就有很多，如《新文学史料》、《文学报》、《上海孤岛文学回忆录》、《小说月报》、《小说选刊》、《啄木鸟》、《湘江文艺》、上海书店、乌镇电影院以及为许多友人、学校、图书馆的题字题词等，几乎成为其生前一件相当重要的工作了。而他的这些题字题词等，和相关的文化现象结合为一体，也成为期刊装帧、教育文化等的一个有机组成部分。再比如，他曾为西子湖畔的“曲院风荷”景点题写了“曲院风荷”四个字，挺拔秀颀，与西湖之景交融衬托，本身也成为景中之景；他认真题写的“瞿秋白同志故居”、“厦门园林植物园”、“栖霞楼”等，也有引人入胜之处，与旅游文化有了交集。而他最为常写的，也许还是应邀或自愿题写书名，如《唐诗行楷字帖》、《中国新文学作品选》、《鲁迅书信新集》、《在法国的日子里》、《郭小川诗选》、《赵树理小说选》、《陈复礼摄影集》、《绿叶

---

① 彭龄、章谊：《斜风乘雨几度过——父亲曹靖华与茅盾的友谊》，《传记文学》2006 年第 1 期。

② 茅盾：《茅盾全集》第 38 卷，人民文学出版社 1997 年版，第 10、15 页。

赞》、《杨虎城传》、《外国名作家传》、《故国》、《蚀》、《子夜》、《腐蚀》、《锻炼》以及《我走过的道路》等，经茅盾妙手所题，多有点睛之效，令人感到了图书文化的风雅趣味。只要稍微留心一下，读过人民文学出版社版本《茅盾全集》的人都会注意到茅盾文学与书法文化的关联，不仅仅有他本人的书写留下的手迹手稿以及书名题写，而且有他人的书法题名及书籍装帧中的书法元素。比如，《茅盾全集》封面有大红篆书印章“茅盾”二字，内封题名“茅盾全集”四字为叶圣陶所题，外封也用茅盾手迹作为背景，装帧设计的创意很好；《蚀》、《三人行》、《春蚕》、《虹》初版的书名书写皆为篆书；《子夜》初期版本则有多本书名为篆书、楷书，有自题，亦有他题；《少年印刷工》初版本为楷书；《腐蚀》初期版本中有楷书题名本；茅盾五十大寿，贺诗贺联多有书法，图片显示现场有张贴、悬挂；《锻炼》、《杂谈苏联》以及茅盾在第一次文代会上做报告的手稿等，无论是用毛笔，还是用硬笔，都具有艺术性；新中国成立前的《茅盾自选集》、《茅盾短篇小说集》、《茅盾散文集》、《速写与随笔》、《清明前后》等书名多为茅盾自题，或为楷书，或为行楷；“小学文课”手稿皆为毛笔，楷书，功力不俗，老师赞其行文，虽未明显涉评书法，但也明显给老师留下了好的印象；1946 年摄于上海寓所的一张老照片：茅盾手执毛笔书写的身姿，其神情专注，笔直气凝，心手双畅，此照片可作为茅盾书写行为研究的典型例证；《茅盾全集》中的书信，如 38 卷，可多见茅盾书法活动，其晚年被索字现象频发，题字，寄字或送字的事情连连出现，“字债”的出现频率也多了起来；茅盾日记多为毛笔所为，见全集 39 卷，日记中时或记写诗书赠友人的事……

3. 茅盾在“双书”性实践（文学书写与书法书写）方面有着自觉结合的意识，他的墨迹大多体现为“文学书法”。他的墨迹中充满了文学性内容，无论是自创文学，还是书写古人、他人诗文，总是多与文学相关。尽管茅盾的书法书写意识似乎弱于文学书写，但留给后世的书法文稿墨迹却会显出愈来愈大的文化价值。诚然，擅长“双书”的茅盾是“五四”以来中国作家中的佼佼者，在很多方面都取得了重要的成就。书法文化的传扬和创作并非他的主要从业内容，甚至可以说，在没有意识到“书写”行为往往既与文学创作相关，也与书法文化生产相关的情况下，茅盾还是将书法当作最重要的“业余”爱好了。尽管如此，茅盾在客观上还是通过不断的书写，为后世留下了很多精彩的书法作品。在作家群体中，他和鲁迅、老舍、郭沫若、沈从文等一样，也是属于文学与书法都可以列入“上品”或“上上品”的方阵的。茅盾的书法，最有特点的就是其线条及结构。他的书法大都将字的中宫收得较紧，所以结构严整美观，线条舒展雅致，虽入笔轻而线条细，但细而不弱，线条非常秀挺而富有弹力。尽管有人以为：唯一不足或可说写得过于光滑流畅，似乎美妍有余而韵味不足。当然，这也只是某些人的一种审美结果，主观局限是明显的。显然，茅盾的这种书法风格原本就不是以书法史上的“四宁四毋”为旨归的，而是既有南方文人特别是浙西文人及其“二王”的流韵，又有北国“白杨”的挺拔，是南北、刚柔、古今、人我高度“化合”的产物。茅盾书法，实际已经卓然成家，我们应当为拥有像茅盾这样的杰出文人书法家而感到骄傲。每当我们看到他写在彩色信笺上的书法小品（如书《林和靖旅馆写怀》以赠黄裳，书旧作《西江月·几度芳菲》赠唐弢等），写在宣纸上的条幅和横幅（如写给蔡元培的条幅、写给臧克家的条幅、写给赵清阁的横幅长卷等），以及写给曹靖华的中堂等，尽管只是在展览中或图片中观赏，也能感受到其中蕴含的来自书法也来自文学以及情谊的美好及妙味。值得注意的是，作家书法固然会具有文人书法的一般特点，但作家文人往往更率性、更情感化，更具有诗性及自创性。热衷于“双书”书写的作家，往往是文人群体中最具有“文学性”和“情感性”的人。他们的墨迹中往往蕴含着更为丰富的情感和“故事”，为此而为人们津津乐道。他们不仅在文学文本中体现出作为作家文人的本色，而且也会在书法文本及书法思考中体现出这样的本色。他们的“双书”（文学书写与书法书写）特征也更加鲜明，从手迹书迹存量看通常也多于其他社会群体。他们有意无意的“双书”性实践，对中国文化传统特别是文学和书法传统的继承和转化，都起到了非常重要的作用。茅盾 80 余年的“双书”实践就充满了情感和故事，且在传承、弘扬文学和书法方面都具有非常突出的作用。例如《古诗文注释：茅盾珍档手迹》（桐乡市档案馆编，浙江大学出版社 2010 年出版），便是生动的一例：它是茅盾亲自动手，精心选择并抄录部分中国古代诗文，加以相当详细的注释和解说所形成的手迹。这些手迹曾分别装订成一本本小册子，作为一位慈祥的长者独家编辑的语文教材，用来帮助孙儿辈学习古诗文以及相关语文知识的。据《茅盾年谱》（唐金海等主编），茅盾在1970年已是75岁的高龄，仍一直关切孙辈的学习和生活，可是正值“文化大革命”，孙辈失学。茅盾便亲自上阵，自编教材并亲自讲授。由于茅盾中年失去至爱的女儿，伤心至极，故对孙女沈迈衡格外疼爱，在她闲在家里的时候，茅盾便为她拟定学习计划，并亲自选定古典文学篇目，为孙女答疑解难，细心讲解。由此我们不难想象，在“文化大革命”那样的“大革文化命”的岁月里，居然会发生这种志在传承传统文化、弘扬家学及文学的“教育事件”，其意义自然非同寻常。很多人都以为“文化大革命”中“文化”灰飞烟灭，良知灭绝，其实仍有地火在地下运行。事实正是如此，“文革地下文学”的传播以及如茅盾坚持的这种“文革地下教育”，就都是维系中国文化命脉的行为。尤其是，茅盾在暮年还能手执毛笔编写这么一本宏大的教本，着实令人感叹不已！如今经由有心人编印出来，并特别说明“全书皆由茅盾用小楷写就，字迹端庄工整，注释简洁明了，既可以帮助读者学习古代诗文，还可以作为书法欣赏”。展读此书，信之确非妄言。不仅如此，该书还可以唤起人们的历史记忆，对那些喜爱茅盾书法的人来说，还可以将之作为法帖来借鉴、临摹的。

茅盾的书法个性和鲁迅、郭沫若、沈从文、老舍等一样鲜明，具有自家特异的书法面貌。唐代大诗人杜甫曾说过“书贵瘦硬方通神”，借此形容茅盾的书法确是比较贴切的。在文人书法中的“瘦硬”者，茅盾应该算是非常典型的一家。作为著名文学家、又是新中国第一任文化部长的茅盾，当年给各种报刊书籍题名的事情自然很多，他的“瘦硬”和“清秀”居然可以结合到如此完美的境界常常令人艳羡不已。他的这种书法个性，主要是成长于浙西文化圈的自己个体生命律动的外化，但也会有传统书法文化长期潜移默化的影响。尽管茅盾很少标榜自己师承名家，但偶尔也会透露自己读帖、临碑的经历。他在1979年1月22日《致施蛰存》中（署名沈雁冰，载文化艺术出版社版《茅盾书信集》），就曾说到自己的书法：认为“不成什么体，瘦金看过，未学，少年时曾临董美人碑，后来乱写。近来嘱写书名、刊名者甚多，推托不掉，大胆书写，都不名一格，

《新文学史料》五字，自己看看不像样。现在写字手抖，又目力衰弱（右目0.3视力，左目失明）。写字如腾云，殊可笑也。”并答应老友的请求：“写唐诗，容过了春节再写。”[①] 除了习惯的客气及谦虚，明显道出了“看过”瘦金体书法、临写过“董美人碑”[②]、暮年仍坚持书法书写等重要信息。所谓“大胆书写”云云，恰恰是积累到相当程度，便可以信手任情挥洒，却不失自家面目。

在书法界及公众舆论中，向来有人诟病文人书法特别是现代作家书法的“功底”不足，且看茅盾书法，却功底十足，独具风姿，文学和书法同辉，文化名人的巨大效应和功底非凡的书法手迹，令人几乎叹为观止。茅盾早年深受家学影响，其祖父虽然科场失意，但书法却声名乡里，在乌青二镇经常为人题写匾额、店号、楼名及文书等。其父母也喜欢文墨，能书对联。上学过程中，也常能得到高人指点，学习书画和篆刻成为人生的一个乐趣所在。在进入北京大学学习时，还曾受到沈尹默、沈坚士等人的直接影响，对书法文化有了更多的接触。他的书法在颜柳楷书的临习方面下过不少工夫，对书法史上的行草法帖也多有借鉴。即使是其早年在故乡学习留下的作文本，也被发掘出来，成为其文章和书法方面的重要文献。桐乡市茅盾纪念馆编的《茅盾文课墨迹》（1—2册，华宝斋书社2001年版），就给人们留下了极为深切的印象。有人认为其字其文水平高，13岁的茅盾书法“写出了相当于现在省级书协会员的水平。章法严谨，笔法稳重，浓淡适宜，在灵动的结体中显现着宋唐书风，从圆润的笔划转折中，体现出颜筋柳骨”[③]。还有重要的一点，可以见出茅盾对中国书法文化的修养之深，这就是他对篆刻的喜爱，且技能不俗，早年曾在中学同学影响下，认真学习篆刻，1910年的暑假全力习刻印章，刻工大进，对剖石章及拓印法等技巧也能掌握。[④] 虽然后来不再自刻印章，但这方面的修养却是具备了，对促进他对书法文化的系统把握和深入了解有所帮助。如

---

① 唐金海、刘长鼎主编：《茅盾年谱》（下册），山西高校联合出版社1996年版，第1521页。

② 该碑全称为《美人董氏墓志铭》，刻于隋开皇十七年（公元597年）。清嘉庆年间出土于陕西兴平县，其特点端庄坚挺，清妍明快，深受茅盾喜爱，临习认真，颇得其神韵。

③ 盛羽、盛欣夫：《茅盾书法小考》，《中国书法》2005年第10期。

④ 参见茅盾《我走过的道路》（上），人民文学出版社1981年版，第72—73页。

他晚年曾说“钱君匋篆刻，善矣而未尽善也。这玩意儿，功夫深浅大有讲究，不容易尽善尽美。我在中学时玩过这东西。当时中学里有这门功课，五四后就不玩了”①。任课者为邓石如，乃为江南书法、篆刻大家。幸运的是，茅盾于中学时自刻的印章多枚至今仍留存于世，如：1910 年茅盾在湖州自刻的“仲方”阳文印、“沈大”石章以及“德鸿”与“斌”双面印等，尽管皆为习作，却也水平颇高，皆被茅盾故乡纪念馆视为一级文物而妥为珍藏。

三

对茅盾书写行为所显示出的综合文化创造力和成就，我们应给予很高的评价。比较而言，茅盾 80 余年的书写生涯所显示出的文化创造能力的确是非常巨大的，其成就也是非常杰出的。如果孤立看某一个方面，也许会看出相对意义上的“不足”。比如一个明显的现象就是：茅盾的文学成就确实高于他的书法成就，也更吸引眼球，传播更为广远，多少掩盖了他的书法之名。其实，茅盾的书法功底与其文学功底一样是相当深厚的，其书写行为（特别是“双书”行为）是其人生行为中最为辉煌、持久的行为方式，相应的业绩也是非常显赫的，其手稿大多都达到了书法艺术的层面，即使仅仅从文化市场价值来看，也达到了顶级水准。② 而更重要的是，茅盾作为跨越民国、共和两个时代的高寿文人，他的书写人生在传承中国文人书法文化方面也堪称是最为杰出的一个代表，能够有力地说明文人书法传统的赓续及拓展。并非如某些人认定的那样：五四以降，传统文化中断了，笔墨书法衰微了，于是有了“笔墨祭”。事实也许是：一面是“笔墨祭”，一面是“笔墨继”。

当今书法界普遍认为：在民国之前，文人的日常书写既是实用的，也往往是艺术的，文人书法成为一种最为显赫的文化现象，文人作家与书法家常常是复合的，甚至是一体的；进入民国，尤其是进入民国之后的共和

---

① 在当今书画市场，已逝文化名人的手稿书法很受青睐，据报道，2014 年 01 月 16 日，一家拍卖行拍卖名人字画手稿，茅盾的手稿《谈最近的短篇小说》以 1207.5 万元的成交价创造了中国文人手稿拍卖的最高纪录。这种现象的发生也确实值得关注和研究。

② 李黎：《茅盾的题字》，《新民晚报》2011 年 11 月 30 日。

时代，换笔节奏不断加快：毛笔的实用性渐渐被钢笔、圆珠笔等取代，毛笔的适用范围缩小了，于是文人书写和书法家书写相互剥离，书法的艺术性、专业性逐渐加强，并成为单独的艺术形态，相应地，也形成了高度职业化的书法家群体。于是一个文人书法时代结束了，另一个书家书法时代开始了。其实，以笔者看来，在毛笔书法一枝独秀的漫长时代，书法艺术性已经得到弘扬，如著名的《兰亭序》、《祭侄文稿》，张旭怀素草书，唐楷宋行，等等，都达到了书法艺术的巅峰状态。而现代职业化的书法家则未必能够达到这样的巅峰状态。但同时，我们也不能轻易说，是民国时代结束了这种艺术巅峰状态，是民国文人普遍的笔力不逮、功夫渐渐弱化造成了毛笔书法艺术的衰退。其实，恰恰是自晚清以降的“大现代”进程中的作家文人和专事书法的书家文人（专事书法的优秀书法家本质上也仍是“文人”且多精通诗文之道）携手联袂，既分又合，切实地继承、弘扬着中国的书法文化，因此我们不要顾此失彼或扬此抑彼。固然不能简单说，迄今的现代作家文人和书家文人的书法文化成就超越了古人，但也不能轻易说他们的书法文化创造成就一定低于古人。古代顶级诗人作家如屈原、李白、杜甫、曹雪芹等很少有真迹传世，即使苏轼传世的真迹数量也很有限。何况，艺术的时代个性、创作个性总是存在的，现代作家文人创造的文艺世界无疑会体现出现代之美。针对“厚古薄今”的文化思潮，笔者则宁愿主张“厚古厚今、古今共和；古今中外，化成现代”——虽然在艺术领域也经常强调“创新”和“突破”，但大局却依然是“共和”：同在共生的各个艺术主体必然会各显其美，各美其美，一方面不能说现代美就肯定强于古典美，另一方面也不能说古典美注定要高于现代美，只有共有、共和、共美的世界，才更能构成并衍生出“大现代”亦即大美的文艺、文化生态。

此外，我们也应该注意到，毛笔书法虽然应用不那么广泛了，但硬笔书法却应运而生了，且书法意识和书法文化传统仍然存在。其实，民国时代之后是探索性、实验性的“共和”时代，虽然曾经走向极端化，但历经曲折最终还是创造出了一个迄今虽不完美却也丰富多样、具有活力的大时代，这便是新时期以来的改革开放、继往开来的交叉或过渡的时代，复合多元的时代。这个时代在总体上确实能够体现出文化层面上的“共和”

特征，兼容并存，有矛盾有冲突，却也依然相激相荡，相互促进。所以，从文化上看，中国的“民国”与“共和”毕竟有内在的贯通性，并不是截然分开的两个时代，民国结束，也并不是一个书法时代的结束，以及另一个书法时代的开启，因为，从大历史观来看，中国传统书法依然在中国作家文人和书家文人的继承中延续着、发展着，其间也出现了形式和内容上的一些变化。由此，我们可以通过对茅盾与书法文化的关联性研究，进入更为宽广而又具体的文化论域。从中亦可以探讨茅盾笔墨所蕴含的书写文化真谛以及书写者心脉律动的奥秘。

如今，世间珍视茅盾书法及手迹者仍然很多，可以说其手书真迹是真正意义上的“墨宝”乃至“国宝”了，民间收藏已经非常罕见，拍卖行中的作品时或有之。在宝岛台湾，有一位作家叫李黎，其家居客厅壁上有一幅字：“西江月/茅盾题”，底下一方钤印“茅盾”。挂了许多年，被他视为珍宝，也令其友人惊奇、赞叹。[①] 现居香港的著名老作家董桥也很欣赏茅盾的诗书合璧的作品，曾寻寻觅觅许多年。他曾介绍道：“朋友倒替我弄来一幅茅盾写给荒芜的一纸诗笺，录《读稼轩集有感》一律。”“茅盾拿荣宝斋溥心畬画的笺纸写的这幅小字倒是见树见林了。我喜欢这样纤秀的‘小文玩’，书法艺术如今是残山剩水了，老前辈遗墨难得流传下来，有缘邂逅我总是尽量捡来保存。”[②] 董桥的喜好很高雅，然而说“书法艺术如今是残山剩水了”，却未必公允。

当然，也有对茅盾书法持异议的文人。1944 年第 7 期《万象》上曾刊登徐调孚化名“贾兆明”的书信体散文，题为《闲话作家书法》，文中先曾说到茅盾的稿子颇受排字人的欢迎，但后面又说：“茅盾的原稿虽则清楚，但字却写得并不好，而且笔画常有不到家处，以致极易被排字人认错，我们校对人实在不欢迎他的稿子。他的字瘦削琐小，极像他的人体。”这里的自相矛盾是明显的，且仅仅有实用的判断而没有书法艺术的判断，言说者的书法修养及“校对”者的能力也令人怀疑。至于说“瘦削琐小”如其身体，也忽视了“浓缩的是精华”抑或瘦小机灵、体小神

---

① 董桥：《故事》，作家出版社 2007 年版，第 106—107 页。

② 胡风：《致牛汉 · 1980 年 6 月 21 日自北京》，《胡风全集》第 9 卷，湖北人民出版社 1999 年版，第 454 页。

大的事实。又如胡风也曾说：“《新文学史料》适夷给我带来一本……那个刊物名称的题字就是我觉得滑稽，好像现在没有这位大人物的题字，刊物就不能取得合法的形式。”① 这里的不满似乎并非针对茅盾书法技艺本身（事实上茅盾书法功底远胜于胡风），而是针对茅盾的“大人物”形象和题写刊名的行为。因二人后半生不和，所以其中的情绪化倾向是相当明显的。如今，人们对茅盾的书法赞佩有加毕竟是主要的方面。

无论褒贬，茅盾“文学生活”与中国书法文化的密切关系则是基本史实，这关系涉及许多方面，不仅是茅盾被动的接受影响，而且也有主动的创作和传播；不仅是自己挥毫书写书法自娱，而且在印章、文房四宝、书法交际、题字题签等方面都有深度介入，进入了“文学生活”与“书法文化”扩展、拓展及广泛应用的动态场域。

面对新旧、中西之间的“五四”一代文人，令人赞佩不已的就是他们的文化胸怀和多才多艺，他们精通中西之学，贯通古今之道，特别是能够审时度势、兼容并蓄，采取必要的明智的适时的文化策略，对我国文化的传承创新、发展改革做出了巨大的贡献。茅盾即为这一文化精英群体中的佼佼者之一。其中，可以传诸后世的文化创造物颇为丰富，而其留下的书写手迹，则是特别值得后人珍视的文档文献文物，具有“复合文本”特征和多方面的文化价值。

笔墨当随时代，在茅盾书写行为包括书法书写中也得到了很充分的体现。1988 年北京出版且影响很大的《中国当代书法大观》中，茅盾书写的行书《一剪梅・六十年前》即被收入②，这幅书法作品“用笔细劲坚挺，结字工稳偏长，布局大方得体。书写时爽然快捷，纵横自如，书卷之气扑面而来”。此外，这从一个小小的侧面也显示着现代“老作家”与当代“书写者”的贯通。茅盾 1979 年 3 月两次书一首诗《题红楼梦画页》，认真地谋篇布局，一气呵成，神完气足，是茅盾书法中的精品。茅盾也曾给西北大学教授单演义等学者书写横幅或竖幅书作相赠，他对学者的热情由此可见一斑。而书法界也有不少人对茅盾有着浓厚兴趣，赠书法，赠印

① 阎正主编：《中国当代书法大观》，文化艺术出版社 1988 年版，第 18 页。
② 斯舜威：《学者书法》，中国美术学院出版社 2002 年版，第 124 页。

章，在其身后，也仍然热情不减。如《茅盾笔名印集》的出版，即为一例。《茅盾笔名印集》由中国书法家协会浙江分会、浙江省桐乡县文化局编，浙江人民出版社 1984 年出版。该书共收录根据茅盾曾经使用过的笔名篆刻成的作品 125 方。该印集缘于浙江省书法家协会组织本省部分篆刻家在茅盾故乡乌镇举行的“茅盾笔名印集”创作活动，把收集到的茅盾笔名数据，按编年顺序进行创作而成。这些印章形式多样，风格各异，有较高的艺术价值，也有珍贵的文化数据价值。此外，还有这样一个命题，即茅盾文学奖获得者与书法文化就是一个很有意趣的课题。迄今为止，茅盾文学奖每一届都有钟情于书法文化（或精于书写，或热爱收藏，或乐于鉴赏，或兼而有之）的作家进入获奖名单，如第一届中的姚雪垠，第二届中的李準，第三届中的刘白羽，第四届中的陈忠实，第五届中的王旭峰，第六届中的熊召政，第七届中的贾平凹，第八届中的莫言，都与书法文化有较为深切的关联。虽然不能说这是对茅盾那一代作家的自觉师法和传承，但也不能说毫无因缘关系。中国文人的文化生活中，书法文化的创造和消遣是重要的一种方式，这是一条文化河流，很幸运，通过茅盾文学奖串联起来的作家中，就有延续这条文化河流的优秀作家不断涌现出来，这并非偶然，而是民族文化的传承使命得到了自然而然的显现。

将文学生活与书法生活有机结合起来，益于身心，利于家国，文人作家何乐而不为呢?!

原刊《华中师范大学学报》（人文社会科学版）2015 年第 2 期

编者注：编入本年鉴时，本文图片删去。特此说明，并向作者致歉。

茅盾早期小说中的性别修辞及意义

降红燕

摘要 在茅盾的早期小说中，存在着两种明显的性别修辞策略，一是聚焦于文本的女性主人公的心理世界，展示女性的悲惨命运。二是在塑造新女性形象时，突出渲染女性人物的生理性别特征。前者体现出作为五四时代具有先进性别文化观念的男性文化人对不幸女性的同情悲悯。后者则表明作为“妇女主义者”的茅盾并没有摆脱将女性视为欲望化对象的无意识深层心理。

关键词 茅盾；早期小说；性别修辞；性别政治

茅盾是中国现代文学史乃至当代文学中的一个巨大存在，对茅盾文学世界的研究资料不计其数，但是对任何一位大作家的接受都不会有终结的过程，不同的接受者都可以随着时代、种族、阶层、性别、环境等因素的差异对同一对象作出不同的阐释和解读，只要不脱离对象的实际，在忠实于对象的基础上展开，这种阐释和解读就应该有其合理性与有效性。本文欲从性别视角出发，对茅盾早期小说中的性别修辞策略以及其中蕴含的性别政治（性别意识形态）含义做一点讨论。

一 性别修辞策略

作家茅盾的产生与社会活动家沈雁冰的革命历程是神奇地相纠缠的，

正如茅盾后来的一篇文章标题所说的是“文学与政治的交错”[①]。1927年8月，沈雁冰从大革命的旋涡中心武汉东下“逃离”回到上海，此前他被党中央派到中央军事政治学校武汉分校任政治教官，随后又编《汉口民国日报》。蛰居上海家中的沈雁冰“是真实地去生活，经验了动乱中国的最复杂的人生的一幕，终于感得了幻灭的悲哀，人生的矛盾，在消沉的心情下，孤寂的生活中，而尚受生活执着的支配，想要以我的生命力的余烬从别方面在这迷乱灰色的人生内发一星微光”[②]而开始文学创作的。随着《幻灭》的发表，茅盾从此在文坛崭露头角并随着时间的流逝而逐渐成为20世纪中国文学的大家之一。

茅盾的小说创作集中在中华人民共和国成立之前，从1927年9月开始连载于《小说月报》的《幻灭》始，终于1948年的短篇小说《一个理想碰了壁》和连载于香港1948年9—12月的长篇小说《锻炼》。[③] 1932—1933年应算是茅盾小说的创作高峰期，1932年6月下旬写成《林家铺子》，11月发表《春蚕》，巅峰之作是1933年开明书店初版的《子夜》单行本，这几个作品奠定了茅盾在中国现代文学史上现实主义文学范式开创者的地位。20世纪40年代茅盾有影响的小说主要是长篇《腐蚀》和未完成的《霜叶红似二月花》。本文的早期小说指的是20世纪20年代创作的小说。

从处女作《幻灭》开始，茅盾20世纪20年代的小说主要计有后来与《幻灭》合称为《蚀》三部曲的中篇小说《动摇》、《追求》，长篇小说《虹》，短篇小说《创造》、《自杀》、《一个女性》、《诗与散文》、《色盲》、《昙》等，除《色盲》以外的五个短篇结集为《野蔷薇》由上海大江书铺1929年7月出版。

虽然以上各个文本不尽然都以女性人物作为主人公，但这些小说最突出的特点是对女性人物形象的描画和塑造，这确是一个不争的事实，而女性形象最集中的是茅盾自己所说的“都穿了‘恋爱’的外衣”，“主人公

---

① 《茅盾全集》第34卷，人民文学出版社1997年版，第248页。

② 茅盾：《从牯岭到东京》，《茅盾作品精编》（上），傅光明编，漓江出版社2004年版，第275页。

③ 依据来源于桑逢康《大家茅盾》，社会科学文献出版社2013年版，第266、192页。

都是女子”[①] 的短篇小说集《野蔷薇》。《野蔷薇》可以说是进入茅盾早期小说性别修辞的最佳入口。

《野蔷薇》的开篇之作《创造》是茅盾的第一个短篇小说，讲述的是一对青年夫妇君实和娴娴的故事。全篇是丈夫君实的心理流程的揭示，作为“进步分子”、“创造者”的君实希望把妻子娴娴创造为自己理想中的样子，但被改造后的妻子“先走一步了”，超出了丈夫的心理预期，丈夫君实体会到了一丝懊恼。《自杀》的主人公环小姐与一个革命者的青年男子相恋，两次约会后，“舍弃一己的快乐，要为人类而牺牲”[②] 的磊落大丈夫的革命男子消失不见，环小姐发现自己有了身孕，寄居在老姑母家的环小姐无法与人言说，在内心痛苦的斗争后上吊自杀。《一个女性》讲述的是少女琼华中学毕业前后几年间青春生命从繁华盛开到凋零死亡的过程，全篇以第三人称内聚焦展开叙事，聚焦于琼华的心理。《诗与散文》展示的是青年男子丙的心理。丙面对着两个处于两级状态的女子——表妹和房东家的寡媳桂。丙向往诗一样的理想的圣洁表妹，但是又沉沦在与散文般的现实的桂的肉欲关系之中。最后两个都离开了他。《野蔷薇》中最后一个文本《昙》的主人公是张女士。小病中的张女士得到自己好友兰的探望，但在兰的闪烁其词中嗅到了兰与自己中意的男子何若华关系中的暧昧之意，后来在公园中张女士又亲眼见到了那一对。陷于好友背叛和父亲包办逼婚苦闷中的张女士意欲逃离家庭，下定了去革命之地广州的决心。

如何解读这五个小说？“茅盾的作品总是夹带着政治信息”[③]，王德威此言不虚，正如茅盾在1929年《写在〈野蔷薇〉的前面》中所说：“这里的五篇小说都穿了‘恋爱’的外衣。作者是想在各人的恋爱行动中透露出各人的阶级的‘意识形态’。这是个难以奏效的企图。但公允的读者或者总能够觉得恋爱描写的背后是有一些重大的问题罢。”[④] 多年以后茅

---

① 茅盾：《写在〈野蔷薇〉的前面》，《茅盾作品精编》（上），傅光明编，漓江出版社2004年版，第292页。

② 茅盾：《自杀》，《茅盾全集》第八卷，人民文学出版社1985年版，第41页。

③ 王德威：《革命加恋爱——茅盾、蒋光慈、白薇》，《中国现代小说十讲》，复旦大学出版社2004年版，第52页。

④ 茅盾：《写在〈野蔷薇〉的前面》，《茅盾作品精编》（上），傅光明编，漓江出版社2004年版，第292页。

盾在回忆录《我走过的道路》中谈到《创造》时更明确表明："在《创造》中，我暗示了这样的思想：革命既经发动，就会一发而不可收，它要一往直前，尽管中间要经过许多挫折，但它的前进是任何力量阻拦不了的。被压迫者的觉醒，也是如此。"[①] 茅盾的这些夫子自道为批评研究者提供了重要的依据，成为许多茅盾研究者的套路，人们总是惯于透过文本的故事表层去探寻小说下面的深层革命政治意识形态含义。但是需要注意的是，茅盾关于《创造》的这段话写于1980年7月12日[②]，是作者自己52年之后的阐释，这当中有多少符合自己当年写作时有意无意的心理动因大可质疑。因此回到小说文本的故事内容和叙事修辞技巧表层也未尝不是一种更可靠的阐释路径。

仔细读来，《野蔷薇》中的五个短篇写到的女性故事分两类，一类是直接以女性作为主人公的《自杀》、《一个女性》和《昙》，另一类是间接以女性作为主人公的《创造》和《诗与散文》。第一类中的女性是处于弱势群体的被压迫者，她们的结局不是死亡（环小姐、琼华）就是逃离（张女士），特别是环小姐的遭遇更是意味深长。环小姐不怨恨自己的恋人突然消失，因为恋人是为全人类而活的，有着更高远的革命目标，但是未婚先孕的环小姐怎么办呢？当时的社会环境还没有为敢于解放的女性提供更好的可走的出路，前面是一片漆黑，环小姐只能用一根丝带把自己吊死在床柱上。在这一类作品中，作者聚焦于女性主人公的心理世界，通过对女性人物心理世界细微之处的展露和揭示，表现出对当时在社会现实和历史文化重压下的妇女的深切悲悯和同情。这些女性已不是如祥林嫂和单四嫂子一样的底层蒙昧女子，而是类似于子君的有所解放的五四女性。但是这类女性依然没有摆脱悲惨的命运轨迹，好在张女士已经在努力挣扎，意欲逃离自己的悲剧命运。在这类文本中，作家基本采用的是第三人称内聚焦叙事策略，笔力集中于女主人公心灵世界和心理流程的展示上。

同上一类以女性人物作为视点展开故事的讲述方式不一样，《创造》和《诗与散文》两篇都是以一个男性眼光来看待女性，《诗与散文》中是

① 茅盾：《创作生涯的开始》，《茅盾全集》第34卷，人民文学出版社1997年版，第392页。
② 《茅盾全集》第34卷，人民文学出版社1997年版，第382页。

青年丙面对表妹和桂，《创造》中虽然只出现了一个女性形象妻子娴娴，但是在君实的意念中其实是两个，一个是理想的娴娴，另一个是现实的娴娴。这两个文本从人物关系设置看有类同性，都是一男二女结构模式，类似的人物结构模式还可以在另一篇没有收入《野蔷薇》但同属于“革命加恋爱”的短篇小说《色盲》中可以看到。青年男性革命者林白霜在新兴资产阶级的女儿李惠芳和封建官僚家庭的大小姐赵筠秋之间摇摆。回顾茅盾的创作轨迹，可以发现这种模式在茅盾的处女作《幻灭》中就已经比较完整地呈现了，抱素面对着静女士和慧女士，在其后的《动摇》中又有方罗兰面对陆梅丽和孙舞阳。这种结构模式文本中是从男性人物的眼光来看待这两种女子，而且正是由于男性眼光的加入，这类文本凸显出了一种突出的性别修辞特征。几乎每个文本中张扬的都是那种狷介、狂放、妖艳的女性，这类革命女性一般都有着美丽骄人的外表：身上总发出迷人的香味，柔媚的艳笑，白色的小手，细腰丰臀，特别是绸衣下颤动的乳峰。这些女性以《蚀》三部曲中的慧女士、孙舞阳和章秋柳为代表。

这种性别修辞在1929年的长篇小说《虹》中对革命意识更彻底的新女性梅行素的描写中也比较明显，身处封闭落后四川的梅行素从开始朦胧的反抗封建包办婚姻，逃离成都，经重庆、泸州后到上海，最终汇入了革命洪流，从个人解放走向了社会解放的大道。但在对她的描写中，小说依然顽强地呈现出茅盾此期惯有的肉感特点：“一面说着，她很大方地披上了手里的新旗袍，便走到沙发旁边，坐在一张椅子上穿袜子。旗袍从她胸前敞开着，白色薄绸的背褡裹住她的丰满的胸脯，凸起处隐隐可以看出两点淡淡的圆晕。”① 这是梅行素到上海以后成为真正革命者后和一位重庆时期的倾慕者相遇时，那倾慕者眼中的梅行素。

这种修辞倾向甚至延伸到20世纪30年代的《子夜》中。《子夜》第一章对吴老太爷眼中光怪陆离的上海的描画，对女交际花徐曼丽，经济间谍刘丽英，被父亲用作美人计的冯眉卿，乃至对吴少奶奶林佩瑶、林佩瑶之妹林佩珊的描写中都可以见出这种肉感的痕迹。

王德威曾说《幻灭》中“静和慧这两位女主角后来成为茅盾笔下许

---

① 茅盾：《虹》，《茅盾文集》第二卷，人民文学出版社1958年版，第273页。

多女性小说人物的原型"①。在文本中一般的这两类形象都是由男性人物的眼光去看的，男人基本沉迷于对后一类女子的迷恋中。而作为文本掌控者的作家在下笔时也就格外突出了后一类女子的生理上的令人沉迷之处，经常细描女性的肉体感官，形成了所谓的"性描写"② 特点，也由此造成了作为现实主义小说家的茅盾遭人诟病为自然主义的不足之处。

二　性别政治含义

以上是对以短篇小说集《野蔷薇》、中篇小说《蚀》三部曲和长篇小说《虹》为代表的茅盾早期小说中的性别修辞的粗略罗列和分析，这种修辞主要表现在两方面，一是通过对女性心理的展示表达对不幸的女性命运的同情，二是对革命队伍中的新女性形象进行浓墨重彩的书写，赞誉、张扬那类刚强而又美艳的女子，特别突出了这类美艳女子的肉感之处。这两种修辞都明显地出现在茅盾的笔端，前者体现出对女性的尊重，是严肃的现实主义的，后者却表现出一种对女性的狎昵、轻慢趣味，是轻薄的自然主义的。两种倾向形成了茅盾早期小说性别修辞中的一种矛盾现象。

为什么会出现这种现象？

熟悉茅盾生平的人都知道茅盾是一个在进行文学创作之前已经有着丰富革命社会实践经验和深厚文学修养的文化人。早在 1921 年，在商务印书馆工作的沈雁冰（德鸿）就参加了上海的共产主义小组，是中国共产党早期的革命者之一。同时，沈雁冰自小聪明早慧，学习勤奋，作文能力突出，北京大学三年预科的熏陶更增强加深了其文学文化功底。1921 年他受邀成为中国现代文学史上最早最大的文学社团"文学研究会"发起人之一，其主编、改版的商务印书馆的《小说月报》在某种意义上几乎成为文学研究会的代用会刊。但是对于茅盾是思想意识上具有先进、文明女性观的文化人这一点人们却注意不够。事实上，20 世纪 20 年代沈雁冰在《东方杂志》、《妇女杂志》、《民国日报》等报刊上发表了大量政论、杂感文章，鼓吹妇女解放思想。比如《妇女杂志》1919 年 11 月 15 日沈

① 王德威：《革命加恋爱——茅盾、蒋光慈、白薇》，《中国现代小说十讲》，复旦大学出版社 2004 年版，第 59 页。

② 余斌：《当年文事》，南京大学出版社 2009 年版，第 14 页。

雁冰以“佩韦”的笔名发表《解放的妇女与妇女的解放》一文，其间明确宣称“我是极力主张妇女解放的一人”，“凡是人类，都是平等的；奴隶要解放，所以那些奴隶（是就中国最旧的男尊女卑观念说）的妇女也应得解放。在旧礼法底下，妇女不许有自由的意志，不许有知识，不许有自由的行动和言论，被‘三从’‘四德’等等的信条，束缚得丝毫不能动，一言以蔽之：‘人的权利’，剥夺净尽；现在要解放，就是要恢复这人的权利，使妇女也和男人一样，成个堂堂底人，并肩儿立在社会上，不分个你高我低。这就叫妇女解放”[①]。接着在1920年1月5日的《妇女杂志》上他又继续妇女解放的话题，提出妇女解放问题的建设手段应该从家庭、教育和职业三个方面进行的见解。对男女社交公开、女子参政运动、家庭改制、恋爱与贞操的关系、两性互助、离婚与道德、妇女教育运动等问题都撰文发表了看法，此外还介绍了西方的女子主义（女性主义，feminism）和爱伦凯的母性论观点。他因此被学者刘慧英认为是《妇女杂志》从“宣传贤妻良母”向鼓吹妇女解放过渡的关键人物。[②]

茅盾不仅思想上是受压迫妇女们的引路者和同道人，而且身体力行其思想。他是那个时代男性中为数不多的娶了“包办婚姻”的未婚妻的文化名人，其妻孔德沚婚后才开始学认字、进学校，以后还参加了革命工作。[③] 与同时代的鲁迅、郭沫若相比，茅盾显示出了他的令人尊敬的一面，他不是空喊口号，而是实践派，从某种程度上算是真正地，实实在在地解放了一个女人的伟岸男子。这一点他比鲁迅、郭沫若更让人特别是女人们敬佩。这里并没有贬损鲁迅和郭沫若的文化成就之意，每个人的人生际遇各不相同，性格气质也有差异，这里只是在说一个事实。

因此也就不难理解为什么在茅盾的笔下，会出现《自杀》、《一个女性》这样对女性悲惨命运深表同情的作品。在这些文本中，作为男性作家的茅盾显示出了他正确的社会性别意识和性别文化观念。这些文本不过是他先进的性别文化思想在虚构想象的文学世界中的一种自然投射，或者反过来说，他通过文学想象世界来进一步阐明、印证自己的女性性别文化

① 《茅盾全集》第14卷，人民文学出版社1987年版，第63—64页。

② 刘慧英：《女权、启蒙与民族国家话语》，人民文学出版社2013年版，第174页。

③ 茅盾：《我的婚姻》，《茅盾全集》第34卷，人民文学出版社1997年版。

观念。

对女性形象的另一种性别修辞又如何解释呢？

从文学活动中社会生活（宇宙）—作者—作品—接受者（读者）的四个环节看，当时的社会生活中存在这样的女性，茅盾是在按照生活的本来样子在反映、描写生活。他在回忆录中曾谈到这些新女性主要来自妻子孔德沚的朋友："她那时社会活动很多，在社会活动中，她结交不少女朋友。这些女朋友有我本就认识的，也有由于德沚介绍而认识的，她们常来我家中玩。由于这些'新女性'的思想意识，声音笑貌，各有特点，也可以说她们之间，同中有异，异中有同。我和她们处久了，就发生了描写她们的意思。"① 这表明茅盾的写新女性有着客观现实生活的依据，现实生活为茅盾的创作提供了摹本。但是生活本身并不等于艺术，文艺作品与客观生活存在着距离是无法否认的，生活要经过升华和提升方始成为艺术，那么从生活到文学艺术要经过的重要一环——作者便成为关键的因素。因此要解析茅盾为什么把这些"同中有异，异中有同"的女子在虚构的文本中归结为了静女士和慧女士两种原型，而又对其中肉感化的慧女士一型倾心有加的深层原因，还是要从茅盾本身破解。

以往的有些研究者把茅盾的"性描写"归结为受法国自然主义的影响，确实，茅盾是将自然主义引入中国的第一人②，他的创作也明显受到莫泊桑、左拉的影响，同时他在《从牯岭到东京》中也说过"我爱左拉，我亦爱托尔斯泰"③ 的话。但这只是因素之一，这种观点言之成理但是存在流于表面化的倾向。

一个人的心理构成和性格命运总是受到多方面因素的制约和影响，前面说过，茅盾是五四时代具有先进性别文化观念的人，那么我们不妨回到当时茅盾所处的历史场域，虽然还原当时的历史现场在今天已成为一种奢望，但是透过一些资料还是可以大致感受、触摸到历史的气息和轮廓。

---

① 《茅盾全集》第 34 卷，人民文学出版社 1997 年版，第 351 页。

② 余斌：《当年文事》，南京大学出版社 2009 年版，第 23 页。

③ 茅盾：《从牯岭到东京》，《茅盾作品精编》（上），傅光明编，漓江出版社 2004 年版，第 275 页。

五四时代，个性解放、妇女解放成为潮流，参与者们依托各种杂志和团体形成一股股力量，汇合成了时代的话语场。1922 年 8 月，沈雁冰参加了“妇女问题研究会”，这是一个以商务印书馆《妇女杂志》主编、编辑（章锡琛、周建人等）和文学研究会成员（周作人等）为主要成员的团体，这个团体以讨论妇女问题为宗旨，提倡“妇女主义”。成员们撰写大量的文章，探讨各种妇女问题。这些妇女主义者应该算是广大妇女的“引路者”和“同道人”，一如他们的前辈梁启超和郑观应等一样。但是学者刘慧英通过辨析后指出，他们不过是“以男性为本位的‘妇女主义’”，“他们更重视女性的‘性征’——女性之所以为女性的那些特征”，也就是女性的生理特征，因此，“‘妇女主义’对两性关系的构想，对女性特征的想象，以及对女性的界定等等，都表明他们站在一种男性本位的立场。他们根据自身的阅历和经验所想象的女性无非是一种集中国传统妻、妾、妓于一炉的女性角色特征”[①]。作为“妇女主义者”之一的沈雁冰也免不了这样的心理，因此当沈雁冰在 1927 年变身为作家茅盾的时候，他笔下的肉感女性形象的出现也就不足为怪了。文学文本可以投射、反映出创作者深层的潜意识心理世界，“茅盾在创造《蚀》里头那些解放了的女性角色时，想来不无某种遗憾：某种无从满足的欲望在螫咬着他的内心”[②]。王德威在对茅盾的文学创作与婚恋关系进行互文分析时说过的这句话也极有道理，可以佐证我们的看法。

如此说来，男性作家茅盾骨子里并没有摆脱男性对女性的客体欲望化对象的无意识深层心理。早在十年前，已有少数犀利敏锐的研究者涉猎批判了茅盾小说文本中存在的这种弊端：“茅盾笔下的女性性感，实际上是独立于女性人格、个性之外的、纯粹应男性欲望而设置的女性肉体特点。”[③] 可见，对茅盾小说的解读不仅仅能读出作家自己所企望的阶级意识形态，更能读出其中的性别意识形态蕴含。

茅盾早期小说的性别修辞和其中蕴含的性别意识形态含义不是单一而

---

① 刘慧英：《女权、启蒙与民族国家话语》，人民文学出版社 2013 年版，第 185、187、191 页。

② 王德威：《革命加恋爱——茅盾、蒋光慈、白薇》，《中国现代小说十讲》，复旦大学出版社 2004 年版，第 98 页。

③ 李玲：《中国现代文学的性别意识》，人民文学出版社 2003 年版，第 79 页。

是复杂的，一方面他站在女性的立场和角度，体察女性的心理，对女性的悲剧命运寄予深切的同情。他肯定女性的自主性，对新女性身上的勇敢、独立精神充满赞誉之情。另一方面，他又无法摆脱男性深层的把女性作为被看的欲望对象物的无意识心理，文本中大肆渲染女性的生理性征，陷入了古老的男权文化的窠臼。

原刊《中国现代文学研究丛刊》2014 年第 5 期

审查、场域与译者行为：茅盾30年代的弱小民族文学译介

陆志国

提要　20世纪30年代，茅盾继续从事弱小民族文学的翻译。不管是其个人所述，还是现存的研究资料，都将其翻译行为主要归结于国民政府推行的审查制度。本研究借用布迪厄的文化生产场理论，通过分析审查制度对文学场等场域和《文学》、《译文》杂志的干预情况以及茅盾的翻译习性等，试图说明茅盾的翻译选择和翻译策略等行为是审查、场域中的张力关系和译者习性等因素共同作用的产物。

关键词　审查；场域；习性；弱小民族文学；译者行为

一　引言

20世纪30年代，茅盾翻译的文学作品，除了《文凭》（WithDiploma）等几篇源自苏俄文学外，其他几乎都属于弱小民族文学。从表面看，这延续了茅盾自五四以来主要关注和译介弱小民族文学的态势，也被一些学者看作其兴趣使然。可若考虑到译者所处的时代背景等因素，结论则没有那样简单。30年代被称为“红色的三十年代”（李今，2009：83），抢译（包括从英文转译）苏俄文学，尤其是苏联当代文学，在当时中国掀起一股热潮，就像鲁迅所说：“英译的（苏联）短篇小说集一到上海，恰如一胛羊肉坠入狼群中，立刻撕得

一片片。"① 而身为左联成员并做过左联领导工作的茅盾，为何避开这股潮流耐人寻味。这一时期，茅盾的翻译主要集中于1934年和1935年，且基本都发表在两份刊物《文学》和《译文》上。熟悉中国现代文学史或翻译史的人都知道，1934年、1935年分别被称为"杂志年"和"翻译年"，对此种称谓茅盾分别写有两篇评论。在《所谓"杂志年"》一文中，茅盾认为是中国的"特别国情"促成了"杂志年"的诞生：这种特别国情不许将"新鲜的大鱼大肉"供给读者，而是"几家老厨房搬来搬去只是些腐鱼臭肉，几家新厨房偶然摆出点新鲜货来，就会弄得不能做生意"②。茅盾这里用隐喻的方式暗讽一种社会现实，即外来的进步文艺作品尽管受读者欢迎，但得到压制。在《对于"翻译年"的希望》这篇文章中，茅盾指出"翻译年"出现的原因有两条：一是通过翻译"向伟大的外国作品里，学得些创作的技巧"；二是茅盾却含糊其辞，只是写道："诸位也许都明白的，这里也不必要说了。"（茅盾，382—383）这种欲言又止的表态亦指向当时的一种制约权力或干预机制。明确来讲，是指国民政府在30年代推行的文艺审查制度。那么，这种审查制度对茅盾的文学翻译行为造成怎样的冲击和影响？本研究试以法国学者布迪厄（Bourdieu）的文化生产场理论为视角对此做出探讨。

二　审查制度的实施与文学翻译场的自治

按照布迪厄的文化生产场理论，对文学生产的研究要经过三个步骤：一是，分析文学场（Literary Field）或艺术场在权力场中的位置（即看文学场等是否具有自主性）；二是，分析文学场或艺术场的结构（如分析行动者为获取场域的合法地位而展开的竞争以及行动者自身的客观化特征）；三是，分析生产者的习性（Habitus）起源（如分析产生实践的结构化和被结构化的性情倾向）③。这三个分析步骤，体现了场域、资本和习

① 曹靖华：《苏联作家七人集》，良友图书印刷公司1936年版，第1页。

② 茅盾：《茅盾全集20·中国文论三集》，人民文学出版社1991年版，第134页。

③ 按照布迪厄理论，习性是一种"可持续、可转化的倾向系统"，它也指"一种存在方式，一种习惯性的状态（尤其是身体状态），特别是一种嗜好、爱好、秉性、倾向"。习性具有持久性和社会化的特征，亦随着场域的变化处于不断的建构之中。Bourdieu, Pierre. *The Field of Cultural Production: Essays on Art and Literature*. Edited by Randal Johnson. Cambridge: Polity Press, 1993, p. 14.

性等主要概念之间的相互关系，“构成布迪厄社会学的一般研究方法”[①]。对译者的文学翻译进行考察，依据布迪厄所说的结构同源（Homology）现象[②]，也可按照此架构展开。这三个步骤由此可以衍化为：分析文学翻译场的自治或自主；分析译者在文学翻译场中的占位或位移情况（亦即表明译者在文学翻译场中的客观化特征）；分析译者的翻译习性。

首先，看下审查制度是否影响到文学场和文学翻译场的自治。[③]

德国学者 DieterBreuer 对审查的种类进行过划分：

（1）按审查的时间可分为：出版前的手稿审查；出版和发行后的审查或约束；每次新印前的不断审查。

（2）法律体制下的审查：预防审查；禁止审查。

（3）按审查权力分类：教会审查；国家审查。

（4）按执行权力：军事审查；政治审查。

（5）按照形式的措施分为正式的审查和非正式或结构上的审查。前者包括：审查法、官方黑名单、邮寄审查等；后者主要是指社会上强有力的团体执行的、但又不具法律效力的审查[④]。

依照这个分类，30 年代中国文学史和翻译史上的审查，从时间上看，开始是出版和发行后的审查，后改为出版前的手稿审查，且这种审查在当时背景下也从对作者或译者名字的审查转化为对稿件内容的审查；从审查权力和审查形式上看，主要属于国家审查和正式的审查，亦即这时期的审查是种政府行为：审查由权力机构以法律、法规等形式来强制实施。

具体来说，南京国民政府在 1930 年 11 月颁布《出版法》，对杂志、

---

① Swartz, David *Culture & Power*: *The Sociology of Pierre Bourdieu*. Chicago: University of Chicago Press, 1997, p. 142.

② 也有将“Homology”翻译为“同构性”。简单来说，它指的是相对自主的场域之间的关系。布迪厄认为：“一个场域中的竞争会在另外一个场域产生同构的影响”，如被统治阶级在某一场域中的位置或品味在另一场域中也表现出相似的情况。详见 Swartz: Cul-ture & Power, The Sociology of Pierre Bourdieu, Ibid., pp. 129 – 136。大程度上涉及政治因素，体现出他对“政治资本”的追求，但这种追求不一定能使他增加象征资本和经济资本。

③ 本文认为，文学翻译场是文学场的子场，但具有相对的独立性。文学场的变化，如诗学革命，会影响或改变文学翻译场的运行逻辑：文学翻译场也具有反作用：其产品注入文学场中，会引起文学场中规则和行动者位置等方面的变化。而且，由于译者兼具文学家的身份，有必要同时对文学场和文学翻译场的自治情况进行考察。

④ Hockx, Michael. *Questions of Style*. Leiden and Bos- ton: Brill, 2003, pp. 223 – 224.

期刊等的出版做了一些规定且附有相应处罚措施，又在1931年10月公布实施细则，对文化出版实行更为苛刻的管制。

《出版法》对书刊的审查伴随着政府的其他强制措施。1933年10月，国民党行政院下达“查禁普罗文学密令”，要求各省市党部以更严密的手段查禁书刊，特别关注普罗文艺书刊，因为“普罗作家，能本无产阶级情绪，运用新写实派之技术，煽动无产阶级斗争，非难现在经济制度，攻击本党主义，含意深刻，笔致轻纤，绝不以露骨之名词，嵌入文句；且注重题材的积极性，不仅描写阶级斗争，尤为渗入无产阶级胜利之暗示”[①]。与此相应，1934年2月，国民党中央宣传委员会密令查禁图书149种，鲁迅、茅盾等左翼人士的重要著作大都囊括在内。尽管一些作品并不违反《出版法》的规定，但由于查禁主要按照令国民政府犯忌的名单执行，所以未能幸免。后经过图书出版机构和相关人士的斗争，迫使当局对这149种图书重新审查。结果是将这些图书分为五档处理：先后查禁有案之书目；应禁止发售之书目；暂缓发售之书目；暂缓执行查禁之书目；应删改之书目。[②]

就茅盾而言，他受查禁的创作基本属于后一类，即要求删改后再出版，如《野蔷薇》、《虹》、《子夜》等篇。审查机构对于为何要查禁或删改给出了一些理由。例如，审查者认为《野蔷薇》故意在序文中说：“想在各人的恋爱行动中，露出个人的阶级形态”以表示作者的立场，应删去；《子夜》则被冠以“描写工潮”、“描写工厂”、“讽刺本党”等罪名，归入“应行删改”一类。

受到审查的译作中，主要都是苏联文学或无产阶级文学。楼建南译的《苏联童话集》、冯雪峰译的《新俄的戏剧与跳舞》、鲁迅译的《高尔基文集》、《文艺与批评》等，被列入暂缓发售之书目；应删改之书目中，楼建南译的《苏联短篇小说集》，被认为“内有报告文学三篇，描写苏联工厂中之工人生活，多含挑拨阶级斗争意味，应抽去”；郭沫若译的《石炭王》和《屠场》，因为“煽动阶级斗争”，归入禁止发售之书目，等等。

---

① 张静庐：《中国现代出版史料（乙编）》，中华书局1957年版。

② 参见《现代出版界》1934年第23期，这里的引用的都出自本期（第1—7页），不再一一标注。

而对于一些弱小民族的文学，如田汉的《檀泰琪儿之死》，蓬子译的《处女的心》、《小天使》等，则“暂缓执行查禁”，之前查禁的原因主要在于田汉和蓬子的共产党员或左翼身份。

不难看出，图书受到审查的主要原因在于其传播马列主义、描写阶级斗争、反映无产阶级的意识形态、讽刺国民政府等。茅盾之前的译作大都属于弱小民族文学，而《文凭》等又是旧俄时期的作品，没有凸显阶级斗争之类的主题，所以并未受到审查。将这次审查与上次相比，发现措施上已有变化，即从注重对人名的审查过渡到对作品内容的审查。

同时，国民政府在1934年5月成立图书杂志审查委员会，对审查方法进行修改，并纳入一些文学人士如穆时英、项德言等，表明“审查不单单是根据黑名单来抽文章了，而有他们一套比较统一的检查标准”①。这意味着审查逐渐走向规范化，对文学作品的权力干预也始以一种相对隐性的方式呈现。

国民政府的审查作为一种外力，无疑会施作用于当时的文学场和文学翻译场。鲁迅在写给友人的信中多次抱怨审查对文学和翻译的制约。在给曹靖华的信中，鲁迅写道：“上海靠笔墨很难生活，近日禁书至百九十余种之多……书局已因此不敢印书，一是怕出后被禁，二是虽不禁而无人要看，所以买卖就停顿起来了。杂志编辑也非常小心，轻易不收稿。”② 给萧军、萧红的信中，鲁迅对审查上的乱删行为更痛斥有加：

这几天真有点闷气。检查官吏们公开地说，他们只看内容，不问作者是谁，即不和个人为难的意思。……其实他们是阴谋，遇见我的文章，就删削一通，使你不成样子，印出去时，读者不知底细，以为我发了昏了。如果不是些无关痛痒的话，那是通得过的，不过，这有什么意思呢？③

一些文学史著作将这种审查对文学和翻译造成的影响看得特别严重，并认为此举压制了文学尤其是无产阶级文学的发展，如唐弢（1982：15）写道：

作品被国民党审查机关扣留、删改者，更是不计其数。对进步文艺机

① 茅盾：《茅盾全集20·中国文论三集》，人民文学出版社1991年版，第641页。

② 鲁迅：《鲁迅全集》第12卷，人民文学出版社2005年版，第341页。

③ 同上书，第316页。

关的破坏……愈演愈烈，手段也愈来愈毒辣卑鄙……在第二次国内革命战争时期，形式就像鲁迅指出的那样，“无产阶级革命文学和革命的劳苦大众是在受一样的压迫，一样的残杀，作一样的战斗，有一样的运命”。

然而汉学家贺麦晓（Michael Hockx）却不同意这点。他通过对30年代审查情况的描述，特别是通过考察文学场中一些审查人的角色、官方的政治干预与文学自主性之间的冲突如何“折射”入文学场中，并以萧红的《手》为个案进行的分析，得出一个截然不同的结论：从整个30年代来看，中国文学场维持了较强的自主性。因为“绝大多数作家，包括那些有政治倾向的作家，都相信文学包含政治中立的因素在内，这使其具有象征价值，且不应为了政治原因而受到严重干预”，再者，“政治权力的代表并没有在文学场域内占据强有力的地位，若是那样，他们可能会告诉文学家写什么和怎样写。因此，既然政治权力不能被自动转化为文化权力或相反，文学生产就不会受限于审查机构或左翼派别”。贺麦晓还对唐弢等人的结论进行反驳：“如果有人坚持说国民政府的法则在所有领域都是压制性的，这就无法解释三十年代中国现代文学为何这般繁荣。”①

贺麦晓的论断有一定说服力。根据布迪厄，一个场域越具有自主性，场域的成员由此也越能遵循场域的规则或默会语（Doxa）。例如，审查委员会的核心成员项德言为了能让自己的作品在上海良友书店出版，借此去获得文学声名，而给受审查之累的《中国新文学大系》在出版上大开方便之门，并且同意鲁迅作为丛书的编委。这是审查权力折射入文学场中的一种表现，反映了文学场乃至权力场中的行动者对游戏规则的体认与遵守，呈现出文学场的自主特征。倪伟（2003）对30年代南京国民政府文艺政策的考察印证了贺麦晓的观点。国民政府为在文学场实行新的文学规范，推出三民主义的文艺政策，并用审查手段压制革命文学，但国民政府的这种努力并未取得成功。按照布迪厄，在相对自主的场域中，外部力量或外在决定因素，“只有通过场域的特有形式和力量的特定中介环节，预先经历一次重新形塑的过程”，才能对场域中的行动者乃至场域规则产生

① Hockx，Michael. *Questions of Style.* Leiden and Bos- ton：Brill，2003，pp. 250－251.

影响。国民政府倚重外在力量的干预，并没有倾力完善文艺政策和按照文学规律运作，“其结果与他们的愿望相反”[①]，外力干预的失败从另一个侧面说明文学场具有相当的自主程度。

作为子场域，文学翻译场更是如此，因为相对而言，外力对翻译的影响要小得多。只要不翻译苏联的文艺作品，一般都容易通过审查。而即便是苏联文学，许多译者想出种种办法，或改换名字，或以种种伪装来重印遭到禁删的书刊。茅盾说过每年要换一批笔名，来对付国民党当局的检查，表明国民政府的审查并不是很奏效。唐弢在1934年提起过翻译文学的繁荣：“两三年来，翻译的作品渐渐地多起来了，跑到书店里一看，五光十色，差不多都是这类的书籍，俄国的，法国的，英国的，日本的，什么都有一点，真可算是文坛上的好现象。”[②] 李今在其近著《三四十年代苏俄汉译文学论》中对当时的翻译作品有过统计，从中可以看出翻译文学的增长情况，由此李今也得出相似的论述：“即使1930年下半年‘很遭迫压’，1933年蒋介石重令禁止普罗文学，1934年国民党政府查禁149种文艺书籍，它（苏联文学）也仍然被不断地介绍进来，‘传布开去’，保持了在整个三十年代都处于方兴未艾，四十年代又创新高之势。”[③] 这样看来，审查的确没能遮蔽文学翻译的繁荣景象，亦未能撼动文学场和文学翻译场的规范或运行逻辑，因此，30年代文学翻译场仍享有相当程度上的自治。

三　围绕茅盾译文形成的张力关系

若文学翻译场取得相对的自治状态，场域的规则就更易得到译者的体认和遵守。一般来说，为赢得翻译场中的筹码和声名，译者会选择那些经典名著或文学性强的作品来翻译。[④] 茅盾20年代亦主要译介弱小民族文学，这些作品大多蕴含独特的艺术魅力，凭此他能在文学翻译场中占据一定地位，当时的杂志向其催约译稿即能表明这点。反观这一时期，茅盾

---

① 茅盾：《茅盾全集20·中国文论三集》，人民文学出版社1991年版，第644页。

② 唐弢：《唐弢文集1·杂文卷》（上），中国社会科学出版社1995年版。

③ 李今：《三四十年代苏俄汉译文学论》，人民文学出版社2006年版，第30页。

④ 经典名著具有较高的文化资本，最容易为译者赢得声名或象征资本。

所选作品的文学价值有所降低，且大都隐含一种政治表述。说明茅盾的翻译并不为了获取文学翻译场中的象征资本（Symbolic Capital），他更多考虑的似乎在政治层面。那么，茅盾为何做出这样的选择？当场域相对自治状态下，译者为了政治而翻译时，是否因其执着于某种信仰或受到官方审查等因素的制约？对此的认识还需考察茅盾在文学翻译场中的占位情况和围绕译文形成的张力关系，亦即布迪厄分析模式中的第二个步骤。

茅盾当时的译作主要发表在1934—1935年，又集中亮相于《文学》和《译文》两本杂志。[①] 通过资料梳理，发现这期间它们的命运确与国民政府的审查相关。

《文学》创刊于1933年，对外宣称是商业性杂志，但实际却偏向左翼文学的译介。据茅盾所言，介绍苏联文学在《文学》的编辑方针之内，如第3号即登了周扬的论文《十五年来的苏联文学》，可这种做法却使《文学》面临被审查乃至停刊的命运。结果，“对苏联文学的介绍，从1934年《文学》第二卷起，不得不暂停下来”[②]。原因是1933年11月茅盾风闻国民党要查禁《文学》，后通过傅东华等人的斡旋，国民党上海市党部提出《文学》继续出版的三个条件：“一是不采用左翼作品，二是为民族文艺努力，三是稿件送审”[③]。

在《文学》受审查的问题上，鲁迅主张与其被检查不如停刊，而茅盾认为停刊容易，但再要办起这样大型的杂志则相当困难。其实，《文学》的存在不仅能为一些译者提供经济来源，也能助他们在文学翻译场内抢占有利的位置，以抵制国民党御用文人话语的传播，赢得读者市场。因此茅盾主张继续办《文学》，且采用较为灵活的手段来应对审查。具体措施之一就是推出《文学》翻译专号，并稍后创办《译文》，他的译作主要在此背景下发表出来。

---

① 茅盾在《文学》上共发表译作9篇，其中1篇登载于《文学》（第2卷第3号）翻译专号；6篇属于《文学》（第2卷第5号）弱小民族专号，其余2篇发表在《文学》第4卷第1号。稍后，茅盾又在《译文》上发表作品7篇。这些译作除1篇译自美国欧亨利（O. Henry）的《最后的一张叶子》外，其他皆译自弱小民族文学。

② 茅盾：《茅盾全集20·中国文论三集》，人民文学出版社1991年版，第611—612页。

③ 同上书，第627页。

鲁迅曾多次在书信中提及审查对《文学》、《译文》的影响。在1934年12月写给孟十还的信中说：“以后的《译文》，不能常是绍介Gogol：高尔基已有《童话》，第三期得检查老爷批云：意识欠正确。所以从第五期起，拟停登数期”[①]；稍后给曹靖华的信中说起《文学》的情况：“兄投给《文学》的稿子，是在的，上司对《文学》似乎特别凶，所以他们踌躇着。这回《译文》上想要用一篇试试看”[②]；1935年1月鲁迅又给曹靖华回信抱怨审查机构对《译文》的干涉：“《译文》的审查，拉甫列涅夫之一篇，已排入《译文》第五本中，被检查者抽去，此一本中，共被抽去四篇之多（删去一点者不算），稿遂不够，只得我们赶译补足”[③]。

由此，具体针对《文学》和《译文》的审查确实存在，这使相关译者在翻译时不可能忽视其作用。鲁迅在致王冶秋的信中就表达出一种无奈：“几本童话在手头，别人做的，很好，但中国即译出也不能发卖。当初在《译文》投稿时，要有意义，又要能公开，所以单是选材料，就每月要想几天。”[④]

可见，审查虽然不能带来文学场和文学翻译场规范的改变，但它还是会施加影响，那些有政治倾向的译者及刊物，比如茅盾和《文学》、《译文》杂志，受到审查、遭受制裁的概率会更大，而要在上述刊物发表译文就应特别讲究策略。

再看下茅盾在文学翻译场中的位置和其社会身份。[⑤] 茅盾的翻译生涯始于1916年，至1933年已翻译文学作品逾百篇（首）。茅盾的翻译水准和选材得到过同行认可，如赵景深说：“他那流利的译文是我所喜欢的。如《雪人》，如《他们的儿子》和《一个人的死》，都使我读起来如读创作”；叶圣陶则赞赏茅盾，“选择内容与风格都有特点的那些小说翻出来，后来编成的集子如《雪人》、《桃园》等，大家认为是最好的选集”。当

① 鲁迅：《鲁迅全集》第12卷，人民文学出版社2005年版，第272页。

② 同上书，第320页。

③ 同上书，第342—343页。

④ 同上书，第597—598页。

⑤ 本研究认为，对于茅盾在文学翻译场中位置的考察，无须像布迪厄分析文学场的做法，对文学翻译场中各个派别、不同阶层的占位情况包括他们的主张、场域中流行的规范等，进行条分缕析式的罗列。同行的评价及一些现存的事实亦可说明问题。

然，茅盾的翻译也遭过成仿吾等人的笔伐。不论茅盾翻译的功过如何，一个绕不过去的事实是：尽管茅盾译有所成，可茅盾从未被称为翻译名家。他获得的声名主要缘于创作，而不是文学翻译，尤其是1933年《子夜》的出版更让文学家茅盾名闻遐迩。翻译家伍光建30年代这样说道："茅盾的翻译也读过不少，都很不错，虽未见过他本人，但总觉得小说成家而丢了翻译，未免可惜"。这句话既表明他对茅盾译文的欣赏，又透露出茅盾成名于小说创作的现实。茅盾更重于创作的事实在其自述中亦可发现，如1927年翻译《他们的儿子》是因为怕写出的东西会闯祸：

《虹》写完后，他才"松一口气"，为缓和一直绷紧的神经，接着译了《一个人的死》。

这一时期，茅盾不仅是译者和文学名家，还是左翼人士、共产党员。朱晓进指出："30年代作家政治意识普遍增强，这些政治意识左右了作家的文学选择。"译者的选择应该也受到政治意识的指引，况且茅盾的"内心趣味"引他"接近社会运动"。因此，当文学翻译不能给茅盾带来更大声名时，他可能会将翻译作为一种途径来表达他的政治诉求，而不一定倾力从文学翻译场域中争夺筹码，再加上国民政府对《文学》和《译文》的审查，促使茅盾在翻译时会选择一些政治上先进却又"不违规"的作品。

四 审查等因素在翻译策略上的体现

实践或行为是场域中行动者的习性调适下的产物。"当习性与被称为场域的斗争领域相遇时，就产生了实践：行为则反映着这个相遇的结构。"（Swartz，141）五四伊始茅盾就一直注重弱小民族文学译介。据本文粗略统计，茅盾在1919—1930年翻译的文学作品共有108篇（首）左右，其中，弱小民族文学占据83%。长期倾心于此，他会逐渐形成一种翻译习性，使其在选择时最可能倾向于弱小民族文学。茅盾在《雪人·自序》中写道："三四年来，为介绍世界被压迫民族的文学之热心所驱迫，专找欧洲小民族的近代作家的短篇小说来翻译"，可知，这种翻译习性所起的作用。再者，文学翻译场域中的一些变化，如国民政府的御用文人朱应鹏等，打着民族主义口号，在《前锋月刊》上倡导译介并大量刊登弱小民族的文学作品，使弱小民族文学译介又具有某种正当性或合法性，这亦解释了前面提到的弱小民族文学能够得以“暂缓查禁”的原因。

布迪厄认为，就象征性生产来看，由市场通过对可能的利润的预期而施加的限制，很自然地呈现出预期审查（Anticipated Censorship）的形式，这也是一种自我审查，它不仅决定了说话的方式，即语言的选择——在双语情况下的“符码转换”——或者语言的“层次”，而且决定了哪些东西可以说，哪些东西不可以说①。本语境下的市场是指官方审查下的文学翻译场等场域，茅盾的翻译行为从此种意义上来说，是自我审查的结果，是场域中的张力关系和习性等因素使茅盾的翻译选择侧重于弱小民族文学。

同时，审查也体现在译文的言说方式上。茅盾翻译时会对一些敏感的字眼做出适当改变，甚至删去，如《娜耶》（*Naja*）写到农民的反抗时，有这样一段：

With her all my joy died, too. Could a man do worse than I did? And why was I her murderer? For the pleasure of them who are not well disposed toward the peasants. Remember: “The voice of people is the voice of God!”

参考译文：

我的欣喜也随她死灭。有谁比我做的更糟呢？为何我成了杀害她的刽子手？那些只顾自己享乐而不把农民放在心上的人，应记住：“人民的呼声就是上帝的呼声！”

茅盾译时将这段删去，因为后一句有挑动阶级斗争和讥讽国民政府之嫌。然而，茅盾的翻译不是一味迎合审查的标准。文学翻译场的自治和他的左翼身份使他在翻译中表述一种隐性的抵抗。

譬如，茅盾的译文《耶稣和强盗》、《春》（*Spring*）等以强盗为主线，但这些强盗都富有正义感和同情心。相比他们，文中那些官吏的形象显得十分龌龊，映衬出作品对强盗的赞美和对官员的讥讽。联想到国民政府将共产党的武装称为“匪”、“盗”，就能够体会茅盾在译作中想要传达的意义。

① Bourdieu, Pierre. *Language and Symbolic Power*. Edited by John B. Thompson; Translated by Gino Ray-mond and Matthew Adamson. Cambridge: Polity Press, 1991, p. 77.

对于政府官员的讽刺更体现在《桃园》（*Peach Garden*）、《皇帝的衣服》（*The King's Clothes*）等译作中。这些作品描写官员腐化堕落，完全不为老百姓着想，当然成为历史唾弃的对象。

茅盾也翻译了几篇描写人民的抵抗或者是隐含着人民不屈斗志的小说，如《门的内哥罗之寡妇》（*The Montenegrin Widow*）、《娜耶》、《雪球花》（*The Snowdrop*）等。《门的内哥罗之寡妇》的结尾写一寡妇在土耳其军队镇压下表现出的坚强和信心：

她的心像铅那样重，然而同时有一缕勇气直贯过她的灵魂。她的心眼穿透了未来的黑暗，看见有隐约闪烁的小小的一道光——这是安慰和希望的光……

茅盾还会在译文的前言、后记中隐晦地表达对国民党高压政策的不满。如在《催命太岁》的前言中，茅盾写道："原题为'The Knight of Death'——'死的骑士'。但是我觉得'死的骑士'一语气太重，甚非今日所宜，因而特地找了一个'民族主义'的称呼，大书特书曰'催命太岁'云云"（韦韬，2005：206），借此来讽刺国民政府推行的民族主义政策。有时，译者对源文中的一些语句不太避讳，但较注意分寸，如《娜耶》中的一段：

I had always considered it my first duty to serve the govern- ment. O, greatly regretted folly! Such follies clothe themselves in all sorts of high sounding names. But in the end, like truth, they must stand naked. I was fully under the sway of belief then, and supposed I was reaching the heights of power, when I showed no indulgence to the rebellious people.

茅盾译文：

我常常是把忠心报国看作第一义的。可是，呵，而今想来，这是懊悔也来不及的第一号的笨心思呀！这些笨想头都是穿了各种各样好听名头的外衣。然而结果，就同真理一样，终有给看真面目的一天。那时候，我正被这种笨信仰全部控制着，而且自以为对于暴动的农民不容情便是我的权力一天天高起来。

这里，茅盾较忠实地将作者对政府人员的控诉传达出来。但译文中也有一个小的改变，就是把"serve the government"译为"忠心报国"，而不是“为政府做事”，淡化了所指，亦减弱了讽刺的力度，但可避免直接翻译带来的麻烦。

五 结语

通过对国民政府审查制度实施的考察，不难发现，审查没有给文学翻译场带来颠覆性的变化，但审查确实影响到茅盾的翻译。当然，这种影响不是直接的，而是由于《文学》和《译文》受到审查而各方“协商”的结果。据此，在文学翻译场较为自治的状态下，茅盾没有通过选择经典名著等途径来提高自己的文学、翻译声名，而是受习性的调适和场域张力的作用，继续致力于翻译弱小民族文学，用一种政治隐喻的方式表达他对国民政府压制的反抗。

这也说明，在相对自治的场域中，当译者拥有多重身份时，译者的文学翻译行为不一定符合布迪厄关于“文学场”逻辑的论述[①]，从而也为辩证地看待布迪厄的社会实践理论提供了例证。

原刊《外国语文（双月刊）》2014 年第 4 期

① 布迪厄认为文学场在自治状态下呈现一种“输者为赢”的逻辑，即行动者所追求的象征资本越多，其获得的经济资本就越少；反之亦然。但他的论述中排除掉了政治资本。

“启蒙”与“救世”

——茅盾早期（1916—1927）译事的文化解读

喻锋平

摘要 茅盾的文学生涯是从翻译开始，在1927年开始文学创作以前，茅盾翻译了大量的外国作品，值得译界深入研究。以“文化转向”为视角，从意识形态、诗学和赞助人三要素来分析茅盾早期译事，茅盾翻译活动初期受其职业影响，其译事具有鲜明的“启蒙”特色；在五四运动后，随着社会思潮的变革和主流诗学的影响，茅盾的译事活动开始具有明显的“救世”色彩，主动提倡翻译苏联和弱小民族文学作品，译介共产主义思想，并最终摆脱了“赞助人”的约束走上革命道路。

关键词 茅盾；早期译事；文化转向；启蒙；救世

茅盾，嘉兴桐乡乌镇人，同鲁迅、郭沫若一起被誉为中国新文学的三大开拓者和奠基人，在中国近代文学史上占有独特而又崇高的地位。同时，他又是一位杰出的翻译家，不仅译介了36个国家和民族的129位作家的作品，译作近240万字[①]，且还发表了大量的译评和译论，在我国的翻译实践和理论史上产生了重大的影响。纵观茅盾一生的译事，其持续时间最久、发表译作最多的时期是从1916年他入职商务印书馆到1927年开

---

① 2005年知识产权出版社出版10卷本《茅盾译文全集》收录茅盾1917年至1948年发表的各类译作230余篇，共计239万字。

始文学创作的12年。[①] 这时期的翻译实践活动不仅是茅盾职业生涯的起始，更是他以后文学生涯的开端，为其后来的文学创作打下了坚实的基础。因而，要真正全面了解茅盾的文学文艺思想就离不开对他早期译事活动的了解。

近年来，随着翻译史研究领域的不断拓展和深化，对翻译主体翻译家的研究也越来越重视。特别是20世纪90年代以来，译学研究发生"文化"转向，政治、意识形态、诗学等因素进入翻译研究领域，人们开始突破传统的语言对比模式，从文化、社会等多元角度考察翻译现象，在更大的社会文化背景下探讨译家译事，认为翻译不仅仅是语言间的转换，实质上更是一种文化互动关系"文化转向"带来译学研究理论上的创新，也为我们研究茅盾的译事活动提供了理论参照。本文拟将茅盾早期的译事置于其所在的特定时代文化背景下，从其职业发展到政治追求等诸方面考察社会文化意识对他译事的影响，从而更好地解读他的翻译思想。

一　茅盾的早期译事

根据《茅盾回忆录》史料记载，1916年8月28日，年仅20岁刚从北京大学预科毕业的茅盾入职上海商务印书馆，正式开始了他的职业生涯，也开始了他一生的文学活动。刚到商务印书馆一个月，茅盾就因评点当时正在发行的《辞源》一封信获得了时任商务印书馆总经理张菊生的青睐，被编译所安排与孙毓修合作译书。他们合译的第一本书是《衣》，这是美国卡本脱所写的一本通俗读物，孙毓修已经翻译了该书的前三章，让茅盾模仿其"译述"[②] 的风格续译其余四十章。茅盾用一个半月时间用骈体文言文译完《衣》后，接着又用三个月继续译完卡本脱的《食》、《住》，编入商务印书馆的《新知识丛书》出版。《衣·食·住》的翻译

---

① 茅盾在1981年2月《新文学史料》第1期（总第十期）上发表《创作生涯的开始——回忆录［十］》，认为他创作生涯始于1927年所写的第一部小说《幻灭》。见《新文学史料》1981年第1期。

② 据茅盾在其《回忆录》中说，看了孙毓修"译述"的前三章原稿，他的译笔"与众不同"，是"意译"的，骈体色彩很显著。如果把孙的译作同林琴南的比较，则林译较好者至少有60%不失原文的面目，而孙译则不能这样说。见《茅盾回忆录》（上），华文出版社2013年版，第98页。

不仅获得了孙毓修的很高赞赏，也得到了商务印书馆《学生杂志》朱元善编辑的青睐，要求茅盾转到他的部门做助手。茅盾应朱的要求，开始搜集英美科学小说材料，从 1917 年开始先后又翻译了《三百年后孵化之卵》、《两月中之建筑谭》、《二十世纪后之南极》三篇科学小说，发表在《学生杂志》上。

1919 年五四运动爆发后，茅盾开始大量译介外国文学作品。到 1927 年创作第一篇小说《幻灭》前，茅盾在上海《时事新报》副刊《学灯》、《东方杂志》、《解放与改造》、《新青年》等刊物上发表各类译作 160 余篇，涉及欧美 30 多个国家与民族的上百位作家作品。这些译作大都篇幅短小、体裁多样，且一改前期文言文译笔，转而用通俗的白话文翻译，既有短篇小说、戏剧，也有诗歌、童话等，如俄国契科夫的短篇小说《在家里》、《卖诽谤者》、比利时梅特林克的戏剧《丁泰琪之死》、西班牙倍那文德的三幕剧《太子的旅行》、阿拉伯纪伯伦的小品《批评家》、《一张雪白的纸说》、乌克兰的结婚歌《我的花冠》、《烘科洛筏叶饼》等。而从思想内容上来看，这些译作有的是介绍欧美文学文艺思潮，如《赤俄的诗坛》（D. C. Mirki）、《脑威现代文学》，有的是反映革命民主主义思想的文学作品，如高尔基的《大仇人》、托尔斯泰的《活尸》、斯特林堡的《情敌》、莫泊桑《西门的爸爸》，也有介绍西方社会思潮的作品，如尼采的《苏鲁支语录》（ThusSpakeZarathustre）、罗塞尔的《到自由的几条途径》，还有不少译介西方共产主义的作品，如《俄国人民及苏维埃政府》、《共产主义是什么意思——美国共产党中央执行委员会宣布》、《美国共产党党纲》、《美国共产党宣言》、《共产党的出发点》以及列宁的《国家与革命》等，刊登在《新青年》和《共产党》杂志上。

对于茅盾在这段时期的翻译实践活动，任晓晋把在 1916—1918 年用文言文翻译的 4 篇科学小说划分为翻译活动的第一阶段，而从 1919 年发表第一篇白话文翻译小说《在家里》开始至 1935 年创办《译文》月刊译介弱小民族文学的翻译活动为第二阶段。[①] 客观上说，这种概括基本上符合茅盾前期译事的主要特征，而茅盾在这两个阶段的翻译实践也正是他翻

---

① 任晓晋：《茅盾翻译活动初探》，《外语研究》1988 年第 4 期。

译生涯的鼎盛时期。从译品的选材上看，已经涵括了从通俗小说到政论杂文等各类文体；从译作的数量上来看，前期所翻译的文字已经达到100多万，占其一生译作的一半以上；就其译作的质量而言，也逐步从初期的文言文"译述"转而坚持"直译"原文，达到与原文"神韵"相通的要求。

毋庸置疑，茅盾早期创作的这些译品、译论已经达到了很高的艺术水准，对其后来的文学创作有着重要影响，值得我们后世学者认真研究借鉴。但从国内现有的一些为数不多研究茅盾译事的资料来看，研究者大都是综述式的介绍茅盾的翻译实践历史，如黎舟《茅盾的译介外国文学历程》（1984）、任晓晋《茅盾翻译活动初探》（1988），对于茅盾译事的分析也都集中在茅盾的革命思想这一角度，重点探讨的是茅盾早期译介弱小民族作品、后期译介苏联作品的政治思想目的。我们不应否认茅盾译事的政治目的，也认为这种类型的翻译实践会产生实际思想宣传上的巨大功效，但这绝不意味着如此就是我们研究茅盾文学翻译思想的"唯一"途径。

20世纪90年代初，西方"文化研究"逐渐兴盛，一种跨学科多元的研究模式开始影响着人文社会科学，也使得翻译研究者跳出传统的语言分析模式的圈子，开始把研究的视域投向文本所处的时代、社会和文化大环境等种种因素及其相互交往的关系上，翻译研究范式发生了后来所称的"文化转向"（cultural）。作为西方翻译研究文化学派的领军人物之一，巴斯内特（SusanBassnett）认为"有各种各样的文本内和文本外的制约译者的因素。而对于这些制约文本转换过程或称操控过程的因素之讨论已经成为翻译研究论著的首要的焦点。为探讨这些问题，翻译研究学派也改变了以往的研究路径向纵深方向发展"①。他提出"翻译即是改写（rewriting）"，认为翻译的功能由文学系统内的专业人员、系统外的赞助人和主流诗学三个因素所决定，这就是我们现在所熟悉的"译者的选材和翻译的策略等都受意识形态、诗学以及赞助人影响"的"翻译操控论"这一观点。② 用翻译文化学派的这一理论考察茅盾译事，显而易见，政治目的

① BASNETTS, ANDRELEFEVERE. Constructing Culture. Shanghai: Shanghai ForeignLanguage Press, 2001.

② Ibid.

只是属于影响茅盾译事的意识形态这一方面。全面系统地解读茅盾早期译事，还需要考虑到他作为译者的语言素质、文学修养、社会时代背景、主流诗学以及维持这一职业的赞助人等因素。

二 启蒙：茅盾译事的职业要求

初入职场的茅盾并没有今天我们所熟悉的职业规划、职业目标等时尚观念，而是接受商务印书馆的工作安排，在英文部修改英文函授学校学生的课卷。偶然因素使得他在一个月后，开始正式从事翻译活动——与孙毓修合作为商务印书馆译书。这就使得茅盾早期的翻译活动具有鲜明的职业特色。他在《回忆录》中也介绍过，先花了时间好好领悟孙先生的译笔，再仿其手法动手译述《衣》其余章节，完稿后又交与孙毓修审阅同意才行。译者的主体性发挥就必然受到孙毓修这位代表赞助人一方的影响和左右。实际上，赞助人因素在茅盾早期译事之中表现得都非常突出，且都是以为商务印书馆编辑各类刊物并发表符合刊物要求的译文的形式体现出来。他应朱元善的邀请编辑《学生杂志》，译介和撰写大量的西方儿童文学作品，翻译西方教育方面的文章，以开启学生心智；他为《妇女杂志》撰稿主要是译介西方妇女问题研究，提倡和推动妇女权利；他创新《小说月报》的办刊模式，更是不遗余力大量翻译外国小说作品，革新传统的文学体裁，促进文艺发展。茅盾早期译事首先是其职业需要，而为适应这一职业要求，他初期译事的最大特征就是浓郁的启蒙思想渗透在他翻译实践活动之中。

晚清民初，不少有识之士都意识到思想之改良、科技之革命才是振兴民族的唯一出路。因此他们大量引进和介绍西方先进的科学思想和各种社会思潮，已达到启迪民众心智之作用。翻译就是最为便利的一种途径。如鲁迅在其译作《月界旅行》序言中就指出："我国说部，若言情谈故刺时志怪者，架栋汗牛，而独于科学小说，乃如麟角。智识荒隘，此实一端。故苟欲弥今日译界之缺点，导中国人群以进行，必自科学小说始。"[①] 商务印书馆代表着当时新兴的知识传播的机构和文化阵地，客观上发挥了巨

① 鲁迅：《鲁迅全集》第10卷，人民文学出版社2005年版，第163页。

大文化文学启蒙运动的作用。因而，以孙毓修的相对浅显的外文水平译述的各类西方知识性作品都广受大众欢迎。作为具有深厚国学功底和外文基础的茅盾尽管开始受到当时译介流行的“译述”这一意译手法的影响，采用文言文翻译西方科学小说，但同其他众多的有识之士一样认识到“介绍西洋文学的目的，一半果是欲介绍他们的文学艺术来，一半也为的是欲介绍世界的现代思想——而且这应是更注意些的目的”①。

为达到思想启蒙的目的，在翻译选材上，茅盾根据不同刊物的要求，选择不同国家民族不同作家的作品进行翻译转换，时 20 岁就已经翻译欧美等 30 多个国家的涉及科普知识、文艺思潮、社会问题、政论等不同内容的上百篇作品。他的英文水平很高，但并不精通挪威、西班牙、以色列、匈牙利等一些国家的语言。他是采用间接翻译的手段，从英文材料中转译这些国家的作品“选最紧要最切用的先译”，只要这些作品“合于我们社会”②。

这种为启蒙大众而进行翻译的思想一方面是来自他自身对社会发展的认识。他认为“中国缺乏科学教育”。“提倡科学知识乃是一切知识中之最基本的，尤其对于小朋友们。”③ 另一方面也是适应当时时代发展的必然之举。1915 年“新文化”运动开始之后，关注社会民生、传播西方进步思想早已是众多有识之士的共识。1918 年《新青年》刊登启事，征求“妇女问题”和“儿童问题”的文章。茅盾就为此翻译了大量的儿童文学作品和介绍妇女问题的文章。并且在选择原作时，他要求“选定比较‘卫生’的材料，有计划地或编或译，但无论是编是译，千万不要文字太欧化”。并且“译文须得简洁平易，又得生动活泼；还得美”④。从而达到教育和启蒙妇女儿童的目的。

“五四”运动前后，知识分子为启迪民众思想的另一突出性的特色就是大力提倡白话文。茅盾从小接受良好的国学教育，古文水平很高。这可以

---

① 茅盾：《新文学研究者的责任与努力》，《茅盾全集》第 18 卷，人民文学出版社 1989 年版，第 66 页。

② 茅盾：《对于系统的经济的介绍西洋文学底意见》，《时事新报·学灯》1920 年 2 月 4 日。

③ 茅盾：《从〈有眼与无眼〉说起》，《阵中日报·军人魂》1940 年 7 月 15 日。

④ 茅盾：《给他们看什么好呢?》，《申报·自由谈》1932 年 5 月 11 日。

从他早期翻译的文言文译品中体会得出，无须赘言。然而，他在1919年后开始坚持用白话文进行译作，翻译了契科夫《在家里》等大量的科学小说、通俗读物，在译语上也体现出时代要求对译家的翻译策略等方面的影响。

三　救世：茅盾译事的革命追求

如果说，启蒙是茅盾初期翻译实践活动的特征，是他所在的职业本身的特征和时代发展的要求，体现了意识形态和赞助人要素对译者翻译活动影响，那么随着他思想观念上的不断进步和翻译实践的不断增多，在1920年后，茅盾译事中所反映出来的来自意识形态方面的影响力和其自身翻译主体性特色就愈发增强，表现出越来越明显的进步的革命救世思想。在这样的翻译思想指导下，茅盾开始译介大量的社会主义和共产主义作品以及苏联和西方弱小民族的文学著作。

"五四"运动带给中国民众思想上的震撼无与伦比，以民主与科学为标志的西方思潮涌入华夏，洗涤民众的心灵。可以说，五四时期主流的诗学观就是这些接受了西方新文艺思潮洗礼的先进知识分子开始借鉴外国文学特色，寻觅革新中国文学传统的道路。鲁迅更是直言"要医中国文学上之沉疴，须从翻译外国作品入手"①。1920年在接受商务印书馆的任命革新和创办《小说月报》时，茅盾就在《小说月报·小说新潮栏宣言》指出，"我们相信现在创造中国的新文艺时，西洋文学和中国的旧文学都有几分的帮助。我们并不想仅求保守旧的而不求进步，我们是想把旧的做研究材料，提出他的特质，和西洋文学特质结合，另创一种自有的新文学出来"②。为译介国外进步思想，反映和揭露广大民众的苦难生活以激起民众的抗争精神，他还特别在《小说月报》开辟"被损害民族文学号"号外、"俄国文学研究专号"从1919年开始，茅盾把译本的选择主要集中在西欧、北欧等弱小民族的文学作品上。这些作品反映了"弱小民族的历史，风土人情，以及求自由、求民主、求民族解放的斗争"③，在当

---

① 钟俊昆：《近代翻译文学与20世纪初中西文艺交流的影响》，《许昌师专学报》2001年第1期。
② 茅盾：《小说新潮栏宣言》，《茅盾全集》第18卷，人民文学出版社1989年版，第3页。
③ 张宇翔、王继玲：《茅盾的翻译理论和实践》，《安徽教育学院学报》（哲学社会科学版）1999年第2期。

时具有强烈的时代意义，与时代的诗学观融为一体。茅盾说，“对于文学使命的解释……我是倾向人生的。……我觉得一时代的文学是一时代缺陷与腐败的抗议与纠正”。“翻译家若果是深恶自身所居社会的腐败，人心的死寂，而想用外国文学作品来抗议，来刺激死的人心，也是极为应该而有益的事。”①

与当时的主流的社会意识形态中体现出的“救世”思想相一致的另一点就是，初入文坛的茅盾也和众多的文学家一样，革命热情不断高涨，从适应职业要求的翻译启蒙思想作品转而主动倡导译介共产主义思想的革命作品，既有介绍美国共产主义组织的如《美国共产党党纲》、《美国共产党宣言》等文章，也有来自苏联的列宁的作品《国家与革命》。后来秦德君在接受沈卫威访谈时就回忆说：“他（茅盾）在建党初期翻译了大量的共产主义、社会主义学说。在日本时，他谈起这些东西时很得意地说，刚建党时，他是一炮打响，翻译了一批社会主义学说的文章，赢得了陈独秀、李达、李汉俊他们的信任。”② 随着译介这些社会主义思潮作品的不断增多，茅盾自身的思想观点也在不断改造和进步，开始与国内最早的共产党人士结识交往，并成为最早的共产党员。这段时期他在商务印书馆工作时已经不再唯赞助人即书馆方的命令是从，而是走向对抗，并且在1925年组织和领导商务印书馆工人罢工，为广大受压迫的工人阶级代言，直至最后为追求革命离开商务印书馆出走广州。

综上所述，茅盾早期译事的12年中，为政治目的而译介外国作品无疑是其重要特色，但茅盾是因其职业而走上翻译道路的，在翻译的选材、翻译的策略、翻译的语言使用上等方面从一开始就受到作为赞助人的商务印书馆的影响和制约，尽管他初期的译品中体现出鲜明的启蒙思想，但这是当时所处时代的社会意识形态在知识分子思想上的投射，只有随着译介的不断增多，茅盾自身思想的不断进步，“救世”观的形成，才让他开始提倡译介弱小民族等的文学作品，革除传统文学弊病，

---

① 邵伯周：《人生·艺术·介绍外国文学的目——二十年代初期郭沫若与茅盾的论争述评》，《郭沫若学刊》1988年第1期。

② 沈卫威：《一位曾给茅盾的生活与创作以很大影响的女性——秦德君对话录：五》，《许昌师专学报》1991年第3期。

倡导新的文艺诗学思想，并逐渐摆脱资方赞助人的约束，积极主动地翻译苏联、美国等共产主义思想的文章，为共产主义思潮在我国的传播和宣传起到了重要的作用。

原刊《嘉兴学院学报》2015 年第 3 期

俄罗斯汉学界的茅盾研究

王玉珠

摘要 从1934年涅克拉索夫翻译《春蚕》发表后，俄罗斯汉学界的茅盾研究已持续了80余年，这期间可谓是人才辈出，著作充栋。本文试图将俄罗斯汉学界的茅盾研究分为三个时期，以期全面展现俄罗斯茅盾研究的成果，并为国内茅盾研究提供参照。

关键词 茅盾研究；俄罗斯汉学

随着中国综合国力的增强以及国际合作的增多，中国文学以其深厚的文化底蕴和普世性的文化价值日益受到世界的广泛关注，越来越多的国外学者开始以中国文学为课题展开研究。而茅盾，作为中国现当代文学的领军人物，在中国文学界有着独特的地位，理所当然成为国际汉学界炙手可热的研究对象，因此研究成果极其丰富。另外，正如任继愈先生所说："西方学者接受近现代科学方法的训练，由于他们置身局外，在庐山以外看庐山，有些问题国内学者司空见惯，习见不察，外国学者往往探骊得珠……时时迸发出耀眼的火花。"① 也就是说，国外研究者因知识体系和文化背景的不同，会对茅盾进行另一番审视，而对这些审视的斟酌势必会扩大我们国内学者的研究视角和研究深度，从而使国内研究更为完善，

① 任继愈：《汉学的生命力》，《国际汉学》1995年第1期。

这也正是本文的研究意义之所在。

一　茅盾初识期

20 世纪三四十年代：据掌握的资料来看，这一时期俄罗斯学者对茅盾的研究主要停留在译介及少数作品分析的阶段。1934 年，涅克拉索夫翻译的《春香》发表于第 3、4 期合刊的俄文《世界文学》上，这是我们见到的最早的茅盾作品的俄译文。同年伊文翻译的《子夜》片断《罢工之前》和 1935 年普霍夫由英文转译的《子夜》之一章《骚动》都以节选的形式对《子夜》进行了推介，而茅盾最早的文学作品三部曲《蚀》直到 1935 年才被俄罗斯研究者所关注，标志是新翻译的《动摇》发表。1937 年，浩夫、鲁德曼翻译的《子夜》由列宁格勒国家文艺出版社出版，至此茅盾最知名的作品《子夜》才得以完整地与俄罗斯人民见面。1944 年，莫斯科出版的《中国短篇小说集》中收入了奥沙宁翻译的《林家铺子》，这是茅盾被翻译的第二篇短篇小说。除了翻译，俄罗斯学者已经开始对其作品予以分析，其中包括 1935 年王希礼为长篇小说《动摇》俄译本所做的序言和 1936 年鲁德曼的《中国革命作家——沈雁冰》以及萧三的《论长篇小说〈子夜〉》。这三篇研究主要集中于茅盾的长篇小说《动摇》与《子夜》。《动摇》是茅盾小说三部曲《蚀》中的一部，这是茅盾最早的文学尝试，它的出现在当时引起了极大的反响。在 1935 年《动摇》俄译本的序言中，王希礼客观性地分析了茅盾的不足，如作家没有完全消除掉自己的小资产阶级的幻想、本人立场存在动摇和作品不精练等，但我们在行文中体会到王希礼对茅盾的这部作品更多的是肯定，他揭示了茅盾的创作特点是“力求创造出由详细研究过的形象所构成的社会关系的广阔的全景和生活的巨大画面”，并指出他的作品中客观地包容着许多揭露性的事实材料，而这些材料“对于苏联的读者并非毫无意义”，“苏联的读者除了从我们文学的代表人物了解中国的创作之外，他们还想从中国作家本人的传声筒中来了解中国。从这一观点来说，茅盾的创作是其中最为有意义的，因为它接触到了中国生活中对我们最为真实的各个方面”。而鲁德曼在《中国革命作家——沈雁冰》中却更多地指出了《蚀》的不足，认为三部作品结构线条的粗糙、描写手段的缺失和青涩显而易见，在布局上过于狭隘且个人化，主人公的心理和他们家庭关系的分析等问题没有得到解决，小说社会意义非常有限等，但对茅盾的另一部作品《子夜》却给予高度评价，将之称为“宏达的多层次小说”，认为在这部小说中茅盾摆脱了之前作品中所带有的动摇和怀疑，逐渐“成长为不断完善的革命艺术家”，并指出其在主题揭示、语言运用和行文结构上的成功之处。

二 研究高潮期

20 世纪 50—70 年代：50 年代开始茅盾的短篇小说被广泛翻译出版。1952 年，鲁德曼重译《春蚕》和《林家铺子》。1954 年，《茅盾短篇小说选》出版发行，这是茅盾在俄罗斯的第一部短篇小说集，除了俄罗斯读者所熟知的《春蚕》和《林家铺子》以外，这部小说选还收录了多篇茅盾第一次被翻译介绍的短篇小说，如《赵先生想不通》、《微波》和《夏夜一点钟》等。这些短篇小说的翻译说明俄罗斯研究者已不再局限于对其几部代表作的挖掘，而是扩大了对茅盾的研究范围，从另一角度也说明俄罗斯学者体会到了茅盾作品的重要性，从而加大了对其研究的力度。1956 年，莫斯科国家文艺出版社出版了由费德林主编的三卷本《茅盾选集》和《茅盾精选集》，这两本翻译专著的出现，标志着茅盾在俄的研究初具规模。三卷本选集第一卷为《动摇》、《虹》，第二卷为《子夜》，第三卷为《三人行》、短篇小说及论文，同时《子夜》和数篇短篇小说被收录到《茅盾精选集》中。在查找资料的过程中我们发现，在中国当代文学界首屈一指的鲁迅的四卷本选集俄译本也于 1956 年出版，这在一定程度上反映出茅盾在俄罗斯研究者心目中的重要地位。到 60 年代，俄译本《腐蚀》面世，一本是伊万科 1968 年完成，而后在 1972 年索罗金重译。与上一时期相比，这一时期的作品研究文章明显增多，除对长篇小说研究外，有一部分学者开始对茅盾的短篇小说给予重视，整体的研究深度和广度也明显加深。50 年代的俄罗斯茅盾研究者在原有基础上继续关注《子夜》，如费德林在 1954 年《相见中国作家》提及《子夜》对俄罗斯研究者的重要性：“当时的大家都将注意力放到上海这座城市上，但是当时能了解具体局势的书籍非常少，确切地说是完全没有，而《子夜》就是个例外，《子夜》展现了一幅现代上海生活的清晰画卷。”并认为茅盾的作品是“二十年代及三十年代初中国生活的独特的百科全书。除了茅盾之外，没有任何一个中国作家构造了如此宏大的现代中国社会场景，绘制了如此广泛的现代人形象长廊，表现了那么多的问题”。莉希查的《茅盾创作道路》中首次对作家塑造的典型人物——吴荪甫展开研究，认为这个充满钢铁意志和不竭能量的人物是作家的化身，与作家的思想一致。除此之外，莉希查还感叹“在一部作品中展现出处于复杂斗争中如此之多的不同人物性格，在新时期中国文学当中是不存在的，凭借这份非凡的能力，茅盾能够早于中国很多其他作家走上社会主义现实主义的道路”。在这篇文章中作者还提及了茅盾《子夜》创作的一个重要方面，即对高尔基的借鉴，认为茅盾学习了高尔基的第一部长篇小说《福玛·高尔杰耶夫》中的思想，叙述上追求“当代性的广阔及有内涵的画面”，同时，他认为《子夜》中的许多人物形象与以玛雅金为代表的形形色色的商人形象在内容上类似，甚至是典型人物吴荪甫和赵伯韬。继而在 1972 年的《茅盾创作中的高尔基》中，莉希查进一步论述了上述观点。高尔基作为伟大的无产阶级作家对 20 世纪中国文学乃至世界文学都是影响深刻的，茅盾对高尔基的学习借鉴也是毋庸置疑的，茅盾自己就曾说过：“高尔基的作品使我增长了对现实的观察，而其特有的处置题材的手法，也使我在所知的古典作品的手法而外，获见了一个新的境界。”

1972 年戈列洛夫发表题为《茅盾小说〈子夜〉中对自然描写的几点观察》，这是茅盾研究全新的视角。茅盾是公认的风景描写大师，而《子夜》描写自然环境最突出的特色是能在一章里以某种自然现象作为主导旋律自始至终贯穿其中，并且密切地联系着人物的思想行为，与此同时，戈列洛夫细心地注意到茅盾自然描写中常常使用修饰语和艺术上的对比，并在行文中多次使用词汇上的重复以及叠词，并举例进行说明。除了《子夜》，另一部长篇小说《腐蚀》在 60 年代也进入了研究者们的视野。研究者艾德林对其日记体的选择高度赞赏，认为朴素的日记体在此处是主人公赵惠明表达内心煎熬最好的方式。作者对主人公进行了介绍，指出虽然小说《腐蚀》的俄译本出现在其出版的 27 年以后，但是无论是作为文件，还是艺术作品它都是有趣且意义非凡的。在形式选择上索罗金与艾德林的看法相一致：作者以第一人称进行叙述，采取了非同寻常的年轻女孩日记的形式，但同时他又客观地指出小说中几乎没有社会背景，心理描写占据主体，情节发展过于跳跃，叙述中不乏断断续续、吞吞吐吐之句。笔者却认为，《腐蚀》是作者在创作《子夜》之后对现代文学史的又一巨大贡献，无论从艺术形式的创新还是从主题思想的表达上都是成功的，作家正是用这种“欲言又止”、“混乱复杂”来表达女主人公思想上的折磨。

短篇小说研究也是这个时期俄罗斯研究者所关注的焦点。这些短篇小说较多是茅盾在1932年到1937年创作的。在作品中他塑造了一批生动的艺术形象，其中不乏典型人物。在艺术上他勇于打破墨守成规，茅盾创造出多样化的艺术风格，但同时也不乏不足之处，如某些篇章心理刻画稍显累赘，有些篇章剪裁不够，显得冗长。总体来说，短篇小说极具艺术和社会价值。俄罗斯研究者们对茅盾的短篇小说评价颇高，在《茅盾小说集》的序言中乌利茨卡娅认为茅盾在他的短篇小说中鲜明生动并令人信服地描写出中国的现实，并塑造了中国社会各阶层的典型代表人物，解释了他们的性格和思想。与此同时，巴甫洛夫在《红星》上发表书评《伟大中国人民的声音》，接受了茅盾的短篇小说作品。在大量的作品中，《林家铺子》和农村三部曲研究最为广泛。《林家铺子》完成于1932年，描述了一二八战争前后上海附近的一个小市镇林家百货小商店由挣扎到倒闭的故事。苏联著名作家卡达耶夫指出：“《林家铺子》这篇小说以纯粹的巴尔扎克般的技巧描绘出以林家伟为代表的阶级的破产和灭亡的图画。”莉希查将此短篇称为茅盾最优秀的创作之一，肯定其作品中协调的结构、动态的紧张性、对细节的把握和语言的准确；乌利茨卡娅则关注到作者通篇所表现出的对平民百姓、对穷人的同情和怜悯；索罗金感受到的是作者叙述语言上的从容，“不带一个感叹号”，叙述的图景符合事件发展的逻辑规律。读者跟随作者的思维在感受，或悲伤或愤怒。农村三部曲包括《春蚕》、《秋收》和《残冬》，各篇各自独立又相互联系，作品生动地反映了30年代初期半殖民地半封建旧中国农村的破败。索罗金认为在农村三部曲中茅盾展现出了新的艺术潜能，作家的风格越发动态，描写也更为饱满，集中的且为数不多的对话与发展中的事件相一致并创造出了强大的内部紧张度。同时索罗金也注意到在三部曲中出现的农民方言，认为这是刻画人物必不可少的一部分。莉希查详细介绍了老通宝、多多头等人物形象，肯定其人物塑造方面创造性，指出茅盾在这篇小说中是以成熟的现实主义小说能手、人民典型形象的塑造者出现的。整体来说，较之于长篇小说的研究，俄罗斯研究者对作家短篇小说往往只是一笔带过，其研究没有达到应有的深度。

除上述提及的资料外，这一时期还出现了大量的文章和一本专著，如罗果夫 1956 年发表在《旗帜》杂志上的文章《茅盾》、费德林 1957 年为庆祝茅盾 60 岁生日所写的文章《茅盾》、索罗金为 1972 年版俄译本《腐蚀》所做的序言《艺术家与时代》、彼得罗夫的《才能与劳动》以及莉希查的多篇作品，包括《茅盾》、《茅盾创作中的妇女形象》和《茅盾与中国二三十年代文学中的现实主义问题》等，他们将作家整个创作活动作为研究对象，叙述了不同时期作家的创作，并在字里行间对作家进行评价。

这一时期茅盾研究的最大成就莫过于 1962 年索罗金《茅盾的创作道路》的出版，这本 132 页的著作全面介绍了茅盾的生平和活动，不仅在俄罗斯，而且在国外都是第一本专门论析茅盾的书。书中分几个方面来谈论这位当代中国大作家的创作。首先谈到茅盾早期的探索，肯定他在 20 年代倾向于自然主义的艺术观，以茅盾自己的创作以及文学思想、文字主张为据，断定他实际上奉行的是批评现实主义的原则。书中接着分析在中国革命形势日益发展的情况下，茅盾创作了一批优秀的作品，塑造出一批正面人物形象，并全方位地对这些作品和形象进行分析，观点明确，有褒有贬。除此之外，书中还论述了作家在抗日战争阶段的创作，特别肯定茅盾的爱国主义和民主主义思想。最后，简要地涉及新中国成立之后茅盾作为一个社会活动家的各个方面的活动。这本专著开启了茅盾国外专著研究的先河，对整个茅盾域外研究意义非凡，它也标志着俄罗斯的茅盾研究达到高潮。

三　研究停滞期

在经历了 20 世纪 50—70 年代的轰轰烈烈以后，进入 80 年代俄罗斯的茅盾研究进入了停滞期，在茅盾1981年去世之后，俄罗斯包括塔斯社发文悼念，索罗金也写文章对他进行追悼，除此之外，仅有一部索罗金主编的《茅盾精选集》在1990年出版。究此现象产生的原因，笔者认为是多方面的，会在今后的研究中给予专门考察。

经过历时性的分析与梳理，我们发现俄罗斯汉学界对茅盾的整个研究长达80年，研究范围涵盖作家多部作品，研究角度复杂多样，其对茅盾的关注程度可见一斑。

1955年，苏联著名作家肖洛霍夫提出“世界各国作家应该有自己的一张圆桌”的倡议，茅盾立即在《译文》发表文章予以支持，他写道：“各国人民，都希望自己的国家具有灿烂文化；希望把自己国家的宝贵文化献给世界人民；同时也希望从别的国家的文化成果中得到宝贵的东西来丰富自己。我们翻开国际文化的历史，就可以看到，从古以来世界各国人民就一直是建立着这样广泛密切的文化联系的，并且各国作家就是这种联系的开拓者。可惜近年来，这种联系被一种人为的力量给割断了。由于各国人民的共同努力，过去的一年中，各国文化交流的关系才有所改善，但还很不够，应当继续加强，这是各国人民的愿望，也是世界各国人民的愿望。”① 本文的重点恰巧符合了茅盾先生的愿望。我们有责任和义务将从“其文化成果中得到的宝贵东西”回馈到国内，以“丰富自己”。引入这样一种域外观点，并考察其研究的“得”与“失”，无疑有助于开阔国内研究者的视野，使其进一步加深对茅盾及其作品的认识。

原刊《名作欣赏》2015年第11期

① 茅盾：《茅盾全集》第三十三卷，人民文学出版社2001年版，第652—653页。

韦韬关于茅盾研究与李广德的通信

李广德

1983年3月27日，我到北京参加首届茅盾研讨会和中国茅盾研究学会成立大会，第一次见到韦韬先生。其后就有关茅盾生平有过一些通信，最早的一次是请教茅盾就读湖州中学的时间，1983年12月，我给茅盾儿子韦韬先生写信，请教茅盾来湖州读书的时间。承他回信指出："沈老去湖州中学的时间，回忆录上写1909年秋，这是弄错了，应是1910年春。因为小学作文是1909年的，而当时（辛亥革命前）学校是春季始业。因此，沈老的中学时代实际是三年半：1910年、1911年上半年在湖州中学，1911年下半年在嘉兴中学，1912年、1913年上半年在安定中学。当时中学为五年制，沈老进湖州中学插二年级，在安定中学因学制改为秋季始业，又减少了半年，所以是三年半。"据此，我撰写了一篇《茅盾就读湖州中学时间小考》的短文，发表于日本《茅盾研究会会报》第4期。此后，由于写长篇传记《一代文豪：茅盾的一生》及有关茅盾与秦德君的关系问题，多次向他请教，承蒙他的厚爱，大都给予回信。而自己的去信多未存留，好在韦韬先生的回信中写得清楚。如今前辈已逝，书信留存人间，后人阅读学习遗札，更有助于研究深入。

一　1986年3月29日韦韬致李广德

李广德同志：

您好！来信敬悉。

这几年，有好几位同志在撰写茅公的传记，但采取《茅盾的人生》

这种形式的，尚未见到。目录已看过，提不出意见，希望您成功。

提出的问题对我帮助很大，发现了抄错漏，使我还未得及在单行本上纠正，现分别答复如下：

①《中国的一日》选在五月二十一日，我以为可根据孔另境的回忆。茅公的回忆大概是记错了。

②四说是三月六日抵哈密，是手民误植。

③“洋台”应是“阳台”，“斯沫特莱”就是“史……”

④应是《文学创作》，《茅盾文集》8卷后记上弄错了，《当代文学》出版在后。

⑤“北方的佳树”是最早的诗稿，后改为“北方有佳树”。回忆录引的是最初的稿。

⑥应是“赵兹如”。

⑦是“海景酒店”，殊明文章上是“湾景饭店”，但经核实，应是“海景酒店”。

⑧《杂谈苏联》收入全集第17卷。

⑨《也算纪念》全集13卷漏收，后补入17卷。文章待找出后再寄上。

⑩悼念郭老的文章《化悲痛为力量》将收入文论卷（所有惮念作家的短文，都归入文论）。

13卷的照片说明错了，应是佳女。

您送的《茅盾研究》和《湖州师专学报》1986年2期都收到了。《茅盾研究》不止一本，我的已转送一本给了美籍华人陈幼石教授。

一年来您研究茅公的成果累累，向您祝贺！并望今年取得更大的成绩。

草草。即颂

文祺！

韦韬

3月29日

二　1990年3月9日韦韬致李广德

李广德同志：

最近收到《湖州师专学报》去年第三期，拜读了大作。从文章看你是作了大量的调查的，但使我十分奇怪的是：你大量引用了当事人的一方——秦德君的回忆，却为什么不来向当事人的另一方的最近的亲属——我来作一番调查呢？这是一种什么心理在作祟呢？我不明白。

关于茅公与秦在日本有一段恋情，这没有什么可秘密的，茅公在《回忆录》有意回避，并不像现在的某些“研究家”所猜想的，什么不愿谈“隐私”呀，不敢“触动心灵的创伤”呀等等，现在有些作者就是以此种猎奇窥秘来创造“轰动效应”和“经济效益”的，虽然也为自己这种行为戴上“深入探究”的花环。

茅公不愿谈这件事是由于秦在文革中对他的无端伤害而不想再提到她。

文革开始她突然来信要续旧情，未获反应，又来信威胁要报复，以后就编造茅公是“叛徒”的谎言。

文革后的一九七八年，我们第一次看到了她的所谓“回忆”，是油印本，通篇恶毒的谩骂、造谣、诬蔑，没有一句是所谓“作出了充分的、高度的评价”的。这是在茅公撰写回忆录之前。

秦的回忆稿易稿几次，最后拿出来在国外发表的，已经加上了美丽的花冠，甚至是“颂扬”的词句，而删掉了许多见不得人的徒能暴露其恶毒用心的词句，这就是她向她的亲人们反复宣布的，她写进“回忆”里的目的只一个——报复。

面对一篇为了报复的文章，首先应该是冷静的分析，否则不啻是色盲。

譬如：30 年在上海分手。既然是她主动的，为何又自杀？当时她并未“识破”茅公“欺骗”了她呀。茅公告诉我是：给了她二千元，请她打掉孩子，和平分手。至于“自杀”，她究竟是因为“爱情”，还是因为“自尊”？我看主要是后者，因为像她这样的女性是从来不相信自己会在情场角逐中失败的，这个面子丢得太大了，无脸再见人。以后躲在四川去，不再在十里洋场混，恐怕也与此有关。

又譬如：所谓“北欧女神”，所谓她使茅盾转变了消极情绪等等。“北欧女神”是茅公在《从牯岭到东京》一文的最后提到的，表示他已摆脱了 1928 年上半年的消极困惑情绪。此文写于 1938 年 7 月 16 日，也就是说，茅公刚抵达日本，就着手写这篇万言长文，显然构思、酝酿还要早。而那时，茅公认识秦才几天，怎能神速地就变成能左右茅盾的“北欧女神”?!

又譬如:《虹》的写作，秦提供了一个模特儿，一些素材，充其量只是一个故事的框架，而人物是茅公创造的，是从他所熟悉的同类女性中概括提炼而来的，胡兰畦他并不熟悉。把一个人提供了一篇小说的素材这件事无限夸大起来，或为能决定茅公所以“成其为现在的茅盾”的原因，这样的论点不太怪吗?不想多写了，就此打住。

文革中有句口头禅，叫“打着红旗反红旗”。这话现在不讲了，但各个时代都不缺少这样的人，如现在的自由化“精英”。所以，人们应该警惕呀!敬礼!

韦韬

3月19日

三　1990年3月24日李广德致韦韬

韦韬同志:

您的来信收到了。首先，十分感谢您对拙作《茅盾与孔德沚沚、秦德君关系初探》的关心和所提出的宝贵意见!

茅公与秦德君的关系，过去一直笼罩着一层雾障，至今仍然模糊不清。这是不少研究者包括我在内很想探索、研究的。当然，研究这个问题难度很大，还要冒研究受挫和失败的风险。但是既然存在着不清楚的问题，回避不是办法，正确的态度是积极而又慎重地进行研究。

您的信中对如何看待茅公与秦德君的关系，对如何认识秦德君的回忆录《樱蜃》，对如何研究茅公与秦德君及与《虹》创作的关系，都提出了非常重要的意见，是有事实、有分析、以理服人的。

我国和海外的茅盾研究学界都是很重视您对茅盾研究的意见，都很敬佩您为发展茅盾研究事业、推动我国社会主义文艺事业所做出的巨大贡献。我从事茅盾研究以来，多次得到您的关怀、帮助和指教，是深铭于心，常怀感激的。

李广德于3月24日

四 1990年3月30日韦韬致李广德

广德同志：

二十四日来信收到。

茅公不愿谈在日本那一段经历，除了上封信中我讲的原因（秦对他的诬陷使他憎恶这段回忆）外，还因为：（1）他认为这只是他六十年创作生涯中的一段小插曲；（2）他不想多谈个人的私生活。作为他的亲属，我尊重他的意愿，也赞成他的观点。

然而前几年的文艺小气候，使得这段小插曲竟成了茅盾研究中可大可小的一个“热点”。其中不乏想认真作一番探查的研究者，但也有抱着“猎奇”，制造“轰动效应”，以及所谓“挖掘人性的弱点”等等目的而去“研究”的人。在这种鱼龙混杂的情形下，一个热爱茅公的研究者就应该慎重，首先应该相信茅公（从他光辉的一生来建立这种信任），而面对秦的所谓“回忆录”则要多打几个问号，想一想为什么她这样写，符合当时的实际吗？其实秦的“回忆”矛盾百出（上封信我只举了三例），只要不被她的“秘闻”性所迷惑，不难识破。

我不反对研究者们把茅公这段经历作一番探究，但应该恰如其分，任何夸大都将适得其反——无意中做了秦诬陷茅的帮手，什么秦帮助茅盾转变了政治上的消沉呀；秦对茅盾的创作起了巨大影响呀；这是茅盾贯串一生的“情结”呀，等等。

我不是一个“茅盾研究”者，我没有参加茅盾研究学会，我也没有写过一篇研究茅盾的文章，我只是由于茅盾亲属的特殊地位卷入了茅盾研究的“圈”子。我也发表一些个人的看法，但主要限于史实的澄清。我这些意见只为弄清一些事实，使研究者能从更多的角度来考虑问题。譬如茅盾与秦的这一段故事就可以扩而广之，研究诸如：茅盾的婚姻与六十年的感情生活；茅盾的爱情观；茅盾与秦合与分的原因；茅公的一生中秦留下了什么痕迹；等等。此外，还要据量茅盾的感情生活在其一生事业中所占的分量，可能喧宾夺主。这些问题，从已发表的文章看，有的还没有涉及，有的尚未深入，有的则在“自由化”思潮影响下正走向危险的彼岸。

我衷心的希望是：既要研究茅公的感情生活，就不要只着眼于秦德君，似乎只有她才结成了“情结”，这叫“一叶障目”；更不要为她编造的“秘闻”所迷惑，而要进行历史的分析、考察和推究；也不要相信时新的观点，什么“两重人格”，“忏悔意识”等，而要从茅公是一个为共产主义奋斗一生的战士这一基点来考虑问题。这样就能突现出一个有血有肉的真实的茅盾，而不会（表面）上热爱茅公，实际上都在把茅公涂黑。

就写这些罢，这两封信的意见都仅供参考。

另有一感觉：“学报”的“茅盾专号”是目前仅见的茅盾研究刊物之一，这份努力可嘉！但作为刊物主编，要注意掌握方向。贯彻“双百”方针不是放任，而是要有引导、有选择。其实在有阶级斗争的社会内，没有绝对的“创作自由”，“自由化”掌握的刊物就不允许有马列观点的文章发表的自由，我们办刊物，当然也照此办理，或者要发表，也要组织好批判的文章。这是意识形态领域的阶级斗争！这话题一说就多了，反正你也明白，就不说了。

祝好！

韦韬

3 月 30 日

五　1991 年 11 月 5 日韦韬致李广德

广德同志：

寄来的信、剪报、照片都收到了，谢谢！高利克的照片我设法转交。

我也不信有什么“秦派”、“茅派”，这是把学术研究庸俗化了。我提到“相信茅公”，是指对茅公的一生盖棺论定后所产生的信任感，而不是迷信，也就是在原则性、关键性问题上对茅公言论可信性的肯定。茅公可能回避他不愿谈的问题，但一旦直面该问题时，他从不编织谎言。这正是他与秦在品德上的根本区别。不注意这种区别，在研究工作中，就容易在秦的谎言迷阵中迷失方向。我在以前的信中，曾指出你发表在《湖州师专学报》1989 年第 3 期上的那篇文章是对秦的这份轻信，就是指的这个。当然，也有的人并不仅仅限于轻信，而是有思想指导的。譬如有人热衷于所谓“人物性格的二重组合”，硬要在英雄身上挖出个伤疤，正如鲁迅所想：战士战死在疆场，而苍蝇们都在战士流血的伤口上嗡嗡不已。对于秦的回忆录，我只信其一二而不信其八九，这个信念在我读到了《樱蜃》和秦德君与沈卫威谈话录后更加坚定了。因为把这几个材料一对照，再核对当时的实际，其编造的痕迹比比皆是。这只能说是一个患有复仇偏执狂的老妇人的呓语！随便举几个例子。

关于“北欧女神”的神话已揭破，不用说了。

关于秦听到杨贤江说茅公是“叛徒”，因而感到绝望而自杀并堕胎，显然这已表示了绝情，为何到了四川后又苦苦地等候四年？又为什么在等候了二年之后，就在上海的国民党特务小报上写文章骂茅公！而在这两年中茅公并不是没有给她写信，按常情完全可以通过书信来谈判的。这里显然编织了一个弥天大谎。据我了解，秦自杀是在茅公明确告诉她必须分手及堕胎之后，且她的自杀只是个要挟，因为自杀是茅公发现的，显然她服药时已算准了时间。但“自杀”也未能改变茅公与她分手的决心，她才只好回了四川。什么“四年之约”茅公已亲口否认，而且如真有四年之约，茅公见她自杀，还会那样心硬吗？并且如果真有四年之约，她又何必自杀和堕胎呢？茅公认为既然有过日本的一段情谊，分了手也不必成为仇敌，所以仍旧与她通信，作一个朋友，这是正大光明的。秦与刘湘的参谋长结婚，秦显然告诉了茅公，所以茅公才有介绍端木蕻良去四川找秦的想法。假如真有所谓“四年之约”而现在又要毁约，茅公还会这样做吗？此外，“杨贤江说茅公是叛徒”也大可疑。杨与茅是老朋友，关系远比秦密切，不会无端诬陷茅公的：且杨在日本是中共党员，按理会知道中央给东京支部的关于可恢复茅公党籍的信的。显然秦编造这一情节，除了政治上的中伤，主要为了说明自己的自杀不是因为茅公与夫人重归于好，决心与她分手，才出此要挟手段；也为了能吻合她编造的那套分手的原因和经过；即孔要求二千元离婚费，茅拿不出，才与秦商量了一个四年后再结合的办法，并由秦亲自促成了茅与孔的重归于好（见《樱蜃》中的详细描写）。但据我所知，秦回上海后，曾到我家吃过一次晚饭（我记得母亲要我叫她秦先生），以后再未来过；而茅公则经常回家与母亲会晤（我还见过他们在客厅中拥抱）；后来茅公决定与秦分手，就给了她二千元，让她把胎儿打掉。这就证明：①不存在拿不出二千元的事；②不存在要秦来促成茅公与夫人和好的事；③不存在什么“四年之约”的事；④所谓杨贤

江讲“叛徒”的事，也就十分可疑了。我认为，只要对秦的为人有所警惕，再对她写的东西多打几个问号，再加以分析和推理，就不难发现其编造的痕迹。

再如关于沈余夫人的事，香港有人为此事大做文章。其实沈余夫人就是孔德沚，这在茅公的回忆录上写得明明白白。茅公写这段回忆时，叶圣老还健在，以茅公的为人怎么可能当着老朋友的面说说呢？而且鲁迅是十分严谨的人，他当然知道茅公与夫人并未离婚，与秦只是同居，假如是茅公与秦去看他，他在日记上只能写“沈余与某女士来”，决不会写“沈余夫人”的。由此，可推测秦是事后在鲁迅日记上发现了这一记载，才编出那一套的，反正当事人都已去世，死无对证，她可以凭空乱说。

又譬如茅公与秦分手的时间，秦说是八月，其实是六月中旬（茅公《回忆录》上说五月中旬搬家，应是六月中旬，有误植）。茅公与秦分手后即搬回家中住，并即刻安排搬家，几天后搬到静安寺东面一个新建的弄堂里。我记得很清楚，当时学期尚未结束，开始由姐姐带我每天去原来的尚书小学上学，来回坐电车，当时姐姐三年级，我一年级。不久就不让我们去上学了，要在家里。过了近二个月，我们又第二次搬家，搬到愚园路上的树德里，不久母亲便带我们到附近的静安寺小学报了名，那时学校尚未开学。由此推算，他们分手的时间不可能是八月份，而是六月中旬，也就是他们从日本回国后的两个月。这个时间是合乎情理的，即茅公回国后很快就处理了与秦分手的纠纷，且办得很干脆。秦把时间拖成四个月，自然有她的用心。

够了，不多说了。总之，细心推敲秦的文章，就能发现，编造的痕迹比比皆是。譬如她与穆济波的婚恋与婚变，尤其所谓“失身”，大可怀疑；她与刘伯坚的合与分恐怕也隐瞒了或颠倒了最关键的情节；她对回四川后的活动讳莫如深，如她再次与穆济波的纠葛，她的下嫁刘湘参谋长，以及她挖郭春涛家的墙脚，破坏别人的家庭等等。这样一个人，在抗战时期，靠着郭春涛的牌子和旧关系，居然混上了顶革命的帽子，真是天晓得。

一个鄙下的灵魂对一个高尚的灵魂的诬蔑和中伤，本应引起公愤，然而却有人轻信，甚至同情并帮助宣扬，这就太可悲了。我没有责怪你的意思，因为当没有掌握材料时，轻信是容易乘虚而入的，所以我在南京的座谈会上提出了“相信茅公”这一条：在你没有掌握足够材料之前，请先相信茅公！我很高兴你同意我这一条，但也还有人不同意，可见我们还要继续做工作。

这封信写得太长了，又想信笔写来，难免有词不达意之处。……

关于你的大作请上海文艺出版社再版事，我当然欢迎。但这事应该由你自己去办，你作为作者，是完全有权利和义务提供这方面的信息和提出再版的要求的。出版社可权衡各方利益而作出决定。由我来提，就有强加予人、增加压力之嫌，也许效果适得其反，所谓逆反心理。假如出版社领导是我的老朋友，还好说，老脸皮厚，不怕人笑；但现在上来的都是年青的陌生面孔，就不好办了。其次，我也不能开先例，有此先例，万一其他有茅盾专著的学者都来求我，我将如何应付？总之，请你原谅。

《部长夫人》很好，也是第一篇比较全面地介绍我母亲的文章。至于“新鲜”材料，只要提出问题，我将尽可能提供。为了茅盾研究而向我提出的询问，我都乐意回答。

纸已尽，不写了，再谈。

祝

文安！

韦韬

1991 年 11 月 5 日

原刊《茅盾研究》2014 年第 13 辑

田汉给茅盾的信

宫　立

摘要　借助《文学旬刊》上刊载的茅盾、田汉、罗迪先的通信，辨明字寿昌的并非单指田汉一人，并简略钩沉戏剧家田汉与作家茅盾的“文人事”。

关键词　茅盾；田汉；罗迪先

《田汉全集》第 20 卷附录二为方育德、陆炜编的《田汉著译目录（1913—1968）》，注明了所收田汉单篇的原始出处及收入全集各卷的卷次，极大地方便了读者检索。我注意到这样一段文字，“寿昌致玄珠（沈雁冰），《文学旬刊》4 号（1921 年 6 月 10 日），田汉（寿昌）致玄珠（沈雁冰），《文学旬刊》7 号（1921 年 7 月 10 日）”[①]，并注明均收在第 20 卷。《田汉全集》第 20 卷为书信、日记、难中自述卷，笔者并未查到田汉给茅盾的这两封信。

不过笔者在《文学旬刊》这两期上分别找到了寿昌给玄珠的信和玄珠给寿昌的回信，先照录如下：

玄珠先生：《文学旬刊》第二号文学界消息里面，你对于罗迪先

① 方育德、陆炜编：《田汉著译目录（1913—1968）》，《田汉全集》第 20 卷，花山文艺出版社 2000 年版。

君的批评有点不当。《萧伯纳的作品观》完全照录日本《新文艺》第一卷第三号舟桥雄的东西，罗君换过题目，也不加上选译二字，竟是自己所作，未免不是学者的态度，缺乏真实了。这种以译他人之作，占为已有的，日本语名叫“烧直”，日本的批评界对于“烧直”看得非常注重，只要有“烧直”，无不被人知道，知无不言，并不是故意挑剔的啊！他方面批评家也要博览才行，否则他们出墨晶眼镜给我们戴上了。真诚是学者的第一步工夫，先生以为何如？祈示。

五·二五，寿昌，东京

寿昌先生：我很惭愧没有把日本出版的二十多种文艺杂志一一看过，承你指示，感激之至。我本不想做批评家，尤其不想做“校勘工夫”批评家，“博览”二字，自然不；很希望先生注意国内从日本来的“烧直”，至于从英文来的“烧直”，现在也很多，不才倒也还会看出一点，只恐仍不能“博”罢了。

玄珠

玄珠先生：今天我上学校时，在来信桶中得着罗迪先兄一封信说我曾写信给你，指摘他的一篇什么《萧伯纳的作品观》是完全照录日本《新文艺》第某号舟桥某的。并且表明他那篇文章曾参考坪内逍遥的《教化与演剧》，中村吉藏得《最近欧美剧坛》和田中荣之《近代剧精通》等书，并不是从舟桥雄的文章“烧直”来的，并且说他做这文时并没有看过《新文艺》等语。我看完了莫名其妙！因为我既不认得“玄珠先生”又不认识“罗迪先先生”，既没有过《新文艺》，又没有看过《民铎》的第二卷第五号，同时又没有和《文学旬刊》的“玄珠先生”有过什么信。我真不晓得要如何回复他才好。恰好同学俞寄凡君告诉我《文学旬刊》某号中登了我一封致玄珠的信，指摘罗迪先，这一下真把我呆住了。寄凡又邀请我到他的寓所拿出第四号的《文学旬刊》给我看，信下分明署着“五·二五·寿昌东京”，证据确凿叫我更急得好笑。我想这怕莫是别一个也字寿昌的先生写的罢。东京学界叫作寿昌当然不止我一个呀。所以特写这片子来请你代我声明一下。

即算罗君的文章是抄来的，我连本子都不曾过目也不敢大胆地指论人家，何况他还有许多辩明的话呢？

田汉（寿昌）敬白

我本来不知寿昌是什么人，只把来信照登而已，后来罗迪先君来信辩证，并且附一封写给“寿昌”的信，要求登出，我自然把他们都登出来了。今天忽又接到署“寿昌”的田汉君来信，说不是他，我也把他照登如上。不过罗迪先君信中称“寿昌”是同学兄，而现在这位田寿昌君的来信却说：“又不认识罗迪先先生”，那么，除田寿昌而外，一定另有一个寿昌了罢？

玄珠

玄珠在后一封信中提到的罗迪先君写给玄珠和寿昌的信，刊于1921年6月20日出版的《文学旬刊》5号，分别照录如下：

玄珠先生：你在《文学旬刊》里批评我的《萧伯纳作品观》和答田寿昌君一信，我都拜读了。前次民国日报的觉悟栏内，曾经有晓风君说我是偷窃日本《新文艺》当著的，当时不想和他申明，因为他们动辄骂人，现在寿昌也来说我是完全照录《新文艺》，我越想越奇怪，因为我没有读过《新文艺》杂志，为什么有不约而同的事情。（文章）至于辨明一节，详致寿昌君一信，现在附奉，请先生登在下期《文学旬刊》里，不胜感激之至！

弟罗迪先上

一九二一·六·一一

寿昌同学兄：你写给玄珠先生的信，我在《文学旬刊》里拜读了。你说：“罗君的萧伯纳的作品观完全照录日本《新文艺》杂志第一卷第三号舟桥雄的东西。”我现在有句话要向你说明：我没有看过《新文艺》杂志，无从翻译。我作此篇论文时，本来想译坪内逍遥所著的《教化与演剧》内一篇萧其人及其作，觉得太长太费功夫，就把其大略写了出来。又参考了中村吉藏的《最近欧美剧坛》书内之萧伯纳一文及田中荣之之《近代剧精通》，还有参照在日所看得几种戏的梗概，你可以购这几部书来一读，便可知道不是从《新文艺》烧直的。我还要辨明一句：我要想作此篇文时，在去年九十月间，可查《民铎》第二卷第三号之要目预告，后因没有功夫，一直等到阴历年假返舍时，方才参照以上所列之书作成的。不知道《新文艺》第一卷第三号的出版日期，在于何时？此事有同学李石岑可作证人。我不愿多说了，因为处于辨明的地位，总是我吃亏，不过你是我的同学，所以敢写信给你，申明一句。

同学弟罗迪先上

一九二一・六・一一・杭州

玄珠是茅盾的笔名之一，字雁冰，田汉字寿昌。罗迪先在 1921 年 2 月 15 日出版的《民铎杂志》第 2 卷第 5 号发表了《萧伯纳的作品观》，茅盾以笔名玄珠在 1921 年 5 月 20 日出版的《文学旬刊》第 2 号的《文学界消息》在介绍《民铎》第 5 号时，说“罗迪先的《萧伯纳的作品观》一文比罗君先前的著作也好了许多，简明而真确，是这篇文字的特色；就可惜不曾把一九一六年的作品叙述。又如专和萧伯纳作对头的乞斯脱顿（亦是爱尔兰人）对于萧氏之批评及主张纯艺术化戏剧家反对萧氏的论调，最好也带叙几句；又如近排演《心碎的屋》后赞成反对两方面的论调，都是有趣，也以补入为妙。但在一般读者方面说，罗君这一篇还算是好的”。然后通读这六封信，我们才会明白信与信之间的逻辑关系。罗迪先误以为写信给玄珠（茅盾）批评《萧伯纳的作品观》的“寿昌”是田汉，这六封信就是围绕着罗迪先的《萧伯纳的作品观》的“烧直”问题展开的。给玄珠（茅盾）写第一封信的“寿昌”并非田汉，而是另有其人，给玄珠（茅盾）写第二封信的“寿昌”才是田寿昌，即田汉。

玄珠（茅盾）写给寿昌（田汉）的这两封信已经收入《茅盾书信集》和《茅盾全集》，分别题为致寿昌（六月十日）和致田汉（七月十日），寿昌（田汉）写给玄珠（茅盾）的信也理应作为田汉的佚简收入《田汉全集》，可以题为致茅盾（或玄珠），田汉著译目录（1913—1968）

可以这样收录："田汉（寿昌）致玄珠（茅盾），《文学旬刊》7 号（1921 年 7 月 10 日）。

另外关于田汉与茅盾交往的材料，留存的并不多。田汉曾写回忆他与茅盾的交往，"我认识茅盾相当早。那是因为我是他兄弟泽民的好朋友。通过泽民我晓得关于雁冰先生许多事，也同他有过接触。可惜泽民身体不好，在一度艰苦的战斗后就下世了，我们的接触因此也不太密切"①。"我们见面重又密切起来，是在四年前的重庆（笔者注：1941 年）"，"相处得最久、谈得也较深的是在桂林"。茅盾曾提到田汉的剧本《灵光》，他"觉得这篇剧本的动作性是很好的，对话也都流畅，只是角色的个性不很明朗"，"似乎田君于想象方面尽管力丰思足，而于观察现实方面尚欠些工夫呵！"，不过"我们对于田君这两篇处女作（笔者注：指《梵峨与蔷薇》和《灵光》）总是表示极端的欢迎，并希望田君继续有创作发表"②。茅盾 1933 年对上海湖风书局出版的《田汉戏曲别集》第一册《暴风雨中的七个女性》作了点评，他说"田汉的戏曲即使带点浓重的浪漫谛克色彩，可是他那生气虎虎的热情常使人异常感动"③。1979 年 4 月 25 日，茅盾在当日举行的田汉追悼会上致悼词，据说茅盾当时"悲切的心情，几乎使他不能卒读"④。

原刊《戏剧文学》2014 年第 10 期

---

① 田汉：《忆茅盾》，《扫荡报》1945 年 6 月 26 日。

② 郎损：《春季创作坛漫评》，《小说月报》1921 年第 12 卷第 4 号。

③ 郎损：《读了田汉的戏曲》，《申报·自由谈》1933 年 5 月 7 日。

④ 阮文涛：《烙痕·阮文涛文集》，天马图书有限公司 2000 年版。

满纸烟云风流事
——茅盾复袁良骏书信漫谈

王双强

癸巳年（2013 年）岁末，在南京的一场拍卖会上，茅盾手稿《谈最近的短篇小说》以 1050 万元的价格落槌，加佣金最终成交价达 1270.5 万元，创中国文人手稿拍卖新纪录。作为中国近代文学史不可逾越绕行的大风流，茅盾又一次成为焦点，夺人眼球。借此，笔者谨将新近偶得的茅盾复袁良骏书信浅考成文，与友人同好分享，信的内容如下：

袁良骏同志：

十二月上旬来信悉，今日始覆，甚歉。来信所询各事，简授如下：

一　据郑振铎说，文学研究会宣言是周作人写了草稿，经鲁迅看过的。

二　译文停版事，我亦弄不清生活方面谁在负责，请函愈之询问，他那时是居间调停的。近来听传黄源回忆云云，我全不知道。

三　成仿吾到上海是要党中央（当时党中央在上海的联络人是杨之华，杨与我有联系），但成只好先找鲁迅，鲁迅与杨之华无联系，故找我与成见面，至于后来成与鲁迅是否还谈了别的事，我不知道成在北京，你可以写信问他郑伯奇说鲁迅从“呐喊”中抽去不周山，似与此次会晤有关云云，我以为不确。胡风之为特务，现在已经确定无疑，不过当时尚未露形迹耳来信谓“日本方面有人盛传内山及鹿地当时也是特务”不知根据日本方面哪些人的“盛传”，见于何种报刊年来日本友人们来访极多，却未闻他们说过如此云云的话。友协林林副会长本留日学生，现专管对日友好往来事，我亦未闻他谈及像您所说的，您的话来源何在，能见告否？因为此非细事也

祝好

沈雁冰　一月六日

这封信写于1977年1月6日，“文化大革命”刚刚画上句点。回复对象袁良骏，北京大学中文系毕业后留校，专事鲁迅研究。曾任中国鲁迅研究会副会长、秘书长，《鲁迅研究》杂志副主编。这封回信两页纸，400言，心痕手迹，满纸云烟，涉及中国近现代革命文学史上的14位人物。其中内山、鹿地二人为日本友人；其余12人分别为茅盾、袁良骏、郑振铎、周作人、鲁迅、胡愈之、黄源、成仿吾、杨之华、胡风、郑伯奇、林林等。这封回信谈到6件大事：《文学研究会宣言》作者；《译文》停版之争；成仿吾到上海；《不周山》从《呐喊》中抽出；胡风事件；“特务”之传。其中，《译文》停版、胡风事件、“特务”之传曾经在社会上掀起巨大波澜，属时事重大事件。

关于《文学研究会宣言》作者一事，茅盾并没有自作主张，而是公允起见，告知袁良骏，根据同为最早发起人郑振铎的说法，《文学研究会宣言》由周作人起草，经鲁迅过目。

关于《译文》停版之争，关系到鲁迅、邹韬奋、黄源、胡愈之以及茅盾本人。鲁迅为帮助被挤出《自由谈》的翻译家黎烈文，与茅盾、邹韬奋一起，由邹韬奋开办的“生活书店”出资，新办了《译文》月刊，并且聘请有日本留学经历的黄源一面做编辑，一面与“生活书店”联系出版事宜。《译文》出版半年后，邹韬奋因对黄源不满，要撤除他的《译文》编辑职务。鲁迅坚决不同意，慨然拿起他令鬼神生惧的笔杆子，展开为保护“小人物”黄源和捍卫个人尊严的斗争。茅盾当时没有站在鲁迅一边，令鲁迅大为不满，鲁迅在给他人的信中称茅先生还能够和他们“折冲樽俎”，谴责茅盾是邹韬奋他们的帮凶。

关于《译文》停版一事，黄源回忆所云应该是涉及“生活书店”负责人的一些是非，袁良骏因此致信茅后，试图求证。茅盾回复说他全不知道，让他去询问胡愈之。当时，胡愈之相当于“生活书店”的总经理，

曾经调解《译文》停版之争。新中国成立后，胡愈之曾任《光明日报》总编辑，新中国首任国家出版总署署长。

茅盾信中告诉袁良骏，革命早期，成仿吾到上海是为了接洽党中央在上海的联络人杨之华。成仿吾先找到鲁迅，鲁迅和杨之华没有联系，介绍成仿吾与茅盾见面，再由茅盾引见成仿吾见汤之华。郑伯奇是早期同盟会会员，曾留学日本，参加辛亥革命。他晚年撰写同忆录并结集为《忆创造社及其他》。郑伯奇在相关文字中，应提及鲁迅将《不周山》，即后来收录在《故事新编》中的《补天》一文从《呐喊》中抽出，可能与成仿吾在上海与鲁迅会晤有关。袁良骏因此向茅盾求证。茅盾认为二者之间没有必然联系。信中提到的杨之华，是中共早期领袖瞿秋白的第二任妻子，新文化运动以来首屈一指的巾帼风云人物。

“胡风事件”是建国之后文艺界最具影响的事件之一。由于胡风的文艺理论被认为偏离毛泽东红色文艺理论，引发事端，不断升级。“胡风反革命集团案”定性后，牵涉2100多人，92人被逮捕，62人被隔离，72人停职反省。1988年，“胡风案”得到彻底平反。因此，现在看来、茅盾在信中称“胡风之为特务，现在已经确定无疑”并非史实。只是，这封信写于1977年。当时“胡风案”还没得到平反。

信中所提到的两位日本人，内山与鹿地，即内山完造和鹿地亘。内山完造是鲁迅的华友，也是鲁迅先生革命斗争的同盟与战友。鹿地亘也是跟鲁迅一见如故的朋友，是日本反战进步作家，曾受到郭沫若、沈钧儒、邓颖超等人的热烈欢迎。20世纪30年代，常有小报拿鲁迅和内山与鹿地的友谊借题发挥，以诬陷鲁迅先生是替日本人卖命的大特务、卖国贼。“文化大革命”时期，似又有人诟病内山与鹿地，矛头直指鲁迅，蓄意再挑事端。因此，茅盾就袁良骏信中所云“日本方面有人‘盛传’内山与鹿地是特务”甚感不安。他告诉袁良骏，近年来，在与日本友人和中日友好协会副会长林林的交往中，从未听说到类似说辞，“您的话来原何在，能见告否？因为此事非细事也”。茅盾先生在信中这样问袁良骏，并给“能见告”三字加了着重号。

原刊《收藏》2014年第13期

访谈录:茅盾抗战流离生活掇记

孔海珠　辑录

题　记

这份访谈记录，是从《茅盾访问通信录》中辑录而来。

1961年，对于文化人来说无疑是思想宽松、充满希望的一年，这是几次政治运动后稍稍松弛的一年。文化单位想做一些文化积累工作。在上海，由上海作家协会资料室牵头，会同大专院校图书馆，选择了一些著名作家为研究课题，从基础工作着手，在图书馆查阅了大量的旧报刊，同时走访作家的有关知情人，期望得到更多的线索和内容。这些材料再给作家本人过目，请他订正。这样的操作顺序，所花费的时间和人力很多，整理出来材料基础扎实，资料价值高，真实性强。

在1961年至1962年，这项工作开展得很顺利，笔者还不太清楚当时组织了多少人参加，课题规模有多大，涉及研究对象的面有多广。据我所知，有关茅盾研究，由华东师范大学的翟同泰，中国作家协会上海分会的魏绍昌和上海师范学院的徐恭时等同志，组织了一个"茅盾资料编辑小组"，他们做了上面所说的这些工作，获得了大量的第一手资料。尤其可贵的，当时这份《访问通信录》曾请茅盾亲自审阅，留下了他亲笔的阅注意见。

经过十年动乱，他们编纂的原稿居然保存了下来。1982年，当"中国当代文学研究资料丛书"《茅盾专集》，由我和复旦大学中文系的同志合作编著时，翟同泰在征得其他先生同意后，将这份访问录供我使用。当时，我希望将它编入专集的第三卷中。但事与愿违，专集出版了二卷之后，没有再出版第三卷，使这份史料没有面世的机会，以后也没有。

如今，做访问工作的这三位先生先后离开人世，然而他们做的工作，曾为茅盾本人撰写回忆录提供参考，为后来的茅盾研究做出了贡献。

原始的访问通信录中被访者有 70 多名，笔者将其编为七个部分，现在这辑摘编其中 8 名，名单如下：叶以群、巴金、傅彬然、邵荃麟、洪遒、徐韬、侯立达、张仲实。访谈内容围绕茅盾展开，被访者自己的经历和回忆也有所谈及，这里全文抄录。本文以“谈抗战”归类，因为谈话所涉及抗战生活的内容较多，也旁及其他内容和其他时段的珍闻。在辑编中，每一位人物在这份访谈录中只出现一次。之前，这份访谈录的其他部分，在 2009 年出版的《出版博物馆》、《新文学史料》、《鲁迅研究月刊》上，曾刊出三辑：“商务印书馆同仁谈茅盾”，“关于茅盾、文学研究会”，“忆左联谈茅盾”，敬请识者留意。

访问叶以群

1961 年 12 月 23 日于中国作家协会上海分会

茅盾从延安到重庆约在 1940 年 11 月底，在重庆筹备《文艺阵地》的复刊。茅盾从重庆到香港约 1941 年 3 月下旬。1947 年他从上海到香港在 11 月。1948 年从香港赴东北是与郭老同行。（茅盾旁注：此有误。我与李济深等二十多人同船，到大连。时在 1948 年 12 月末，在船中过新年。）

1940 年他从迪化逃出是萨空了从新疆到重庆对周恩来同志说起那里形势不好，于是决定发了一封电报，假说他母亲逝世，这样他才以奔丧为名，请假离开迪化的。（茅盾旁注：此有误。母亲死是事实，电报是我的二叔从上海发的。）

1942 年他从香港回到桂林写了《霜叶红似二月花》第一部，第二部没写完。他从桂林到重庆是周恩来同志要他去的，在重庆主要参加民主活动。当时国民党上层分子内部有矛盾，不敢杀他。

《文艺阵地》一至三卷由我编，以后由罗荪接编。太平洋战争后从七卷起仍由我编，《文阵新辑》也是我编的。我写了一篇回忆《文艺阵地》

的文章，将在上海文艺出版社出版的《中国现代文艺资料丛刊》上发表。

抗战初的《烽火小丛书》可能不是他，而是巴金编的，这一点可以问巴金。

1941 年他在香港主要是写《腐蚀》，以后编《笔谈》。《笔谈》可能出七期，第七期出来后可能太平洋战争发生，被毁掉。

太平洋战争发生后，我送他出险，直到桂林。

1942 年他第二次（茅盾旁注：不是第二次，而是第一次。）到重庆后，曾参加“救国会”，以便于参加民主运动。

重庆的建国书店是我主持，上海的《文联》是我编的，当时他还在重庆。

香港的《小说》月刊是由他出面，周而复、楼适夷编辑的。

他由香港到东北前与其他民主人士发表宣言，宣言在《华商报》上刊载。《华商报》广东作家协会有保存。

访问巴金

1962 年 2 月 23 日于其上海寓所

我与茅盾最早认识是在 1933 年。当时《文学》创刊，主编是傅东华，黄源担任编辑，茅盾是编委。以后抗战期间在内地遇到的时候较多。

《呐喊》与《烽火》，由茅盾和我负责筹办，茅盾任编辑，我任发行。后来茅盾到内地去，后几期由我接编。该刊后在广州继续出版，登记时改为巴金主编，茅盾发行。该刊是几位同志自己出钱办的。茅盾对编辑工作非常认真仔细。

《呐喊小丛书》是我主编的，这部丛书是在桂林编辑稿件送到上海印刷，《烽火文丛》、《烽火小丛书》是靳以主编的，共出五六种。《文丛》也是靳以主编的，在广州出版三期，桂林出版二期，茅盾参加过一些工作。

“文学研究会”这个组织后来是无形停顿的，虽然还出版“丛书”，不过用此会名而已。我不是会员，郑振铎向我要稿，所以我也出版过两本书。

茅盾在重庆住在唐家沱，与以群联系较密切，他除写作外，还参加一些政治活动。住在重庆的时间为 1942 年到 1946 年。

关于《子夜》的人物背景不清楚，茅盾与银行界中有熟悉的人，是通过卢涧泉关系认识的。

中华人民共和国成立后茅盾以民族资产阶级改造为背景的《子夜》续篇，已写好十多万字。他在中华人民共和国成立初期曾写过一个以肃反为题材的剧本，没有发表。

访问傅彬然

1962 年 10 月 27 日于其北京寓所

抗战前的《新少年》杂志是宋易（托派）编的。

抗战发生后，在武汉出版的《少年先锋》是章雪舟创办的，原来由宋云彬编，后来是我编的。我到政治部第三厅后，是唐锡光编的。

皖南事变以后茅盾由重庆去香港时，在桂林大约住了一个星期。

《清明前后》的手稿我见过，但已经还给他了。

茅盾曾为我的儿子写的一本家信集子写过一篇序，同时写序的还有叶圣陶。

去年我从医院里出院时，刚好他进医院。他对我说："恐怕这些要报废了!"但结果还好。现在他的身体比我还好些。

访问邵荃麟

1962 年 11 月 6 日于其北京寓所

茅盾很早就参加党。1927 年在武汉时曾做过武汉国民政府的文化局（或文化厅）局长，[茅盾旁注：在武汉时并未担任行政职务，国民党政府也无文化厅。当时我先在军事政治学校（武汉分校）充当政治教官，后任《（汉口）民国日报》主编。] 这件事阳翰笙了解。大革命失败后写作《蚀》，反映了他当时的消极情绪。但是当他一旦认识清楚以后，便又积极地工作了。他从日本回国后便参加"左联"，好像还做过一段书记。《子夜》中对革命者的描写不怎么完整，这部小说是不是无产阶级现实主义作品，过去有争论。但不管怎样，这部小说大的方面必须肯定。

1940 年他到了延安，后来离开时没有留他，是因为他和郭老在重庆所发挥的作用更大，是一面旗帜。“皖南事变”后他到了香港，写作《腐蚀》时情绪也不够高，这部作品也有缺点。后来编辑《笔谈》。

太平洋战争发生后，他回到桂林，和我们住在一起。在桂林除参加文艺活动外，主要是写作《霜叶红似二月花》。这部小说发表后，桂林是否开过座谈会，已经记不起来了。国民党派刘百闵来桂林找了很多人，不是专门找他的，1942 年底他去重庆，我们曾帮他筹措路费。

他到重庆后，一般的社会活动他也不参加，主要是搞“文阵社”，编辑《文艺阵地》，也参加“救国会”的活动。和他同时被蒋介石召见的还有张友渔、胡风等一共七八个人。以后他写作的《清明前后》对统一战线工作起了好的作用，讨论这个剧本的文章很多，争论很大。当时有人（王戎等）批评这个剧本，我们则支持他。胡风到处说他的坏话，斗争很尖锐，我和何其芳写文章进行反驳。我的文章发表在《新华日报》上。和胡风斗争，他也参加了。后来胡风骂客观主义，主要就指的他和沙汀。胡风攻击他的作品是客观主义的，是指他缺乏主观战斗精神。当时重庆文艺界召开座谈会，批判《希望》杂志上舒芜的论文《论主观》，他也发了言，批评了舒芜。以后胡风说在这次座谈会上有人抬手抬脚，就是指他。在重庆举行他 50 岁生辰纪念，以群比较清楚。

1947 年他去香港，主要是搞创作，《小说》月刊是由他出面，实际工作是周而复搞的。

中华人民共和国成立后他当过政府委员。他写的《夜读偶记》，对现实主义和反现实主义这个公式，何其芳有不同看法。现在他主要是搞文艺评论。

一个从小资产阶级民主主义走向无产阶级道路的人，在走的过程中，总会是有些起伏的，茅盾也是如此。这些地方只能联系他的创作和创作思想来谈。

关于两个口号的论争，周扬说：“两个口号都对，可以互相补充。”当时胡风在搞分裂活动，雪峰有宗派倾向，茅盾本人还是主张两个口号可以并存的。

“左联”时期有些青年作者写小说觉得学习鲁迅比较困难，因为鲁迅的古典文学修养很深，而学习茅盾则比较容易，因此他的影响是很大的。

现在来搞茅盾研究，最好还是先研究他的创作和创作思想，看看他有些什么好的经验和影响。他受古典小说的影响较大，他的小说比较民族化是个优点，他的创作方法有特点，和鲁迅、郭沫若的创作方法都不相同。过去有人说他有自然主义倾向，这要很好地研究，不能随便下结论。最好能把各种各样的意见收集起来，加以比较研究，然后提出自己的看法。他有国际影响，也可以研究一下外国人的意见。对于他的创作要充分估计，大的作品可提缺点，短的作品就不必篇篇提了。

你们编的年表很详细，用了很多功夫，可以作参考用，发表时对于生平方面还是简单一点比较好。

杨晦、吴组缃、王瑶等搞现代文学研究的人可以访问访问。

访问洪遒

1962 年 3 月 15 日于广慈医院病房

香港《文汇报》副刊《文艺周刊》有一段时间主编署茅盾和我的名字，实际上我只做一些初步审稿和与报馆联系的工作，稿件初审后即送到茅盾家里请他审定。茅盾不到报馆里，但他审稿很仔细认真。《文艺周刊》共出几期已记不清楚。这部分周刊我家里大概保存着。

1947 年到 1948 年茅盾同志寓居香港期间，写的短文很多，发表在《文汇报》、《大公报》、《光明报》（后改为期刊）、《青年生活》、《野草》等报刊上。

茅盾当时写的稿子都由他夫人录存底稿，而把原稿付排。我曾嘱报馆在原稿付排后不要剪破，我都保存着。这些原稿，写得很清晰，不幸我寓所后来遭火灾，这部分稿件全毁，非常可惜。

茅盾在香港时积极参加民主运动和文艺活动。他在 1948 年底离开香港到老解放区去，同去的有很多人，走时是半公开的。

茅盾在香港时，以群同志和他联系很密切，他们曾组织过一个“文联社”，有些情况可以问他。周钢鸣与茅盾也熟悉。秦似和他也熟，秦现在广西桂林的广西师范学院工作，可以去信了解。

访问徐韬

1962 年 3 月 22 日于其上海寓所

茅盾同志去新疆，是在 1938 年底，约于 1939 年年初到达。我与赵丹、朱今明、王为一等五人去新疆，比茅盾要晚，是在 1939 年年底去的。我把当时的情况凭记忆谈一些，希望你们进一步核对事实后再采用。

谈茅盾去新疆之前，需要说明一下当时新疆的政治情况。当时盛世才统治着新疆，称为督办，他是以伪装进步面貌出现的。他组织了个政党叫“反帝会”。这个会定了一些章程，第一条写的是“亲苏”、“民族平等”等词句。当时盛世才在表面上也做了一些事情，如两次赴苏联访问，新疆的建设、建军工作，大都依靠苏联支援。在教育、医药等方面请到了一些苏联专家来进行指导。盛世才与延安也取得了密切联系，毛泽民也在新疆。（茅盾旁注：中共有办事处在迪化，中共不少党员在新疆工作。）在那时有些人对盛世才的本质认识不清，对其伪装面貌不了解，杜重远受其迷惑，写了《盛世才与新新疆》一书，宣扬盛在新疆进步的一面，这本书在青年中产生了一定影响。

茅盾到新疆，就是在这种情况下去的。（茅盾旁注：我和张仲实、萨空了，都是杜拉去的。）当时盛为了树立威信，增加政治资本，通过杜重远邀请进步的文化人士去。

我与赵丹等，那时想组织一个剧团，从战区回到重庆，看到重庆乱七八糟的，无法安身。在当时情况下，也被邀去新疆。我们行前去见周总理，说明我们要去新疆，周总理对新疆的情况是了解的，不阻止我们去，主要是当时盛的表面现象还好，反动面貌未暴露，不便说出来。我想当时盛世才投机投到底也有可能。

茅盾到了新疆，盛世才表面上表示欢迎，特设置“新疆文化协会”这样一个组织，请茅盾担任委员长的职务。这个会是属于新疆省政府下的一个政府机构，统一领导新疆各民族的文化运动，下设 14 个民族的文化促进会。我们去后，委员会下设一个“剧团”，我们就在这个剧团里工作。

我们去新疆以前，茅盾曾有信来，信上虽说盛欢迎我们去，但又说那里生活条件很差，言下之意叫我们慎重考虑。因为盛世才控制信件，检查极严，茅盾虽已知内情，但不能说出真情。

茅盾到了新疆半年，就看出盛世才的法西斯手段，所谓发展文化只是幌子罢了。当时进去的人，没有办法出来，因为新疆的交通工具完全控制在盛世才手里，有几条关口，没有他的通行证不能离开。我们到新疆遇到茅盾时，他秘密对我们说："我并不希望你们来啊！"

茅盾在新疆，思想上非常苦闷，心情很不愉快，在这样环境下，不可能进行创作，仅仅写几篇应景文章而已（因为不写也不行），大概都登在《新疆日报》上，篇数不会多。

当时还设有一个文艺干部训练班，学员就是各民族文化促进会的干部，茅盾名义上担任"班长"的职务。（茅盾旁注：每周讲话一小时，先是介绍国际形势，抗日形势，然后回答问题。）茅盾当时还担任"中苏文化协会新疆分会"会长的职务。

萨空了与茅盾不是同行到新疆，萨空了是在新疆日报社工作。

茅盾在新疆，住在迪化（今乌鲁木齐）南梁（南门外，这地方比较高，所以叫"南梁"）。他单独住一所房子。新疆学院也在那边。我们去新疆时，起先也住在南梁，后来搬到城里。一次到茅盾家里去，他秘密告诉我们希望我们少来，因为周围都有盛世才派的特务，如附近的小贩就是，所以我们后来就很少再去。

当时盛世才用种种"莫须有"的罪名罗织罪名，不少干部被盛撤职后都关进监狱，没有一个漏网。法官的审问都是根据事先设计好的一套"罪状"来刑迫，不承认与承认一样定罪。这些法官也惴惴不安，因为今天做法官，明天也可能进监狱，连问话也不敢多问，供词不符合"罪状"的不记录。那时监狱非常多，关进去很多人。

茅盾在新疆，当时盛世才不敢从政治上来迫害他，因为茅盾不但是国内有名作家，也是国际上的有名人士：但又不肯放茅盾走，怕出去写文章揭露他的黑暗统治。茅盾一直想走走不掉。后来接到电报说他母亲病故，茅盾特为母亲开吊，向盛说要回去为母亲落葬。盛无法阻止，茅盾坐了苏联飞机，（茅盾旁注：苏联驻华大使馆专机，不定期，约每月一次。）离开迪化飞到兰州。时间是在 1940 年 5 月。

茅盾离开新疆后不久，7 月间我们就被捕入狱，被关了 5 年。事后我

们才知道，“罪状”就是假造我们是以茅盾为首的“叛变集团”。

茅盾到延安后情况不大了解。“鲁艺”的学生在上海的有黄准、寄明、柯兰、葛炎等，可以去访问。

后来我们出狱到了重庆，仍在剧团工作，茅盾为我们写了《清明前后》，并指导我们排演。

访问侯立达

1962 年 4 月 19 日于同济大学

1938 年 12 月，我与沈雁冰先生、杜重远先生一起从香港乘轮船到越南海防，改乘火车经河内、老开到河口，再改乘滇越路火车到昆明，在经过上述各地时各停一天，到昆明后停了几天，然后乘飞机经成都、西安到兰州。到兰州后就与沈先生分手，我与杜先生一家人乘飞机先到乌鲁木齐，沈先生在兰州停了相当久，然后乘汽车到乌鲁木齐。

新疆学院原为军阀杨增新所办。杨在该校第一届学生毕业典礼大会上被金树人打死。该校原设有语文、教育、土木工程三个系，杜先生去后准备成立新疆大学，增设了政治经济系，我即在该系读书。新疆学院的校址在南梁，原是一个兵营，我在该校读书时，其前面一部分房子还是驻的军队。

新疆学院教务长原为林基路，后为郭慎先，秘书为孙警钟。张仲实在政治经济系教课，各系无系主任，同学不到 300 人。关于该院情况，杜先生在《三渡天山》（刊《抗战》三日刊）和《盛世才与新新疆》中可能有记载。

沈先生去新疆后在新疆文化协会工作，在新疆学院教基础课：《语文》（不叫《国文》），是几个班合上的，星期一、三、五都有课。他上课时时间抓得很紧，每隔 10 到 15 分钟要学生提问题（不限课文），沈先生学问很博，不管什么问题，他都给以详细解答。他上课从不迟到，抽烟很多。

沈先生在新疆写文章都用“茅盾”或“沈雁冰”两个名字。未见用其他笔名。他写的文章范围很广，不限于文艺方面，但没有写过小说。他的文章大都登在《新疆日报》上。当时《新疆日报》的社长是萨空了。

沈先生家住在南梁，在苏联领事馆的对面，是一个招待所性质的房子。他自己有一部马车，除到新疆学院上课外，还到督办公署办公，（茅盾旁注：不是到督办公署办公，而是到新疆文化协会办公。不过，盛世才也常找我进督办公署商量事情—大都是有关文化协会的。）工作相当忙。他离开新疆时，杜先生已经被捕。

沈先生观察事物非常仔细，记得路过海防时，他从街上回来谈起越南人的生活形态，惟妙惟肖，非常生动，而这些我们都没有注意到。他的太太很会做小菜，他写作时，他太太常做点心给他吃。

访问张仲实

1962 年 10 月 20 日于马恩列斯编译局

茅盾去新疆是杜重远邀请的。杜重远政治经验不够，光看表面现象，结果被盛世才所骗。他所写的《盛世才与新新疆》也起了不好的作用。

我于 1938 年底从重庆动身，到兰州后与茅盾会合。在兰州住了两个月。三月初乘飞机到哈密，住了七天到十天，然后乘汽车到迪化（今乌鲁木齐）。

我们到迪化时，盛世才来迎接我们，（茅盾旁注：郊迎二十里。）带了一个连的军队，抬着机关枪。我还不以为意，茅盾的社会经验丰富，当时他拉了拉我，小声说："事情有点不妙啊！"我们到了以后就知道上了当，总想寻找机会早日离开，但是交通工具都控制在盛世才的手里，通内地的路也控制很严，没有他的通行证根本无法离开。

茅盾在新疆的工作主要有两个方面：一、做新疆文化协会会长，也可能叫委员长。新疆文化协会是个社会组织，因为新疆当时的说法有 13 个民族，每一个民族都有个文化协会，上面一个总的领导机构就是新班文化协会。他要管的事情很多：编辑教科书（主要是小学课本），戏剧电影活动，各民族学校（包括宗教学校），各地人的同乡会，连各民族的宗教纠纷都要他管，后来赵丹、徐韬、王为一等带了一个剧团到迪化，把话剧传到了新疆，这是一个进步剧团，也属于新疆文化协会管。二、在新疆学院教课。新疆学院有国文系、教育系、政治经济系，没有文学院。有维吾尔族两个班，汉族三个班，有 300 来人。他教"语文"（不叫"国文"）、"创作基本知识"等四门课，并且要改作业：我教"哲学"、"经济学"、"社会发展史"和政治课。

盛世才完全是个投机家，是个专制暴君，阴险残暴，但又优柔寡断。

他的反动面目的完全暴露是在1942年斯大林格勒战役时，他以为苏联要失败了，所以完全翻脸了。他在1939年年底或1940年年初，把杜重远软禁起来。1940年2月，新疆学院改组。杜重远要求回内地或者去苏联，他都不允许。同年1—2月，他就想逮捕我。那时我经常在茅盾家里，就像他家的一个成员一样，盛世才每次派人来，总是要我们两人一起去。这次他要我一个人单独去，我情知危险，但不能不去。茅盾当时非常忧愤，但无话可说。孔德沚已经掉下泪来，问我有没有什么话要留下，有什么安排。盛世才把我叫去后，要我到他的督办公署后面押犯人的地方（平时总是在前面客厅里接见我们）等了一个多小时，天气非常冷，这个房间连火炉也没有生，把人冻得要死。最后他拿了两个不相干的文件要我看看，提点意见。（事后我揣想他在这个时间可能是在考虑，究竟是逮捕我好还是不逮捕我好。）我回到茅盾家里，他们全家真是喜出望外。从此以后，我们更急于离开。3月间，茅盾母亲故世，乘机请假离开，盛世才勉强答应了，但推说没有飞机。这时苏联领事馆同意乘坐他们领事馆的飞机到哈密。我在1月间借伯母病故，也请过假，这时与茅盾全家一同离开。但到哈密后盛世才忽又后悔，打长途电话到哈密，借故说工作未完，要我们留下（实即扣留）。但当他们派人追来时，我们刚刚起飞，所以这次非常危险。

我们在新疆时，与党取得了联系。那时毛泽民在新疆，改换姓名在新疆省政府做财政厅长，另有一个姓周的做教育厅长，后来被捕后叛变了。陈潭秋在党的新疆办事处，是不公开的。还有林基路等也在新疆。

茅盾在新疆写的文章发表在《新疆日报》、《反帝战线》等处，政治态度很鲜明。那时李何（最近故世了）在《新疆日报》工作，这个报纸是党领导的。

我们于1940年5月20日到西安，与朱总司令一起到延安。我们在新疆一年零四个月，路上走了四个月。茅盾到延安后，住在鲁迅美术学院，毛主席曾去看过他，送他一本《新民主主义论》。那时沙可夫［茅盾旁注：沙可夫那时在延安文协（或陕北文协）鲁艺院长是周扬。］在做“鲁艺”的院长，严文井、曹葆华都在那里教课。

原刊《新文学史料》2014年第1期

茅盾与王云五的那些往事

钟桂松

1921年，茅盾在商务印书馆主编《小说月报》一举成名，成为新闻出版界的一位新锐人物。同时，25岁的茅盾又秘密从事革命政治活动，而且颇受同样年轻的中共党内同志的重视，并委任他为中共中央联络员；负责全国各地党组织来上海向中央汇报工作的联络工作。

然而，1921年7月胡适的上海商务印书馆之行，对茅盾以后的工作，产生了意想不到的影响。让年轻的茅盾感到十分郁闷，以致最终引发茅盾辞去《小说月报》主编之职，成为茅盾在商务印书馆生涯中的一件严重事件。

胡适自己不肯来商务印书馆编译所任职，却推荐了自己曾经的老师王云五先生。这就是茅盾在回忆录里所讲的“一九二一年夏季发生的商务编译所的一个关系重大的人事变动”。

这件事的起因，是商务印书馆编译所所长高梦旦在新文化运动日益兴起的时候，自觉有不胜劳累之感，因此多次向张元济提出辞呈。自然，从今天的眼光来看，高梦旦先生这样德高望重的人，担任编译所长是再合适不过了，懂出版、懂日文、懂管理，人缘好，不少学富五车的文人专家学者都愿意在其领导下工作，因此，应该是位合格的领导者。但是被胡适称为“新时代的圣人”的高梦旦却不这样想，他完全是从“事业”出发，不想占着位置，影响别人，所以，高梦旦先生对编译所长职位的让贤，是发自内心的。

但是，偌大的中国，谁来担当商务印书馆编译所所长这个职位呢？商务印书馆当局张元济、高梦旦等颇费心思，他们将全国知识界的人才扫描一遍，发现年轻的北大教授胡适先生倒是适合。于是，高梦旦专程跑到北京，找胡适面谈。据说，胡适被高梦旦的诚意所感动，答应暑假到上海商务印书馆来看看。

1921 年 7 月 16 日，胡适只身一人抵达上海。商务高管张元济、高梦旦、李拔可、庄俞、王显华等到火车站迎接。张元济与高梦旦亲自送胡适到下榻的大东旅馆。第二天中午，商务印书馆张元济等又宴请胡适。可见，商务印书馆对胡适的到来十分重视。而胡适享受如此之高的礼遇后，也认真地在编译所会客室每天轮流找人谈话，了解商务印书馆编译所的工作流程，了解职员的业务状况和学识能力，并听取许多应改应革的想法和建议。其间，茅盾也是胡适召见谈话的人，后来胡适又专门找茅盾、郑振铎等文学新秀叙谈，并对《小说月报》的文学流派介绍谈了自己的看法，自然，在当时的历史语境里，25 岁的茅盾对商务当局请来的胡适还是仰视的。胡适考察了一段时间后，自己不想跳槽到编译所就职，而是推荐自己的老师王云五来担当编译所所长。

王云五，名正瑞，别字云五，号岫庐，1888 年 7 月 9 日出生在上海，原籍是广东省香山县泮沙村，家庭的缘故，王云五读书时间很短，所以他所有的知识，都来自他的自学，包括外文。应该说，王云五是个自学成才的典范。1921 年，30 多岁的王云五，在知识积累、人生阅历和心智等方面，都已成熟。所以，当时王云五听到胡适荐他出任编译所所长后，其内心有“正合我意”的喜悦，他在《我认识的高梦旦先生》一文中说到当时自己的想法：“我呢，因为正想从事编译工作：如果能够有一个大规模的出版家给我发展，那是无所用其客气的。而且我平素有一种特性，对于任何新的工作或是重的责任，只要与我的兴趣相合，往往就大着胆去尝试的。”

当胡适带着满足和好名声回北京后，王云五在商务印书馆高管的再三恭请下，于 1921 年 9 月 16 日正式到编译所，并且也有 3 个月调研后，再定夺来不来的条件。

对王云五，当时茅盾的印象里似乎不佳，比不上胡适，说他是“官僚与市侩的混合物”。茅盾说：

王云五在当时学术界，可以说是“名不见经传”。但商务当局由于胡适的郑重推荐，还是不敢怠慢。高梦旦亲自拜访了“隐居”在上海的王云五，高梦旦带了郑贞文同去。郑贞文（心南），留日学生，福建人，专业化学。据郑贞文说：王云五藏书不少，有日文、英文、德文的书籍，其中有不少科学书。有德国化学学会出版的专门化学月刊，从首卷到第一次世界大战前，整套齐全：这种杂志，郑贞文在日本理科大学图书馆曾见过，回国后却不曾见过，不料王云五却有之。经过询问，王云五只得直说是从同济大学医学院德国化学教师那里买来的，这位教师因欧战而回国。王云五所藏的外文书籍，绝大多数是乘欧战既起许多外国人回国的机会，廉价买来的。

王云五也说要先了解情况，以3个月为期。3个月后他决定上台，于1922年1月正式就任商务编译所所长。他带来了几个私人，这几个人实在是他的耳目。这几个人为王云五吹嘘，说他兼通理、工科，善英、法、德、日4国文字，《大英百科全书》从头到底读过一遍，但这些肥皂泡不久就破了。编译所中能英、德、法、日这四国文，留学回来，专业为理、工的人，少说也还有一打左右，他们向这位新所长“请教”一番，就匿笑而退。

王云五的学问，比如关于《大英百科全书》读过一遍的事，是王云五自己说出来的，而这套书是王云五当年向代理此书的商务印书馆分期付款购得的，他说：

记得最先收购西书中包括有《英国百科全书》第九版全部，那时候我才17岁，在英国布茂林（Charles Budd）先生所设的同文馆任教生，除得随同最高班听讲外，因兼教初级功课，月得报酬24元。那时候商务印书馆的西书部代理《英国百科全书》，以一次付款及分期付款两种办法推销该书。一次付款需数百元，我那时候当然没有这笔巨款；因此利用分期付款办法，每月缴12元，约莫3年付清，但付过第1期的12元后即可领到装潢美丽、篇幅巨大的《百科全书》10册。我生平首次得此巨制，又以力所能任的小款得之，其愉快之情，真是不可言状。因此，我便以约莫三年功夫从头至尾把这30巨册通读一过，其中除地名和植物条文我不感兴趣，也就忽略不读外，其他几乎都曾涉猎。

王云五懂美、德、法、日四国文字却是事实。至于王云五的经历，在当时，也算是见过世面，没有读过正式中学、大学的王云五，23 岁那年，因一次偶然机会与孙中山近距离接触，得到孙中山赏识，得以担任孙中山临时大总统的秘书。后来又得蔡元培邀请去教育部工作，担任协办，是当时教育部中最年轻的部员。后来教育部迁北京后，王云五担任教育部佥事兼专门教育司第一科科长。1912 年加入国民党，参加过反袁、反北洋军阀活动。后又担任三省禁烟特派员，卷入收购外商鸦片的存土案，因“合法”拿回扣而被迫辞职，之后就回上海“隐居”。1920 年公民书局约他主编一套《公民丛书》。所以，应该说，这位 30 岁出头的王云五先生阅历还是丰富的，因此，客观地说，论经历，王云五担任当时世界三大出版机构之一的编译所所长是合适的。

王云五调研 3 个月之后，于 1922 年 1 月正式上任，并以改革的姿态，大刀阔斧地整顿编译所，从机构设置，业绩考核，人员调整等方面实行全面改革，编译所一下子膨胀了不少。而正在红红火火主编《小说月报》茅盾也受到冲击。据王云五的门生徐有守在《出版家王云五》（台湾商务印书馆 2004 年版）一书介绍，上任之后，王云五所提出的改革措施共有 7 大项，大项下又列有小项，整个方案有 7000 字。

平心而论，王云五当时的改革，对一个文化企业来讲，是既治标又治本的，比如在编辞书所需用的助理性质的中下级人员，可以以馆内职员担任，不需要另聘高级专家。再如翻译，原来为商务当局慎重起见，聘请通晓外文人才到馆支薪上班方式从事，王云五认为，可以委请该学科专家学者在馆外从事，按字计酬，既可节约人力成本，又可提高质量，这有点类似今天的外包，单位不养人。再如在出版方面，提出要激动潮流而不要追逐潮流的理念，这应该是出版界的经典理念；同时还制定考核标准，提高工作效率。所以，今天来看，王云五的这些改革理念，虽然过去 90 多年接近百年，仍不过时。

但是，王云五在改革中有所谓“以新方法利用旧资料”一条，其伏笔却有点逆历史潮流而动。他所谓的“旧资料”，大概就是商务印书馆《小说月报》改革以前购买大量“礼拜六派”等旧小说的稿子，稿费已付出，准备陆续出版。但茅盾主持《小说月报》之后，全部封存，不再刊登。这在讲金钱效益的商务当局来看，等于是一笔很大的损失。商务当局一年前请茅盾主持《小说月报》时，茅盾提出的条件之一，就是封存已购的“礼拜六派”稿件。茅盾回忆说，当时“我和王莼农一谈，才知道他那里已经买下而尚未刊出的稿子足够1年之用，全是‘礼拜六派’的稿子。此外，已经买下的林译小说也有数十万字之多。于是我向高梦旦提出意见，一是现存稿子（包括林译）都不能用，二是全部改用五号字（原来的《小说月报》全是四号字），三是馆方应当给我全权办事，不能干涉我的编辑方针。高梦旦与陈慎侯用福建话交谈以后，对我的三条意见全部接受……”所谓的“礼拜六派”，是因办《礼拜六》周刊而得名，其虽有白话创作，但内容多为才子佳人，与鸳鸯蝴蝶派的旧体言情小说一样，为新文学所反对。估计王云五当时在调研中也了解到这个情况，站在老板立场上，认为这是“损失”，而“礼拜六派”的作品，在小市民中还是有市场的，所以，他在改革方案中有“以新方法利用旧资料”的想法，他想为商务印书馆创造化腐朽为神奇的话，以创造利润来作为对商务印书馆领导对他器重的回报。

王云五进编译所主政半年后，因茅盾在1922年7月号《小说月报》上发表《自然主义与中国现代小说》中，点名批评《礼拜六》第六〇八期中的一篇名为《留声机片》的小说，从而引起“礼拜六派”的不满，扬言要和商务印书馆打官司。王云五立刻派出自己心腹找到茅盾，给茅盾施加压力，要求茅盾公开道歉，遭到茅盾严词拒绝。

茅盾在回忆录里对这桩公案专门有段回忆：

商务当局中的保守派很中意王云五。他们借口《自然主义与中国现代小说》文中点到《礼拜六》杂志，对我施加压力，说什么风闻《礼拜六》将提出诉讼，告《小说月报》破坏它的名誉，要我在《小说月报》上再写一篇短文，表示对《礼拜六》道歉。我断然拒绝，并且指出，是“礼拜六派”先骂《小说月报》和我个人，足足有半年之久，我才从文艺思想的角度批评了“礼拜六派”，如果说要打官司，倒是商务印书馆早就应该控告“礼拜六派”；况且文艺思想问题，北洋军阀还不敢来干涉，“礼拜六派”是什么东西，敢做北洋军阀还不敢做的事情。我又对王云五

派来对我施加压力的那个人（这是王带来的私人，姓李）说：我要把这件事原原本本，包括商务的态度，用公开信的形式，登在《新青年》以及上海、北京四大副刊上（指上海《时事新报》的副刊《学灯》，上海《民国日报》的副刊《觉悟》，北京《晨报》及北京《京报》的副刊），唤起全国的舆论，看“礼拜六派”还敢不敢打官司。这一下，可把王云五派来的走狗吓坏了，他连说，“不可闹大”，就灰溜溜走了。

茅盾这次与商务印书馆当局交锋，虽然保持了自己的正义和尊严，但也埋下了下决心辞职的伏笔。茅盾在这里提到的王云五的李姓心腹，究竟是谁？现在已无法确指。王云五当年带来的人员不少，其中心腹骨干中有一位叫李泽彰（伯嘉）的人，据商务老人郑贞文回忆，李泽彰办事干练、善于处理上下各种人际关系，学问也不错。所以，后来王云五将他安排在编译所法制经济部部长兼事务部图画股股长。当初，很有可能王云五派李泽彰去找茅盾，想摆平茅盾，从而平息“礼拜六派”的法律要求，否则有碍王云五新官上任的面子。没想到，新文学骨干茅盾自有正义和尊严，遭到茅盾拒绝应该是理所当然的事。不过，即使李泽彰是王云五派去协调茅盾的人，不等于就是“礼拜六派”的支持者。李泽彰后来在抗战中曾为商务印书馆的奋起作出过贡献。估计，茅盾在回忆录中指姓不道名，既是一种文风厚道，又是尊重事实的缘故。当然，是否是李泽彰，这里仅是猜想，笔者并无贬损李泽彰先生的意思，而是从史料分析的一种猜想。

大概也是在这个时候，王云五觉得有必要对茅盾主编的《小说月报》进行检查，以便将“问题”消灭在萌芽之中。因此，王云五派人对已发排的《小说月报》稿子进行检查，发现他们认为不合适的稿件，在付印之前修改或抽换。不过，聪明的王云五知道此事的风险，没有冠冕堂皇地公开检查，而是派人暗中悄悄地进行。对此，茅盾在回忆录中说：

但是他们不死心，他们改换了方法，对《小说月报》发排的稿子，实行检查。当这件事被我发觉了以后，我就正式向王云五提出抗议，指出当初我接编《小说月报》时曾有条件是馆方不干涉我的编辑方针，现在商务既然背约，只有两个办法，一是馆方取消内部检查，二是我辞职。商务当局经过研究，允辞《小说月报》主编之职，但又坚决挽留我仍在编译所工作，做什么事，请我自己提出，商务方面一定尊重我的意见，而且除我自己提出的愿做的事，绝不用别的编辑事务打扰我。至于《小说月报》主编将由郑振铎接替，从明年1月号起。我编完十三卷十二号，郑振铎亦文学研究会人，商务借此对外表示《小说月报》虽换了主编，宗旨不变。

当时我实在不想在商务编译所工作，而且我猜想商务之所坚决挽留我，是怕我离了商务另办一个杂志。可是陈独秀知道此事后，劝我仍留商务编译所，理由是我若离开商务，中央要另找联络员，暂时尚无合适的人。

于是我又提出，在我仍任主编的《小说月报》第十三卷内任何一期的内容，馆方不能干涉，馆方不能用"内部审查"的方式抽去或删改任何一篇。否则，我仍将在上海与北京的四大报纸副刊上用公开信揭发商务当局的背信弃义，及其反对新文学的顽固态度。王云五无奈，只得同意。

虽然茅盾在上一年就受到保守势力的攻击而曾经向高梦旦提出过辞职，后来由于高梦旦对茅盾革新的支持而取消了辞职的想法，但是茅盾与王云五的这次交锋，道不同不相为谋的轨迹已经明显。茅盾以商务印书馆违背诺言而以辞职相反抗，而王云五则放弃暗中检查为代价，暂时平息这种对抗。但当局坚决挽留茅盾不要离开商务印书馆。其实，茅盾此时已是中共党员，并担负党中央联络员之职，他的进退去留自然要由党中央来安排。当时的中共中央领导人陈独秀认为茅盾可以辞职，但不离开商务印书馆为好，这样可以继续担当联络员，因为中央另选他人，还没有比茅盾更合适的人选。

王云五还有一件事，也同样让茅盾十分恼火，这就是在此之前，上任不久的王云五曾找茅盾和郑振铎商量，说商务想办一个通俗刊物，取名《小说》，与《小说月报》互补，并向茅盾他们约稿。当时茅盾、郑振铎一听，觉得商务想法也有道理，也就没有反对。不料，茅盾将自己约来的王统照的稿子《夜谈》给了王云五，后来又将自己译的两篇译稿交给他们，希望他们新刊物《小说》早日出版。岂料，这个新刊物，实际上是王云五改革方案中"用新方法利用旧资料"的具体措施，但王云五他们怕"节外生枝"影响自己的改革，因此做得十分机密。但到一九二三年一月第一期刊物出版后，茅盾他们才大吃一惊，才知道所谓新刊物，其实与“礼拜六派”的刊物没有二致，名称也不叫《小说》，而叫《小说世界》。而且第一期里面，用了大量当年被茅盾封存不用的“礼拜六派”的作品，如包笑天、李涵秋、林琴南、赵苕狂等，而茅盾和王统照的作品也赫然在里面，让茅盾郑振铎等新文学作家大跌眼镜！茅盾晚年说：

这件事，王云五他们做得非常机密。料想他们一定在商务当局面前吹他们“化无用为有用”，把我在接手主编《小说月报》时封存的许多“礼拜六派”的来稿和林琴南的译稿都利用上了，为商务省下一笔钱；他们一定自鸣得意，然而也充分暴露了他们比两面三刀的军阀和政客还不如！我们为把此等黑暗伎俩暴露于光天化日之下，就把王统照的《答疑古君》和给我的信，我给王统照的复信，以及原登在北京《晨报副刊》上的疑古的《〈小说世界〉与新文学者》，小题为《“出人意表之外”之事》，全都登载在1923年1月15日的《时事新报》、《学灯》栏。疑古这篇文章，不但把《小说世界》第一期出现的那些牛鬼蛇神，骂了个狗血喷头，也把商务当局冷嘲热风，看得一文不值，说他们刚做了几件像人做的事，就不舒服了，“天下竟有不敢一心向善，非同时兼做一些恶事不可的人!”这一手，大概是王云五他们所想不到的。然而他们又奈何我们不得。

王云五在改革中，对旧文学采取“化无用为有用”的手段，为商务印书馆创造利润降低成本的同时，也将历史车轮往后拉的做法，自然激怒新文学阵线的作家。

20世纪20年代，茅盾已在中共党内担任相当的职务，已接受马克思主义学说，成为一个坚定的共产主义者。因此，到1925年的五卅运动中，茅盾是中共党内的直接组织者和参与者。在这场反帝爱国浪潮中，商务同仁同仇敌忾，茅盾等一些商务青年知识分子，集资创办《公埋日报》，宣传五卅爱国运动，揭露帝国主义的卑鄙伎俩，揭露上海各报之不敢报道“五卅”惨案真相。商务当局暗中给予资金支持，张元济、高梦旦、王云五每人也各捐一百元，支持商务同仁办《公理日报》的革命行动。茅盾在回忆录中也实事求是地说：“《公理日报》之创刊，商务印书馆当权者曾暗中给予经济上之支持，此是动用公司的公款的。此外，张菊生、高梦旦、王云五每人亦各捐一百元……”王云五此举，如果不是茅盾晚年回忆录中披露，恐怕极少有人知道王云五曾为支持卅运动而捐过款。

茅盾与王云五一开始相处就发生冲突，到后来的人生分道扬镳，成为两个道上跑的车。王云五此后的人生轨迹由出版而从政，晚年又归出版，在学术上取得丰硕成果，1979 年在台湾逝世，享年 92 岁；而茅盾在大革命失败后则继续从事进步文化工作，创作了反映时代风云的系列力作，《蚀》、《虹》、《子夜》、《林家铺子》、《霜叶红似二月花》等，成为一代文学巨匠，新中国成立后，担当文化部长等国家政府要职。在王云五去世两年后，1981 年春天，茅盾在北京逝世。如今，两位曾为中国文化作出贡献的商务印书馆同事隔海相望的在天之灵，是否能相逢一笑泯恩仇呢？估计也难，因为信仰不同。

原刊《读书文摘》2015 年第 1 期

《吴宓日记续编》中的“茅盾”

肖太云

吴宓对新文学整体无好感。由于受白璧德新人文主义的濡染，他有一套迥异于科学启蒙主义的世界观，抵制变革，对新文化运动充满敌意，将新文学喻为“乱国文学”和“土匪文学”[①]，视新文学家群体为破坏秩序扰乱人心的“过激派”，特别是对提倡白话反对文言的人充满怨恨，对有关“五四”纪念的活动也是不肯参加。如1940年5月4日日记云：“是日五四运动纪念，放假。上午精神动员会，庆祝五四。宓未往。读沈从文等之文，益增感痛矣。”[②] 1944年1月23日《吴宓日记》云：“今晨读《中央日报》沈从文撰社论，力斥文言而尊白话，甚痛愤。认为亡国灭种罪大祸极。”[③] 1946年11月10日日记又云：“胡适、傅斯年、沈从文辈之精神压迫，与文字讥诋，亦将使宓不堪受。”[④] 吴宓对白话文和新文学家的攻击，用词尖刻，言语激烈，感情义愤，仅从感性着眼，其批判缺乏客观性和科学性，但他辩护的基础是出于维护、承继和发展中国传统文化的初衷，也有一定的积极意义。

因此，民国时期，吴宓很少或不愿去阅读新文学作品。令人意外的是，对优秀的新文学作家和新文学作品，吴宓又不吝赞美。笔者从《吴

① 吴宓：《吴宓日记》第2册，生活·读书·新知三联书店1998年版，第115页。
② 吴宓：《吴宓日记》第7册，生活·读书·新知三联书店1998年版，第164页。
③ 吴宓：《吴宓日记》第9册，生活·读书·新知三联书店1999年版，第194页。
④ 吴宓：《吴宓日记》第10册，生活·读书·新知三联书店1999年版，第165页。

宓日记》发现的特例至少有三。特例之一是老舍的《骆驼祥子》。1940 年 5 月 23 日，从早晨到晚上，吴宓沉浸在老舍的《骆驼祥子》里，感同身受，几欲落泪。“晨至夕，连读老舍著《骆驼祥子》小说，甚感动。以为此小说甚佳，脱胎于《水浒》，写实正品。描叙人力车夫之生活心理环境，甚详且真，而不乏忠厚之意。法之 Zola 等实不及也。又此书能摄取北京之精神及景色。留恋古都者，当深赏此书。宓读毕叹曰，宓昔以教授比妓、伶，今亦可以教授比较人力车夫。其中之成败高下苦乐得失无以异。彼祥子被诱，误娶虎妞。晚爱小福子，终于离散。甚似宓之悔娶心一而爱彦终失之也。余生何乐？操劳以待衰老倒毙耳！”① 吴宓知识渊博，视野广阔，以古今中外作家作品资参照，以“脱胎于《水浒》”、“法之 Zola 等实不及也”来激赏《骆驼祥子》和老舍，并从祥子的婚恋悲剧联及自身的爱恋体验，吴宓算是将小说读到了“点”，读到了骨子里，这也是吴宓阅读和写作的“常态”特点。②

特例之二是李劼人的《死水微澜》。吴宓一生持“文学道德观”③，对作家得“高稿费”很反感，认为“卖文为生”会降低作品的艺术质量和道德力量。他曾在 1944 年 12 月 24 日的日记中暗讽李劼人因《死水微澜》等得“高稿费”，称其为“一意营财以致富”的“诈者”，并写诗歌《旧识一首》表达不满，一二句即为“旧识多文士，群趋货殖营”。吴宓当时有没有读《死水微澜》？如果读了，读的状况怎样？笔者暂时无法断论。但迟至 1958 年 11 月 18 日，因需“接受新文学再教育”，吴宓此次确实是细读了《死水微澜》，是日记载：“又读李劼人撰小说第一册《死水

---

① 吴宓：《吴宓日记》第 7 册，生活・读书・新知三联书店 1998 年版，第 171 页。按：“心一”指陈心一，吴宓的原配夫人，“彦”指毛彦文，吴宓孜孜追求的情人。

② 创作上如他的诗歌《吴宓先生之烦恼》中的诗句：“吴宓苦爱□□□（按：一般认为指毛彦文），三洲人士共惊闻”；未完成的小说《新旧姻缘》，几乎多是真人真事，纪实的痕迹很浓，甚至连作品人物的名字都是出自他周围的人物。此特质在一定程度上限制了吴宓创作所能达到的境界。

③ 吴宓极为重视文学与道德的关系。1926 年 11 月 16 日的日记曾以“东方安诺德”自况（英国批评家马修・阿诺德认为，作为文化的核心部分，高尚的文学在塑造和完善人性方面，更是具有不容忽视的作用）。吴宓从文学里找寻道德的“理想城邦”，在《文学与人生》一书的《小说与实际人生》篇中，借用梅纳迪为《汤姆・琼斯》作序的内容，为一本优秀小说开具了六个条件，而被他排在首位的就是小说题旨的“宗旨正大”。

微澜》（叙1892年至1901年）成都近郊情事，有中国旧小说写实传真及深刻简练之美。”[①] 由“反感”李劼人到衷心称赞《死水微澜》的内容和艺术“之美”，反映了一个谦谦老者的虚心和“以文说话”的严谨态度，从他以旧小说为参照系也可看出他对传统文学的终生挚爱。

茅盾则是另一个特例，大特例。吴宓对茅盾作品有持续的关注。中华人民共和国成立前，吴宓对《子夜》就相当激赏。茅盾写《子夜》是1931年10月正式动笔，到1932年12月5日脱稿，1933年1月由开明书店出版。出版不过3个月，即1933年4月10日，吴宓就以“云”的笔名，在其主编的《大公报·文学副刊》上发表了《茅盾著长篇小说〈子夜〉》一文，对《子夜》大加赞赏，称其为“近顷小说中最佳之作”。吴宓为什么突然关注起他不感兴趣的白话文学？并对《子夜》做出这么高的评判，这不是一个可以一下说清的话题，此处不展开。就以评《子夜》的文本作分析，也能从字里行间发现一点蛛丝马迹。吴宓除简略叙述《子夜》的内容外，还对其思想内容和艺术成就进行了较为全面的分析，称自己最欣赏此书的地方有三点。第一，“此书乃作者著作中结构最佳之书”[②]（以下引文出自此篇者注释略）。认为茅盾最初“得名”之“三部曲”（笔者按：指《幻灭》、《动摇》、《追求》），虽“灵思佳语，诚复动人”，但结构上尚有“零碎之憾”，而此书较之以前之作大有进步，尤其是“表现时代动摇之力，尤为深刻”。第二，“写人物之典型性与个性皆极轩豁，而环境之配置亦殊入妙”。可以说是塑造了典型环境中的典型人物。尤其是在对主要人物吴荪甫塑造上表现极为出色，特别提到了几处细节描写之妙。如认为吴荪甫为工潮所逼焦灼失常之时，抓住送燕窝粥的王妈，为性的发泄这一细节写得很好，“此等方法表现暴躁，可云妙绝”。第三，“笔势具如火如荼之美，酣恣喷薄，不可控搏。而其微细处复能宛委多姿，殊为难能而可贵”，对其文笔盛赞不已。如此细微到位的评价使茅盾也极为感佩和惊讶，晚年忆及此事时，还念念不忘地说：《子夜》出版后半年内，“评者极多，虽有论及技巧者，都不如吴宓之能体会作者的

---

① 吴宓：《吴宓日记续编》第3册，生活·读书·新知三联书店2006年版，第521页。

② 吴宓：《茅盾长篇小说：子夜》，《大公报》1933年4月10日。

匠心”[①]。除了对《子夜》的结构设计、人物塑造、笔势特点进行称赞外，吴宓还特别指出茅盾小说的语言是“一种可读可听近于口语之文字”，绝非当时文坛上一些欧化程度太甚之所谓白话作品所能比。就此，吴宓再次“亮出”自己的观点，即“始终主张近于口语而有组织有锤炼之文字为新中国文艺之工具。国语之进步于兹亦有赖焉”。可见，随着时间的推移，吴宓并不是一味地反对白话文，而是反感欧化的白话文和新中国简体白话文[②]；也并不是固守传统的文言文，而是用发展的观点，提出既有口语之便，又有文言之洁的新文言。《吴宓日记》的语言就是证明。

进入共和国时期，吴宓对《子夜》依然保持着浓厚的兴趣，1965 年“思想改造”期间，又将《子夜》作为他的“文化食粮”加以重新阅读和品评：

> 1965 年 2 月 17 日：上午 9：00 服药后，乃往上班，借得茅盾撰小说《子夜》，叙 1930 五月至七月上海交易所投机竞争情事，凡十九章……此书宓于三十年前已读，并作评介。今日重读，仍深为吸引。
>
> 晚……读《子夜》，写日记。
>
> 2 月 18 日：晨 7 时起。早餐，二馒。读小说《子夜》。
>
> 夕晚续读小说《子夜》。
>
> 晚……阅报，又读《子夜》。
>
> 2 月 19 日：上午宓未上班，在舍续读小说《子夜》，趣味浓深。茅盾（沈雁冰）（今卸去文化部长，专任全国政协副主席）诚不愧中国之巴尔扎克，有志欲作中国此时代之社会风俗史，惜所成书仅三四部耳。《子夜》一书，颇能综合表现 1930 夏全中国之真实概况，虽以经济（集中于上海市之交易所及工厂）为主，兼及政治、军事等。然国民党巨头（书中之赵伯韬定即宋子文）利用军政权，与美国人联合，用金融资本并吞、垄断工业、商业，打倒民族资产阶级（吴

① 转引自钟桂松《茅盾传》，东方出版社 1996 年版，第 139 页。

② 吴宓 1958 年 7 月 31 日的日记云：“宓答：入党有条件，罢免吴玉章，解散文字改革委员会，通令全国恢复繁体字：但宓何敢言此！”1972 年 10 月 25 日的日记云：“上午，读《人民日报》。痛恨简字及误字。”

荪甫不知映射何人，当不是虞治卿），摧毁民族工商业，造成“四大家族”之财富，致全国人民日益贫困，又有军阀大战，兵匪遍地，适足造成共产党方兴日大之势力。后来历史之趋势，中国之局面，已可由《子夜》一书得知其大概；惜宓在当时犹未能知，且不欲信，昏昏度日，苟偷至老。今兹回顾深思，既佩沈雁冰君描写之巧妙，尤服其观察之宏深。

2月20日：上午，未上班，在舍续读小说《子夜》。

2月21日：上午，读小说《子夜》完。①

时隔32年后，重读《子夜》，“仍深为吸引”，觉着“趣味浓深”，可见《子夜》对吴宓保持着生生不息的吸附力。“惜所成书仅三四部耳”，殊以为憾，尚未“过瘾”，并以读《红楼梦》的“索隐”手法将《子夜》中的人物与民国时期的风云人物“勾连”。称赞茅盾是巴尔扎克式的大师，既佩其“描写之巧妙”，尤服其“观察之宏深”。今日的现实，对照往日的历史沧桑，再资《子夜》的预证，唤醒了吴宓的人生体验，使他对历史这条大河有了更清醒的体认。

对《子夜》的兴趣，引发了吴宓对茅盾作品的阅读兴趣。《蚀》是他在新中国成立后仔细阅读并有好评的又一部作品：

1965年2月5日：11—12在资料室立读茅盾著小说《蚀》（1930印行）之第一部《幻灭》（写1926年事），今亦觉其饶有趣味。

2月8日：上午8—12上班，写记录……中间偶在资料室翻读茅盾撰小说《蚀》，为工作组陈同志所见，问读何书？宓举示曰：读旧小说。陈曰：此新小说也。

2月12日：10—12在资料室立读……茅盾《蚀》一段。

2月13日：上午8：00上班，借得资料室藏茅盾（沈雁冰）著小说《蚀》自读。读完第一部《幻灭》。

夕，在舍读《蚀》之第二部《动摇》，至晚8：00完，即寝。

① 吴宓：《吴宓日记续编》第7册，生活·读书·新知三联书店2006年版，第50—54页。

> 2月14日：自晨至夕3：40，读《蚀》之第三部《追求》完。按《蚀》全书分三部：第一部《幻灭》，写1926六月至年底（上海）及1927春（四月十二日反共以前）（武汉）事。第二部分《动摇》，写1927上半年湖北省某县（武汉之上游，近长江岸）城中事，至夏斗寅军到，反革命成功止。第三部分《追求》，写1928上半年上海事。书中二三人物虽出现于第一二三部中，然三部实各自独立，描写国共合作之北伐革命之三个时期。作者茅盾是曾参加且同情支持此革命者，然迥非后来之马列主义及中国共产党之观点、立场，故尚能传述此时代中之历史与社会真实。《蚀》足为有价值之历史小说，一也。此书兼写政治与恋爱，其写女性与恋爱特多，可誉为“二十世纪之《红楼梦》”（规模之大则弗及），故亦是有价值之爱情小说，二也。至其文笔，虽用当代之新体白话，然尚是中国文化人及曾读旧书之知识分子所写之白话，我辈读之，犹能领受、欣赏（鲁迅、瞿秋白及《毛选》一二卷之白话，亦不同近年之白话），三也。以上三者，为宓欣佩《蚀》之理由。按宓有志撰作小说，终于无成。《蚀》之作者，固是描写当时本地所见所知之人物情境，宓今以历史小说读之，参照宓尔时之生活、感情、著作，乃弥觉其趣味深长也矣。①

由于资料的限制和时间的因素，我们无法得知吴宓在1933年第一次读《子夜》有着怎样的阅读过程，但阅读《蚀》的方式表明他绝对是一个茅盾“拥泵”者：先是在资料室“立读”《蚀》，觉得“饶有趣味”；后在上班时间“偶尔”溜到资料室“翻读”；情不自禁之下，将之借出，上午上班时即在教研室“自读”② 完第一部，晚上又接着读第二部；第二天按捺不住，“自晨至夕”一口气读完第三部，并随后在日记中写了490字的读后感。诚然，《蚀》绝不是茅盾最好的小说，更不是现代文学中最

① 吴宓：《吴宓日记续编》第7册，生活·读书·新知三联书店2006年版，第40—49页。

② 吴宓的“读书”日记多用文言单字记载，一个用词都很有讲究，从“立读”《蚀》，到“偶”溜出去“翻读”，到“自读”，呈现的是一种心甘情愿、实心诚意的“阅读状态”，与日记中多处记载的“被阅读”鲁迅及马列典籍、“老三篇”等的“阅读生态”形成鲜明对比。

好的小说，但吴宓却誉之为“二十世纪之《红楼梦》”，何也？一、可能由《子夜》而爱屋及乌。二、小说对中国历史与社会现实的真实写照打动了吴宓。三、他对白话文的态度是主因。“至其文笔，虽用当代之新体白话，然尚是中国文化人及曾读旧书之知识分子所写之白话，我辈读之，犹能领受、欣赏（鲁迅、瞿秋白及《毛选》一二卷之白话，亦不同近年之白话）”，还是三句话不离本行，至死坚持语言上的简洁精美之文言标准。其中的一个插曲更是验证了吴宓的此种文化态度。2 月 8 日在资料室读《蚀》时为工作组陈同志所发现，问读何书？宓举示曰“读旧小说”，陈回应是“新小说”，意趣横生的对话背后彰显的却是吴宓的语言、文学观及特定时代的特有之“阅读生态”。

从吴宓的读书笔记中，还可看出一个有意思的现象。2 月 14 日读《蚀》的笔记中提到：“第二部分《动摇》，写……至夏斗寅军到，反革命成功止”，吴宓已将国共之争中国民党一方的作为称为“反革命”，引人思考！

吴宓对茅盾另一部长篇小说《虹》也读得津津有味，谓其“亦佳书也”，并有阅读记载和评论：

> 1965 年 2 月 15 日：上午 8—12 上班，读茅盾撰小说《虹》（1929 四至七月在日本作。1930 春出版）。其所写之时代为 1919 五四运动至 1925 上海五卅惨案。其背景则为成都、泸州、上海（曹慕樊云，在泸州之人与事，皆有所本），亦佳书也。
>
> 2 月 16 日：又借小说《虹》。
>
> 上下午及晚，均续读小说《虹》，毕全书。书中女主人梅行素性气高傲而勇敢，终以崇仰共产党人之冷酷严肃、坚强弘毅而投入共产党，诚不愧为此时代成功之英雄也矣。①

在吴宓日记中，还有对与茅盾创作相关的论著或茅盾其他小说的简单阅读记录：

① 吴宓：《吴宓日记续编》第 7 册，生活·读书·新知三联书店 2006 年版，第 49—50 页。

1960年10月14日：夕，在新华书店翻读《茅盾的创作生活》。[①]

1962年2月18日：在新华书店内……又见茅盾新著《霜叶红似二月花》。[②]

1965年7月1日：下午1—3寝息。3—6中文系上班，在三楼自读《茅盾文集》七卷之短篇小说。

7月2日上午：先在三楼读《茅盾文集》七卷，短篇小说（3）《色盲》（4）《昙》（5）《豹子头林冲》（6）《石碣》等篇。[③]

可以看到，从1960年到1965年，主要是1965年2月到7月期间，吴宓几乎将茅盾的小说读了个遍，特别是1965年2月集中阅读了茅盾的几部长篇小说，并深有感触，在那个“山雨欲来风满楼”的年代，茅盾的小说既消磨了吴宓不知怎么打发的上班时间，应付了工作组的读书检查，纾解了他的心胸，也由此申述了他的语言文字、文学和文化观，彰显了其艺术造诣与艺术追求上的个人魅力。

茅盾毕竟不是吴宓的同道中人，因此他将茅盾作品与茅盾的人生分隔开来，对茅盾的人生不做评介，对茅盾删减《红楼梦》的做法却能率性批评，如“茅盾叙订之洁本《红楼梦》上下二册，开明书店印行，1935年七月初版，1948年十月四版。盖将原书删削为五十章，另加标题，并增导言，凡书中（1）序意明旨意（2）宗教命运（3）诗词歌赋（4）肉体性欲之部分皆删去，仅称赏作者写实之功夫，而全书之精神理想全失。呜呼，今后对中国及世界文化，皆将作如是之斩削耳！宓取读若干段”[④]。

吴宓是“红著”痴迷者和“红学”大师。据考校，他从14岁起开始读《石头记》，一直到“文化大革命”末期的1968年74岁高龄时仍在读《石头记》[⑤]，“阅读常态”是边读边“流泪不止”、“涕泪交流”，1966年4月3日的日记明述：“读《石头记》43—44回，流泪，觉甚舒适（宓此

---

① 吴宓：《吴宓日记续编》第4册，生活·读书·新知三联书店2006年版，第443页。
② 吴宓：《吴宓日记续编》第5册，生活·读书·新知三联书店2006年版，第319页。
③ 吴宓：《吴宓日记续编》第7册，生活·读书·新知三联书店2006年版，第161—162页。
④ 吴宓：《吴宓日记续编》第1册，生活·读书·新知三联书店2006年版，第385页。
⑤ 沈治钧：《平生爱读〈石头记〉——吴宓恋石情结摭谭》，《红楼梦学刊》2010年第2辑。

情形，少至老不异）。”[①] 吴宓的“恋石”情缘至死不渝，“红学”情结也终生不变。为弘扬“红学”文化，吴宓一生作了大约71场“红学”讲座，是中国现代学术史上，业余从事《红楼梦》学术讲座的第一人。[②] 1944年，他去云南大学、浙江大学（时在遵义）、四川大学、燕京大学（时在成都）巡回作有关《红楼梦》学术报告，曾轰动一时，“街头巷尾都在谈论《红楼梦》”，成为当地重要的文化事件。[③] 中华人民共和国成立后，他反感被尊为“花瓶”到大会上作报告，为数不多的几次学术报告，也大都与《红楼梦》相关，如应西南师范学院师生和重庆市政协、重庆市川剧院之请做“红学”讲座等。据吴宓日记，1954年2月15日至22日，日后成名的“红学”大师周汝昌曾专程到北碚向吴宓请教“红学”。吴宓在西南联大期间曾因一家小饭馆取名为“潇湘馆”而动怒、置气、较真，何况茅盾对《红楼梦》“斩首去尾折腰”，其义愤可想而知。这是老夫子率性、可爱的一面，是一代“民国遗老”真性情的写照。

吴宓（1894—1978）与茅盾（1896—1981），两个都为文化“大将”和文学“干将”。只不过，一个是传统文化和文学的守护者，一个是五四新文化和文学的实践者；一个专力于旧体诗唱和，一个钟情于白话小说写作。他们在生活时段上极其接近，但日常生活中鲜有个人交往[④]，倒是有文学上的“隔空交流”。这种奇特的“交集”使吴宓与茅盾有了“共同语言”，从中凸显的东西可谓多多。一是茅盾当之无愧的“文学大师”地位和其作品“悠远”的艺术感染力。二是可以窥见吴宓广博的“阅读面”、精深的“知识力”及一切“以文说话”的开放胸襟与人格力量。[⑤] 而且从他一以贯之的“文学文言观”和“文学道德观”中，可以体味到他对中国传统文化不离不弃的坚守姿态，一代“民国老人”的“不老”文化

---

① 吴宓：《吴宓日记续编》第8册，生活·读书·新知三联书店2006年版，第91页。

② 沈治钧：《吴宓红学讲座述略》，《红楼梦学刊》2008年第5辑。

③ 见《陕西省志·人物志》中册《吴宓传》，陕西人民出版社2005年版，第619页。

④ 据现有资料，解放前二人交往不多；解放后，一个高居文化部长之职，一个容身西南一隅还要不断接受“思想改造”，直接交往更是难以可能。

⑤ 人无完人，“文无全文”，肯定也不能排除吴宓的为人和“为文”也有偏执的一面，如他对胡适的“反面”看法并始终不宽恕，及坚执“文学内容”上的“道德化”标尺，对鲁迅小说“刻酷”风格的“不感冒”甚至反感，都是有待斟酌的。因篇幅关系，此处不再例证。

心态和文化“良心”跃然纸上，令人感动。三是在二人的文学“交流”和精神“对话”过程中（可能更多的是吴宓单方面的），可以直接或间接烛照出中华人民共和国成立后很长一段时间内的生活、政治和文化生态，能引后人反思。

（谨以此文纪念吴宓先生诞辰120周年）

原刊《文艺争鸣》2014年第10期

《青春之歌》茅盾眉批本杂议

张元珂

《青春之歌》标志性版本主要有：作家出版社 1958 年初版本、人民文学出版社 1960 年再版本、人民文学出版社 1978 年版本。这三个版本主要体现为对正文本的修改，在章节结构、人物形象及语言风格方面，都依次对“前文本”进行了不同程度的修改，从而形成了三个各具不同表意体系的独立版本。初版本、再版本及 1978 年本书末都附有“后记”，详细记载了作家的创作及修改情况。事实上，学界有关《青春之歌》版本体系的研究都对之有参照，结论也大都趋同，无非是说：“后文本”对“前文本”的修改由于过于服从政治意识形态规训，许多修改不符合艺术规范，因而，绝大部分修改是失败的。十月文艺出版社和北京出版社分别于 1998 年 1 月、2004 年 9 月又推出了新版本，主要体现为对“副文本”的修改，就是侧重对封面、版式、内画、人物肖像等方面的修改。从严格意义上说，这几个文本也可分别归为独立的版本。因对上述版本修改情况的研究，已经有相当多的研究成果出现，笔者在此不再赘述。

除上述版本之外，还有一个特殊的版本：眉批本。它是由茅盾阅读并做评点，后保存于中国现代文学馆（茅盾故居）而留存于世的珍稀版本。中国国际广播出版社曾于 1996 年 1 月出版过这本由中国现代文学馆集体编纂的书。除茅盾眉批随“正文本”刊行外，“副文本”中还有“纪念茅盾先生百年诞辰（1896—1996）”、“中国现当代文学茅盾眉批文库”字样，卷首有舒乙做的总序，卷末有“茅盾眉批索引”及于润琦写的编后记。由于植入了茅盾评点语及他所做的多达上百处的标记，因此，眉批本又是一个全新的版本。本文结合初版本内容及茅盾的评语，采用时兴的“版本批评”方法，对该版本的表意体系、茅盾点评做简要评述。

评点是富有中国传统特色的文学批评方法，其表现方式多种多样，既可眉批、题头批、夹批，也可旁批、文末批。毛宗岗、金圣叹、脂砚斋堪称这方面的大家。评点对批评家的学识修养、审美能力及鉴赏水平要求极高，非一般人所能胜任。茅盾既是著名的小说家，也是小说理论家。他早年积极投身社会政治活动，撰写了大量的文学理论方面的论文，1927 年下半年后，逐渐实现了由政治活动家向文学创作者、文学活动家的根本性转换。创作于 1933 年的《子夜》堪称左翼文学的巅峰之作，茅盾由此而一举奠定了其经典作家的地位。此后他一直活跃在中国文化战线最前沿，成为中国文化界的一面旗帜。因此，他对杨沫《青春之歌》的点评自然能够高屋建瓴，既展现了其随意挥洒、率性而为的文人风范，也体现了其深入文本内部、直击要害的评点功力。最为关键的是，茅盾的点评既不歌功颂德，也不掩饰问题，侧重讨论小说艺术及细部修辞上的缺陷，展现了一种完全不同于 20 世纪 50 年代主导性批评话语的风范。也就是说，由于茅盾点评所指向的对象仅为杨沫一人，这就最大限度地驱除了政治意识形态的直接干预，而体现为一个有关小说艺术问题的争鸣。在当时“政治第一，艺术第二”的时代语境下，无论从何种角度说，类似茅盾这种文本评点都具有无可取代的价值。它不但再次证明一个基本的事实，即 20 世纪五六十年代的文学批评并非铁板一块，审美批评依然以多种方式存在着，也再次表征了以茅盾为代表的新文学奠基者、开拓者们与中国文学批评传统血脉相连、不可分割的历史事实。

法国作家法郎士说：“一切文学作品都是作家的自叙传”，那么，《青春之歌》（第一部）初版本堪称杨沫的“自叙传”。这部长篇小说既打印着个体向集体、自我向社会位移时的时代印记，也飞扬着成长过程中带有创伤性的青春色彩。在 20 世纪 50 年代后半期，以一个女子为主人公，且能够充分地表现个体的小资产阶级性，并能够最终出版、发行，这也的确算是一个不小的奇迹。初版本每当展现这方面内容时，人物形象因为作家身份和经验的在场而被表现得恰到好处，既能够生动展现其曲折的人生际

遇，也能够表现其复杂的心灵世界。其中，第7章描写的是大学生组团赴南京请愿，请愿不成反而被当局抓捕及其在狱中活动的过程，侧重展现卢嘉川、许宁、罗大方等不同青年知识分子形象。第8章描写了林道静对余永泽既爱又怨——心理对之萌生抵触，理想开始与之产生隔阂——的发展过程。茅盾对这两章情有独钟，评点道："七至八章写得不坏"，虽短短一句话，但评价很高。即使对该章节局部段落的评价，茅盾也不吝赞词，比如，"这里一段写得很好，因为，如果从示威者方面，很难写得好；现在改为从被捕的二人写，就别有异彩，而且也紧张"。

那么，茅盾为什么做此评价呢？我觉得除了因这两章带有杨沫自叙传倾向，因而确实表现得真实、真诚而格外感人之外，还与茅盾的创作经历及审美经验有关。我们知道，茅盾在《蚀》三部曲中，倾其心力塑造了静女士、慧女士、孙舞阳、章秋柳、史循等各类受到高等教育，而后踏入社会、自由恋爱、从事革命活动的知识分子形象。她们无不具有美丽、善良、热情、优美的人性因子，但又无不表现出了苦闷、感伤、颓废的个体情绪。很显然，《青春之歌》第7、8章中的知识分子形象、所述内容及所流露的情绪基调可能既激发了茅盾有关早年青春经历的记忆，又激活了其在《蚀》三部曲中的艺术经验。茅盾对之做出如此高的评价，当是事出有因的。可以说，这是《青春之歌》与茅盾阅读视野发生碰撞，既而产生共鸣后的直接结果。除了上述"写得不赖"的评价之外，其他评点主要有：

（1）"这一段的描写，平铺直述，且不简练。"（2）"这段也不够简练。"（3）"那时徐凤英没有女佣使唤吗？"（4）"这一段回忆，段落不清。"（5）"这以后的回叙也没写好。"（6）"此章及后半，是写失败的。"（7）"这里所提问题，是不了了之的；区委会议既没有决定，也没有向上级提出报告，请求指示，只是说市委决定非执行不可而已。"（8）"到底谁是右倾，谁是经验主义或教条主义，书中没有明确指出。"（9）"这几句，很庸俗。"（10）"这一章是过场戏，是浪费笔墨。因为，这一章所谈到是几个人的行动，犯不着用一章来描写。"（11）"此节有些细节描写是多余的。"（12）"这些是小资产阶级的感情么？"（13）"此章都像电影中的分立的镜头。"

从整体来看，茅盾对《青春之歌》的点评以对小说细节描写、结构布局为主要评点对象。既有褒，也有贬。既有建议，也有反对。总体上又以贬为主，言词较为激烈，批评较为尖锐。

首先，(1)、(2)、(9) 从语言角度，直陈其弊端，言其累赘与庸俗之处。但对茅盾的评点，我们也应细做分析。在 (1) 中，小说开头采用平铺直叙方式，描写火车行车途中车厢内情景、林道静的神态及车到北戴河站时的一位洋学生、一位胖商人对她的评介。在茅盾看来，这是“不简练”的，于是他建议：“这一章的第一至第五段可以删去，而把车到北戴河站作为本章的开端，可以这样写：车到北戴河，下来一个女学生，浑身缟素打扮，拿着一包乐器。车上的乘客从车窗伸头来看着她，啧啧地议论着（这是大概的轮廓，文字还得琢磨)。”茅盾从语言的简洁与否入手，指出缺陷并给出修改方法，自有其道理。这样可使得叙述简练，要言不烦，以一种直陈其事之笔法取得开门见山的叙述效果。但若保留之，也具有合理性。因为，叙述人对刚出场的林道静做一介绍，也是很有必要的，尤其通过“一位洋学生”、“一位胖商人”的视角来反衬林道静形象，还是很具现场感的。文本场域能够为这一场景描写提供艺术上的支撑。因此，开头几段未必非得按照茅盾的意见对之进行删除。在 (2) 中，这一段描写林道静因找不到表哥而产生的心理焦灼状态。这样，通过心理描写、动作描写、景物描写手法多角度表现其精神风貌，也很有其必要。茅盾说“这段也不简练”，其审美逻辑和 (1) 差不多。其意指：此段描写烦冗，缺少点睛之笔。在 (9) 中，茅盾的评点很具说服力。“小冯，不必难过。党了解你，我们了解你……‘五一’要提高警惕啊，而且还要尽量多发动群众。”“大姐，亲爱的好同志，谢谢你!”“只有这样的一握才表明了他内心的激动。”这些书面的、宏大的、带有政治色彩的话语，不符合人物身份特征和说话风格，因此，不但听起来很别扭，而且也根本不符合实际情况。茅盾说“这几句，很庸俗”，可谓一针见血，不留情面。看来，他对政治话语直接而生硬介入文本的做法还是持有一种很谨慎的态度的。这至少表明，茅盾在此处的点评所依据的评价标准是：感性的审美认知为第一位，机械的政治理念为第二位；文本场域成为界定人物言行是否合情合理的主要依据。

其次，（4）、（5）、（6）、（10）是从篇章结构角度作出的评点。在（4）中，本段共5句话，每句句意可简化为：a回到小屋。b睡不着觉。c鞭炮和这一夜的经历干扰着她。d回忆诸位好友。e对窗微笑。很明显，c和ab既为顺承关系，也为因果关系，应该将之置于ab前，方可理顺句意逻辑。d和e是因果关系，但是，e句中交代了对卢嘉川的回忆、对这一夜情景的回忆，是导致其“对窗微笑”的根本原因，那么，d句就显得重复或多余了。所以，茅盾对这一段句与句逻辑关系的评定是很到位的。在（5）中，叙述者讲述卢嘉川送书给林道静，并对其产生深远影响的过程。其中，特别强调了“反杜林论”、“哲学之贫困”、“辩证法三原则”等理论术语之于林道静的影响，并由此表现她对卢嘉川的期盼与惦念之情。阅读马列著作仅仅5天，其精神就有了质的变化；不明白上述术语意思，但又“如饥似渴”阅读，等等，这样的概略叙述显得很生硬，也不符合人性发展的正常逻辑。所以，茅盾说“这以后的回叙也没写好”，真是一语中的。而且，“也”字还隐含着此前叙述也有缺陷。在（6）中，本章主要是描写卢嘉川摆脱特务抓捕过程，展现戴愉的飞扬跋扈和教条主义思想。但是，这一章被作家做了过于概念化的处理，人物形象是典型理念推演的产物。此外，茅盾还从实际经验出发，指出了小说中还存在一些不真实的历史细节问题［比如（7）中所提及的会议程序问题］以及叙述不清晰的问题［比如（8）中对人物身份的指认］。其实，这都是因杨沫不熟悉这些生活而造成的。因此，茅盾从第16章开始，质问就突然多了许多，言词也相对比前几章激烈多了。无论是（9）中的“很庸俗”、（10）中的“这一章是过场戏，是浪费笔墨”，还是（11）中的“此节有些细节描写是多余的”，我们都能明显地感觉到茅盾措辞的尖锐性。总之，茅盾首先从小说艺术角度（审美），而非现实理念的角度看待文本叙述的缺陷或不足，因而，上述分析是切中要害的，所提建议是非常具有建设性的。

最后，（3）、（7）、（11）、（12）是茅盾从所描述内容是否合乎生活规律角度提出的质疑。这一类写作依赖的是作家对实际生活经验的积累和复杂生命历程的体验，否则，单纯靠虚构、想象营造出来的历史细节，往往经不起亲历者的细细推敲。茅盾在阅读中所产生的质问就是最好的例证。比如，在（3）中，作家对徐凤英的描写，就没有严格遵照叙述贴着人物走的艺术原则，对其没有展开深入而周全的思考，结果就导致叙述上的裂隙。由此看，茅盾对作家描写历史人物、历史场景的要求还是非常严格的，不但要经得起生活规律的检验，还要经得起艺术规律的确证。而联系21世纪以来的所谓“新历史主义小说”，以想象和虚构建立起来的历史人物、历史场景，其许多细节都经不住考证。以“后现代”式艺术思维解构、颠覆以往历史，固然是人类认识自我和历史的一种方法，更是一种颇具艺术创新性的文化思潮，其成就当然是不可轻易被否定的，但是，其对历史的建构完全建立在率性想象基础之上，也不免陷入一种虚假的、虚无的认知怪圈。此外，如果以消费文化为遮羞布，以快感消费为支撑，将历史也纳入消费的渠道，又难免流于庸常。因此，作家对历史的书写可以通俗，但不能低俗，更不能恶俗，所写务必经得起艺术与生活规律的双重检验。茅盾所做的上述评点，其经验在今天依然值得借鉴。

茅盾在《青春之歌》中还做了大量的标记（画了很多横线）如：在第一部中，第3章1处，第7章50处等。仔细辨析这些标记，我们至少可以发现以下规律：在第一部中，第4至第9章中的标记较为频繁，多是展露茅盾对细节描写及篇章结构的赞赏之意。第11章之后的标记也较为频繁，但多是指向文本叙述中的缺陷或不足。此外，茅盾在有疑问的地方也做标记，比如第3章中的画线，就表示了他对人物行动的质疑。在第二部中，画线多集中于人物的对话描写、心理描写及一些场景描写，这也可能反映出了茅盾对人物形象在小说中地位的重视程度。不过，从整体上看，第二部所做标记明显少于第一部，这也可能说明，第二部写得很平常，优点及缺陷都不突出。事实上，杨沫在写第二部时，多依托间接经验，故总体上写得有点“隔”，语言有点枯索，叙述也不如第一部那么鲜活。总之，这些画线也展现出了茅盾阅读、批阅文本的习惯和情趣，其中细节值得深入研究。

于润琦经过考据得出茅盾批阅《青春之歌》的大体时间：“茅公做眉批的时间应该在1960年前后”。由此，我们也可以体会到已经作为文化界领导人的茅盾于繁忙的政务活动之外，对新中国文学和作家的成长所付出的心血和努力。

原刊《文艺报》2014年6月23日第008版

茅盾《精神食粮》的三个译本考论

杨华丽

一

《精神食粮》是茅盾为在日本翻译出版的《大鲁迅全集》而写的推广辞。这篇大约400字的短文，对研究茅盾1937年前后的鲁迅观，研究1936—1949年的鲁迅纪念情况具有重要意义。然而《茅盾全集》、《茅盾年谱》等研究资料以及鲁迅研究资料中，关于此文的题目、内容、在国内的出处却有多种说法。最典型的包括以下几类：

（一）《茅盾全集》中的说法。从人民文学出版社版《茅盾全集》第21卷可以看到，该文名为《精神食粮》，共五自然段，题目的注释内容为："本篇最初由增田涉译成日文发表于一九三七年三月日本《改造》第十九卷第三号。后由钱青据日文译成中文，刊登于一九八一年九月二十三日《解放日报》。"[①] 黄山书社2012年版《茅盾全集》第21卷中，该文的题名、内容、注释完全同于人民文学出版社版。然而，两个版本所收录的《精神食粮》一文，与《解放日报》上所发表的原始文本都存在差异。

（二）《茅盾年谱》等研究资料中的说法。国内目前已出版两种《茅盾年谱》。其中，万树玉在1937年3月下有这样的内容："短论《精神的食粮》，刊于日本《改造》月刊第十九卷第三号和改造社印行的《大鲁迅

① 《茅盾全集》第21卷，人民文学出版社1991年版，第281页。

全集》广告小册子。当时日本改造社为配合编辑出版《大鲁迅全集》的宣传，托编者之一的增田涉先生向中国有关的知名人士约稿，茅盾是《大鲁迅全集》编辑顾问之一，此文即是应增田涉之约而作，由增田涉译成日文。后作为评价鲁迅的重要佚文被译成中文，发表于《人民日报》(一九八一年九月二十三日)。"[①] 而查国华所著的《茅盾年谱》[②] 中，1937 年 3 月条目下无该信息。在由查先生编写的《茅盾生平著译年表》[③] 中，该年该月下也无相关信息。然而，查国华、杨美兰所编的《茅盾论鲁迅》一书选入了《精神的食粮》一文，文中内容只有一大段，文末所标注的原始出处是"1981 年 9 月 23 日《人民日报》"[④]；单演义编的《茅盾心目中的鲁迅》[⑤] 中，所选文章题目、内容以及文末标注与查国华版相同。

（三）鲁迅研究资料中的说法。在李宗英、张梦阳编的《六十年来鲁迅研究论文选》[⑥] 上册中，题目作《精神的食粮》，文末标注的是"（原载一九三七年三月一日日本《改造》杂志第十九卷第三号)"；刘运峰编的《鲁迅先生纪念集》[⑦] 下册中，题目亦作《精神的食粮》，文末标注的是"（1937 年 3 月 1 日日本东京《改造》杂志第十九卷第三号)"；上海鲁迅纪念馆编的《纪念与研究》第 5 辑中，选入的文章题目仍为《精神的食粮》，但具体内容已与前两处同名文章有所不同，文末所标注的出处则变成了"(原载一九三七年三月日本《改造》杂志，转载一九八一年第十八期《新观察》)"[⑧]。

综上，关于该文的题目，有"精神食粮"与"精神的食粮"这两种说法：关于该文在国外的刊载处，有单指《改造》杂志第 19 卷第 3 号者，有兼及《大鲁迅全集》广告小册子者；关于该文在国内的出处，有 1981 年 9 月 23 日《解放日报》、1981 年 9 月 23 日《人民日报》、1981 年

---

① 万树玉：《茅盾年谱》，浙江文艺出版社 1986 年版，第 224 页。

② 查国华：《茅盾年谱》，长江文艺出版社 1985 年版。

③ 查国华编：《茅盾生平著译年表》，《茅盾全集》附集，人民文学出版社 2001 年版，黄山书社 2014 年版。

④ 查国华、杨美兰编：《茅盾论鲁迅》，山东人民出版社 1982 年版，第 57 页。

⑤ 单演义：《茅盾心中的鲁迅》，陕西人民出版社 1992 年版，第 228 页。

⑥ 李宗英、张梦阳编：《六十年来鲁迅研究论文选》（上册），中国社会科学出版社 1982 年版。

⑦ 刘运峰编：《鲁迅先生纪念集》（下册），天津人民出版社 2007 年版。

⑧ 上海鲁迅纪念馆编：《纪念与研究》第 5 辑，上海鲁迅纪念馆 1982 年版，第 51 页。

第 18 期《新观察》这三种说法；关于该文的具体内容，在“精神食粮”与“精神的食粮”这两个题目之下又各有两个版本；关于该文的译者，只有《茅盾全集》中注明了“钱青”，其他的则多忽略了译者问题。

显然，这种言人人殊的情况很容易让我们不明就里，从而在研究茅盾、鲁迅并涉及该资料时不知所措。基于目前茅盾研究界、鲁迅研究界均未注意到该文有三个译本，对各译本的诞生背景及其间细微差别的辨析更无从说起的现状，笔者将查阅到的资料初步梳理如下，希望引起学界的进一步研究。

二

1936 年 10 月 19 日下午三点，离沪旅行的茅盾从孔德沚拍的急电中惊悉鲁迅先生逝世。因痔疮发作正不得不卧床的他，虽心急如焚却不能马上回沪。在悲痛、怀想中过完一夜，第二天一早，他决定去乘早班车再转火车回去。然而痔痛如割，刚走得一步他便蹲下了，于是他终因不能去瞻仰鲁迅遗容而抱憾。[①] 仅从《写于悲痛中》的这些描述，我们也能知道茅盾对鲁迅的深切情感。作为鲁迅生前的亲密战友，茅盾始终是推动中国乃至东亚鲁迅纪念活动的一位重要人物。这体现在他以《“一口咬住……”》等 20 余篇文章参与了 1936—1949 年纪念鲁迅、塑造鲁迅的话语建构上，也体现在他积极参与、促成了 1938 年版《鲁迅全集》的最终问世上[②]，还体现在他积极推动了日本改造社翻译出版《大鲁迅全集》上。

翻译出版《大鲁迅全集》的动议出自佐藤春夫，时间是 1936 年 11 月 4 日。改造社在征得许广平同意后，将原定由鹿地亘编译《鲁迅杂文选集》的选题改为出版这套全集，并特意聘请了佐藤春夫、鹿地亘、增田涉、日高清磨瑳、小田嶽夫、井上红梅、松枝茂夫、山上正义等为翻译，茅盾、许广平、胡风、内山完造、佐藤春夫等为编辑顾问。[③] 茅盾对

---

① 茅盾：《写于悲痛中》，《文学》1936 年第 7 卷第 5 号。

② 茅盾：《在香港编〈文艺阵地〉——回忆录（二十二）》，《新文学史料》1984 年第 1 期。

③ 参见周国伟编著《鲁迅著译版本研究编目》，上海文艺出版社 1996 年版，第 427 页。程振兴《鲁迅纪念研究（1936—1949）》，中国社会科学出版社 2011 年版，第 52—53 页，上海鲁迅纪念馆所藏《大鲁迅全集》出版广告册。

大全集出版的具体支持，首先体现在充分理解增田涉未能及时翻译他自己的《子夜》一事上。他说："先生在翻译鲁迅先生的遗著，我早就听说过了。以先生的能力，必能胜任愉快。我希望由于先生的努力将使贵国民众更能了解中国民众的代言人——鲁迅先生的思想和艺术。《子夜》的翻译是无关重要的……"[①] 其次体现在他应增田涉之请为该书写推荐文章《精神食粮》[②] 上。因他自己不懂日文，所以该文由增田涉翻译后，先后刊于《改造》第19卷第3号以及《大鲁迅全集》的宣传广告册中。在《改造》杂志上，该文与宋庆龄、郁达夫、景宋的文字形成了一种宣传的合力，而在《大鲁迅全集》的宣传广告册中，该文与郁达夫、景宋、佐藤春夫等人的文字、七卷书的书影、各卷内容解说等一起[③]，形成了更切实的魅力，独具的宣传力量。

遗憾的是，茅盾当年所写的原文没有保留下来。故而今日要了解茅盾彼时的思想，借助于学界对增田涉当年译本的中文翻译，是可行的路径之一。国内最早出现的中文译本，据孙玉石考证，出现于1937年4月在天津出版的《新人月刊》。但是，"那时候，民族抗战的烽火已起，《新人月刊》又是一个倾向不好而又颇为无聊的刊物，印销甚少，日久湮没"。"或许就是由于这些原因吧，这几篇'渡过海去'的纪念文字，也就多年来不为一般人们所知道，就是一些有关的年谱、文章和著作目录等专门著述，也都阙而未录，更谈不上这些珍贵的短文与中国广大读者的重新见面了。"

"重新见面"的机缘出现于鲁迅100周年诞辰纪念活动之前，而"重

① ［日］增田涉：《〈茅盾印象记〉追记》，《集萃》1982年第4期，转引自庄钟庆《茅盾研究论集》，天津人民出版社1984年版，第511页。

② 1937年1月5日，茅盾致信增田涉时说："手教甫由开明书店送来……写给日译（鲁迅）全集本的推广文兹随信附上。"见陈子善、王自立《新发现的评价鲁迅的四篇重要佚文》，《人民日报》1981年9月23日第5版。

③ 增田涉曾说，茅盾的原稿和宣传册已经失佚，幸运的是，据周国伟所编著的《鲁迅著译版本研究编目》可知，上海鲁迅纪念馆里藏有出版广告册，"首页上刊有编辑顾问名单，全集7卷书影：其他几页还刊有出版说明、全集总内容、各卷内容解说，还有中日两国进步文化人士郁达夫、茅盾、景宋、木村毅、新居格、罔邦雄、藤森成吉等撰写的文章，佐藤春夫还写了《编辑者的话》"。见周国伟编著《鲁迅著译版本研究编目》，上海文艺出版社1996年版，第428—429页。据查，上海鲁迅纪念馆所藏该广告册除涵括这些内容外，在第2—5页还登载有《鲁迅略传》，在第13页还刊载了《阿Q正传》的几段日译文本。总体来看，这份广告册印刷精美，内容丰富，全面、立体地对《大鲁迅全集》进行了宣传与介绍。

新见面”的方式，则是三个译本——钱青译的《精神食粮》、思一（即楼适夷[①]）译的《精神的食粮》以及严绍璗、高慧勤译的《精神的食粮》——几乎同时刊载于国内的重要报刊上。饶有意味的是，在为三个译本所写的介绍文章中，无论是钱青、陈子善与王自立还是孙玉石，都只提及“新发现”或“最近看到”了《改造》上刊发的原稿，但具体怎么发现的，则语焉不详。

但显然，关于茅盾这篇文章的三个译本，都服务于鲁迅100周年诞辰纪念活动。其具体表现是，钱青所译的《精神食粮》发表于《解放日报》1981年9月23日的副刊《朝花》（第2469期）上，与钱青的《读茅盾先生的〈精神食粮〉》、伏琛的《从两张照片题辞说起》、陈伯吹的《怜子如何不丈夫》、晓海的《大陆新村——鲁迅先生在上海的三个寓所之三》、夏征农的诗歌《纪念鲁迅诞辰一百周年》、世照的诗歌《常青藤》、薛尔康的诗歌《晨星》，以及《鲁迅传》、《药》、《伤逝》等影片的放映广告，《阿Q正传》这部滑稽戏的演出广告等一起，营造出一种纪念鲁迅的浓厚氛围。思一所译的《精神的食粮》与另外三篇文章——宋庆龄的《把鲁迅先生的战迹献给日本人民》、郁达夫的《鲁迅的伟大》以及景宋的《鲁迅先生的精神》一起构成了《评价鲁迅的四篇重要佚文》，再与陈子善、王自立所写的介绍文章《新发现的评价鲁迅的四篇重要佚文》、林辰的《写在新编〈鲁迅全集〉出版的时候》、林默涵的《关于新版〈鲁迅全集〉的注释工作》一起组成了《人民日报》1981年9月23日第五版的内容，体现出了极强的学术性。而严绍璗、高慧勤所译的《精神的食粮》，与另外三篇译文一起成为孙玉石所写的《深情的纪念　珍贵的记录——介绍几篇纪念鲁迅的珍贵短文》的附录，服务于鲁迅研究者孙玉石纪念鲁迅、纪念那些纪念鲁迅者的特有方式。这些言说与举措，都与1981

① “思一”是楼适夷老先生的笔名。这一谜底，迟至2004年12月6日才由陈子善先生在《忆适夷先生》中揭晓。在该文中，陈先生引了楼老于1981年5月6日写给他和王自立的信：“今晨起来，为了使精神宁静下来，先把嘱译三篇，匆匆译出寄奉，对我也是很好学习。所抄原文稿，我留下参考了，谢谢。此三篇虽然是从中文原作日译的，连同前译达夫之作，原文既不可得，我的译文，已仅能达意，无法体现原作风貌了，发表时译者的名字，即署‘思一’笔名可也。”转引自陈子善文，见上海鲁迅纪念馆、人民文学出版社编《楼适夷同志纪念集》，人民文学出版社2005年版，第157页。

年9月25日的纪念大会，以及其前后形形色色的纪念活动形成了一种呼应关系。

三

目前所见茅盾该文的三个译本存在细微差异，而介绍者所写的文字也存在关注重点之别。

现将这三个译本依次抄录如下：

钱青译本：

精神食粮

《鲁迅全集》在日本翻译出版，是一九三七年东亚文化界的一大喜事。鲁迅先生是一位思想家，同时，又是一位艺术家。在现代中国，恐怕只有鲁迅先生能如此深刻地理解中国的民族性，能如此热爱、如此拥护中华民族。

鲁迅先生这一伟大力量的源泉，我觉得第一，是他观察的深刻透澈；第二，是他对人类的热爱与悲悯；第三，是他伟大人格所发挥的一生的战斗精神；第四，也是最后一点，是他将上述三者融会贯彻在他天才的艺术创作之中。

鲁迅先生的小说与杂文，不仅教育了中国无数文艺青年，而且在成长途中的文艺青年，依然能从鲁迅先生的文学遗产宝库中，获得无数珍贵的教益。不仅如此，即使有所成就的既成作家，也能从鲁迅的文学遗产中汲取养料。

小于鲁迅十六岁的我，无疑曾经从先生的著作中多多地获取了"精神食粮"。我常常想，读一遍鲁迅先生的著作，我们欣然有所收获，就是二遍、三遍，甚至无数遍地阅读，仍然能获得愈越增多的教益。

先生的著作，真是耐人咀嚼、耐人寻味。其原因，我想不外是他著作的精湛、渊深，他是一位思想家，又是一位艺术家之故。①

① 《解放日报》1981年9月23日第4版。

思一译本：

精神的食粮

鲁迅先生的全集在日本的翻译出版，是1937年东亚文化界的一件大喜事。鲁迅先生是思想家，同时也是艺术家。在现代中国，没有人能象他这样深刻地理解中国民族性，也没有人能象他这样受到中国人民的热爱与拥戴。他这种伟大力量的源泉，第一，是他的观察的深刻与透彻；第二，是他对人类的热爱与悲悯；第三，是他的从伟大的人格所发出来的一生的战斗工作；最后，第四，是他把以上三点融合在他的天才的艺术创造之中。他的小说和杂文，教育了现代中国无数的文艺青年。正在成长途上的文艺青年固然从鲁迅的文学遗产中得到教益，即使在某种程度上已经成长的既成作家，也正在从鲁迅的文学遗产中继续得到教益。比他年轻十六岁的我，不消说，是从他那里吸取了精神食粮。我常常想，每读一次鲁迅的作品，便欣然有得，再读，三读乃至数读以后，依然感到一次比一次有更多更大的收获。他的作品之所以这样经得起咀嚼，其唯一的原因，就是因为他的作品的精深与博大，就是因为他既是思想家、又是艺术家的缘故。①

严绍璗、高慧勤译本：

精神的食粮

鲁迅先生的全集将要由日本翻译出版，这是1937年东亚文化界的一大喜事。鲁迅先生既是思想家，同时也是艺术家。在现代中国，没有人能象他那样深刻理解中国的民族性，也没有人能象他那样受到中国民众的热爱与拥护。他的这一伟大力量的源泉，第一在于他观察的深入透彻；第二在于他对于人类的热爱与悲悯；第三在于出自他伟大的人格所进行的毕生的战斗；最后，即第四，也在于他把上述三者融合于他的天才的艺术创造之中。他的小说与杂文，教育了现代中国

① 《人民日报》1981年9月23日第5版。

> 无数的文艺青年。正在成长过程中的文艺青年固然从鲁迅的文学遗产中得到宝贵的教益，而且，即便程度不同的已经成长起来的作家，依然从鲁迅的文学遗产中不断得到教益。比他年轻十六岁的我，毋庸说也曾从他那里汲取过“精神的食粮”。我常常想，鲁迅的作品，我们读一遍便会欣然而有所得，读两遍、三遍乃至无数遍，依然得益匪浅。他的作品如此耐人咀嚼，唯一的原因，就在于他的作品博大精深，在于他既是思想家，同时也是艺术家。①

比较之后可知，在形式上，钱青译本分为五自然段，与后二者的一大段之间区别很明显。在内容上，思一、严绍璗与高慧勤的译本之间的差距较小，而与钱青译本之间的差距较大。其中差别最大者在钱青译本中所说的“在现代中国，恐怕只有鲁迅先生能如此深刻地理解中国的民族性，能如此热爱、如此拥护中华民族”，在后二者中分别变成了“在现代中国，没有人能像他这样深刻地理解中国民族性，也没有人能像他这样受到中国人民的热爱与拥戴”，与“在现代中国，没有人能像他那样深刻理解中国的民族性，也没有人能像他那样受到中国民众的热爱与拥护”。在最末一分句的译法上，钱青译本与后两个译本的主语与宾语恰好打了一个颠倒。查《大鲁迅全集》宣传广告册所载的《鲁迅の粮》② 一文，应以后两者的译法为妥。另外，考察茅盾该段言辞的上下文可知，这一判断与其紧接着提出来的四方面内容密切相关。从这四方面内容的前两个来看，偏向于阐释鲁迅为何能深刻地理解中国的民族性，后两个则偏向于阐释鲁迅为何受到中国民众的热爱和拥护，而不是他热爱、拥护中华民族。故而，那一句的译文应以后两者为更准确。或许，这也是两个版本的《茅盾全集》在收录该文时，都将该句变成了“在现代中国，恐怕只有鲁迅先生能如此深刻地理解中国的民族性，能如此受到中华民族的热爱和拥护”的原因吧？编者这种为尊者、长者讳的主观意图是可以理解的，但如真要这么修改，为免除不必要的混淆起

① 《新观察》1981 年第 18 期。

② 该文在广告册的第 9 页，是《关于鲁迅的伟大性》系列文章的第二篇。

见，笔者还是建议在注释中做出说明，① 而不是径直将其出处标为《解放日报》。

另外需要注意的是，这三个译本面世时出现的介绍文字，体现出了不同的关注重心。

钱青的介绍文章题为《读茅盾先生的〈精神食粮〉》，重点谈及她读该文后的感受："我们阅读了可以知道茅盾先生是如何推崇鲁迅先生，如何教导我们的。这篇短文现在读来，还具有深切的现实意义。"之所以要重提茅盾对鲁迅的推崇，是因为在她看来，当时社会上的青年学生虽知道"鲁迅先生是伟大的文学家，是中国文坛的巨匠，是毛主席赞赏的伟大的思想家、文学家"，然而却读不懂鲁迅的作品。为此，她建议教师、社会必须加强历史、地理等学科的教育，让青年理解吃人的旧社会，并且认为，"将鲁迅先生的著作，搬上舞台，搬上银幕"是很有必要而及时的方式。当然，让青年人重读茅盾该文，接受他的"教导"从而接近鲁迅，则是另一个重要方面。而她的翻译，正是为青年通往阅读鲁迅而搭建的一座桥梁。

陈子善、王自立的介绍文章题为"新发现的评价鲁迅的四篇重要佚文"，偏于史料呈现，信息量大而意蕴丰厚。该文首先介绍了这四篇文章是"新发现"的，指出其出处及为何翻译它们；其次点出了这些评价文章出现的背景；最后简要分析了这四篇文章出现的过程，并分析了为何是这些人而非其他人来写介绍文章；"宋庆龄、郁达夫和茅盾都是鲁迅的同志和亲密战友，许广平更是鲁迅'十年携手共艰危'的伴侣，他们对鲁迅都有着深厚的敬爱之情，对鲁迅的伟大思想更有着真切的了解，而且茅盾和许广平又担任了《大鲁迅全集》的编辑顾问，郁达夫也积极参与了这部书的编辑工作，增田涉请他们四人撰写介绍鲁迅的文章确实是再合适不过了"。接着，该文指出了这些文字的特质、贡献所在，"这四篇文章最长的不过600余字，最短的还不到300字，却都是感情真挚，论述精辟，言简意赅。这四篇文章从各个不同的侧面，简明扼要地向日本读者介绍了作为伟大的文学家、思想家、革命家的鲁迅。显而易见，它们对鲁迅

① 另外还有一个字"澈"改成了"彻"，似乎也应如此标注一下，以更准确地保持译文的原貌。

所作的评价，不但在当时是正确的，有说服力的，在鲁迅研究史上占着重要的一页，就是在四十四年后的今天，仍然给我们以教益和启示”。反观鲁迅研究现状，两位作者认为“这四篇文章不约而同地提到的鲁迅最理解中国的民族性和他最能代表中国的民族精神的问题，至今还很少有人专门研究”。最后，作者回到现实，为宋庆龄、茅盾、郁达夫、景宋四人不能参加纪念鲁迅 100 周年诞辰的活动而遗憾，并肯定他们的贡献在于“研究鲁迅、宣传鲁迅、捍卫鲁迅”。[①] 在附注中，两位先生还披露了一封茅盾致增田涉的佚简。该佚简与各有重点的其他部分一起，彰显出了极强的学术品质。可以说，该介绍之文与所推出的四篇佚文一样，具有不能忽略的史料价值。

孙玉石的介绍文章题为《深情的纪念　珍贵的记录——介绍几篇纪念鲁迅的珍贵短文》。该文体现了彼时人们纪念鲁迅的特殊方式——怀想起过去那些难以忘怀的深情的纪念。故而，他请人翻译、写作这篇介绍文字本身就具有了双重意义：纪念鲁迅、纪念那些纪念鲁迅的人们。另外，该文还为我们细致梳理了这四篇文章的第一个中文译本的情况，并较为细致地呈现了《大鲁迅全集》编译情况及这四篇文章的诞生与意义。显然，和陈子善、王自立一样，他是从整体上评价这四篇文章的，不同处在于，陈子善、王自立更多地从学术价值上立论，而孙玉石更关注的还有他们代表了中华民族的真实的心声这一层。茅盾的观点，成为他们论述中的一个小环节。这一方面使得茅盾该文可以依附于更大的思想系统，从而具有更宏大的意义，另一方面则使得其文的独特性被部分遮蔽。

结　语

总体来看，介绍该文的钱青、查找资料并请人翻译的孙玉石、陈子善、王自立，以及翻译者钱青、思一、严绍璗、高慧勤，都在事实上为推动鲁迅研究、茅盾研究做出了自己的努力。考虑到不同的译者翻译出来的文本终究存在差异，考虑到思一在纪念鲁迅 100 周年诞辰中的多种

---

① 陈子善、王自立：《新发现的评价鲁迅的四篇重要佚文》，《人民日报》1981 年 9 月 23 日第 5 版。

贡献[1]，笔者建议今后的茅盾研究资料、鲁迅研究资料在提及茅盾该文时，最好部分采用《郁达夫全集》对于郁达夫之文的处理方法——先录入增田涉所译出的日文文本，再选用其中某一个中文译本。[2] 但不管选用哪个译本，都宜关注到其他两个版本的存在，并明确标注出译者姓名、国内出处。这一方面体现出对译者与介绍者们劳动的充分尊重，另一方面则让读者明白，其具体话语之所以存在差异，乃是因为译者不同之故，从而最大限度地规避混淆的可能性。

原刊《鲁迅研究月刊》2015 年第 8 期

① 除了翻译四篇佚文之外，楼适夷还于 1981 年 8 月参加了长春举行的纪念鲁迅 100 周年诞辰纪念会，发表了《略谈鲁迅精神》（后在 8 月的《新苑》第 3 期上发表）。另外，他特别关心《鲁迅全集》1981 年版的出版。“记得好像是 1981 年《鲁迅全集》出版前夕，楼老还步履蹒跚地来到出版社的后楼看望《鲁迅全集》的编注者们。说的话已经全忘了，可是那拄着拐杖，佝偻着背的模样，却是如在目前，挥之不去的。”（王锡荣：《怀念楼老》，上海鲁迅纪念馆、人民文学出版社编《楼适夷同志纪念集》，人民文学出版社 2005 年版，第 196 页。）

② 《郁达夫全集》录入了《鲁迅の伟大》，文末标注为“原载一九三七年三月一日日本《改造》第十九卷第三号《大鲁迅全集》广告页”，紧接着选录了译本《鲁迅的伟大》，文末署上了“思一译”。但遗憾的是，文末仍然标注“原载一九三七年三月一日日本《改造》第十九卷第三号”，而漏注了译文载“《人民日报》1981 年 9 月 23 日第 5 版”这一信息。

新发现的茅盾《红学札记》述论

王人恩

摘要　《红学札记》研究手稿十三篇，是茅盾在20世纪60年代撰写《关于曹雪芹——纪念曹雪芹逝世二百周年》报告时，参阅有关《红楼梦》评注、解释、索隐等书作札记而形成的手迹。《红学札记》基本上涉及了红学研究的大部分重要领域，其中蕴含着茅盾不少可信而可贵的红学见解；《关于曹雪芹》是《红学札记》的高度浓缩，它是茅盾一丝不苟、严谨治学精神的集中体现。茅盾以他的极有学术价值的红学论著为红学研究史书写了浓墨重彩的一章，他的红学论著的价值随着时代的前进必将会更加为人们所重视进而珍视。茅盾在红学史上自应占有一席重要的地位。

关键词　茅盾；《红学札记》；《关于红楼梦》；手稿述论

2012年1月，浙江大学出版社出版了由桐乡市档案局（馆）编的"茅盾珍档手迹"五大册，该书是作为"'十二五'国家重点图书、全国重点档案编研出版项目"而出版的。其中第五册是《诗词　红学札记》，该册"前言"也由桐乡市档案局（馆）所写，落款时间是"二〇一一年十月十八日"，"前言"有如下介绍：

> 本册收录了茅盾诗词手稿八十首，《红楼梦》研究札记手稿十三篇。……《红楼梦》研究札记手稿，是茅盾在二十世纪六十年代撰

> 写《关于曹雪芹——纪念曹雪芹逝世二百周年》报告时，参阅有关《红楼梦》评注、解释、索隐等书作札记而形成的手迹。据茅盾在日记中自述，“报告不过四五千字，但参阅各项有关文章、材料，则总字数当在百万以上”，从中可以窥见茅盾严谨的治学精神。①

笔者于今年年初始见到这部书，经过仔细阅读，我被茅盾先生一丝不苟的严谨治学精神所感动，时而也被他那飘逸不群、龙飞凤舞的书法艺术所吸引——茅盾先生是著名书法家，《红楼梦学刊》题签即是茅盾。怀着对茅盾先生的景仰之情，我想对《红学札记》的主要内容做些介绍和分析，进而结合他的红学论文代表作《关于曹雪芹——纪念曹雪芹逝世二百周年》一文，勾稽爬梳出茅盾先生论文的文献来源及其剪裁使用文献资料的标准、方法，尝试评价茅盾先生对红学的贡献及其在红学史上应有的地位。

一

茅盾写札记主要使用的是毛笔，一部分使用的是钢笔，除个别字外，基本上可以识读。《红学札记》由以下十三部分组成：

红学札记一：景梅九《红楼梦真谛》（页 109—137）

红学札记二：王梦阮、沈瓶庵《红楼梦索隐》（页 138—164）

红学札记三：寿鹏飞《红楼梦本事辨证》（页 165—191）

红学札记四：蔡元培《石头记索隐》（页 192—231）

红学札记五：钱静芳《红楼梦考》（页 232—234）

红学札记六：吴恩裕《考稗小记》（页 234—240）

红学札记七：潘重规《红楼梦新解》（页 241—244）

红学札记八：《红楼梦探源》（页 245—247）

红学札记九：永忠、明义、敦敏兄弟（页 248—256）

红学札记十：曹雪芹的诗及《红楼梦》的白话（页 257—258）

红学札记十一：《红楼梦》续书（页 259—268）

① 笔者所引茅盾《红学札记》文字，均出该书，不再另注。

红学札记十二：《红楼梦》评点版本（页269—275）

红学札记十三：《红楼梦》评论、考据专著（页276—291）

据粗略统计，《红学札记》约6万字。茅盾写札记或直接抄录原书原文，或节录原书大意，不时有自己的“按”语（有时置之于括弧内），这是他经过思考之后的认识，弥足珍贵。例如“红学札记十：曹雪芹的诗及《红楼梦》的白话”里这样写：

曹雪芹诗，除红楼梦中题诗及红楼梦曲十二支、好了歌、甄士隐之解好了歌，书中诸人之诗（宝玉及十二钗结诗社时所作），馀不多见。仅知其题敦诚所作《琵琶行传奇一折》题诗残句云：“白傅诗灵应喜甚，定教蛮素鬼排场。”然红楼梦中各诗，雪芹按头制帽（或求吻合书中人性格身份，或以暗示此书中人之身世结局），未足窥见雪芹之诗品与风格。但以敦氏兄弟以阮步兵拟雪芹，又谓曹诗“堪与刀颖交寒光”，“诗胆如铁”，而又称道他的“抑塞欲拔”的才气，则可想见曹之诗之内容与风格。盖曹诗实比红楼梦中各诗欲激昂、豪放、峭拔得多。至于以李贺相比，则指其风格，至于内容，当不相侔也。

茅盾是诗人、小说家，他对诗歌风格的理解比一般人要深刻准确得多，而绝不是“画家的妈——只会说而不会画”。“按头制帽”是茅盾对《红楼梦》诗词的准确评价，我不敢说是茅盾第一个用“按头制帽”评价《红楼梦》中的诗词，但是，我敢说能够在1963年说出这样精辟的词语者几稀！茅盾遂在《关于曹雪芹》中直接将“按头制帽”写了进去：“《红楼梦》中的诗词歌赋都是‘按头制帽’，适合书中各色人物的身世、教养和性格，并不能代表曹诗的真面目。”[①] 此后，以“按头制帽”来评价《红楼梦》诗词，已经成为红学研究者的共识，蔡义江先生《红楼梦诗词曲赋评注》的序言里就专门列有“按头制帽，诗即其人”一节，文中特地写道“用茅盾同

---

① 见《茅盾古典文学论文集》，上海古籍出版社1986年版，第512—535页。笔者所引《关于曹雪芹》均见该书，不再另注。

志所作的比喻来说，叫做‘按头制帽’（见《夜读偶记》）”[①]。

又如“红学札记三：寿鹏飞《红楼梦本事辨证》”列举各家说法时这样写：

> 寿氏按：《樗散轩丛谈》书，尚未考得作者姓氏，大约为乾隆时人所著。[按此说误也。《丛谈》已称“洞庭王雪香先生取此书加以评点”，而王评初刊于道光十二年（1832），又知王著《李史》，有光绪元年（1875）自序，依此推论，王当生于一八零零至一八七五年，一八零零年上距乾隆最后一年（一七九五）尚有五年，如王氏八十岁而卒，则乾隆末年，王仅五岁，不能谓为乾隆时人也。——笔者]

茅盾读书非常心细，他看到寿鹏飞的按语有误，于是细加反驳，真可谓持之有故，言之成理。据我所知，王希廉的生平行事在20世纪90年代始有初步结论，胡文彬先生先后发表的两篇论文[②]、赵国璋主编《江苏艺文志·苏州卷》才有较翔实的考订，是知王希廉生于嘉庆十年（1805），卒于光绪三年（1877）。而茅盾仅凭当时手头有限的材料进行推论，做出的“不能谓为乾隆时人也”的判断是非常正确的，尽管对王希廉生卒年的推论有小误，老一辈学人深厚扎实的文史学养令我辈钦服。

再如“红学札记一：景梅九《红楼梦真谛》”在摘录了景梅九、邓狂言、王梦阮等人的观点之后，他写道：

> 按据景氏所引邓氏各条，则知邓之附会，过于王、蔡，与景实相伯仲。邓景二人有一共同点，即好以所谓宫闱秘闻附会红楼梦之每事每言也。

---

① 见蔡义江《红楼梦诗词曲赋评注》，北京出版社1979年版，第9页。

② 胡文彬：《清代〈红楼梦〉评点家王希廉生平考述》，见《红楼梦学刊》1991年第3辑；《王希廉家世生平考述补说》，见《红楼梦学刊》1997年第2辑。

通过仔细的比较，茅盾得出了如上的正确认识，“好以所谓宫闱秘闻附会红楼梦之每事每言”是索隐派学人的共同而突出的特点，茅盾之语一语中的。

从《红学札记》的内容来看，它基本上涉及了红学研究的大部分重要领域，如红学史上关于《红楼梦》本事的各种说法、作者家世交游、作者的诗才和《红楼梦》的语言、《红楼梦》的续书、《红楼梦》的版本、《红楼梦》的评点本等，而茅盾用力最多者，当首推他对红学史上关于《红楼梦》本事的各种说法、各种红学派别的梳理和评价。

“红学札记一：景梅九《红楼梦真谛》”就列举了《红楼梦》本事的九种说法：第一，有谓书中人皆影当时名伶者；第二，有谓记金陵张侯家事者；第三，有谓记故相明珠家事者；第四，有谓刺和珅而作者；第五，有谓藏谶纬之说者；第六，有谓全影金瓶梅而作者；第七，有谓记清世祖董鄂妃故事者；第八，有谓影康熙朝政治状态者；第九，有谓作者曹雪芹自述生平者。

在每一种说法的后面，茅盾都抄录了某一说法的提出者和文献出处。可以看出，前八种都是“旧红学”中索隐派的观点，第九种是“新红学”的开创者胡适的观点。正因为茅盾对索隐派的各种观点非常熟悉，深谙它们的来龙去脉，因此，在后来的“红学札记七：潘重规《红楼梦新解》”中，茅盾写下了如下一段文字：

> 作者拾蔡（元培）、王（梦阮）、寿（鹏飞）、景（梅九）之唾馀，实无新解。于蔡说则舍其十二钗乃康熙朝名士（纳兰上客）之说而取其民族主义一说；故其“论点”于寿为近而杂采景说。如否认曹为红楼梦作者之说即发于寿而景助成之，潘亦附和。以宝玉为传国玺，则蔡、王、寿、景一线之衣钵，至潘亦并无新的发挥。……
>
> 总而言之，此书除袭取蔡、王、寿、景旧说而外（索隐部分亦然），别无新解。可认为“新”者，为关于脂砚斋一文。但其说甚为肤浅，而且全是主观的解释。他说人家认曹雪芹为作者是没有证据（引敦敏、敦诚未言曹作红楼梦）的，但他否认脂砚斋是与曹雪芹极亲密的人，而认为是一群旗人好事者（盖亦是红迷者），亦并无证据，而只凭主观推想而已。

如此鞭辟入里、有根有据的评论，非熟悉红学文献者不能办！即使熟悉红学文献而逻辑思维不清晰者亦不能办！我们知道，潘重规及其红学著作在台湾影响甚大，海内外也有学人对潘重规先生的红学观做过评论①；笔者认为李辰冬先生 1951 年在台湾发表论文《与潘重规先生谈红楼梦》反驳潘重规的观点是台湾红学史上的重要事件，并以“李辰冬对潘重规《民族血泪铸成的红楼梦》的‘疑问’解读”为题作了介绍②，而此前我们不知道早在 20 世纪 60 年代茅盾已经做出了令人信服的阐述。

在详尽的札记之后，经过比较和思考，茅盾往往能得出简洁明晰的认识，并不乏指导意义，如“红学札记十二：《红楼梦》评点版本”一节抄录《红楼梦》评点本达 22 种之多，茅盾总结道：

> 查上述各种，实为四个系统：（一）仅有圈点、重点、重圈及行间评而未著评者姓名，是为一个系统，出世最早，一八一八年之东观阁本，为此等评点本之祖本。（二）王希廉（护花主人）、张新之（太平闲人）、姚燮（梅伯）（大某山民）三个评本，都是认真地批评的，有总评、分评等；（三）把王、张、姚三人之评合刊于一书的，——此为集评性质。此系统之祖本似为广百宋斋本。（四）今未见之评本凡五：龙云友评本、梨云馆评本、虞山哓哓子评本，方玉润评本、午庵评本，今惟方玉润身世可考。
>
> 据此则除第一个系统外，余皆有著名；著名者除王、张、姚三本最为著名，且有传本外，余五家均未见传本。可考者仅此而已。

茅盾把他所得知的 22 种评点本分为四个系统，并且对评点本的最早者、最佳者、未见者都做了简练清楚的介绍，具有很高的学术价值。再如，在王复《红楼梦评》札记后，茅盾并非轻描淡写地写道：“按如王评之类，未见于记载者，想必甚多，盖读书作眉批，乃旧日文人习惯也。”又如“红学札记十三：《红楼梦》评论、考据专著”一节抄录达 43 种之

---

① 李虹：《潘重规红学研究述评》，见《红楼梦学刊》2009 年第 6 辑；又见李虹《潘重规与〈红楼梦研究专刊〉》，《红楼梦学刊》2008 年第 6 辑。

② 参见《甘肃社会科学》2012 年第 1 期。

多，在第15种《桐花凤阁红楼梦评》后写道：

> 按：自来论二玉婚姻者，不知此为封建与反封建之斗争，故虽同情黛玉而议论未能中的，“首恶先诛史太君”，如以史为封建思想之代表者，则可谓一语中的矣。

不难理解，茅盾写此语的20世纪60年代初，阶级斗争和反封建的思想、理论占据文艺、学术领域，所以，茅盾目史太君为“封建思想之代表者”，认定她是制造宝黛婚姻悲剧的元首，就是非常容易理解的了。又如在朱作霖《红楼文库》之后写道：

> 按：朱之自序，可代表大部分评红、咏红、题红者之心理，高鹗“惫且闲”，因补四十回，盖亦朱之穷愁牢骚，借题发挥耳。此足证红楼梦之反抗精神引起无数不得志者之共鸣，虽所持立场不同，所见不同，然鸣则一也。

众所周知，“穷愁著书”、“发愤著书”是中国古代文学理论的著名论题，盖谓文人作家的经历、遭遇、命运处境的坎坷不顺，必然成为他世界观的一部分，因此，他个人的身世之感就会或多或少、或明或晦、或自觉不自觉地通过他的创造传布到作品中，以影响读者。茅盾深谙这一理论，他看到朱作霖《红楼文库》自序有“予之为此也，亦由久处穷约，百事无成，又世方多故，违进取意……浏览（红楼梦）之余，又似有所感触，因复选题命笔”云云，于是得出了“朱之自序，可代表大部分评红、咏红、题红者之心理”的准确判断，进而把穷愁著书、不平则鸣的理论揭示了出来。这一揭示对于后来者研究评红、咏红、题红者之心理及其作品都有很重要的指导意义。我们说茅盾善于在研读红学文献的基础上敏捷地得出简洁明晰的认识、并不乏指导意义，当不是无的放矢。

二

茅盾一生的红学专文仅有两篇，一篇是发表于1934年的《节本红楼梦导言》，另一篇是发表于1963年的《关于曹雪芹——纪念曹雪芹逝世二百周年》，而后者无疑是他的红学论文代表作，此文最初发表于《文艺报》1963年第12期，这篇宏文正是在《红学札记》的大量而丰富的红学资料的基础上精心结撰而成的。关于写作这篇论文的缘起，茅盾在《〈关于曹雪芹〉第三次修改后的几点说明》中交代说：

> 对《红楼梦》，我本无研究，故在给我这个任务的时候，我当即坚辞；拖了半年，一再坚辞，而不获准许，只好硬着头皮勉为其难。当初想，有两种方式准备此文《〈红楼梦〉问题讨论集》四大册中选读十来篇文章，东采西辑，也可以成篇；二为尽量多读原始材料，自己抉择，扔掉拐杖走路。前一个办法，我素来不喜欢，虽然比较省力；于是用后一个办法。读书兼作札记，花了两个多月的时间，写正文只花一个星期的时间；写正文时只把它作为个人负责的通俗性学术论文看待。①

荀子有言："不积跬步，无以至千里；不积小流，无以成江海。"庄周亦云："适百里者，宿舂粮；适千里者，三月聚粮。"这种"积步"和"聚粮"的工作，是著述者第一步功夫。我阅读《红学札记》，非常惊讶当时已年近七旬的茅盾先生用了两个多月的时间、花费了如许巨大的精力而一步一个脚印地做着"积步"和"聚粮"的工作，他没有选择"比较省力"的"东采西辑"的方式完成论文，而是选择了"尽量多读原始材料"、"读书兼作札记"的方式，写出了见解独特、不依傍他人的长篇论文。显而易见，如果没有之前的《红学札记》垫底，《关于曹雪芹》一文就绝不会有那么厚重而精炼，刘梦溪先生说得好："这篇文章正文八千字，注文一万字，许多重要见解都是在注释里说的，正文和注释结合在一起，实为一部'红学简史'。"② 其实，这篇宏文新见迭出，文字精练，写法独特，异彩纷呈。

1. 凤头一样漂亮的开头。《关于曹雪芹》是一篇全面论述曹雪芹及其

---

① 见《茅盾全集》第27卷，人民文学出版社1996年版，第115、113—114页。

② 刘梦溪：《茅盾同志与红学》，见《红楼梦学刊》1981年第3辑。

《红楼梦》的长篇纪念文章，论文一开篇就把曹雪芹与莎士比亚做了对比：

> 世人艳称，历来研究莎士比亚的著作，汗牛充栋，自成一图书馆。这番话，如果移来称道曹雪芹及其不朽的巨著《红楼梦》，显然也是合适的。

今天读来，我们仍然感到茅盾给予《红楼梦》以“不朽的巨著”之评价是十分恰当的，将东方的曹雪芹与西方的莎士比亚相提并论同样十分恰当，颇具世界眼光。这使我联想到2013年11月在河北廊坊召开的“纪念伟大作家曹雪芹逝世250周年大会暨学术研讨会”，大会所发的纪念品手提袋上面就印有“伟大的曹雪芹，不朽的《红楼梦》”的字样。事实确如茅盾所论，在今天的中国大陆乃至域外多地，研究曹雪芹及其《红楼梦》的著作不仅仅是“汗牛充栋，自成一图书馆”，而且是“凡有图书馆，必藏《红楼梦》!”

我们认为，茅盾一开篇把曹雪芹与莎士比亚相提并论的写作用意还在于以“莎士比亚的身世乃至其作品的著作第权，向来就是聚讼纷纭”自然而然地引出“曹雪芹在这方面并不比莎士比亚运气好些”的论题，同样自然而然地过渡到“这位伟大作家的身世却湮没无闻”上面，这就为下文讨论曹雪芹的家世、生平预留了很大的空间，也给读者留下了了解原委的期待。

2. 从补作、续作、模仿和改编、评注、索隐五大方面说明《红楼梦》的巨大影响。按一般常理来说，茅盾自当接着前文续写曹雪芹的家世和生平，然而，文章却宕开一笔，从补作、续作、模仿和改编、评注、索隐五大方面论述《红楼梦》的巨大影响——这是茅盾的创获，后来的学人就基本上承袭了茅盾的这一概括。[①] 我们初步认为，茅盾或受启于鲁迅《中

---

① 如韩进廉《红学史稿》第12—13页写道：“《红楼梦》影响之大，更可以从下列事实看出：一为补续。……二为模仿和改编。……如《品花宝鉴》、《花月痕》、《青楼梦》等，大都以倡优拟闺秀，以狎客比才子，以北里为情场。……三为评注。……四为索隐。……五为题咏。”我们初步认为，这些文字基本上来自茅盾的《关于曹雪芹》。又第334页写道：“据不完全统计，一九六三年发表的文章近百篇，其中较重要而有代表性的，有茅盾的《关于曹雪芹》……”河北人民出版社1981年版。

国小说史略》的观点，他在“三为摹仿和改编”一节中直接引用了鲁迅“摹绘柔情，敷陈艳迹，精神所在，实无不同”四句评语，直接在括弧内注明“鲁迅”二字，还直接在注释中写道：“鲁迅《中国小说史略》第二十六篇举摹仿之作凡三：一、《品花宝鉴》，二、《花月痕》，三、《青楼梦》。”这是一种何等可敬可贵的精神！不掠人之美，不贪天功为己有是一个学者应有的品质，清代学者陈澧曾经指出：“前人之书，当明引，不当暗袭。《曲礼》所谓‘必则古昔’，又所谓‘毋剿说’也。明引而不暗袭，则足见其心术之笃实，又足征其见闻之渊博。若暗袭以为己有，则不足见其渊博，且有伤于笃实之道矣。”[①] 在抄袭风大盛的今天，重温茅盾的诚实不欺的治学态度，当不无启迪意义和现实意义。

值得指出的是，从五大方面论述《红楼梦》的巨大影响在《关于曹雪芹》正文中仅有1300多字，而注释却有6000多字，它们竟然是《红学札记》全部文字的百分之八十多！例如续书一节，茅盾所叙列的书名就有《后红楼梦》、《续红楼梦》、《红楼重梦》、《红楼复梦》、《红楼圆梦》、《红楼梦补》、《补红楼梦》、《增补红楼梦》、《红楼幻梦》、《红楼梦影》、《新续红楼梦》、《红楼三梦》、《红楼梦醒》等25种，他用顺序号一一标出，并有总结语：

> 查上开各书，自一至十一，皆为刊本；而自第九以前，皆为一八二〇年前所作；即为高续刊行（一七九一）后之卅年间事。而最早之续书《后红楼梦》则成于一七九四、五年，距“程甲本”出世仅两三年耳。

试比较《关于曹雪芹》正文：

> 这一类作品在一七九一年（即补书由程伟元以活字板刊行的一年）以后十年间，先后就出现了四种。
>
> 此后直至一八六□年，续貂之辈，兴会仍然淋漓，累计所作，约

① 见陈澧《引书法》，《东塾续集》卷一，台北文海出版社1972年版。

有二十余种之多。

其注释写道：

据一粟《红楼梦书录》（古典文学出版社一九五八年印）所著录：《红楼梦》续书，今有刊本者凡十一种；最早者为《后红楼梦》，伪托曹雪芹原稿，并伪造曹母手书弁诸卷端。此书约成于一七九四、五年。一七九八至一八〇五年，此七年中共出续书五种；此后，自一八一四至一八二〇的六年中又出续书四种。此后稍替，相隔二十余年而始有《红楼幻梦》出现。总计今所知续书（刊本、稿本及他书征引者）共二十五种之多。

如果将三者合观对读，可以看出茅盾对《红楼梦》续书出现的时间、种类、版本等叙述得很周详，《红学札记》简要，正文寓褒贬于严谨之中，注释则有根有据，指谬的同时而以金针度人，在剪裁、使用文献方面不繁不简，颇具匠心。于此同样可以看出茅盾读书非常细心、善于归纳总结的特点，所以，他的文章眉目清晰，逻辑性很强。后来者若研究《红楼梦》续书，直可以茅盾所提供的线索跟踪追击，当不无收获。

3.《关于曹雪芹》寥寥几笔带过曹雪芹的交游，是《红学札记》的高度浓缩。《关于曹雪芹》只有几句叙写曹雪芹的交游：

……曹雪芹移居西郊。他那时并无僮仆，妻子相依，生活极为穷困，有时卖画得钱，聊解喝酒。亲戚故旧，败落的败落了，不曾败落的也对这罪人之后的穷书生白眼相看；极少几个意气相投的朋友还经常和他来往，但这几个朋友，也是不甚宽裕的经济上无能为助。

甚至于连几个朋友的名字都未点出，惜墨如金到如此地步。而在《红学札记》中，茅盾仔细抄录了永忠、名义、敦敏、敦诚的不少材料，有两处文字值得表出：

敦敏兄弟与曹雪芹最为熟习，而且从二人诗中，可见他俩对曹的推重与同情。交谊之厚，远胜别人。敦敏字子明，清太祖努尔哈赤第十二子英亲王阿济格的五世孙，理事官瑚玐的长子，弟兄共五人，二弟即敦诚。敦敏生于雍正七年，约死于嘉庆元年，敦诚比他早死。敦敏兄弟及其父都不曾做什么大官，此与阿济格被赐死并黜了宗籍有关。这是他们与曹雪芹同有身世之痛，故成莫逆。

曹所交游均为不得志之人，生活虽较曹宽裕，能以诗、酒、画、谈禅说道消遣长日，而中心惴惴则或过于曹也。

茅盾对二敦与曹雪芹交谊的判断，对二敦身世遭遇、内心世界的把握基本准确。在注释中，茅盾用了900多字介绍了二敦、永忠和明义，所可注意者，茅盾刻画二敦的为人说“敦敏不得意于仕途，而又有点狷傲，不肯趋附；这样的性格，成就了他的笑傲诗酒、找和尚谈禅的生涯。……敦诚的生活同他的哥哥差不多，他对曹雪芹的诗，评价极高：‘爱君诗笔有奇气，直追昌谷披篱樊。’《四松堂集》中，颇多抑塞之音。他和曹雪芹的意气相投，不是偶然的。然而这两兄弟赞赏曹雪芹的‘狂’，言外之意，也就是他们不如雪芹之敢于‘狂’”。这样评价二敦，尤其是末句“他们不如雪芹之敢于‘狂’”之评，似乎此前未经人道。札记与注释相得益彰，信哉！又评永忠说“永忠以诗、酒、书、画、禅、道，消遣此生”，同样与札记所谓“能以诗、酒、画、谈禅说道消遣长日，而中心惴惴则或过于曹也”相得益彰。这种正文与注释相得益彰的写法值得后人借鉴。

4. 高度评价《红楼梦》刻画人物的无与伦比的艺术技巧。茅盾在《关于曹雪芹》中写道：

《红楼梦》中有名有姓的人物，计凡四百余人。其中较为活跃者，不下百人，除主人公宝、黛及其陪衬人物活动较多而外，有些次要人物的活动仅昙花一现，然而只此寥寥数笔，却已把此人的面目勾勒得十分鲜明。

在注释中，茅盾如此评论：

> 几笔勾勒，就生动地画出一个人物形象，如小红、柳五儿是也。几笔勾勒，就写出一个人物的性格，如七第十四回抄检大观园，侍书之冷嘲热讽，写其精明干练；一 晴雯之举动急躁，写其高傲任性；入画之哭诉实情，乃年幼胆怯；司棋之毫无惧色，已打定主意。于此可见作者既精于细节描写，已善于粗笔勾勒。昔人谓：人但知其繁处（细节描写）不可及，而不知其简处（粗笔勾勒）更不可及，——即指此等笔墨。

这是多么优美而精辟的文字啊！概括繁处以“细节描写”说明，概括简处以“粗笔勾勒”道出，阅读这样的论文丝毫感觉不到是在读理论性文章，直有品味优美散文的感觉，如果可以借用茅盾上述评价，则可以说茅盾用字不到十个，就分别勾勒出了侍书、晴雯、入画、司棋的言行、个性！文人之笔，真可使老秃鸦成为绣鸳鸯，信矣！我们在《红学札记》里也可以找到茅盾的文献依据，在“红学札记十二：《红楼梦》评点版本”第20种谢鸿申之《红楼梦评》有按语：

> 按：据此信，则谢评命意亦自平凡，惟谓“繁处不可及，不知其简处尤不可及”二语论红楼技巧，颇为中肯；或者评技巧处有可取处，但此稿早已佚失。

由此可知，茅盾所谓“昔人”，是指道光、同治间浙江会稽人谢鸿申（字帆初）。[①] 茅盾尽管认为谢鸿申评论《红楼梦》之“命意亦自平凡”，然而谢鸿申的一点真知灼见，茅盾敏锐地发现且给予充分的肯定。是其是而非其非，这是多么可贵而科学的治学态度！

5. 茅盾熟悉并推崇曹雪芹友人二敦、张宜泉等人将曹雪芹与阮籍、

---

① 冯其庸、李希凡主编：《红楼梦大辞典》（增订本）第562页：“谢鸿申，字帆初，浙江会稽人。据《石头记集评》卷下记‘会稽谢帆初茂才有批红楼梦全稿，所论极佳，惜稿已遗失，竟不可得。’著有《东池草堂尺牍》，内有评论《红楼梦》文字。”文化艺术出版社2010年版。

李贺作比，赞赏曹雪芹的个性狂于阮步兵，赞赏曹雪芹的诗风有如李长吉。在《关于曹雪芹》中，茅盾有两段精彩的评论：

> 敦诚的诗歌，屡次以阮籍比曹雪芹，一则曰“步兵白眼向人斜”，再则曰“狂于阮步兵”，这不光是因为曹雪芹字梦阮，实在也概括了曹雪芹的身世和性格。在封建时代，愤世嫉俗的士大夫既痛心疾首于本阶级之腐化分崩，又不能毅然自绝于本阶级，往往以“狂”的面目，倾吐他的抑塞不平之气。说曹雪芹“狂于阮步兵”，大概是指他的《红楼梦》的叛逆性十倍于阮籍的咏怀诗。对于这一点，永忠说得更直截了当。他的读《红楼梦》吊雪芹三绝句最后一首末两句是：“混沌一时七窍凿，争教天不赋穷愁。”明义题《红楼梦》诗也说：“石归山下无灵气，纵使能言亦枉然。”由此可见，曹雪芹的同时代人也有一二人看出了《红楼梦》寄托的深远的。
>
> 敦敏兄弟、张宜泉，都把曹雪芹同李长吉相比，这大概指诗的艺术风格。至于思想内容，则“诗胆如铁”一语，足供玩味。猜想起来，雪芹的诗，瑰丽奇峭有如李贺，而慷慨激昂胜于阮籍。

在“红学札记九：永忠、明义、敦敏兄弟”、“红学札记十：曹雪芹的诗及《红楼梦》的白话”两节中，茅盾用大量篇幅非常仔细认真地抄录、研究了曹雪芹的友人、同时代人的诗作，因此，茅盾赞赏他们在个性方面把雪芹与阮籍作比，且认为雪芹“狂于阮步兵”，在诗风方面把雪芹同李贺作比。更需注意者，茅盾分析了封建时代士大夫之所以“狂”的根本原因，得出了“《红楼梦》的叛逆性十倍于阮籍的咏怀诗”的结论，这样的比较研究，与时下的一些“狗比猫大，牛比羊大”的所谓“比较文学”相比，不啻有霄壤之差！我们还必须指出，把曹雪芹与阮籍、李贺作比，目前已经成为第红学常识，而在茅盾《关于曹雪芹》问世的时期，这样显豁一醒目的比较实不多见。仅此一点，足可见出茅盾红学观的先进性了。

三

前文已及，《关于曹雪芹》是一篇新见迭出、文字精练、写法独特、异彩纷呈的极有学术价值的红学专文，它所涉及的论题涵盖了红学研究的诸多领域，尤其是对《红楼梦》的思想意义、独特结构、刻画人物的高超技巧、以“按头制帽”来评价《红楼梦》诗词和从补作、续作、模仿和改编、评注、索隐五大方面说明《红楼梦》的巨大影响，以及把曹雪芹与阮籍、李贺作比、对曹雪芹卒年的存疑、姑依旧说而以高鹗为补书之人、对索隐派学人形而上学研究方法的揭破、《红楼梦》传播域外的翻译与研究等，都是在爬罗剔抉大量文献资料的基础上得出的令人可信的准确认识，这充分反映出茅盾学贯中西、博古通今的大家风范。

就近因来看，茅盾是为了1963年要举行的“曹雪芹逝世二百周年纪念展览会”而写作了《关于曹雪芹》一文，《红学札记》正是茅盾为《关于曹雪芹》一文所作的“积步”和“聚粮”的准备工作，我们相信，这一必不可少的准备工作使得年近七旬的茅盾基本上厘清了红学研究领域中诸多复杂、矛盾乃至郢书燕说、捕风捉影的观点、方法，发现了之前红学研究者的不少真知灼见和道听途说，前所未有地丰富了自己的红学知识，掌握了红学研究的基本文献资料，故而出语原原本本，有根有据，视域开阔，有的放矢，显示出了极为渊博的学识和极为扎实的古典文学、文献学的功夫。就远因来看，茅盾早在青少年时期就非常喜欢中国古典文学尤其是古代小说，他说：“青年时我的阅读范围相当广泛，经史子集无所不读。在古典文学方面，任何流派我都感兴趣，例如汉赋及其后的小赋，我在青年时代也很喜欢。……至于中国的旧小说，我几乎全部读过（也包括一些弹词），这是在十五六岁前读的（大部分），有些难得的书（如金瓶梅等）则在大学读书时读到的。……我家有一箱子的旧小说，祖父时传下，不许子弟们偷看，可是我都偷看了。”[①] 这样如饥似渴地博览群书，必然会给茅盾带来终身的受益，明乎此，我们就可以明白作为中国现当代著名作家、文学评论家、社会活动家的茅盾为什么能够写出那么众多

---

① 茅盾：《我阅读的中外文学作品》（1962年9月），见《中国现代文学研究丛刊》1982年第1期。

而见解新颖的古典文学研究论著，如《中国文学内的性欲描写》、《中国神话研究》、《楚辞与中国神话》、《〈诗论〉管窥》、《纪念我国伟大的诗人屈原》、《谈〈水浒〉》、《谈〈水浒〉的人物和结构》等，我们同样可以明白写作《关于曹雪芹》时的茅盾比之1935年写作《节本红楼梦导言》时的茅盾在红学知识、红学见解方面要全面、客观、准确得多。[①] 学以年进，信矣！

严谨、全面、一丝不苟，是茅盾红学论文，尤其是《关于曹雪芹》一文的突出特点，这种特点的形成固然与茅盾扎实深厚的中外文学功底密不可分，同时也与茅盾的鲜明个性不无关系。一般来说，作家的个性气质必然会影响到作家的创作、研究个性，茅盾早年就曾夫子自道："真正的作家必须有他独具的风格，在他的作品里，必能将他的性格精细地透映出来。文学所以能动人，便在这种独具的风格。"[②] 而到晚年，茅盾回忆说"幼年禀承慈训而养成谨言慎行"，甚至"至今未敢怠忽"[③]。可以认为，"谨言慎行"是茅盾一生为人行事的基本准则，是他个性气质的独具风格，也是他一生文学创作、文学批评所遵循的基本宗旨。因此，在创作上，他钟情于现实主义而对浪漫主义敬而远之；在研究上，他重材料，重证据，全面而不片面，客观而不轻率下结论，反复斟酌而不时存疑，态度非常谦虚，借此之故，茅盾的学术论著便具备了严谨、全面、一丝不苟的突出特点。姑且以《〈关于曹雪芹〉第三次修改后的几点说明》为例："第三次修改"已经完成，"共收到十七位同志来信"，"极大部分的意见我都领受；这在三次的修改稿中已可概见"。而茅盾仍然非常谦虚、慎重，继续向各方面征求修改意见，此其一；其二，对于一些具体问题，仍然表明自己的看法，不轻率从众。他说："也有几个具体问题，我以为应当斟酌。一是高鹗补书问题。几乎有半数以上的来信说现在已可断定高鹗只在一种不知谁所补写的后四十回的旧稿上作了加工，不宜仍以补书名义界高鹗。……我在正文中提到高鹗补书时加'相传'二字，在附注中详

① 可参阅刘永良《茅盾眼中的曹雪芹和〈红楼梦〉——重读〈节本红楼梦导言〉和〈关于曹雪芹〉》，见《红楼梦学刊》2007年第6辑。

② 《茅盾全集》第18卷，人民文学出版社1989年版，第154页。

③ 《我走过的道路·序》（上），人民文学出版社1997年版，第1页。

细介绍怀疑高非补书而只是就旧稿加工一说，但仍以讨论态度提出了我的不即举手赞成的理由，最后说留待大家继续研究”。针对有一二人认为《红楼梦》“并无政治意义”的看法，茅盾坦诚地说：“经过思考，我没有接受，而在附注中增加数语，以示有此一说。”如此尊重他人的意见，又不违心的取容，这是一种非常可贵的治学精神；其三，茅盾绝不以势压人，而持平等讨论的态度。如脂砚斋是谁、曹雪芹名霑之取义等问题，茅盾认为应该贯彻百家争鸣的精神，“对学术问题，特别是考证，凡有新解，只要持之有故，言之成理，就应当‘记录在卷’”[①]。这同样是非常可贵的治学精神。

总之，茅盾自20世纪30年代以来，无论是对《红楼梦》的普及和论述，还是对红学发展的支持与鼓励，一直对红学研究有着巨大的贡献，为21世纪红学的发展提供了借鉴和经验。时下，许多红学家都出版了红学著作、红学学术传记、红学研究年谱，甚至出版红学著作全编，相比之下，茅盾的红学研究就显得比较“单薄”。事实上，茅盾以他的极有学术价值的红学论著为红学研究史书写了浓墨重彩的一章，他的红学论著的价值随着时代的前进必将会更加为人们所重视进而珍视，我们坚信这一点。茅盾在红学史上自应占有一席重要的地位。遗憾的是，我翻阅权威辞书《红楼梦大辞典》第一版和增订本，仅在“附录”内有“1963年12月茅盾《关于曹雪芹》一文发表，载《文艺报》十二期”和“1981年3月27日红楼梦学会名誉会长茅盾先生逝世”[②]两节文字，其他付之阙如。建议《红楼梦大辞典》再次增订时，能有茅盾的相关条目。

原刊《红楼梦学刊》2015年第1辑

① 《茅盾全集》第27卷，人民文学出版社1996年版，第115、113—114页。
② 《红楼梦大辞典》（增订本），第598、602页。

《子夜》的删节本和翻印本

肖　进

摘要　由于特殊的时代和环境影响，《子夜》的版本流变复杂多样，不仅存在两个初版本，而且还有删节本和翻印本。在这些版本中，讨论和关注最多的是初版本，迄今仍然存疑的则是删节本和翻印本。本文通过梳理前人对《子夜》版本的研究，在吸收相关研究成果的同时，依据最新发现的史料和新旧材料的对比求证，对删节本和翻印本进行进一步的考证：首先，根据开明书店编辑徐调孚的佐证文章，求证删节本的版次和时间；其次，通过对救国出版社与《救国报》（后改名为《救国时报》）的史实关系探析，揭开翻印本的生产过程。同时指出，删节本和翻印本并不仅仅是版本的变迁问题，其背后体现的是国共两党在政治文化宣传上的角力和斗争。

关键词　茅盾《子夜》；初版本；删节本；翻印本

一　引言

1933 年，茅盾的《子夜》出版后，瞿秋白断言："一九三三年在将来的文学史上，没有疑问地要记录《子夜》的出版。"① 其实，相对于《子夜》在现代文学史上的影响，《子夜》的版本流变同样值得关注。可以说，在中国现代文学版本史上，毫无疑问地也要记录《子夜》的出版。

① 瞿秋白：《〈子夜〉和国货年》，《论〈子夜〉及其他》，百花文艺出版社 1985 年版，第 115 页。

最早注意到《子夜》版本问题的是唐弢。1945年6月，在《万象》杂志第4年第7期上，唐弢发表了一组十二则的书话，其中第7则《〈子夜〉的翻版》谈的就是《子夜》的版本情况：

> ……《子夜》出版于一九三三年四月，初版有精装本，道林纸花布面，颇为美观。但以书中描写工人运动，遂被禁止。经删去第四章第十五章两章后，始得再版……
>
> 我藏有《子夜》初版精装本，这一部翻版，至今仅得下册，虽然和 All or nothing 的精神相反，仔细想来，却也不失为一种纪念哩。①

摘录的这段书话中，唐弢指明了两点：一、《子夜》有初版精装本；二、《子夜》的删节问题。

《子夜》的版本情况经此提出后，得到了研究者络绎不绝的回应。学界集中在《子夜》初版本上的问题主要有两个：一个是初版本的出版时间；另一个是两个初版本的考证，即初版平装本和初版精装本。关于初版时间，据现有对《子夜》版本的研究史料，最早指出《子夜》初版时间的还是唐弢。在1945年谈《〈子夜〉的翻版》中，唐弢依据手中的初版精装本，认为"《子夜》出版于一九三三年四月"，但他并没有指出这个版本是平装本还是精装本，只模糊地说"初版有精装本"。在后来出版的《晦庵书话》中，这个时间有了修正，明确"茅盾先生的《子夜》于1933年1月出版"②，对于当初较为肯定的"初版有精装本"的判断，修改本用"开明书店版布面精装本的米色道林纸"一句取而代之。

20世纪80年代以后关于初版本时间的考证，大多是对茅盾在其回忆

---

① 唐弢：《书话》，《清秋风露——万象散文随笔选萃》，孟广利选编，天津人民出版社1998年版，第308页。唐弢关于《子夜》的这则书话后来经过改写，以《〈子夜〉翻印版》的名称收入《晦庵书话》。文中对翻印版的情况作了更加详细的描述。如对于翻印版的封面，1945年文中只说"道林纸本，绿色封面"。《晦庵书话》中则作了更明细的描摹："……大小和开明初版本一样，封面仍然是叶圣陶先生篆文'子夜'两个字，扉页由王伯祥先生题签，底版小方块用斜行英文 The twilight：a Romance of China in 1930，连续反复地组成……"接着还解释说，此处的底版是出于茅盾先生自己的设计，翻印本一仍其旧。

② 唐弢：《〈子夜〉翻印版》，《晦庵书话》，生活·读书·新知三联书店1980年版，第67页。

录《我走过的道路》中所记载的《子夜》初版本时间的辨析。如《新文学史料》1981 年第 1 期吴海发的《关于〈子夜〉的初版时间》，《社会科学战线》1984 年第 3 期史明的《〈子夜〉轶话》等，初版精装本的问题还没有进入讨论的视野。

2003 年，版本学家朱金顺先生对《子夜》精装本的问题作了详细的考证。[①] 为确证是否真的存在《子夜》的精装初版本，朱金顺先生提供了更多的史料予以证实。首先，他根据日本学者松井博光在《黎明的文学》中关于《子夜》的相关论述，指出，1936 年 7 月增田涉访问上海时，从茅盾那里得到的《子夜》的精装初版本。同时，根据上海学者陈子善访问日本时，在关西大学图书馆的“增田涉文库”中找到的《子夜》精装初版本原本，实物印证了出版的时间为 1933 年 4 月。[②] 同时，朱先生又托人从上海图书馆找到了《子夜》初版精装本的原本，其版权页明确写道：“民国廿二年四月初版发行。”至此，《子夜》精装初版本的出版时间得到了确切的考证。

初版本的考证是《子夜》版本研究中的重要一步，但这并不意味着《子夜》在版本上的问题都迎刃而解。截止到 1951 年 12 月，开明版《子夜》共印过 26 版。其中，新中国成立之前印过 22 版。此后，由于 20 世纪 50 年代初期出版业的公私合营浪潮，开明书店于 1950 年实行公私合营，1953 年与青年出版社合并改组为中国青年出版社，出版社地址也由上海迁到北京。《子夜》遂改由人民文学出版社接手出版。在开明版的版本源流中，作为删节本的第四版、第五版、第六版，以及以救国出版社名义出版的翻印版，因相关史料难以找寻，始终没有得到确切的考证。同时，在现有的研究中，研究者多从版本实证的角度出发，相对忽略了与版本相关的回忆、书信和日记等材料的发掘，以及他们之间的相互启发、勾连、印证。本文在新发现史料的基础上，对这两个版本现象进行进一步的论证：首先，根据开明书店负责《子夜》出版事宜的编辑徐调孚的回忆，

---

① 参见朱金顺《〈子夜〉版本探微》，《中国现代文学研究丛刊》2003 年第 3 期。

② 陈子善先生在《海上书声》中对此有过介绍：“茅盾所赠《子夜》，1933 年 4 月开明书店初版，布面‘精本’，完好如新，扉页有茅盾钢笔题字：‘增田先生惠存　茅盾　一九三六年六月上海’。”转引自朱金顺《〈子夜〉版本探微》，《中国现代文学研究丛刊》2003 年第 3 期。

求证删节版的版次和时间；其次，通过对出版翻印本《子夜》的救国出版社与《救国报》（后改名为《救国时报》）的关系梳理，试图揭开翻印本的出版真相：翻印本并不仅仅是《子夜》版本的翻印问题，其背后体现的是国共两党在政治文化宣传上的角力和斗争。

二 尚存疑问的删节本

茅盾写作《子夜》的时候，正是左翼文艺风起云涌之时。《子夜》的出版发行，对于左翼文坛声势的壮大起到了很大的作用。瞿秋白撰文称《子夜》的出版是“中国文艺界的大事件”，《子夜》是“中国第一部写实主义的成功的长篇小说”。小说也受到了广大读者的热情关注，从 1933 年 1 月到 6 月，《子夜》再版四次，评论界一时好评如潮。甚至连一向不读新文学作品的普通读者也竞阅《子夜》①，这种热潮引起国民党图书审查方面的恐慌。

1934 年 2 月，国民党图书审查委员会密令查禁 149 种图书，其中就有《子夜》。后来经过书商和国民政府之间的反复交涉，《子夜》被归入“应行删改”的一类。图书审查委员会的批文是：“二十万言长篇创作，描写帝国主义者以重量资本，操纵我国金融之情形，p. 97 至 p. 124 讥刺本党，应删去，十五章描写工厂，应删改。”②

审查委员会的批文说得很清楚，《子夜》有两个地方需要处理：需要删去的地方是“p. 97 至 p. 124”，原因是讽刺国民党；第十五章则要求“删改”，原因是描写“工潮”。《子夜》在删什么和怎么删上虽然已经清楚了，但却遗留下一个版本问题，即出版社在和图书审查机构斗争的过程中，被迫对《子夜》进行删、改的版本究竟是第几版？这样的删节本共

---

① 钟桂松先生在《茅盾传》中谈到一则有关《子夜》的典故，《子夜》出版以后，大受欢迎。陈望道先生告知茅盾说，因为《子夜》的写作紧贴现实，连一些向来不看新文学作品的少奶奶、大小姐都争着看。甚至还出现了有人冒充茅盾下舞池，签名赠送舞女《子夜》的事情。见钟桂松《茅盾传》，东方出版社 1996 年版。

② 引自倪默炎《现代文坛灾祸录》，上海书店出版社 1996 年版，第 213 页。但文中的“工厂”二字似应为“工潮”。倪文虽然是从中国第二档案馆直接抄录的国民党图书审查委员会的批文，但难免会出现抄录或排版上的错误。后来的研究者在引用上，多沿用“工厂”。从小说的具体情形看，如果只是描写工厂，应该不会触犯时忌，只有“工潮”才令国民党感到恐慌。事实上，在唐弢的书话中，便明确地写着“工潮”。开明书店负责出版《子夜》的徐调孚在其文章中也用的是“工潮”，看来“工厂”应是笔误。

有多少版？他们分别是什么时间出版的？

迄今为止，学界对《子夜》删节本的研究因相关史料的缺乏而难以推进。很多研究者对《子夜》的删节情况非常关注，倪墨炎先生还亲赴第二档案馆抄录国民党审查委员会的原始批文。瞿光熙先生曾提到了这个带着“烙痕”的删节本，可没有告知具体的版本。① 这中间着力最多的还是朱金顺先生，针对删节本史料空缺的状况，他认为当下急需弄清楚的是“《子夜》的删节本是哪一年的第几版？”②

在这方面，孔海珠先生可能是最有发言权的，因为她曾接触过这个删节版本，并且做了记录。在《〈子夜〉版本谈》中，孔先生说她所看到的版本是 1935 年 9 月的第六版，“绿色的封面，两个篆体字也如前几版直行在封面上，表面看与其他开明版没什么差异，32 开本，报纸本，全书 577 页。实际上，第四章和第十五章已被抽去，页数也跳开了，并没有重新连贯地改排页码”③。

版本研究强调实证，只有具体接触到实物，才能确凿地证明该版本的正确性。如果孔海珠先生的记忆不错的话，那么，关于删节本，我们至少应该要弄清楚以下几个问题：一、删节本的版本是一个还是几个？二、如果不止一个删节本，各版本是不是出自同一个母版？三、各删节本出版的具体时间如何？

之所以提出删节本可能会不止一个，是因为孔海珠先生明确地告知他接触到的删节本是第六版。而日本学者松井博光则认为，《子夜》“一九三四年六月发行的第四版有删掉的部分。它总共出版到二十六版，可是第三版及第四版都是删节版”④。

这就要涉及《子夜》的版本序列问题。朱金顺先生说他藏有《子夜》1933 年 6 月出版的第三版。孔海珠先生在《〈子夜〉版本谈》中有一个统计：上海开明书店 1933 年 1 月初版，一个月后再版，四个月后，即

---

① 具体情况可参见瞿光熙《〈子夜〉的烙痕》，《中国现代文学史札记》，上海文艺出版社 1984 年版，第 60—61 页。

② 朱金顺：《〈子夜〉版本探微》，《中国现代文学研究丛刊》2003 年第 3 期。

③ 孔海珠：《〈子夜〉版本谈》，《新文学史料》2007 年第 1 期。

④ 松井博光：《黎明的文学——中国现实主义作家·茅盾》，高鹏译，浙江人民出版社 1982 年版，第 171 页。

1933 年 6 月第三版。1934 年 6 月第四版。这与茅盾自己的回忆——《子夜》在出版后的三个月内，重版四次——基本吻合。对于以后的几版，第五版没有记载，第六版是 1935 年 9 月出版的。第七、八版没有记录。1939 年 9 月出第九版。① 后面的几个版本中，第六版孔先生亲自见到过，可以排除。第九版据孔先生自己的收藏，证明已经是足本。所以问题的重点就集中在第四、五和第七、八版。而恰恰关于这四版的史料一直付阙，这就大大增加了考证的难度。

在版本的研究中，实物史料固然是最权威的证据，但由于删节后的《子夜》销量不广，出版数量不多，又在漫长的历史中历经销蚀毁坏等情况，实物史料的查找极为困难。在缺乏相关实物证据的形势下，第一经手人的证词应该是最有权威意义的。《子夜》在 1933 年 1 月出版时，责任编辑是开明书店的徐调孚，并且此后的几版也都是在徐调孚的直接关照下出版的。

徐调孚，浙江平湖人，1921 年进入《小说月报》当编辑，与郑振铎、叶圣陶交往甚密。1932 年“一二·八”事变后，徐调孚进入开明书店，他利用编辑《小说月报》时与作家建立的广泛联系，把许多进步作家的作品介绍到开明出版。《子夜》就是经徐调孚之手出版发行的。

《子夜》出版之前还有一段插曲。1931 年底，茅盾的《子夜》（当时拟定的书名是《夕阳》）完成了一半，郑振铎打算从 1932 年起在《小说月报》连载。此时主持杂志编务的正是徐调孚。不料，“一二·八”事变后，商务印书馆编译所毁于日军的炮火，许多书稿和图书化为灰烬，《小说月报》也就此停刊。多年以后，茅盾在回忆录中忆及此事，但却认为稿子已经毁于炮火之中：“(《子夜》的）稿子也被毁了。幸而还有我亲手写的原稿，交去的是德沚抄的副本。”事实上，《子夜》的原稿并未毁于炮火，是徐调孚在危急之中把稿子抢救出来，与《子夜》同时免于劫难的还有端木蕻良的《科尔沁旗草原》。②

---

① 孔海珠：《〈子夜〉版本谈》，《新文学史料》2007 年第 1 期。

② 本段论述参考柳和城先生《徐调孚火线救手稿》，《世纪》2003 年第 1 期。瞿光熙先生在《中国现代文学史札记》中也谈到了这段掌故：“《子夜》还未写完时，即交《小说月报》发表，……开头的二万字已排印在该刊一九三二年的一月号内，因一二·八战事，杂志毁于炮火，未能与读者相见。幸而送去发表的只是重抄的复稿，原稿乃得保留。”参见瞿光熙《〈子夜〉的烙痕》，《中国现代文学史札记》，上海文艺出版社 1984 年版，第 60—61 页。

《子夜》虽然没有能在《小说月报》连载，其出版却仍是徐调孚经手。1949 年，《新民报·晚刊》发表署名“新苏”的文章《学习余谭》，其中说到了茅盾《子夜》的翻版本，作者说，一般市面上出版的“翻版书总是粗制滥造甚至错误百出的；即使翻版者翻得很谨慎，至多也只能做到跟原版书一样，断不会反而比较原版书好，更断不会反而比较原版书更完整和充实的”，但是“茅盾先生的《子夜》就有一种翻版本比较开明书店当时发售的原本来得好，而且完整无缺”[①]。因此文所述经过并非全部事实，作为《子夜》的出版编辑的徐调孚觉得自己有责任把《子夜》出版的真实情况公之于众，以正视听。于是在《新民报·晚刊》发表《关于〈子夜〉》的短文，文中首先表明自己是“参预这本《子夜》出版的实际工作人员，所以知道得清清楚楚”，对于新苏所说的翻印版比原版书更为完整的说法，徐调孚站在维护开明书店声誉的立场指出，“《子夜》到现在一共印了二十二版，删节的似乎只有第五版一版及第四版没有售完的一部分，数量在全书总数中占极少的一个比例”。接着，徐调孚较为详细地讲述了《子夜》的删节和初版情况：《子夜》被查禁是在 1934 年 2 月，国民党“中央宣传委员会”当时密函“上海特别市党部执行委员会”，共查禁“共产党及左倾作家之文艺作品”，共计一百四十九种，开明书店所出的茅盾作品全部都在查禁之列。“《子夜》这时大约已经四版了”，被列入“应删改”的一等内，“第五章讥刺本党应删去，十五章描写工潮应删去”[②]。针对国民党图书审查委员会的查禁，开明书店采取了相应的应对措施：

便把第四版售剩的几部中这两章撕去发售，等到一九三五年二月印第五版的时候，便把这两章删去不印，只在第九五页印上“四（删）”字样，九六页至一二五页让它缺去。四五〇页印“十五（删）”字样，四五一页至四八三页也缺去，让它不接连，使读者因此发生一种仇恨的心理。他们说要“删改”，书店是只“删”不“改”。

这样的书放在柜台上，试问有谁要买，所以这一版销的极慢。等到

---

① 新苏：《学习余谭》，《新民报·晚刊》1949 年 7 月 15 日。

② 徐调孚：《关于〈子夜〉》，《新民报·晚刊》1949 年 7 月 19 日。

抗日战争爆发，书店仍印足本发售，把售余的删本取消。这似乎是第六版吧。①

从徐调孚提供的信息看，删节本似乎只有第四版没有售完的部分和第五版（这也间接告诉我们，第四版是在查禁之前出版的）。另外，对于取消删节后出版的《子夜》，徐提供的时间是在“抗日战事爆发”，那就是到 1937 年以后了。

徐调孚的说法与前引孔海珠文略有出入。首先，对第六版的出版时间界定上，孔海珠在《〈子夜〉版本谈》中说自己“看到”的是“1935 年 9 月第六版”。徐文则认为第六版是“抗日战事爆发”后印刷的。其次，孔文对第六版有具体的描述：“绿色的封面，两个篆体字也如前几版直行在封面上，表面看与其他开明版没什么差异，32 开本，报纸本，全书 577 页。实际上，第四章和第十五章已被抽去，页数也跳开了，并没有重新连贯地改排页码。”这一说法与徐文对第五版的描述相同。但针对的却是不同的版本。不过根据徐文的语气，他对《子夜》第六版的版本情况也并无十分的肯定。徐认为开明书店取消《子夜》的删节本，重新恢复足本发售的时间是在 1937 年 7 月之后。可是这一版本究竟是否是第六版，徐调孚并无确切的把握，而用了一个较为含糊的词语“似乎”来表明自己的态度。

尽管如此，徐文已经为我们提供了关于删节本的很多信息。基本廓清了研究者在删节本上的诸多疑问：如日本学者松井博光曾判断“一九三四年六月发行的第四版有删掉的部分”，但没有弄清是如何删掉的，同时，他还把第三版也归结到删节本的行列中去②；还有孔海珠的疑问和判断：“是否只有第六版是删节本，以后就恢复了呢？这是有可能的。”③ 由于孔文和徐文是根据第一手资料来源或第一经手人的口述，具有可靠的真实性，删节本的面貌虽然还不尽清晰，总体轮廓却开始逐渐呈现。我们可以把删节本的情况大致做一个归纳：

---

① 徐调孚：《关于〈子夜〉》，《新民报·晚刊》1949 年 7 月 19 日。

② 松井博光：《黎明的文学——中国现实主义作家·茅盾》，高鹏译，浙江人民出版社 1982 年版，第 171 页。

③ 孔海珠：《〈子夜〉版本谈》，《新文学史料》2007 年第 1 期。

一、《子夜》的删节本是从第四版开始的。开明书店对第四版采取的方式是把要删改的两章“撕去”。不过，第四版的出版时间尚存疑问，孔文说是1934年6月，徐文则认为第四版在查禁之前已经出版了。①

二、第五版和第六版都是删节本。第五版1935年2月出版，第六版出版于1935年9月，这两个版本除版次不同外，删节情况应一致。

三、徐文说的抗战爆发后出版的足本应是第七版。根据开明书店的声明（“子夜于一九三三年出版后，确曾被国民党反动政府查禁。当时被禁之书，不止敝店，经新书业联名力争，始允删节后出版。惟在一九三八年重版时，早将删节部分补入”②），第七版的出版时间应在1938年，具体月份不详。孔海珠说他存有《子夜》第九版，且出版时间为1939年9月，如此推算，第七版和第八版的出版时间应在1938—1939年。

三　救国出版社和《子夜》的翻印本

所谓翻版，就是没有得到原出版者和著作者同意，而将图书进行重印出版发售。在出版史上，翻版书给人的印象并不好，毕竟其行为侵犯了出版方和著作人的权益。所以现代以来，在出版书籍的版权页上都会有“版权所有，翻印必究”之类的字样，便是防止一些书商从中翻印牟利。不过，这种现象也不是到现代才有的，晚清流行扬州的《小郎儿曲》，为一乞儿所做，其“词虽鄙俚”，但“义实和平”，③“人艳听之”，词曲大家俞樾记有《小郎儿曲》的翻版“盛况”：“近日是曲翻版数十家，远及

① 徐调孚在文章中说：“到了一九三四年二月，所谓‘中央宣传委员会’，密函‘上海特别市党部执行委员会’，查禁‘共产党及左倾作家之文艺作品’，共计一百四十九种。开明所出的茅盾作品全部在内。《子夜》这时大约已经四版了。”后面又说，在书店方卖弄的联合斗争下，国民党在3月20日给出了“批答”，“开明书店得到了这通知，便把第四版售剩的几部中这两章撕去发售”。参见徐调孚《关于〈子夜〉》，《新民报·晚刊》1949年7月19日。

② 此处根据开明书店股份有限公司于1949年7月在《新民报·晚刊》的声明：记者先生：“读本月十五日贵报学习余谭新苏君撰《翻版书里的一种珍本茅盾的子夜》一文，写该书曾由茅盾先生秘密委托救国出版社翻印，比敝店发行者完整，殊非事实。查子夜于一九三三年出版后，确曾被国民党反动政府查禁。当时被禁之书，不止敝店，经新书业联名力争，始允删节后出版。惟在一九三八年重版时，早将删节部分补入，目前敝店发行者，完全为初版之完整本，并无删节之虑。茅盾先生亦并无秘密委托他人翻版之事。此种翻版完全侵害著作期人权益，序言云云，无非藉此掩人耳目。特具函请予更正为荷。开明书店股份有限公司。”

③ （清）李斗：《扬州画舫录》，陈文和点校，广陵书社2010年版，第140页。

荒村僻巷之星货铺，所在皆有。”①

相对于这些意在牟利的翻版行为，《子夜》的翻版似乎别有深意。唐弢先生在专门谈《子夜》翻印版的书话中曾说：“我生平最讨厌翻版书，几乎有点矫枉过正。有时想看某一部书，找不到原本，我书摊上看到了翻印的，明知聊胜于无，也终于掉头不顾。这脾气至今未改。但有一部翻印书，却为我寤寐以求的，那就是《子夜》的翻版。”②

让唐弢先生“寤寐以求”的到底是一本什么样的书呢？

首先，这是一本非常“讲究”的翻版书：除了开本大小、封面、底版和原版书一样外，“翻印版分成上下两册，标点放入行内。绿色厚纸封面，全书用重磅道林纸印，光滑洁白，比开明初版布面精装本的米色道林纸更为讲究。字形淳朴，墨色匀称，入眼非常舒服”。

其次，这本书毫不讳言地声明自己是翻版书，并且在卷末附影印了国民党上海市党部查禁书报批答第一五九二号，卷首附有《翻印版序言》：

> 《子夜》是中国现代一部最伟大的作品。
>
> 《子夜》的作者，不仅想描写中国现社会的真象，而且也确能把这个社会的某几方面忠实反映出来。
>
> 《子夜》之伟大处在此，《子夜》不免触时忌，也正因此。
>
> 它出版不久，即被删去其最精彩的两章（第四章及第十五章）；这样，一经割裂，精华尽失，已非复瑰奇壮丽之旧观了！
>
> 本出版社有鉴于此，特搜求未遭删削的《子夜》原本，重新翻印，以飨读者。惟原书为一大厚册，篇幅太大，兹特分为上下两册出版；上册由第一章至第九章，下册由第十章至第十九章，既不致割裂原著的体裁和文气，也便于读者的随身携带。
>
> 天才的作品，是人类的光荣成绩，我们为保存这个成绩而翻印本书，想为尊崇文艺、欲窥此书全豹的读者所欢迎的罢。③

---

① （清）俞樾：《茶香室丛钞·小郎儿曲》，中华书局1995年版，第404页。

② 唐弢：《晦庵书话》，生活·读书·新知三联书店1980年版，第67页。

③ 唐弢：《〈子夜〉翻印版》，《晦庵书话》，生活·读书·新知三联书店1980年版，第69—70页。

序言的落款是“救国出版社”。很显然，翻印《子夜》是对国民党图书审查的公然抗争，是为了“保存这个成绩”而翻印的。难怪唐弢先生要“寤寐以求”了。

不过，对于这个出版《子夜》的“救国出版社”，唐弢先生也不清楚，他“问过许多人，却终于得不到圆满的答复”。

40年后，茅盾在其回忆录《我走过的道路》中，也提及《子夜》的翻印，“大概就在这一年的下半年，有人送给我一套分上下两册的道林纸精印的《子夜》，版式与开明版一样……后面落款为‘救国出版社’。来人告诉我，这个‘救国出版社’是巴黎的一批进步华侨办的，他们还出版了一种报纸，叫《救国时报》，也是宣传革命的”①。

茅盾此处的回忆大致指出了《子夜》翻印本的情况以及其与《救国报》（《救国时报》）之间的关系。可在现代出版史上却找不到有关救国出版社的任何信息，它与《救国时报》是什么关系？《救国时报》、救国出版社和《子夜》翻印版这三者之间有没有必然的联系？

据查，《救国报》创刊于1935年5月，同年12月改以《救国时报》名义发行。如果茅盾的回忆准确的话，那他所说的这一年下半年，应该就是1935年的下半年，因为《救国时报》创刊的时间为1935年12月，而翻印《子夜》的时间至早不能超过1935年5月。但茅盾在回忆中认为《救国时报》是“巴黎的一批进步华侨办的”则不确。② 后来的研究，均没有在这个问题上指出疑问，反而一概根据茅盾的叙述，都把“救国出版社”指认为进步华侨所办。茅盾从何处得来的这一消息我们已不可知，可以肯定的是，这个《救国时报》就是中国共产党20世纪30年代在国外发行的中文抗日报纸，其前身是《救国报》。“救国出版社”是中国共产党在发行《救国时报》（《救国报》）的同时为方便出版一些书籍而设立的出版社。

---

① 茅盾：《我走过的道路》，人民文学出版社1988年版，第285页。

② 人民文学出版社1980年影印《救国时报》的“影印说明”明确指出：《救国时报》是中国共产党在国外从事抗日民族统一战线宣传的机关报。一九三五年十二月九日在法国巴黎创刊，主编为吴玉章等同志。初为周刊，不久改为五日刊。一九三八年二月十日出版了第一百五十二期后，决定移到美国继续出版，但未能实现。

笔者在查阅《救国时报》时，发现《救国时报》虽然没有明确把救国出版社作为自己公开的出版机构，但不断地组织进行图书出版的工作。1935 年 12 月 9 日，刚刚改版的《救国时报》即刊登“本报组织图书出版部招股启事”，谓“本报为满足各地侨胞抗日救国图书之迫切要求起见，决定筹备图书出版部，发行关于一切抗日救国之图书”。第二期（12 月 14 日）即广泛征求“民族烈士传记或史料”，紧接着第三期便刊登叶夏声先生的《西行逐日记》出版预告。第五期更进一步推出“救国时报丛书”，谓“该丛书第一种东北义军抗日记，第二种抗日救国文选，第三种东北殉国烈士传”、“业已编就付印”①。1937 年初，救国出版社又出版“救国丛书”6 种，计有：第一种　东北义军抗日记（王亚著）；第二种　抗日救国文选（一二两集）；第三种　东北殉国烈士传；第四种　关于布勒特斯和约教训底论战；第五种　东北抗日联军第四军（孙杰著）；第六种　学生救国运动。② 根据笔者对该报所出版的图书的考察统计，所出图书均标以“救国出版社”的字样。

尽管已经可以确定《救国时报》和救国出版社之间的关系。但笔者在《救国时报》上却没有发现有关《子夜》的任何信息。是时间上存在错位还是真如一些学者所说，根本就不存在出版《子夜》的救国出版社这个机构？③

在排查相关史料时，一个重要的信息进入视野。2010 年孔海珠先生曾写过一篇关于戈宝权和茅盾的文章，文中谈到戈宝权写给茅盾的第一封信，信中披露了一些不为人知的材料。其中就有关于《子夜》翻印本的信息。

在这篇题名为《来自莫斯科的文献》的文章中，孔海珠先生提到戈

---

① 参见《救国时报丛书出版预告》，《救国时报》1936 年 1 月 4 日。

② 参见《介绍救国时报丛书》，《救国时报》1937 年 1 月 8 日。

③ 唐弢曾对是否存在“救国出版社”存有疑问。他在一则《在国外出版的书》的书话中提到，巴金的作品《雪》即是在国内出版，却又号称是在国外出版的书。这是作家们在国民党政治重压下的斗争策略。巴金的小说《萌芽》被国民党图书审查委员会查禁，随后巴金将名字改为《雪》，秘密委托生活书店发行，但版权页上印的发行者却是美国旧金山平社出版部。参见唐弢《晦庵书话》，生活·读书·新知三联书店 1980 年版，第 93—94 页。此外，其他人对救国出版社的谈论，根据也大多来自唐弢。如日本学者松井博光在提到翻印版时，直接说“据唐弢调查，这个发行者是‘救国出版社’，它好像是华侨的出版社，开始在巴黎，以后又搬到美国去了”。

宝权写给茅盾的一封信：

> 这封信长达3500字，谈及四个方面的内容：一、为茅盾的译作详细地订正，指出茅盾对原作者的生平介绍中的错误；二、介绍自己在国外的工作和爱好；三、介绍中国文学在苏联的翻译和刊载情况，包括茅盾《子夜》、《动摇》俄译本的定价、印数及“销售一空”等信息（“先生所著的《子夜》的中文版，莫斯科外国工人出版部出版，上下两册，凡被检查之处，均重新印出。俄文中，有先生所著的《动摇》的译本……”这些情况茅盾此前并不知道)；四、报告鲁迅逝世时，当地隆重的纪念情况，以及鲁迅主编的瞿秋白《海上述林》在他们那里受欢迎的程度。此信还托购五部《海上述林》，请耿济之返俄时带去。并随信送上《动摇》俄译本一册，还附上刊载纪念鲁迅文字的《救国时报》等，请茅盾阅后转赠许广平等。①

我以为，此引文括号中所谓“先生所著的《子夜》的中文版，莫斯科外国工人出版部出版，上下两册，凡被检查处，均重新印出”，指的即是救国出版社所出的翻印版《子夜》。首先，《子夜》除救国出版社的本子外，除非是极特殊情况，否则不可能在国外印刷出版中文版的著作。并且，救国版的《子夜》也正好分上下两册出版。其次，“凡被检查之处，均重新印出”一句，明显是针对《子夜》被国民党图书审查委员会所要求删节的情况而言，只不知是依据哪一个版本?② 再次，莫斯科外国工人出版部，其实就是《救国报》（《救国时报》）的编辑部所在地。这个出版部内包含几个不同的部门，中文部是其中之一。此外，出版部内还出版有西班牙文、德文和东欧等各语种的著作。③ 这个出版部正式成立于1931

---

① 孔海珠：《来自莫斯科的文献》，《文汇报》2010年7月23日。

② 《子夜》在删节前共出过四版。苏联汉学家龙果夫在其著作《现代汉语语法研究》中曾引用过翻印版《子夜》中的句子：“她是常到交易所的她，叫做刘玉英”（实际上这是印刷导致的错句。正确的句子应为“她是常到交易所的，她叫做刘玉英”)，并试图据此说明一种新的语法修辞用法。这从侧面也可见翻印版《子夜》在苏联的流行。

③ 杨金海、胡永钦：《〈共产党宣言〉在中国的翻译、出版和传播》，《光明日报》1998年9月13日。

年，1935年6月，李立三来到莫斯科，在外国工人出版社中文部任部长，同时担任《救国报》的编辑。戈宝权说《子夜》在“外国工人出版部出版”，应是在苏联外国工人出版部中文部内印刷出版，实际上负责的机构是《救国报》编辑部。最后，随信“附上刊载纪念鲁迅文字的《救国时报》”，显示出戈宝权和《救国报》（《救国时报》）关系的密切。

戈宝权信涉及翻印版《子夜》的地方并不多，但作为一个亲历者和见证人，他所提供的信息是具有可信度的。《子夜》正是《救国报》（《救国时报》）的编辑者们以救国出版社的名义印刷出版的。只是，救国出版社（《救国时报》）为什么要出版翻印未删节的《子夜》？

《救国报》出版前后，正是国民党在文化领域进行高压统治的时期。为了反击国民党的高压政策，中共以《救国报》为阵地不断发表抨击国民党的文章。其中最为有名的就是刊发蒋经国给母亲的一封公开信，批判了蒋介石假革命的行径。针对国民党越来越严苛的图书审查制度，《救国报》在发表抨击文章的同时，还组织出版抗日救国图书，前文所述的救国时报丛书即为一例。翻印版《子夜》的出版，正如其序言中说的，《子夜》所描写的是中国社会的真相，但越是描写真相，越触犯时忌，最终遭到国民党图书审查委员会的查禁。为还原真相，声讨国民党统治的残酷和独裁专制，《救国报》“特搜求未遭删削的《子夜》原本，重新翻印，以飨读者”。值得指出的是，《救国报》创办之初和发行过程中，一直没有摆脱经费短缺的问题。中间不断地发动募捐以维持正常运转。[①] 但就是在这样的情况下，翻印版《子夜》却以最好的装帧和印刷出现在读者面前：绿色厚纸封面，重磅道林纸印刷，较之开明初版布面精装本的米色道林纸更讲究。可见，救国版《子夜》的生产过程，背后所体现的是国共两党在文化领域的角力和斗争。

戈宝权先生的信件为翻印版《子夜》和《救国报》的关系提供了一个有力佐证，即《子夜》是由设在莫斯科的《救国报》（《救国时报》）编辑人员组织出版翻印的。由于《救国报》（《救国时报》）的特殊背景

---

① 《救国报》（《救国时报》）因经费困难曾多次向读者募捐。如第33期以“社论”形式发表《敬向海内外同胞求援》；第36期在头版头条刊登《本报求援紧急启事》：“本报系为鼓吹抗日救国而创办，并无固定资源，资力有限……长期实难维持……”

和文化宣传诉求，使得这一翻印版迥异于一般的翻印行为。也由于《救国报》（《救国时报》）是在海外发行，国内存刊极少，人们对《子夜》翻印版的具体细节难以了解，而策划出版了包括《子夜》在内的众多进步书籍的救国出版社也一直不见载于现代出版史册。

遗憾的是，对于和翻印版《子夜》相关的一些其他信息，如《子夜》翻印版的具体生产过程如何？都有哪些人经手？救国出版社是如何形成的？苏联外国工人出版社的内情和具体的运作怎样？由于缺乏更具体的史料，我们还难以有深入细致的探究，更多历史细节还有待相关史料的进一步披露。

原刊《中国现代文学研究丛刊》2014年第4期

未完成作品的文本学审理
——以茅盾长篇小说《第一阶段的故事》为例

黄建清

摘要 中国现代文学史上有不少作家留下了诸多未竟的文学作品，茅盾就是其中之一。探析茅盾长篇小说未完成的原因，可以发现：《庄子》里“中道”、“顺人不失己”、“万物一齐”等思想对茅盾产生的影响为根本原因。《第一阶段的故事》是茅盾在与中国共产党组织取得联系不到一年的产物，特殊时期的“半成品”更能体现庄子思想对他影响之深刻。

关键词 《第一阶段的故事》；未完成原因；庄子

20 世纪 20 年代末到 40 年代初是茅盾文学创作的繁盛期。在 20 多年的时间里，他创作了一大批形式多样、内容丰盈的文学作品。茅盾文学成就突出，但多部小说未按计划完成的状况仍给中国现代文学史留下不少遗憾:《锻炼》是原打算写的“五部连贯性的长篇小说”中唯一一部按计划完成的，其他四部均因组织要求离开香港而未动笔；《霜叶红似二月花》计划写成反映“五四”到 1927 年的社会思想、政治活动的长篇小说，因身体不适也只写到 1923 年前后便戛然而止；《第一阶段的故事》原拟写到 1938 年的武汉大会战，但因去新疆仅写至上海战争；“欲为中国近十年之壮剧，留一印痕”的《虹》也未酬，原因不明。

小说《第一阶段的故事》标题原为《你往哪里跑》，最初连载于 1938 年 4 月 1 日至 12 月 31 日香港的《立报 · 言林》副刊，1945 年 4 月重庆亚洲图书社第一次以单行本的方式出版。小说以1937年8月至11月历时三个多月的“八·一三”事变为素材。战争刚结束，茅盾便着手创作这部小说，1938年底，应杜重远邀请，前往新疆学院任教，停止了创作。茅盾为何不继续创作《第一阶段的故事》？是事务繁忙、时间紧张？但是在新疆，茅盾也有创作，如《筑路歌》、《二十年来的苏联文学》等。“时间不充裕”这条理由不成立，那究竟是什么原因使茅盾没能续笔？

一

接受美学理论家姚斯认为，一部作品即使印成书，读者没有阅读，也只是半成品。读者阅读是文本转化成文学作品的前提，读者阅读之前，会对作品有所设想，产生期待视野。一部作品要受到读者的欢迎，作家在创作时就不得不考虑读者的期待视野。《第一阶段的故事》是否满足了香港读者的期待视野，为他们所接受？

有学者认为，《第一阶段的故事》发表时，不受香港读者的欢迎，“那时香港各报副刊视为足资号召的东西主要是武侠、神怪、色情”①。也有学者认为，《第一阶段的故事》发表时读者反响挺大。持前者观点的范志强认为，香港读者的阅读审美趣味仍停留在旧文学，很难接受新的文学样式。而持相反观点的袁良骏则认为，“香港的同胞时时刻刻关心着祖国的抗日战争，他们的爱国热情，丝毫不亚于内地同胞……茅盾将战争呈现给远离硝烟战火的香港民众，其受欢迎程度可想而知”②。两位学者观点截然不同，理由论述充分，我们不禁疑惑：《第一阶段的故事》发表后，到底受不受欢迎？

“我那时是这样主张的：形式上可以尽量从俗，内容上切不能让步。然而，陶醉于武侠神怪色情历有年所的读者，到底给以怎样的内容才能使他们接受呢？……香港的中国人是关心着拥护着祖国的抗战的……而我这部小说却不能不写抗战，又不能不是远在上海的战争。”③ 从茅盾《第一阶段的故事》后序中，可以发现，香港读者长期浸染在武侠神怪色情文

---

① 茅盾：《我走过的道路》（下册），人民文学出版社1997年版，第53页。

② 袁良骏：《香港小说史》，人民文学出版社1999年版，第200页。

③ 茅盾：《茅盾全集》第四卷，人民文学出版社1984年版，第475页。

学的氛围中，但民族危亡之际，他们也表现出对国家命运的强烈关注，而不是一味沉溺于鸳鸯蝴蝶式的旧文学中不能自拔。两位学者都看到并且承认了《第一阶段的故事》后序的陈述，对不同方面的侧重促使两位学者的观点大相径庭。

1938年是日军展开侵华战争的第二年，各地相继沦陷，全国上下弥漫着一股紧张恐慌的气氛。在这前后，抗日民主人士、国共两党和香港的民众为了国家的救亡图存积极行动。1938年上海沦陷前后，大陆大批民主人士纷纷入港，展开轰轰烈烈的文化宣传活动。内地众多的进步报刊如《大公报》、《申报》、《立报》、《今日中国》、《时代批评》、《时代文学》等迁入香港。在这些刊物上，民主人士积极宣传抗战，号召人们加入支援抗日战争的队伍中来。这批抗日民主人士，还与香港的爱国文化人士一起开展各式各样的文化宣传活动，如1937年成立的"华南电影界贩济会"，拍摄《广州抗战记》、《孤岛天堂》等抗战影片；范长江领导的中国青年会香港分会，吸纳了不少香港的新闻记者、编辑，他们纷纷向香港民众报道和转载与抗战相关的消息。国共两党方面，也在香港积极地开展宣传活动。1937年年底，中共中央设立办事处，致力于加强对外宣传和争取国际社会的物资援助。国民党在港设立国际宣传部，"为了使国际社会了解日本侵华及其暴行真相，了解中国人民抗战的实际情况"①，香港成为各种势力的宣传阵地。如此紧锣密鼓的势力之争，香港民众不可能一无所知，更不可能无动于衷。"'七七事变'后，在香港以援助抗战为宗旨的社会团体纷纷成立，总数不下10个。"② 如香港学生贩济会、香港妇女慰劳会等，这些社团开展各式各样的援助活动，通过捐款、捐物、义卖、义演、购买救国公债、游艺会、音乐会、卖物会、卖花会、三天节食节用运动等方式来募集战争资金。工人进行反日罢工活动，组织救护队、回乡服务团则是香港民众援助抗战的另一种形式。1938年10月下旬，中国共产党在香港地区组织了15个救亡工作队参加抗日运动。香港民众的罢工运动开展得也是如火如荼，据1939年11月《香港职运工作报告》记载，

① 沈庆林：《中国抗战时期的国际援助》，上海人民出版社2000年版，第5页。

② 刘蜀永：《辛亥革命前后及抗日战争时期的香港》，载于《今日中国》（中文版）1997年第4期。

仅在“七七”事变起至年底5个月内，参加反日罢工斗争的工人就达5479人，每次罢工均取得了胜利。1938年前后的香港是没有硝烟的战场。在紧张的氛围中，香港民众不能不关注祖国同胞们正遭受的侵略。正如茅盾所言：“香港的中国人是关心着拥护着祖国的抗战的”；“浓的化不开的”有着“南国的和殖民地文化的特性”的旧文学伴随香港民众多年，对旧文学的依恋合乎情理。[①] 影响巨大的新文化运动，也慢慢地、艰难地渗透进香港文坛。

1927年以前，旧文学的势力在香港不可估量，震撼全国的“五四新文化运动”，也没能冲破香港的封建营垒，香港依旧提倡国粹，鼓吹“整理国故”，旧文学独占鳌头。“香港早期的几种文艺期刊《妙谛小说》、《双声》、《新小说丛》、《文学研究录》、《小说旬报》等，登载的大多是唱门、武侠、侦探、神怪、滑稽、言情、哀情等门类的鸳鸯蝴蝶派文学。”[②] 1927年以后，香港新文学才真正兴起。1937年7月至1941年12月，是香港抗战文学活动从兴起到高潮的阶段。抗战爆发后，大批内地作家南下香港。“他们当中有蔡元培、陶行知、萨空了、茅盾、欧阳予倩、蔡楚生、萧红、端木蕻良、戴望舒、简又文、萧乾、杨刚、施蛰存、徐迟、楼适夷等人。诸多文化名人汇集香港，造成新文学运动的空前活跃和繁荣。”[③] 这些南下的作家，在香港留下了不少名篇佳作。如萧红创作了《呼兰河传》和《马伯乐》两部长篇小说，一部中篇小说《小城三月》，还有散文《给流亡异地的东北同胞书》、《九一八致弟弟书》，短篇小说《北中国》等；许地山撰写了中篇小说《玉官》和《铁鱼底鳃》等。作家们接二连三地南下使香港文坛一片繁荣。茅盾创作《第一阶段的故事》时（1938年前后），旧文学的势力逐渐式微，钟情于旧文学的香港民众逐渐地接受新文学，但这一转型并没有完成。“空了兄便鼓动我试写一个‘通俗形式’的长篇。但怎样才能写一部既能顾及当时香港的读者水准而又能提高读者的作品。”[④] 创作《第一阶段的故事》之前，茅盾考虑到要

---

① 茅盾：《茅盾全集》第四卷，人民文学出版社1984年版，第475页。

② 王剑丛：《香港文学拓荒期浅论》，载于《中山大学学报》（哲学社会科学版）1990年第1期。

③ 周双全：《大陆作家在香港》，博士学位论文，复旦大学中国语言文学系，2004年，第5页。

④ 茅盾：《茅盾全集》第四卷，人民文学出版社1984年版，第475页。

撰写一部既能满足香港民众了解抗战状况的急切心愿，又能照顾他们还未完全褪去的喜爱旧文学的阅读惯性的小说。为此，茅盾做出了不少努力。

小说连载之初，楔子部分便有意设计了一个能吸引读者目光的画面：1938年元月，一对男女在轮船上低声絮语。男的二十三四岁，看似久经风霜；女的三十左右，活泼坚毅，似乎有过不如意的生活。看到这，读者多半会猜测、推断：这一男一女关系非同寻常，朋友？夫妻？情人？楔子后半部分，另一男子的登场，加强了读者的猜想。“表嫂你倒好。悄悄和仲文跑了，在这里快乐。可是大姨夫一口咬定了向二哥和我要人呢！他说我们一定是同谋。……”① 可以肯定，是情人私奔。这极大地调动了爱好男女情爱故事的香港读者的阅读兴趣，他们期待着一个关于男女情爱故事的上演。楔子部分的设计是成功的。在小说形式上，茅盾也极力迎合香港读者的口味，采用中国古典小说章回体的形式，12章采用12个小标题，每个小标题言简意赅地概括了该章的主要内容。如第一个小标题“上海市中心之一夕”，讲述的便是“七七事变”后上海市政府10周年纪念庆贺放烟花的场景；“大时代降临了”、“怒吼罢，大上海！”等小标题的设置也都紧扣该章内容。在每章末尾，采取类似于章回体小说“欲知后事如何，请看下回分解”的结尾样式。如第一章，仲文拉了一把眼光聚焦于何家姐弟身上的张福田，并意味深长地说：“长长的一位，是他的妹妹。”好似在提示读者，下一章会交代张福田与这位女子关系的进展。又如第六章，末尾一句“雪莉是了解她父亲的为人的”，读者会急切想证实：雪莉父亲真的会想尽办法把四万多元钱要回来吗？此外，在写作技巧上，茅盾放弃了擅长的心理描写，采用古典小说惯用的白描手法。在小说语言上，尽可能做到通俗易懂、明白如话。

如上所析，《第一阶段的故事》一定程度上满足了香港读者的阅读趣味和了解抗战战况的心理诉求，从“小说一发表，报社和作者便不断收到热情的、关切的读者来信”②，袁良骏提到的《第一阶段的故事》得到了香港读者的欢迎更符合实际，而范志强得出《第一阶段的故事》在香

---

① 茅盾：《茅盾全集》第四卷，人民文学出版社1984年版，第469页。

② 袁良骏：《香港小说史》，人民文学出版社1999年版，第233页。

港没有市场的结论，过于强调香港读者阅读惯性力量的强大。

二

1945年，茅盾在小说《第一阶段的故事》单行本初版后记中写道："我得坦白自承：写到一半时，我已经完全明白，我是写失败了。失败在内容，也在形式。"① 《第一阶段的故事》确实称不上一部成功的文学作品。小说叙述时间从1937年的"七七事变"到1937年11月上海淞沪会战，叙述了从前方军队到后方老百姓战争时期的生活状况。出场人物众多，政府官员、群众百姓、老板、职员、老师、学生、旧社会家长、新社会青年，几乎囊括了各个阶层。在写作技巧上，沿袭了茅盾一贯的"客观现实主义"的写作方法，对战争进行了全方位、多角度的记录。但小说给人的整体感觉是故事分散、不连贯，叙述拖沓、不简洁，无中心人物，称不上是一部真正的小说，若称其为"一部很好的报告文学"则实至名归。

如上节所论，从严格意义上讲，《第一阶段的故事》称不上是一部成功的小说，但仅从受香港读者欢迎，为香港读者带去战争信息这一点去论，它也没有完全失败。茅盾的自我评价反映出他对作品艺术水准的严要求，而不是一味地去迎合市场上读者的口味。"我那时是这样主张的：形式上可以尽量从俗，内容上切不能让步。"茅盾对艺术作品的严要求，还体现在他的创作理论上。他曾提出"小说是做的，不是写的"，强调小说尤其是长篇小说的创作需要作家的"苦思经营"，需要作家冷静的分析、理性的思考、客观的态度、严谨的布局等，它不是一时冲动、灵感突发的产物。战争刚开始，时间急促，茅盾就制订了宏伟的写作计划并动笔撰写，这种抗战"急就章"与茅盾要求创作小说时的"苦思经营"相悖。茅盾置一向坚守的艺术创作准则于不顾，贸然撰写《第一阶段的故事》的缘由何在？《第一阶段的故事》是茅盾在与党组织失联又复联后不到一年的产物，分析茅盾当时所处的社会环境可以洞察，他创作这部小说的真正意图在于：争取党的信任，向党表达忠心。

---

① 茅盾：《茅盾全集》第四卷，人民文学出版社1984年版，第475页。

1927年南昌起义之前，茅盾奉党组织之命前往南昌送支票，后因火车票停售、身体不适等诸多原因，中途改道去了上海，未能顺利完成任务。从此，与党组织失去联系，成为一个脱党二十多年的“不坚定”分子，成为毛泽东批判过的“到了革命的紧急关头，就会脱离革命队伍，采取消极态度”的“少数人”①。掌朝之年的茅盾回忆此事内疚不已。“自从离开家庭进入社会以来，我逐渐养成了这样一种习惯，遇事好寻根究底，好独立思考，不愿意随声附和。但是这个习惯在我的身上也有副作用，这就是当形势突变时，我往往停下来思考，而不像有些人那样紧紧跟上。”茅盾一生都纠结于脱党隐痛。

为了减轻内心的隐痛，表明自己仍忠心于党，他竭心尽力为党服务，并三次请求恢复党员身份。1930年从日本回国后，他加入中国左翼作家联盟。党内提倡左翼阶级文化，茅盾的思想观念也深受影响，他的小说阶级意识明显强化。当时创作的《林家铺子》、《春蚕》、《秋收》等作品，揭示着同一个主题：在半殖民地半封建的社会里，城市、农村的大商业和小买卖都难脱破产的悲剧命运。只有推翻两半社会，中国经济才有希望，中国人民才能摆脱水深火热的生活，而这正是共产党30年代大力宣传的。1937年茅盾与党组织取得联系后，更加积极参加党的活动。参与编辑《救亡日报》、《呐喊》等进步刊物的创刊，当选为中华全国文艺界抗敌协会的理事，主编《文艺阵地》和《立报·言林》，创作反映“八·一三”事件的小说《第一阶段的故事》，创作长篇小说《腐蚀》，来表达对国民党推行“消极抗日，积极反共”政策的不满。1945年茅盾由重庆经广州、香港，抵达上海，坚持反对内战，创作了揭示国民党黑暗统治的话剧《清明前后》。

1949年第一次全国文代会上，茅盾当选为全国文联主席和全国文协主席。中华人民共和国成立后，担任中央人民政府文化部长职务。为了党的事业，茅盾鞠躬尽瘁。除了以实际行动来争取党的信任之外，他还三次向党提出恢复党组织生活的请求。第一次是在回国后的第二年（1931年），但未得到当时党内“左”倾领导的回复。第二次是在与党组织取得

① 毛泽东：《毛泽东选集》第二卷，人民出版社1991年版，第636页。

联系后的第三年（1940年），仍未被应允，原因在于党中央认为，茅盾作为一位著名作家，留在党外对革命事业更加有利。第三次则是1981年病危弥留之际，终于党组织遵从了他的遗愿，恢复了他的党员身份，党龄从建党之日算起。值得一提的是，1958年与茅盾有着类似经历的郭沫若恢复党籍，当时朋友要他也趁机解决拖了三十多年的党籍问题，茅盾回答道："过去几十年我都在党的领导下工作，现在又何必非要这个形式不可呢？"[①] 有学者认为，茅盾是在掩饰内心的痛苦。"郭沫若重获党籍时，茅盾以'形式'论之，貌似孤高超然，其实是一种遮饰，以掩盖内心的无望。"[②] 三十多年苦苦努力于恢复党籍，与自己有类似的经历的人都恢复了，唯独自己没有，惆怅伤感合情合理。

茅盾创作《第一阶段的故事》是在1938年，中国全民族抗战的第二年。民族危亡之际，作家们纷纷拿出手中的笔鞭挞日寇，茅盾不可能袖手旁观。形势感召，所以"这部小说却不能不写抗战，又不能不是远在上海的战争"[③]。既然创作意图明确，为何中途辍笔？在《第一阶段的故事》新版后记中，茅盾写道："说来惭愧，逐日写一点发表一点的办法我既不惯，而生活经验之不足又使我在写作中愈来愈怯烦恼，写到过半以后，当真有点意兴阑珊。"[④] "我曾经一再打算写抗日战争的小说，可是每次都……但尤关重要的是，是我的生活经验还不足以写那样大的题目。这种失败的经验，也就是我的写作经验。"[⑤] 生活经验不足，确实是茅盾创作这部小说难以为继的重要原因。早期茅盾创作的小说多与他的生活经验息息相关，《林家铺子》、《春蚕》、《秋收》、《残冬》中都可以看到茅盾家乡浙江东部农村的生活习俗、商业往来境况。抗日战争，这种关乎中华民族生死存亡的全民族抗战，茅盾第一次经历，光靠拯救国家的热情，而没有对此类战争深刻的体验，是难以写出好的作品的。

生活经验的不足使他中断这部小说的创作，这反映出他对"小说不

① 茅盾：《茅盾全集》第三十四卷，人民文学出版社1984年版，第300页。

② 李洁非：《茅盾毕生纠结于"脱党"隐痛》，载于《共产党员》2012年第4期。

③ 茅盾：《茅盾全集》第四卷，人民文学出版社1984年版，第475页。

④ 同上书，第476页。

⑤ 同上书，第478页。

是做的，是写的”文学创作原则的恪守与坚持。茅盾对艺术的执着战胜了向党表忠心的功利之心。

三

表面上看是生活经验不足促使《第一阶段的故事》成为未竟之作，实际上茅盾骨子里的庄子思想才是止住他继续创作的根源。

茅盾晚年在回忆录中谈到他13岁就接触《庄子》。茅盾一生中都留有庄子的印痕。少年时，依据《庄子寓言》写了题为《志在鸿鹄》的文章，抒发雄心壮志。青年之际，凭借对庄子寓言的熟稔，完成《中国寓言初编》的编写。正当壮年之时写就的中篇小说《路》的主人公“火薪传”的名字，直接取自《庄子》。同一时期创作的《虹》，开篇对三峡风景描写上的丰富想象未尝不受益于《庄子》。晚年写就的回忆录，仍能见《庄子》痕迹：“一边传观和尚那张方子，都说，怎么方子上只开病情不作判断，又说看他一手字，便知是‘老斫轮手’。”[①]（“老斫轮手”典出《庄子·天道》）庄子对茅盾的影响不仅体现在各个时期作品的创作上，更体现在茅盾“张弛相济，进退自如”的豁达人生态度和平易、谦逊、刚柔相济的人格操守，与庄子“中道”的生存策略、“顺人不失己”的交往智谋、“万物一齐”的平等思想的内在精神联系。

茅盾一生都是“以出世的精神，做人世的事”，其“张弛相济，进退自如”的豁达人生态度深深烙下庄子思想的印痕。在《庄子·山木篇》中，庄子用“处乎材与不材之间”的“中道”生存策略回答了弟子对“大树因‘无用’而能修其天年，雁却因‘无用’而被宰杀”的疑问。“中道”不同于儒家的“中庸之道”，后者告诫人不要走极端，要走平衡、调和的中间路线，而前者要求人在“有用、无用”两者之间理性选择，随机应变。“与时俱化，而无肯专为，一上一下，以和为量。”（《庄子·山木》）当“有用”受害时，就“无用”以保身；当“无用”受害时，就“有用”以保身。茅盾深得其中三昧。在中国共产党成立之前，作为上海共产主义小组成员，他主持《小说月报》，发起组织“文学研究会”，为党的建立做好思想宣传

① 李明：《茅盾与庄子》，载于《文学评论》2009年第4期。

工作。成为正式党员后，积极参加国共两党的第一次合作，先后担任广州国民党第二次全国代表大会代表、国民党中央宣传部秘书、中央军事政治学校武汉分校教官、汉口《民国日报》主编。为了对内推翻军阀，对外推翻帝国主义，茅盾尽职尽责，把自己的“有用”发挥到极致。1927 年国民党发动“四·一二”反革命政变，大肆屠杀共产党员、国民党左派及革命群众，茅盾也上了国民党通缉的黑名单。大革命的失败，使茅盾感到迷茫，“我对大革命失败后的形势感到迷茫，我需要时间思考、观察和分析。自从离开家庭进入社会以来，我逐渐养成了这样一种习惯，遇事好寻根究底，好独立思考，不愿意随声附和”①。国民党的通缉令也使他危在旦夕。在这期间，他没有主动去寻找党组织，而是在上海归隐了 10 个月。庄子的“无用”思想使他免遭杀身之祸。中华人民共和国成立后，茅盾担任文化部部长一职，“未料到解放以后我会当上文化部长”（《我走过的道路》）。突如其来的幸福，使茅盾壮志被激发，他准备干一番事业。但此后各种各样的冗长会议却让他颇为苦恼：“从前（我）也还有一个专业，现在呢？又是人民团体的挂名负责人，又是官，有时人家又仍然把我看作一个自由职业者（作家），我自己也不知道究竟算什么。在作家协会看来，我是挂名的，成天忙于别事，不务正业（写作）；在文化部看来，我也只挂个名，成天忙于别事，不务正业。”② 文化部部长一职的有名无实，使茅盾多次向组织提出辞职。可以看出，茅盾是有理想的实干家，而不是追名逐利的伪君子，这与庄子宣扬的“有用”的真正内涵不谋而合。

胡风在《胡风回忆录》中谈到茅盾“世故”，“世故”而不“圆滑”，胡风称赞的是茅盾为人处世艺术的精湛。这是茅盾“顺人而不失己”的交往智谋所结的善果。“唯至人乃能游于世而不僻，顺人而不失己。”（《庄子·外物》）顺人，即能够顺从、随和一切人，不与人发生争执、冲突，以宽容之心待人。不失己，则意味着在顺人顺世的同时不失去自我的本性。茅盾给陌生人的回信能够体现这一品质。从回信中可以看出：与茅盾通信的人众多，涉及的事情也很繁杂：文学爱好者寄稿件请教；青年咨

① 茅盾、韦韬：《茅盾回忆录》，华文出版社 2013 年版，第 200 页。

② 茅盾：《我走过的道路》（下册），人民文学出版社 1997 年版，第 53 页。

询如何创作，怎样成为作家；请茅盾办事、找工作，如有人请茅盾给他父亲写碑文，并寄了材料；茅盾研究者请教书信，如叶子铭、赵宏秉等；与国外文学组织、作家、官员谈文化交流事宜等。涉及面之广，内容之多，令人目不暇接，而茅盾却能一一仔细查看并认真复信。“即使太多字数看不过来，也要抽取一部分看看；对于实在无法看的稿子，也是建议写信人与作协或编辑部或语文老师联系解决问题，指示清楚的路径。”① 茅盾的“顺人”使他在文坛赢得了好名声。“不失己”便体现在上述的茅盾在大革命失败后不盲从、冷静思考与申请辞去文化部部长一职上。

庄子“万物一齐”的平等思想大大减少了茅盾作品的意识形态色彩，增添了其作品的艺术魅力。作为马克思主义者的茅盾，没有完全受当时阶级思想的影响，把资本家置于万恶不赦之地。在他笔下，资本家也是有血有肉的人物。《第一阶段的故事》极力表现了民族资本家何耀先的抗战热情，如时常和朋友讨论抗战事宜，并在朋友的提醒下，产生利用自己的胶鞋厂为抗战的中国军队制造军鞋的想法。《走上岗位》里资本家阮仲平坚决把工厂内迁，都是资本家爱国激情的体现。“八·一三战事发生后，爱国实业家阮仲平遵照政府指示，赶拆机器，拟由沪运汉。”即便是《子夜》中压榨工人们的吴荪甫，也有着实业家的精干以及发展民族工业的雄心壮志。对吴荪甫失败原因的揭露也看不出整个民族资产阶级必然失败的结局。“一个在于作家赋予他的鲜明的意识形态……第二个在于，作家在完成这个企图时，有意识地设计了公债交割时吴荪甫临时被杜竹斋出卖这个偶然情节。”

1945 年 6 月 24 日，重庆文化界人士举办了茅盾 50 岁生日祝寿活动。6 月 6 日的《新华日报》登了一则通启：“……二十七八年以来，他倡导新文艺，始终没有懈怠过，而且越来越精健；对于他的劳绩，我们永远忘不了。他有所为，有所不为；他经历了好些艰难困苦，只因中有所主，常能适然自得；对于他的操守，我们永远忘不了。”留下众多遗憾的茅盾，却使他“有所为，有所不为”的思想之光永照人间。

原刊《中外文化与文论》(30)

---

① 李明：《茅盾与庄子》，载于《文学评论》2009 年第 4 期。

张仲实与茅盾交往若干史实考略*

张积玉

摘要 张仲实是我国早期著名的马克思主义理论家、翻译家。他与杰出的现代作家、文艺评论家茅盾在20世纪30年代的上海相识相交，历经数年生活书店工作上的相互支持，三四十年代之交辗转新疆，40年代同赴延安，中华人民共和国成立以后频繁往来，其友谊经过了近半个世纪的考验。他们的真挚感情、深厚生动地反映了老一辈知识分子的高尚品德和人格风范，也蕴含着丰富的历史与社会内涵。由于岁月的流逝，两人交往过程中许多史实或因当事人回忆文字中的错漏，或因研究资料发掘的欠缺，出现了不少与历史真实不符的记述，值得重新加以考察、研究。深化茅盾、张仲实等现代文化名人的研究，需要国家有关政府部门及党史办、地方志、档案馆等单位进一步开放档案资料，以为研究工作提供相应支持。

关键词 张仲实；茅盾；现代文化名人研究；资料考证

著名马克思主义理论家、翻译家、出版家张仲实与中国现代文学大师、文艺评论家茅盾早在20世纪30年代的上海就相识并密切往来，直到80年代相继谢世。他们是经过近半个世纪交往的患难与共、心心相印的

---

* 本文主要观点曾于2014年7月13日在中国茅盾研究学会理事会暨茅盾研究回顾与前瞻研讨会上报告。

挚友、同志和战友。

遗憾的是，关于他们两人交往的情况，目前可以见到的仅有茅盾《我走过的道路》与张仲实《我的经历》等少量回忆文章集中谈到，其余大多散见于有关茅盾、张仲实研究的论著中，系统的研究成果尚未见到，发掘的资料十分有限，且已有文献资料中有关史实的记载，因时间久远或有错讹，或说法不一，或存在遗漏。本文拟以两人的回忆为基本线索，根据当年有关报刊、书信等原始资料分4个时期对两人交往中若干史实作一初步考述，以求还原历史的本来面目，以为茅盾、张仲实等现代文化名人的研究提供参考。

一 关于30年代在生活书店

1930年，张仲实从苏联东方大学、中山大学留学回国，先在唐山中共京东特委任宣传部长，其后到上海从事革命文化工作。1935年2月由胡愈之推荐出任生活书店出版的《世界知识》主编，次年2月担任生活书店总编辑直至1938年底。期间与先后担任生活书店出版的《文学》、《文艺阵地》杂志主编的茅盾交往频繁，出版业务联系密切。按唐金海、刘长鼎主编的《茅盾年谱》（上卷）1936年2月条的说法是两人“过往甚密”[①]。如两人同为上海文化界救国会、全国各界救国会发起人及执行委员，一起积极参加过在上海举行的各种抗日救亡活动；相互支持、精诚合作，共同推动生活书店文学图书和期刊编辑出版工作的开展。尤其需要指出的是，茅盾大力支持、帮助生活书店组织出版《外国文学名著丛书》，张仲实密切配合茅盾主编《文艺阵地》等文学刊物，各自都尽心尽力做了大量的工作。据张仲实回忆，在生活书店出版的重要丛书《外国文学名著丛书》的编辑出版过程中，他曾直接约请茅盾拟写目录，提出选译哪些作品，不选译哪些作品，怎么选译等；尤其是在他对一些书籍的作者弄不清背景及政治态度时，他也直接找茅盾征求意见。每次去，茅盾总是放下手头工作，十分热情地接待，为他出点子、想办法，帮助解决各种各样的问题。在张仲实当时的印象中，茅

① 唐金海、刘长鼎：《茅盾年谱》（上），山西高教联合出版社1996年版。

盾不仅艺术造诣高深，熟悉文艺界情况，而且政治上敏感可靠，待人赤诚，乐于助人。①

翻查《茅盾书信集》，也可从多处看出张仲实对茅盾《文艺阵地》编辑工作的关心、支持和帮助，以及茅盾对张仲实的尊重与充分信任。仅1938年3月14日至4月23日短短一个多月里，在茅盾致戈宝权一人的信件中，就有3封多处提到他与张仲实的往来信函，涉及《文艺阵地》稿件及有关编辑、出版工作。如1938年3月14日，茅盾在《致戈宝权》的信中写道："宝权先生：从仲实先生信中，得知先生业已返国在汉，……同时并悉先生对于《文阵》尽力赞助，已在写稿，尤深感谢。……"②；3月28日，在茅盾《致戈宝权》的长信里有4处提到张仲实：一是请张仲实代他给戈宝权等转信："接奉二十二日手示及大稿《苏联剧坛近讯》时，适值弟将赶赴广州校对《文阵》第一期之排样。但先生二十二日信上竟未提起弟于十四日在香港发之飞机信，似乎尚未收到。该信由仲实先生转（同时另有他人之信，亦请他转，同入一信封中），从日子计，先生发二十二日之信时，应该早已寄到了。如果此时尚未收到，请询之仲实先生"；二是托张仲实为他向戈宝权约稿："至于《高尔基博物馆》等二文（即仲实先生与先生谈过，请先生写者），《文阵》亦甚需要，乞即命笑，……"；三是告诉戈宝权，第一期《文阵》出版后应先寄张仲实："《文阵》可于下月5日在此间（香港）印出。……但出版后当先飞寄数册与仲实先生，可以早几天看到。先生见了第一期《文阵》后，务请不客气批评"；四是在信的末尾托戈宝权给张仲实等转信："附一信乞转仲实、伯昕先生。"③在4月23日《致戈宝权》信中亦在一开头就写道："宝权先生：前得仲实先生信，知前上各函，均已收到……"④ 由以上仅可见到的不多的信函中，足可看出20世纪30年代张仲实、茅盾两人因文学事业、出版工作交往频繁、密切的程度。

---

① 张仲实：《难忘的往事——回忆与茅盾同志辗转新疆的前前后后》，《人民日报》1981年5月16日。

② 孙中田、周明：《茅盾书信集》，文化艺术出版社1988年版，第106页。

③ 同上书，第108—110页。

④ 同上书，第110页。

在上海时期，茅盾于1936年主编《中国的一日》，张仲实作为该书出版机构——生活书店的总编辑，担任编委和撰稿人，与之有过十分愉快且成功的合作。在第一次编委会上，在该书的内容、编写体例等各项事宜讨论确定后，大家一致感到为难的是由谁来编写全书的首篇——反映5月21日这一天全国政治、经济、军事、外交、教育等活动的《全国鸟瞰》。根据茅盾的回忆，邹韬奋曾先动员金仲华承担，但是被他推脱了。茅盾认为，《鸟瞰》是难写的一篇，“除非请专人来写，而这位专人也未必能请得到”。最后，还是在邹韬奋的动员下由研究政治经济学、又是生活书店总经理（应为总编辑）的张仲实欣然答应[①]，挑起了这一重担，有力地支持了茅盾主编的工作。其后的事实也表明，张仲实不负众望，圆满地完成了编写任务。也正是在茅盾的出色主编和张仲实的努力配合和组织协调下，该书于当年9月15日由生活书店顺利出版。《中国的一日》由蔡元培作序，茅盾撰写代前言，出版后产生了重大社会反响，一时“轰动全国”，创造了中国出版史上的奇迹。《生活书店史稿》评论说：它“显示当时的中国总面目，成为旧中国的一面镜子，——一面是荒淫与无耻，一面是严肃的工作”，“有助于读者全面认识中国社会的现实，启人良知，催促投身革命的实践”[②]。在合作出书的过程中，张仲实、茅盾两人相互信任、支持，建立了深厚的友谊，为日后他们在更长时间里密切的交往奠定了良好的基础。

按茅盾《我走过的道路》中所说，出版《中国的一日》是邹韬奋的主意。他指出：“倡议编这本书的是邹韬奋，他见到高尔基在苏联发起和主编的《世界的一日》，觉得很新鲜，很有意义，就想：我们何不也来‘学步’，编一本《中国的一日》?”[③] 关于《中国的一日》这一选题的策划与确定，我认为有张仲实的参与讨论，甚至有他的建议在先。一是因为张仲实当时是生活书店总编辑，具体负责书店出书的选题、策划和编辑工作，韬奋出版此书的决定，必与总编辑讨论、商量。二是从张仲实当时个

① 茅盾：《我走过的道路》（中），人民文学出版社1984年版，第356页。

② 生活书店史稿编辑委员会：《生活书店史稿》，生活·读书·新知三联书店1995年版，第56页。

③ 茅盾：《我走过的道路》（中），人民文学出版社1984年版，第354页。

人关注的领域和研究优势说，他也可能是这一选题策划的参与人。20世纪30年代初留苏回国后，张仲实主要的著述工作是在国际问题研究与宣传介绍苏联社会主义建设的成就，包括当时苏联的政治、经济、文化、教育和文学艺术各个领域。据初步考察，从1933年起，张仲实担任中山文化教育馆主办的《时事类编》月刊的特约翻译兼编辑，几乎在每期《时事类编》杂志上都要发表一篇有关苏联社会主义建设和国际问题研究的文章或译作，也公开出版过相关译著和专著六七部。从已查到的文章看，有译作《苏联的贸易政策和世界政治恐慌》（《时事类编》1933年第1卷第8期）、《十五年来苏联和平政策成功大事记》（同上）、《苏联第二次五年计划第二年度（1934年）之经济计划》（《时事类编》1934年第2卷第5期）、《斯大林报告全文（斯大林在苏共第十七次代表大会上的工作报告）》（《时事类编》1934年第2卷第9—11期连载）、《苏联对资本主义国家的经济关系》（《时事类编》1934年第2卷第18期）等多篇。个人撰写的研究文章就有《帝国主义国家军备竞争的趋势》（《新中华》1934年第2卷第13期）、《帝国主义时代的经济特征及其发展趋势》（《中山文化教育馆季刊》1934年创刊号）、《资本主义经济危机论》（《中山文化教育馆季刊》1934年第1卷第2期）、《转向中的世界经济危机》（《世界知识》1935年第1卷第8号）、《苏联到何处去》（《新中华》1935年第3卷第1期）、《十九年的苏联》（《生活星期刊》1936年第1卷第23号）等48篇。而出版的译著有苏联文学顾问会编《给初学写作者的一封信》（《时事类编》1934年第2卷连载，1935年8月由生活书店出版）、《苏联政治制度浅说》（1934年12月作为申报丛书之一出版）、苏联著名经济学家拉皮杜斯与奥斯特洛夫强诺夫合著的《政治经济学教程》（1934年作为中山文库之一由商务印书馆出版）、《苏联五年计划执行总结》（1934年交商务印书馆，因故被压后未能出版）、列昂节夫《政治经济学初学教程》（生活书店1935年版）等；著作则有《苏联的教育》（1934年3月作为申报丛书之一出版）、《意阿问题与第二次世界大战》（与陈仲逸等合著，新知书店1935年版）、《现代十国论》（与金仲华等合著，生活书店1936年版）等。尤其需要强调的是，这一时期他对包括苏联文学文化界在内的文学、文化领域投以特别关注：除译著《给初学写作者的一封信》

从理论与实践上阐发青年作家如何修养的问题外，他还在自己任主编的"青年自学丛书"中出版了有关文学、文化的图书——《怎样阅读文学作品》（沈起予著）、《文学与生活》（胡风著）、《创作的准备》（茅盾著）、《文艺思潮小史》（徐懋庸著）、《时论写作》（邹韬奋著）、《中国文学的演变》（童振华著）、《新闻学概论》（胡仲特著）等。并发表个人有关文学的译作《论苏联的文学》（高尔基著，1934 年 8 月 17 日在全苏作家大会上的报告，《时事类编》第 2 卷第 25—27 期连载），《我的创作经验》（法捷耶夫，《时事类编》1935 年第 3 卷第 3 期）等。另外，他个人撰写的有关文学、文化的文章《各国图书出版事业的消长》（《世界知识》1934 年第 1 卷第 7 期）、《谈谈苏联新宪法》（《现世界》1937 年第 1 卷第 11 期）、《1936 年苏联建设成绩图》（《世界知识》1937 年第 5 卷第 11 号）、《苏联的书报出版事业》（《时事类编》1934 年第 2 卷第 15 期）、《苏联作家协会的出版计划》（《时事类编》1935 年第 3 卷第 1 期）等多篇。[①] 1935 年进入生活书店尤其是担任总编辑后，张仲实适时地改变了生活书店的出书方向，努力扩大出书范围，有计划地编辑出版了"世界学术名著译丛"（实为马克思主义经典著作）、"青年自学丛书"、"救亡丛书"、"世界文库"、"百科小译丛"等影响很大的丛书。据不完全统计，1936—1938 年，在他主持下共出版马、恩、列、斯著作 20 多种，另外还出版了毛泽东的《论持久战》等经典名著，"青年自学丛书"两辑 20 种。这一时期，他本人还翻译出版了《费尔巴哈论》（原名《费尔巴哈与德国古典哲学的末日》）、《论列宁》、斯大林《论民族问题》等马列经典著作。这些书籍出版后，许多人从书中接受进步思想的启蒙和马列主义理论，走上了革命的道路。熊复就曾讲道："而教育整个一代青年，引导他们由爱国主义走向共产主义道路的是，由邹韬奋同志创办而由仲实同志担任总编辑的生活书店。它出版了一系列进步读物，特别是《青年自学丛书》、《世界名著译丛》、《百科小译丛》等。我自己就是受到这种教育而走上这条道路的见证人。正是这些传播马克思主义的读物，使我得以从中

① 张积玉、王钜春：《张仲实著译年谱》，张积玉、王钜春：《马克思主义理论家翻译家张仲实》，陕西人民教育出版社 1991 年版，第 386—439 页。

含英咀华，最终选择和接受马克思主义。”① 一系列丛书的出版，使生活书店名声大振。邹韬奋在总结这一段历史时也曾说：在他出国后，由于诸位同事的努力，书店“不但不衰落，而且有着长足的发展”，“为本店发展史上造成最灿烂的一页”②。曾任书店经理的毕云程回忆说：“仲实到店后，生活书店又添了一支巨大的生力军。联系许多进步人士为生活书店写稿，在生活书店计划出版各种进步书刊上起了很大作用。生活书店有许多宣传马克思主义的新书，大半是在仲实的主持之下出版的。”③ 1936 年 8 月底，生活书店出版合作社第二次社员会召开，成立了书店临时管理委员会，选举邹韬奋、徐伯昕、杜重远、张仲实等 11 人为委员，推张仲实为主席，徐伯昕为经理，这个临时委员会是由理事会、人事委员会、监察委员会联合组成的，代替三个机构处理出版社的各种业务。④ 鉴于张仲实当时的任职及其承担的责任，以及他对苏联和国际问题的关注度及所产出的丰硕的著译成果，参与《中国的一日》的选题工作、与邹韬奋等一起确定这一重要出版项目是顺理成章的。

在生活书店期间，张仲实任职书店总编辑。目前，关于他这一时期到底任何职存在三种说法：

（1）总经理说，以茅盾《我走过的道路》为代表。他写道：“至于谁来编这个‘鸟瞰’，最后任务推到了张仲实身上。……张仲实是研究政治经济学的，又是生活书店的总经理。”⑤ 丁尔纲在《茅盾评传》中也写道：“张仲实曾任生活书店总经理，和茅盾在上海有过合作关系”⑥；（2）编辑部主任说，以毕云程等文中的说法为代表。他在《韬奋和生活书店》一文中写道：“1935 年 1 月，聘张仲实为生活书店编辑部主任，这又是一件

① 熊复：《我的马克思主义启蒙导师》，张积玉、王钜春：《马克思主义理论家翻译家张仲实》，陕西人民教育出版社 1991 年版，第 158—159 页。

② 转引自钱小柏等《韬奋与出版》，学林出版社 1983 年版，第 19 页。

③ 毕云程：《韬奋和生活书店》，邹嘉丽：《忆韬奋》，学林出版社 1988 年版，第 298 页。

④ 生活书店史稿编辑委员会：《生活书店史稿》，生活·读书·新知三联书店 1995 年版，第 64—65 页。

⑤ 茅盾：《我走过的道路》（中），人民文学出版社 1984 年版，第 358 页。

⑥ 丁尔纲：《茅盾评传》，重庆出版社 2001 年版，第 429 页。

大事"[①]；（3）总编辑说，见诸文字者颇多。经考察，总编辑说为正确的说法。之所以如此，一是张仲实本人在多篇回忆文章中持此说法，如他写于1978年的《回忆30年代的生活书店》（收入香港三联书店版《生活·读书·新知三联书店成立三十周年纪念文集》）一文中就写道："1935年2月，经胡愈之介绍，我进入生活书店，起初一年，编辑《世界知识》，不久就选为书店最高管理机构——理事会成员。1936年2月起，担任生活书店总编辑，直到1938年10月武汉沦陷，撤退到重庆后，这年底为止。"[②] 与他当年在生活书店一起工作的邵公文先生亦在文中指出："仲实同志来到生活书店以后，工作是繁忙紧张的，尤其是1936年2月他担任了生活书店总编辑以后，更为辛劳。"[③] 曾在生活书店总编辑部协助张仲实处理书店编辑业务的林默涵也在谈到生活书店30年代所出版的风行一时、影响很大的许多进步刊物时说过："这些刊物虽然都是名家任实际主编，但由于是生活书店出版的刊物，身为总编辑的仲实同志还要对他们处处关心、照管。"他指出，当时的生活书店"有两个重要支柱：一个是徐伯昕同志，他抓了总店及其遍布全国各地分店的经营业务；另一个就是张仲实同志，他统一筹划和组织整个的编辑、出版工作"[④]。权威的生活书店史稿编辑委员会编写的《生活书店史稿》中也写道："1935年秋韬奋回国后，1936年起请张仲实担任生活书店总编辑，他致力于有计划地编辑出版马列主义经典著作，在编辑出版哲学、社会科学的基础读物方面，倾注了心血和智慧，作出了重要贡献和成就。"[⑤]

综合以上分析，张仲实当时的任职应是生活书店总编辑，而不是编辑部主任或总经理。

---

① 毕云程：《韬奋和生活书店》，见邹嘉丽编《忆韬奋》，学林出版社1988年版。转引自张积玉、王钜春《马克思主义理论家翻译家张仲实》，陕西人民教育出版社1991年版，第205页。

② 张仲实：《回忆30年代的生活书店》，生活·读书·新知三联书店成立三十周年纪念文集，三联书店香港分店1978年版，第92页。

③ 邵公文：《仲实同志在生活书店的日子里》，《出版工作》1984年第5期。

④ 林默涵：《我所知道的仲实同志》，张积玉、王钜春：《马克思主义理论家翻译家张仲实》，陕西人民教育出版社1991年版，第167页。

⑤ 生活书店史稿编辑委员会：《生活书店史稿》，生活·读书·新知三联书店1995年版，第58页。

二　关于辗转新疆

1939 年 1 月初，应伪装进步，实行亲苏、联共政策的新疆督办盛世才的邀请，著名社会科学家、生活书店总编辑张仲实、著名文学家茅盾与著名爱国民主人士杜重远、著名报人萨空了等文化名人同赴新疆，准备为建设抗日大后方，发展新疆文化教育大干一番事业。张仲实和茅盾一家、记者萨空了的妻子金秉英及两个女儿，分别从重庆和昆明出发，经成都、西安，到达兰州。由于等飞机，在兰州住了整整 42 天（另外还有 45 天或两个月左右两说）。①② 据张仲实和茅盾的回忆，在他们催问时，盛世才总是说“天气不好，飞机不能飞行”；其实，重庆和迪化（今乌鲁木齐）之间常有飞机来往。其后的事实证明，真实的原因是盛世才在要不要他们一行人去新疆的问题上，一直犹豫不决，但最终还是让他们去了。2 月下旬，他们乘飞机从兰州到了哈密，之后因等不到飞机只好改乘汽车由哈密到达迪化。

在兰州等飞机的一个多月里，张仲实和茅盾朝夕相处，曾先后一起拜访过八路军驻兰州办事处代表谢觉哉、伍修权，生活书店兰州分店经理薛迪畅，西北公路局局长沈某等，也看望过路过兰州去新疆的杜重远夫妇，了解到了不少有关新疆的情况。按照茅盾的回忆，他们一行人到兰州的第二天，就有中央社的记者找上门来采访，并在当地报纸上发表了访问记，于是就“络绎不绝有人来访，有不相识的文化界朋友，也有意料不到的熟人”。他俩还常常一同进城去逛书店，茅盾还趁机在商务印书馆兰州分店里购得了不少上海售缺的珍贵版本书籍，并买到《英俄辞典》，请张仲实为他教俄文。他们一起游览兰州市区，参观我国唯一的黄河铁桥，乘坐黄河上的羊皮筏子，品尝西北的涮羊肉等特色菜肴。茅盾曾在回忆录中写道：“在成都张仲实加入了我们的‘队伍’，并且在此后一年半的时间内成为休戚相关的伙伴。”③ 在辗转新疆的一年多时间里，张仲实处处关照比他年长的茅盾，而茅盾一家对张仲实也是关爱有加。他们刚到兰州，张

---

① 茅盾：《从东海之滨到西北高原》，《新文学史料》1984 年第 2 期。

② 张仲实：《由兰到哈》，《全民抗战五日刊》1939 年第 67 期。

③ 茅盾：《我走过的道路》（下），人民文学出版社 1997 年版，第 233—249 页。

仲实就坚持将安排给他的20平方米的大房间调换给茅盾一家住，自己住小间；当决定从兰州乘汽车进新疆时，张仲实首先“担心”的是茅盾和孔德沚的“身体吃不消”[①]；从哈密出发到迪化，张仲实一再推让请孔德沚坐安排给他的小卧车而自己坐面包车[②]，等等。

1939年2月至1940年5月在新疆工作的一年多时间里，茅盾与张仲实分别担任新疆学院教育系主任和政治经济系主任，并主讲两系主要课程；受聘担任顾问，共同支持新疆学院学生创办了《新芒》月刊，两人都在创刊号上发表了重要文章；受聘分别担任新疆文化协会委员长兼艺术部部长、副委员长兼研究部部长，中苏文化协会新疆分会正、副会长，新疆民众反帝联合会理事、《反帝战线》编委等；为新疆编写小学教材，培训民族干部，传播马列主义理论，进行抗战宣传，为推进新疆文化、教育和文学艺术事业的发展做了大量工作，做出了巨大贡献。

但是盛世才是一个地地道道的封建军阀，是心毒手狠的两面派，杀人不眨眼的魔王。起初，他对张仲实、茅盾二人去新疆表示热烈欢迎，曾破例驱车15公里到迪化郊外迎接，处处待为上宾。但是其后不过数月，便真相暴露，先是无理软禁新疆学院院长杜重远，并伺机对张仲实、茅盾下手。在环境日益险恶的情况下，他们两人患难之中更见真情，往来愈加频繁亲密，感情愈加深厚。据张仲实回忆：“每个星期天，只要一有空，我就到他家里去谈天，间或议论时政和交谈体会，也经常谈到盛世才的暴行。每当这时，一向稳重的茅盾同志也总是慷慨陈词，义愤填膺。这一段时间里，我简直成了他们家的一个成员。他们也像对待自己的家人一样对待我。”[③]

1939年暑假，以院长杜重远为团长、张仲实为副团长的暑期学生工作团赴伊（犁）沿途千里进行抗日宣传，为期一个半月，引起盛世才的怀疑，遂在软禁杜重远之后，伺机逮捕张仲实。一天，张仲实正在茅盾家里，盛世才的副官突然到茅盾家里来，说盛世才要单独见张仲实。茅盾家

---

① 茅盾：《我走过的道路》（下），人民文学出版社1997年版，第235—236、249页。

② 同上书，第254—255页。

③ 张仲实：《难忘的往事——回忆与茅盾同志辗转新疆的前前后后》，《人民日报》1981年5月16日。

里的空气顿时紧张起来，因为盛世才总是以谈话为名暗杀革命人士和他所不满的人。而且在平时有事盛世才都是茅、张两人一起找，而唯独这一次的做法反常。茅盾的夫人孔德沚认为张仲实这次一定难逃毒手，不禁失声痛哭起来；而茅盾则是动情地紧握着张仲实的手，只说了“保重”两个字，再也说不出话来。张仲实在盛世才的督办公署等了几个小时，只帮助看了一份材料，当他平安无事地回茅盾家里时，他们一家喜出望外。茅盾在回忆录中对此详细描述道：“在张仲实被召走后，一去三个钟头，我和德沚就在电话旁枯坐了三小时。直等到暮色降临，仲实终于回来了，一进门，大衣未脱，我们就喜出望外地围上去问究竟。”①

其后，在盛世才杀害进步人士的嘴脸日益暴露的形势下，张仲实、茅盾两人为脱离虎口，与盛世才进行了艰苦曲折和充满智慧的斗争，最后张仲实以为伯母奔丧、茅盾以为母亲料理后事为由向盛世才“告假”，最终在新疆共产党人的帮助下，离开迪化，逃脱了盛世才的魔掌。

关于辗转新疆，他们的经历丰富而复杂，充满着传奇色彩，其中有不少问题由于资料的缺失而说法不一，存在混乱。其中有关从内地去新疆的出发地、时间及相关活动，张仲实、茅盾在新疆学院的任职及讲授的课程，茅盾去延安决定的作出等，笔者已在《茅盾与张仲实新疆时期交往史实考辩》一文中作了探讨。② 这里拟再就以下 4 个相关问题作一考查、辨析。

（一）关于赴伊犁暑期工作团的回忆。首先是茅盾的说法，认为是“新疆学院暑期赴伊（犁）旅行团”。茅盾在回忆录中写道：“7 月，新疆学院放暑假了，杜重远忽然‘心血来潮’，要带学生到北疆去旅行，一面作抗日宣传活动，一面进行社会调查。他征得盛世才的同意，自任团长，团员是 200 多个学生。他邀我和仲实同去。”③ 张仲实作为副团长参加了这次活动，茅盾则因他事未能成行。其次是张仲实的说法，他在《我的经历》中回忆说，“1939 年暑假期间，由院长杜重远亲自率领，我作副手率新疆学院学生‘暑期工作团’到伊犁沿途各县表演节目，宣传抗日

① 茅盾：《新疆风雨》（下），《新文学史料》1984 年第 4 期。

② 张积玉：《茅盾与张仲实新疆时期交往史实考辩》，《中国现代文学研究丛刊》2015 年第 9 期。

③ 茅盾：《新疆风雨》（下），《新文学史料》1984 年第 4 期。

（雁冰未去），为时一个半多月”①。最后是《新疆大学校史》、《乌鲁木齐文史资料》等的说法，认为此次北疆旅行是为了“组织同学们走向社会，宣传抗战救国”，于1939年7月7日由省城迪化出发。杜重远任团长，张仲实、郭慎先分任领队。200多名各族同学参加，分乘12辆卡车，来回历时一月之久，走了8个县，行程1000多公里。“他们冒着酷暑，每到一地，顾不得疲劳，刷标语，演出文艺节目，进行抗日演讲，深受沿途各地群众的欢迎。”② 苗广发等在《新疆学院暑期赴伊旅行团》一文中写道，“杜重远、郭慎先、张仲实在群众大会上演说50多次。旅行团实际上是一个工作团、宣传团，也是一个学习团”③。查核近日发现的张仲实写作于1939年8月的《伊犁行记》（已收入《张仲实文集》第3卷，即将由中央编译出版社年内出版，第58—78页）一文，可以发现关于新疆学院学生暑期赴伊工作团在有关团名、张仲实的身份、人数、由省城迪化出发的时间等问题上存在不同说法。张仲实在《行记》中写道：“今年夏季，新疆学院的一部分师生，利用假期，组织了一个暑期工作团，以院长杜重远先生为团长，我为副团长，前往伊犁区工作，目的有二：1. 推进抗战宣传工作；2. 增加学生的实际工作能力。参加的学生共有一百二十人……工作团的组织，计分话剧、讲演、壁报、漫画、歌咏、音乐、社会经济调查、文化教育调查及总务等组……七月十七日上午十一时，我们由迪化动身。工作团成员乘了八辆车，另有省立一中伊犁区暑假回家的学生二十余人，与我们同行，也乘了一辆车，大小共有十辆，浩浩荡荡，排了长串。”张仲实日记体《行记》是他在当年事件发生的过程中所写，他又是工作团的副团长，尤其从该团的目的及其所做的工作综合分析，其文字与茅盾写于晚年的回忆录，以及新疆大学的校史等当代的文字相比，更具真实性。由此，我们可以明确得出如下结论：1. 该团的全名应为“新疆学院学生暑期赴伊工作团”，而不是苗广发等所说的“旅行团”；2. 张仲实实为该工作团副团长，而不是《新疆大学校史》所说的领队；3. 参加该团的学生

---

① 张仲实：《我的经历》，张积玉、王钜春：《马克思主义理论家翻译家张仲实》，陕西人民教育出版社1991年版，第45页。

② 管守新、罗忆：《校史》，新疆大学出版社2004年版，第72页。

③ 苗广发、李如桢：《新疆学院暑期赴伊旅行团》，《乌鲁木齐文史资料》1991年第1期。

共计120人，而不是《新疆大学校史》所说的200多人；4. 工作团由省城迪化出发的时间是1939年7月17日上午11时，而不是《新疆大学校史》所说的7月7日。关于以上结论，新疆维吾尔自治区档案局（馆）和新疆维吾尔自治区精神文明建设指导委员会办公室合编的《不能忘却的记忆：档案中的故事》一书有关文字可证明。另外，从20世纪30年代初中期就与杜重远、张仲实有深入交往的胡愈之先生发表在《社会科学战线》上的一篇文章的说法，亦可佐证。①

（二）关于盛世才单独召见张仲实准备逮捕他的时间。在张仲实本人及茅盾的回忆录中前后有不同的表述。如张仲实在写于20世纪70年代初的《我的经历》中讲道：1939年11月间，盛世才另派人任新疆学院院长，把杜重远软禁起来。“一天我正在沈家里聊天，盛突然派人来找我，说，督办要我去谈话……”② 而在发表于1981年5月16日《人民日报》上的《难忘的往事——与茅盾同志辗转新疆的前前后后》一文中，他则用“记得有一次盛世才的副官突然到茅盾家来，说盛世才要我单独去一趟。茅盾家里的空气顿时紧张起来，因为盛世才总是以谈话为名暗杀革命人士和他所不满的人”③。据叶子铭《关于茅盾生平的若干问题》一文所说：“一九六二年，翟同泰同志访问张仲实时，张曾回忆起当年的情景。他说，那时我经常在茅盾家里，就像是他家庭里的一名成员一样。盛世才每次派人来找，总是要我们两人一起去。大约是一九四〇年一、二月的某一天，盛世才又派人来，这次却只要我一个人单独去见他，我情知危险，但又不能不去。”④ 茅盾于1984年发表的《新疆风雨》（下）中写道：“二月下旬的一天下午，仲实在我家闲谈，说到杜重远最近再次要求回内

---

① 胡愈之在《从新生事件到西安事变》一文中记述道：“一九三九年夏季，组织了一个一百多人的‘新疆学生暑期工作队’，由他和张仲实任正副队长，到乌鲁木齐以西至伊宁沿途各地——进行宣传活动，每到一地召开人民群众大会，首先由他或张仲实报告抗日战争形势，然后由学生文艺团表演文艺节目，深受人民群众欢迎。”（《社会科学战线》1980年第2期）其所说与张仲实《行记》中的说法基本相同。

② 张仲实：《我的经历》，张积玉、王钜春：《马克思主义理论家翻译家张仲实》，陕西人民教育出版社1991年版，第45页。

③ 张仲实：《难忘的往事——回忆与茅盾同志辗转新疆的前前后后》，《人民日报》1981年5月16日。

④ 叶子铭：《茅盾漫评》，百花文艺出版社1983年版，第239页。

地治病又遭盛世才借口没有交通工具而拒绝，感到杜的前途十分危险。正说着，仲实突然接到通知，说盛世才要他马上去督办公署。这是很反常的，因为往常盛世才没有单独召见过仲实，都是我们两人同去的。”

看来，张仲实20世纪七八十年代的说法较为笼统，既未能说明事情发生的时间到底是1939年还是1940年，更未说明具体是哪一月。而他1962年10月20日接受翟同泰访问时关于1940年一、二月间的说法，属于他五十多岁精力充沛时的回忆，应为准确的说法，这也与茅盾回忆录里1940年2月下旬的一天的说法相吻合，更符合事实。

（三）关于新疆脱险经过。其一为茅盾在回忆录中的说法：1939年九、十月份，盛世才开始怀疑杜重远，10月上旬杜被迫辞去院长职务，实际开始了对他的软禁。10月下旬，杜重远的内弟侯立达被捏造罪名作为杜的人质遭捕。不久，杜重远的秘书孙某也被捕，并被伪造了一个“与汪精卫勾结的”、“杜重远阴谋暴动集团”，骨干包括了所有从内地到新疆的人。此时，张仲实、茅盾的处境已十分危险。经过在新疆工作的共产党员陈潭秋、毛泽民、孟一鸣等的帮助，张仲实以请假回家安葬伯母、茅盾以请假回家料理母亲丧事为由向盛世才请假回内地，盛答应并在督办署设宴为他俩送行。他虽口头上同意两人回内地，但却借口没有飞机，一直拖延。茅、张两人以中苏文化协会新疆分会正、副会长的身份找到了苏联驻迪化的总领事，在总领事的帮助下，他们知道有一架苏联交通机（交通机是苏联为重庆使馆送人员、文件、物资的定期航班）要从莫斯科来迪化，并在五一节后飞往重庆的消息。于是便在五一节宴会上当面向盛提出要坐苏联交通机回内地，并当场获得了总领事的同意，盛不得不同意。1940年5月5日，他们乘坐苏联交通飞机本来要直达兰州，中途却蹊跷地在哈密降落。当晚，盛世才曾先后三次往哈密打去电话，第一次是在午夜12时，命令哈密行政长刘西屏扣留茅盾和张仲实。过了半小时第二次打来电话，说先不要行动，让他再考虑考虑。午夜3时左右，打来第三次电话说：“算了，让他们走吧！”刘西屏是从延安到新疆的，他怕盛世才再反悔，第二天一清早就匆匆把他们送到机场，从而使他们一行得以顺利到达兰州。[①]

① 茅盾：《新疆风雨》（下），《新文学史料》1984年第4期。

其二为张仲实的说法。他在写于“文化大革命”后期的《我的经历》中讲道：当盛世才同意给他和茅盾准假之后，却总是借口买不到飞机票，不让他们走。“1940 年 5 月初，我散步经过欧亚航空公司的门口，顺便进去，了解了一下情况，并到售票处买到了从乌鲁木齐到兰州的飞机票（包括了雁冰同志一家的飞机票），因我会讲俄语，而售票员正是一苏联人值班，他没有理由不卖给我票。买到飞机票后，我和雁冰同志联名给盛（世才）写了一封信，说：‘我们买到飞机票了’，盛世才无可奈何，只好答应了。第二天，我们就飞到哈密，第三天飞到兰州。”① 按照张仲实的说法，后来他在延安听从新疆回去的同志说，在他们乘坐的飞机起飞以后，盛世才又后悔，当晚给哈密专员和公安局发了电报，说两人“没有办清新疆文化协会的交接手续”，要他们“办清手续后再走”。第二天早晨，哈密方面看到电报时，飞机已经起飞，扣留他们已经来不及了。② 而 1981 年发表于《人民日报》上的《难忘的往事——与茅盾同志辗转新疆的前前后后》一文中，张仲实写道：“我们在毛泽民、徐梦秋等新疆地下党负责同志的安排下，于 1940 年 5 月 5 日离开迪化到哈密，盛世才放走我们后，又突然反悔起来，随即命令他在哈密的部下截住我们。恰巧这一密令电文落在一位地下党负责同志的手中，我们得以在盛世才下毒手之前迅速离开哈密。”③ 关于两人新疆脱险经过到底哪一种说法更为符合事实、更准确，目前难以找到更可靠更有说服力的证据，尤其是有关档案资料，只能暂时存疑，等待新资料的发现。

（四）茅盾回忆录中有关史实的考察补正。首先，茅盾关于从成都到西安回忆中存在重要史实遗漏。张仲实当年的报道文章说到 1 月 4 日彭德怀自重庆起就与他同机，在成都同住一个旅馆等飞机 4 天，直到 1 月 9 日一起在成都登机一路到西安后方才下飞机，自然从成都到西安也是与茅盾一家同机的。他在《由渝到蓉——赴新疆途中》中写道：“由渝到蓉

① 张仲实：《我的经历》，张积玉、王钜春：《马克思主义理论家翻译家张仲实》，陕西人民教育出版社 1991 年版，第 45—46 页。

② 同上书，第 46 页。

③ 张仲实：《难忘的往事——回忆与茅盾同志辗转新疆的前前后后》，《人民日报》1981 年 5 月 16 日。

跟记者同机的有第十八集团军副总指挥兼第八路军副司令彭德怀等。他因飞机改班也跟我们住在同一个旅馆里等机。彭先生颇有‘儒将’的风度，你跟他说起话来，不论任何学术问题或任何实际问题，他都从理论上给你解释得清清楚楚。他的地位那样的重要，他那样的受人敬重，但是他对人谦虚、坦白、诚恳，一点儿都不骄傲、不虚伪、不敷衍。他的生活，简单、朴素的简直令人不能相信。照一般要人的作风说，以那样重要的地位，他至少应当随身带几个侍从，住头等旅馆，举止阔绰。可是彭将军一个侍从也没有带，他跟我们住在一个旅馆里，且住在楼底下一个黑暗的房间里。他十分爱读书。他在重庆几天，因事情太忙，没有看报。现在他乘闲住的机会，都一字一句地补看了。记者所带的杂志，他都要去仔细地看完了……他很喜欢小孩子，同机来的萨空了先生的小女公子，总是跟他逗着玩。"① 茅盾的回忆录从未提及上述有价值的史实，应为重要遗漏。

其次，在哈密停留的 17 天时间里，茅盾和张仲实还对当地的政治、经济、文化、宗教、民俗情况进行了深入的考察了解。如在 3 月 4 日，他们两人和金秉英还先后拜访了回族和维吾尔族的阿訇，在翻译的帮助下，交流和分析了当时抗战的形势，以及新疆实施六大政策所发生的社会变化。茅盾、张仲实还给他们介绍了内地同胞如何英勇杀敌、抗击日寇的情况，他们很兴奋，表示对抗战胜利充满信心。之后，维吾尔族阿訇还专程到招待所回访了他们。② 在哈密期间，他们深入了解到，这里虽地处边疆，距抗战前线较远，但人们对于抗战的形势和前途都很关心。时值春节时分，群众各家门前贴的春联都与抗战有关，如"欲救祖国要团结，要享和平须斗争"；"保障西北交通助抗战促军运，发展新疆实业固后方裕民生"。关于哈密的政治社会情况，张仲实在他的报道中亦有十分生动的叙写："县长与老百姓之间的鸿沟，已经在逐渐地填平。老百姓有什末事情，不拘什末时候，不经传达，随便就可到办公室里去找县长。要是在早间县长还没有起床的话，就一直跑到县长的卧室里去了。行政手续，也逐

① 张仲实：《由渝到蓉》，《全民抗战》1939 年第 52 期。

② 张仲实：《由兰到哈》，《全民抗战五日刊》1939 年第 67 期。

渐简化。老百姓有什么事情，随便就写在一张纸上，交给县长，不管什末形式，也不管什末格式。县长办公室仅正中摆着一张桌子，周围放几条凳子，没有椅垫，也没有沙发，对着门口的一面墙正中，悬着总理的遗像，再上横悬着一幅用白粉写成长的红布标语，正好占了室的三面地位，标语是：'在新政府的领导之下，要十四个民族联合起来，精诚团结，确实执行具有科学理论的六大政策；并要努力加速建设新新疆，打倒日本帝国主义及解放中国的三大任务；更要争取抗日最后胜利及巩固新疆！'此外，还悬着两期壁报：'复兴'一期是'一二八周年纪念专号'，这种简单的布置，告诉人们，新新疆是在埋头苦干着。"①对赴新途中此类重要经历和史实，茅盾在其回忆录中均未有涉及，而张仲实的报道正好可以与茅盾回忆录互相补充，进而使他们辗转新疆的经历更臻充实、完备。

三　关于共赴延安

1940 年 5 月 6 日，张仲实与茅盾一家由哈密飞抵兰州，住中国旅行社兰州招待所。由于交通工具不能及时解决，他们在兰州停留 8 天时间，至 14 日才经西北公路局沈局长帮助，得以搭乘青海活佛喜饶嘉措去西安的专车，经过 6 天的长途跋涉，终于在 5 月 19 日到达西安。

在西安，他们住中国旅行社西京招待所。当晚，由于敌机轰炸西安，他们一起到城外躲飞机警报，至深夜 12 点多才回到招待所。5 月 20 日上午，张仲实找熟人打听了八路军西安办事处的地址及联系方式，当天下午，他们两人即去了"八办"，见到了周恩来和朱德。周、朱给他们讲了抗战的形势，并问及杜重远的情况，他们还一起商量了营救杜重远的办法，周恩来安排他们一行随朱德一起到延安。在西安期间，张仲实和茅盾还去碑林博物馆观赏了历代著名书家的碑石，并逛了有西安"缩影"之称的"民众市场"。5 月 24 日，他们与朱德一行四五十人乘 3 辆卡车离开西安。除茅盾、张仲实与孔德沚外，其余朱总司令、康克清及其随从人员和各地奔赴延安的青年及茅盾的儿女均着军装充作朱总司令的随从。当晚住铜川，晚饭后朱总司令还"特地过来看望"他们。次日下午，他们还

① 张仲实：《由兰到哈》，《全民抗战五日刊》1939 年第 67 期。

与朱总司令一行一起拜谒了黄帝陵，在陵前合影留念。在黄帝陵，朱总司令还点名让茅盾讲了黄帝的故事，而后他亦作了鼓舞人心的演讲。5 月 26 日，他们一行顺利到达延安。[①]

关于茅盾、张仲实从兰州到西安的活动，有两个问题需要考查、澄清。

（一）他们在兰州的活动。到兰州后，他们是否找过八路军兰州办事处，是否见过谢觉哉、伍修权；谢、伍是否给八路军西安办事处通知过他们要去延安，请其作安排。按照张仲实的回忆，他们到兰州后，"就立即到八路军办事处找了谢觉哉和伍修权同志，向他们谈了我们要去延安，请他们给我们安排如何去法。他们热情地接待了我们，并答应了我们的要求"[②]。事后他们到八路军西安办事处接头时的事实也表明，谢、伍确实落实了对他们的承诺。在张、茅见到西安办事处的负责同志伍云甫时，他高兴地告诉他们："我们已经接到兰州的通知"，并已为他们做好了去延安的安排。[③] 按照茅盾的回忆，他们到兰州后只是拜访了生活书店兰州分店经理薛迪畅、西北公路局沈局长。是沈局长帮助他们解决了从兰州到西安的交通工具问题。但是在他充满文学色彩的细致描述中，不知何故始终未提到他们两人去过八路军兰州办事处，以及拜访过谢觉哉、伍修权的事情。[④] 按照茅盾、张仲实两人一致的说法，他们自 5 月 6 日到兰州，5 月 14 日离开，共在兰州停留 8 天时间，结合他们一年前进疆时在兰州停留期间，对拜访谢觉哉、伍修权的事非常看重，此次返回时既然有 8 天停留肯定也会去拜访的。何况，他们在新疆的工作、生活及从新疆脱险，始终都受到党组织的关心、爱护和帮助，所以，到兰州后他们找兰州办事处说明要去延安的意向，顺理成章、合情合理。由此，我认为他们在兰州的活动，张仲实的回忆虽文字简短，但所说却更符合历史真实。而茅盾的回忆中未讲到拜访八路军兰州办事处负责人的这一关键事实，应属

---

① 茅盾：《延安行》，《新文学史料》1985 年第 1 期。

② 张仲实：《我的经历》，张积玉、王钜春：《马克思主义理论家翻译家张仲实》，陕西人民教育出版社 1991 年版，第 46—47 页。

③ 同上书，第 47 页。

④ 茅盾：《我走过的道路》（下），人民文学出版社 1997 年版，第 338—345 页。

重要遗漏。

（二）关于他们联系八路军西安办事处的经过。茅盾、张仲实两人的回忆存在不同说法：按照茅盾的说法，5 月 20 日上午由张仲实先找熟人打听了西安办事处的地址及联系方式，当天下午他们两人便去了七贤庄西安办事处，并“在客厅意外地遇到了周恩来同志和朱德同志”。周恩来详细询问了他们“离开新疆的经过，又问了杜重远的情况”，并谈到了如何“设法营救杜重远”等问题。对于他俩打算去延安，“恩来当即表示欢迎，说你们不论是去参观还是去工作，我们都欢迎”。茅盾还明确说到，是周恩来安排他们搭乘朱总司令回延安的车队的，“总司令过几天要回延安，你们可以同他一道去，这样路上的安全也有了保证”。他们还请周恩来和朱总司令讲了抗战形势，“介绍了一年来敌我形势的变化，敌军的进攻和‘扫荡’，根据地的扩大和胜利，以及国民党愈演愈烈的反共内战政策。讲到前不久国民党军队在山西大举进犯八路军，被我军一举歼灭了朱怀冰的三个师。恩来说，总司令原来要去重庆就为了这件事。现在总司令不去了，我代他去谈判”。与周、朱交谈完后，他俩还向办事处主任（伍云甫）了解了去延安的准备。经与伍云甫商量，为了缩小特务盯梢目标，避免打草惊蛇，张仲实于 21 日晚上先搬进办事处，而茅盾一家 23 日才搬入。① 按照张仲实的回忆，他们到西安后，即到办事处接头。办事处负责同志（好像是伍云甫）也已经按兰州八办的通知，为他们做好了去延安的安排：“这一两天朱总司令要回延安，你们就随他去吧。我们听到这消息，万分振奋！过了一两天我们就随朱总司令离开西安向延安进发。”②

查阅《周恩来年谱》、《朱德年谱》及《周恩来传》等文献发现：1940 年 5 月 10 日，国内政治形势日益险恶，国民党正酝酿发动第二次反共高潮，周恩来因此离开延安前往重庆，继续主持中共中央南方局工作。5 月 13 日到西安后，住八路军西安办事处。据办事处负责人伍云甫日记：14 日，周恩来同八路军办事处负责人研究工作，并就国民党军队进攻陕甘宁

① 茅盾：《我走过的道路》（下），人民文学出版社 1997 年版，第 348—350 页。

② 张仲实：《我的经历》，张积玉、王钜春：《马克思主义理论家翻译家张仲实》，陕西人民教育出版社 1991 年版，第 46—47 页。

边区事向蒋鼎文提出抗议。17日，与伍云甫等到车站迎接从河南洛阳回延安路过西安的朱德。18日，周恩来、朱德在办事处召开的欢迎会上先后讲话。5月21日，周恩来离开西安。[①②③④] 据上述资料，周恩来5月13日到西安，朱德17日到西安，且都住八路军西安办事处；而茅盾、张仲实于5月19日到西安，20日下午去办事处，在办事处见到周恩来、朱德在时间及周、朱俩人活动的安排上都不会有什么问题。从茅盾回忆录中有关他们见面时的细节描述看，他的说法的真实性不容怀疑。而张仲实的回忆太过简单，只是说到去办事处接头，负责人伍云甫的热情接待和安排，未提及与周、朱见面事，其所说是存在重要史实遗漏的。

根据延安出版的《新中华报》的报道，1940年5月26日，张仲实和茅盾随朱德的车队顺利到达延安，在延安南门外，受到各机关学校代表的热烈欢迎。之后在交际处参加了近百人的欢迎宴会。傍晚延安各界在南门外的操场上举行盛大的群众大会欢迎朱德及茅盾、张仲实。在朱德讲话之后，茅盾、张仲实也先后讲话。茅盾“谓八路军总司令及各位同志都是创造抗战胜利的人物，彼将于可能时赴前线一行，搜集此项材料以为日后写作之用”。“张仲实先生则谓进入辖区后看到中国人民的军队——八路军，与中华民族最优秀的青年儿女，中国抗战之胜利及建立新中国之伟大任务，全靠彼等担任。”“大会进行时，狂热之掌声与高呼口号不绝于耳，群情兴奋异常，莫不表示对朱德之热烈拥戴及对茅盾、张仲实两先生和康克清同志之欢迎。”第二天晚上，延安各界又在中央大礼堂举行欢迎晚会，会上由吴玉章同志致欢迎词，朱德总司令、茅盾先生、张仲实先生及康克清同志皆相继讲话。毛泽东出席晚会，并与他们一一握手。鲁艺还演出了有200多人合唱的《黄河大合唱》及京剧《陆文龙》。在他们到延安后的第三天，延安文化界曾在文化俱乐部举行欢迎座谈会，招待茅盾、张仲实，吴玉章、艾思奇、丁玲、赵逸民、何思敬、周文、李初梨、张庚等

---

① 《周恩来年谱》第3册，1988年4月送审本，第121—122页。

② 力平、方铭：《周恩来年谱》（1898—1949）修订版，中央文献出版社1998年版，第405页。

③ 金冲及：《周恩来传》（上），中央文献出版社1989年版，第576—577页。

④ 吴殿尧：《朱德年谱（1886—1976）》（中）新编本，中央文献出版社2006年版，第964—966页。

40余人出席。"宾主围席畅谈，论及文艺创作取材及引用旧形式，新民主主义的具体内容诸问题，最后并由何思敬同志报告延安新哲学学会工作情形，后因时间已晚，座谈会乃告结束，齐赴应文协之欢宴，并参加后方政治部主持之欢迎晚会，由烽火剧团演出游艺节目。"① 到延安之初，茅盾、张仲实在交际处各住一间窑洞，毛泽东曾两次亲到招待所看望他们，并托人送来他的新著《新民主主义论》和《论持久战》。②

到延安后，张仲实很快由时任中共中央组织部部长陈云出面解决恢复了党的生活，并被安排担任马列学院编译部主任，负责《列宁选集》的编译工作。此后先后担任中央研究院国际问题研究室主任、中央政治研究室国际问题组组长、中宣部出版科副科长（当时中宣部下不设司局，也没有处的建制）、陕北公学领导小组成员等。应邀参加了毛泽东主持的《马恩列斯思想方法论》的编辑工作，被选为陕甘宁边区劳动模范、陕甘宁边区参议员等。茅盾则由于工作的需要暂未恢复党的组织关系，分配至鲁艺任教员。张仲实住杨家岭，茅盾住桥儿沟，两人相距12.5公里，他们除平时开会、听报告和参加延安新哲学会讨论会等有关文化活动相见外，张仲实曾两次专程去鲁艺看望茅盾。两人还像往常一样在一起谈家事、谈工作及学习中的体会，谈文艺界、理论界的各种问题。在延安期间，茅盾心情舒畅，十分活跃，同在新疆时判若两人。5个月后，茅盾经周恩来安排到重庆任文化工作委员会常务委员，他留在延安的两个孩子则托张琴秋和张仲实照顾。③④ 不幸的是，在抗战胜利后的1945年8月20日，茅盾的女儿沈霞因医疗事故在延安和平医院病殁。关于她逝世的消息，为了不使茅盾夫妇过分伤心，影响健康，按照周恩来的叮嘱，暂不告诉茅盾。据时任中共中央南方局文化组组长徐冰的说法，周恩来本想亲自告诉茅盾这一不幸的消息，并向他道歉。张仲实及茅盾弟媳张秋琴也分别给茅盾写了信，告诉沈霞逝世的消息，并表示安慰。张仲实的信托人带给

① 本报讯：《各界代表齐集南门外热烈欢迎朱总司令及茅盾张仲实两先生》，《新华日报》1940年5月31日。

② 张复：《从父亲与毛泽东见面赠书说起》（上、下），《中华魂》2010年第7—8期。

③ 张仲实：《难忘的往事——回忆与茅盾同志辗转新疆的前前后后》，《人民日报》1981年5月16日。

④ 茅盾：《我走过的道路》（下），人民文学出版社1997年版，第380页。

徐冰，由徐当面转交茅盾的。据钟桂松的《茅盾画传》所写：直到 1945 年 9 月中旬，当茅盾从延安来重庆的老友、版画家刘岘口中第一次听到女儿逝世的消息后，徐冰才当面将张仲实的信转交给了茅盾。[①]

茅盾离开延安到重庆后曾给张仲实写过 40 余封重要信件，但是在 1947 年撤离延安时，怕万一遗失落在敌人手中，于茅盾安全不利而由张仲实的家人烧掉了。这些信有谈论文艺界情况的，有表示他对有关文艺问题和理论问题看法的，对研究茅盾的生平、思想很有价值。这是一个无法弥补的重大损失。[②]

四　关于中华人民共和国成立以后

中华人民共和国成立后，张仲实先后在中共中央宣传部国际宣传处、中共中央西北局宣传部、中共中央编译局担任领导工作，曾任全国政协委员、常委。而茅盾则先后任文化部、中国作协领导，曾任全国政协副主席。两人都担负着繁重的工作任务，但张仲实几乎每年春节都要抽时间去看望比他年长几岁的茅盾，在一起天南海北地畅谈交流。[③]

中华人民共和国成立以后，值得一提的是，20 世纪 50 年代中后期（具体哪年尚未查清，信的末尾仅署 5 月 6 日），茅盾曾致信张仲实，转告杜重远夫人侯御之对他的殷殷询问，谈及杜夫人家人生病等家庭窘况，并在信里与张仲实商量如何帮助杜夫人及给其孩子治病事宜。原信如下："仲实兄：多日未晤为念。昨得杜重远夫人来信，殷殷询及吾兄。杜夫人自己病了，孩子经常有病，其中一个是肺病，处境甚窘，来信是要我们为她设法。原信已送沈衡老与愈之兄，望向他们索阅。杜夫人急想和她的大弟侯健存（曾任延安中央医院小儿科主任，现在北京医院）一见，想请侯大夫到上海去一次。此事兄能帮忙否？匆上即颂日祺。弟沈雁冰五月十六日（先请兄告侯大夫以杜夫人现状，她病了心境很坏）。"[④]

---

① 钟桂松：《茅盾画传》，复旦大学出版社 2005 年版，第 104—105 页。

② 张仲实：《难忘的往事——回忆与茅盾同志辗转新疆的前前后后》，《人民日报》1981 年 5 月 16 日。

③ 同上。

④ 茅盾：《致张仲实》，张积玉、王钜春：《马克思主义理论家翻译家张仲实》，陕西人民教育出版社 1991 年版，插页第 13 页。

根据张复《永远的杜重远》一文所述：自40年代杜重远被害以来，杜夫人侯御之和几个孩子长期生病，生活处于困境。1959年小女杜颖高烧病重，全身大出血，伴有腹块，住进上海中山医院，大小会诊无数次，均拟诊为白血病、胶原病、淋巴肉瘤等绝症，医院曾七度发出病危通知书。周恩来得知杜颖病危后，曾指示组织全国医学专家会诊，从天津空运止血粉到上海，并调来专治一恶疾的正在服刑的原国民党军医参与会诊。在中西医的联合治疗下，杜颖最后半愈出院。①

茅盾致张仲实的信，正是在当时这一特殊情势下写就的。从信中看，茅盾除将侯御之写给他的信，转沈钧儒、胡愈之传阅外，又专门给好友张仲实写了此信，以联络大家共同为杜夫人及其子女想办法解危。

十年浩劫中，茅盾、张仲实的友谊经过了特殊历史的考验，愈显深厚。据韦韬、陈小曼夫妇在《父亲茅盾的晚年生活》中的记述，“文化大革命”期间，在全国上下大揪“走资派”、大抓“叛徒”、“特务”的狂潮中，各种专案组纷纷到他们家敲门，络绎不绝地找茅盾外调，搜罗茅盾熟人的“罪证”。据统计，从1967年7月到1969年7月，茅盾共接待外调人员130批，写了近百份证明材料。查证的内容多为30年代上海文化界以及“四条汉子”的情况，涉及个人历史情况的亦包括张仲实及陈望道、李达、胡愈之、金仲华等人。对于外调，茅盾始终坚持“知之为知之，不知为不知”实事求是的原则，为每一个同志的政治生命负责。为保证证明材料的真实性、可靠性，他总是向外调人员提出由自己动手写证明材料，字斟句酌，有的材料甚至写了两三天才拿出。为防止有人篡改他写的证明材料而加害被调查对象，他在每次写完证明材料后，都要在日记中详细记录外调人员的姓名、性别、单位介绍信，调查的问题，谈话的时间，以便到时有据可查。② 事实表明，茅盾在“文化大革命”中的所为对保护像张仲实这样被打倒的所谓“走资派”起到了很好的作用，充分体现了战友、同志间的深厚友情。

1981年3月，茅盾病重住院。3月1日，张仲实拖着病弱的身躯前去

---

① 张复：《永远的杜重远》，《传记文学》2012年第4—6期。

② 韦韬、陈小曼：《父亲茅盾的晚年生活》，茅盾：《我走过的道路》（下），人民文学出版社1997年版，第665—668页。

医院看望、问候。按照张仲实的回忆，看到老友，茅盾那天的精神十分好。临走时，他还撑起身子要下床送他。3 月 27 日，茅盾逝世的噩耗传来，张仲实震惊之余悲痛万分。5 月 16 日，他怀着沉痛的心情撰写了悼念文章《难忘的往事——与茅盾同志辗转新疆的前前后后》在《人民日报》发表。文中张仲实回忆了两人自 1935 年相识以来近半个世纪交往的曲折往事，表达了对挚友茅盾的深切怀念。他在文章中写到，1935 年他认识茅盾时，茅盾“已是蜚声文坛的大作家，但他仍像一个普通知识分子一样，以饱满的政治热情参加上海文化界开展的各种救国活动。在这些场合中，我们由于多次相遇便相识了。1936 年 2 月我担任了生活书店的总编辑之后，因为工作的需要，与茅盾同志的交往就更直接、更密切了”。他特别指出，生活书店在出版《文艺阵地》杂志、“外国文学名著丛书”等工作中茅盾给予他巨大的支持和帮助。他认为“生活书店在那一时期出版了许多进步的、有益的书籍，都是和茅盾同志的积极支持与热情帮助分不开的”。讲到他们辗转新疆朝夕相处一年半的时间，他写道，面对当时“表面上伪装进步，内心里却对革命恨之入骨，经常杀戮革命人士和进步群众”的心毒手狠的两面派盛世才，处于盛世才对他们这些文化人士虽不敢明目张胆地镇压，暗地里却戒备森严，经常派跟踪和盯梢的紧张压抑的气氛中，他们的心情都十分不快。患难之中见真情，生活在这种恶劣的环境里，他与茅盾的交往就愈加密切了。“每个星期天，或者一有空，我就到他家里去谈天……这一段时间里，我简直成了他们家的一个成员。”尤其是讲到盛世才单独找他去督办公署可能逮捕他时，茅盾及夫人孔德沚所表现出的深情“虽然已过去 40 多年了，但当时的情景还是那样清晰地、不可磨灭地刻在我的心中”①。文章通过对 40 年前两人朝夕相处、生死与共、刻骨铭心的往事的回顾，深切表达了对茅盾的无尽思念。

1939 年 6 月，杜重远曾在茅盾、张仲实两人到达迪化两个月之后，在新疆出版的《反帝战线》2 卷 9 期上著文《介绍沈雁冰、张仲实两位先

---

① 张仲实：《难忘的往事——回忆与茅盾同志辗转新疆的前前后后》，《人民日报》1981 年 5 月 16 日。

生》，以十分生动而又风趣的文字介绍了两先生过去奋斗的精神和简单的历史，对两人的性格精神作了十分准确的比较：

> 沈先生名德鸿，字雁冰，笔名茅盾。……他的小说天才的文艺作品，非但“誉满全国”，而且“名驰中外”。
>
> ……
>
> 张先生名仲实，号仲实，笔名仲实。他的老家是陕西的陇县，所以说起话来总带点秦腔。……
>
> “九·一八”事变后，鉴于中国文化工作还做的不普及，遂来上海，专事文化工作，首编《世界知识》。后被生活书店聘为编辑主任。在生活书店前后7年中，编译了许多有益于社会国家政治经济的专书。其中最著名的如《政治经济学教程》、《政治经济学讲话》、《给初学写作者的一封信》、《二十年的苏联》、《论民族问题》、《苏联历史讲话》、《苏联新宪法研究》、《费尔巴哈论》、《社会科学的基本问题》、《国际现势读本》等。
>
> 沈先生的个子不高，具有一种活泼聪敏之气，一望而知是一位江南的文人；张先生个儿稍长，表现一种刚毅果敢之风，一望而知是北方的战士。两先生的产地不同，性格不同，然而忠实于人类，忠实于思想，严于律己，宽士待人之种种美德，则极相类似。……这次两先生的来新，表面上是由于我的介绍，其实介绍两先生的并不是我。是因为两先生“道大莫容”、“怀才莫展”，在内地的时候，逢着这个大时代的到来，竟找不出一个有为的地方，以发挥他们的所学，他们看见新疆是抗战的后方，是民族复兴的根据地……有正确的政治路线，所以说他们两位是受了我们六大政策的光芒吸引而来的。
>
> 两先生在过去有多年文化工作的经验和良好的工作成绩，今天拿来要应用在我们这片未曾开垦的荒地上，我相信在未来……一定有很美丽的鲜花要开在我们这块乐园上！①

---

① 杜重远：《介绍沈雁冰张仲实两位先生》，《反帝战线》1939年第2卷第9期。

杜重远的介绍和分析是相当准确的。张仲实与茅盾在近半个世纪的交往中，之所以相知相亲，始终亲如兄弟，历经风雨而不变，其原因：一是两人有着大体相似的经历，都在20年代初期接受马克思主义，加入共产党，并担任党组织的负责人；都在一生中长时间担任过编辑工作，是影响巨大的编辑出版家、成就突出的著作家；都主要在文化战线工作，学有专长，且喜欢文学，各精通一门外语——茅盾精于英文，张仲实精于俄文。二是两人有相似的性格，虽杜重远指出了两者在性格上的不同，但从主要方面看，两人相同点亦很多：做事都严谨认真，待人诚恳，处事周到，谦虚谨慎，勤奋刻苦。三是两人有着共同的思想信仰和人生目标。两人都在五四时期即投身革命，信仰共产主义，一生为中国人民的解放事业和社会主义建设事业努力奋斗，在各自的岗位上做出了重大贡献，实现了自己的人生目标。

五　关于茅盾、张仲实等现代文化名人研究的一点思考

关于茅盾、张仲实乃至诸多现代文化名人的研究，面临的一个重要问题都是如何发掘第一手资料，严格从事实出发，实事求是，恢复历史的本来面目。而要达到如此目标，这就急需翻查相关第一手资料，包括发表过他们作品或与他们生平、作品有关的原报原刊原著，以及他们创办、编辑过的报刊，尤其是急需查阅涉及他们生平事迹的相关档案材料。在当下，在不少历史文化名人的回忆录、传记作品及研究著作、论文中，往往对同一事件，发生的时间、地点、过程说法不一，仔细查检当年原报原刊原著，常常发现回忆录中存在记忆错讹，存在一些重大史实的遗漏。有鉴于此，我们建议，涉及茅盾、张仲实等现代文化名人的研究，应在重视回忆录等资料的同时，也要重视档案资料，以及对当年相关旧报旧刊资料的查核。只有根据回忆录、传记等提供的线索或史实，通过与原报原刊、档案资料等的相互比对，才能发现已有成果中的问题，纠正错误，补正遗漏，恢复历史的本来面目。

2013年8月，因参编中共中央编译局文库之一——国家出版基金项目《张仲实文集》（12卷本）和研究茅盾、张仲实与抗战时期西部文化建设问题，我曾到新疆大学、新疆自治区档案馆等查阅与茅盾、张仲实辗

转新疆相关的旧报旧刊及档案资料，均被暂不开放予以拒绝。据我所知，近年来俄罗斯政府已经允许中共早期领导人的直系亲属（子孙）查阅、复制父辈、祖辈的个人档案，台湾也已解禁近现代有关档案的查阅，而我们有些出版社获得的国家立项的出书计划，却因档案资料的原因无法完成而被撤销。我们衷心地希望，有关部门、有关单位也能从我国文化学术事业发展繁荣的大局考虑，不断改进工作，为科研工作者查阅档案、开展研究尽力提供方便和优质的服务。

原刊《陕西师范大学学报》（哲学社会科学版）2015 年第 6 期

既是前锋，又是后盾
——韦韬同志对茅盾研究事业的贡献

丁尔纲

在 1982 年之前，茅盾研究的格局仅停留在文学家茅盾的范围。当时已出版的专著，多以“文学道路”、“创作历程”标志书名。论其文学创作多以小说为主，即便涉及散文与文学批评，也大抵浮光掠影，远未展示全局。

然而茅盾不仅是文学家，还是理论批评家、文学史家、翻译家、文学教育家，不仅是参与创建中国共产党并一度致力党的高层领导工作的老一辈无产阶级革命家，还是参与领导工人运动、参与北伐革命战争、抗日战争的社会政治活动家。不仅是从“五四”运动到中华人民共和国成立后以至改革开放初期的文艺运动的前驱与旗手，还是新中国文化战线国家领导核心的主要成员之一。这一切均非“文学道路”、“创作历程”所能涵盖。何况，即便是茅盾的文学创作，也无不和他的社会的、政治的、文化的方方面面的活动密不可分。正是这一切实践的生活积累，成为他创作的雄厚源泉；形成了善写带热的生活、重大的题材与主题的创作特色成为中国现代文学史上社会剖析派的开山始祖。离开这个宏大格局，即便论其文学创作，也很难穷究底里，具审美穿透力。鲁迅说得好：“我总以为倘要论文，最好是顾及全篇，并且顾及作者的全人，以及他所处的社会状态，这才较为确凿。”[《且介亭杂文二集·“题未定”草（七）》] 以此标准衡量，此前的茅盾研究格局，只能算作初级阶段。

真正突破此格局的，还是茅盾本人和儿子韦韬。他的长篇回忆录《我走过的道路》的连载，逐渐显现了茅盾中华人民共和国成立前的全貌。他的儿子韦韬、儿媳陈小曼合著的《我的父亲茅盾》（辽宁人民出版社 2004 年版）和《父亲茅盾的晚年》（上海书店出版社 1998 年版）的面世，显现了茅盾中华人民共和国成立后的全貌。1984 至 2006 年《茅盾全集》及其《补遗》的陆续出版，托出了茅盾的“全文”。此后的茅盾研究格局，渐呈全方位性。此期间的茅盾研究专著，大抵以“传”和“评传”标志书名了。

《我走过的道路》的写作，远早于 1978 年 1 月《新文学史料》的创刊并连载此书。从 1973 年茅盾在报纸上公开亮相起，就有人呼吁他写回忆录。韦韬曾一再敦促其父动笔。但茅公觉得时值“文化大革命”，图书馆冻结，不便查找资料，只能等等再说。1976 年形势恶化，“文化大革命”何时结束，遥遥无期。茅盾意识到时不我待，就决意凭记忆所及动笔书写。他接受了韦韬的建议：自己口授，韦韬录音，陈小曼和小钢记录。最后由韦韬据录音和记录整理成文，再由茅公修改润色。这样下来工作了两个多月完工。但由于缺乏史料支撑，很难血肉丰满。老年人的记忆也未必完全准确。茅公决定重来。但在北京搜集的材料远不够用。全国搜集又缺人手。写作一度受阻。1976 年“文化大革命”结束。1978 年初中央决定抢救革命历史遗产。陈云同志在健在的少数老同志中挑选茅盾写建党初期的回忆录，并派胡乔木跟茅公商量。不久人民文学出版社社长韦君宜为配合此工作拜访茅公，研究创办《新文学史料》事宜；请茅公供稿并题刊名。茅公答应把《我走过的道路》长篇回忆录交该刊从创刊号起连载。韦君宜还派陈小曼以责任编辑身份担任茅公的助手。茅盾又特地致信中央军委秘书长罗瑞卿商量借调时任中央军委高等军事学院学报编辑的韦韬（副师级）担任助手。他又致信全国政协秘书长周而复（茅公时任全国政协副主席）请他从中斡旋，信中说：韦韬现在“是我大半生活动中始终在我身边的唯一的一个人了。有些人或事，我一时想不起来，他常能提供线索。我觉得要助手，只有他合适”。1978 年 8 月底借调成功，9 月韦韬便赶赴上海。这里是茅盾大半生的活动基地，又是全国资料最充分的集中地。在孔海珠同志的帮助下，在上海旧书店、上海图书馆等单位的支持下，大量的茅盾新中国成立前出版的书、主编的杂志、发表文章的报刊等资料搜集齐全了。《我走过的道路》的资料准备工作初告完成。而这又是后来编辑《茅盾全集》的主要基础。

《我走过的道路》在《茅盾全集》中占了两卷：第34卷共20章，写茅盾自童年至1934年的经历，篇幅占全书一半弱些，是茅公亲笔书写。第35卷共16章，写到中华人民共和国成立时止，篇幅占全书一半强，是茅盾逝世后韦韬根据茅公口授的录音、记录、谈话、笔记以及这期间的创作与论著加工整理而成。韦韬从事编辑工作达数十年，自然笔下来得。他参与此书的策划，整理了前半部分的全文，熟稔了茅公的体例、写法与语言风格。所以他整理的后半部与其父亲笔写的前半部珠联璧合。出版后至今凡数十年，学界、坊间一致认可。正是这部回忆录成了开拓研究茅盾在中华人民共和国成立前部分的新格局的奠基之作。茅盾之外，韦韬是第一功臣。

韦韬与陈小曼合著的《我的父亲茅盾》和《父亲茅盾的晚年》两书，则开拓了研究茅盾中华人民共和国成立后至逝世这段经历与贡献的新格局。两书的框架由韦韬设计，主要的篇幅也由他执笔。陈小曼丰富了其血肉并执笔了部分文字。两书夹叙夹议，不仅纪实，也具极强的学术性。如《我的父亲茅盾》第一章“父亲的政治生涯”就具史论性质。第二章“父亲的文学追求”当作学术论文读也无逊色。两书提供了大量的第一手材料，更是弥足珍贵。三书合一，还我们一位活生生的茅盾。

韦韬还为他主编的茅盾的着译、画册、照片集、手迹集等写了多篇前言、后记。文中也时有闪光的见解。

茅盾研究局限在文学家格局的原因之一，是中华人民共和国成立后出版的10卷本《茅盾文集》主要收的是创作且以小说为主。40卷的《茅盾全集》和两巨册《补遗》却收入了除个别由别人起草的茅盾以文化部长身份所作的报告外茅盾的全部著作。这套大书从1984年到2006年的陆续出版，使人得以跟踪拜读了茅盾的全部心血之结晶。可以毫不夸大地说，每卷每篇，都倾注了韦韬的汗水。

1981年3月27日茅盾逝世后，中国作家协会给中共中央打报告提出纪念茅盾的具体建议。韦韬参与了报告起草工作。1982年12月8日中共中央办公厅下达通字（1982）85号通知称：1982年8月23日中共中央书记处批准了作协的报告，决定办三件大事：一是编辑出版《茅盾全集》，二是在北京和浙江桐乡乌镇建茅盾故居，作为文物保护单位正式开放，三是在中国作协属下成立中国茅盾研究学会。办这三件大事，韦韬都做出了重大贡献。

《茅盾全集》的筹备工作由时任作协书记处书记的罗荪同志主持。韦韬和叶子铭是他的左膀右臂。成立了编委会，确定了编辑方针与体例，下设编辑室负责具体编辑工作。韦韬是不具名的编委会委员，不驻编辑室的编辑室成员，和没有责编身份的责任编辑。

编辑工作大体分前后两期。前期工作历时约 3 年，即从 1984 年到 1986 年。由全国各单位借调来的叶子铭（编辑室主任）、丁尔纲（编辑室副主任）、查国华、翟同泰、王中忱、吴福辉齐集北京，驻在韦韬主动腾出来的茅盾故居。后来改驻人民文学出版社时，只有叶子铭、丁尔纲、查国华驻室。当中丁帆短暂驻室。但韦韬始终参与全过程，不仅参与确定分卷体例与目录，审定篇目编排，而且提供了几乎全部文章、作品的原件。韦韬时已年过六旬，每天在书柜、卷宗柜和书架间爬上爬下，按照目录挑出初刊文本，找出结集的初版本，再按时序理顺归宗。待查国华（他是编辑室里最辛苦的一位）去取回编排复印，再分发给审定稿小组成员和校勘注释者，分头进行校勘注释及审定稿工作。

后期工作历时约 20 年，即从 1986 年到 2006 年。编辑室成员不再驻京，各回本单位利用业余时间工作。这时本由多人共担的编辑室剩余工作，就由韦韬一个人“承包”了！

校注者都是散居全国的高校、科研单位的学科带头人，教学、科研、领导工作、学术兼职集于一身。校勘注释工作只能挤业余时间进行，拖期交稿已是常态。这就和配合不久将举行的纪念茅盾活动的出版计划产生矛盾。他们校注工作中常常遇到各种在当地无法解决的矛盾与问题；大都来函请韦韬帮助排除。我手头保存了多封这期间韦韬的来信，可从中窥见他承担这些麻烦工作的具体情形。如 1989 年 3 月 12 日他在给我的信中谈到某公拖期日久，催稿信未获回音的苦闷时说：“你们都很忙，但这催稿任务是我自己揽下的。盼望大家配合。只要你们不生病躺下，还是希望把全集工作往前排一排。”急切与无奈的心情溢于言表。但他揽下的任务不仅仅是催稿，而是编辑室曾多人共担的全部工作。

首先是协调散在各地的编辑室成员、校勘注释者、审定稿者和责任编辑之间的多角合作关系。这工作从第 11 卷起就由他承担了。我手头保留了一份从第 18 卷到 33 卷的“校、定稿任务表”，仅这 16 卷就有校注者 12 位，审定稿者 8 位。那时大家都没有手机，家中装电话者也寥寥无几，联系的主要方式是写信。韦韬不知写了多少信，打了多少电话！1989 年 1 月 12 日他来信告诉我：经他和出版社领导协商确定了集中与分散相结合的原则，“校注要求及进度表已由张小鼎（接替王仰晨任全集的责编）寄去。经商定，定稿人来京，路费由出版社报销。住在出版社（仍留有一间房）。但定稿人是否来京，由责编根据定稿的质量决定。问题不多就通过书信解决”。

随着工作细化，各卷的目录多有调整。韦韬在信中提醒我说：“85 年拟定了调整补充目录后，因有的注释者未注意，交来的稿件并未调整。因此我又一卷一卷地重新把调整后的目录寄给校注者。只是你负责审定稿的第 26 卷和你分工校勘注释的第 27 卷因为靠后，尚未把目录给你寄去。这次给你寄去，实在已经晚了两年了。给你的目录是我的原件。所以上面涂改甚多。”

韦韬还负责解决校注者、审定稿者提出的许多繁杂问题。1986 年 5 月他以《茅盾全集》编辑室名义发出公函说：“凡有如下三种情况，请即速函告编辑室：一，缺漏篇目；二，仅有抄件，缺原刊（当地又无法寻觅）者；三，原刊复印件字迹不清而又无法就地复核者。凡有上述三种情况，编辑室将根据来函所开列的篇目尽可能补寄材料。”当时编辑室已唱“空城计”，所以揽下的上述工作实际都是韦韬一个人负责。校注者与审定稿者都是从茅盾研究队伍中挑选的精英，他们解决不了的问题，其难度可想而知。散居各地的校注者、审定稿者近 20 人；即便每人提一个问题，就是十几个问题，实际上每人所提问题绝不止一个。就以我负责校注的第 27 卷为例，所提请他解决的问题共 23 个。他先后回了我 5 封信，一一作出明确的答复。

这些问题中，包括随着政治形势发展必须对文章内容作相应的删改。1989 年 1 月 12 日他来信说：“《在人民文学编辑部召开的在京文学工作者

座谈会上的讲话》一文注明‘要删改’，是因为文中涉及刘少奇，当时少奇尚未平反。根据删改的原则：凡给某人扣上政治帽子的文字，皆删改。记得我交给你好几篇文章（铅印的）上面都有我用铅笔勾画的记号，这些勾画皆与上述原则有关。供你注释时参考的。”3 月 12 日又来信说：“27 卷中有些文章写于 77—78 年。当时华国锋尚未下台，后来中央有规定，文章中删掉有关颂扬华的字句。因此 27 卷以下文章应作删改（这是我已发现的，其他也应照此办理）。”他列出了 6 篇文章中 13 处应删改文字的具体页码和行数后，信中又说：“关于全集内容是否删节的问题，现在与过去的观点可能有变化，这可以作为问题来讨论。但全集已出了一半，再来作原则性变更，我以为不妥。这些问题将来出集外集时再来研究。”可见，韦韬的眼光已经放得很长远。

韦韬所说的“集外集”，就是后来由他独力搜集、编辑、校勘、注释后出版的《茅盾全集·补遗》（上、下）。40 卷的《茅盾全集》（外加附集）是 2001 年出齐的。《补遗》是 2006 年出版的。所收的文章是全集全部发排后韦韬独力搜集和从茅盾未发表的手稿中发掘整理出来的。所收文章的时间跨度从 1925 年到 1981 年的 1 月 23 日，几乎和全集齐平。计收创作大纲、笔记、未完稿 6 篇（其中《子夜》大纲又包含①记事珠、②提要、③分章大纲残稿等三种），诗词 21 首，文论 51 篇，散文 38 篇，史论 2 篇，书信 37 函，古诗文注解 14 篇，总共 169 篇（首）。其中最珍贵的，一种是创作大纲、笔记与未完稿，从中可以窥见茅盾的形象思维过程与隐秘的创作心态；另一种是少见的史论（含《中国通史》讲授大纲和《西洋史》讲授大纲），这是茅盾在新疆授课时的讲稿，不仅展示了茅盾独特的历史观，还展示出他作为教育家的风貌。以上文章几十年后才面世，其价值甚至超出了全集中的许多文章。

韦韬生前还做了一件大事：重新编辑了《茅盾全集》。他把两卷“补遗”打散，按文体与时序分别插入各卷，根据涨出来的篇幅相应地作了调整，由 40 卷调整为 42 卷。他一集一集细致地校订了一遍，纠正了已经发现的错讹。在钟桂松同志的帮助下，将由安徽黄山出版社出版。遗憾的是，将来这套新版全集面世，韦韬同志不能先睹为快了！

韦韬还促成《尘封的记忆——茅盾友朋手札》的出版。1996 年 12 月上海图书馆新馆开馆，韦韬捐赠了20多件茅盾的手稿。次年又把茅盾珍藏的900多封友朋书信全部捐给该馆的“中国文化名人手稿馆”。这批书信涉及170多位文化名人，时间跨度为1937年1月到1981年3月将近半个世纪。该馆从中选出40多位文化名人和茅盾的来往书信作对应的编排，2004年1月由文汇出版社出版。

韦韬在该书“前言”中写道：

“书信和日记，还有私人间的谈话，向来被视为‘隐私’，是不供发表的，至少当事人在书写记述时并未想到要公开发表。因此……往往能展现更真实的人性——写信人的思想、情感、观点、人格、爱好等，也能揭示出某些事件中鲜为人知的情节和过程。这本书信集就为我们提供了作家们彼此敞开胸怀，交流心声的一个样板：其中有学术思想的商榷，有艺术技巧的探讨，也有对文坛现状的忧虑；有谈天说地，有倾吐与求教，也有在逆境中的相互关怀。……至于作家们在工作中学术上的彼此讨教，生活上的问寒问暖，在书信集中比比皆是。”

这段话不仅总结了这本书信集，其实也总结了韦韬把茅盾留下的全部书信和日记收入全集，把全部手稿捐赠给中国现代文学馆等单位的义举对扩展茅盾研究以至现当代文学研究格局的意义之所在。

韦韬还编了两种茅盾手稿集，一种照片集：《茅盾》画传（和陈小曼合编）。陈小曼也编了一本有详细文字介绍的照片集《茅盾》（河北教育出版社2011年版）。1996年为了纪念茅盾100周年诞辰，中国青年出版社（其前身是和茅盾关系密切的开明书店）出版了一部装帧古色古香硬封套的《子夜》手迹（钢笔体）。因为100周年诞辰是1996年，所以手迹仅印了1996部，编号发行，供典藏用。书中有叶浅予画的多幅插图。手稿由韦韬同志提供。此后，韦韬又编辑出版了规模更大的线装本《茅盾手迹》（浙江华宝斋书社2001年版），整套书分上下两函。上函共3册，收《子夜》手迹（钢笔体）。下函共5册，是综合篇，收创作札记、诗词、题字、书信、古诗文注释、《红楼梦》杂抄和日记等不同时期的墨宝（毛笔体）。此书全面展示了书法家茅盾的风貌，更留下了作品修改的原始状态，揭橥了茅盾形象思维的脉络与过程，具有很高的学术研究价值。

韦韬、陈小曼编的《茅盾》画传（文化艺术出版社1996年版）是献给

茅盾100周年诞辰纪念活动的一份厚礼。他们在“编后记”中指出：这部画传旨在“通过画面和简单的文字，呈现茅盾的生平、经历、品德、事迹、成就和他的献身精神”。画传收入茅盾及其亲属、友人、合作者、外宾等的照片，茅公的手迹、书影（特别是初版本封面和初刊文本）、插图、题字题词、任命书、居住环境、出席的会议的照片和有关实物的照片，约五百四五十幅。时间跨度从1896年至1981年，中华人民共和国成立前和中华人民共和国成立后各占约一半。这部画传体现了茅盾的全文、全人与所生活的时代环境，展现出活生生的茅盾，也为学者写茅盾传记提供了生动素材。后来韦韬把全部照片底片捐献出去。许多茅盾研究的专著中所采用的茅盾照片，往往翻拍此画传中的有关部分，其作用大大超越了原宗旨。

韦韬是茅公的独子，遗产的唯一继承人。他在茅盾临终前支持父亲把25万元稿酬（在1981年，这是个巨大数目）捐出作为茅盾文学奖的基金。茅盾逝世后，韦韬立即从北京茅盾故居迁出，建立茅盾故居。除为编《茅盾全集》所需的报刊资料等外，全部藏书、家具及茅公生前一切用物都保存原貌留在故居，供人瞻仰，供学者研究。其中最有价值的书刊之一是茅公生前阅读时写下许多眉批、总批的作品。我写《茅盾评传》时就引用了他在玛拉沁夫、敖德斯尔等蒙古族作家的小说集里所写的批语，以作为茅公扶植少数民族作家与青年作家的实证。中国现代文学馆还据此出版了多种茅盾眉批本的作品集。其学术价值之一，就在于体现出文学批评家茅盾如何继承与发展中国古典文学批评评点派的优良传统。

韦韬还把拥有产权的浙江桐乡乌镇的茅盾故居捐献出来。这里完整地保存着茅盾出生时的房间与祖宅的原貌，和茅盾用《子夜》的稿酬为母亲扩建的住宅，还有他在此写作的房间，以及室内的家具用器，院内栽植的花木。在中国现代文学馆布置的茅盾书房，一切陈设都是韦韬捐献的。这一切都用无声的形象语言，描述着茅盾的儿时、童年和青壮年时那花样的年华。

关于茅盾及其作品的多部影视作品，都离不开韦韬的支持。例如祝希娟任主任的深圳电视艺术中心拍摄的8集电视艺术片《茅盾生平》，其策划工作与资料准备中都有韦韬的心血。茅盾作品的改编，如《子夜》、《霜叶红似二月花》等电视剧的拍摄，都得到韦韬的具体帮助与支持。

开拓茅盾研究新格局，依靠的是茅盾研究学者。把分散的学术力量组织起来，形成集体合力，成了时代的要求：创建茅盾研究会就是决定性因素。韦韬的重大贡献之一就是参与发起创建中国茅盾研究会。中国茅盾研究会是极少数经中共中央直接批准的国家级学术团体之一。其实在韦韬参与起草中国作家协会给中共中央的报告之前，韦韬就在凝聚着国内外的茅盾研究者，客观上就是为创建茅盾研究会打下了组织基础。创办此学会的关键人物有三位，除罗荪、叶子铭外就是韦韬。罗荪熟悉并联络的主要是老一辈茅盾研究者。叶子铭熟悉并联络的主要是中青年一代茅盾研究者。而韦韬既熟悉并联络着老一辈，也熟悉并联络着中青年一代。特别是中青年一代茅盾研究者的成长，许多人都离不开韦韬的帮助。以上三位发挥着创建中国茅盾研究会的巨大凝聚力。

我是经王瑶先生推荐参与发起、筹备学会工作的。1981 年 10 月在北京召开的鲁迅 100 周年诞辰纪念学术讨论会期间，成立了包括老一辈作家罗荪、沙汀、黄源、林焕平和中年一代茅盾研究者叶子铭、邵伯周、孙中田、庄钟庆、丁尔纲、查国华、李岫在内的筹备小组。韦韬不肯列名，但他是实际的最重要的小组成员之一。在学会成立选举理事会理事时，韦韬众望所归。但他仍坚辞说："我是会员，同样能做工作。"他当学会顾问，也是后来的事。通常顾问是挂名而不做实际工作的。但韦韬既"顾"又"问"又"理事"。从 1983 年学会成立到 2013 年韦韬逝世，30 年如一日，韦韬为学会做了许许多多的实事。

因为我从学会成立到纪念茅盾 100 周年诞辰期间，一直担任学会分管学术工作的副秘书长而又身处外地，韦韬经常给我写信研究学会工作。1991 年 4 月 24 日他在信中说："学会的工作无非两件大事一是组织学术讨论会一是出《茅盾研究》丛刊。"30 年来韦韬也一直围绕这两个中心做了许多贡献。

学会工作首要的物资保障是经费。社联每年拨给的经费少得可怜，仅够发公函等常务开支。办刊办会都得另筹经费，韦韬是最大的资助者。茅公生前的稿酬已经捐给作协作为茅盾文学奖的基金了。茅盾逝世后的稿酬，特别是《茅盾全集》的全部稿酬，韦韬都捐给了学会。后来他又把茅公珍藏的字画等捐出，变卖所得 60 万元成立了茅盾研究基金。（遗憾的是学会有关管理基金的成员投资不慎，韦韬的心血全部打了水漂！）韦韬还从国外为学会开拓经费来源。1989 年 4 月 9 日他给我写信说："是永骏（丁按：日本学者）在厦门会议时提出出版茅盾手迹在国外销售，以便学会从差价中得到好处以补经济困难。回国后他在中国文艺研究会理事会上提出资助中国出版茅盾手迹作为该会 20 周年纪念的一项内容，得到通过。日方资助日元，我方赠送书籍供他们在国外销售，基本上能收回资助费。而我方除白得几百套书外，尚能为学会挣得一笔基金（约 10 万元）。这次我们研究了，决定由日方中国文艺研究会和中方茅盾研究会合编。并正与几个出版社商谈，以便得到最大优惠条件。王中忱去日本访问时将代表学会落实这件事。"此事仅是韦韬操心学会会务的诸多事例之一。

在韦韬生前，共开了九届茅盾研究学术讨论会。首届讨论会与纪念茅盾 100 周年诞辰大会的经费有中国作协和全国政协的资助，就有韦韬出面交涉争取的因素。为此他还和茅公工作过的商务印书馆办了多次交涉。杭州、厦门、南京这三次，由茅盾研究者所在高校承办并补助部分经费，韦韬也有争取与协调之功。而在桐乡所开的多次学术讨论会与纪念活动，其经费都是韦韬亲自回故乡"跑"下来的。九次会议韦韬都始终与会，不仅参与筹划，而且接待代表，为学者们答疑释惑提供资料。韦韬还深谋远虑，促成了学会理事会年轻化。在第六届以前理事会曾有决议：理事年龄以 70 岁为限。第五届选举时，年届七旬的学会元老邵伯周、孙中田、查国华诸先生就率先引退。第六届有的理事提议缓行而作罢，其实是不应该的。第七届改选前韦韬提议执行七旬退出的决议。学会接受后才导致而今充满活力的新一届学会领导班子开辟了新生面。这证明了韦韬的眼光是放长远的。而这次退下的老理事们以其高风亮节起了垂范作用。

在国家级诸多中国现、当代文学研究会中，茅盾研究会是最活跃、最持久、最稳健，也是最硕果累累的学会之一，除全体会员的努力外，与韦韬的鼎力支持是分不开的。

对学术讨论会的论文结集和《茅盾研究》丛刊的出版，韦韬也全力帮助。首届学术讨论会的论文结集《茅盾研究论文集》（上、下）1983 年 11 月由湖南人民出版社及时出版，是韦韬和该社领导与责编黄仁沛多次联系促成。《茅盾研究》丛刊第 1—7 期，第 9、10 期，都由文化艺术出版社出版，也是韦韬争取的结果。他紧紧抓住热心茅盾研究事业的周明（俗称“大”周明，以区别于现代文学馆的“小”周明）同志，他和责编杨爱伦也保持着紧密的联系，保证了丛刊出版的连续性。

注意节约出版经费是他一以贯之的。1989 年 1 月 12 日他给我来信说：“厦门会议论文集尚未最后落实。有两个方案：①由厦大出版社出版，老庄（丁按：指庄钟庆）他们编。但厦大出版社条件较苛：学会贴 3 千，稿费由学会发，作者每人给一百本，自己推销。②作为《茅盾研究》专号（第 5 期）由北京编，文化艺术出版社出，这一方案较省钱、省事。”最后他协调促成了后一方案。

从《茅盾研究》创刊号起，几乎每期他都提供一些未发表的茅盾手稿作为头题，形成丛刊的特点之一。创刊号提供了文学界、学术界最关注的“《子夜》大纲之一部分”和“茅盾书简”（8 封）。第 3 期提供了“茅盾书简”（10 封）。第 4 期他把“《锻炼》：总纲及第二部以后笔记”的手稿交给我整理加注并抄清后在丛刊发表，同时又有“茅盾书简”（8 封）。第 5 期他提供了茅公没发表的“夜读抄”。第 6 期提供了“茅盾书简”（27 封）。第 7 期他又把茅盾的创作笔记“桂渝札记”（1942. 3—1943. 3）手稿交给我整理注释抄清后在丛刊发表。同期又有“茅盾书简”（3 封）。

学会和丛刊硕果累累，是会员努力的结果。但许多会员研究成果中包括了韦韬的种种帮助。现任学会副会长的著名茅盾研究专家钟桂松在其刚出版的《茅盾评传》后记中说：“在写作过程中，我依然要感谢茅盾的儿子韦韬同志，每当写到某些节点，发现史实与资料不一致时，常常会去电话或写信向他求教。几十年来韦韬同志一直耐心真诚地给予指点和无私的帮助。这次写《茅盾评传》，依然如此。”韦韬还把精心保存的他姐姐沈霞的日记，先后分两批交给钟桂松整理出版。他亲自把打字稿和原日记比照校对，正误补缺，还写了《怀念姐姐沈霞》一文附在书后。钟桂松在《整理说明》中说：韦韬为此书出版“花费了大量心血”并表示“衷心感谢”。

我也是得到韦韬许多帮助的一个。例如我写《茅盾评传》时，《茅盾全集》仅出版了一部分，包括日记、书信等许多第一手资料都未面世。

韦韬和陈小曼的《我的父亲茅盾》、《父亲茅盾的晚年》也未出版。搜集第一手资料是一大难题。韦韬帮助我很多很多。这里只能举例陈述。如他把还没交给校注者的茅盾日记原稿全部借给我拜读摘录。我专程来京住在招待所，分批到他那儿借阅。茅公1953年到1958年的日记是用钢笔写在普通的工作日志小本子上。1960年困难时期以后，是写在供高干“内部参阅”、单面印刷的德文电讯稿的背面，由韦韬装订成本子，用毛笔书写。两类日记七大八小共六七十册，不论钢笔毛笔，字迹都娟秀挺拔，清晰恭正。我从韦韬手中一批一批接过这些墨宝，对茅公充满敬意；对韦韬充满感激。又如我应长江文艺出版社约稿写《茅盾的读书生涯》（这是文化名人读书生涯丛书之一种。后因篇幅过大，学术性过强，与普及读物不合，出版社从丛书中抽出单独出版，更名为《茅盾翰墨人生八十秋》）时，韦韬提供了很多资料。1999年8月5日他寄来茅公未发表的多篇文章并附信说：“我选了4篇与读书关系密切些的文章复印寄上。另有1960年儿童文学的‘读书’，笔记因字数太多（25000字）就不复印了。好在关于60年儿童文学茅公已有一篇文章。”此外，韦韬还帮助我订正补充了此书所附的《茅盾主要阅读书目》，保证了材料的准确性。

韦韬还给许多学者所写的茅盾研究文章提出指导意见。仍以我为例。鉴于当时秦德君用回忆录、答问等形式在海内外发表了多篇挟嫌、报复、政治诬陷、给茅公身上泼污水的文章，个别茅盾研究者当作“新发现”著文推波助澜，掀起一个否定茅盾的波浪。由于当时人们的思想不如今天开放，对当年的特殊历史条件又缺乏了解，一时议论纷纷，影响很坏。我出于不平，写了一篇题为《泼向逝者的污泥应该清洗——澄清秦德君关于茅公的不实之词》的长文，寄给韦韬征求意见，并托他转给北京的刊物。1988年7月3日韦韬来信说：“大作的观点我基本同意。唯写法上论争的姿态重了些。文章开头提出三个问题，而实际上只批驳了第二个问题。第三个问题又未回答其中的关键——对茅公的污蔑和对自己的美化。这样论争的架式就有点空。其实秦文本不值得正面论争。她也不是个学者。如果换个写法（角度）：正面论述自己的观点，顺便带出秦文并加以批驳，这虽不‘全面’，但针对性强，效果也许更好。第三个问题也就不必顾忌是否回答了秦文的污蔑。这样，就颠倒了一下因果关系：你是在探讨学术中批驳了秦文的谬误，而不是为了批驳秦文而来进行学术探讨。这一种角度也许刊物的编者更欢迎些。”“我已将一份寄给吴福辉。《文艺理论与批评》暂不寄。等《现代文学研究丛刊》有了回答再作定夺。”“唯大作所论问题专门了些，两刊能不能用尚难说。”果然不出韦韬所料，此文未能如愿刊出。后来我按韦韬的指点改写了一遍发表在《茅盾研究》丛刊上。这个问题在《茅盾评传》和《茅盾孔德沚》两书中我充分展开了书写，也是接受了韦韬转换角度与写法的意见。文章与书出版后获得了正面的评价，桐乡茅盾故居负责人还据以回答参观者的提问。我虽然从1955年起开始研究茅盾，但立足点仍不及韦韬高。作为家属他仍能保持冷静态度以纠正我的情绪化偏颇，实在让我钦佩！

韦韬同志大约从50岁起开始直接介入茅盾的回忆录写作、茅盾著作出版和茅盾研究会的创建与发展，到90岁高龄逝世时止凡40年。其前期帮助开拓了茅盾研究的新格局，起的主要是打“前锋”的作用。后期帮助开拓了茅盾研究新领域，鼎力支持《茅盾全集》的出版、茅盾研究会的学术讨论与茅盾研究者的学术工作，起的主要是坚强的后盾的作用。这两个方面又前后交叉，水乳交融。在人生中，做一件好事并不难，难的是毕生致力于这一项事业，日日夜夜，宵旰辛劳，鞠躬尽瘁，死而后已。而韦韬就是这样40年如一日，兢兢业业，持之以恒的！

“五四”前驱者和大师级文学家的亲属或后代中，固然不乏承继前人、发扬光大者，做得杰出且持之以恒者为数寥寥。而如此突出的佼佼者，除了丁玲的丈夫陈明同志之外，还没有谁堪与韦韬媲美。韦韬同志的特点一是毫无私心，不图名利，旨在奉献，全是为继承发扬中国现当代文学及其代表人物的优良传统，使之代代相传。二是为相应的研究事业的健康发展倾尽全力，费尽心血，做出了重大贡献。这种精神与其父一脉相承，是我们应该学习、继承和发扬光大的。

在茅盾研究的史册里，应该浓墨重彩，描绘韦韬同志留下的一个一个扎扎实实的足迹！

原刊《茅盾研究》2014年第13辑

吴奔星与茅盾研究

吴心海

1949年后出版茅盾研究著作第一人

吴奔星（1913—2004），湖南安化人。现代诗人、文学评论家、中国现代文学史家。1954年泥土社出版的《茅盾小说讲话》为中国大陆1949年后问世的第一部茅盾研究专著，在海内外产生过广泛影响。1982年8月，四川人民出版社再版了《茅盾小说讲话》。

对于自己的茅盾研究，先父吴奔星曾在《我的茅盾研究观》一文中说：

> 新中国成立前，专门从事新文学研究的不多，我以为年岁大一点，一旦新中国成立，生产力似乎得到了解放，一连写了几部关于现代文学的专著——实际都是在高校教学的讲稿。其中之一是《茅盾小说讲话》，1954年公开出版，算是空谷足音、独一无二、“世无英雄”，遂使这本书成为茅盾研究的第一本专著。[①]

茅盾研究学者叶子铭曾分别在两个场合谈及吴奔星的《茅盾小说讲话》：

> 在五十年代中期，除鲁迅外，对现代作家的研究，特别是对一些还活着的作家的研究，还相当冷落，少人问津，就连茅盾这样饮誉中

① 《湖州师专学报》1989年第3期。

外的文坛领袖人物，除泥土社1954年出版的吴奔星的《茅盾小说讲话》外，较系统的研究著作一本也没有。①

> 一九五四年三月由泥土社出版的吴奔星的《茅盾小说研究》，是这个时期的一部具有代表性的著作，也是解放后第一部比较系统的茅盾研究专著。②

欧家斤在《茅盾评说》一书中，强调了《茅盾小说讲话》的历史影响：

> 1954年泥土社出版的吴奔星的《茅盾小说讲话》，是这个时期的一部具有代表性的著作，是解放后第一部比较系统的茅盾研究专著。这时期出版的一些中国现代文学史著作，如王瑶的《中国新文学史稿》、丁易的《中国现代文学史略》、刘绥松的《中国新文学史初稿》等，都设有茅盾的章节，对茅盾的文学活动与创作成就，作了比较全面的介绍与评析。这些著作，在解放初期的茅盾研究中，有较大的影响。③

《茅盾研究六十年》对《茅盾小说讲话》作了两个页码的专门介绍后，得出的结论是“虽然我们说，吴奔星的《茅盾小说讲话》还不是对茅盾短篇小说的全面研究，但较之前人来说，无疑是一个新的起点”④。

茅盾研究专家钟桂松在《二十世纪茅盾研究史》中指出：

> 吴奔星先生的《茅盾小说讲话》是国内第一部有关茅盾小说的专论集子，……这部专著，在茅盾研究史上的独特地位在于：它的出现，使课堂研究更加理论化和学术化；对茅盾作品研究提供了一种“吴氏”样本，催发了50年代大学生阅读茅盾作品的热情；在这部专著之前，还没有专著，而在这部专著之后，则陆续有一批研究者奉

---

① 《我和茅盾先生的最初交往》，钟桂松编《永远的茅盾》，浙江文艺出版社1998年版，第295页。

② 《茅盾研究的历史和现状》，《中国文艺年鉴1982》，中国文艺年鉴社编，文化艺术出版社1984年版。

③ 学林出版社1997年版，第74页。

④ 邱文治、韩银庭编著：《茅盾研究六十年》，天津教育出版社1990年版，第295—297页。

出研究成果，所以它占有新中国建立之后“第一”之功。①

泥土社出版《茅盾小说讲话》带来的磨难

不过，钟桂松先生在《吴奔星与他的〈茅盾小说讲话〉》中又指出：

> 这部具有开拓意义的书，让吴奔星先生蒙受苦难几十年，一直到十一届三中全会之后，吴奔星先生才得以洗刷不白之冤。②

所谓不白之冤，主要是指《茅盾小说讲话》出版于“胡风分子”主持的泥土社而导致的连锁影响。先看看张禹先生一段提及《茅盾小说讲话》的有关泥土社的回忆：

> 泥土社实际上只有许史华一个人在工作，没有编辑部，而许又不曾编过书。他就不断来找我，要我为泥土社审阅稿件。这是我所乐意做的，所以，一直到1954年，我在事实上成了泥土社不挂名、不拿工资的主编。经我编发的书稿累计有几百种，其中主要有两大类：一类是文学理论和研究，如耿庸的《〈阿Q正传〉研究》、许杰的《鲁迅小说讲话》、卫俊秀的《鲁迅〈野草〉探索》、吴奔星的《茅盾小说讲话》等，以及重印胡风的几本解放前出版过的评论集；第二类是翻译小说，如费明君翻的俄国车尔尼舍夫斯基的《做什么?》、孙梁译的一批苏联当代小说、李青崖译的法国莫泊桑小说集等，这一类书稿大多送经外国语专家校阅后才付印。可是在1955年“反胡风运动”中，泥土社被视为“胡风集团”的出版社我也因此被定为该集团的骨干分子之一。③

---

① 见该书第三章“系统平静的深入和学院派的兴起”之第二节“系统研究和专题研究的收获”，浙江人民出版社2001年版，第114页。

② 《出版史料》2011年第3期。

③ 《苍南文史资料·第10辑—苍南知名人士传略之一》，政协苍南县委员会文史资料委员会编，1995年。

吴奔星和张禹有过往来，但他生前是否知道《茅盾小说讲话》的实际编辑是张禹，不得而知。不过，“吴奔星、卫俊秀等人因在泥土社出版过著作，也受到牵连”[①]，却是不争的事实——“吴奔星因《茅盾小说讲话》由泥土出版社出版，而遭软禁两星期”[②]。虽然吴奔星后来被查明和胡风无直接联系，未被划为胡风分子，但迫于“里应外合”的压力，除了在学校里连篇累牍检讨和接受批判外，还不得不写了一篇检讨兼具声讨的文字，发表于《文艺月报》1955年第6期。

由于胡风和泥土社成为禁忌，面对一些不实批评甚至“人身攻击”，吴奔星也很难有机会为自己申辩。1956年夏，知识分子的境遇有所缓和，吴奔星终于找到机会骨鲠一吐：

> 吴奔星同志在会上以“刚刚出版，迎头痛击，三拳两脚，寿终正寝”来形容粗暴批评的危害，他提出过去在对他的著作《茅盾小说讲话》的批评中，有人对他施以人身攻击，骂他为儒林外史上的牛浦郎的后裔的现象，今后应制止产生，否则就不可能真正地“百家争鸣”起来。[③]

孰料，一年之后，这些话和他后来在《文艺报》上所发表的《我所希望于〈文艺报〉的》[④]，一起成为翻案的罪证，一顶“右派分子”帽子结结实实地扣到头上，终于让他噤声近30年！直到快50年后的2000年，吴奔星才终于真正有机会为自己申辩：

> 自“四人帮”垮台后，一些茅盾研究专家或助友，往往称拙著《茅盾小说讲话》，不仅是新中国研究茅盾的第一本专著，即使包括解放前几十年新文学运动史在内，也是第一本专著。在受宠若惊之

---

① 方劭毅：《泥土社往事》，《现代中文学刊》2010年第2期。

② 周正章：《胡风事件五十周年祭》。

③ 《50多位文艺界人士参加省文联举行的座谈会整日挥扇畅谈“百花齐放、百家争鸣”》，《新华日报》1956年7月23日。

④ 吴奔星：《我所希望于〈文艺报〉的》，1957年第12期。

> 余，我含着苦笑回答他们善意的奖饰：我研究茅公虽历有年所，却也挨过骂、受过罪。挨过骂是有的论者指控这本书的某些章节有抄袭嫌疑；受过罪是指这本书是上海泥土社出版的，泥土社与胡风先生有牵连，我也就被划为胡风集团的嫌疑分子。十一届三中全会后，公开宣布右派是错划，“胡风集团”也平反，而我作为胡风集团的嫌疑分子却一直到九十年代初，由于我自己申诉，才从人事口袋把受胡风思想影响的“罪证”销毁。①

捷克知名汉学家 M. 高利克，在回忆其茅盾研究的经历时曾提及《茅盾小说讲话》：

> 吴组缃教授被指定为我的学术辅导教师，1958 年 9 月 23 日他请我去他家做客。主人询问了我此行的目的和准备呆多久。他肯定了我对新中国文学的兴趣。但他说到那时为止，尚未出现有关茅盾的评论。他说伏志英编的《茅盾评传》（1931 年，上海）是本很坏的书，他把这本书送给我了。我在中国经常光顾旧书店，但从未见过像这本书这样有价值的参考材料。吴组缃也不赞同吴奔星写的《茅盾小说讲话》，这是在我来中国之前，中华人民共和国出版的唯一的关于茅盾的书。②

高利克没有具体说明吴组缃不赞同《茅盾小说讲话》的理由何在，不过，考虑到时代背景，吴组缃先生不赞同一个“右派分子”在“胡风分子”把持的书店所出版的书籍的观点，应该不难理解。

日本权威文学大系对吴奔星“茅盾研究”的译介

虽然是“中华人民共和国出版的唯一的关于茅盾的书”，但《茅盾小说讲话》因作者和出版社的问题，1955 年“胡风事件”之后就处于

---

① 《新中国最早畅谈人物塑造的文学大师——关于茅盾给我的一封信》，《新文学史料》2000 年第 3 期。

② 见《我和茅盾》，《中国现代文学研究丛刊》1990 年第 1 期，作家出版社 1990 年版。

不再版、不销售的境地。到了反右之后的1958年，更是不被大陆的论者提及了。

而在日本，1940年创立的筑摩书房于1958年推出多卷本《世界文学大系》，其中62卷为《鲁迅·茅盾》卷，茅盾部分除收入作品《霜叶红似二月花》及《脱险杂记》外，还收录了《霜叶红似二月花》译者奥野信太郎长达4页的题为《吴奔星的茅盾论》的文章，这也是该部分所收录的唯一介绍中国论者茅盾研究观的文字，显示了大系编者对吴奔星茅盾研究的重视。笔者虽不通晓日文，但大致能够看出来该文是对泥土社所出版的《茅盾小说讲话》的评介，不过，该文中《茅盾小说讲话》出版日期误为1950年3月，当是误植。

奥野信太郎是日本知名的汉学家，曾在中国留学和任教，但当下国人对其颇感陌生，有必要摘录《中国近现代人名大辞典》对其的一段介绍文字：

> （1899—1967）日本人。从小接受汉文训练。1925年毕业于庆应大学文学部，任该大学预科讲师。1934年参加中国文学会，次年参加创办《中国文学报》。1936—1938年赴中国留学。1942—1944年曾主持编译《西厢记》及《琵琶记》。1944年再赴中国北京，任辅仁大学教授。1946年回国。从1947年起一直任庆应义塾大学文学部教授。1949年起任日本中国学会理事，并兼任茨城大学文艺学部教授，从事中国文学史的研究和中国文学的翻译。曾任《中国史谈》、《中国名作全集》的主编，《中国古典文学》的总主编之一。1967年12月16日去世。①

不过，也有资料显示奥氏于1968年1月去世。② 奥氏生前曾出版有《随笔北京》（1940）、《北京杂记》（1944）等书，并翻译过不少中国古典文学及现代文学作品。1984年，日本福武书店出版有7卷本《奥野信

① 《中国近现代人名大辞典》，中国国际广播出版社1989年版，第806页。

② 《日本中国古典诗学研究500家简介与成果概览》，江西人民出版社2010年版，第160页。

太郎随想全集》，其中第1卷即为《随笔北京》，其他卷中也颇多和中国有关的内容，如第6卷中的《燕京食谱》等。

据我所知，吴奔星生前曾耳闻《茅盾小说讲话》被日本汉学家介绍过，但具体是什么，他未必清楚，至于收录有《吴奔星的茅盾论》的《世界文学大系》之62卷，他肯定没有见过。这不能不说是一件憾事。

吴奔星和茅盾之间的通信

1954年泥土社出版的《茅盾小说讲话》附录了一封茅盾1953年3月10日写给吴奔星的信，回答了吴就有关《林家铺子》里几个人物形象的提问。“因为茅盾向来对自己的作品不肯作具体回答，他认为，作家的作品一旦出版发表，应该由社会读者去品评，由作者自己站出来评价自己的作品不合适，所以，茅盾能够这样来回答吴奔星先生的问题，非常难得，非常珍贵。”①

关于这封信，吴奔星曾在《新中国最早畅谈人物塑造的文学大师——关于茅盾给我的一封信》一文中回忆说：

> 1952年春天，苏南行署向北京市人民政府借调我到江苏参加院系调整工作，以半年为期，将苏南几所高等院校合并为江苏师范学院，我是9人筹委之一，为首届院务委员，主讲中国现代文学。当时学习苏联，为了改变先生讲学生听传统模式，提倡课堂讨论（即俄语的“习密纳尔”）。我曾指导学生对茅公的代表作《林家铺子》举行多次课堂讨论，并把讨论稿寄请茅公指教。他在百忙中很快回了信，从四个方面剖析了《林家铺子》的几个人物的关系和合乎逻辑的安排。最后，还对油印小结表示同意，尤其使青年学子受到莫大的鼓舞。②

在《我的茅盾研究观》一文里，吴奔星还表示，“胡风事件”后，

---

① 《吴奔星与他的〈茅盾小说讲话〉》。
② 《新文学史料》2000年第3期。

“为恐茅公因我的著作而受牵连，再也不敢向他请教了”①。事实上，敢与不敢倒是其次，而是被“打入另册”的他，再无资格向权高位重的茅盾请教了。

不过，笔者在先父去世后整理老人珍藏的书信时，发现茅盾在回答《林家铺子》人物形象问题的信件之前，还曾写过一信给吴奔星。这封从来没有公开过的信的内容是：

> 奔星先生：
>
> 休假归来，接到来信并附件，而连日甚忙，大稿实无暇拜读，十分抱歉。估计在月内不会有时间了，只好把来稿奉还，油印件遵嘱暂留。日后如有意见，再当奉告。我以为尊作不必急于出版。多和别人交换意见，（仅仅和我交换意见是很不够的，主要是和其他人交换意见），是必要的。匆复并致
>
> 敬礼。
>
> 茅盾九月十二日。

这封信是专送的（信封上注明：专送西单安福胡同内后牛肉湾壹号黎宅转吴奔星同志收），既没有邮戳，也又没有注明年份。好在从专送的地址及信中的内容，可以推断出此信应该写于 1952 年。因为 1952 年 3 月，本来在北京市人民政府文教局工农教育处负责教材编写工作的吴奔星，被无锡文教学院（后迁苏州，改为江苏师范学院）聘请去讲授中国现代文学，但尚未举家迁苏。当年的 7、8 月间，吴奔星回到北京过暑假，想必是暑假期间给茅盾写了信并附录了油印讲义，希望听听茅盾的意见，而回邮地址就写了老师黎锦熙的住所。

从茅盾信中“多和别人交换意见，（仅仅和我交换意见是很不够的，主要是和其他人交换意见），是必要的”的话来看，茅盾当年对于他人对自己作品的评介是谨慎的，态度也相当谦逊。吴奔星在《茅盾小说讲话》中所附录的《茅盾与作者讨论〈林家铺子〉的一封信》前记中表示：

① 《我的茅盾研究观》，《湖州师专学报》1989 年第 3 期。

> 《林家铺子》是茅盾代表作之一，大中学校曾选作教材，但因原文较长，不易掌握，青年同学难免遇到一些困难。××师范学院中文系三年级同学，于一九五二年下学期在“名著选读”课上学习后，曾集体讨论多次，由我写成学习小结，寄请茅盾先生核阅，他回信表示同意。一九五三年上学期同院语文专修科一年级同学也在“名著选读”课上学习一次，对语文系三年级同学的小结有所订补。现在征得茅盾的同意，把他写给我的信附印出来，供大家参考。

从中可以看出，吴奔星关于《林家铺子》的讲解，起码是与学生们交换了意见的。1953 年 3 月 10 日茅盾关于《林家铺子》人物形象所复吴奔星信的最后说：“至于您那个油印的‘学习小结’，大体上我都同意。恕我无暇细谈。”这里“油印的‘学习小结’”，是否就是茅盾此前一年 9 月 12 日信里所说的“遵嘱留下。日后如有意见，再当奉告”的“油印件”，因为没有确凿证据，不能断言，也不必断言。但可以肯定的是，无论是“油印件”还是“油印的‘学习小结’”，都是和茅盾作品有关的，而且经过修订、整合，应该纳入吴奔星 1954 年 3 月在泥土社出版的《茅盾小说讲话》之中了。这些油印件作为教材发给学生过，保存至今不是没有可能，如果有心人得之并与《茅盾小说讲话》一一对照，或许能够有所发现。笔者翘首期待之。

2014 年 2 月 28 日至 3 月 6 日于南京

原刊《茅盾研究》2014 年第 13 辑

第 三 编

论著评价

茅盾先生晚年

商昌宝所著的《茅盾先生晚年》由河北人民出版社2014年1月出版，平装16开，269页。本书为“名人晚年书系”之一种。

《茅盾先生晚年》共分为五章，分别为今昔对比的反差、思想改造的轨迹、置身于政治风浪中、难以为继的写作、留声机的喧嚣与嘶哑。本书在一个更广阔的大历史情境中，选择茅盾作为20世纪中国的公众人物为切入点，并以现代意识为思想的武器和视角，在大量历史事实中进行一种追加的思想史意义上的评说。

徐庆全序言：茅盾“尴尬”的标本意义

2012年5月，昌宝给我送来了他的新作《作家检讨与文学转型》，并告诉我，他正在写一本茅盾晚年的书。没想到，刚读完他的《作家检讨与文学转型》，12月，就接到了他的《茅盾先生晚年》的书稿初稿，并有“征求意见并请作序”之谦辞。我知道自己力所不逮，但还是答应了昌宝的要求。昌宝两本书读下来，觉得他的这种研究，实在是史接近于当代文学史研究的本义，加之他的《茅盾先生晚年》给我很多启发，也愿意就此说点自己的一些想法。

一

先说说昌宝的研究。

昌宝和我联系，最早是通过E－mail。他在做《作家检讨与文学转型》博士论文时，参考了我以前出版过的几本小书，并就有关史料和我探讨——他用的是“请教”一词，但我认为这种沟通是双方都受益的，所以用“探讨”更切合实际一些。十几封邮件下来，我对这个未曾谋面、岁数比我小不少的人基本上有了三个判断：第一，这是个读书人，读书的面很广。在当下这个浮躁的社会，就是读博士的人，也很难静下心来读读书，更不要说像他这样涉猎面很广地读书。第二，这是个视野比较开阔的人，因为读书多，他思考问题不逼仄，常常给人“跳出三界外”的感觉。他的论文选题是“作家的检讨”，写的是 1949 年新中国成立之初知识分子那场自我批判运动及对文学的影响，但对背景的叙述，在我看来，超越了一般意义上的研究，他将知识分子的自我批判与立国初期的历史文化甚至是国际背景相结合去研究，很给人以启发。第三，这是个认真做学问的人。我不在教育界混饭吃，但耳濡目染也知道，现在学校有各种各样的所谓“考核制度”，考核发表论文数量，尤其是到现在我也搞不清楚的什么 CSSCI、核心期刊等，那种煞有介事的考核的硬指标，博士生也是如此。昌宝选择这种题目作论文，在当前的“主旋律”下的莺歌燕舞的期刊界，文章写得再学术再有水平也难发表。看来，他不是为完成所谓的考核指标而做研究的。仅这一点，就使我对他心生好感。所以，我就让他把完成的论文给我，在《炎黄春秋》这样不被视为“考核指标”的刊物上发表。

后来，我又知道，他的导师居然是李新宇教授。新宇兄和我同校，是我的学长，虽然此前并没有见过面，但我读过他的文章，他的为人也在校友中有口皆碑，我仰慕已久。由于这层关系，我和昌宝就日益亲近起来，连带着对他那三个判断也找到了出处——新宇学长的学问也是这样做的，“名师出高徒”，昌宝理该如此。

我前面说，昌宝的研究更接近于当代文学史研究的本义，是有感于当代文学研究界自娱自乐的现状而言的。

我认为，在中国，有一种史最难写，那就是中国现当代文学史。说最难写，有两层意思：一是强调其难，二是批评其作——已出版的文学史虽然很多，但大多不像史。何以如此？原因在于，面对中国很独特的文学与政治的纠结现象，研究当代文学史的学者常因知识储备不足而束手无策或主观臆断、妄下判断。

自中国进入现代以来——一般的文学史画线是，1917 年至 1949 年为现代，1949 年至今为当代，文学就“被政治化”了，尤其是在 1942 年毛泽东著名的延安文艺座谈会讲话之后，文学就被赋予了很重要的使命，成为承载一个政党政治的工具。文艺界的巨头周扬曾经有一句话来形容文学与政治的关系：“文艺是政治的晴雨表。”这就是说，就像地震发生前有预兆一样，中国政治发生的每一次变化，基本上文艺都是先兆。前中宣部部长陆定一也有一句话讲到这个问题，他说：“文艺多了要亡国。”陆定一为什么这么讲？在他看来，文艺作品的导向如果不正确，就会颠覆政权，导致共产党领导下国家消亡。把文艺提高到这样的高度，也正说明了文艺与政治有着不可分割的关系。这种现象一直持续到“文化大革命”结束才得以慢慢改变。

既然如此，文学史就成为中共执政史或者说中共党史不可分割的一部分。可是，目前的现实是，作为中共党史不可分割的一部分的文学史，一直由大学的中文系或研究机构的文学研究所的专家而不是由党史部门或历史学者来写。对于学文学出身的专家，在求学路上也有“中国近现代史”或者“中国革命史”之类的课程，但这课程只是他们的一门无足轻重的学分而已，大多不被重视，即使有人重视，这门课程也只是历史概念化的大脉络而已，从中也难以获得日后写文学史必备的中共党史知识。

本身没有丰富的党史知识背景，又要承担书写文学史的任务，那就只能说文学史最难写了。不过，这难不倒聪明的文学史书写者。他们为弥补自己文学史的不足，就常常在概念上打转转。先是将产生“现代文学”的概念说得像一项改变人类历史的大发明一样轰轰烈烈，接着又将“重写文学史”喊得震天响，其后的概念一个接一个，大多让人不明就里。

在概念中转悠，可以弥补或掩饰“史”的不足，但也会让文学史圈外的读者云山雾罩。长此下去，文学史书写者也就只能“自娱自乐”了。

昌宝的这两本书的研究，走出了“自娱自乐”的范式，是真正意义上的文学史研究。前一本书截取的是 1949—1957 年知识分子自我批判的横断面，从更宽泛的历史背景上去研究；后一本书写的是茅盾，把茅盾放在 1949 年以来的中共党史背景下来研究，写的是其“尴尬”的人生境遇，实际上也是将茅盾作为一个时代标本来研究，凸显出一个时代作家群的政治生态。

二

1928 年，沈雁冰在逃亡的苦闷中，开始使用“茅盾”这一笔名。这个笔名的寓意被很多人解读过，大致的看法是，“茅盾”者，“矛盾”也，“典型地反映了他对政治极其‘矛盾’的态度”（程光炜：《文化的转轨——“鲁郭茅巴老曹”在中国》第 186 页）。不过，这种矛盾并不意味着茅盾就此可以远离政治。从茅盾的政治选择上看，中共的左翼革命理念切合他的追求；而茅盾在大革命时代脱党这一身份印记，也使他在追随中共理念时多了一份自卑式的自觉，这种自觉在 1945 年以后表现得极其明显。

1945 年，在抗战胜利以后，中共“联合政府”的号召聚拢一批又一批各个阶层各个方面的人士，形成了以中共为领导的广泛统一战线。当国共两党开始内战时，大批中间党派和无党派人士纷纷响应中共联合政府的主张，强烈要求国民党废除一党专制，则使国共两党政治地位出现严重逆转。在这种情况下，身为无党派人士的茅盾开始了自觉的身份认同，成为后来周恩来所言的“留在党外比在党内发挥更大作用”的民主人士之一。

茅盾的这种自觉身份认同，使他比没有这种身份认同的其他“民主人士”在表达政治主张上更明亮、透彻。在毛泽东所希望的“我们应该拍掌欢迎”的“新中国航船”的桅杆已经露出了东方地平线的 1948 年，身在香港的茅盾和郭沫若一起，不但成为在中共文委控制下的《华商报》和《大众文艺丛刊》“反蒋大合唱”的主角，而且将批判的锋芒指向胡风和自由主义文人诸如沈从文、萧乾、朱光潜等人。批判是有部署有指挥的，目的是运用马克思主义的“常识”肃清自由主义对中国社会的影响，为新的时代“清理障碍”。关于这场批判，钱理群和程光炜等学者都做过深入的研究。对茅盾而言，这一时间段里，他对政治不仅不是一种极其“矛盾”的态度，而且是用一种自觉的行为来表明自己与其他民主人士身份的不同。

中共接纳了茅盾的身份认同——确切地说，在此前，茅盾追随中共的政治理念也一直被中共所认可，“党外布尔什维克”的自豪也使茅盾忘却了曾经脱党的自卑。带着这种自豪，他进入了1949年，并顺理成章地成为新政权的文化部部长。自此，就进入了商昌宝在这本书中所贯穿的“尴尬”的政治生态。

对于茅盾在1949年以后“尴尬”的政治生态，昌宝在书中有深入细致的分析和描述，尤其是他视野开阔的背景叙述，有时候一个章节中看似对茅盾着墨不多，但其俯瞰式的立论，使茅盾成为一个时代的坐标。

三

若从横向的比较来看，茅盾“尴尬”的标本意义，也更加凸显。

1949年7月的第一次文代会，被称为“解放区”和“国统区”两支文艺队伍会师的大会。“大会师”本来应该是喜气洋洋的聚会，但在筹备这次会议中的一些插曲多少冲淡了这种气氛。胡风的不合作，以及以他为代表的一些国统区左翼作家的冷言冷语，是一个插曲；而对于国统区文学的报告，使茅盾既要瞻前顾后又要唯命是从，也是一个插曲。而当会议召开时，周扬和茅盾的两个报告，也多少让国统区的作家明白了自己的身份。

茅盾的报告是《在反动派压迫下的斗争和发展的革命文艺》，代表的是国统区作家；周扬的报告是《新的人民的文艺》，代表的是解放区的作家，两人分别讲国统区和解放区的文艺运动。在这个会师的大会上，两人的报告与会师的气氛是那样不和谐。

茅盾的报告，更着重于对国统区文艺运动的“问题”和“检讨”上。而国统区文艺问题产生的根本原因是作家的“意识情绪，则仍然是小资产阶级”的。换句话说，国统区的作家没有学习过毛泽东那个著名的“讲话”，没有经受过思想改造。而周扬的报告，一句“解放区的文艺工作者自觉地坚决地实践了这个方向（即《讲话》的方向），并以自己的全部经验证明了这个方向的全面正确”，也足以加深国统区作家身份认同上的自卑。而茅盾对国统区作家的这一定位，为不久后作家纷纷检讨做了背书，也决定了国统区作家的身份改造的命运，更使国统区作家集体陷入了茅盾式的“尴尬”的政治生态。

而从大会结束后的行政安排上看，经过周恩来批准的关于文联以及各协会名单的安排上，大致遵循了这样两条原则：一是国统区有名望的作家担任正职，解放区党员作家为副职。譬如，茅盾作文协主席，丁玲等为副主席；戏剧工作者协会田汉任主席，张庚等任副主席，等等。二是在各个协会中成立的"党组"，党组书记一律由解放区作家担任。就如同茅盾担任文化部部长，而周扬担任党组书记并任常务副部长一样。这样，看起来是正职领导副职，但在强调一元化领导的中共组织原则上，真正掌权的当然不是正职。这样的安排，进一步弱化了国统区作家的地位，也使他们从身份认同上陷入了一种自卑式的收敛。

如果从更广义的层面来看，在中共体制内，"国统区"和"解放区"的身份认同一直存在着隔膜。所谓"党内无派，千奇百怪"，更多的意义上应当指"国统区"和"解放区"两个区域所形成的派别。毛泽东是"红区"也就是"解放区"的代表，刘少奇是"白区"也就是"国统区"的代表。两个代表下各有一批干部，分别在不同岗位上工作。在干部任命上，两个"区"各有若隐若现的一条线；当"路线斗争"开始白热化后，多半是两个"区"之间的争斗，这方面的例子很多，从刘少奇的命运大致可以看出来。

既然从上到下一直存在着"区"的画线，在这样的政治生态下，"尴尬"的当然不只是茅盾一个人。当然，就茅盾而言，此后一切的"尴尬"，或多或少地取决于他对这种政治生态的认知——认知清醒时，"尴尬"少一点；"糊涂"时，"尴尬"就多一点。这些，在昌宝的书里都能看到例子。

再从与茅盾同时代的人的命运来看，茅盾的"尴尬"也具有标志意义。以郭沫若为例。1949 年以后，尽管郭沫若抱定"把自己放在民主人士跟党走的位置上，党说什么就是什么"的心态（丁东编：《反思郭沫若》第 271 页），但是他与茅盾一样，也"尴尬"地活着。郭沫若与茅盾一样，也曾提出辞职。在 1956 年大鸣大放时，茅盾抱怨自己的生活时，郭沫若也说过大致同样意思的话。顺着昌宝的思路走下去，岂止是茅盾，岂止是郭沫若，"尴尬"者还有很多。

20 世纪 90 年代末，丁东兄曾热衷于对郭沫若现象的研究，编辑出版过《反思郭沫若》一书。他跟我说，希望用这样的方式来引发人们对像郭沫若这样的文人现象的研究热潮。书出版以后，也的确引起人们的关注。昌宝这本写茅盾晚年的书，研究的也是“茅盾现象”而不仅仅是茅盾本人，出发点也大致与丁东相似。其实，郭沫若现象也好，茅盾现象也罢，都凸显了20世纪中国左翼知识分子历史的几个最重要的命题：革命与知识分子，革命与人性改造，革命与革命队伍内部的斗争，革命政治的惩戒机制和知识分子的关系，等等。我想，若把这两本书放在一起读，有助于读者对这几个命题作更深入的思考。

当然，昌宝的新书《茅盾先生晚年》，作为一部思想史研究著作也还有些问题涉及不深，例如关于“文化大革命”后茅盾的表现、临终前的入党、茅盾的葬礼等，尚有待深入研究。

是为序。

2013年2月20日

茅盾全集

钟桂松主编的新版《茅盾全集》由黄山书社2014年3月出版，精装16开本，25319页。

新版《茅盾全集》由茅盾之子韦韬先生授权，中国茅盾研究会副会长钟桂松主编。新版《茅盾全集》由韦韬先生新增多幅珍贵照片，在原版《茅盾全集》（人民文学出版社出版）的基础上加以充实、补订而成的，目的是使《茅盾全集》更全、更完美。新版全集共41卷，再加一卷附集。1—9卷为小说；10卷为剧本、诗词、童话；11—17卷为散文，其中13卷为“游苏见闻”专集；18—27卷为中国文论；28卷为中外神话研究专集；29—33卷为外国文论；34卷为“古诗文注解”；35—36卷为回忆录；37—39卷为书信；40—41卷为日记；附集卷收有关资料。这是规模最大、收集最全的总集，是研究茅盾著作的十分完备的参考材料。

新版《茅盾全集》与原版不同之处有以下六个方面。

第一，原版《茅盾全集》，除了日记、书信外，只收已经正式发表的文章，因而遗漏了许多作者未正式发表的文章、笔记和手稿等。如作者的几部重要的长篇小说，都写有大量而详细的提要、大纲以及续篇的设想等，以及在撰写几个重要的长篇文论时所作的大量笔记乃至初稿等。这些文章无疑对了解和研究茅盾的写作思路和构想是有用的。新版《茅盾全集》收进了这些未正式发表的文章。

第二，原版《茅盾全集》没有收录作者在古籍注释方面的文章，但古诗文注解是茅盾作品中很值得研究的一个方面。所以，新版《茅盾全集》收进了这部分文章，并编为一卷专集。

第三，原版《茅盾全集》，把同一专题的文章分散编入了不同的卷中，如作者为“游苏见闻”一共写了三本专著，却被分散编入了两卷中。新版《茅盾全集》对此作了改正，新编了一卷专集：《游苏见闻》。

第四，原版全集出版时，当时的编辑委员会曾决定：在全集中，不收作者在政治运动中违心所写的批判其他作家的文章，如“反右”时写的几篇。为使全集能成为真正的全集，达到“全”与“真”的完美结合，新版全集中将恢复这些未被收入的文章。

第五，原版全集出版以来的二十多年中，又陆续发现了一些全集遗漏的文章和诗词、书信等，加上原来未收入全集的文章，共有六十余万字。因而在2006年又补印了两卷《全集·补遗》。新版《茅盾全集》将取“补遗卷”，把其中的文章，根据内容和写作日期，分别插入新版全集的各卷中。

第六，在原版全集中，陆续发现了一些错漏，在新版中，将改正这些错漏。

茅盾晚年谈话录

金韵琴编著《茅盾晚年谈话录》由上海书店出版社 2014 年 7 月出版。平装 32 开本，303 页。

《茅盾晚年谈话录》是一本回忆录类图书，共收 80 余篇文章，是作者（茅盾的内弟媳）1975 年在茅盾先生家做客半年期间，与姐夫茅盾闲聊的私人记录，由作者据所记日记整理成文。作者“文字流利生动，笔锋常带感情。使叙述人神形俱现”（李何林语），是茅盾在此特定赋闲时期的生活起居和思想风貌的真实写照。《茅盾晚年谈话录》还收有 25 封茅盾先生在 1974 年 6 月至 1975 年 6 月写给作者的私人通信，以及作者长女孔海珠撰写的“我的母亲和《茅盾谈语录》”。

李何林序言

1935 年 11 月，鲁迅在《孔另境编（当代文人尺牍钞）序》（《且介亭杂文二集》）里说：不过现在的读文人的非文学作品，大约目的已经有些和古之人不同，是比较的欧化了的。远之，在钩稽文坛的故实，近之，在探索作者的生平。而后者似乎要居多数。因为一个人的言行，总有一部分愿意别人知道，或者不妨给别人知道，但有一部分却不然。然而一个人的脾气，又偏爱知道别人不肯给人知道的一部分，于是尺牍就有了出路。这并非等于窥探门缝，意在发人的阴私，实在是因为要知道这人的全般，就是从不经意处，看出这人——社会的一分子的真实。

所以从作家的日记或尺牍上，往往能得到比看他的作品更其明晰的意见，也就是他自己的简洁的注释……另境先生之编这部书，我想是为了显示文人的全貌的。

五十年前，孔另境同志编选了一部《当代文人尺牍钞》（1936年生活书店出版时，改名《现代作家书简》）；五十年后的现在，他的遗孀金韵琴同志又撰写了一本《茅盾谈话录》，这是偶合；但都是为了“钩稽文坛的故实”和“探索作者的生平”，以达到“知道这人的全般，就是从不经意处，看出这人——社会的一分子的真实”，使读者“得到比看他的作品更其明晰的意见，也就是他自己的简洁的注释”，“显示文人的全貌”。鲁迅是就作家的日记和尺牍（书信）对读者和研究者的作用讲的。《茅盾谈话录》不只有中国现代著名作家茅盾的二十九封书信，而且有比一般书信和日记更详细的，向至亲谈的，因而也是比较少顾虑的六十四篇“谈话日记”，以及根据茅盾的多次谈话综合写成的七篇“回忆”。单是“谈话日记”，则记茅盾日常生活的有三十篇，谈文学艺术生活和问题的有十八篇，谈文艺界著名人物的有十六篇，都是在茅盾公开发表的著作中没有的。

“回忆”和“书信”也是如此，都是研究茅盾在某一特定时期的少见的资料。因为唯有在跟自己至亲的无拘无束的谈话中，才能流露出平时不易流露的思想感情。

本书撰写的经过，金韵琴同志在《后记》里已经说得很清楚了；她在给我看书稿本的来信中，有几小段话，也录出供读者参考。这也可以看出她撰写本书的思想、态度和精神。

一　1981年冬，我曾将整理出来的《茅盾和他的女儿》、《茅盾与司徒宗》等单篇“回忆”寄给沈霜（即韦韬，茅盾的哲嗣），请提意见，但他没有复信，不置可否；以后我也不再打扰他了。

二　这些雁姐夫的生活记录，是我在每次谈话后回到自己的卧室里凭记忆追记的。当时记得比较简约，也记了部分细节，那些具体的细节描写，则是在我后来整理时回忆补记的。当然，凭记忆追记，不等于录音；将近十年以后的回忆补记（1975—1984），更不可避免地会产生这样那样的出入。但是，我可以肯定的是：（一）主要事实情节以及重要的细节不会有错，我绝不造谣虚构。（二）对一位伟大作家言行举止的记叙，我是抱着极端严肃郑重的态度来处理的。比如雁姐夫谈话中涉及一些当代作家的事，我都发信验证，曾得到胡绳、臧克家、骆宾基同志等的复信；一些主要事实有条件可以核实的，都曾发信给有关机构或所属省市文联等单位落实。为了进一步求得广大读者的帮助，我把整理的部分谈话笔录在一些报刊上陆续发表。不少热心的读者撰文发表或写信给我，有的鼓励，有的则真诚地说明事实真相，指出我记忆的失误，使我在出书时有订正的机会。所有这些做法，都是出于我对雁姐夫言行的认真负责的态度。

三　作为一位伟大作家的亲属，总是希望研究他的有关资料能够日益丰富，而不能因噎废食，规定所有研究资料必须百分之百的正确，或者必须由作家本人过目以后才能发表；要是这样，那么，我国古代的《论语》不会流传至今了，《歌德谈话录》也不可能出版了，有关记叙鲁迅活着时的一些言行的回忆录，也不可能发表了。但是，歌德的亲属或鲁迅的亲属却并未因为看见这些谈话录或回忆录，而站出来说“凡引用《谈话录》作为研究依据而产生的错误，概与茅公无关”这种类似的话。因为道理非常浅显：凡是“失实、虚假、拼凑”的东西，在广大读者的面前，总是经不住时间的检验，因而也无损于伟大作家的形象于万一。

我觉得金韵琴以上这些思想、精神和态度都是很好的，从全书写作的内容看，她也是这样做的。总之，除茅盾已发表的著作外，这是了解茅盾、研究茅盾的某些方面的可供参考的资料。又兼作者文字流利生动，用娓娓动听，笔锋常带情感的语言表述，使叙述人的神形俱现，因而也是一本带文艺性的书，不是茅盾研究者也可以看看的书。

1984 年 7 月于北京

茅盾研究八十年书系

由钱振纲和钟桂松主编的《茅盾研究八十年书系》由台湾花木兰文化出版社于2014年7月出版，收自1931年到今的已版和新版茅盾研究单行本著作49种，分60册。

1. 伏志英编：《茅盾评传》，上海现代书局1931年版。

2. 黄人影编：《茅盾论》，上海光华书局1933年版。

3. 吴奔星：《茅盾小说讲话》，上海泥土社1954年初版（8月再版），附四川人民出版社1982年版。

4. 邵伯周：《茅盾的文学道路》，长江文艺出版社1959年版，附1979年11月修订版。

5. 叶子铭：《论茅盾四十年的文学道路》，上海文艺出版社1959年版，附上海文艺出版社1978年版

6. 高利克：《茅盾与中国现代文学批评》，杨玉英译，1969年出版英文版，2013年新译。

7. 庄钟庆：《茅盾的创作历程》，人民文学出版社1982年版。

8. 叶子铭：《茅盾漫评》，百花文艺出版社1983年版。

9. 朱德发、阿岩、翟德耀：《茅盾前期文学思想散论》，山东大学出版社1983年版。

10. 庄钟庆：《茅盾史实发微》，湖南人民出版社1985年版。

11. 孔海珠、王尔龄：《茅盾的早年生活》，湖南人民出版社1986年版。

12. 万树玉：《茅盾年谱》，浙江文艺出版社1986年版。

13. 邵伯周：《茅盾评传》，四川人民出版社 1987 年版。

14. 李广德：《一代文豪：茅盾的一生》，上海文艺出版社 1988 年版。

15. 李岫：《茅盾比较研究论稿》，北岳文艺出版社 1988 年版。

16. 王嘉良：《茅盾小说论》，上海文艺出版社 1989 年版。

17. 丁亚平：《一个批评家的心路历程》，上海文艺出版社 1990 年版。

18. 孙中田：《〈子夜〉的艺术世界》，上海文艺出版社 1990 年版。

19. 史瑶、王嘉良、钱诚一、骆寒超：《茅盾文艺美学思想论稿》，杭州大学出版社 1991 年版。

20. 叶子铭：《梦回星移——茅盾晚年的生活见闻》，南京大学出版社 1991 年版。

21. 罗宗义：《茅盾文学批评论》，厦门大学出版社 1991 年版。

22. 李广德：《茅盾学论稿》，香港正之出版社有限公司 1991 年版。

23. 黎舟、阙国虬：《茅盾与外国文学》，厦门大学出版社 1991 年版。

24. 金韵琴：《茅盾（晚年）谈话录》，上海书店 1993 年版。

25. 丁尔纲：《茅盾的艺术世界》，青岛出版社 1993 年版。

26. 李庶长：《茅盾对外国文学的借鉴与创新》，山东大学出版社 1993 年版。

27. 唐纪如：《茅盾的创作个性》，厦门大学出版社 1993 年版。

28. 丁柏铨：《茅盾早期思想新探》，南京大学出版社 1993 年版。

29. 丁尔纲：《茅盾孔德沚》，中国青年出版社 1995 年版。

30. 黄侯兴：《茅盾：人生派的大师》，山东人民出版社 1996 年版。

31. 唐金海、刘长鼎主编：《茅盾年谱》（上、下），山西高校联合出版社 1996 年版。

32. 庄钟庆：《茅盾的文论历程》，上海文艺出版社 1996 年版。

33. 钟桂松：《茅盾传》，东方出版社 1996 年版。

34. 杨扬：《转折时期的文学思想——茅盾早期文艺思想研究》，华东师范大学出版社 1996 年版。

35. 欧家斤：《茅盾评说》，上海学林出版社 1997 年版。

36. 丁尔纲：《茅盾评传》，重庆出版社 1998 年版。

37. 宋炳辉：《茅盾：都市子夜的呼号》，上海教育出版社 2000 年版。

38. 丁尔纲：《茅盾：翰墨人生八十秋》，长江文艺出版社 2000 年版。

39. 钟桂松：《二十世纪茅盾研究史》，浙江人民出版社 2001 年版。

40. 翟德耀：《走近茅盾》，中国文联出版社 2001 年版。

41. 龚景兴编：《二十世纪茅盾研究目录汇编》，中国文联出版社 2001 年版。

42. 韦韬、陈小曼：《我的父亲茅盾》，辽宁人民出版社 2004 年版。

43. 周景雷：《茅盾与中国现代文学》，中国社会科学出版社 2004 年版。

44. 丁尔纲、李庶长：《茅盾人格》，河南人民出版社 2004 年版。

45. 韦韬、陈小曼：《父亲茅盾的晚年》，文化艺术出版社 2008 年版。

46. 王嘉良：《艺术范型与审美品性》，上海文艺出版社 2008 年版。

47. 李继凯：《“师者”茅盾先生》（新著）

48. 李广德：《茅盾及茅盾研究论》（新著）

49. 崔瑛祜：《左翼文学论争中的茅盾》（新著）

钱振纲、钟桂松：

研究任重道远，成果应当珍视——《茅盾研究八十年书系》总序

这部《茅盾研究八十年书系》，是自 20 世纪 30 年代以来茅盾研究单行本著作的汇刻。

一

众所周知，茅盾的文学成就首推小说，尤其是长篇小说。从 1927 年开始，在十几年的时间内，他连续创作了《蚀》三部曲、《虹》、《林家铺子》、《春蚕》、《子夜》、《腐蚀》、《霜叶红似二月花》等一系列成功作品。他的小说视野开阔，思想深刻，除时代女性和工商界生活是他独到的题材之外，大视野地反映具有时代感的现实生活，是其小说最突出的特点。要通过文学了解中国现代史，读茅盾的小说是最佳选择。

茅盾的散文创作也蔚为大观，仅就抒情散文和记叙散文而言，就有 200 篇之多。与他的小说一样，他的散文也重视对社会经济现象的揭示。特别是 30 年代所写的一些作品尤其如此。《冥屋》、《香市》、《乡村杂景》、《陌生人》、《上海》、《大旱》、《人造丝》、《交易所速写》等都是这方面的代表作。当然，他的散文取材范围并不局限于此，举凡个人经历、个人微妙的心理活动、邻里生活、旅行风光、地方风俗等都有体现。

茅盾于40年代写成的剧本《清明前后》，在当时曾产生过重大影响。晚年撰写的回忆录《我走过的道路》史料价值极高。他早年编译和改编的神话和童话，使他在中国儿童文学史上也占有一席之地。

茅盾又是著名的文学编辑家。他从事文学活动的第一个惊人之举，就是当他1921年1月作为《小说月报》主编现身时，这个长期被鸳鸯蝴蝶派占据的刊物立即被革新为当时中国最有影响的严肃文学刊物。同时与之后，他又主编或者参编过《文学周报》、《文学》月刊、《译文》等文学报刊。1936年，他还编辑过大型报告文学集《中国一日》。茅盾的编辑活动定位准确、旗帜鲜明，在新文学生产的组织方面起到了巨大的作用。

茅盾还是中国现代最有影响的文学评论家。他写有《鲁迅论》、《王鲁彦论》等一系列作家论和《自然主义与中国现代小说》等数量可观的其他文学批评文章。这些文章知人论世，批评中肯，影响很大。他当年对“为人生”严肃文学精神的倡导和对“游戏的消遣的金钱主义的”商业文学观念的批判，对于今天的文坛仍然有着重要的警示意义。

茅盾在外国文学译介方面的工作也属一流。他翻译过30多个国家80余位作家的短篇小说、剧本、杂记、书简、回忆录等作品，共约240万字。他还曾在其主编的《小说月报》上连续发表大量海外文坛消息。他对于外国文学的译介既注重系统性、整体性，也注重当代性。这为当时其他外国文学译介者所不及。

二

1920年4月，作为茅盾《答黄君厚生〈读《小说新潮宣言》的感想〉》一文的附件发表于《小说月报》第11卷第4号的黄厚生的《读〈小说新潮宣言〉的感想》，是至今所知最早评论茅盾编辑活动的文章。从这篇文章算起，茅盾评说已有90余年的历史。早期的茅盾评说常以公开信商榷或者论辩的形式出现，内容则多关乎茅盾的编辑活动、文艺思想和翻译思想。

茅盾作为小说家被评说，则是从1928年初开始的。第一篇评论其小说创作的文章是刊登于《清华周刊》第29卷第2期上的白晖的《近来的几篇小说》。这篇文章的第一节即《茅盾先生的〈幻灭〉》。之后，伴随着与茅盾之间展开的关于革命文学问题的论争，以钱杏邨、傅克兴为代表的太阳社和创作社成员便对茅盾的小说和文学主张作了猛烈批评。这些批评虽然也涉及作品的取材和艺术技巧等问题，但《蚀》三部曲中流露出的作者在大革命失败后产生的幻灭悲观情绪以及茅盾重视小资产阶级读者群的文学主张显然是被批评的重点。这些批评主要着眼于文学的政治导启功能，并武断地将茅盾定性为小资产阶级作家，态度过激，要求过苛，没有对茅盾的小说和文学主张作出全面公允的评价。但同时也有如伏志英、曾虚白、复三、罗美、徐蔚南等论者认同茅盾的文学主张，并充分肯定了茅盾小说对于时代的反映和艺术造诣的不同凡响。这一时期关于茅盾的评论文章多收在当时出版的两部茅盾研究论文集当中。其中一部是伏志英编辑，上海现代书局1931年12月出版的《茅盾评传》，另一部是黄人影（顾凤城）编辑，上海光华书局1933年2月出版的《茅盾论》。

自1932年7月至1933年初，茅盾又发表和出版了短篇小说《林家铺子》、《春蚕》和长篇小说《子夜》。这些作品问世后，很快得到以左翼文化人为主体的批评界的好评。最早给予《子夜》以高度评价的是瞿秋白。他在发表于1933年4月的《〈子夜〉与国货年》一文中认为："这是中国第一部写实主义的成功的长篇小说。""一九三三年在将来的文学史上，没有疑问的要记录《子夜》的出版"。除了《子夜》，瞿秋白对此前茅盾所作的表现了大革命复杂政治局面的《动摇》也欣赏有加。他在就义前所写的《多余的话》一文中将这部中篇小说与鲁迅的《阿Q正传》、曹雪芹的《红楼梦》一起，列为他还想"再读一读"的中国文学作品。而同样将茅盾的作品与《红楼梦》、《阿Q正传》相提并论的还有鲁迅。他在《答徐懋庸并关于抗日统一战线问题》一文中写道："'国防文学'不能包括一切文学，因为在'国防文学'与'汉奸文学'之外，确有既非前者，也非后者的文学，除非他们有本领也证明了《红楼梦》，《子夜》，《阿Q正传》是'国防文学'或'汉奸文学'。"瞿秋白和鲁迅对茅盾小说的这些正式和非正式的评价，足以反映出茅盾小说在当时左翼文化人心目中的重要地位。

赞赏茅盾小说的并非只有左翼批评者。一些不抱偏见的非左翼文化人对《子夜》也多持赞赏态度。朱自清在《子夜》一文开头就说："近几年我们的长篇小说渐渐多起来了，但真能表现时代的只有茅盾的《蚀》和《子夜》。"而在这篇文章的末尾，他对《林家铺子》、《春蚕》等小说也表示了首肯。曾是学衡派主将的吴宓也在其《茅盾著长篇小说〈子夜〉》中称，《子夜》是"近顷小说中最佳之作也"。30年代对《子夜》取基本否定态度的评论很难见到，只有已经退出"左联"的韩侍桁是个例外。他在《〈子夜〉的艺术思想及人物》一文中曾带着嘲讽口吻写道：《子夜》是"一部伟大的作品，但他的伟大只在企图上，而没有全部实现在书里"。

进入40年代，对茅盾的评说有了新的进展。他新创作的长篇小说《腐蚀》、《霜叶红似二月花》和剧本《清明前后》发表后，很快得到较为深入的研讨。1945年6月前后，许多文化人还以祝寿形式纷纷撰文，赞扬茅盾所取得的文学成就。这一时期，只有在政治上由左翼转为右翼的郑学稼在他的《茅盾论》一文中闪烁其词地表达过敌视茅盾的言论。

从中华人民共和国成立到"文化大革命"前夕，中国大陆的茅盾评说仍继续着三四十年代的评价取向。在这一时期，除了研究茅盾的学术论文时有发表外，一些学术性或者学术性与普及性相结合的茅盾研究单行本专著也开始出现。吴奔星的《茅盾小说讲话》（1954）、王西彦的《论〈子夜〉》（1958）、邵伯周的《茅盾的文学道路》（1959）、叶子铭的《论茅盾四十年的文学道路》（1959）、艾扬（翟同泰）的《茅盾及其〈子夜〉等分析》（1960）都出版于这一时期。而在50年代出版的几部中国现代文学史著作中，也都对茅盾作了较为充分的评述。

然而到了60年代中期，茅盾和他的创作已经不能被当时极"左"的政治思潮所容忍。1965年初，茅盾被免去文化部长职位。这一年的春夏之交，报刊上又出现了大量批判夏衍根据茅盾同名小说改编的电影《林家铺子》的文章。虽然表面上只是批判电影，但实际上小说作者也难脱干系。不久"十年动乱"开始，中国大陆的茅盾研究陷入停顿。

从1977年开始，茅盾研究在中国大陆得到恢复。1981年3月茅盾逝世，茅盾研究却在80年代得到空前发展。1983年中国茅盾研究学会（后改名为中国茅盾研究会）成立，《茅盾全集》自1984年开始陆续出版，全国性茅盾研讨会议经常性举行，盛况空前。茅盾研究单行本著作的出版盛况一直持续到20世纪末。这一时期除吴奔星、邵伯周、叶子铭、艾扬继续从事茅盾研究之外，又涌现出一大批卓有成就的茅盾研究人才。其中撰写过茅盾研究专著或回忆录，或者主编过重要茅盾资料集的学者就有60余人。在20世纪最后的20年时间内，出版的茅盾研究专著、论文集等单行本著作达百部，学术论文上千篇。这些研究著作对茅盾生平、茅盾著作进行了多角度的学院化研究，充分肯定了茅盾的文学成就和文学史地位，同时也指出其思想和艺术上的局限。这些研究著作铺就了茅盾研究学术殿堂的基座。

需要指出的是，在80年代末和90年代中期，中国大陆学界曾一度出现过一些否定茅盾文学成就的声音。这种声音主要来自非长期从事茅盾研究的学者。1988年和1989年，在"重写文学史"旗帜下，短时间出现了一系列文章对茅盾及其作品展开猛烈批评。首当其冲的是他的代表作《子夜》。这些文章的作者指责《子夜》"主题先行"，"人物概念化"，甚至有学者称《子夜》"就像是一部高级形式的社会文件，因而是一次不足为训的文学尝试"。在这些学者看来，造成茅盾作品概念化的原因是政治家的茅盾"没有建立起皈依文学的诚心"。90年代中期，又有学者在编选《20世纪中国文学大师文库》时将茅盾排斥在外。理由是他的小说"欠小说味，往往概念痕迹过重"，茅盾以往的高位"很大程度上依赖于学术偏见"。这种轻率贬抑茅盾的声音虽然产生过轰动效应，却无法得到茅盾研究界和中国现代文学研究界广大学者的认同。不少学者对这种轻率颠覆茅盾文学大家地位的言行进行了严厉驳斥。维护茅盾大家地位的学者并不反对站在今天的时代高度，以历史主义的态度严肃地重新思考和评估茅盾等中国现代文学巨匠的思想成就和文学成就，并在此基础上重写文学史。大家反对的只是一些学者追风逐潮的学风和无视基本事实的武断而幼稚的论点。

贬抑茅盾的声音没能撼动茅盾的文学史地位，但它作为一种学术现象却值得重视和思考。有人批评说，轻率贬抑茅盾的学者是"盲目求新"、

“立异鸣高”。这种批评不无道理。但我们认为，这种学术现象的出现并非偶然，它与时代思潮的变迁有着内在的联系。众所周知，新时期以来随着中国政治思潮的再度变迁和中国社会新的转型，中国知识界开始对自“五四”以来在中国逐步发展为时代主潮的左翼政治文化思潮进行反思。很自然的，人们也会对从属于这一政治文化思潮的鲁迅、茅盾等左翼作家产生重新审视的诉求。实际上，轻率贬抑茅盾的学者们正是感觉到时代的这一诉求而来“重写”茅盾的。但他们试图通过指摘《子夜》的艺术缺陷而否定《子夜》的做法过于简单，他们全盘否定茅盾文学地位的观点也有失公允。应当说，轻率贬抑茅盾的学者感受到了时代的诉求，却没有很好地回应这一诉求。

21世纪以来，茅盾研究进入了平稳扎实发展的新时期。一些资深的茅盾研究学者如翟德耀、钟桂松等继续有学术专著出版。同时也有不少学者初次出版了茅盾研究专著，他们是郑彭年、龚景兴等。从2001年至今的十余年时间内，出版的茅盾研究著作近30部，论文数十篇。每年出版的专著和发表的论文在数量上虽然不及此前20年茅盾研究热潮时期，但学术研究的脚步更为沉实。学者们的研究视野更为开阔，研究视角更为多样，搜集的资料也更为齐备。

茅盾的著作不仅属于中国读者，而且早已具有了世界文学性质。许多国家的学者很早就开始重视对茅盾及其著作的译介和研究。外国人对茅盾著作的翻译和评说大约开始于20世纪30年代初。1931年10月出版的《现代文学评论》第2卷第3期和第3卷第1期合刊上发表的杨昌溪的文章《西人眼中的茅盾》对此有所反映。但据我们现在所知，最早被完整翻译的茅盾作品是他发表于1931年的短篇小说《喜剧》。这个作品由美国记者乔治·肯尼迪翻译为英文刊登于1932年6月18日在上海出版的由美国人伊罗生主编的英文刊物《中国论坛》（China Forum）。两年后，这篇译文又在美国出版的英文刊物《今日中国》（China Today）上转载。之后，国外涌现了大批茅盾作品的翻译者和研究者。翻译和研究茅盾作品较早的国家有美国、苏联、日本、德国、捷克斯洛伐克、朝鲜、法国、英国、蒙古、越南、泰国、西班牙、印度等。不少外国学者还出版了茅盾研究的单行本著作，如苏联学者费德林著有《茅盾》（1956），索罗金著有

《茅盾的创作道路》（1962），捷克斯洛伐克学者高利克著有《茅盾与中国现代文学批评》（1969），日本学者松井博光著有《黎明的文学——中国现实主义作家·茅盾》（1979），美籍华人学者陈幼石著有《茅盾〈蚀〉三部曲的历史分析》（1993），日本学者是永骏著有《茅盾小说论：幻想与现实》（2012），等等。国外的茅盾研究由于文化背景与中国大陆不同，有其独到的观察视角和学术见解，值得重视。

三

茅盾一生的事业是中国新文化的重要组成部分。茅盾研究正在进行中，并将继续进行下去，任重而道远。学术需要传承，温故方可知新。这就需要对已有茅盾研究文献进行整理和保存。目前，发表于学术期刊上的茅盾研究论文大多数已经可以在电子互联网上查阅。但大多数茅盾研究的单行本著作既很难在一般的图书馆中找到纸质文本，也没有被收入电子书库。这对今后的茅盾研究显然是非常不利的。因此我们很早就有将茅盾研究单行本著作集中重版以便查阅的设想。但由于学术著作市场狭窄，出版社顾虑到经济效益，没有经费补贴多不愿承接这一出版工程。去年 12 月的一个偶然机会，我们有幸结识了台湾花木兰文化出版社的杜洁祥总编。杜总编学识渊博，坦诚直爽，虽身在市场，却对文化事业富有热情。只经过简短的交流，我们就与杜总编达成共同编辑出版《茅盾研究八十年书系》的初步意向。随后，我们便请中国茅盾研究会秘书长许建辉研究员与茅盾研究专家联系。令人欣慰的是，绝大多数茅盾研究专家给予我们热情的回应。

本书系共收茅盾研究单行本著作 47 种。这些著作以专题性论著为主，也包括少量其他类型的著作，如论文集、回忆录、传记、年谱和茅盾研究目录汇编等，这里收录的回忆录有叶子铭著《梦回星移——茅盾晚年的生活见闻》，韦韬、陈小曼著《父亲茅盾的晚年》和《我的父亲茅盾》；以已出版著作为主，也包括少量新著，新著如李广德的《茅盾及茅盾研究论》、李继凯的《师者茅盾》、崔瑛祐（韩国）的《左翼文学论争中的茅盾》；以中文原版著作为主，也包括少量译著，译著如杨玉英新译的斯洛伐克学者马立安·高利克的《茅盾与中国现代文学批评》。

在书系中，问世最早的是1931年12月出版的《茅盾评传》，而几部新著则刚刚杀青，中间跨越的时间达80余年。需要说明的是，书系所收并非80余年茅盾研究单行本著作的全部。首先，普及性著作不在收录范围。其次，有些重要著作如孙中田著《论茅盾的生活与创作》和《图本茅盾传》，因作者与其他出版社有版权约定而不能收录。再次，有些著作特别是国外学者的著作和多人论文集因联系作者困难而只好放弃。最后，有的著作因字数过少而割爱。如王西彦著并由上海的新文艺出版社1958年3月出版的《论〈子夜〉》，只有两万五千字，很难与书系中其他著作使用同一开本重印。如此遗珠弃璧，同人难免扼腕兴叹，但在我们却均属无奈。不过可以告慰同人的是，这部书系已经汇集了大部分重要的茅盾研究单行本著作。

书系对所收著作不分类型，无论语种，均按出版时间先后排序，以便读者把握茅盾研究的历史脉络。对于已出版著作，我们主张不加修订。作者认为确有必要修订的，我们也要求以适当形式加以标明，以便读者了解原作的历史面貌。

茅盾研究(第13辑)

中国茅盾研究会编《茅盾研究（第13辑)》由新加坡文艺协会2014年8月出版，平装32开，380页。主要篇目有：

张鸿声：《作为国家意义的体现——茅盾文学中的上海叙述》

是永骏：《〈霜叶红似二月花〉和其〈续稿〉的叙事世界》

隋清娥、张敏：《茅盾〈子夜〉和胡子婴〈滩〉之异同比较》

郭志云：《从文学思潮到艺术方法——论茅盾与象征主义》

万树玉：《茅盾作品的现实意义》

黄侯兴：《忆茅公给我的信》

王一桃：《我如何读茅盾这文艺全书》

陈杰：《谈谈茅盾的几次回乡经历》

周乾康、周乾松：《沈霞的诗考》

周乾康：《沈霞的诗再考》

杨玉英：《马立安·高利克的茅盾研究》

万树玉：《悼韦韬》

吴心海：《吴奔星与茅盾研究》

王嘉良：《深切缅怀史瑶先生》

丁尔纲：《陆维天和他的“茅盾在新疆”研究》

吴成年：《刘焕林、李琼仙与茅盾研究》

钱振纲、钟桂松：《研究任重道远，成果应当珍视——〈茅盾研究八十年书系〉总序》

桑逢康：《〈大家茅盾〉前言》

李明：《一部颇具启发性的茅盾研究著作》

陈芬尧：《旧著新版，脱胎换骨——评桑逢康著〈大家茅盾〉，兼与其旧著比照》

夏春锦：《〈茅盾书话〉里的“三味”》

高杨：《新版〈茅盾全集〉面世》

王苗：《茅盾儿童文学选集〈大鼻子的故事〉出版》

欧家斤：《文学梦与政治梦的有机融合——文学巨匠与政治活动家茅盾成长个案研究》

乐忆英：《茅盾与乌镇植材小学》

许建辉：《茅盾佚信再拾》

李广德：《韦韬关于茅盾研究与李广德的通信》

韦韬先生逝世

沈丹燕：《父亲韦韬生平》

陈杰：《茅盾之子韦韬先生骨灰安葬仪式在茅盾陵园举行》

沈迈衡：《怀念父亲韦韬》

刘竞明、刘竞英、刘秉宏：《舅舅的爱护温暖我们一生》

陈毛英：《悼念敬爱的表哥》

丁尔纲：《既是前锋，又是后盾——韦韬同志对茅盾研究事业的贡献》

吴福辉：《为了茅盾这一事业——追念韦韬》

钟桂松：《怀念韦韬先生》

王佶：《回忆我与韦老相识的那些时光》

高玉林：《追思韦韬先生与植材小学》

郭丽娜：《活着不给别人添麻烦——怀念韦韬》

关于韦韬先生逝世的唁函

吴成年：《独秀南国的林焕平先生》

王建中：《玉洁冰清铸英魂——我心目中的挚友陆文采教授》

尹北直、陈涛：《松井博光——日本学界茅盾研究学者简介之一》

陈杰：《孔令德先生生平》

沈冬芬：《读钟桂松先生〈茅盾的青少年时代〉图文本之“图”》

陈芬尧:《喜读钟桂松先生新著〈茅盾评传〉——兼与邵伯周、丁尔纲先生同名著作比较》

毛惠:《钟桂松著〈茅盾评传〉出版》

卫东:《商昌宝著〈茅盾先生晚年〉出版》

编后记及稿约

商昌宝:《同为主编不同境遇——茅盾编辑生涯纵论》

周乾康:《茅盾与〈国讯〉》

21 世纪语境下茅盾的多维透视

蔺春华、赵思运等著的《新世纪语境下茅盾的多维透视》由现代出版社2014 年12 月出版，平装16 开，243 页。本书是浙江传媒学院茅盾研究中心和桐乡市文化广电新闻出版局联合编撰的“茅盾研究丛书”之一。本书包括四编，分别是茅盾的精神人格、茅盾的艺术成就、茅盾的学术贡献、茅盾文学奖研究。后附《茅盾研究大事记（2000—2013)》。

书评：

复调话语中的茅盾研究——评《新世纪语境下茅盾的多维透视》

“茅盾，新文化运动的先驱者，中国革命文艺的奠基人，同时也是中国现代著名作家、文化活动家及社会活动家。”这是百度百科所定义的茅盾。但这样的茅盾太过抽象，我们并不能真切感知这位三十多年前离开我们的伟大作家的灵魂与血肉。2014 年，浙江传媒学院蔺春华、赵思运等诸位学者精心撰写、编纂的《新世纪语境下茅盾的多维透视》（现代出版社 2014 年)，此书从“茅盾人格解析”、“茅盾的艺术成就”、“茅盾的学术贡献”和“茅盾文学奖研究”四个大方向对茅盾本人及其作品、成就进行了全面、细致的剖析，力求还原给读者一个实实在在、伸手可触的茅盾。

一

“鲁郭茅、巴老曹”被中国现代文学史教科书尊为大师级的现代作家。要研究茅盾，势必不能脱离当时的政治、文化大背景。在“茅盾人格解析”这一编中，通过对茅盾所处大环境的理性分析，更准确地解读了茅盾先生晚年的心境，让我们看到了一位老人的恐惧、无奈与妥协。著作亦对茅盾与王蒙写作的相似处进行了归纳，另外，还以批判的眼光道出了茅盾对鲁迅的接受与误读。

第二编主要对茅盾几部著名文学作品进行了具体的解析，如对短篇小说集《野蔷薇》的研究，谈及了《野蔷薇》对现实的观照及其政治寓意，解读了《蚀》中的男权的建构和时代女性的形象。关于《春蚕》，则从茅盾的“农村三部曲”（《春蚕》、《秋收》、《残冬》）谈起，再现了茅盾对江南农村现实生活的细腻描摹，体现了茅盾伟大的人文关怀。还将《春蚕》原著与两个不同版本的电影进行比较，分析了两次影像改编的特点和意义。另外，还对小说中的民俗风情描写进行了分析和归类，探索到了小说中茅盾在个人感伤基调中对时代理性的呼唤。《子夜》作为社会剖析小说的经典之作，奠定了茅盾在现代文学家中不容忽视的地位，具有极强的时代性、真实性和艺术性，书中的学者分别从小说的现代性、尚理性、知识分子中的“多余人”形象以及天气在小说中的不同描写和韵味的角度对《子夜》进行了较为细致的解读。另外，学者们对《林家铺子》的研究也极为翔实。例如对文本的结构、艺术手法和几位经典人物形象都进行了阐述，还将影片《林家铺子》与原著的诗意化表达进行了述评。

第三编主要总结了茅盾除小说创作之外的学术研究。比如茅盾对中外神话的比较研究，对诗歌发展研究和现代戏剧研究的贡献，还有对《楚辞》研究进行了神话学的阐释，既有学术性，又有趣味性。由此告知读者，茅盾不仅仅是我们所熟知的小说家，在其他文化领域他也有一定的研究成果。第四编是茅盾文学奖研究，细数了自第一届至第八届茅盾文学奖的作品，有些获奖作品人们认为实至名归，但仍有争议很大的获奖作品。茅盾文学奖作为中国当代文学奖的重要奖项之一，对不同题材内容、不同年龄阶层的作家的接受是对多元文学格局的认可与融入，纯文学不再故步自封，努力作调整以适应文学发展的新要求。茅盾文学奖作为中国当代长篇小说的创作风向标，所引领的“正统”文学不再走高冷路线，只宣传主流意识，而是深入群众，体贴群众，更具有包容性，的确难能可贵。更为难得的是在书的结尾附录了20世纪以来众多学者专家有关茅盾研究的重要成果和新发现，凝练清晰，一目了然。

说起茅盾，自然少不了要提起他的《子夜》。《子夜》被评价为茅盾社会剖析小说的经典之作，就是这部作品奠定了茅盾在文坛不可撼动的地位。然而《子夜》带给茅盾的不只是赞誉，随之而来的也有批评。但纵观文学界，文坛对《子夜》的褒扬之声占了绝对的主流的。在第二编里俞春放不拾人牙慧，不说前人已有过的研究和评论，另辟蹊径，从真实性话语与现代性的焦虑的视角入手，以《子夜》为基点深度探讨了当代中国小说的经典机制——描写典型环境中的典型人物，这便需要将现实主义艺术手法与相应的真实性话语相结合。然而这种机制并非人人都认可，先锋小说和新写实小说强调的便是对碎片化的表层的认同，不再看中“本质的真实”，至90年代后，这种对抗演变为对主流意识形态的疏离与颠覆。这种变化与心理上的现代性焦虑不无关系。对现代世界的复杂感受令作家困顿、迷惑、焦虑，但也正是因为有了这种焦虑感，文学创作的去意识形态化才能成为现实，艺术表现的深度和广度才有可能进一步被挖掘。

二

张光年曾评论茅盾是“文学家与革命家的完美结合”。笔者并不想将这句话看成是一种赞誉，革命与知识分子终究是不相容的。一个充满政治抱负的革命家注定无法成为纯粹的文学家，文学家必然是要体现普遍的人文关怀，从根本上来讲是要认识问题，而革命家是以大多数人的利益为目标的，如此必然要牺牲小部分人的利益，从本质上来讲则是要解决问题。历史上被后人誉为政治家、文学家的伟人的确是有，比如曹操、范仲淹、曾国藩、毛泽东，但茅盾在笔者心中，宁愿他不是旁观者所看到的政治上的成功者。

茅盾曾经有着根深蒂固的政治情结，他曾坦诚地说：“我对于文学并不是那样的忠心不贰。”在踏入文坛的最初几年，文学作为职业满足了他的生存需求，同时他将自己的政治情怀寄托在文学中，满足了自己灵魂的渴求，直到后来成为政治的直接参与者。当政治上的受挫使他曾经自我实现的设想彻底粉碎，文学创作便成了他安身立命的角落，与此同时他也发现了自己在写作上的才能。当被党中央“钦点”时，他无奈被迫重新走向政治，这时他没有更多的时间来阅读，创作更是难上加难：创作方向必然受政治限制，在大环境里他不可能坚持思想的独立，时间更是难得。政治舞台风云变幻，茅盾更像是一个虚拟的摆设，一个被利用的傀儡，一个被敷衍的工具，这个阶段，他无心从政却又必须从政，眷顾文学却又无暇于文学。

在 1954 的《红楼梦》研究中，茅盾在编一本书时，因在导言部分引用了胡适的观点而引起轩然大波。之后，他在文联和作协主席团联席扩大会议上作了题为“良好的开端”的讲话，他检讨道：“我做了胡适思想的俘虏”，表示“今后一定要老老实实好好学习，一定要用马克思列宁主义这个思想武器来肃清”自己“大脑皮质上那些有毒素的旅馆商标”，“改掉那种自欺欺人的作风”，希望通过这次思想斗争“锻炼出‘新我’来。”想象一位年过半百老人在做这样的检讨，笔者的心情是沉重的。尴尬的时代，总有一些人别有用心，言不由衷、自相矛盾的言论所引起的一系列的风波让这位老人越来越谨小慎微，对有些问题直接避而不谈、三缄其口。茅盾在晚年回望自己走过来的八十几年，充满着无奈与失落。周兴华在《茅盾晚年心境解读》这一篇中感同身受般地总结道：“他终于在人生的历程中未能实现自己的角色自期，世俗的虚名未能缓解自我价值未得实现的隐痛，回顾坎坷的一生，只能唏嘘不已。”

三

茅盾是一个对生活曾经寄予美好希望但又屡次“幻灭”了的人，他的人生有太多不得已的选择，难以自主的生活如苦酒一般使他悒悒不振，他寂寞，他抑郁，他苦闷，他焦躁，他甚至卑躬屈膝、苟且偷生，选择没有尊严地活着，这不是一个文人的悲哀，而是一个时代的悲哀。

成为作协主席和文化部部长的茅盾经常因事务性的工作无法安心创作，各种大大小小的会议需要他出席，各种要紧不要紧的文件需要他签署，由于自身职位身份所带来的这种困境使他的构思无法处于连续状态，写作时断时续，根本无法潜心写出长篇作品，于是他转而写评论文章，谈论有关文学创作以及文艺工作的问题。据中国作协党组内部统计，1949

年后茅盾仅在国内各报纸、刊物发表的有关谈创作问题和评论作品的文章就有168篇，先后合集出过七本评论小册子。在这些文章中，中国当代著名、活跃的短篇小说作家，尤其是青年作家的作品，几乎全部受过他的“检阅”和评价。在多次的会议中，他也对行政人员强行干预文艺工作的这种现象提出了严厉批评。对于茅盾来说，虽然不能身体力行地从事自己最热爱的文学创作工作，但他仍从未放弃任何机会让自己融入时代的艺术潮流中，并努力纠正文艺工作的发展误区，竭力想要使文艺远离偏狭、盲目、功利、浅薄、浮躁的氛围。当然，由于时代政治因素，他的努力并未如愿以偿。

应当说，在“鲁郭茅、巴老曹”六大经典作家中，关于茅盾的研究相对来说是比较少的。这说明至少从目前看来，对茅盾的研究还是十分必要的，所以《新世纪语境下茅盾的多维透视》一书的出版也算是“急人所急”了。而且，笔者认为，这是一本集众多学者研究精华于一体的、学术性极强的著作。此书凝结了众多研究者汗水的茅盾研究，有着较强的可读性。虽然如此，笔者也认为此书还有着进一步完善的地方，如部分章节内容似乎应当再作扩充，第二编对茅盾的艺术成就仅列举了五部较为耳熟能详的作品，读来总感觉意犹未尽，可否对茅盾其他文学作品也作以品鉴？第三编中茅盾除小说外的学术贡献是否也能再作充实？当然，瑕不掩瑜，《新世纪语境下茅盾的多维透视》是当下茅盾研究的新成果，也确实为当前的茅盾研究提供了新的思路与借鉴之处。（作者杨向荣、贺文娟，原载《名作欣赏》2016年10月号）

茅盾研究年鉴（2012—2013）

张邦卫、赵思运、蔺春华主编的《茅盾研究年鉴（2012—2013）》由现代出版社2014年12月出版，平装16开，379页。本书是浙江传媒学院茅盾研究中心和桐乡市文化广电新闻出版局联合编撰的“茅盾研究丛书”之一。包括茅盾研究大事记、重要研究论文、论著评介、论文摘要等四大部分。其中重要研究论文篇目如下：

王嘉良：《特定文化语境与现实主义创作范型——论茅盾的“创作模式”及对其的评价》

徐秀明：《现代性的恐惧与诱惑——茅盾小说的创作歧思及其文化意味》

张岩：《神话的还是历史的——论茅盾神话小说的艺术追求》

王伟：《启蒙现代性的“矛盾”书写——兼论茅盾的报告文学话语》

杨新刚：《鲁迅、胡适与茅盾对〈玩偶之家〉解读之比较——兼及三人“五四”时期女性解放思想》

李哲：《经济、文学、历史——〈春蚕〉文本的三个维度》

李国华：《“旧小说”与茅盾长篇小说的生成》

张小龙：《〈包身工〉作为经典之建构与解构》

辛玲：《涌动在〈子夜〉表层叙述下的多角恋爱民间结构》

陈思广：《放大与悬置——〈子夜〉接受研究60年（1951—2011）述评》

田丰：《茅盾与太阳社、创造社间的论争缘起及观念罅隙》

张广海：《茅盾与革命文学派的“现实”观之争》

［韩］崔瑛祜：《茅盾与“两个口号”论争》

郭志云：《茅盾对未来主义的接受与误读》

［以色列］Gal Gvili，明月：《另一种写实主义——茅盾与犹太宗教、自然主义及生命问题》

张海鹏：《论茅盾中国神话研究的理论贡献及局限性》

孙殿玲、张启阳：《论茅盾建国前的文学美学思想》

商昌宝：《历史现场：茅盾在“反右”运动中》

郑亚捷：《抗战时期茅盾对新疆文艺发展的意见》

赵阳：《试析沈雁冰革新〈小说月报〉的形式》

钟桂松：《茅盾作品出版传播风波》

王彬：《茅盾儿童文学编译中的主题重构探析》

权绘锦：《茅盾与〈文心雕龙〉——兼论中国现代文论与批评的“民族性”问题》

谢晓霞：《重审沈雁冰批评鸳鸯蝴蝶派的意义》

吴效刚：《对民国时期茅盾等作家小说中资本叙述的一种解读》

任美衡：《茅盾文学奖的审美特质与中国文学发展的可能性——析〈蛙〉及其他获奖的现实题材小说》

［斯洛伐克］高利克、茅盾：《茅盾传略》

杨扬：《台湾所见“国民党特种档案”中有关茅盾的材料》

葛涛：《茅盾谈电影剧本〈鲁迅传〉的两则佚文考》

钟桂松：《茅盾研究史上一部不可忘却的书——关于伏志英编辑的〈茅盾评传〉》

延永刚：《茅盾的灵魂解码——〈茅盾文学批评的“矛盾”变奏〉简评》

图本茅盾传

孙中田著《图本茅盾传》由长春出版社 2015 年 1 月出版第 2 版，平装 16 开，389 页。本书用图文结合的方式，记述了中国现代著名作家、文学评论家、社会文化活动家茅盾的一生及其著述，集有大量珍贵图片材料和客观评述。《图本茅盾传》文笔细腻，广泛征引了传主的相关研究资料，特别注重最新出版资料的研究，是目前国内一部面向大众读者的了解茅盾一生的优秀读物。

论茅盾的生活与创作

孙中田著《论茅盾的生活与创作》由中华书局2015年9月出版，精装32开，306页。本书是东北师范大学文学院学术史文库之一种。《论茅盾的生活与创作》由早期的思想和文学活动、大革命前后的生活与创作、左联时期的创作、抗战和解放战争时期的创作四章构成，主要包括：童年和少年时代的生活，早期的社会思想和文艺思想，文学理论的倡导，文学评论和翻译工作等。要目有：

文化的转轨
——“鲁郭茅巴老曹”在中国(1949—1981)

程光炜著《文化的转轨——“鲁郭茅巴老曹”在中国（1949—1981)》由北京大学出版社2015年11月出版，平装16开本，337页。

《文化的转轨——“鲁郭茅巴老曹”在中国（1949—1981)》讲述的是20世纪中国革命大叙事中六位经典作家的小故事：鲁迅、郭沫若、茅盾、巴金、老舍、曹禺。从1917年到1949年到“文化大革命”结束，在巨大的历史转折中，他们经历了怎样的身世起伏心境曲折？他们的日常起居、读书写作是怎样的？又是如何被卷入纷繁的社会事务？如果忘掉这些正史间隙的轶事，它们就可能变成一处寂寞的遗址，甚至一抔消失的黄土。作者以“历史导游”的方式，从一个个小的时间节点切入，避开学术论文的严正刻板，试图去触摸一个个不经意的细节，品味一缕缕沉香幽暗的气息，钩沉作家们细微的生活世界。本书如同历史与当下间的喁喁私语。

第四编

茅盾文学奖研究

第九届茅盾文学奖评奖办公室公告

（〔2015 年〕第 3 号）

第九届茅盾文学奖评奖委员会于 2015 年 8 月 16 日进行第六轮投票，产生了 5 部获奖作品。投票过程在纪律监察组监督下进行，并由北京市方正公证处公证。

现将获奖作品、实名投票情况和评奖委员会、纪律监察组及评奖办公室成员名单予以公布。

特此公告。

第九届茅盾文学奖评奖办公室

2015 年 8 月 16 日

第九届茅盾文学奖获奖作品

（以得票多少为序）

《江南三部曲》　　格　非

《这边风景》　　王　蒙

《生命册》　　李佩甫

《繁花》　　金宇澄

《黄雀记》　　苏　童

第九届茅盾文学奖评奖委员会

主　任：铁　凝

副主任：李敬泽　阎晶明

委　员：

马步升	王力平	王春林	王炳根	王鸿生
王彬彬	丰　收	韦健玮	水运宪	叶　梅
包明德	朱向前	孙甘露	任芙康	刘川鄂
刘玉琴	刘复生	刘晓林	李一鸣	李国平
李掖平	李朝全	克珠群佩	杨　克	杨　扬
杨庆祥	吴秉杰	何　弘	何向阳	汪　政
汪守德	张　柠	张　莉	张未民	张志忠
张清华	张燕玲	陈晓明	陈福民	范咏戈
欧阳友权	欧阳黔森	罗　勇	季　宇	周大新
郎　伟	孟繁华	胡　平	胡性能	洪治纲
高海涛	黄济人	梁鸿鹰	彭　程	彭学明
董立勃	谢有顺	赖大仁	额尔敦哈达	

第九届茅盾文学奖纪律监察组

组　长：陈崎嵘

成　员：陈德龙　彭　云　郑苏伊

第九届茅盾文学奖评奖办公室

主　任：何向阳

副主任：李朝全　赵　宁

茅盾文学奖评奖条例

（2015年3月13日修订）

茅盾文学奖是根据茅盾先生遗愿，为鼓励优秀长篇小说创作、推动中国社会主义文学的繁荣而设立的，是中国具有最高荣誉的文学奖项之一。

茅盾文学奖由中国作家协会主办。

一　指导思想

茅盾文学奖评奖工作以马列主义、毛泽东思想、邓小平理论、“三个代表”重要思想和科学发展观为指导，深入贯彻落实习近平总书记系列重要讲话精神，遵循文艺为人民服务、为社会主义服务的方向，贯彻百花齐放、百家争鸣的方针，弘扬主旋律，提倡多样化，鼓励深入生活、扎根人民，坚持导向性、权威性、公正性，褒奖体现中国当代长篇小说创作思想高度和艺术水准的优秀作品。

二　评奖范围

茅盾文学奖每四年评选一次。

参评作品须体现长篇小说体裁特征，版面字数13万字以上，于评奖年限内在中国大陆地区首次成书出版。

用少数民族文字创作的长篇小说，应以其汉语译本参评。

多卷本作品，应以全书参评。

三　评奖标准

茅盾文学奖评奖坚持思想性与艺术性有机统一的原则。获奖作品应具有深刻的思想内涵，有利于倡导爱国主义、集体主义、社会主义的思想和精神；有利于倡导改革开放和现代化建设的思想和精神；有利于倡导民族团结、社会进步、人民幸福的思想和精神；有利于倡导用诚实劳动争取美好生活的思想和精神。对于深刻反映现实生活和人民主体地位、体现中国精神、弘扬社会主义核心价值观、书写中华民族伟大复兴中国梦的作品，尤应予以关注。应重视作品的艺术品位，鼓励题材、主题、风格的多样化，鼓励在继承中国优秀传统文化和借鉴外国优秀文化成果基础上的探索和创新，鼓励具有中国作风和中国气派、为人民大众所喜闻乐见的作品。

四　评奖机构

茅盾文学奖评奖工作在中国作家协会书记处领导下，由茅盾文学奖评奖委员会负责。

评奖委员会成员应为关注和了解全国长篇小说创作情况的作家、评论家和文学组织工作者，均以个人身份参与评奖工作。年龄一般不超过70岁。

评奖委员会设委员若干名。由中国作家协会书记处聘请部分符合条件的人员；同时各省、自治区、直辖市作家协会和中国人民解放军总政治部宣传部艺术局各推荐一名符合条件的人选，由中国作家协会书记处审核聘请。

评奖委员会设主任、副主任，由中国作家协会书记处聘请。

评奖委员会下设评奖办公室，承担事务性工作。

五　评奖程序

1. 参评作品的征集与审核

茅盾文学奖评奖办公室向中国作家协会团体会员单位、中国人民解放军总政治部宣传部艺术局、出版单位、大型文学期刊和持有互联网出版许可证的重点文学网站等征集参评作品。作品的参评条件以评奖办公室公告为准。

作者可向上述单位提出作品参评申请。评奖办公室不接受个人申报。

评奖办公室依据参评条件对所征集的作品进行审核，参评作品目录经审核后向社会公示。如发现不符合参评条件的，评奖办公室有权取消其参评资格。

2. 评选和产生获奖作品

茅盾文学奖评奖实行票决制，评奖细则由中国作家协会书记处制订。

评奖委员会在对参评作品阅读、讨论的基础上，选出不超过十部提名作品；在提名作品中选出不超过五部获奖作品。

提名作品向社会公示。

投票实行实名制。投票、计票在公证机构监督下进行。

评奖委员会主任主持评奖工作，不参与投票。

3. 评奖结果发布和颁奖

评奖结果经中国作家协会书记处批准后发布。举行颁奖大会，公布授奖辞，向获奖作品的作者颁发证书、奖牌和奖金；向获奖作品的责任编辑颁发证书。

六　评奖纪律

1. 严禁行贿受贿等违纪违法行为和人情请托等不正之风。评奖委员会成员和评奖办公室工作人员，须自觉遵守本条例和评奖细则规定的评奖纪律，不得有任何可能影响评奖结果的不正当行为。如有违反，有关人员的工作资格和有关作品的参评资格均予取消。

2. 评奖委员会成员和评奖办公室工作人员中，如系参评作品的作者或责任编辑、参评作品作者或责任编辑的亲属、参评作品发表或出版单位的主要负责人、参评作品所属的文库或丛书的主编，应主动回避。相关人员可选择退出评委会，或作品退出评选。

3. 中国作家协会组成专门的纪律监察组监督评奖过程。

七　评奖经费

1. 茅盾文学奖创立经费由茅盾先生捐赠。

2. 茅盾文学奖评奖和奖励经费由中国作家协会书记处筹措。

八　本条例由中国作家协会书记处负责修订、解释。

第九届茅盾文学奖颁奖词

（《光明日报》2015 年 9 月 30 日）

格非《江南三部曲》：

格非的《江南三部曲》，以对历史和现实郑重负责的态度，深切注视着现代中国的壮阔历程。以百年的跨度，在革命史与精神史的映照中，处理了一系列重要的现代性命题。三代人的上下求索，交织着解放的渴望和梦想的激情，在兴衰成败与悲欢离合之间，个体的性格和命运呼应着宏大的历史运动、艰巨的价值思考，形成了丰赡绵密而高远寥廓的艺术世界。这是一部具有中国风格的小说，格非以高度的文化自觉，探索明清小说传统的修复和转化，细腻的叙事、典雅的语言、循环如春秋的内在结构，为现代中国经验的表现开拓了更加广阔的文化空间与新的语言和艺术维度。

王蒙《这边风景》：

在王蒙与新疆之间，连接着绵长繁茂的根系。这片辽阔大地上色彩丰富的生活，是王蒙独特的语调和态度的重要源头。《这边风景》最初完稿于近四十年前，具有特定时代的印痕和局限，这是历史真实的年轮和疤痕，但穿越岁月而依然常绿的，“是生活，是人，是爱与信任，是细节，是倾吐，是世界，是鲜活的生命”。在中国当代文学中，很少有作家如此贴心、如此满怀热情、如此饱满生动地展现多民族共同生活的图景，从正直的品格、美好的爱情、诚实的劳动，到壮丽的风景、绚烂的风俗和器物，到回响着各民族丰富表情和音调的语言，这一切是对生活和梦想的热诚礼赞，有力地表达了把中国各民族人民从根本上团结在一起的力量和信念。

李佩甫《生命册》：

《生命册》的主题是时代与人。在从传统乡土到现代都市的巨大跨越中，李佩甫深切关注着那些“背负土地行走”的人们。他怀着经典现实主义的雄心和志向，确信从人的性格和命运中，可以洞见社会意识的深层结构。《生命册》以沉雄老到的笔力塑造了一系列鲜明的人物形象，快与慢、得与失、故土与他乡、物质与精神，灵魂的质地在剧烈的颠簸中经受缜密的测试和考验，他们身上的尖锐矛盾所具有的过渡性特征，与社会生活的转型形成了具体而迫切的呼应。《生命册》正如李佩甫所深爱的大平原，宽阔深厚的土地上，诚恳地留下了时代的足迹。

金宇澄《繁花》：

《繁花》的主角是在时代变迁中流动和成长的一座大城。它最初的创作是在交互性、地方性的网络空间进行，召唤和命名着特定的记忆，由此创造出一种与生活和经验唇齿相依的叙述和文体。金宇澄遥承近代小说传统，将满含文化记忆和生活气息的方言重新擦亮、反复调试，如盐溶水般汇入现代汉语的修辞系统，如一个生动的说书人，将独特的音色和腔调赋予世界，将人们带入现代都市生活的夹层和皱褶，乱花迷眼，水银泻地，在小历史中见出大历史，在生计风物中见出世相大观，急管繁弦，暗流涌动，尽显温婉多姿、余音不绝之江南风韵，为中国文学表达都市经验开辟了新的路径。

苏童《黄雀记》：

在《黄雀记》中，一切都遥望着丢失的魂魄。苏童回到已成为当代文学重要景观的香椿树街，以轻逸、飞翔的姿势带动沉重的土地与河流，意在言外、虚实相生，使得俗世中的缘与孽闪烁着灵异的、命运的光芒。三代人的命运构成了深微的精神镜像，在罪与罚、创伤与救赎的艰难境遇中，时代变迁下人的灵魂状况被满怀悲悯和痛惜地剖白。苏童的短篇一向为世所重，而他对长篇艺术的探索在《黄雀记》中达到了成熟，这是一种充分融入先锋艺术经验的长篇小说诗学，是写实的、又是隐喻和象征的，在严格限制和高度自律的结构中达到内在的精密、繁复和幽深。

茅盾文学奖获奖作家五人谈

格非：与历史片段对话

写长篇是一件旷日持久的事情。《人面桃花》、《山河入梦》、《春尽江南》这《江南三部曲》从20世纪90年代开始构思，在写的过程中不断有新的想法、新的叙事“溢”出来，但又不能推倒重来，原来的构想也舍不得放弃，所以一边写，一边寻找平衡，既回应前面的很多线索，同时又把新的异质性内容放置进去，突破和妥协都在其中。

而“溢”出来的内容又成为我手头正在写的一个新长篇的“引子”，那就是《江南三部曲》未及展开的20世纪60年代我在乡村的童年经历。告别乡村已经很久了，经过充分的记忆沉淀，现在再来讲述反而更合适。曾经的家乡现在是工业化城市中常见的“新区”，少有人提及它从宋代起就存在于长江边的历史，再不去写，它可能真的就悄无声息地湮灭了。

我写长篇，偏爱这些有意味的历史片段。《江南三部曲》构思之初聚焦的就是辛亥革命前后、20世纪五六十年代、21世纪之初这三个历史片段。每个片段都是完整的世界，承载着非常重要的历史信息和历史判断，很多故事只有放入历史中，和其他事件相比较，才能显出它的意义和作用来。文学超越直接描摹的地方就在于它有往前看和往后看的视角，往前是一种想象力，往后意味着一种冷静的观察力，试图看清曾经走过的路。对当下的中国社会来说，往后看尤为必要，因为历史不仅没有终结，而且随着时间的推移，越来越重要。

个人的“历史片段”未尝不是如此。回过头来看，20世纪80年代的

新奇冲动、走极端甚至凌空蹈虚，给我的创作打上了特立独行的印记，但也留下了过于注重技术修辞的隐患；这 30 年来，对普通人与普通生活的“发现”让我打破了通俗与精英二元对立的思维，这种观念的变化无疑会反映到创作中来，成为我个人文学观念的一种重要调整。历史感的获得，让我不断反省作为一个作家，自己究竟是在用什么样的眼光打量现实、描绘现实，批判意识也罢，抒情传统也好，可能都有自己生存体验的影子。归根结底，我们是用自己的眼睛在与时代、社会和记忆对话。

当下的文学从主题、结构、语言到传播方式，产生了诸多变化。对我来说，最根本的是读写关系的变化。读者的性格、趣味、判断力日渐强势，让作家的“引导”变得困难，文学共识的获得也越来越难。这些年我自己的文学变革不是形式化、风格化的推倒重来，而是在内部悄悄地改变，为的是尊重不同层次的读者，不放弃读者。我相信，这些微小的变革同样有意义，因为好的作品会在不同层面上给予读者不同的信息和养分，伟大的作品反而往往是简单的。

王蒙：想念真正的文学

可以说我们现在的文学很繁荣。“文化大革命”前 17 年，出版长篇小说 200 部，平均每年近 12 部。现在，纸质书加网络作品，一年数千部长篇，可多数是消费性的，解闷、八卦、爆料，还有刺激、胡诌、暴力之类。

我想念真正的文学，提供高端的精神果实，拷问平庸与自私，发展人的思维与感受能力，丰富与提升情感，回答人生的种种疑难，激起巨大的精神波澜。真正的文学，满足灵魂的饥渴。真正的文学，读以前与读以后你的人生方向会有所区别。我相信真正的文学不必迎合，不必为印数操心，不必为误解忧虑，不必为侥幸的成功胡思乱想，更不必炒作与反炒作。

真正的文学有生命力，不怕时间的煎熬，不是与时俱逝，而是与时俱燃，火焰不熄。它经得住考验掂量，经得住反复争论，经得住冷漠对待与评头论足。不怕棍棒的挥舞，不怕起哄的浪涛。

真正的文学充满生活，充满爱情，充满关切，充满忧思与祝福。真正的文学充满着要活得更好更光明更美丽的力量。

不要听信文学式微的谣言，不要相信苛评派、谩骂派的诅咒，也不要希冀文学能够撞上大运。作家需要盯着的是大地，是人民，是昭昭天日，是历史传统，是学问与思考，是创造的想象力，是自己的海一样辽阔与深邃的心。

我的处女作《青春万岁》压了 23 年，1956 年定稿，1979 年出版第一版，但是它至今仍然在不停地重印，仍然摆在青年人的案头，仍然是阅读对象，而不仅仅是研究者的文学档案。

我的《这边风景》，初次定稿于 1978 年，出版于 2013 年，尘封了 35 年。作者耄耋了，书稿却比 1978 年时显得更年轻而且新鲜，哪怕能找出它明显的局限。我的《活动变人形》初版于 1986 年，至今已经出版了 29 年，仍然有新的重印。

我有时发问，文学作品是像小笼包一样新出锅时滋味好，还是像醇酒一样经年发酵效果好？或者二者都是？

文学是一种精神力量，是一种感动，是一种对精神包容空间的开拓，是一种犀利的解剖与挖掘，还有痛彻骨髓的鞭挞。从文学里可以看出人的恻隐之心、羞恶之心、恭敬之心、是非之心，从文学里可以看出人的度量、智慧、灵动与庄严，从文学里可以看出人的美好或者偏狭，高尚纯洁或者矫情做作。

文学并不能产生文学，是天与地、是人与人、是金木水火土、是爱怨情仇死别生离、是工农兵学商党政军三百六十行产生文学。从中外文学史上看，写作者如果一辈子生活在文学圈子里，或者把自己封闭起来，就太可怜了，他们容易失眠，容易自恋，容易发狂，容易因空虚而酗酒、自杀，还容易互相嫉恨、窝里斗。

让我们更多地接地气，接天气（精神的高峰），接人气，也接仙气（浪漫与超越），接纯净的空气吧。眼界要再宽一点，心胸要再阔一点，知识要再多一点，身心要再强一些。我们绝对不能只满足于精神的消费，更要追求精神的营养、积累、提升与强化。

李佩甫：找到自己的平原

“我是一粒种子。”这是《生命册》的第一句话，我曾经花了一年时

间，废掉几万字，就为了找到它。我要通过这“第一句话”来决定整部作品的语言基调和情绪走向，确立这部小说的写作方向。“平原三部曲”之间是递进关系，我期望一次比一次更深入地向平原发问。继《羊的门》、《城的灯》之后，收官之作《生命册》无论从宽阔度、复杂度、刻度来说，都是最具代表性的。它反映了中原文化独特的生存环境和生命状态，是一次关于“平原说”的总结。平原已经不仅仅是生我养我的地方，也是我的精神家园，我的写作领地。每个作家都有自己熟悉的环境和领域。我的写作领地是平原。我说的平原以豫中平原腹地为根基，这里一马平川，人口密度大，无险可守，历史上灾难深重。这里的每一寸土地都是经人工开掘过的，到处都是人的痕迹。找到了我的“平原”，就有了一种“回家”的感觉。我作品中的每个人物，都是我的“亲人”，当我写他们的时候，我是有疼痛感的。因为，实实在在地说，我就是他们中的一个。

就《生命册》而言，我写的是一个“背着土地行走的人”，着力于写他的“背景”、他的“土壤”。这里所说的“背景”，是指平原上一个名叫“无梁”的村庄。这个村庄是虚拟的。作品中的“我”（吴志鹏）是从无梁走出来的知识分子，他从乡村一路走来，身份也一直在变，从大学老师、北漂枪手到南方股票市场上的操盘手，再到一家上市公司的药厂负责人……可他不是一个人在行走，他是背着一个乡村在走。他身上背负着“五千七百九十八亩土地，近六千只眼睛，还有近三千个把不住门儿的嘴巴……”他身上的每一条血管都与无梁村有着千丝万缕的联系。这部长篇我采用第一人称，以内心独白的方式切入，“以气做骨”，在结构方式上，采用分叉式的树状结构，从一风一尘写起，有枝有杈，盘旋往复。小说时间跨度很大，有50年之久，要写的东西太多太多，我几乎动用了一生的储备。

近年来，社会生活发生了高速螺旋式的变化，常常使人目不暇接，甚至目瞪口呆。在平原，农民已逐渐演变为流动着、迁徙着的人，在大变革的潮流中被裹挟着四处奔突，过着一人带一家、一家带一族、一族带一村，先漂泊后定居的复制式、印染式的生活。这是连根拔起的一种生活，是疼痛与憧憬并存的一种生活。当我们吃饱饭后，却发现大地已经满目疮痍，我们已经丧失了诗意的“家园”，人类怎么与土地、与大自然和谐相处，不再是一个老话题，也成了一个迫切需要面对的新命题。

金宇澄：爱以闲谈消永昼

一部长篇从初稿到完成，到交付第一读者——出版社编辑，听取意见，再到出版，最后到获得读者的评论，这个过程一般要经过几年的时间。《繁花》走的是另一条路，从初稿五百字起，就开始接收网上不间断的读后感，一直伴随它到最后的完成。这是网络现场的魅力——写作是给读者读的，写了之后可以立刻被阅读，写完一段就能获得读后感，这对作者来说，是极为愉快的感受，一种始终被阅读的奢侈。

直面读者的方式，是西方的经典传统，作者写了一段，习惯是念给朋友听，这也是现今我们很流行的“文学朗读会”的前缘。后来一度改为狄更斯式的“小说连载”，同样随写随发，从写出第一个字开始，直面读者，整个过程都有读者陪伴。民国初年我们不少小说正是这样写的，读者同样会给作者去信，讲自己的读后感。不过，再之后写小说，我们就变为埋首于书斋的一种安静沉默的方式了。

在网上写小说不用真名，同样来自连载的传统，这是一种非常打开的状态。作者仿佛换了一个人，那么愉快又那么迫切地去回忆，这是平常很难有的机会——忽然之间，你所有的名目都消失了，你不再是你。但你又始终在读者的关注下，每天写一节，每一节的结尾处就会有一种现场感——作者非常紧张，又有高度的表现欲，与读者之间是吸引与被吸引的关系。虽然《繁花》初稿经过数次改动，但成书后节与节的划分仍然保持了原貌，现在书中的每一节都是当时每一天写的，这同书斋里独自写作时每一节的处理完全不同。

意识到每天的更新文字，始终暴露在读者眼前，那种愉快的程度难以言表。或者说，让你产生出一种超常的谨慎和警敏，调动全身心投入，逼出自己所有的经验和力量，仿佛什么沉睡的记忆都醒过来，进入了一种更安静也更喧闹的状态里，与你的人物故事一起紧密呼吸。最佳的阶段是，你变得心事重重，茶饭不思，寝食难安，不吐不快，除了赶回家写字以外，没有任何的兴趣。我常开玩笑说，这大概类似怀孕的感受，整个人都不对了，不过是一种幸福。

此外就是闲谈，就是中国传统的“爱以闲谈而消永昼”。我眼中的作者和读者，确实需要这一类闲散的空间。我喜欢博尔赫斯的看法：“正如《一千零一夜》一样，旨在给人感动和消遣。”对读者来说，感动和消遣是阅读最重要的部分，是文学允许的一种方向。记录生活的特殊性和平凡性，是文学永恒的方向。

苏童：从没离开这条街

“香椿树街”是我作品中的一个重要的地理标签，我从来没离开过它，从这条街上我时常回头看自己的影子，向自己索取故事。我期望这条街能够延展，能够流动，因为流水不腐。有人担心这条香椿树街会显得狭窄短促，我从未担心过。我描绘勾勒的这条街，最终不是某个南方地域的版图，而是生活的气象，更是人与世界的集体线条。我固守香椿树街，因为我相信，只要努力，可以把整个世界整个人类搬到这条街上来，而我要做的，就是让没有喧哗权利的语言，齐心协力顺流而下，把读者送到这条街上来。

好多年前，我熟悉的一个特别腼腆的街坊男孩，令人意外地卷入了一起轰动街头的青少年轮奸案，据说还是主犯。男孩的父母一直声称儿子无辜，为此跑断了腿，说破了嘴，试图让当事的女孩推翻口供，未有结果。那个腼腆男孩多年后从狱中出来，混得不错，性格依然很腼腆，人到中年之后，我遇见过他，有机会刺探当年的案底，追问他的罪与罚是否真实公平，却始终没有那份勇气。

好在有小说。我把他写进了《黄雀记》。

小说里有自由。自由给小说带来万能的勇气，也带来了最尖锐的目光，它可以帮助我们刺探各种人生最沉重的谜底。不过，读者对文字始终是警惕的，充满拷问意识的，当你要模糊“所有格”的时候，他们也许恰好要厘清，那是谁的生活，谁的社会，谁的思想？读者与作家面对一个共同的世界，他们有权利要求作家眼光独到深刻，看见这世界皮肤下面内脏深处的问题，他们在沉默中等待作家的诊断书。而一个理性的作家心里总是很清楚，他不一定比普通人更高明，他只是掌握了一种独特的叙述技巧。

《黄雀记》里横亘着香椿树街式的伦理道德，人们生活于其中，有真切的温暖与宽恕，有真实的自私与冷酷，有痛楚陪伴的麻木，有形形色色的遗忘与搜寻的方法。当然，隐喻与象征在小说里总是无处不在。《黄雀记》里的人物面对过去的姿态，放大了看，也是几亿人面对过去的姿态。

展望未来是容易的，展望的结果大多化作浪漫的诗篇。而面对过去，最为艰难痛苦的，是自我清算，这无关仇恨与复仇，自我便是自我的敌人。不过，在控告之后，至少还应该反省，至少还有忏悔。反省与忏悔的姿态很美好，那是我所能想到的最恰当的面对过去的姿态。这个姿态，可以让一个民族安静地剖析自己的灵魂。这个姿态，还有可能带来一个奇迹，让我们最真切地眺望到未来，甚至与未来提前相遇。

《人民日报》2015 年 8 月 19 日第 024 版

茅盾文学奖的悄然“革命”

——对第九届茅盾文学奖的一种观察

王春林

2015年8月，酷暑时节，来自全国各地的62名评委，携带着三个月的分散阅读经验，聚集在北京八大处进行更深入的集中阅读讨论。在经过了多达六轮的实名制投票之后，被称为史上竞争最残酷激烈的第九届茅盾文学奖终于尘埃落定，五部获奖长篇小说浮出水面。格非由《人面桃花》、《山河入梦》、《春尽江南》三部作品组构而成的《江南三部曲》、王蒙《这边风景》、李佩甫《生命册》、金宇澄《繁花》、苏童《黄雀记》榜上有名，正式加冕这一中国目前最具权威性的文学奖项。

“革命”之一：

从“长篇小说奖”到“作家终身成就奖”

自打茅盾先生1981年留下遗嘱设立茅盾文学奖至今，已历经三十多个春秋，其间，中国社会发生着天翻地覆的沧桑巨变，中国文学的思想内涵与审美风尚也屡屡变迁。具体到以体量庞大的长篇小说为评选对象的茅盾文学奖，自然也不可能一成不变。将笔者有幸介入其中的第八届与第九届这两届评奖状况与此前的七届评奖相比较，或许与一方面取消了初评终评两个不同评奖阶段，另一方面实行了大评委及实名投票机制有关。一个显而易见的变化就是，作家的权重所占份额有着明显的增加。而这也就意味着，曾经特别强调只是发现并奖励优秀作品的茅盾文学奖，其实已经在发生着静悄悄的“革命”，已经在向以奖励作家为主的终身成就奖逐渐靠近了。

导致我们得出这一结论的具体原因有二。其一，获奖作品未必是该作家迄今成就最高的长篇小说。这一方面的例证并不在少数。比如，张炜最优秀的长篇小说应该是《古船》，而不是《你在高原》；莫言最优秀的长篇小说应该是《生死疲劳》或者《丰乳肥臀》，而不是《蛙》；王蒙最优秀的长篇小说应该是《活动变人形》，而不是《这边风景》。尽管说，我们的这种推论本身并不意味着这些获奖作品的思想艺术成就可以被漠视。其二，获奖作家绝大多数都不仅有着数十年的小说写作历程，而且其总体创作成就的突出，是一件毫无疑问的事情。只要认真地打量一下最近的两届茅奖，你就不难发现，某一位文坛不知名的作家，或者创作资历尚浅的作家，要想获此殊荣，几乎不可能。即使是这次看起来似乎带有一点"横空出世"意味的《繁花》，其作者金宇澄不仅是资深的文学杂志编辑，而且早在20世纪80年代中期，就曾经有过中短篇小说的写作经历。更何况，在我个人看来，正如同陈忠实仅仅凭借一部《白鹿原》就足以成就自己文学史重要地位一样，哪怕仅只是依凭这一部《繁花》，金宇澄也完全可以奠定其在未来文学史上的重要地位。

假若坚执于茅盾当年的遗嘱，那我们当然可以指责茅奖这种由奖励作品为主到奖励作家为主的转向，已经在很大程度上背离了奖项设立的初衷。然而，倘若顾及茅奖设立以来历届评奖过程中所积累的各种经验教训，考虑到曾经出现过不少实际上早已被读者淡忘了的获奖作品这一客观事实，那么，这样一种兼顾作家总体成就考量的评奖转向，也就还是能够被接受的。因此，尽管在评奖结果公布后，这一事实上的评奖转向曾经遭到过不少人的吐槽，但在我看来，着眼于中国的社会与文学现实，只要在相对公正的意义上保证评奖的质量，能够有一个同时兼顾作品与作家的茅盾文学奖的存在，其实未必不是中国文学的一件幸事。

"革命"之二：

从偏重宏大叙事到青睐日常叙事如果说由作品向作家的倾斜，意味着茅奖"革命"的发生，那么，由宏大叙事向日常叙事的转换，则也可以被看作"革命"的另一方面内容。其实，无论是茅盾个人的创作风格，还是此前历届获奖作品的总体风格，只要细加考察，就不难发现更多地倚重于一种宏大叙事。关于宏大叙事与日常叙事，有论者曾经做出过认真的辨析：“平民生活日常生存的常态突出，‘种族、环境、时代’均退居背景。人的基本生存，饮食起居，人际交往，爱情、婚姻、家庭的日常琐事，突现在人生屏幕之上。每个个体（不论身份‘重要’不‘重要’）悲欢离合的命运，精神追求与企望，人品高尚或卑琐，都在作家博大的观照之下，都可获得同情的描写。它的核心，或许可以借用钱玄同评苏曼殊的四个字‘人生真处’。它也许没有国家大事式的气势，但关心国家大事的共性所遗漏的个体的小小悲欢，国家大事历史选择的排他性所遗漏的人生的巨大空间，日常叙事悉数纳入自己的视野。这里有更广大的兼容的‘哲学’，这里有更广大的‘宇宙’。这些大说之外的‘小说’，并不因其小而小，而恰恰是因其‘小’而显示其‘大’。这是人性之大，人道之大，博爱之大，救赎功能之大。这里的‘文学’已经完全摆脱其单纯的工具理性，而成就文学自身的独立的审美功能。”“日常叙事是一种更加个性化的叙事，每位日常叙事的作家基本上都是独立的个体在致力表现‘人生安稳’、拒绝表现‘人生飞扬’的倾向上，日常叙事的作家有着同一性。拒绝强烈对照的悲剧效果，追求‘有更深长的回味’，在‘参差的对照’中，产生‘苍凉’的审美效果，是日常叙事一族的共同点。”（郑波光语）质言之，宏大叙事主要关注表现所谓重大题材的家国大事，而日常叙事则主要关注表现家长里短的日常琐事。从这一特定的角度观察，第九届茅奖与此前的历届相比，确实存在着一种由宏大叙事向日常叙事的转换趋势。

五部作品：

中国现实的五种面相

具体来说，第九届茅奖的获奖作品中，《江南三部曲》与《生命册》属于宏大叙事，《这边风景》介乎宏大叙事与日常叙事之间，《繁花》与《黄雀记》属于典型的日常叙事。

格非的《江南三部曲》的时间跨度长达一个多世纪，从晚清时期一直写到了当下时代。这个三部曲又被称为乌托邦三部曲，因为作家的创作主旨就是要以小说的形式对笼罩中国百多年来的乌托邦实践进行深度的追问与反思。其中，尤以直击当下时代中国社会现实的《春尽江南》最为出色。通过端午、庞家玉等人物形象精神内涵的深度挖掘，格非在批判性地反思表现当下时代污浊不堪实质的同时，更把批判反思的矛头指向了知识分子群体。知识分子在当下这个精神彻底沦落的污浊时代究竟何为？乃是格非在《春尽江南》中提出来的一个极其重要的核心问题。李佩甫《生命册》的笔触游走于乡村与城市两端，通过坐标系式叙事结构的精心营造，把那些飘荡在城乡之间的沉重灵魂捕捉到他的小说文本中，并进一步对于这些沉重异常的灵魂进行了足称深入的挖掘与表现。其中，最打动人心的一点，就是对城市化进程所致的精神痛感的真切传达。

而作为一部宏大叙事与日常叙事有机结合的文学文本，王蒙《这边风景》的思想艺术价值，就是在有效剥离了那个特定时代的政治印痕之后，以一种相当深厚的写实功力格外真实地记录表现了20世纪60年代前半期新疆边地多民族聚居区域的总体生活样貌。超越了政治的局限之后，王蒙所突出表现的，正是一种不可摧毁的永恒的日常生活力量。

虽然从表面上看只是讲述着不无琐碎的日常小事，但金宇澄的《繁花》突出的思想艺术价值却表现在：借助于民间传统话本的叙事方式，从知识分子的精神立场出发，对于历史和现实进行了相当通透的批判性反思。从根本上说，苏童的《黄雀记》正是一部具有鲜明现代主义色彩的象征寓言体小说。我们只有结合中国的现实与历史，沿着作家所设定的那些极富象征意味的物象，方才能够更到位地理解把握小说内在的丰富思想含蕴。具体来说，作品中富含象征意味的物象主要有井亭医院、绳索与捆绑行为、水塔、丢失了的“魂”与手电筒，等等。这些物象虽然都日常琐细，但苏童意欲为现代国人招魂的思想主旨却不容轻易忽略。

第九届茅奖评奖期间，恰逢天津大爆炸和陕西山体滑坡等一应重大事件的发生。面对沉重异常的现实，包括茅奖在内的文学似乎一下子变得轻飘飘起来。不管是宏大叙事也好，还是日常叙事也罢，在充实自身精神内涵的同时，如何才能更好地以文学的形式切入到日益沉重复杂的社会现实之纵深处，乃是横亘在每一位中国作家面前的艺术使命。

《北京日报》2015年8月20日第018版

（作者系第八、九届茅盾文学奖评委）

获奖作品与“茅奖”性格

——茅盾文学奖精神及美学走向

任美衡

自20世纪80年代初期至今，茅盾文学奖已经走过了近四十年的历程。在这一历程中，它逐渐成为中国的最高文学奖，并被誉为当代文学的高峰走势与存在真景。但也正是这一点使得它长期遭到争议、批评甚至否定，尤其是“遗珠之憾”更使其成为文学风暴的核心所在。不过，尽管“誉满天下、谤亦随之”，但它却在纷繁复杂的文学环境中越来越清晰地形成了自己的精神风格及美学走向。

家国情怀的沉潜

当下的文学创作，无论私人叙事还是集体叙事，甚至是零度叙事，都不自觉地继承了宏大叙事的精魂，犹如沙子中藏着宇宙，滴水见证太阳，茅盾文学奖的对象选择始终也蕴含着宏大叙事所承传的家国情怀。这种“家国”情怀首先表现为对国家命运的关注。从《许茂和他的女儿们》、《冬天里的春天》、《黄河东流去》、《你在高原》、《白鹿原》、《战争和人》到“茶人三部曲”等，都在总体上更关注时代动荡中国家的生死存亡；作者往往会通过诸多个体跌宕起伏的命运传奇而聚焦了整个国家在历史关头的重大变迁。

在价值取向上，这些获奖作品往往是集体性的价值指标压倒了个体化的价值需求。“人”，首先表现为国家的存在符号，然后才是生命个体。因此，为国家而无私奉献一切成了人物典型至高的人生追求。如《张居正》所表达的改革行动，就带有林则徐的一往无前的精神："苟利国家生死以，岂因祸福避趋之。"尽管仕途风险重重，但同名主人公张居正仍怀着造福于国、于民的宗旨，霹雳改革，成效显著；尽管逝后毁谤在身，并遭遇了最不公正的待遇，然而，整个著作却充满了荡气回肠的崇高精神，以及贯穿着对这种牺牲精神的伟大讴歌。

除了对国家命运的关注、集体价值观念体系的构建之外，这种家国情怀还体现为对现代人格、现代社会与现代民族形成的关注。《蛙》以批判的形式、《推拿》以温情的建构、《天行者》以无私的奉献、《英雄时代》以大刀阔斧的开拓精神，显示了从人格、社会与民族层面的现代化建构。茅盾文学奖把握住这种"主旋律"，既从否定的方面批判了"逆现代化"的现象，也以"时代"作为剖析的对象，对这种现代化予以了"过程分析"及横截面的呈现，从正面对这种建构能量进行了典型的释放。

在茅盾文学奖的评奖过程中，家国情怀成为评委们至为深刻的寄托；他们又以"潜在"的方式，将之牢牢地深植于获奖作品所形成的美学价值体系中。也可以这样说，茅盾文学奖的家国情怀成了当代文学的价值矢量，不断地引领着主旋律文学的漫漫前行。

史诗精神的拓展

从新时期之初茅盾文学奖举办以来，无论是从评奖"条例"，还是从整个社会的审美习惯来看，史诗性仿佛都成了当代文学的最高标准，也相应地成了茅盾文学奖评选的内在规范。

所谓史诗，普遍说法就是能够全面地反映某个时代的政治、经济、文化、民俗、风情等的长篇小说。当然，正是由于对史诗性的如此理解，所以，茅盾文学奖早期获奖的作品，如《平凡的世界》、《黄河东流去》、《战争和人》、《白鹿原》及"茶人三部曲"等，确实成了当代文学的典范。但对开放的、审美多元化的，以及越来越向内发展的文学潮流来说，这种史诗标准也遭遇到了越来越多的挑战，以至于当《白鹿原》出来之时，遭遇了一些人极为苛刻的评价，认为是"史诗的空洞"，甚至还认为是作者陈忠实首先依据过去的传统的史诗理念，然后设定了空洞的史诗框

架，将人物、故事、情节无序地塞入史诗的框架。尽管作者为追求史诗的魅力而殚精竭虑，但却违背了自己的审美才华而胡乱拼凑与堆砌，呈现给读者的只是生硬、虚伪、臃肿的生活素材，而缺乏作者最为珍贵的生命参与。因此，这些史诗小说不过就是了无生气的素材而已。

这种批评在揭示了某些史诗著作所呈现的弊端之时，也武断地将史诗固化，甚至绝对化了。尽管文学创作确实发生了巨大的变化，四十年的文学年轮已今非昔比，但茅盾文学奖的传统、担当与自主的美学意识，使它的史诗情节不可能轻易地消逝。也可以说，史诗性追求成了茅盾文学奖“原乡”情结。不过，在汹涌而来的文学新潮面前，茅盾文学奖也在与时俱进，不断地拓展史诗的概念、内涵、类型与形式。就以对茅盾文学奖八届获奖作品的考察来看，约略可以将之分为如下几种史诗类型：

国家史诗。也就是比较吻合“主旋律”的史诗作品。在这些作品的身上，寄托了强烈的国家意志，表达了对国家命运的深切思考，尤其是对国家在伟大的历史关头所呈现出来的苦难、转型与奋起。相对而言，它们更注重对国家现实层面的思考，并通过典型人物的命运传奇来展现历史的理想逻辑，像《东方》、《将军》、《英雄时代》等都可算为此类。

民族史诗。如果说国家史诗表现的是对国家主旋律的横截面的思考的话，民族史诗则是对主旋律的溯源之旅，这些作品的思考是更为深沉的，所展现的时空也更为广大。同时，其所表现的内涵也更为深刻、细腻与琐碎，《白门柳》、《无字》、《你在高原》、《张居正》等小说可以归入此类。

社会史诗。这主要呈现出社会本身的生态，尽管也有着对民族国家的宏大思考，但这些作品更呈现出对社会现实的痴恋，以及对中国人生活常态的描述和表现。可以说，这类史诗描绘出了现实中某种稳定的常态的日常的事物及其生活，呈现的是一幅恒久的、静态的生存图像，《推拿》、《天行者》、《长恨歌》、《平凡的世界》即是如此。

个体史诗。尽管人是整个社会关系的总和，在某些典型的个体身上，往往聚焦了历史、社会、文化、经济等种种因素。个体就是一面镜子，聚焦了一个时代、一个社会、一个民族、一个国家的基本内涵。但相对于集体史诗而言，个体史诗更为强调的还是人的命运遭际，个体永远是表现的“核心”，那些宏大的因素则成了背景。法国的罗曼·罗兰的《约翰·克利斯朵夫》即是这种私人史诗的典型。在茅盾文学奖的获奖作品中，像《李自成》、《穆斯林的葬礼》、《无字》等即是如此。同时，这种个体有时候又会分化为不同形象，或者说，以性格的不同方面而演绎成种种的“人”，《天行者》、《推拿》等作品亦可算是。

生命史诗。主要体现是对生命的考察。与个体史诗相比，其更体现在对生命本身的思考，而渐渐淡化了社会的背景，呈现出人与自然的亲近，如《额尔古纳河右岸》即是如此。

灵魂史诗。亦可叫心灵史诗，主要是对内表现广阔的心灵世界。在中国当代文学中，这类心灵史诗并非仅仅是对内在宇宙的绝对表述，而主要是表现了心灵对外在世界的映射，如《尘埃落定》即是如此。或者说，这类作品是将外在的社会生活融入进内在的心灵叙述之中，而非西方的那种对自我心灵宇宙的绝对探索。

这几类对茅盾文学奖史诗类型的概括未必完全准确，因为，获奖作品是复杂、丰富的，也往往因跨界而呈现多种史诗类型的态势。所以，本文对这种史诗类型的划分，更多是基于对其核心指标的某种确认。其实，在茅盾文学奖的评选过程中，史诗传统从来没有中断过，史诗精神也始终不曾离开。相信在以后的评选中，这种史诗精神还将以其他的形式存在，并呈现出多姿多彩的样式。

艺术表达的丰富

长期以来，几乎每届茅盾文学奖都会遭遇到这样的指责，即“滞后”或者“忽略”了当代文学发展的最新潮流，因此所评选出来的作品总是比时代慢了步调，尤其是被誉为文学“敏感的神经”之先锋文学创作，以及21世纪兴起来的网络文学，往往很难成为它的关注对象。这种批评尽管有其充分的理由，但也表现出其对茅盾文学奖在艺术表现方面所做的开拓缺乏深度关注。作为中国的最高文学奖，茅盾文学奖是难以接受失败的代价的。事实上，茅盾文学奖并没有忽略文学新潮及其对文坛冲击带来的艺术变革，它以更成熟的方式，呈现出了多彩的艺术新面貌。

这其中就包括艺术元素复合化，即茅盾文学奖更青睐那些创造性地转化了文学新的技巧之作品。纵横西方的诸多文学新理念、新观点、新方法，在同步地影响着中国当代文学步伐的同时，也难免因为生吞活剥或者水土不服而出现了许多文学次品。其实，真正的成功者往往能够将诸多的艺术手法与中国的题材、资源与审美习惯相结合，从而创造出中国化的意识流、现代主义与后现代主义之作品。这些作品，在总体上呈现出东方风貌，但在细节、局部与具体的表现手段上已充分地融合了西方那些文学技巧。这样，由“大东方”与“小西方”所创造的“陌生感”，往往给文学作品带来了巨大的成功。许多作品将诸多文学技巧熔于一炉，闪烁着智慧的光芒，实际上也体现了古今中外的艺术元素因杂糅而出现的创化与复合化，如《你在高原》、《一句顶一万句》等作品。

话语表达简单化也是一个方面。茅盾文学奖的诸多获奖作品，在兼收并蓄不同艺术的流派、观念与技巧之时，又期待以最简单的表达，直抵事物的本身，尤其是与当代读者的审美传统实现无缝对接。但实事求是地说，现在诸多获奖作品总是皈依现实主义的精魂，在“极简”中呈现社会的真相、时代的趋势、民族的精神、个体的命运、灵魂的更变等内容。这种“极简主义”也将许多表现手法的复杂的内涵、曲折以及论证剥离，而仅留下直接的表现手段，从而将意义裸露。

还有就是意义宗旨的丰富化。即茅盾文学奖获奖作品总是追求以“言有尽而意无穷”之境界，同时追求“杯子效应”，即不同的读者面对获奖作品时，都可以有自己的意义关注，从而实现作品意义的自我实现。可以说，《红楼梦》的“千面效应”亦成了茅盾文学奖的追求目标。这一点从《穆斯林的葬礼》即可窥见一斑，它既是女性的精神史，也是穆斯林的命运史，还是中华民族的个体叙事史；又如《长恨歌》这部作品，可谓既是生命史，也是社会史，还是上海的日常生活史。这种意义丰富、繁复驳杂及其开放性，成为茅盾文学奖评奖时不可移易的考量。

以复合的技术为支撑，以简单的表达为路径，以丰富的意义为宗旨，成了茅盾文学奖评奖的内在指标体系。茅盾文学奖的每部获奖作品，都有着其独特的艺术体系、特色与风格，而从美学层面来看，它们又以合理的方式，不断地推进着茅盾文学奖美学风格的建构。作为一种开放的结构，茅盾文学奖既容纳着当代文学新潮对成规的不断挑战，又孜孜不倦地进行着新意境的开拓与创化。正是在这种源源不断的新陈代谢中，茅盾文学奖以闪亮的登场方式，深沉地聚焦了当代文学发展的过去、现在与未来。

原刊《博览群书》2015 年第 9 期

茅盾文学奖与新时期文学出版

周根红

摘要 作为专门颁给长篇小说的国家级奖项，茅盾文学奖已经成为一个媒介文学事件。通过茅盾文学奖及其获奖作品，可以管窥到新时期文学的出版环境、出版制度、出版理念等的变迁，这种变迁甚至也影响着茅盾文学奖的评选标准和美学原则，如对政治意识的凸显、市场转型的推动和象征资本的消费。

关键词 茅盾文学奖；文学出版；政治意识；市场机制；象征资本

茅盾文学奖是由中国作家协会主办的、根据茅盾先生的遗愿、为鼓励优秀长篇小说创作而专门设立的国家级文学奖。从1982年的第一届到2011年的第八届，茅盾文学奖共评选出36部获奖的长篇小说（2部获荣誉奖作品除外）。这些获奖作品或成为某一时期长篇小说的代表，或已经成为文学史意义上的经典作品。每届茅盾文学奖的评选都能引起人们的广泛关注。尤其是在当下这个大众传媒时代，茅盾文学奖已经成为一个媒介文学事件。虽然每届茅盾文学奖评选结果公告后，都会引发专家、学者、媒体和读者的争议，但它依然不失为中国最重要的文学奖项。茅盾文学奖的评奖机制、评选标准、获奖作品等也成为研究者所关注的研究内容。然而，如果换一种思路，我们也可以通过茅盾文学奖及其获奖作品，管窥到新时期文学的出版环境、出版制度、出版理念等的变迁，这种变迁甚至也影响着茅盾文学奖的评选标准和美学原则。

一　政治意识的凸显

茅盾文学奖获奖作品的创作、出版和评奖，体现出强烈的政治意识。无论是新时期拨乱反正的政治语境在获奖作品中的投射，还是20世纪90年代至今获奖作品的主旋律倡导，新时期茅盾文学奖获奖作品都彰显出不同发展阶段和社会环境下文学出版的政治诉求。

1. 获奖作品出版的一体化话语

第一届茅盾文学奖的评选是在1982年，评选的对象是1977年到1981年间出版的长篇小说。这一时期正是我国政治领域对"文化大革命"和"四人帮"进行拨乱反正的新时期，此时的文学自然也随着政治上的拨乱反正逐渐回归到文学的本质，出版了一批优秀的文学作品，如姚雪垠的《李自成》（1977年）、古华的《芙蓉镇》（1981年）、魏巍的《东方》（1978年）、莫应丰的《将军吟》（1980年）、李国文的《冬天里的春天》（1985年）、周克芹的《许茂和他的女儿们》（1980年）等第一届茅盾文学奖获奖作品。不过，由于当时的政治环境，这些作品有一个共同的特点，那就是几乎都与政治有关，体现了新时期的"拨乱反正"特色。毫无疑问，政治意识是新时期文学创作无法回避的影响因素，也是新时期文学创作的起点。第一届获奖作品在出版过程中，编辑也尽量围绕政治主题提出了一些修改意见，作者也都进行了一定程度的修改。如魏巍的小说《东方》最初是由人民文学出版社于1978年出版的，但是在出版前，老编辑韦君宜"不仅细心读了我的原稿，且同我一起到工厂里开座谈会，征询工人读者的意见"。[①] 后来根据编辑和读者的意见，魏巍在《东方》里增写了几个以彭德怀为描写中心的新章节。

第一届茅盾文学奖的获奖作品集中反映了当时文学创作和出版的一体化话语，"不仅是文学创作的主旨、主题、题材、风格、艺术手法明显趋于统一、连文学生产方式都有着组织化的烙印"。[②] 这种一体化话语成为新时期以来文学话语秩序建构的重要组成部分，也成为茅盾文学奖评奖过

---

① 魏巍：《祝"人文"兄五十寿 我与人民文学出版社》，人民文学出版社2001年版，第322页。

② 洪子诚：《问题与方法：中国当代文学史研究讲稿》，生活·读书·新知三联书店2002年版，第188页。

程中的主导力量。

2. 市场机制转型与主旋律导向

随着20世纪90年代中后期市场经济的转型，无论是读者接受还是出版社的出版格局，“主旋律”文学图书都处于边缘状态。1995年，文学创作中的“三大件”（即长篇小说、儿童文学和影视文学的创作）被主流话语所重视，出现了一股“长篇小说热”。一些“主旋律”长篇小说如周梅森的《中国制造》、张平的《抉择》、柳建伟的《突出重围》等销量非常好。政府部门也通过“五个一工程”奖、中国图书奖、国家图书奖等奖项对长篇小说的创作和出版进行引导。在这一政策背景下，茅盾文学奖的主流话语功能逐渐转向了一种新的主旋律题材。

也有一些作品由于具有敏锐的主旋律意识，或者正好符合了一定时期内主旋律的政治诉求，于是获得了茅盾文学奖。柳建伟的《英雄时代》获得第六届茅盾文学奖就是一个代表。《英雄时代》这部作品本身的艺术成就并不高，即使是在柳建伟的“时代三部曲”中，“论人性提示的深度，反映时代生活的概括力，艺术形象塑造的成功和艺术魅力的长久，《北方城郭》都在《突出重围》和《英雄时代》之上”①。然而，这部作品却斩获了第六届茅盾文学奖，《突出重围》也获了全国“五个一工程”奖。张平的《抉择》和周大新的《湖光山色》的获奖，则与当时的主旋律的政治诉求相吻合。张平的《抉择》正好出现在全国上下处于反腐倡廉的重要阶段；《湖光山色》“可以被视为现实题材、改革题材、新农村建设题材创作的综合代表”。

“2008年正是纪念改革开放30周年的年度，第七届茅盾文学奖揭晓于这一年，以《湖光山色》作为标志性作品是合适的。反过来说，没有这样一部作品，是不合适的”。② 旋律题材文学的获奖、政府的支持和市场反响，内在地激励了一批主旋律题材小说的创作和出版。当柳建伟的《英雄时代》和《突出重围》流行之后，一批诸如《波涛汹涌》、《导弹旅长》、《DA师》的军事题材小说蜂拥而至；当张平的《抉择》作为政

---

① 何启治：《我所知道的〈狂欢的季节〉和〈英雄时代〉》，《出版史料》2009年第4期。

② 胡平：《我所经历的第七届茅盾文学奖》，《小说评论》2009年第3期。

府机关必读的反腐题材文学作品时，《省委书记》、《明镜高悬》、《大法庭》、《黑洞》等针砭时弊的反腐题材小说风行一时；当周大新的《湖光山色》因茅盾文学奖而成为文学畅销书时，《大江沉重》、《天高地厚》、《多彩的乡村》、《盘龙埠》等新农村题材小说也层出不穷。

二　市场转型的推动

随着改革开放后市场经济的逐步确立，20 世纪 90 年代文学生产场域发生了重要的变化，出版的市场化转型过程中，文学出版面临着巨大的市场冲击。文学和政治的合谋关系已不像早期茅盾文学奖评选时那么稳固，文学和市场、媒体、文学评论之间构成一张密不可分的网。

1. 出版市场机制与文学评奖的结合

在出版机制市场化转型的进程中，出版社也都开始意识到市场手段的重要性。出版社一旦发现一部优秀的文学作品，便将其进行深入挖掘，展开立体宣传，用畅销书的方式宣传纯文学图书，推出了一批茅盾文学奖获奖作品，达到社会效益和经济效益的双赢。即便是老牌的出版社，也逐渐意识到出版营销的重要性。阿来的《尘埃落定》就是人民文学出版社开市场营销风气之先的作品。《尘埃落定》的出版辗转了四年时间，出版社都认为很难保证印数而放弃出版，直到 1997 年被《当代》杂志的编辑周昌义和洪清波所发现，并得到副总编辑高贤均的认可。《尘埃落定》很快被列入“探索者丛书”出版，起印数达一万册。这个印数在当时纯文学不景气的时期堪称奇迹。后来，高贤均又将《尘埃落定》力荐给了《小说选刊·长篇小说增刊》。刊物出版后，《小说选刊·长篇小说增刊》为《尘埃落定》召开了一次“不要老面孔，不要老生常谈”的研讨会，引起了很大的社会反响。与此同时，人民文学出版社“第一次放下文学第一社的架子，举行了成功的公关宣传与市场促销活动。”① “写出厚厚的策划书、开新闻发布会、电视、广播、报纸大规模立体宣传、区域代理、全国同时发货，每日监测销售量数据……”② 评论界的轰动效应伴随着铺天盖地的营销活动，《尘

① 黄发有：《用责任点燃艺术——何启治先生访谈录》，《文艺研究》2004 年第 2 期。

② 脚印：《阿来与〈尘埃落定〉》，《人民日报》（海外版）2000 年 11 月 15 日。

埃落定》成功获得了读者的青睐，并获得了第五届茅盾文学奖。

如果说《尘埃落定》只是在宣传推广方面进行了市场操作，小说本身仍然属于高质量的纯文学作品，那么，2011年《暗算》获得第八届茅盾文学奖，则引发了很多争议。争议的核心概括来说就是，《暗算》作为一部畅销书，一部通俗文学作品，是否有资格获得茅盾文学奖。因为，茅盾文学奖不是一个将经济效益放在首位的文学奖，而更多注重的是政治性、思想性和艺术性。《暗算》则与以往的获奖作品以及同届的获奖作品有很大的差异，甚至与茅盾文学奖的评选标准也有很大差异。茅盾文学奖一直以来都比较青睐长篇历史小说和现实主义题材的小说，尤其是主旋律、史诗性和宏大叙事的作品。如同一届获奖的《秦腔》反映的是现代化进程中乡村文明的困境，《湖光山色》反映的是社会主义新农村建设，《额尔古纳河右岸》反映的是鄂温克族人的生存抗争和文化变迁。《暗算》则是一部有关“特情”的类型畅销书。茅盾文学奖评选所发生的这一变化，正是对出版市场的适度倾斜：茅盾文学奖在以往仅仅注重小说的审美和意识形态等方面，不得不考虑作品出版后的市场反应。可以说，《暗算》的获奖是出版市场机制与文学评奖相结合的一个样本。

2. 出版的市场反应影响文学评奖机制

毕竟，出版机制的市场化使得一部作品的市场反响和知名度显得格外重要，甚至会影响到一部作品是否能够获奖。如第八届茅盾文学奖的最后十部候选作品是张炜的《你在高原》、刘醒龙的《天行者》、莫言的《蛙》、毕飞宇的《推拿》、关仁山的《麦河》、刘震云的《一句顶一万句》、郭文斌的《农历》、刘庆邦的《遍地月光》、邓一光的《我是我的神》、蒋子龙的《农民帝国》。如果按照以往所呈现出的茅盾文学奖的评奖趣味，最具有“主旋律”色彩的《麦河》是最有可能获奖的。但是，“最后一轮投票，一些评委放弃了《麦河》而把票投给了《一句顶一万句》，这至少说明了茅盾文学奖逐渐淡化了自己的政治色彩，也逐渐卸下了它不应该背负的政治包袱。”① 当茅盾文学奖卸下自己的政治包袱后，

---

① 贺绍俊：《十进五的游戏——关于第八届茅盾文学奖的随想》，《天津师范大学学报》2012年第1期。

一个无法回避的考量因素自然是市场。毕飞宇的《推拿》、刘震云的《一句顶一万句》、莫言的《蛙》在获奖之前都有着不错的销量：《一句顶一万句》总销量达37万册左右，并盘踞2009年文学类畅销书榜半年之久；《推拿》销量也达到5万册，并获“2008年全国十佳图书”；《蛙》也销量达12万册。在历届茅盾文学奖评选中，虽然也有一些文学作品如《平凡的世界》、《白鹿原》、《历史的天空》是先在读者中畅销而后再获奖，但是，多部文学畅销书在同一届茅盾文学奖评选中获奖，确实是历届茅盾文学奖中所没有的。很多出版商将这看作茅盾文学奖对畅销书所释放出的一个积极的信号。

3. 获奖作品出版机构的多元化

在出版机制转型的过程中，茅盾文学奖获奖作品的出版机构也逐渐走向多元。前四届（2000年前）的茅盾文学奖获奖作品，大多是由人民文学出版社出版的，如第一届有四部（共六部），第二届有两部（共三部），第三届有一部（共五部），第四届有三部（共四部）。这当然与人民文学出版社长期的文化积淀和人文追求有关，但也不能忽略其中的另一个原因，那就是传统出版机制下出版等级的影响。长期以来，人民文学出版社具有国家文学出版最重要阵地的意味，被认为是文学出版的最高殿堂。一个作家以在人民文学出版社出版作品为荣，一些知名作家也不太愿意将作品拿到地方出版社出版。在这种情况下，优秀的文学作品大多都会选择在人民文学出版社出版，因此其获奖概率自然就比其他出版社高。然而，20世纪90年代中期以来，出版体制的市场改革使一些地方出版社形成了强大的市场竞争力。这主要表现在两个方面：一是获奖作品的出版机构呈现地方性，如北京出版社、浙江文艺出版社、长江文艺出版社、上海文艺出版社等出版社的作品多次获得过茅盾文学奖；二是从历届茅盾文学奖的20部初选作品所属的出版社来看，虽然人民文学出版社仍然占据重要的优势，但是，北京十月文艺出版社、解放军文艺出版社、上海文艺出版社、江苏文艺出版社、长江文艺出版社、春风文艺出版社、湖南文艺出版社等出版社都有多部作品入选，充分展示了地方出版社的出版实力和成长速度。正如何启治所说：“从第四届初选篇目中，我们可以看出兄弟出版社的迅速崛起，也可以看出我们在历史题材小说出版上缺乏竞争力。”①

三　象征资本的消费

茅盾文学奖始终是文化界的一件大事，并通过大众传媒的传播成为一个媒介文学事件。这主要是因为茅盾文学奖具有独特的象征性：它是目前我国唯一的具有官方意识的国家级长篇小说评奖。因此，它代表着长篇小说的最高成就，自然也被贴上了权威、专业的符号。政府色彩和权威专业赋予了茅盾文学奖在意识形态和艺术审美两个层面的文化象征。虽然近些年茅盾文学奖的权威性受到了相当程度的削弱，但它集多种文化属性的象征于一身，对于当下文学场域而言仍有其不可替代的象征性。这种文化象征性经过文化消费场域经济因素的裹挟，不可避免地转化为象征资本，继而被市场转化为实实在在的经济利益。

1. 获奖成为市场营销的符号动力

布尔迪厄说：“象征资本开始不被承认，继而得到承认、并且合法化，最后变成了真正的‘经济’资本，从长远来看，它能够在某些条件下提供‘经济’利益。”② 每一届茅盾文学奖的获奖名单通过媒体公布后，出版社几乎会在一夜之间将获奖图书的封面加上“第×届茅盾文学奖获奖作品”或“本书荣获第×届茅盾文学奖”之类的推荐词或腰封。书店也纷纷将获奖作品放在最显眼的位置，甚至专门设立了茅盾文学奖获奖作品专柜，顺便也将往届的获奖作品进行重新集中陈列，试图借助茅盾文学奖这一象征资本带动获奖图书的销售。在茅盾文学奖的获奖作品中，《平凡的世界》、《白鹿原》、《尘埃落定》、《长恨歌》等，都已经成为名副其实的常销书。虽然近年来有关茅盾文学奖评选机制获奖作品的争议不断，其市场号召力也不如从前，但是，“‘茅奖’多年积攒起来的吸引力和它对市场的拉动，目前在各个文学奖项中还是最为突出的”。③ 以第八届茅盾文学奖的获奖作品为例，《推拿》在获奖后“在不到一周的时间内就又

---

① 何启治：《文学编辑四十年》，人民文学出版社 2001 年版，第 75 页。

② ［法］皮埃尔·布尔迪厄：《艺术的法则：文学场的生成和结构》，刘晖译，中央编译出版社 2001 年版，第 175 页。

③ 吴娜：《“茅奖”图书热销的启承：畅销很好常销更棒》，《光明日报》2011 年 10 月 10 日。

接到了8万册的订单，和过去两年的总销量相当”①。此外，获奖后的一周内，《你在高原》加印了2万套，《天行者》加印了5万册，《一句顶一万句》加印了2万册。虽然这些印数远赶不上流行畅销书，但是对于纯文学图书来说，已是一个非常庞大的发行量。这足见茅盾文学奖的市场影响力和它的符号经济价值。

2. 打造“茅盾文学奖”的图书品牌

由于茅盾文学奖的象征资本意义，一些出版社着力打造“茅盾文学奖”这一图书品牌。1997年人民文学出版社将其出版过的获得茅盾文学奖的部分作品集结为“茅盾文学奖获奖书系”，统一标识，统一装帧，统一出版，并且通过版权购买等方式不断扩充完善这套丛书系列。从单本的获奖作品到整本的丛书体系，并用当今全国长篇小说创作最高奖项的响亮品牌进行包装，这与单品种图书的市场冲击力是不可同日而语的。2004年，人民文学出版社在“茅盾文学奖获奖书系”的基础上，出版了“茅盾文学奖获奖作品全集”。该丛书命名为全集有两层意思：一是原出版的“获奖书系”因为部分获奖作品并非都是人民文学出版社出版的，因此，受到版权归属的限制，有些获奖作品并没有列入该丛书出版，只收入了获奖的作品；二是一些获奖作品是以部分卷册获奖、但实际上是与其他作品共同构成完整的多卷本系列，“茅盾文学奖获奖作品全集”以对此进行完整出版，如宗璞的“野葫芦引”系列（以《东藏记》获奖）、《李自成》（全集）（以第二卷获奖）、《白门柳》（以第一部《夕阳芳草》和第二部《秋露危城》获奖）等。这套丛书的出版，可以全景式地反映茅盾文学奖获奖作品的整体风貌和文化变迁，为读者提供了阅读的整体观念，为研究者提供了重要的文学文本，促进了茅盾文学奖获奖作品的体系化、文献化，具有重要的文学史意义，为图书出版市场提供了一种品牌化操作的范本。

3. 象征资本的延伸开发

围绕“茅盾文学奖”这一象征资本的市场开发，除了重印、被其他出版社重新出版或者结集出版外，“茅盾文学奖获奖作家”这一象征资本

① ［法］皮埃尔·布尔迪厄：《艺术的法则：文学场的生成和结构》，刘晖译，中央编译出版社2001年版，第175页。

也成为市场包装的热点，由此出版了一系列获奖作家的其他作品。如2001年广州出版社出版的“茅盾文学奖获奖女作家散文精品”；2002年解放军文艺出版社的“茅盾文学奖获奖者文丛”、2007年北方文艺出版社的“茅盾文学奖得主徐贵祥小说精品”、2010年江苏文艺出版社的“茅盾文学奖获奖者散文丛书”、2011年作家出版社的“作家出版社入围第八届茅盾文学奖作品”、2012年上海文艺出版社的“茅盾文学奖获得者莫言作品系列”、2012年作家出版社的“茅盾文学奖获奖作家中短篇小说精品选”、2013年中国社会出版社的“茅盾文学奖获奖作家丛书”、2013年人民文学出版社的“茅盾文学奖获奖作家的短经典”丛书、2013年江苏文艺出版社的“茅盾文学奖获奖者小说丛书”、2014年人民日报出版社的“茅盾文学奖获奖作家？青少经典”系列图书。这些丛书出版所依赖的无疑是茅盾文学奖获奖作家的身份成为象征资本被市场再度开发，因此，“茅盾文学奖得主”、“茅盾文学奖入围作品”、“茅盾文学奖获奖作家”等成为出版市场重要的营销符号。出版社大打“茅盾文学奖”这一文化符号，采用各种宣传使其与“茅盾文学奖”形成互文性宣传策略。如2009年北京十月文艺出版社出版阎连科的《日光流年》时封面上写有“与茅盾文学奖擦肩而过的巅峰杰作”；中国海关出版社在出版熊召政的散文集《中国小记》的封面写有“茅盾文学奖得主熊召政最睿智散文结集”；南海出版社出版麦家的《风声》时这样写“茅盾文学奖得主麦家巅峰之作”等。“茅盾文学奖”这一文化品牌资源的持续开发，是当下文学出版格局发生急剧变化的重要文化表征。当青春文学、网络文学的持续发酵和文学进一步走向边缘化，文学出版市场急需一种具有标杆意义的文化符号作为市场引导，“茅盾文学奖”自然成为出版商极力追求和放大的文化招牌。

原刊《中国出版》2015年5月下第10期

第五编

论文索引

期刊论文索引

2014

规训与重塑——革命文学论争对茅盾文学观念转变的深远影响，作者田丰，《广州大学学报》（社会科学版）2014/01

20 世纪 20 年代末茅盾在与太阳社、创造社诸君的革命文学论争中，既有所辩驳与坚持，同时也有着很大的妥协和退让。在此过程中虽然从内心深处茅盾对论敌的观点并不完全赞同，但在论敌咄咄逼人、四面出击的强大攻势面前，茅盾却实实在在地感受到激进的革命文学意识形态的压抑性力量，开始有意无意间接受起革命文学思想的规训，并因着这力量的迫压自觉或不自觉地对自己的文学观念进行“重塑”，最终完成了“华丽”的转身，重新回归到左翼阵营之中。由此带来的影响不仅体现在他对待“左联”时期诸多论争的态度上，也涉及文学批评和《子夜》等小说创作之中。

文艺理论与创作的永远课题——读茅盾最后 8 篇论文，作者闫奇男，《贺州学院学报》2014/01

从 1977 年至 1980 年，茅盾留下 8 篇重要的论文，其内容丰富，涉及面很广，具有重要的意义与价值，与茅盾一贯的文艺思想和一生的心路历程有着必然的内在联系，尤其是三大基础理论：第一，深入生活反映事实；第二，继承中外文化遗产；第三，题材多样化人物多样化与典型化。文艺理论与创作的永远课题，值得学习和继承。

周瘦鹃、茅盾与20年代初新旧文学论战（中），作者陈建华，《上海文化》2014/01

新派的强势话语至五月初上海《时事新报》上新辟《文学旬刊》附刊，由郑振铎主编，属于文学研究会的发表园地，即刻投入了新旧文学论战。其实文学研究会里也非铁板一块，与周作人、俞平伯、朱自清等人相比，茅盾和郑振铎在文学思想与政治倾向方面要激进得多，两人分别掌握《小说月报》和《文学旬刊》，在反对旧派方面也最为坚决激烈。此时茅盾正极度醉心西化，一边大力抨击传统文学，把“文以载道”、“文人”的“游戏态度”等都归入“旧”的害人的东西，一边主张仿效“自然主义”来实践科学写实的文学创作。

访谈录：茅盾抗战流离生活掇记，作者孔海珠，《新文学史料》2014/01

1961年，对于文化人来说无疑是思想宽松、充满希望的一年，这是几次政治运动后稍稍松弛的一年。文化单位想做一些文化积累工作。在上海，由上海作家协会资料室牵头，会同大专院校图书馆，选择了一些著名作家为研究课题，从基础工作着手，在图书馆查阅了大量的旧报刊，同时走访作家的有关知情人，期望得到更多的线索和内容。这些材料再给作家本人过目，请他订正。这样的操作顺序，所花费的时间和人力很多，整理出来材料基础扎实，资料价值高，真实性强。

“道不合，不相与谋”——茅盾与胡风论，作者商昌宝，《鲁迅研究月刊》2014/01

作为左翼革命文学的两面旗帜，茅盾与胡风一同见证了20世纪阶级革命的全过程。其间，他们多有合作又不相与谋，甚至相互龃龉，及至落井下石。考察二者间的关系，有助于理清左翼文学家内部的人事纠葛，并进一步还原历史本真。

茅盾小说创作的开端，作者孔庆东；王适文，《广西师范学院学报》（哲学社会科学版）2014/02

茅盾既是著名的小说大师特别是长篇小说大师，又是著名的文学理论家特别是新文学早期的理论开拓者。他的小说创作与他的文学理论素养和前期的文学经验有着密切的关联。本文从诸多原始材料出发，详细探讨了茅盾从事小说创作之前和从事小说创作之初的文学理念和实践，此中蕴含着茅盾和整个新文学创作的诸多要义。

“革命文学”之为何及其路径——茅盾与太阳社、创造社论争的核心，作者田丰，《中南大学学报》（社会科学版）2014/02

大革命的失败催发了茅盾革命文学观念的嬗变，他与太阳社、创造社原本既已存在的“革命文学”观念分歧进一步外显和扩大，由此导致他对革命文学倡导者观点的质疑和批驳，也终而引发太、创二社化“友”为“敌”对他展开猛烈的围攻。论争双方在“革命文学”之为何及其路径的论辩过程中并非仅仅围绕小资产阶级文艺、无产阶级文艺这一个话题展开，不容忽视的还有茅盾《幻灭》等小说中人物的出路问题，以及是立足于腥风血雨的黑暗现实回过头来反思革命还是以乌托邦的未来想象激发人们继续革命，要不要揭示革命阵营内部的阴暗面等一系列关键问题，而这一切又共同指向要不要写真实以及什么样的“真实”等革命文学创作中面临的实际问题。

理性审视：政治文化视阈中的茅盾，作者王嘉良，《天津社会科学》2014/03

对中国现代文学大家茅盾的评价，长期以来因其创作中显露的政治化倾向而存在分歧，这意味着从政治文化视阈对茅盾作理性审视十分必要。茅盾形成“矛盾”人生和独特的作家角色定位，在文学和政治的交错中创作，并作出自己的相应建树。这些都需要将其置于20世纪中国文化语境中考量，作出准确估价。

胡风与茅盾的人格特征——从《七月》与《文艺阵地》的办刊角度进行梳理，作者张玲丽，《宜宾学院学报》2014/03

在抗日战争时期，胡风和茅盾分别以其独特的文学理论思想引领了《七月》与《文艺阵地》。这两本杂志不仅可以作为梳理这两位大家文学理论脉络的媒介，同时也能清晰地探寻与勾画出他们伴随刊物发展进程始终对比鲜明的个性特征。是否合办两份刊物的问题、两本杂志的不同定位、作家群的年龄结构界定以及在对各自刊物的取舍的态度方面，分别显示出他们天壤之别的性格差异。

茅盾文学批评的嬗变——在实际评论与文学创作的双向建构中的矛盾，作者张娜，《名作欣赏》2014/03

茅盾是以文艺批评家的身份出现于“五四”文坛的，随着批评家、社会活动家、作家这三种职能的交替换位，使得茅盾的文学批评由早期受参与具体社会活动影响所形成的纯粹理性批评，逐渐蜕变为受文学创作活动影响而成型的审美与功利间杂的批评模式。茅盾的文学创作促成了其文学批评的矛盾与嬗变。

茅盾和贾平凹的乡土小说对比研究，作者彭琳珺，《文学教育》(下) 2014/03

茅盾和贾平凹都曾写作乡土小说，茅盾 30 年代的作品反映外国资本主义的侵入对中国古老乡村的冲击，贾平凹在改革开放潮流中用审视的眼光看待乡土社会的变化。本文将通过对比茅盾、贾平凹此类乡土小说中的人物类型变化、乡土发展状态以及作者对“城乡碰撞”的态度来探究不同时期的作家们在城乡巨变中对乡土社会的思考。

小议茅盾作品中的理性思维，作者李雪梅，《文学教育》(中) 2014/03

从茅盾的小说作品中可以看出，作者通篇运用了客观的描写和理性的思维方式。他的小说取材广泛，涉及的事物繁杂。在描写这些繁杂事物的结构、主人公的性格、心理动态等方面茅盾也采用了较为突出的理性主义色彩。

茅盾文学翻译的重大成果及历史贡献，作者张韶华，《兰台世界》2014/04

在大历史中呈现思想反思——写在《茅盾先生晚年》前面的话，作者商昌宝，《名作欣赏》2014/04

不得不说，20世纪的中国实在过于沉重，沉重得几乎令人心碎、窒息；20世纪的中国知识分子及作家的命运实在过于坎坷，坎坷得几乎令人眩晕、惊悚。回望和记录这一历程的跌宕起伏与蜿蜒曲折，不仅要借以拨开历史的迷雾，还原历史的本真面目，更重要的是为了把握当下和预想未来。正如敬文东在“长廊与背影”书系的《总序》中所说，之所以这样做，“不是为了向历史撒娇，更不是为了向历史索赔，甚至不是为了简单地证明谁对谁错”。

“热情的呐喊者”——担任《小说月报》主编时期的茅盾，作者端传妹，《南京师范大学文学院学报》2014/04

茅盾于1920年底到1922年间担任《小说月报》的主编。本文对这一时期《小说月报》的特点与历史作用进行了分析，由此对作为主编茅盾于新文学上的贡献及缺憾作出评价。

审查、场域与译者行为：茅盾30年代的弱小民族文学译介，作者陆志国，《外国语文》2014/04

20世纪30年代，茅盾继续从事弱小民族文学的翻译。不管是其个人所述，还是现存的研究资料，都将其翻译行为主要归结于国民政府推行的审查制度。本研究借用布迪厄的文化生产场理论，通过分析审查制度对文学场等场域和《文学》、《译文》杂志的干预情况以及茅盾的翻译习性等，试图说明茅盾的翻译选择和翻译策略等行为是审查、场域中的张力关系和译者习性等因素共同作用的产物。

空间形式与现代作家的文学选择——以鲁迅和茅盾等的乡土散文为例，作者颜水生，《海南师范大学学报》（社会科学版）2014/05

空间形式蕴含了丰富的意义，它不仅可以揭示文学作品的美学内涵与情感表达，而且可以揭示个体作家的精神追求和文学选择。中国现代乡土散文在叙述时间上有怀旧与纪实的差异；在情感表达上，有恋土与厌乡的区别；在美学表现上，有自然美与农家苦的矛盾。现代乡土散文在空间形式表现方面也具有独特内涵，中国现代作家紧跟时代的变化，突出了个人主义、诗性思维与爱国主义在乡土空间叙述中的作用，使乡土散文的空间形式经历了个体化、诗意化与国家化的演变。

鲁迅与茅盾历史小说的叙事学比较——以《铸剑》与《豹子头林冲》为例，作者李雪，《现代语文》（学术综合版）2014/05

鲁迅的《铸剑》与茅盾的《豹子头林冲》均属于短篇历史小说，学界对于二者的比较，主要是有关思想主张和文学主张的研究，很少涉及对其艺术技巧尤其是叙述技巧的探讨，这不能不说是研究中的一个缺憾。因此，本文用叙事学的相关理论来分析《铸剑》与《豹子头林冲》。

茅盾早期小说中的性别修辞及意义，作者降红燕，《中国现代文学研究丛刊》2014/05

在茅盾的早期小说中，存在着两种明显的性别修辞策略，一是聚焦于文本的女性主人公的心理世界，展示女性的悲惨命运。二是在塑造新女性形象时，突出渲染女性人物的生理性别特征。前者体现出作为五四时代具有先进性别文化观念的男性文化人对不幸女性的同情悲悯。后者则表明作为“妇女主义者”的茅盾并没有摆脱将女性视为欲望化对象的无意识深层心理。

一个时代的要求、误解、隔膜和偏见——20 世纪八九十年代茅盾研究论，作者李城希，《文学评论》2014/06

包括《子夜》在内的茅盾小说艺术的意义与价值在 20 世纪八九十年代遭遇持续的质疑与否定，这一质疑与否定有着多重时代及文学、文化背景。从对作为小说艺术家的茅盾与小说艺术之间关系的全面质疑、对《子夜》艺术价值的否定直到将茅盾逐出文学史，这一质疑和否定有着清晰的发展过程。对茅盾小说艺术意义与价值的否定有着多重深刻的时代、生活及艺术原因，是改革开放之后新的时代对茅盾个人生活及艺术的要求、误解、隔膜和偏见的重要表现。我们今天需要以新的思维方式和心态在“未完成的中国现代文学”这一视域中，重新面对茅盾构建的宏大小说艺术世界以重新认识茅盾及其小说艺术的意义与价值。

20世纪中国政治文化视野下的茅盾王蒙比较论纲，作者蔺春华，《浙江传媒学院学报》2014/06

作为20世纪中国文学史上两位极具影响力的作家，茅盾和王蒙在文学创作、文学翻译、文学评论等方面都取得了卓越的成就。他们的文学实践活动以及他们学者、社会活动家、文化官员的多重身份，都与20世纪中国独特的政治文化语境密切相关，从而使它们具有了较强的可比性。

从电影《林家铺子》看茅盾小说的诗意化表达，作者张彩虹，《浙江传媒学院学报》2014/06

电影《林家铺子》拍摄于1959年，它由茅盾的同名中篇小说改编而成。影片较好地还原了原著中水乡小镇充满诗意的生活氛围，以及“一·二八”事变后江南市镇经济凋敝、民不聊生的社会状况。残酷的社会现实与诗意化的水乡风物之间构成一种看似不和谐而又内在统一的声画对位。而这正是茅盾作为一位伟大的文学家的天赋之所在。他对他的国家、人民、桑梓之地永远抱着一种悲天悯人的近乎圣徒之于宗教的情怀，这构成了茅盾小说客观还原现实背后的诗意化表达。

论茅盾《楚辞》研究的神话学阐释，作者谢群，《浙江传媒学院学报》2014/06

茅盾从比较神话学角度，认为《楚辞》的来源是中国中部民族的神话。《楚辞》中某些篇章如《九歌》、《天问》、《招魂》等在文学类型上就是神话，与屈原的人生情感经历无关。在中西神话比较的基础上，通过对《楚辞》中具体神话的阐释，茅盾简单勾勒了一个富有想象力的中国神话世界。茅盾对《楚辞》做出神话学的阐释具有开创性的意义，虽然在阐释《楚辞》主旨的时候，过于强调神话材料的重要性而忽视了作者的主体性改造，但总体来说是一次重要的尝试。

豪斯翻译质量评估模式在汉语英译中的应用——以茅盾《白杨礼赞》的英译为例，作者丁海英，《语文学刊》（外语教育教学）2014/08

根据朱莉安·豪斯的“翻译质量评估模式”分析和评估张培基对茅盾《白杨礼赞》的英译，从而对其译文质量作出评价。通过分析和评估，认为《白杨礼赞》的英译本翻译质量较高，很好地再现了原文的主题。

茅盾眼中的“五四”与“新文学”——以《中国新文学大系·现代小说导论（一）》为中心，作者冯雪，《今传媒》2014/09

选取茅盾的《现代小说导论（一）》作为考察的中心，兼顾他的其他文学评论具体分析茅盾叙述、规划中的“五四”与“新文学”，并评述茅盾的遗产对于今日文学批评的启示。

国民党治下的文网与茅盾的文学活动——以1933—1935年为中心，作者杨华丽，《鲁迅研究月刊》2014/10

1933年至1935年是国民党统治下的文网制度日益健全并对左翼文学发挥较大禁锢效用的三年，也是左翼作家茅盾的文学地位日益稳固并对左翼文学发挥重要影响作用的三年。在既有的茅盾研究中，学界对后者多有关注，而对前者与后者之关系欠缺必要的审视与论析。这种缺失，不仅不利于深化对中国现代文网史的研究、对茅盾与文网之关系研究，而且不利于深化对此期茅盾的文学形貌、文学特质的深层次研究。

茅盾眼中的《水浒传》，作者李荣华，《戏剧之家》2014/11

《谈〈水浒〉》和《谈〈水浒〉的人物和结构》，是茅盾先生所作的两篇有关于《水浒传》的重要专论文章，不论是对于《水浒传》的研究，还是茅盾的研究，都具有重要意义。从中不仅可以看到茅盾先生对《水浒传》独特的解读、精深的见解，还可以看到老一辈学者治学之严谨、公正与客观。虽然由于时代所限，其中亦难免有所论不足之处，但仍应予以足够的重视。

茅盾对外国戏剧的译介和借鉴，作者王崧婷，《戏剧文学》2014/11

茅盾常以小说家和批评家驰名，但他早在“五四”前后即开始广泛接触、译介、传播挪威、日本、欧美、苏俄等外国戏剧思潮和理论，汲取其丰富营养，发起组建民众戏剧社等戏剧团体，革新中国戏曲，建设中国话剧，为中国戏剧与异域文化发生碰撞、实现现代转型，作出了奠基性的历史贡献。并且在他唯一的戏剧创作中，谨慎而有限地运用外国戏剧的先进经验，某种程度上为其他剧作家提供了一种可供模仿的范式。

满纸烟云风流事　茅盾复袁良骏书信漫谈，作者王双强，《收藏》2014/13

天使与魔鬼——茅盾《子夜》中的女性人物分析，作者杨晓燕，《名作欣赏》2014/15

茅盾在现当代文学界有着举足轻重的地位，其作品《子夜》更是作为茅盾那一时代的作品水准的标签。《子夜》中出现了一系列形态各异、性格有别的女性形象，在这些女性形象的身上茅盾赋予了她们两种截然不同的生活状态和命运状态。

坚守与抗争——左联时期茅盾为延续五四传统所作的贡献，作者田丰，《渭南师范学院学报》2014/17

革命文学倡导者为完成从文学革命到革命文学的文学范式转变，采取的是与“五四”断然决裂的态度，对五四话语及五四传统形成巨大的冲击。“五四”一代成名作家纷纷受到贬斥和攻击，作为“五四”之后诞生的文学研究会的发起人和《小说月报》主编的茅盾也未能幸免。在革命文学倡导者咄咄逼人、四面出击的强大攻势面前，茅盾虽然也曾作过有力的回应，但实际上在很大程度上他已经开始自觉接受规训，以便能够重新回归到左翼阵营之中。然而作为“五四”滋养下成长起来的一代青年中的佼佼者，他却并未彻底放弃对五四话语的坚守和阐扬，从而在左联时期为延续五四传统作出了突出的贡献。

茅盾早期小说集《野蔷薇》的特征，作者徐雨霁，《名作欣赏》2014/35

茅盾前期代表作品小说集《野蔷薇》并不太受重视，但是，却以鲜明的社会分析色彩奠定了茅盾现实主义创作的特色。同时，《野蔷薇》在政治寓意的抒写、人物性格和心理的深度观照、细节与象征的深化使用等方面，显示出很强的艺术性。

茅盾的《动摇》主题再探，作者陈丽芬，《名作欣赏》2014/35

作为茅盾《蚀》三部曲之一的《动摇》，学界的一般看法认为其主人公是方罗兰，表现的是小资产阶级两面性的心理特性。但是，细读文本，《动摇》中的人物形象众多，涉及社会的各个阶层，并且，每个人物都是他们所在阶层的典型代表。因此，单纯把方罗兰作为全篇的主人公，认为《动摇》的主题只是表达小资产阶级的动摇性，是把《动摇》的主题平面化和片面化了。《动摇》应该是通过展示各阶层人物在大革命背景下的所作所为，表达了革命基础在动摇的主题：左中右三方共同参与决策革命，愚昧、野性和私欲笼罩了一切。

2015

茅盾爱国主义思想与基督教形象建构方式论，作者张慧佳，《石家庄学院学报》2015/01

自近代基督教第四次入华以来，基督教以及基督教文学的在华发展就受到了来自各方的质疑和非难。然而，社会现实需要及知识分子主体意志又使得基督教文学在华的发展几经沉浮。如何缝合西方文化资源与中国传统文化之间的裂痕，使前者更好地融入中国文化环境并推动中国文学发展，一直是民国知识分子思考的问题，茅盾即为此项工作作出了重要贡献。

新发现的茅盾《红学札记》述论，作者王人恩，《红楼梦学刊》2015/01

《红学札记》研究手稿十三篇，是茅盾在20世纪60年代撰写《关于曹雪芹——纪念曹雪芹逝世二百周年》报告时，参阅有关《红楼梦》评注、解释、索隐等书作札记而形成的手迹。《红学札记》基本上涉及了红学研究的大部分重要领域，其中蕴含着茅盾不少可信而可贵的红学见解；《关于曹雪芹》是《红学札记》的高度浓缩，它是茅盾一丝不苟、严谨治学精神的集中体现。茅盾以他的极有学术价值的红学论著为红学研究史书写了浓墨重彩的一章，他的红学论著的价值随着时代的前进必将会更加为人们所重视进而珍视。茅盾在红学史上自应占有一席重要的地位。

茅盾论罗曼·罗兰，作者编者，《郭沫若学刊》2015/01

矛盾中的茅盾，作者陈徒手，《读书》2015/01

茅盾红学思想研究的回顾与展望，作者李荣华，《长沙大学学报》2015/01

茅盾研究《红楼梦》始于20世纪30年代，其一生对红学多有研究和贡献。目前，学术界研究茅盾者甚多，研究茅盾红学思想者却不多，对此做系统梳理的则少之又少。从茅盾论《红楼梦》的艺术成就、思想内涵、对《红楼梦》作者的评价、对待历史上诸红学派别的态度，以及对《红楼梦》中诗词曲赋的态度、对《红楼梦》的“删削”等几方面入手，爬梳整理茅盾红学思想的研究现状，能丰富茅盾红学思想研究的维度。

中国上古神话体系重建的方法论反思——以茅盾的人类学方法为例，作者苏永前，《兰州大学学报》（社会科学版）2015/01

20世纪以来，面对残存于汉语典籍中的神话“碎片”，许多学者致力于中国上古神话体系的重建，其中尤具代表性的是茅盾的人类学方法：从当时盛行的“人类心智共通说”出发，导出世界神话普同的结论；归纳其他民族神话的情节结构，进而“还原”中国上古神话体系。从学术反思的立场看，茅盾上述方法有一定局限，它与其说解决了中国神话难题，不如说缓解了当时知识界的焦虑。

《推拿》：叙事、诉求与现实逻辑——茅盾文学奖获奖作品研究之九，作者沈思涵、沈嘉达，《黄冈师范学院学报》2015/01

荣获第八届茅盾文学奖的长篇小说《推拿》，采用的是“心灵叙事”模式，更注重、偏重、看重小说中盲人间的心灵激荡，并以此来推动小说进程；而康洪雷导演的同名 31 集电视连续剧改变了这一叙事伦理以及叙事格局，依靠制造“故事”推进电视剧发展，吸引观众眼球，契合了当代影像产品的消费模式。在对“尊严”的表达方面，毕飞宇执着的还是“个体性”的尊严；而同名电视连续剧《推拿》彻底放大了这种关于尊严的焦虑，使之变成了一个社会事件，换句话说，变成了时代焦虑。某种意义上说，小说与电视剧的艺术属性的固有差异，导致了电视剧《推拿》本身的“惨淡”命运。这是值得改编者们认真思量的。

“五四”的不同想象与思想分野——1948 年“五四”文艺节中的茅盾和沈从文，作者袁洪权，《重庆师范大学学报》（哲学社会科学版）2015/02

1948 年 5 月，茅盾和沈从文同时写文章表达对“五四”新文化运动的评价。仔细阅读中，我们发现：茅盾和沈从文这种评价是他们不同的“五四”想象。茅盾侧重文艺工作者的任务和五四的政治意义，显示出“毛文体”、“毛话语”对茅盾的潜在影响；沈从文侧重五四精神与文运的重建、五四学人与新北大人的思想探索，显示出作为思想者的沈从文的独特思考。两种不同的“五四”想象，导致他们的思想分野。1948 年，是他们这种“五四”想象的最后展现。

“启蒙”与“救世”——茅盾早期（1916—1927）译事的文化解读，作者喻锋平，《嘉兴学院学报》2015/02

茅盾的文学生涯是从翻译开始，在 1927 年开始文学创作以前，茅盾翻译了大量的外国作品，值得译界深入研究。以“文化转向”为视角，从意识形态、诗学和赞助人三要素来分析茅盾早期译事，茅盾翻译活动初期受其职业影响，其译事具有鲜明的“启蒙”特色；在五四运动后，随着社会思潮的变革和主流诗学的影响，茅盾的译事活动开始具有明显的“救世”色彩，主动提倡翻译苏联和弱小民族文学作品，译介共产主义思想，并最终摆脱了“赞助人”的约束走上革命。

论茅盾“文学生活”与书法文化的关联，作者李继凯，《华中师范大学学报》（人文社会科学版）2015/02

作家是文人，是文人中最擅长书写的群体，其中兼通书法的作家文人则将自己的文学生活与书法文化紧密结合起来，从而创造了弥足珍贵的具有复合价值的“第三文本”。本文对茅盾生活化的书写行为进行初步考察，尤其对茅盾“文学生活”与书法文化的关联进行了重点考察，以此确证茅盾的一种活法——活在勤奋的书写中，活在浩繁的墨迹中，活在自己的爱好中。他的“文学为人生”由此有了新的意味，即不仅是为了“社会人生”，而且是在书写“自我人生”；他的文化生活也由此有了更为丰富的含义，即他不仅是一位成功的文学家，而且也是一位将文学与书法或书法与文学紧密结合，创造出许多“第三文本”的杰出书写者，即使纯粹从书法角度看也是一位不可小觑的书法家。从书写行为的综合研究视角，我们可以从一个侧面更加贴近现代文化、文学大家及书法名家的茅盾先生。

论茅盾《子夜》中的颓废色彩，作者胡赤兵，《贵州民族大学学报》（哲学社会科学版）2015/02

小说《了夜》以独特的艺术创作手法，深入细致地描绘了20世纪30年代上海物质繁荣和都市奢靡生活的表象，刻画了以吴荪甫为代表的民族资本家及一批小资产阶级分子心灵的迷失、苦闷和彷徨。作品所传递的浓郁的颓废气息和色彩，根源于现代西方工业文明对中国传统道德的消解，是茅盾关于都市生活的真实经验和思想的结晶，体现出作者独特的艺术审美风格。

中国现代作家对参孙故事的改写——以茅盾和向培良的小说为例，作者厉盼盼，《世界华文文学论坛》2015/02

圣经不仅是富有影响力的宗教典籍，也是重要的文学经典。茅盾和向培良深受其益，不约而同地从中汲取营养，精心剪裁，为我所用，别求新声于异域。本文以二者的“同题异作”《参孙的复仇》和《参孙与德丽娜》为研究对象，采用文本细读的方法，分析参孙形象在中国现代文化语境下的变异，探寻参孙故事叙事的审美品格和思想价值，挖掘造成其艺术审美嬗变的诸种原因。

“民族的文学”与“世界的文学”——论茅盾现代文学观的前瞻性，作者朱德发，《吉林大学社会科学学报》2015/02

在中国文学向现代转型的激变期“五四”，茅盾的现代文学观极为丰富又具有前瞻性。近30年对其研究达到相当高的学术层次，但是对他提出的“民族的文学”与“世界的文学”两个范畴及其相互关系的探究却显不足。早在19世纪20年代歌德提出了“民族文学”与“世界文学”两个概念，随后马克思、恩格斯在《共产党宣言》中提出“世界的文学”设想；逮及20世纪中国五四文学革命勃发，首倡建构“民族的文学”（即国民文学）与“世界的文学”的茅盾，既对民族文学与世界文学及其相互关系作了精辟论述，又对先创造国民文学再联合各国建设世界文学的缘由给出充分阐明，也对现代中国民族文学必具的美学特征作出了科学的预测。茅盾的现代文学观不仅具有原创的理论价值，而且它的前瞻性也具有当下的现实意义，对于解决21世纪以来文学创作繁荣背后的“乱象”大有裨益。

浅析茅盾的“把文学翻译工作提高到艺术创造的水平”，作者包齐，《山东广播电视大学学报》2015/03

论述了茅盾提出的“把文学翻译工作提高到艺术创造的水平”这一观点，对其他翻译理论家的相关理论进行阐述，对如何提高译者文学翻译方面的艺术创造水平提出了建议，并总结茅盾这一文学翻译思想所具有的指导意义。

“笔剑无分同敌忾，胆肝相对共筹量——郭沫若与茅盾展”暨“抗战中的郭沫若与茅盾”学术研讨会综述，作者张勇、赵笑洁，《郭沫若学刊》2015/03

由桐乡市文化广电新闻出版局、中国社会科学院郭沫若纪念馆、茅盾故居（北京）主办，桐乡市茅盾纪念馆、乌镇旅游有限公司、植材小学承办的“笔剑无分同敌忾，胆肝相对共筹量——郭沫若与茅盾展”暨“抗战中的郭沫若与茅盾”学术研讨会，于2015年5月14日至15日在浙江省桐乡市乌镇举行。

以革命的名义——茅盾早期小说中革命话语的置换与书写，作者刘永丽，《扬州大学学报》（人文社会科学版）2015/03

茅盾早期小说中的革命含义有些暧昧不明，在他笔下，革命往往变成了个人为寻求某种生活方式所借助的话语姿态，导致了革命话语多重语义的置换现象。具体来讲，茅盾早期小说中的革命，是一种通向现代性之光明未来的途径，是激情生活之置换，激情恋爱之置换。

理性审视：茅盾的现实主义选择与独特理论建树——置于中国20世纪文化语境中的考量，作者王嘉良，《浙江师范大学学报》（社会科学版）2015/03

对茅盾长期持守现实主义的评价，必须置于20世纪中国文化语境中考量，才能作出准确估价。茅盾的现实主义选择之路并不单纯，经历了审慎提倡写实主义、集中倡导自然主义、专力批判新写实主义、最终确立现实主义文学观的演进历程，表明其文学观有着丰富复杂内涵，其为完善我国的现实主义理论作出了重要建树。

从《子夜》到《农村三部曲》——论茅盾小说全面把握中国社会形态的努力，作者盛翠菊、董诗顶，《文艺理论与批评》2015/04

1928年至1932年，茅盾完成了《子夜》的构思与写作。考虑到当时思想界、学术界正在进行的中国社会性质的讨论和革命文学的争论，我们的眼光就不能停留在《子夜》耳熟能详的故事上，也不能仅仅述说其开创性的文学地位。我们更关心的是《子夜》所创造的“社会剖析”范式在具备马克思主义政治经济分析眼光的同时，是如何转化为现实主义文学创作原则的。

从《〈呼兰河传〉序》看茅盾对萧红的误读，作者杨迎平，《现代中文学刊》2015/04

茅盾的《〈呼兰河传〉序》一直影响着半个多世纪的萧红研究，当我重新解读萧红，发现茅盾在思想上、情绪上、艺术上对萧红都有所误读。在思想上，萧红不仅仅局限于阶级的抒写，她还继承鲁迅的传统，表现人类的愚昧，国民的劣根性；在情绪上，她并不像茅盾说的那么过分的“感到苦闷焦躁”，她是以宁静的心情创作了她的优秀的小说《呼兰河传》；从艺术上看，《呼兰河传》汇合了多种文体，特别是运用了戏剧的表现方法，使其成为一部奇著。

H. T. 费德林论茅盾——茅盾《子夜》俄译本序言，作者费德林、宋绍香，《国际汉学》2015/04

茅盾是在1919年反帝反封建的“五四”运动高潮中进入中国文坛的最有天才的老一代作家之一。在俄国伟大的“十月”革命思想影响下爆发的1919年的“五四”运动，是中国马克思主义同群众运动相结合的产物，未来作家茅盾极为支持。他开始参与社会生活，参加马克思主义小组，阅读马克思主义文学。

《小说月报》的改革与茅盾的现实主义创作，作者沙芊屿、薛雯，《新闻研究导刊》2015/04

1919年11月初，茅盾主持《小说月报》中“小说新潮”栏的实际编辑事务，由此，茅盾开始了中国新文学道路的改革与创新。当“五四”运动爆发，科学和民主思想在中国的大地上得到了宣传与弘扬，酝酿着新文学的革命破土而出，《小说月报》的改革也顺应时代潮流，成为新文学运动的里程碑。

被误读的茅盾：批评的错位与评价的失衡——置于中国20世纪文化语境中的分析，作者王嘉良，《浙江传媒学院学报》2015/04

对中国现代文学大家茅盾的评价，在一些重要问题，诸如处理文学和政治的关系、坚持现实主义创作、形成独特的创作“模式”等方面，存在着种种“误读”现象，便有可能造成对作家评价的失衡。这里的确存在着许多复杂现象，只有将其置于20世纪中国文化语境中分析，才能作出准确估价，从而达到作家固有价值的还原。

关于茅盾和茅盾研究的几个问题，作者钟桂松，《浙江传媒学院学报》2015/04

茅盾一生经历了清朝的灭亡、民国的兴衰以及新中国的建立和发展，对20世纪中国文艺事业做出了重大贡献。关于茅盾研究，还有很多空间需要深化，如关于茅盾早期脱颖而出的环境研究、茅盾与中共组织的关系问题研究、茅盾创作黄金时期的总体研究、抗日战争时期的茅盾研究、共和国以后茅盾的复杂性研究、茅盾年谱的完善问题。

“为人生而艺术”——茅盾早期（1919—1927年）文艺思想探析，作者曲立斌，《吉林化工学院学报》2015/05

茅盾早期文艺思想的核心是“为人生而艺术”，以要求“怨与怒”的文学，要求“血与泪”的文学，要求同情“被损害与被侮辱者”的文学为基本特征，1925年实现了其文艺思想的转变，为人生的文艺思想是在同各种文艺流派的斗争中发展、完善起来的。

茅盾“独尊”现实主义及其所产生的正负效应——置于中国20世纪文化语境中的考量，作者王嘉良，《河北学刊》2015/05

对中国现代文学大家茅盾的评价，因其长期以来持守以至于“独尊”现实主义而存在分歧。现实主义是中国20世纪文学中一股强劲的文学潮流，茅盾几乎毕生为推动这股潮流而努力，为现实主义在中国的发展作出过重要贡献。这意味着从现实主义视域对茅盾作理性审视十分必要。茅盾“独尊”现实主义，映现了现实主义思潮在中国流布中呈现的复杂性及合理性，当然也产生了正负效应。对此，需要将其置于20世纪中国文化语境中进行考虑，作出准确的估价。

茅盾文学作品英译概述，作者田佳，《重庆第二师范学院学报》2015/05

茅盾文学作品的英译早在20世纪30年代初就已开始。经过80余年的发展，如今茅盾作品中共有15部被译为英语，英译本数量达到25本。这些英译作品包括小说、散文等不同的文学体裁，其中几部著名小说有多个译本，如《子夜》、《春蚕》、《林家铺子》等。根据WorldCat数据库，将茅盾所有文学作品的英译情况进行梳理与统计，以期填补当今文学作品英译研究领域中的这一空白，并为未来更进一步的研究做铺垫。

重读茅盾《夜读偶记》，作者张慧敏，《中国现代文学研究丛刊》2015/05

茅盾《夜读偶记》历来被认为是当代文学讨论现代主义的重要文献。但是根据1958年《偶记》文本产生的时代语境及立论者的话语策略和言说内容，现代主义只是一个替罪羊，是旁顾左右而言他的一种技巧方式。貌似随意“夜读”随意之“偶记”，其实是在一个复杂时代运用复杂的技巧凝聚之文本。故此，本文的细读意在厘析《夜读偶记》文本中多重论辩和驳议。

茅盾的“矛盾”人生与现代作家的复杂样态呈现——置于中国20世纪复杂文化语境中的分析，作者王嘉良，《天津社会科学》2015/06

评说现代作家茅盾，将其置于中国20世纪文化语境中，探究其由“矛盾”人生形成的思想复杂性与矛盾性，揭示其处理文学与革命、政治的复杂关系及其创作蕴含的丰富内涵，至关重要。其“矛盾”心态贯穿于人生历程中，体现在“茅盾前”、“茅盾时”、“茅盾后”各个时期，这是中国现代作家复杂样态的一个典型个案。

“新女性”的局限——从茅盾小说《创造》看“新女性”的三个特征，作者谢东玲、王晓平，《职大学报》2015/06

茅盾的《创造》塑造了从封建伦理中觉醒、获得思想独立的“新女性”形象。从文本中看，促成“新女性”思想蜕变的原因来源并不明确，她们的思想具有极大的可塑性；“新女性”比传统女性进步，但她们的行为缺乏目的性，往往只是追求强烈的刺激，因而她们对事物的分析仅停留在表层；她们追求独立与自由，却无法摆脱市民阶级骄奢的生活习性。思想蜕变原因的不明确、行为缺乏目的性、自身阶级的局限性，造成了“新女性”无法建立自身主体性的局限。

茅盾翻译思想与实践概述，作者廉亚健，《中国出版》2015/06

茅盾的翻译思想主要涵盖三个方面，提倡忠实于原文内容和风格的直译，主张译文应体现原作的神韵，重视文学翻译的艺术创造性。茅盾的翻译实践大致分为三个阶段，初期美国科幻小说的翻译，中期对俄国革命民主主义文学和现实主义文学以及弱小民族文学的译介，后期苏联卫国战争小说的翻译。

国民党抗战时期的文化统制与进步作家的“钻网术”——以茅盾为中心，作者杨华丽，《中国现代文学研究丛刊》2015/07

国民党政府先后出台的系列战时文化统制政策，严重影响了当时文坛生态。在武汉失守尤其是皖南事变后的几年间，左翼作家茅盾的文集被禁、主编的杂志被禁、作品被删削，但他善于以笔钻网，以妙选题材、善择体裁以及委婉表达来展现其抗争。与茅盾相类的大批作家在夹缝中的艰难写作，多数进步作家抵制乃至控诉国民党的文化统制政策，导致国民党日趋失去了管控力。

茅盾五十寿辰收到悼念诗，作者杨建民，《文史天地》2015/08

茅盾《精神食粮》的三个译本考论，作者杨华丽，《鲁迅研究月刊》2015/08

《精神食粮》是茅盾为在日本翻译出版的《大鲁迅全集》而写的推广辞。这篇大约400来字的短文，对研究茅盾1937年前后的鲁迅观，研究1936—1949年间的鲁迅纪念情况具有重要意义。然而《茅盾全集》、《茅盾年谱》等研究资料以及鲁迅研究资料中，关于此文的题目、内容、在国内的出处却有多种说法。

文学风格：茅盾当代文学批评的美学底线，作者王本朝，《文艺争鸣》2015/08

茅盾文学奖《繁花》——2015年上海书展感受二，作者西土瓦，《上海质量》2015/09

长者之风：论茅盾对沉樱小说的批评，作者曹然，《现代语文》（学术综合版）2015/09

茅盾是中国现代文学批评的先驱之一，是最早对沉樱小说做出批评的作家。本文以茅盾对沉樱小说《归家》、《旧雨》的批评为主要研究对象，参考其他批评家的文章，分析了茅盾对沉樱小说之批评的深刻内涵与重要意义，展现了茅盾敏锐的文学观察力与奖掖新人、关怀女作家的长者之风，并指出今天文学批评界应当学习、传承其风范。

茅盾与张仲实在新疆时期的交往史实考辨，作者张积玉，《中国现代文学研究丛刊》2015/09

茅盾与张仲实在20世纪三四十年代之交辗转新疆，准备建设抗日大后方。关于这段传奇的经历却只出现在两人的回忆性文章中，而缺乏系统的研究成果。由于岁月的流逝，两人这段时期交往史实或因当事人回忆文字中的错漏，或因研究资料发掘的欠缺，出现了不少与历史真实不符的记述，值得重新加以考察、研究。

茅盾的新疆之行及对杜重远的评议，作者胡新华，卢水萍，《兰台世界》2015/10

茅盾在新疆的一年多时间内为新疆的文化建设与教育发展做出了一定贡献，考察茅盾新疆之行的原因，其中杜重远之邀作为茅盾新疆之行的肇始之因，茅盾离疆后仍多次谈及此事，颇有总结经验教训之意。

茅盾书法小考，作者盛羽、盛欣夫，《中国书法》2015/10

《吴宓日记续编》中的“茅盾”，作者肖太云，《文艺争鸣》2015/10

吴宓对新文学整体无好感。由于受白璧德新人文主义的濡染，他有一套迥异于科学启蒙主义的世界观，抵制变革，对新文化运动充满敌意，将新文学喻为“乱国文学”和“土匪文学”，视新文学家群体为破坏秩序扰乱人心的“过激派”，特别是对提倡白话反对文言的人充满怨恨，对有关“五四”纪念的活动也是不肯参加。如 1940 年 5 月 4 日日记云：“是日五四运动纪念，放假。上午精神动员会，庆祝五四。宓未往。”读沈从文等之文，益增感痛。

茅盾文学奖：展示中国文学的更多可能，作者千洵，《中关村》2015/10

“这五部书不会辜负珍贵的信任，每一部都如同一盏明亮的灯，照亮了这边风景，每一部都凝聚着作家深厚的体验和精湛的功力，在漫长的时光、寂寞的劳作中淬炼而成，他们拓展了汉语文学的精神空间，标记着 2011 年到 2014 年中国长篇小说创作的辉煌成就。”——铁凝

茅盾与茹志鹃，作者钟桂松，《书城》2015/10

茅盾在评论《百合花》之前并不认识茹志鹃，在茅盾认识的人中，也没有人告诉茅盾，茹志鹃是谁。茅盾是读了 1958 年 3 月《延河》文艺杂志上的小说《百合花》后，才知道有个作家叫茹志鹃。同样，茅盾也

只是觉得这篇小说风格清新俊逸，才写评论，充分肯定这篇小说的。然而，殊不知，因为茅盾的评论，已经蔫倒的百合花又焕发青春，让处在人生低谷的茹志鹃又振作起来，成为新中国的著名作家。

翻译、民族与叙事——茅盾早期翻译文学研究，作者李建梅，《文艺争鸣》2015/11

作为五四文学的中坚人物，茅盾引导了中国现当代文学基本性格的形成与发展。他的文学生涯发端于翻译外国小说，其文学作品中有相当部分都是外国文学的翻译和介绍。它们直接参与了茅盾文学思想的建构，并进一步影响了现当代文学的基本特征。目前关于茅盾早期翻译文学的研究，主要是对翻译作品、译介思想的梳理总结和批判反思。

茅盾文学奖评选中的保密工作，作者武薇，《保密工作》2015/11

茅盾文学奖（以下简称茅奖），这个被誉为中国长篇小说最高荣誉的奖项，因为最高，吸引大众的热情、信任和期盼也最多。30 多年来，无论是冲出重围斩获大奖的佼佼者，还是黯然出局的遗珠之憾，都是人们关注的焦点。评选究竟经历了哪些环节，筛选机制既要公平、公正，又要公开、透明，其中的保密工作如何做，这些无疑都是公众感兴趣的内容。

俄罗斯汉学界的茅盾研究，作者王玉珠，《名作欣赏》2015/11

从 1934 年涅克拉索夫翻译《春蚕》发表后，俄罗斯汉学界的茅盾研究已持续了八十余年，这期间可谓是人才辈出，著作充栋。本文试图将俄罗斯汉学界的茅盾研究分为三个时期，以期全面展现俄罗斯茅盾研究的成果，并为国内茅盾研究提供参照。

书贵瘦硬始风流——从茅盾《访玛佐夫舍歌舞团》诗稿谈起，作者李林，《中国书画》2015/12

从想象力因素看第八届茅盾文学奖获奖作品，作者余梦，《广东技术师范学院学报》2015/12

想象力是文学存在的永恒命题，其重要性不言而喻。第八届茅盾文学奖获奖作品所蕴含的想象力存在明显的再现倾向：想象的时间总是指向过去，背景偏爱世俗的社会情境，内容写实且内在情理感性色彩偏浓。进一步体现在：形象性过于写实，超越性深受限制，美感中道德意味相对凝重，同时存在“平实性叙事”、“滞留性再现”，导致行文虽细腻感人但缺乏应有的异化和跳跃。针对当代作家想象力的现状，蕴藉性表达、多元时空叙述不失为提升当代作家想象力的有益参考。

从茅盾小说《春蚕》透视江南蚕桑丝织民俗文化，作者唐惠华，《时代文学》2015/12

茅盾作品《春蚕》，以其独特的艺术形式和鲜明的人物形象，细致地描写了江南农民的日常蚕桑丝织生活状态。无论是江南蚕桑丝织民俗文化形成条件，还是四十日而蚕事毕的蚕桑丝织生产习俗，亦或灯火三更作茧圆的民俗文化以及禁忌，无不烙印着鲜明的江南蚕桑丝织文化印记。

论 20 世纪初青年的生命形态——从茅盾《霜叶红似二月花》中人物的生存选择观照，作者刘瑜、朱伟华，《毕节学院学报》2015/12

《霜叶红似二月花》是茅盾 20 世纪 40 年代的一部反思之作，小说以江南村镇为背景，向我们讲述了新兴资本家与地土豪绅相互斗争的故事。其中的人物张婉卿、张恂如以及钱良材的个体生存选择，向我们展现了 20 世纪初青年的生命形态，表现了特殊境遇人物生存的困境及生命存在的价值与意义。

从变异学角度看茅盾文学批评中的“自然主义”，作者孙宇、马金科，《吉林省经济管理干部学院学报》2015/12

茅盾文学批评具有独特而又多样的风格，在文学批评史上具有重要的贡献，其中，自然主义文学思潮对其文学批评有一定影响。从变异学角度来阐释茅盾文学批评中的“自然主义”，意义重大。其中包括茅盾对左拉自然主义的接受是取其“文学上的自然主义”而非“人生观上的自然主义”以及茅盾文学批评中“自然主义”的两大法宝为客观描写和实地考察。

论西方社会学批评理论对“五四”文学批评的影响——以茅盾、胡适、成仿吾为例，作者宋向红，《钦州学院学报》2015/12

从社会学的角度研究文学的方法被学术界称为社会学批评。五四时期西方社会学批评理论在中国迅速传播，对文学批评产生了巨大影响。它促成中国文艺批评领域中社会学批评流派的确立，推动中国传统文学批评方法的转型，弥补了审美批评忽视社会现实的不足。其中，茅盾受泰纳的“三要素”说的影响，确立了中国社会学批评的基本模式；胡适成功地将杜威的实用主义方法与传统治学方法融会贯通；成仿吾借鉴居友与格罗塞的社会学说，形成“社会—审美”的批评风格。

茅盾文学作品英译研究综述，作者田佳，《海外英语》2015/13

作为左翼文学的巨擘，茅盾对中国文学的发展影响深远。他一生勤奋笔耕，给世界留下了众多优秀的文学作品。早在20世纪30年代初期，关于茅盾文学作品的英译活动就已开始。而对其英译进行研究的学者直到80年代才出现。该文以中国知网为数据库，对现有的关于茅盾文学作品英译的研究成果进行梳理，并针对其不足为将来的学术研究活动提出自己的建议，旨在为该领域的深入研究奠定基础。

茅盾文学创作的二维解读，作者王明红，《学理论》2014/15

茅盾是我国现代著名作家，创作了许多反映社会现实的作品，其作品以其强烈的现实主义特色、浓厚的政治色彩、高超的艺术成就，占据了现代文学史重要的一角。但在他的文学创作中，特别是从《子夜》中吴荪甫身上，让我们看到了茅盾创作动机与创作心理定式的矛盾交汇。

茅盾与上海——2014年7月5日在上海图书馆的讲演，作者杨扬，《名作欣赏》2015/16

本文是华东师范大学文学院杨扬教授在上海图书馆的讲演稿。其主要有三方面内容：一是茅盾怎么到上海来的，二是他到上海后做了什么，三是茅盾与上海的关系，应该引发我们对文学史哪些思考。茅盾作为现代文学中的大家，研究成果颇丰，但此文从地域文学的角度对茅盾的文学创作进行梳理解读，可谓别出机杼。

茅盾笔下民族资本家形象的悲剧命运——以《子夜》为中心，作者孙泰然、李艳爽，《名作欣赏》2015/17

20世纪三四十年代，中国的资本主义获得了短暂而快速的发展，资本家群体成为了社会新兴的群体之一，茅盾以其独特的艺术敏感将这些资本家的境遇写进作品，形成了民族资本家形象谱系。作为代表先进的经济形态和生产力发展方向的民族资本家生不逢时，如同强悍的希腊英雄西西弗斯一样，最终无法逃脱悲剧命运。通过对民族资本家悲剧命运的解读，或许可以帮助人们拓宽对历史的理解，为现实寻找更有价值的参照空间。

茅盾的苏联文学翻译实践之路，作者王改侠、马进军，《兰台世界》2014/19

茅盾是我国无产阶级革命文学的奠基者，同时也是杰出的翻译家，为从外国文学中汲取思想营养来促进国民性的改造，他投入了大量精力进行外国文学作品的翻译。

文学“多面手”茅盾的文学翻译境界，作者孙嘉，《兰台世界》2015/19

“30年代文学”时期的茅盾与普列汉诺夫，作者张琼，《名作欣赏》2015/19

普列汉诺夫的文学理论为“左联”的成立创造了思想条件，也在一定程度上构成“30年代文学”时期（1928—1937）茅盾思想“变化”的潜在背景。寻找普列汉诺夫和茅盾在思想上的联系，有助于揭示这个时期茅盾一以贯之的“合于现实”的创作观，也可以促成一种反思，以发现茅盾思想“变化”的另一层含义：茅盾的理论批评家身份的确立，以及根植于这一身份的社会使命感的显现。

报纸文章索引

2014

茅盾“尴尬”的标本意义，作者徐庆全，《中华读书报》2014－03－05

茅盾看《红旗谱》，作者钟桂松，《文艺报》2014－04－23

《青春之歌》茅盾眉批本杂议，作者张元珂，《文艺报》2014－06－23

茅盾为《青春之歌》定音，作者钟桂松，《文艺报》2014－06－23

茅盾小说中一个延续78年的错误，作者吴心海，《中华读书报》2014－07－16

从茅盾散文谈创作境界，作者张宗刚，《文学报》2014－11－06

茅盾的书艺及市场走向，作者朱皓云，《团结报》2014－11－20

2015

《茅盾研究八十年书系》：两岸一次成功的学术合作，作者李继凯，《文艺报》2015－02－18

茅盾选择现实主义的历史合理性，作者王彦，《文汇报》2015－04－09

茅盾文学奖：当“史诗叙事”遭遇快速刷新的时代，作者王彦，《中华读书报》2015－04－09

茅盾文学奖：当“史诗叙事”遭遇快速刷新的时代，作者王彦，《文汇报》2015－04－09

茅盾文学奖作品能成为经典吗？作者贺绍俊，《人民日报》（海外版）2015－05－12

网络文学欲得茅盾文学奖，是不是急了点？作者西河，《工人日报》2015－06－15

茅盾文学奖：时间有保证结果才公正，作者苑广阔，《中华读书报》2015－06－24

九届“茅盾文学奖”开评文学湘军能否“登顶”，作者龚旭东，《湖南日报》2015－08－14

茅盾文学奖的悄然“革命”，作者王春林，《北京日报》2015－08－20

茅盾文学奖走热的背后，作者孟凡，《新华书目报》2015－08－24

43部作品背后的茅盾文学奖，作者陈雪，《新华书目报》2015－08－24

那些因茅盾文学奖而改变的，作者路艳霞，《北京日报》2015－09－17

硕博士学位论文摘要

抗战生活本质的史诗——茅盾抗战小说独特性探索，作者占群丽，导师苏永延，厦门大学，中国现当代文学，2014，硕士

抗日战争是中华民族历经百年沉沦，用鲜血和生命书写的壮丽画卷。国难当头，作家们在抗战救亡的旗帜下，创作了大量以宣传救亡为中心的文学创作，表现了抗战各个阶段的社会生活和思想变迁。茅盾是中国20世纪文学巨匠之一，他对抗战文学创作投入了极大的热情，并创作了大量与之相关的作品，展现了那一段特殊的社会历史风貌，做出了独到的贡献。然而，由于各种因素的影响，茅盾的抗战小说始终没有得到系统、深入的研究，仅有零星篇目或总体共性研究，值得进一步探索，以力求对茅盾文学创作面貌及抗战文学做出客观全面认识。全文主要分为五个部分：绪论主要阐述本文的研究对象、研究内容、研究现状以及价值；第一章主要从小说题材的时代性、社会性、现实性和主题的深刻性、指向性来论述茅盾抗战小说的特点；第二章主要论述了小说中塑造的时代典型人物，除了资本家形象的进一步深化，间谍、阶级叛变者、工人阶级等新形象的创造也充满丰富的个性与时代的复杂性；第三章从小说结构、风格进行论述，指出了其结构的错综复杂与线索分明，同时从风格学角度对小说呈现的多样性进行论证，点出茅盾小说创作手法和独到的审美追求；第四章从茅盾特殊的经历和文艺思想来分析其独特性的原因，并从多方面来论述茅盾创作对当代文学的影响及借鉴意义。茅盾创作始终追求文学的“真善美”，坚持文学对生活本质的反映，坚持以史诗性、现实性、社会性的艺术追求，全面深刻反映社会生活的历史责任感，坚持探索多种多样的艺术手法来适应创作需要，并在思想认识上不断深化，使其抗战文学不仅具有史学价值，还具有文学审美的价值，拥有永恒的魅力。

俄苏文学视野下的茅盾小说研究，作者李彦君，导师赵建常，山西大学，比较文学与世界文学，2014，硕士

本文以俄苏文学对茅盾的影响和茅盾对俄苏文学的接受为研究对象，重点分析俄苏文艺理论、俄苏文学精神和俄苏作家创作手法对茅盾的影响以及茅盾的接受与超越。引言部分论述俄苏文学视野和研究方法的选择。论文主体分三部分：第一部分为茅盾对俄苏文艺理论的吸收，分别从“为人生”的文艺观、无产阶级艺术理论和革命现实主义理论三个方面论述，分析他的评论性文章和提出的文艺理论。“为人生”的艺术观结合列夫·托尔斯泰等俄苏作家的文艺理论进行阐述；无产阶级艺术理论重点分析茅盾的两篇论文；革命现实主义理论，提及“拉普”及“左联”的影响。第二部分为茅盾对俄苏文学精神的接受，分两个方面：民主主义、人道主义精神和历史使命意识。第三部分论述茅盾对俄苏作家创作手法的借鉴，分三个方面：宏大场面的描写、网状结构的运用和写作技巧的应用。在论证中，本文结合俄苏文学作品与茅盾文学作品说明影响不仅表现在理论上，而且也体现在小说创作上。结语部分指出俄苏文学对中国现代文学影响的复杂性，简要评价茅盾对中国现代文学的贡献，并对俄苏文学视野下茅盾小说研究的目的与意义提出了一些新的认知与思考。需要指明的是，茅盾小说创作与俄苏文学之间的关系并不是简单意义上的“影响/接受”，其中复杂之处就有茅盾许多独特的思考与创新。这种创新表现在由于历史背景及社会发展情况不同，茅盾在小说人物形象塑造、人物命运选择等方面有了科学的分析，有了无产阶级世界观的指导，这些在茅盾小说创作中有显著的表现。在俄苏文学的视野下研究茅盾小说的创作方法和所传达的社会意义，能加深我们对中国现代文学发展轨迹的认识。

论茅盾小说中的“城乡结构”（1927—1942），作者徐美容，导师罗岗，华东师范大学，中国现当代文学，2014，硕士

茅盾在中国现代文学史上一直被誉为“社会剖析派”作家，变革的中国社会如何选择未来的道路，是他高度关注的问题。他的小说创作可以说一直围绕“中国问题”而展开，这不仅表现为茅盾小说直接介入到中国社会现实与历史问题的辩论中，而且更深层次地表现在他始终围绕着“城市”和“乡村”两个空间结构展开思考，无论是对其小说的阶段性分析还是整体性把握，我们不难发现，某种特定的“城乡结构”始终存在，且随着茅盾对于时局思考以及对马克思主义的接受而渐趋成熟。本文将 1927 年至 1942 年间茅盾小说创作分为三个阶段，通过对每个阶段代表性小说的仔细解读，分析他是如何通过不同的时代背景、人物形象、故事情节和社会关系来构建其背后的“城市”和“乡村”结构，从而折射出茅盾不同阶段性地对中国现状的关注和对中国问题的思考，进而把握住他因个人际遇所造成思想的变化以及这一变化所带来的对“中国向何处去”这一问题的不同回应。本文正文分为三章，第一章论述茅盾小说《蚀》三部曲和《虹》通过对大革命中小知识分子命运的描写，展露出他对“城市”与“乡村”结构的自觉或不自觉的理解，进而将这一处于自觉与不自觉之间的努力归于大革命的失败对茅盾思想的影响；第二章通过对《子夜》、《林家铺子》和《农村三部曲》的分析，说明在马克思主义的影响下，茅盾从政治经济学的视野出发，有意识地在他的小说中构建了“城市”与“乡村”之间的复杂关系和矛盾冲突，进而将“中国问题”明确放置在“城乡结构”的框架中来理解；第三章讨论《霜叶红似二月花》，指出茅盾对乡绅阶层分化过程的高度关注，显示出他对中国问题的思考进入到更深层次，乡绅的堕落以及乡绅社会的崩溃彻底打破了中国固有的“城乡结构”，一场新的革命不可避免，透过对这一趋势的掌握，茅盾反思了中国革命历史对乡绅阶层的态度，并分离出其中所蕴含的建设新社会所需要的精神。

卢卡奇和茅盾的现实主义理论差异研究，作者李敏，导师李勇，苏州大学，文艺学，2014，硕士

卢卡奇和茅盾同是马克思主义文艺理论家，同是中外现实主义理论史上的重要人物，二人的现实主义理论具有切实的可比性。本文首先界定了卢卡奇和茅盾关于现实主义的定位，相对于茅盾从传统的流派角度去阐述现实主义，卢卡奇则将现实主义看作一切伟大文学的标准。对于现实主义的定位的本质不同，势必影响二人关于现实主义的具体论述。接着，本文梳理出卢卡奇和茅盾现实主义理论中相对应的关键词，从人民性与为人生、整体性与社会整体性、典型的概念与塑造这三组关键词比较卢卡奇和茅盾现实主义理论的区别，并阐释了这些差异产生的历史与社会方面的原因。通过比较发现，茅盾更加强调文艺启蒙思想和改造社会的功效，而卢卡奇更为关注文艺在实现完整的人性方面的作用。最后，本文立足于当下中国文论建设进行思考，初步探讨了卢卡奇和茅盾的现实主义理论对当下国内文学理论建设的启示。

从茅盾早期翻译作品（1917—1927）看中国五四翻译文学的政治文化特质：操纵理论视角，作者童斯琴，导师贾文波，中南大学，外国语言学及应用语言学，2014，硕士

五四运动时期（1917—1927），随着新文化启蒙思潮的推进，翻译活动在我国达到新的高潮，此时的学者大都身兼两职，既是文学创作者，也是翻译家。由于渴望推翻旧的文化和文学，建立新文化、新文学，而传统的中国文学不足以通过改革自救来实现新文化梦想，学者们把目光纷纷投向了英、法、俄及匈牙利、葡萄牙等国来寻求文学途径，翻译文学成为联系文艺和个人政治理想的桥梁。茅盾（沈雁冰）是五四新文化运动时期身兼创作者和翻译家双重身份的一位代表，积极倡导新文学，成为新文化运动坚实的推动者和实践者。1916 年，茅盾开始正式发表翻译作品，逐渐致力于世界弱小民族文学作品的翻译，主张忠实于原作的翻译，以《小说月报》等刊物为阵地，发表了一系列翻译作品和译学见解，成为著名的翻译家和卓越的翻译理论家。本文以勒弗菲尔的操纵理论和加布里埃尔·A. 阿尔蒙德的“政治文化”概念为指导，结合五四运动时期茅盾的文学翻译活动，着眼于文学内部范畴和赞助人意识形态对翻译的要求、译者个人的意识形态对翻译各方面的抉择等诸多因素，探究了政治文化观是如何影响五四运动时期的翻译文学活动，指出了该特定时期翻译文学活动中政治文化特征的各种表现形式。首先，作者系统介绍了五四运动时期翻译文学活动在各方面的具体表现：学者纷纷投入翻译事业，翻译作品在数量和质量上得到前所未有的提升，读者市场反应热烈，翻译方面的理论层出不穷，作者指出这些现象反映的是政治观念驱动的文化和文艺。然后，作者引入“文学操纵”以及“政治文化”这两个概念，从理论上分析了翻译文学和政治文化之间必然的联系。其次，作者从茅盾 1917 年至 1927 年五四运动这十年期间翻译的文学作品着手，分析了茅盾翻译活动的诸多特征，主要表现为：茅盾在“信、达、雅”传统翻译标准中坚持以“信”为中心的翻译标准，讲究单字翻译正确、句调精神相仿的翻译策略。分析发现茅盾的文化定位是趋政治性的，茅盾是带着强烈的文学使命和责任感从事文学作品的翻译工作的，其翻译活动的各个阶段是与社会的政治文化转型息息相关的。在前面三章的基础上，最后作者从意识形态、诗学和赞助人三个方面探讨政治文化对茅盾翻译活动的影响。意识形态的政治文化特征表现在茅盾坚持的翻译原则上：茅盾认为文学翻译带有必定的目的性，翻译是由不同意识形态糅合而产生的，是“神韵”兼具“形貌”的产物；诗学形态的政治文化特征表现为：在选材上，作者对于弱小民族现实主义文学作品的青睐。在文学语言上，表现为白话文在不同语言层次上的尝试；赞助人方面，作者主要选取了《小说月报》和《文学周刊》（《文学旬刊》、《文学》）茅盾翻译活动中所起的作用。包括其他种种杂志、期刊、报纸在内的出版物在翻译目的、翻译文学艺术性和大众接受性的取舍，促使翻译对于刊物主题响应这三方面反映着政治文化对翻译活动的影响。

茅盾文学批评中的文学价值观及其当代意义，作者焦亚娟，导师蔡梅娟，山东理工大学，文艺学，2014，硕士

茅盾是 20 世纪中国文坛上的大师级作家，也是成就斐然的文学批评家。作为批评家的茅盾，其长达 60 年积累的文学批评理论成果不仅在当时产生了重大影响，即使在今天仍显示出不可替代的重要意义，在茅盾丰厚的文学批评理论遗产中，其文学价值观尤其需要我们今天来重新深入地认识与把握。茅盾文学批评中的文学价值观是指茅盾在文学批评理论阐述与作家作品批评中体现出来的文学价值观念，它主要通过茅盾对文学的价值判断与价值导向表现出来。茅盾的文学价值观有着独特的内涵与鲜明的特征，其内涵主要包括为人生、为社会、为时代和主张真实这四个层面；其特征主要表现为重视文学的思想价值和艺术价值、对文学性和政治性的兼顾以及与时俱进的先进性，茅盾的文学批评中显示出的文学价值观是具有科学性与先进性的，茅盾将文学的价值定位于为人生、为社会、为时代服务，这无疑是抓住了文学的本质意义。文学批评界众所周知，当下我国的文学批评出现了诸多问题，突出的问题之一便是文学价值观问题，其主要表现在文学价值观不够健全、对文学的终极价值的重视程度不够、文学价值判断模糊、文学价值误判或误导等方面。存在这些问题的原因主要有三个方面：一是批评家对人和社会的发展需求关注不够，对文学功能的认识不够健全，从而导致人与文学的疏离；二是受西方批评思潮的影响，文学批评在没有充分消化吸收西方批评思潮的基础上便开始了对本土文学的批评，使得文学批评对本土文学的针对性被弱化，尤其是对文学价值的针对性不足；三是受新时期以来的多元化价值观的影响以及商业利益的冲击，批评家们在自由、宽松的批评氛围中迷失了方向，对文学的价值判断在一定程度上模糊了价值判断陷入了迷茫。鉴于文学批评在文学价值观方面存在的问题，当代的文学批评需要重建其文学价值观。重建当代文学批评的文学价值观，茅盾的意义显然不容忽视。其意义指向可大致归纳为三个方面：一是引导当下的文学批评确立健全的文学价值观。在茅盾的文学价值观里，其主要特征之一就是对文学思想价值与艺术价值的重视，而当下的文学批评存在着对文学的思想价值重视不够的问题，茅盾的文学价值观能够引导当下文学批评确立健全的文学价值观念。二是启发当下文学批评充分认识文学的终极价值。茅盾文学价值观将文学的终极价值建立在“为人生”和“为社会”的基础上，而当下的文学批评却不能清楚地认识文学的终极价值，因而茅盾的文学价值观能够启发当下文学批评充分认识文学的终极价值，重视引导文学充分发挥“表现人生、指导人生”以及促进社会发展的作用。三是启发当下的文学批评对文学的价值观做出正确的评判与引导。当下文学批评价值立场模糊，价值观念迷乱，参照历史，批评家茅盾曾始终坚持着自己的价值判断标准，不为市场和利益所操纵，显示了其文学价值观的坚定性，因而可以启发当下的文学批评对文学的价值做出正确的引导与评判。

中国新文学早期作家笔名研究——以鲁迅、茅盾等新文化运动先锋为例，作者张敏，导师李继凯，陕西师范大学，中国现当代文学，2014，硕士

笔名是作家创作中所使用的化名，以缩微的形式体现出作家的个性气质，思想风貌以及创作倾向。在新文学发轫期，新文化运动先锋们以饱满的创作热情和实实在在的创作业绩，投入到五四新文化运动的浪潮之中，参与了新文学大厦的构建，使得作品也深深烙上了时代的印痕。笔名作为作家创作中一个符号化并具有标志性的组成部分，可以视为正文本之外不可或缺的“副文本”，其所包含的丰富信息量及修辞手法，无论是对于了解作家本人，洞悉其敏感细腻的内心世界，把握其创作心理，还是从宏观上考察时代大环境之下的文人创作风貌，从而更透彻地理解作品思想内容，都有着不容忽视的意义。关于新文学早期作家笔名，以往的研究主要集中在作家笔名的搜集和考释工作上，也不乏学者已经取得了一定研究成果，填补了学界有关“中国现代文坛作家笔名”这一研究领域内的空白，这对于之后展开相关作家作品的研究，有着重要参考价值。然而，现有的研究大都着眼于作家与其个人曾用笔名的一一对应式的研究，由于研究方法的孤立和零散，脱离了当下所谓的“文化大研究”，这使得之前的笔名研究显得故步自封，很难出新。而将新文学早期笔名的繁荣视为一种文化现象，结合特定的历史背景和时代政治、文化风气，从文化研究的视角考察其美学意义和文化价值，无疑拓展了笔名研究视角，对于与此相关的其他研究课题，也有着一定的启发意义。从五四新文化运动直至20世纪30年代，是中国新文学发展的早期阶段。此时，国内正经历着风起云涌的人变革，以胡适、鲁迅、茅盾、巴金等人为代表的新文化运动开路派，高擎着“民主”、“科学”的大旗，义无反顾地投入到启蒙大众，对抗封建旧势力的新文化阵营中。此时期新文化运动代表作家的笔名，大抵都是在时代思潮浸染下的作家个人创作理想的体现或彰显。论文上篇旨在发掘、梳理新文学早期具有代表性的作家笔名，并从中把握这些笔名所蕴含的审美特征和创作规律。下篇结合时代语境，以文化研究的视角，从三个大方面探究笔名为何在新文学运动早期迎来发展的全盛时期。论文下篇就这三大因素分别单列章节加以论述，即“作家个人情结与笔名的取用”；“时代思潮对作家笔名取用的导向”以及“报刊出版业与作家笔名取用的互动效应”这三大章。由此得出结论：作家笔名的取用确是一种能够体现自我的个人行为，但从某种程度上来说，这种行为并不是随意而无规律可循的。笔者拟将时代背景的考察纳入到笔名研究之中，可以发现诸多外界因素和笔名交织在一起，形成一种独特的文化现象，而这种现象背后所蕴含的深层次文化内涵，无论是对于文人创作抑或学者研究，都有着深广的影响。随着时代的发展和科技的进步，传统的文学创作已经发生了翻天覆地的变化。无论就作品内容、价值内涵还是文人写作心理，文学传播媒介，都与新文学早期创作大相径庭。新兴的网络、媒体平台之上，活跃着不计其数的“网络写手”，他们用“网名”将自己的真实身份隐匿起来，投入到各种各样的写作中。同时借助于高效、便捷的传播途径，传达着自己独特的文学主张和价值理念。研究新文学早期作家笔名，对于辩证地看待新的时代背景下“网络写作”的笔名（匿名）现象，也有着一定的启发意义。回顾历史，20世纪初以启迪民智、振兴中华为己任的新文学开路先锋们，以强大的人格力量和丰富的文学创作，奠定了中国现代文学的基石。他们所取用的蕴含着强大正能量的笔名，也依旧敦促着一代代致力于文学创作研究的文人、学者们笔耕不辍，勇往直前。

茅盾文学奖前三届获奖作品的人民性——兼论文学人民性的当下重建，作者欧阳小婷，导师詹艾斌，江西师范大学，文艺学，2014，硕士

茅盾文学奖是由中国作协主办，根据茅盾先生遗愿，为了繁荣长篇小说的创作，推动中国社会主义文学的繁荣而设立的，能够基本上反映中国当代长篇小说的水平，是目前中国长篇小说具有最高荣誉的文学奖项之一。本文以中国“80年代文学”语境中茅盾文学奖前三届获奖的十六部作品为研究对象，运用文本细读法、知识社会学方法、谱系学研究方法，遵循历史与逻辑的统一性原则，介入探索文学人民性当下重建问题。本文主体分为四个部分。第一部分将“茅奖”前三届获奖作品放置“80年代文学”大背景中，“茅奖”前三届获奖作品以长篇小说的文学形式折射出

"80 年代文学"的理想主义精神、现实主义精神以及"文学是人学"的价值立场。第二部分从文学"人民性"渊源及其嬗变切入，集中考察"茅奖"前三届作品中文学中人民立场、人文情怀、生活本位和时代精神的人民性内质特征。第三部分对"茅奖"前三届获奖作品的文学"人民性"构造性力量进行分析，认为其文学人民性形成的因素不仅在于文学自身运动，还在于文学独立发展之外与外部环境的互相作用，这主要在政治规约与社会局势的变动、经济运作方式的改变、民族文化宗教上的影响和作家个人生活体验这四个方面体现出来。第四部分围绕人民性的当下重建逐步展开。在现代语境中，"人民性"是文学实际存在的一种社会属性，叙述的是文学和人民的关系。而人民性的缺失，是造成当下文学陷入危机的重要原因，所以要挽救文学危机，重建文学的"人民性"就显得十足的重要。因此，当下人民性的重建应当从坚持马克思主义指导、关注作家立场和坚守人民为文艺评判价值主体，从而建立当代文学批评的人民性价值观。最后，以"茅奖"前三届获奖作品的精神特质为考察点，关注当下文学生成及其发展。余论部分立足现实，概述出当下文学理想主义精神的缺失、现实性的缺少与巨大丰富的叙事对象的缺席等文学基本生态，并结合前四个部分中有关"茅奖"前三届作品中"人民性"特征的概括，对当下文学生态的健康发展提出了相对合理的建议。

论第八届茅盾文学奖获奖作品对"中国问题"的叙写，作者王芬，导师朱巧云，暨南大学，文艺学，2014，硕士

第八届茅盾文学奖对 2007 年到 2010 年发表的文学作品进行了评选，并于 2011 年 8 月 20 日揭晓，张炜的《你在高原》、刘醒龙的《天行者》、毕飞宇的《推拿》、莫言的《蛙》、刘震云的《一句顶一万句》获奖。这五部作品不同程度地对"革命者"、"计划生育"、"民办教师"、"打工者"这些中国特有的社会问题进行了文学性的解读，引人深思。本文对第八届茅盾文学奖获奖作品叙述的"中国问题"进行了讨论，并从生存环境、心理世界、跨界身份等方面讨论这些作品在"中国问题"抒写中展现的人文关怀。作为主流意识的小说，作为长篇小说的最高奖的获奖作品，五部作品在题材、文体、语言等艺术成就方面都有其特色。本文对这五部作品在“中国问题”叙写方面的文学、社会价值以及其不足也进行了分析。

论20世纪30年代茅盾和叶紫的左翼小说关于农民理想的建构，作者徐青，导师贾振勇，山东师范大学，中国现当代文学，2014，硕士

茅盾和叶紫在20世纪30年代创作的左翼小说细致地表现了农民内心的理想与诉求，小说中的农民理想与时代以及作家自身的建构是紧密相连的，文本中表现出来的农民理想浸染着作家的心理、思维、观念以及态度等各方面复合作用下的成果，从而是复杂的、多层次的，具有独特性。同时两位作家所建构的农民理想有着极度相同的发展脉络，都描写了农民生活理想的破灭、革命理想的燃起以及社会理想的推进。虽然作家建构心中的农民理想的原因与形态并不相同，但茅盾更加理性、掺杂着个人的政治、经济、文化意识下建构的农民理想与叶紫更加感性、渗透着作家个人生命情感体验下建构的农民理想却最终殊途同归。他们对农民理想的建构是左翼小说对农民理想建构的两种情形，研究两位作家对农民理想的建构对于探索左翼小说对农民的书写与塑造的普遍性与倾向性具有一定的意义。基于此，本文选择了对茅盾和叶紫两位作家在其30年代的左翼小说中对农民理想的建构的分析与探讨。第一章：对农民的生活理想的建构。此部分围绕茅盾和叶紫不同来源的农民形象积累融汇到小说中农民理想的建构，通过对农民生活理想的描述，表现农民生活理想的形态与破灭。茅盾对老一代农民的形象积累是理性的思维过程，对于农民素材的搜集、积累和运用与当时的农村经济特征、作家个人的经济、文化意识相交错，使小说表现的农民的生活理想呈现出丰富的意义内涵；叶紫对老一代农民形象积累充满了感性的同情与阶级认同，作家根据个人真实经历所表现建构的老一辈农民的生活理想，带有作家自我情感主导和阶级偏向，使得农民的生活理想呈现出丰富的情感内涵。第二章：对农民的革命理想的建构。此部分围绕茅盾和叶紫从不同出发点想象建构了小说中相同的农民革命理想的燃起，来探讨作家的革命心理、革命理念和革命态度与小说中表现出来的农民的革命理想的关系。茅盾在政治意识与文艺观支配下的创作想象使得小说中农民的革命理想流露着作家政治倾向与思维的有意传达与无意

识倾泻，从而使得农民的革命理想呈现出一定的政治意义；叶紫对农民的革命理想的想象完全出于激情下的大脑机械活动，个人复仇情结冲动下理性思维控制力减弱，个人的革命理想凌驾于人物之上，于是小说中农民革命理想的燃起与发展也是激烈促进的。茅盾和叶紫对农民革命理想的想象与建构都是达成作家自身的愿望满足，茅盾通过小说中农民革命理想的想象暗示了作家对于革命问题的解决方法的态度；而叶紫在激情创作下通过想象革命来获得革命愿望满足的快感与希望的寄托。第三章：对农民的社会理想的建构。此部分围绕茅盾和叶紫在其小说中都对农民的理想进行了不同程度的升华来分析作家对农民社会理想的建构形式以及表现出的意义与效果。茅盾通过推进革命进程来推进农民的对社会政治、经济的设想与追求表现农民具有社会意义的理想；叶紫将“个例性”的对未来社会的期待上升到农民“一般性”的普遍农民的理想而呈现出社会性。而这种推进的意义与效果却并不理想，造成社会理想的失效。总之，茅盾和叶紫所建构的农民理想与作家本身密切相关，作家以不同的、个人化的体验和感受来建构作品，展现出了丰富的内容和独特的魅力。而小说中所呈现的农民理想的内容和结果的高度相同也在一定程度上体现了30年代的左翼小说描写农民的一种倾向。

论茅盾小说中的“小资书写”，作者张柏林，导师肖百容，湖南师范大学，中国现当代文学，2014，硕士

本论文立足于新的社会语境下“小资”概念的演变和语体色彩的转换，改变以往从政治角度和意识形态领域对茅盾的“小资书写”现象进行评判的历史窠臼，从生活品位和格调的角度对茅盾的小资书写进行全新的诠释和探讨。本论文共分为四章，加上结语，共五个部分。第一章结合前人的理论和研究成果对新的历史语境下“小资”概念的历史渊源、定义、表征等进行了梳理和界定，确立了从“小资人群”和“小资情调”两个角度对“小资书写”进行分析和解读的模式。第二章是通过对文本的细度来呈现茅盾小说中的小资书写现象。从三个方面进行分析。一是小说中作为“小资”栖居之所的都市描写，着重分析了都市与小资的双生双栖关系。二是集中分析了作者对小资形象的塑造和对小资情调的营造，这是小资书写的主体部分。从两个层面展开，表层的生活品位和深层的精神内核。小资生活品位主要体现在细节化的日常生活叙事中，关于衣着品位、居室环境、旅游嗜好等的物质性细节描写成为某种具有能指意义的符号，指向作者对物质享受、生活情调的理解和想象。小资精神内核主要体现在浪漫和颓废两种精神特质上，这是小资们自我建构的精神追求和自我标榜的精神标识。第三个方面，从艺术形式的角度，分析了象征手法、心理描写、语言风格等书写手法对茅盾小资书写的独特意义。第三章对茅盾小资书写的动因进行探讨。从外在环境来看，社会转型的历史契机创生了作者苦闷、颓废的特殊心境，成为茅盾小资书写的心理基础；租界的特殊氛围成为催生包作者颓废文风的温床。其次在从作者本人社会生活和文化结构来看，经济上，从作者的家庭出身、经济状况、社会身份等方面来看，作者属于中等阶层。文化上，新浪漫主义思想体系中的象征主义和唯美主义对茅盾的创作产生一定影响，表现为象征手法的应用和小资女性的身体书写。生活经历上，对小资的生活熟悉和情感亲近，也成为茅盾小资书写的直接动因。第四章，主要探讨茅盾小资书写与左翼主流书写的关系二者表现出既背离又契合的关系。二者的偏离表现在小资情调的审美性追求与意识形态的功利性建构的不同抉择等三个方面。二者的契合表现在对都市文明的审视等三个方面。茅盾的“小资书写”与左翼主流书写的关系，从某种意义上来说就是政治理性和审美意识之间的关系，二者互为悖论，但却在茅盾的书写实践中形成了独特的共生和失衡现象，这恰恰构成了茅盾小资书写的独特性和书写张力。

茅盾小说民间叙事模式研究，作者辛玲，导师胡景敏，河北师范大学，中国现当代文学，2014，硕士

在中国现代文学研究中，研究者主要倾向于将研究的主要视点集中在西方文学作品对现代作家的启发上。对于民族文学的影响往往重视不够。在茅盾研究领域，外国文学特别是俄国文学对其创作的影响是研究者们历来重视的一个重要话题。但是，从 20 世纪 80 年代开始就有很多国内外的研究者注意到茅盾小说中存在的通俗文学模式。在前人研究的基础上，我将思考的重点也定位在茅盾创作中民族文化对他创作活动的影响。研究首先进行的就是“民间”概念的分析和厘定。然后从茅盾成长过程中与民间文学的接触以及通过他在一些文艺评论中关于民间文学的相关论述，讨论他和民间文学的渊源。文章的三、四两个部分分析他作品中显现出来的几种重要的民间模式：在数字结构模式中，着重探讨了神魔斗法、对偶情节以及三才模式；对于民间说话艺术的叙述借鉴，则主要是从花开两朵模式以及循环模式的研究入手。在对作品结构形式的考察中，结合了社会剖析式的分析方法，发掘出茅盾在模式的外衣下隐藏着的对于当时社会状况和青年前途的思考和分析。文章的最后一个部分主要探讨的是民间模式在中国现当代文学发展史上的重要价值。在这一部分粗浅地涉及了民间模式在当代政治话语占主导地位的环境下，对于文学发展的重要作用。

翻译家茅盾研究，作者马利捷，导师牛云平，河北大学，英语语言文学，2014，硕士

茅盾是我国优秀的老一辈翻译家，无论是翻译实践还是翻译思想，都成绩斐然。他生前翻译出版译作达 40 余种，涉及 30 多个国家的 150 多位作家，译作题材多种多样，包括诗歌、戏剧、小说、散文、社会评论、马列著作等方面，数量之大，涉及作家、国家之多，在我国翻译界少有匹敌。在翻译实践的基础上，茅盾先生进行了翻译思想和理论方面的总结和探索，发表翻译论文 20 多篇，深刻、广泛地分析探讨了文学翻译理论问题，关于文学翻译标准和方法、文学翻译目的与意义、译者素质等问题，提出了许多建设性的意见和建议，为我国的翻译事业做出了突出贡献。本文作者广泛搜集了有关茅盾先生的资料，以及关于其翻译实践和翻译思想理论的文章，并进行了深入钻研，在此基础上，试图对茅盾先生的翻译活动和翻译思想做一个系统、全面的归纳和总结。本文主要论述了茅盾走上翻译道路的起源、翻译事业的成就和特点及其主要翻译思想；再从社会性因素的角度切入，分析了茅盾的翻译实践，指出其翻译活动因为多种社会因素的存在和影响，使其翻译具有一定的社会功利性，这也是茅盾翻译的一个显著特点。然后，本文分析了茅盾翻译思想对其翻译实践的影响，并且以此为基础，茅盾提出了文学翻译批评。茅盾的翻译实践和翻译理论无论是在当时还是现在都对我国的文学翻译事业起到了重要的指导作用，为我国的翻译事业做出了巨大贡献。本文研究的目的旨在全面地梳理茅盾的翻译实践活动、提炼其翻译思想的精华，以唤起译界对茅盾翻译研究的关注，为当代译者的翻译实践提供一定的参照和指导。

茅盾与《红楼梦》，作者李荣华，导师王人恩，集美大学，中国语言文学，2015，硕士

茅盾是中国现当代著名作家，《红楼梦》是中国古典小说名著，二者之间有着何种关系，即本文讨论的问题。茅盾不仅是小说家、散文家，也是一位研究中国古典文学的大家，且研究成果颇丰，尤其是对《红楼梦》的研究。茅盾研究《红楼梦》始于20世纪30年代，终其一生，从未停止过对《红楼梦》及“红学”的关注与支持，虽然他的红学专论仅有两篇，但在茅盾先生的其他论文及演讲中也曾多次提及《红楼梦》，其往来书信中亦不乏精妙的红学见解，在其创作的小说中也不难见到《红楼梦》的因子。他年轻时曾叙订过《红楼梦》，在晚年还曾作有数首题红诗，对与红学相关的人和事，他也总是给予最热情的帮助与支持。就是这样一位研究《红楼梦》的大家却没有得到足够的重视与研究，故而本文将力求弥补这一不足。本文主体部分有四章，另有附录。第一章对茅盾与《红楼梦》的研究现状做全面的总结、分析，从而得出研究取得的成果以及存在的不足；第二章分别从茅盾论《红楼梦》的艺术成就、茅盾论《红楼梦》的作者曹雪芹、茅盾论《红楼梦》的影响、茅盾红学观的修正与发展四个部分论述了茅盾的红学观；第三章从茅盾“删削”《红楼梦》、茅盾的题红诗以及茅盾的红学贡献三方面进行写作；第四章为全文的结语。在文后附有笔者经多方蒐集、整理、加工资料而完成的《茅盾红学研究年谱》。以期对茅盾与《红楼梦》研究之不足略作弥补。

茅盾小说的暴力叙事研究，作者张娜，导师张桂兴，闽南师范大学，中国现当代文学，2015，硕士

作为左翼文学的巨擘，茅盾以其孜孜不倦的文学创作和理论建构为中国现代文学做出了不可替代的贡献；作品中由时代情状与普遍人性交融而成的宏大叙事的独特范式，也使得茅盾受到众多读者和研究者的恩宠，经久不衰。新时期以来，借助叙事学理论对茅盾作品进行的解读也日渐增多，但对茅盾小说的暴力叙事却少有问津。本文秉持反思重估的思路对茅盾小说进行重新解读，通过茅盾小说暴力叙事的个案研究来发现茅盾暴力叙事的独特之处，探讨其叙事类型所造成的不同审美效果，并进一步挖掘其暴力叙事的成因，以期为茅盾作品的学术研究锦上添花。首先，从故事本身来说，茅盾小说的暴力叙事可以从“人物”、“情节”等方面发见到一些共同的基本要素，譬如茅盾的长篇小说《蚀》三部曲、《子夜》以及短篇小说《小巫》等作品中都涉及对由社会组织、邪恶个体、纪律化的压迫性国家机器以及狂热群众执行的暴力事件的描写，而作为小说中暴力事件的最主要主体——群众，却通常成为一种“被假定抢劫和奸淫的主体”；女性则理所当然地成为暴力事件中的客体——被物化的受害者，吞噬了理性的女体最终也被吞噬的理性——群众暴力——所吞噬。而情节方面，则明显地可以看出两种情节类型的特点：主观暴力的突发性及客观暴力的隐蔽性。其次，从叙述方面分析，茅盾的暴力叙事可分为“理性叙事”与“感官叙事”两种类型，这两种类型又分别表现出不同的特点。而正是由作者面对暴力所采取的独特视角与态度，可以嗅出他对暴力的人性化的阐释和对生命的悲悯，从而使得其暴力叙事的符码特色与同时代其他创作者有别。最后，茅盾的暴力叙事在《子夜》时期已经转变为一种论理性的理性叙事，而在其早期作品《蚀》三部曲中对女体的凝视与毁灭均放纵感官欲望诉诸视觉体验，这样一种态度与方法上的转变看似自然实则原因复杂，在对这两种暴力叙事类型进行细致深入分析的基础上，本文由齐泽克的视差转换理论切入，来探讨这种转变的内在成因以及由此造成的一种悖论和常人的左右大脑与此神秘的对应关系，以及在当代历史文化的语境中焕发出的一种新的光彩。茅盾有关暴力的感官叙事和理性叙事形成了一种冷热对比的整体氛围，造成一种反差效果。因为在其宏丽壮阔的社会历史画面、腾跃跳动的时代节律后面所表现出的是鲜活动人的现实图景与温情脉脉的人性暖流，给人一种空旷阔大而又心神健旺的艺术审美享受。本文对茅盾小说暴力叙事的研究也只是从茅盾文本的细节之处尝试对茅盾重新解读的一种可能性，为以后经典作家作品的重新解读抛砖引玉。

80 年代文学与政治关系的解冻——以第一、二届茅盾文学奖评奖为例，作者张昳，导师贺绍俊，沈阳师范大学，中国现当代文学，2015，硕士

80 年代对于中国社会和当代文学来说都是具有转折意义的特殊时期，无论政治还是文艺，都面临着重建和复兴的局面，它们在对过去的历史进行去粗取精的同时，也要考虑到为未来发展所起的积极影响，结合不同的社会现实和时代要求不断做出调整和改变，这种调整和改变不仅仅是对于它们自身而言，也相应地影响着它们之间关系的演变。在这一时期，文学与政治的关系是处于逐渐变化、逐步解冻的过程中的，通过在 80 年代初期设立的茅盾文学奖第一、二届的评奖现象，我们可以以此为例来分析研究 80 年代文学与政治关系解冻的过程和发展的走向。目前，学术界对于 80 年代文学与政治关系的研究主要是从理论研究、现象研究和作品研究这三个方面入手，针对某一模块进行相对独立的分析研究，得到的是某个阶段二者的相应关系。本文将系统地结合第一、二届茅盾文学奖，对 80 年代文学与政治的关系及二者关系的走向进行梳理和论证，同时，也将观照到茅盾文学奖作为我国文艺界重要的文化现象、历史事件的独特意义，联系 80 年代关于文艺与政治关系的大讨论、“现实主义”文学思潮和“人道主义”文学思潮等，以此为理论基础进行更深层次的研究，将理论、现象与作品相互结合。可以说，文学与政治的关系始终是学术界非常关注、不可回避的一个重要的问题，只有把二者关系问题梳理清楚，客观、正确地理解、认识二者的关系，文学才能更好地发展，政治才能更加稳固，社会才能更加和谐。在不同时期，文学与政治的关系受到历史环境的影响，会生成适应社会历史发展的不同层次的关系，在 80 年代，由于政治的波动，二者关系也一直处于变化之中，这种变化体现的是文学与政治关系的解冻过程：一开始，文学在政治语境下与政治主题达成共同价值取向，表达出鲜明的政治思想和政治要求，二者成为同一战车上的利益共同体。之后，文学的独立意识初步觉醒，文学开始对自身命运进行反思，并在思想的解放中慢慢与政治走向一种更趋合理化的辩证关系，具有突破性的表达出政治以外的人文主题，并产生对文学艺术形式的追求。本文将以上述内容为线索，结合第一、二届茅盾文学奖，对 80 年代文学与政治关系的解冻过程进行研究和梳理，并对其中产生的局限与矛盾进行总结和分析，为文学的发展和对文学与政治关系的研究提供更多理论基础。

“鲁迅、茅盾致红军贺信”论争研究，作者宋悦，导师姜彩燕，西北大学，中国现当代文学，2015，硕士

“鲁迅、茅盾致红军贺信”事件不仅是通常意义上纯粹的历史事件，而俨然发展成为一个政治意识形态与学术话语对抗的角力场。一方面，贺信问题牵涉鲁迅在文化界与史学界的重要地位，也包括涉及鲁迅与中共的关系、鲁迅的政治立场以及鲁迅本人的形象。另一方面，围绕贺信的论争并非单纯意义上辨别史料真伪的问题，还涉及多年来塑造的鲁迅的“政治形象”是否可信的问题。透过这场论争，可以敏锐地发现潜隐于历史背后的权力斗争和意识形态变化以及主导话语对鲁迅研究的推动作用。因此，本文结合当时的社会气候与文学语境，全面梳理这场“鲁迅、茅盾致红军贺信”的论争，深入分析这场论争的缘起、焦点及意义，同时对于论争中学人在政治与文化之间相互对立的隐匿心态进行有意义的探讨。在中国复杂的现实文化语境中，重新审视论争里诸多既有现实意义又有理论意义的问题。

“民族再造”与现代乡土文学的传统（1910—1930）：从周作人到茅盾，作者王大可，导师罗岗，华东师范大学，中国现当代文学，2015，博士

近代以来，随着传统的天下王朝日益深入地卷入资本主义世界体系，将老中国重建为一个现代民族国家，实现民族再造，就成为至关重要的历史任务。自其诞生之日起，中国现代文学就承载着回应民族危机，想象一个新的共同体的重要使命。作为现代文学史上最为繁盛的文学类别，乡土文学更是在此过程中发挥了重要的媒介作用，几乎每一位乡土作家都自觉地将回应民族再造作为自己思考、写作乡土文学的最大动力。乡土文学能发挥如此重要的作用，并不是偶然的。由于传统中国上层社会缺乏领导中国实现民族再造的能力，更由于现代民族国家的建立天然地具有向下延伸，把下层乡民纳入自身的仪轨的需要，再加上中国现代思想内部始终存在的平民主义、扶弱主义的传统，目光向下，重新发现乡土与民众，在其中探寻民族再造的资源与动力，就成为中国现代史必然的需要与选择。现代作家如此多地将目光投向乡土，形成蔚为壮观的乡土创作的传统，在根本上就是由这一历史趋势决定的。与此同时，这几方面的因素也就同时成为现代乡土文学传统的内在构成。从在乡土与民众中寻求文化重构的资源或者文化启蒙的对象、到力图克服抽象的启蒙视角，以更为内在地进入乡民的生活、再到关注乡土世界的社会经济结构，分析其中的阶级构成，目光向下的历史趋势整体呈现为一个不断深入的过程，这同时也是民族再造的主导策略从“文化革命”转变为“社会革命”的过程。现代乡土文学之所以从最初的注重文化重构、文化启蒙的样态，发展到20世纪30年代主动深入社会革命、阶级分析的样态，根本上也是由这一变动过程决定的。本文试图提供的便是对此过程的追索。论文的正文部分通过个案研究的方式进行，即选取现代乡土文学传统变动过程上的四个节点（周作人、鲁迅、沈从文与茅盾），从而透视这一传统的形成过程。这样的讨论方式主要出于两方面的考虑，首先是为了避免过于明快的历史线索带来历史丰富性的丧失，其次是通过对这些作家创作语境的分析更为具体地呈现他们与民族再造过程的历史关联。全文除导论与结语外，共分四章：第一章讨论周作人的乡土文学构想。早在1911年，周作人就在翻译小说《黄蔷薇》的译者序言中首次提出“乡土文学”的说法。在他看来，要复兴民族文化、开启崭新的民族传统，关键在于借用乡土文学的力量将它们呈现、创造出来。这些思想受到清季章太炎、刘师培等国粹派思想家从乡土方言、文献、志书中寻找民族历史的遗迹、维系民族认同的影响，也与赫尔德为代表的德国浪漫主义思想，以及安特路郎的进化论人类学思想遥相呼应。对于周作人而言，所谓的“乡土文学”其实是一种作为“国民文学”的“乡土文学”，因此，周作人关于乡土文学的构想称得上是这一文学传统的逻辑起点。第二章讨论鲁迅的乡土文学。鲁迅的创作表现为一种更为深层的向下看的趋势，其中独特的反思启蒙的视角可以追溯到“河南”时期的早期文本，早在这一时期，鲁迅就已经确立了在底层乡民中寻求民族再生的思想构造。鲁迅的“回乡”并不如一般启蒙知识分子那样，是为了发现异地的“风景”或启蒙的对象，他反复怀疑启蒙的知识是否能够回应乡里空间崩溃的命题。这些思考反身指向了“五四”乡土文学或曰20世纪20年代早期乡土写作的合法性与有效性，是随后的乡土作家们始终需要反思和面对的问题。第三章讨论沈从文的乡土文学。沈从文作品中内在的城乡文明对照的价值视角、在“性”的表现上所采纳的精神分析的理论眼光及其通过文学再造一个完满的世界的创作观念，都是从“五四”文化、理论资源中获得的。沈从文试图从个体的更本质之处——比如欲望、精神中去探究文明的根本，由此获得重振业已萎靡的民族的力量源泉。在《湘西散记》之后，沈从文再难写出一个自足、完满的湘西世界，这是因为回乡之行促使他意识到了湘西世界不能回避与现实历史的真切联系，而他所坚持的抒情风格和文学趣味却无力去回应这样的要求。第四章讨论茅盾的乡土文学。重新理解茅盾的乡土小说需要同时考虑两条交叉的线索，一方面要厘清茅盾从《蚀》三部曲到“农村三部曲”期间的思想和文学观念的转变过程，另一方面要理解“社会性质大讨论”以及由此延伸出的经由土地革命的道路求得国家解放和民族独立的“大革命”思路在现代思想史上的位置。茅盾文学创作的转向以及影响下的乡土文学创作的又一热潮，并不仅仅是政党政治运作的结果，而是应该被看为对30年代的政治、社会危机提出一种整全性的应对方案，继而将政治经济学、社会学理论所提供的现实分析能力运用于文学的一种尝试。在这两条线索的交叉线上，茅盾的乡土小说呈现了半殖民地化对中国农村和农民的冲击以及对中国农村社会出路的深刻思考，并初步指示出了一条经由土地革命实现民族再造的道路。

茅盾在俄罗斯的接受研究，作者王玉珠，导师王立业，北京外国语大学，俄语语言文学，2015，博士

茅盾在俄罗斯已经拥有80余年的译介史。早在1934年俄罗斯汉学界已经开始对这位在中国文学界占据独特地位的人物进行研究，且时至今日，成果斐然。在俄罗斯汉学视阈中的茅盾不仅仅是一个优秀的中国现代作家、文学批评家、翻译家和社会活动家，同时也是一位俄罗斯文学的积极接受者。系统研究茅盾及其创作在俄罗斯的翻译与研究，符合我国21世纪将中国文化推向海外、推向世界的重大国策精神，同时也有助于我们借“他山之石”对这位文化巨擘予以国际视角的文化推介。本文由绪论、正文三章、结论和参考文献几个部分构成。第一章分为两节，分别介绍俄罗斯茅盾翻译与研究概况以及茅盾在俄接受高潮期的主要研究者。八十多年的俄罗斯茅盾接受大致可分为三个时期：20 世纪三四十年代的茅盾接受开端期，20 世纪五六十年代的茅盾接受高潮期以及 20 世纪 70 年代至今的茅盾接受恒定期，笔者按照这种分期方法系统地介绍了翻译和研究状况，并总结了不同时期的研究重点和研究特色。在第二节中笔者选取了 20 世纪五六十年代的三位俄罗斯茅盾研究专家——费德林、利希查和索罗金进行细致探究。在第二章中笔者分两节分别对《子夜》和《春蚕》、《秋收》以及《林家铺子》的俄译本进行了语言和文化两个层面的分析。在第一节笔者具体考察了俄译本中《子夜》语言风格的传递。论述从古语、口语、辞格和句法四个角度进行。在第二节中则从文化负载词的角度对《春蚕》、《秋收》和《林家铺子》三部作品进行译本分析，体会俄罗斯学者对其中文化意蕴的解读。第三章的内容分为两大部分。第一节笔者论述了茅盾——俄罗斯文学积极接受者这一重要身份。第二节到第四节笔者按照俄罗斯茅盾接受的三个分期——开端期、高潮期和恒定期将茅盾创作在俄罗斯的研究状况进行了系统全面的阐释。结论是在对全文进行总结的基础上，对俄罗斯研究者们的整体研究特点进行概括。